HEYNE<

Estelle Maskame

Dich darf ich nicht finden

DARK LOVE 2

Roman

Aus dem Englischen von
Bettina Spangler

WILHELM HEYNE VERLAG
MÜNCHEN

Die Originalausgabe DID I MENTION I NEED YOU?
(DIMILY Series #2) erschien bei Black & White Publishing Ltd.
Edinburgh

*Sollte diese Publikation Links auf Webseiten Dritter enthalten,
so übernehmen wir für deren Inhalte keine Haftung, da wir uns
diese nicht zu eigen machen, sondern lediglich auf deren Stand
zum Zeitpunkt der Erstveröffentlichung verweisen.*

Verlagsgruppe Random House FSC® N001967

8. Auflage
Vollständige deutsche Erstausgabe 7/2016
Copyright © 2016 by Estelle Maskame
Copyright © 2016 der deutschen Ausgabe by Wilhelm Heyne Verlag,
München, in der Verlagsgruppe Random House GmbH,
Neumarkter Str. 28, 81673 München
Redaktion: Martina Vogl
Printed in Germany
Umschlaggestaltung: Nele Schütz Design, München, nach dem Original-
design von stuartpolsondesign.com unter Verwendung der Motive von
Shutterstock
Satz: Fotosatz Amann, Memmingen
Druck und Bindung: CPI book GmbH, Leck
ISBN 978-3-453-27064-0
www.heyne.de

Für all jene, die sagten, ich schaffe das nicht.
Und für all jene, die sagten, ich schaffe das.

Kapitel 1

*D*reihundertneunundfünfzig Tage.

So lange warte ich nun schon.

Ich habe jeden einzelnen Tag gezählt.

Es ist dreihundertneunundfünfzig Tage her, seit ich ihn das letzte Mal gesehen habe.

Gucci hebt die Pfote an mein Bein und begrüßt mich schwanzwedelnd. Ich lehne mich gegen meinen Koffer, und während ich zum Wohnzimmerfenster hinausstarre, prickelt eine nervöse Unruhe in mir. Es ist kurz vor sechs Uhr morgens, gerade eben ist die Sonne aufgegangen. Vor etwa zwanzig Minuten fing sie an, die Dunkelheit zu durchbrechen, und ich war gefesselt vom Anblick der Straße, wie wunderschön sie aussah, wie das Sonnenlicht von den Fahrzeugen am Straßenrand reflektiert wurde. Dean sollte jeden Moment eintreffen.

Ich betrachte den riesigen Deutschen Schäferhund zu meinen Füßen und kraule ihn hinter den Ohren. Bis Gucci sich umdreht und in die Küche davontapst. Also starre ich wieder aus dem Fenster und gehe im Geiste durch, ob ich alles eingepackt habe. Was mich nur noch nervöser macht, daher rutsche ich runter von meinem Koffer und klappe ihn noch einmal auf. Ich wühle in dem Stapel kurzer Hosen, in den Chucks, von denen ich gleich mehrere Paare mitgenommen habe, und in der Sammlung an Armbändern.

»Eden, glaub mir, du hast alles, was du brauchst.«

Ich höre auf, in meinen Sachen zu kramen, und blicke auf. Mom steht im Morgenmantel in der Küche und mustert mich über den Tresen hinweg, die Arme vor der Brust verschränkt. Wie schon die gesamte letzte Woche hat sie diesen Ausdruck im Gesicht. Halb besorgt, halb genervt.

Seufzend stopfe ich alles zurück in den Koffer. Dann schließe ich ihn, stelle das Ding auf die Räder und stehe auf. »Ich bin nur so nervös.«

Keine Ahnung, wie ich das Gefühl beschreiben soll. Ich bin nervös, ja, weil ich keinen Schimmer habe, was mich erwartet. Dreihundertneunundfünfzig Tage sind eine lange Zeit, da kann sich so einiges tun. Alles könnte plötzlich anders sein. Deshalb habe ich wohl Angst. Ich habe aber genauso Angst, dass sich nichts verändert hat. Ich habe Angst, dass alles wieder auf mich einstürmt, sobald ich ihn sehe. Das ist das Problem an Entfernungen: Entweder helfen sie einem, einen bestimmten Menschen zu vergessen, oder es wird einem erst bewusst, wie sehr einem dieser Mensch fehlt.

Und im Moment könnte ich nicht sagen, ob ich einfach nur meinen Stiefbruder vermisse oder den Menschen, in den ich verliebt war. Schwer zu sagen, was es ist. Weil es in beiden Fällen um ein und dieselbe Person geht.

»Aber nicht doch«, sagt meine Mom. »Es gibt keinen Grund, nervös zu sein.« Sie kommt zu mir ins Wohnzimmer, und Gucci springt hinter ihr her. Kurz blinzelt sie zum Fenster hinaus, ehe sie sich auf der Armlehne des Sofas niederlässt. »Wann wollte Dean denn kommen?«

»Müsste gleich da sein«, sage ich ganz ruhig.

»Tja, ich hoffe ja, du bleibst im Stau stecken und verpasst deinen Flieger.«

Zähneknirschend wende ich mich ab. Mom war vom ersten Moment an dagegen. Sie will keinen einzigen Tag vergeuden, und sechs Wochen wegzufahren ist für sie nichts anderes als reine Zeitverschwendung. Denn uns bleiben nur noch wenige Monate, bevor ich im Herbst nach Chicago ziehe. Für sie ist das ungefähr so, als würde sie mich dann nicht wiedersehen. Nie wieder. Was natürlich absoluter Quatsch ist. Wenn ich die Abschlussprüfungen erst einmal hinter mir habe, bin ich nächsten Sommer wieder daheim.

»Musst du so pessimistisch sein?«

Endlich breitet sich doch ein Lächeln auf Moms Gesicht aus. »Ich bin nicht pessimistisch, ich bin nur eifersüchtig und ein kleines bisschen egoistisch.«

In dem Moment hört man ein Fahrzeug herannahen. Ich weiß, dass es Dean ist, noch bevor ich ihn sehe, und als das Auto in die Einfahrt biegt, verstummt das leise Schnurren des Motors. Jack, der Freund meiner Mom, hat seinen Wagen etwas weiter oben geparkt, daher muss ich den Hals recken, um ihn zu sehen.

Gerade öffnet Dean die Fahrertür und steigt aus. Seine Bewegungen sind behäbig, und sein Gesicht zeigt keinerlei Regung, fast so, als wäre er am liebsten gar nicht hier. Das überrascht mich nicht im Geringsten. Gestern Abend war er recht einsilbig mir gegenüber und hat die meiste Zeit nur auf sein Handy gestarrt. Als ich dann ging, begleitete er mich noch nicht mal zu meinem Wagen wie sonst immer. Er ist ein kleines bisschen sauer auf mich, genau wie Mom.

Ein Kloß formt sich in meiner Kehle, und ich versuche, ihn zu schlucken, während ich den Griff an meinem Koffer ausziehe. Dann rolle ich mein Gepäck zur Haustür, halte aber inne, um Mom mit gerunzelter Stirn einen letzten bangen Blick zuzuwerfen. Jetzt ist es also so weit. Ich bin auf dem Weg zum Flughafen.

Dean klopft gar nicht erst an, bevor er das Haus betritt. Das tut er nie; muss er auch nicht. Aber die Tür schwingt langsamer auf als sonst, ehe er reinkommt. Er sieht müde aus. »Morgen.«

»Guten Morgen, Dean«, sagt Mom. Ihr Lächeln wird breiter, und sie streckt die Hand aus und drückt sanft seinen Arm. »Sie wartet schon.«

Deans dunkle Augen zucken zu mir, und er begegnet meinem Blick. Normalerweise lächelt er, wenn er mich sieht, doch heute bleibt sein Ausdruck leer. Allerdings zieht er kaum merklich die Augenbrauen hoch, als wollte er fragen: »Tja, du willst also wirklich fahren?«

»Hey«, begrüße ich ihn, doch ich bin so nervös, dass es ganz schlapp und jämmerlich schwach klingt. Ich schaue runter auf meinen Koffer und dann wieder hoch zu Dean. »Danke, dass du dir an deinem freien Tag die Zeit nimmst.«

»Erinnere mich bloß nicht daran«, sagt er, lächelt nun aber doch, weshalb ich mich gleich besser fühle. Er tritt einen Schritt vor und nimmt mir das Gepäck ab. »Ich könnte jetzt im Bett liegen und bis Mittag pennen.«

»Du bist einfach so gut zu mir.« Ich trete näher und schlinge die Arme um ihn. Und dann vergrabe ich mein Gesicht an seinem Hemd, und er lacht und drückt mich ganz fest. Ich lege den Kopf in den Nacken und sehe ihn unter den Wimpern von unten her an. »Nein, mal im Ernst.«

»Ooooch«, gurrt meine Mom, und erst da wird mir bewusst, dass sie ja auch noch anwesend ist. »Ihr beide seid ja so was von süß.«

Ich werfe ihr einen warnenden Blick zu, ehe ich wieder Dean anschaue. »Wir sollten aufbrechen.«

»Nein, warte, hör mir erst noch zu.« Mom steht auf, und das knappe Lächeln wird verdrängt von einem missmutigen Stirnrunzeln. Ich habe die Befürchtung, das könnte zu einem Dauerzustand geworden sein, bis ich wieder zurückkomme. »Fahr nicht mit der U-Bahn. Rede nicht mit Fremden. Und setz bloß keinen Fuß in die Bronx. Ach ja, und komm bitte lebend wieder heim.«

Ich verdrehe die Augen so weit ich kann. Einen ganz ähnlichen Vortrag musste ich mir nämlich vor ziemlich genau zwei Jahren anhören, als ich nach Kalifornien ging, um wieder Kontakt zu Dad zu knüpfen. Nur dass die Warnungen damals in erster Linie ihn betrafen. »Schon klar«, entgegne ich. »Sag doch einfach, ich soll keine Dummheiten machen.«

Sie sieht mich fest an. »Ganz genau.«

Ich mache mich von Dean los, gehe zu ihr und lege die Arme um sie. Wenn ich sie umarme, hält sie wenigstens die Klappe. Das funktioniert immer. Sie drückt mich ganz fest und seufzt. »Ich werde dich vermissen«, murmle ich gedämpft.

»Und du weißt ganz genau, dass du mir auch fehlen wirst«, sagt sie und löst sich aus der Umklammerung, die Hände immer noch auf meinen Schultern. Dann wirft sie einen Blick auf die Uhr in der Küche und schiebt mich sanft in Richtung Dean. »Ihr macht euch besser auf den Weg. Sonst verpasst du doch noch deinen Flieger.«

»Genau, wir fahren besser«, meint Dean. Er reißt die Haustür auf und zieht meinen Koffer über die Schwelle. Dann hält er inne. Vielleicht wartet er ab, ob meine Mom noch ein paar überflüssige Ratschläge auf Lager hat, ehe ich verschwinde. Zum Glück aber ist dem nicht so.

Ich schnappe mir meinen Rucksack vom Sofa und folge Dean ins Freie, aber nicht, ohne mich noch einmal umzudrehen und Mom ein letztes Mal zuzuwinken. »Wir sehen uns dann in sechs Wochen.«

»Erinnere mich bloß nicht daran«, sagt sie, und damit wirft sie die Haustür zu. Ich verdrehe wieder die Augen und marschiere in Richtung Einfahrt. Sie fängt sich schon wieder. Irgendwann.

»Tja«, ruft Dean mir über die Schulter zu, während ich ihm zu seinem Wagen folge, »wenigstens bin ich nicht der Einzige, den du hier allein sitzenlässt.«

Ich kneife die Augen ganz fest zu und raufe mir das Haar,

während ich neben der Beifahrertür stehe und warte, dass Dean meine Sachen im Kofferraum verstaut. »Bitte, Dean, fang nicht wieder an.«

»Aber es ist nicht fair«, brummt er. Wir steigen im gleichen Moment ein, und kaum hat er die Tür hinter sich zugezogen, seufzt er theatralisch. »Warum musst du denn unbedingt gehen?«

»Jetzt mach doch bitte kein Drama draus«, sage ich, weil ich wirklich nicht verstehe, wo das Problem liegt. Er und Mom waren von Anfang an gegen die Idee mit New York. Fast so, als hätten sie Angst, ich könnte nie mehr wiederkommen. »Ist doch bloß ein Kurztrip.«

»Ein Kurztrip?«, schnaubt Dean verächtlich. Trotz seiner miesen Laune gelingt es ihm, den Motor zu starten und endlich loszufahren. Er stößt rückwärts raus auf die Straße und steuert Richtung Süden. »Du bist ganze sechs Wochen weg. Und danach ziehst du nach Chicago. Mir bleiben also nur noch fünf Wochen mit dir. Das ist nicht viel.«

»Ja, schon, aber wir machen einfach das Beste aus diesen fünf Wochen.« Mir ist bewusst, dass nichts, was ich sage, auch nur das Geringste an der Situation ändern könnte. Seit fünf Monaten läuft alles auf diesen Moment hinaus. Nur dass Dean das Problem jetzt endlich auch laut ausspricht. Ich warte schon eine ganze Weile darauf, dass das passiert.

»Darum geht es doch gar nicht, Eden«, fährt er mich an, und kurz bringt er mich damit zum Schweigen. Auch wenn ich es nicht anders erwartet hatte, finde ich es doch seltsam, Dean so gereizt zu erleben. Wir streiten uns nur selten, weil wir bis jetzt eigentlich immer einer Meinung waren.

»Und worum geht es dann?«

»Na, darum, dass du lieber sechs Wochen dort bist, statt die Zeit mit mir zu verbringen«, sagt er. Mit einem Mal klingt seine Stimme viel leiser. »Ist es denn wirklich so toll in New

York? Und überhaupt, musst du gleich ganze sechs Wochen dort verbringen? Hätte denn eine nicht gereicht?«

»Er hat mich nun mal für sechs Wochen eingeladen«, gestehe ich. Als ich damals einwilligte, fand ich die Idee super. Was Besseres konnte ich mir gar nicht vorstellen.

»Und warum warst du nicht bereit für einen Kompromiss?« Von Sekunde zu Sekunde steigert sich seine Verärgerung, und er unterstreicht seine Worte mit den passenden Gesten, was zu einigen gefährlichen Lenkmanövern führt. »Warum konntest du nicht einfach sagen ›Hey, klar komme ich, aber bloß für zwei Wochen‹, hm?«

Trotzig verschränke ich die Arme vor der Brust, reiße den Kopf herum und starre aus dem Fenster. »Jetzt komm mal wieder runter. Rachael hat sich kein einziges Mal beschwert, dass ich weggehe. Warum kriegst du das nicht auf die Reihe?«

»Hallo? Rachael ist deine beste Freundin, aber ich bin dein *Freund*! Und außerdem trifft sie sich ja mit dir, während du dort bist«, feuert er zurück. Zugegeben, er hat irgendwo recht. Rachael und unsere gemeinsame Freundin Meghan, die ich kaum mehr zu sehen kriege, seit sie an der Utah State University ist, haben schon vor Monaten einen Trip nach New York geplant. Mich hätten sie auch gefragt, doch Tyler ist ihnen zuvorgekommen. So oder so wäre ich also diesen Sommer in New York gelandet. Aber ich kann Dean wohl kaum zum Vorwurf machen, dass er sich übergangen fühlt. Schließlich treffen Rachael, Meghan, Tyler und ich – fast die ganze Clique also – uns ohne ihn in der Stadt.

Dean seufzt, und ein paar Minuten lang macht keiner von uns einen Mucks, bis wir an einem Stoppschild anhalten. »Du zwingst mich schon früh in diese Fernbeziehungssache«, sagt er. »Das ist echt großer Mist.«

»Na schön, dann kehr doch um«, fauche ich. Ich wirble herum, sehe ihn an und reiße die Hände hoch. »Dann gehe ich eben nicht. Bist du jetzt zufrieden?«

»Nein«, sagt er. »Ich bringe dich zum Flughafen.«

Die nächste halbe Stunde herrscht frostiges Schweigen. Es ist alles gesagt. Dean ist stinksauer, und ich weiß nicht, was ich noch sagen könnte, um ihn aufzumuntern. Also verbringen wir die gesamte Fahrt zum Terminal sieben in betretener Stille.

Dean stellt den Motor ab, kaum ist er direkt vorm Eingang zur Abflughalle rechts rangefahren. Er dreht sich zu mir und sieht mich eindringlich an. Mittlerweile ist es schon fast sieben. »Kannst du mich wenigstens regelmäßig anrufen?«

»Dean, du weißt doch, dass ich das tue.« Ich stoße die Luft aus und lächle ganz leicht, in der Hoffnung, er möge schwach werden, wenn ich ihn aus großen Bambiaugen ansehe. »Versuch einfach nicht zu viel an mich zu denken, okay?«

»Das sagst du so leicht«, meint er. Wieder ein Seufzer. Doch als er mich erneut ansieht, habe ich das Gefühl, seine Stimmung ist nicht mehr ganz so düster. »Komm her.«

Er umfasst mein Gesicht mit den Händen und zieht mich ganz sanft zu sich. Über der Mittelkonsole treffen sich unsere Lippen, und schon bald ist der Streit zwischen uns vergessen. Er küsst mich ganz langsam und zärtlich, bis ich mich von ihm lösen muss.

»Willst du, dass ich meinen Flug verpasse?« Ich sehe ihn mit hochgezogenen Augenbrauen an, während ich die Beifahrertür aufstoße und die Beine rausschwinge.

Dean grinst. »Vielleicht.«

Demonstrativ rolle ich mit den Augen, und als ich draußen stehe, werfe ich mir den Rucksack über die Schulter und schließe behutsam die Tür hinter mir. Ich hole mein Gepäck aus dem Kofferraum, dann gehe ich zum Fahrerfenster, das er sofort runterkurbelt.

»Da wären wir, nächster Halt New York City, junge Frau.«

Ich greife in die Tasche und ziehe einen Fünfer raus, genau die Banknote, die wir bei jeder Gelegenheit austauschen, seit wir uns kennen, für jeden Gefallen, den einer von uns dem anderen tut. Nur ist der Schein inzwischen schon ziemlich knittrig und voller Risse, und fast wundert es mich, dass er noch nicht auseinanderfällt.

»Dafür schuldest du mir mehr als nur fünf Mäuse.«

»Ich weiß. Tut mir leid.« Ich beuge mich zum Fenster rein, drücke ihm einen festen Kuss auf den Mundwinkel und drehe mich um. Als ich das Terminal betrete, höre ich hinter mir den Motor starten.

Ich war schon fast zwei Jahre nicht mehr hier am Flughafen von L.A. Daher habe ich mir insgeheim gewünscht, Dean wäre mit mir reingekommen. Doch nun scheint es mir auch besser, den Abschied nicht unnötig lange hinauszuzögern. Er hätte es bestimmt ganz übel gefunden zu sehen, wie ich hinter dem Sicherheits-Check-in verschwinde. Außerdem komme ich gut alleine klar. Glaube ich.

Wie zu erwarten herrscht im Terminal reger Betrieb, selbst um diese frühe Uhrzeit. Ich schlängle mich zwischen den Massen an Menschen hindurch, bis ich einen freien Fleck finde, an dem ich kurz stehen bleiben kann. Ich nehme den Rucksack ab und krame darin, bis ich mein Handy zu fassen kriege. Schnell rufe ich die SMS-Funktion auf, greife mir meinen Koffer und fange, noch während ich mich zum Schalter der Fluggesellschaft aufmache, zu tippen an.

Sieht so aus, als wäre der nächste Sommer endlich da. Bis bald.

Und dann schicke ich die Nachricht an die Person, auf die ich mich schon seit dreihundertneunundfünfzig Tagen freue.

Ich schicke sie an Tyler.

Kapitel 2

Erst als ich längst am Newark Liberty International Airport gelandet bin, wird mir bewusst, dass der gar nicht in New York liegt. Nein, er befindet sich in New Jersey, und es ist sauviel los hier. Obwohl wir mit einer Verspätung von zehn Minuten losgeflogen sind, landen wir zehn Minuten früher als geplant. Meine innere Uhr sagt mir, dass es zwei Uhr nachmittags ist, deshalb hab ich wahnsinnigen Hunger auf ein Mittagessen. Aber in Wirklichkeit ist es hier natürlich schon siebzehn Minuten nach fünf am Abend.

Und das bedeutet, dass ich ihn jeden Moment wiedersehen werde.

Mein Herz setzt einen Schlag aus, während ich einen kurzen Blick auf die Infoschilder über mir werfe. Gern würde ich stehen bleiben und nachsehen, wo ich eigentlich hinmuss, aber ich kann jetzt nicht anhalten. Ich will nicht, dass es noch länger dauert, sondern will ihn so schnell wie möglich sehen. Ich schlinge mir den Rucksack über die Schulter und folge einfach den Leuten, die mit mir aus dem Flieger gestiegen sind. Doch mit jedem einzelnen Schritt verstärkt sich das flaue Gefühl in meinem Magen. Und mir wird immer mehr bewusst, dass ich eigentlich nicht hierherkommen hätte dürfen. Das war keine gute Idee.

Natürlich war es keine gute Idee, denke ich.

Als würde ich über ihn hinwegkommen, wenn ich nur ein bisschen Zeit mit ihm allein verbringe. Im Gegenteil,

16

das macht es doch nur schlimmer, es wird von Mal zu Mal schwieriger. Für ihn ist das alles natürlich kein Problem. Er ist vermutlich längst über mich hinweg und hat eine niedliche neue Freundin mit New Yorker Akzent. Und dann komme ich daher, die blöde Idiotin, die ein ganzes Jahr lang nicht aufhören konnte, an ihn zu denken. Ich weiß genau, dass alles, was ich je für ihn empfunden habe, wieder da ist, sobald ich ihn sehe. Ich spüre es jetzt schon. Denn ich hab wieder dieses nervöse Gefühl in der Magengegend, das ich immer kriege, wenn er mich anlächelt, und ich spüre, wie mein Puls rast wie immer, wenn sein Blick dem meinen begegnet.

Ob es wohl zu spät ist, die Biege zu machen?

Die Gruppe von Leuten, der ich gefolgt bin, fährt nun eine Rolltreppe nach unten. Zögernd bleibe ich oben stehen und trete zur Seite. Ich überlege. Vielleicht wird es ja gar nicht so schlimm. Klar, ich freue mich darauf, ihn zu sehen, auch wenn meine Nerven fast mit mir durchgehen deswegen. Und außerdem warte ich schon so lange auf diesen Moment, dass es echt lächerlich ist, jetzt plötzlich Zweifel zu kriegen.

Ich bin bloß total durch den Wind, in meinem Kopf herrscht Chaos. Aber ich bin hier. Es ist an der Zeit, dass ich ihm das erste Mal nach einem Jahr gegenübertrete.

Als ich die Rolltreppe endlich betrete, umklammere ich den Gurt meines Rucksacks ein wenig fester, und das Herz klopft mir jetzt buchstäblich gegen den Brustkorb. Ob die Leute um mich herum das wohl hören? Fühlt sich an, als bekäme ich gleich einen Herzanfall. Vielleicht kippe ich vor lauter Angst ja um? Meine Beine fühlen sich steif an, aber irgendwie schleppe ich mich vorwärts. Ich schaffe es von der Rolltreppe runter und durchquere die Ankunftsebene.

Mit einem Auge suche ich nach der Gepäckausgabe, während ich mit dem anderen bereits Ausschau halte nach einem Paar grüner Augen. Ich nehme wahr, wie um mich herum Leute stehen bleiben und sich ebenfalls suchend umsehen. Da sind Männer in Anzügen mit Schildern in der Hand. Familien, die die Massen mustern, die die Rolltreppe herabströmen. Ich durchsuche die Menge meinerseits gleich doppelt so gründlich. Denn ich weiß ganz genau, wen ich zu sehen hoffe. Kurz glaube ich, ihn entdeckt zu haben. Schwarzes Haar, groß. Doch gerade, als mein Herz aussetzen will, schließt der junge Mann eine Frau in die Arme, und mir wird klar, dass er es gar nicht ist.

Wieder lasse ich den Blick durch die Halle schweifen, während ich mir meinen Weg zur Gepäckausgabe bahne. Ich zwinge mich, einen Fuß vor den anderen zu setzen, obwohl meine Beine sich total taub anfühlen. Im Vorbeigehen werfe ich verstohlene Blicke auf die vielen Schilder und schnappe verschiedene Nachnamen auf. Aus welchen Gründen alle diese Leute wohl nach New York kommen? Doch der Gedanke ist schon bald wieder vergessen, denn plötzlich fällt mein Blick auf ein Plakat, das meine Aufmerksamkeit erregt. Klar, weil da nämlich mit schwarzem Edding mein Name draufgeschmiert ist, und zwar irre schief.

Und in dem Moment sehe ich ihn.

Tyler.

Er hält sein dämliches Schild knapp unterhalb der Augen, und kaum begegnen sich unsere Blicke, sehe ich, wie sie sich in den Winkeln kräuseln. Er grinst. Und mit einem Mal überkommt mich eine erstaunliche Ruhe. Die Anspannung in meiner Brust lässt nach. Mein Herz hört auf, gegen den Brustkorb zu hämmern. Mein Puls pocht nicht mehr so stark, dass man ihn unter der Haut sieht. Und ich stehe einfach nur da, inmitten der Ankunftshalle, und lasse zu, dass die anderen Reisenden mich mit den Ellbogen anrempeln. Mir egal, dass ich ihnen im Weg bin. Mir egal, dass ich total verloren aussehen muss, wie ich da stehe. Für mich zählt nur, dass Tyler hier ist, dass wir uns endlich wieder gegenüberstehen und ich sofort das Gefühl habe, alles wäre wieder im Lot. Fast kommt es mir so vor, als wäre es keine dreihundertneunundfünfzig Tage her, seit er mich das letzte Mal so angelächelt hat wie jetzt.

Langsam senkt er das Schild und zeigt sein ganzes Gesicht, und sofort erinnern mich sein Grinsen und die Farbe seiner Augen und die Art, wie er eine Braue ganz leicht hochzieht, an all die unzähligen Gründe, warum ich ihn stets so hinreißend fand. Vielleicht liebe ich sie immer noch, all diese Dinge an ihm, weil sich meine Füße jetzt wieder in Bewegung setzen. Und zwar ganz schnell. Ich gehe direkt auf ihn zu und werde mit jedem Schritt schneller, nur ihn im Blick und nichts anderes. Dass ich mir stur meinen Weg geradeaus zu ihm bahne, zwingt die Leute, mir auszuweichen, denn inzwischen renne ich. Und kaum bin ich bei ihm angekommen, werfe ich mich ihm in die Arme.

Ich glaube, er ist ein klein wenig überrumpelt. Wir stolpern ein paar Schritte rückwärts, wobei sein Schild zu Boden flattert, weil er mich nun packt. Am Rande nehme ich wahr, wie ein paar Leute ein entzücktes Ooh und Aah verlauten lassen, weil sie offenbar denken, wir wären ein Paar, das sich bislang nur auf die Ferne übers Internet kannte und sich nun zum ersten Mal begegnet. Mag schon sein, dass es so aussieht, denn in gewisser Weise stimmt es ja auch. Das Ganze war eine Art Fernbeziehung. Eine Fernbeziehung zwischen Stiefgeschwistern, um genau zu sein. Nichtsdestotrotz kümmere ich mich nicht um unser Publikum. Ich schlinge die Beine um ihn und berge mein Gesicht an seiner Schulter.

»Hoffentlich kriegen die hier nicht den falschen Eindruck«, murmelt Tyler an meiner Wange. Er lacht leise, während er aufpasst, dass wir nicht umkippen. Auch wenn ich im Laufe des vergangenen Jahres seine Stimme immer wieder übers

Telefon gehört habe, klingt sie in echt ganz anders. Es ist fast so, als könnte ich sie spüren.

»Vielleicht lässt du mich besser runter«, flüstere ich zurück, was er prompt tut. Ein letztes Mal drückt er mich ganz fest an sich, dann setzt er mich sanft auf die Füße. Und dann blicke ich zu ihm auf und sehe ihm in die Augen, diesmal ganz nah. »Hi«, sagt er.

»Hi«, entgegne ich. Er wackelt mit den Brauen, und wieder einmal stelle ich fest, was für eine Gelassenheit und positive Einstellung er ausstrahlt. Ich kann nicht anders, ich muss grinsen.

»Willkommen in New York.«

»New Jersey«, korrigiere ich ihn, doch meine Stimme ist nicht viel mehr als ein Flüstern. Ich starre in sein Gesicht. Irgendwie sieht er aus, als wäre er in dem einen Jahr gleich um vier Jahre gealtert, aber das liegt in erster Linie an den Bartstoppeln an seinem Kinn. Ich versuche nicht darüber nachzudenken, wie gut ihm das steht, daher lasse ich meinen Blick stattdessen zu seinen Armen wandern. Was es nicht unbedingt einfacher macht. Sein Bizeps ist noch ausgeprägter, als ich ihn in Erinnerung hatte, daher schlucke ich den Kloß in meiner Kehle hinunter und starre auf seine Augenbrauen. Augenbrauen sind doch bestimmt nichts, was einen antörnen könnte.

Im Ernst, Eden, was ist nur los mit dir?

»New Jersey, auch egal«, meint Tyler. »Du wirst die Stadt lieben. Zum Glück bist du jetzt hier.«

»Warte mal.« Ich mache einen Schritt zurück, lege den Kopf schief und starre ihn ungläubig an. Ich bin mir fast sicher, dass er seine Vokale eben ganz anders betont hat. »Ist das … Ist das etwa ein New Yorker Akzent, den ich da raushöre?«

Er reibt sich verlegen den Nacken und zuckt die Schulter. »Tja, vielleicht ein bisschen. Färbt eben ab, weißt du? Da hilft es auch nicht viel, dass Snake aus Boston stammt. Kannst von Glück sagen, dass ich mein R überhaupt noch ausspreche.«

»Snake? Das ist dein Mitbewohner, oder?« Ich versuche mich an all die Telefonate im Laufe des Jahres zu erinnern, in denen Tyler mich auf den neusten Stand gebracht hat, von wegen, auf welcher Schule er an dem Tag war oder was er Cooles erlebt hat. Zum Beispiel als der Winter kam und er zum ersten Mal Schnee erlebte. Aber ich bin viel zu abgelenkt, weil er so anders spricht. Keine Ahnung, warum mir das nie aufgefallen ist, wenn er mich anrief. »Wie meintest du gleich ist sein richtiger Name?«

»Stephen«, sagt Tyler und rollt kurz mit den Augen. »Komm schon, hauen wir von hier ab.«

Er wendet sich in Richtung Ausgang, bis ich ihn darauf aufmerksam mache, dass ich ja auch Gepäck habe, das ich noch einsammeln muss. Beschämt begleitet er mich zum Gepäckband. Es sind nun schon fünf Minuten verstrichen wegen der stürmischen Begrüßung, daher ist inzwischen nicht mehr ganz so viel los. Es dauert nicht einmal eine Minute, dann habe ich meinen Koffer auch schon entdeckt, und bald sind wir auf dem Weg vom Terminal C zum Parkplatz. Mühelos zieht Tyler das schwere Gepäck hinter sich her.

Es ist extrem heiß hier draußen. Noch heißer als in Santa Monica oder in Portland. Ich schäle mich aus dem Kapuzenpulli und stopfe ihn in den Rucksack, gerade als wir uns seinem Audi nähern. Der ist überraschenderweise immer noch in makellosem Zustand. Mal ehrlich, ich hätte erwartet, dass er mittlerweile voller Graffitis ist oder zumindest das eine oder andere Fenster eingeworfen wurde.

Tyler reißt den Kofferraum auf, der in diesem Fall vorne ist, und verstaut mein Zeug. Dann knallt er die Abdeckhaube wieder zu. »Wie geht's deiner Mom?«, erkundigt er sich, grinst aber.

Ich verdrehe die Augen und lasse mich auf den Beifahrersitz plumpsen, und dann warte ich, bis er neben mir sitzt, ehe ich antworte. »Nicht so prickelnd. Sie tut immer noch so, als würde ich ganz hierherziehen wollen oder so.« Ich streiche mit der Hand über das Leder des Sitzes und atme tief ein. Holzrauch. Lufterfrischer. Bentley, sein Aftershave. Oh, wie ich diesen verdammten Duft vermisst habe. »Dean ist auch sauer.«

Tylers Blick flackert zu mir, und er mustert mich für einen Moment. Dann sieht er wieder weg, startet den Motor und legt den Sicherheitsgurt an. »Seid ihr immer noch glücklich?«

»Klar«, schwindle ich. Mal ehrlich, nach unserem Streit heute Morgen bin ich mir nicht mal sicher, ob wir überhaupt noch ein Paar sind. Ich denke schon. Wie ich Dean kenne, sitzt er es einfach aus. »Wir kommen ganz gut aus.« Aus dem Augenwinkel fixiere ich Tyler, weil ich sehen will, wie er reagiert. Ich warte ab, dass was passiert, irgendwas. Dass sein Kiefer sich versteift. Dass er die Augen zusammenkneift. Doch er lächelt bloß und stößt rückwärts aus der Parklücke.

»Gut«, meint er, was in mir sofort jeden Funken Hoffnung zunichtemacht, den ich noch hatte. Klar ist er nicht sauer, dass ich noch mit Dean zusammen bin. Schließlich ist er ja so was von über mich hinweg. »Und, wie läuft es bei ihm so?«

Ich schlucke und verschränke die Finger, wobei ich mir alle Mühe gebe, nicht allzu entmutigt zu erscheinen. Es sollte mir nichts ausmachen. Im Grunde sollte es mir piepegal sein. »Ihm geht's ganz gut.«

Ein schlichtes Nicken. Er konzentriert sich voll und ganz auf die Straße, während wir uns der Ausfahrt nähern. »Und wie sieht's bei meiner Mom aus?«, erkundigt er sich mit leiser Stimme. »Ich hab das Gefühl, es wird von Mal zu Mal nerviger, wenn wir telefonieren. Dauernd geht das so: ›Klar,

Mom, ich wasche meine Wäsche.‹ Und: ›Nein, ich hab die Wohnung noch nicht abgefackelt, und ich hab mir keinen Ärger eingehandelt.‹« Er lacht leise in sich hinein, dann fügt er hinzu: »Noch nicht.«

»Bis auf diesen Strafzettel, den du bekommen hast, weil ein Polizist dich wegen erhöhter Geschwindigkeit aufgehalten hat«, werfe ich ein. *Benimm dich einfach ganz normal. Immer schön locker bleiben*, rede ich mir selbst ein.

Als wir vom langgezogenen Parkplatz auf die Interstate rauffahren, grinst er mich kurz von der Seite an. »Was sie nicht weiß, macht sie nicht heiß. Aber mal im Ernst: Sieht Jamies Freundin scharf aus?«

Ich starre ihn an, und er zuckt ganz unschuldig mit der Schulter. »Du bist echt ein typischer Kerl«, sage ich. »Aber ja, sie ist ganz süß.« Ich sehe Jen nicht oft, in erster Linie, weil Jamie will, dass ich mich von ihnen fernhalte. Angeblich habe ich ihn blamiert, als er sie das erste Mal mit nach Hause brachte. Offenbar widerspricht es dem Verhaltenskodex unter Geschwistern, wenn man der Freundin des Stiefbruders erzählt, dass er im Schlaf Gedichte von Robert Frost rezitiert, »Der nicht gegangene Weg«, um genau zu sein. »Hey, rate mal, was neulich passiert ist?«

»Was denn?«

»Chase hat gefragt, ob er ein Mädchen aus seiner Klasse zum Lernen mit heimbringen darf, und dabei haben wir doch jetzt Ferien, wofür also wollen die lernen?«

»Lernen«, schnaubt Tyler. »Ganz schön schlau für einen Achtklässler. Sind ihm Mädchen plötzlich wichtiger als Videospiele?«

Meine Lippen verziehen sich zu einem neckischen Grinsen, aber er schaut mich nicht an. »Sieht ganz so aus, als kämen sie nach ihrem Bruder, wenn es um Mädels geht.«

»Ich bringe die beiden um, sobald wir zurück sind«, knurrt er, lacht aber dabei. »Die wollen mir wohl meinen guten Ruf streitig machen, indem sie mich imitieren. Wie originell.«

Wir befinden uns auf der Autobahn, allerdings zur absoluten Stoßzeit, daher geht es nur extrem zäh voran. Ich strecke die Hand nach der Sonnenblende aus und klappe sie runter. Das gleißende Licht tut mir in den Augen weh, und meine Sonnenbrille hab ich im Koffer. Im Nachhinein ist mir klar, dass es echt hirnrissig war, sie da reinzupacken. »Findest du eigentlich, dass das Jahr schnell vergangen ist?«

Als der Verkehr nach einem kurzen Stück Fahrt wieder einmal zum Erliegen kommt, nutzt Tyler die Gelegenheit und sieht mich an. Einen flüchtigen Moment scheint er zu überlegen, dann zuckt er mit der Schulter. Sein Lächeln ist so gut wie verschwunden. »Nein. Hat sich angefühlt, als würde jeder Monat doppelt so lange dauern wie sonst. War die Hölle, die Warterei auf den Sommer.«

»Ich dachte, für dich wäre die Zeit vielleicht schneller vergangen«, sage ich. »Du weißt schon, wegen der Tour und so. Du warst ja ständig beschäftigt.« Wann immer ich mit Tyler sprach, brachte er mich auf den neusten Stand, was seine Vorträge betraf. Er reiste von einer Schule zur nächsten und besuchte auch andere Einrichtungen, um das öffentliche Bewusstsein für Kindesmisshandlung zu stärken. Auf diesen Veranstaltungen teilte er seine eigene Geschichte mit den Leuten, denn er war in seiner Kindheit körperlicher Gewalt durch seinen Vater ausgesetzt. Einmal war er in Maine. An anderen Tagen reiste er durch New Jersey. Er war oft längere Zeit gar nicht in New York. Und auch wenn er oft ziemlich erschöpft war, bin ich doch überzeugt, dass er die Zeit hier in vollen Zügen genoss.

Er schüttelt den Kopf und heftet den Blick wieder auf die Straße. Der Verkehr setzt sich in Bewegung. »Klar, an den Tagen, an denen wir eine Veranstaltung haben, geht die Zeit schnell vorbei, aber die Nächte ziehen sich dafür ewig hin.

Wenn ich heimkomme, macht Stephen oft noch an seinem Computer herum und muss irgendwas für die Uni erledigen. Und dann langweile ich mich die meiste Zeit tierisch. Wenn man niemanden kennt, weiß man selbst in New York nach ungefähr einem Monat nicht mehr, was man unternehmen soll.«

Tyler hat nie was von Langeweile gesagt. Bei unseren Telefonaten schwärmte er mir immer was vor, von wegen, wie sehr er die Stadt doch liebe und wie viel besser der Kaffee in New York schmecke und dass er überhaupt eine richtig tolle Zeit hier habe. Mir wäre nie in den Sinn gekommen, er könnte schwindeln. »Wenn dir so langweilig ist, warum bleibst du dann noch sechs Wochen?«

Den Bruchteil einer Sekunde habe ich das Gefühl, er muss sich ein Lächeln verkneifen. »Weil du jetzt hier bist.«

»Was soll das denn …«

»Hey, ich liebe diesen Song«, fällt er mir ins Wort. Und schon streckt er die Hand aus und dreht die Lautstärke am Radio hoch, indem er ein paarmal kurz aufs Display tippt. Es gelingt mir nicht, meine Frage zu Ende zu führen, daher sehe ich ihn mit hochgezogenen Augenbrauen an, wie er im Takt zur Musik mit dem Kopf wippt. Ich glaube, es ist die neue Single von Drake. »Das neue Album von Kanye West kommt übrigens heute raus.«

»Mhm«, mache ich nur, aber ich achte kaum auf ihn. Mal ehrlich, das interessiert mich so gar nicht. Ich mag Kanye West noch nicht mal besonders. Und Drake auch nicht.

Ich bin mir nicht ganz sicher, wohin unser Gespräch im Moment führt. In erster Linie kommentiert Tyler irgendwelche langweiligen Sachen, und ich pflichte ihm bei. Zum Beispiel das hohe Verkehrsaufkommen und dass das Wetter ja so toll ist und dass wir bald aus New Jersey rausfahren und in New York sind. Das freut mich dann aber doch. Endlich.

Der Wagen windet sich eine spiralförmige Straße aufwärts, bis wir vor einer Reihe von Mauthäuschen stehen. Tyler fädelt sich in einer Spur ein, in der nur Barzahlung möglich ist, und fährt auf die Schranke zu. »Weißt du, was komisch ist am Lincoln-Tunnel?«, meint er grüblerisch, während er sein Portemonnaie rausholt.

»Was denn?«

»Nach New Jersey kommt man umsonst rein, aber man muss bezahlen, wenn man in östliche Richtung nach New York will.« Er schüttelt den Kopf, das abgezählte Geld in der Hand, und fährt zum Kassenhäuschen. »Aber irgendwie auch verständlich. Denn wer will schon nach New Jersey.« Ich lache, während er das Fenster runterfährt. Sein Wagen liegt so tief, dass er sich richtig rausstrecken muss, um bezahlen zu können.

Der Typ an der Kasse nimmt das Geld entgegen und murmelt: »Nettes Auto«, ehe er die Schranke für uns öffnet und Tyler auch schon durchdüst. Natürlich nicht, ohne den Motor einmal so richtig hochzujagen, als wollte er dem Kerl irgendwas beweisen.

Ich verschränke die Arme und wende mich mit ganzem Oberkörper zu ihm. »Manche Dinge ändern sich wohl nie«, bemerke ich scherzhaft.

Tyler grinst, ein bisschen verlegen. »Die Macht der Gewohnheit«, sagt er achselzuckend.

Nur wenige Sekunden später verschwindet die Sonne, die eben noch auf uns heruntergebrannt hat, als wir eine der drei Tunnelröhren befahren. Wir sind umgeben von einem warmen orangen Leuchten. Meine Augen brauchen einen Moment, um sich an die Dunkelheit zu gewöhnen. Als ich wieder klar sehe, schaue ich zum Fenster raus, obwohl da nicht viel zu sehen ist außer Betonwände. Ich beuge mich vor und starre hoch zur Tunneldecke.

»Was ist da über uns?«

»Der Hudson«, erklärt Tyler.

»Das ist ja cool.« Ich kaue auf der Unterlippe und lehne mich wieder in meinem Sitz zurück. Mit einem Mal fällt mir ein, dass ich jetzt sechs Wochen lang in New York bleiben werde. Die letzte halbe Stunde scheine ich vergessen zu haben, wo wir eigentlich hinfahren. Doch allein die Erwähnung des Hudson River reicht, um mich in die Realität zurückzuholen.

»Na dann, willkommen in New York«, sagt Tyler nach einer Weile. Er hebt die Hand, um auf etwas zu deuten, und ich folge seinem ausgestreckten Finger, der auf die Tunnelwand deutet.

Dort ist eine senkrechte Linie zu sehen. Auf der einen Seite dieser Linie steht »New Jersey« und auf der anderen »New York«. Wir überqueren also soeben die Staatsgrenze, und das bedeutet, dass wir nun wirklich endlich in New York sind.

»Gleich sind wir in Manhattan«, erklärt Tyler noch. Ich glaube, er spürt, wie aufgeregt ich bin, denn auch wenn ich viel zu überwältigt bin, um einen Ton rauszukriegen, grinst er mich von der Seite an. »Ich dachte mir, wenn du nicht zu müde bist, könnten wir später noch zum Times Square fahren. Du weißt schon, weil es doch dein erster Abend in der Stadt ist und so. In der ersten Woche musst du unbedingt alles abhaken, was man sich als Touri so ansehen sollte.«

»Times Square klingt cool«, sage ich. Ich gebe mir alle Mühe, ruhig zu bleiben, dabei würde ich am liebsten loskreischen vor Freude. Ich bin bislang kein einziges Mal weggekommen von der Westküste, und jetzt bin ich nicht nur endlich mal ganz im Osten, sondern noch dazu in New York City. Neben Los Angeles vermutlich die tollste Stadt des Landes. Zumindest sagt man das.

Nicht mehr lange, dann werde ich wissen, ob da was dran ist.

Kapitel 3

Es wird zusehends heller im Lincoln-Tunnel, da wir uns dem Ende nähern, und als wir wieder draußen im Tageslicht sind, erkennen wir kaum die Hand vor Augen, so sehr blendet uns die Sonne. Trotzdem linse ich blinzelnd zum Fenster hinaus, weil ich nichts verpassen will von der Stadt. Auf keinen Fall lasse ich mir irgendwas entgehen.

Und im ersten Moment fühlt sich alles fast ein wenig vertraut an.

Der viele Verkehr auf den Straßen. Die nicht abreißenden Menschenströme entlang der Gehwege. Massen, die die Straßen überqueren. Die hoch aufragenden Gebäude, die in mir leichte Beklemmungen auslösen. Santa Monica kommt einem da im Vergleich vor wie ein winziger flacher Klecks inmitten der Weiten von Arkansas. Alles steht so dicht gedrängt, reicht so hoch hinaus. Das hat allerdings den Vorteil, dass die Gebäude reichlich Schatten spenden. Außerdem ist da dieses allgegenwärtige Gefühl von … Geschäftigkeit und Leben. Hier läuft nichts ruhig und gemächlich und entspannt ab. Alles erweckt den Eindruck von Schnelligkeit, als hätte jeder es furchtbar eilig, irgendwas zu erledigen oder irgendwo hinzukommen. Ich glaube, deswegen macht das alles auch so einen vertrauten Eindruck auf mich. Denn es ist genau wie in meiner Vorstellung, nur ohne den Dampf, der aus den Gullys aufsteigt. Das wird in den Filmen wohl immer etwas übertrieben dargestellt.

»Wow.«

»Das hab ich auch gesagt beim ersten Mal«, meint Tyler lachend. Doch er mustert mich aus dem Augenwinkel, während ich das alles auf mich wirken lasse. Und gleichzeitig gelingt es ihm, sich behände zwischen Fußgängern und Fahrzeugen durchzuschlängeln und die Zweiundvierzigste Straße entlangzufahren. »Ein irres Gefühl, wie?«

»Klar, ist ja auch New York«, sage ich. »New York City, wie krass ist das denn.«

»Wir durchqueren gerade den Garment District, das Modeviertel der Stadt«, verrät er mir. »Als Nächstes geht's in Richtung Midtown Manhattan.«

Ich achte kaum auf ihn, und auch wenn ich seine Worte höre, nehme ich ihren Sinn im ersten Moment nicht wahr. Mein Blick wird wie magisch angezogen von den gewaltigen Gebäuden ringsum und von den Bäumen entlang der Straßen. Mir entgeht nicht, dass der überwiegende Teil Einbahnstraßen sind. Ich beuge mich vor, um bessere Sicht zu haben auf alles, was über uns ist. »Deine Wohnung liegt in der Upper East Side, oder?«

Ich konzentriere mich wieder auf Tyler, weshalb mir erst jetzt sein selbstgefälliges Grinsen bewusst wird. An einer Ampel halten wir an. »Hast du denn was Geringeres erwartet von meiner Mom?«

»Nein«, gebe ich zu. »Nie hätte sie dich in einer Gegend wie Harlem wohnen lassen.«

Er gibt einen missbilligenden Laut von sich und schüttelt gespielt theatralisch den Kopf. »Ich bitte dich, Eden, hätte nicht gedacht, dass du so voller Vorurteile bist. Der östliche Teil von Harlem ist gar nicht so schlecht wie sein Ruf, aber das liegt vielleicht auch daran, dass ich Spanisch spreche, deshalb passe ich da ganz gut rein. Sind meine südamerikanischen Gene, ganz bestimmt.«

»Tyler, du hast gerade mal zu einem Viertel lateinamerika-

29

nische Wurzeln. Man sieht es dir ja noch nicht mal an.« Ich versuche, nicht die Gruppe von Leuten anzustarren, die an der Ecke darauf wartet, die Straße zu überqueren. Ein paar von ihnen schießen verstohlen Fotos von Tylers Wagen, während wir warten, doch es ist fast unmöglich, das zu übersehen. Tyler achtet dennoch nicht auf sie.

»Trotzdem hab ich lateinamerikanische Gene«, beharrt er. »Und das ist echt cool. Hab ich Grandma Maria zu verdanken. Und meinem Dad.«

Darauf sage ich keinen Ton. Dass Tyler seinen Dad erwähnt, überrascht mich ein wenig, und ich warte darauf, dass sein Gesichtsausdruck sich verhärtet oder seine Laune sich rapide verschlechtert. Er aber lächelt nur und deutet zum Fenster hinaus. Offenbar hat er kein Problem mehr damit, über seinen Dad zu reden. Schließlich tut er es schon seit einem Jahr.

»Falls es dir nicht aufgefallen sein sollte, der Times Square ist gleich da drüben.«

»Wo?«

Die Ampel schaltet auf Grün, gerade als mein Blick auf die Straße vor uns fällt. Tyler steigt sofort aufs Gas, und das Auto schießt um die Ecke und hinterlässt eine dicke schwarze Rauchwolke. Offensichtlich wollte er unser Publikum am Straßenrand beeindrucken. Mein Blick schnellt zurück zu Tyler.

»Wir fahren einen kleinen Umweg«, erklärt er und grinst, als er meinen verwunderten Gesichtsausdruck bemerkt. »Ich will nicht, dass du das jetzt schon siehst. Das sparen wir uns für heute Abend auf.«

»Ist das dein Ernst? Erst erzählst du mir, der Times Square liegt direkt vor meiner Nase, und dann fährst du los, bevor ich ihn sehe?« Ich verschränke die Arme vor der Brust und wende mich beleidigt von ihm ab. Natürlich tue ich nur so und muss grinsen.

»Sieht einfach besser aus bei Nacht«, sagt er.

Wir fahren die Eighth Avenue entlang in nördlicher Richtung, vorbei an Hotels, Geschäften, Restaurants und natürlich Hunderten von Touristen. Es ist nicht schwer, die Einheimischen von den Besuchern zu unterscheiden, in erster Linie deshalb, weil Letztere mit faszinierten Gesichtern durch die Gegend rennen und fast alles bildlich festhalten. Wenn ich nicht hier hinter Tylers getönten Scheiben sitzen würde, würde ich mich direkt unter sie mischen.

»Wir überqueren jetzt den Broadway«, murmelt Tyler, kaum sind wir auf die Siebenundfünfzigste Straße abgebogen. »Der Central Park liegt zwei Straßen weiter zu deiner Linken. Und die Carnegie Hall ist gleich rechts.«

»Hör auf!« Frustriert reiße ich die Hände hoch, weil ich nicht mehr weiß, wo mir der Kopf steht. Ich will ja nichts verpassen. Schnell werfe ich einen Blick nach links, um hoffentlich ein bisschen Grün zu sehen, aber da sind massenhaft Gebäude im Weg, weshalb ich mich auf die Straße konzentriere, die wir jetzt überqueren: den Broadway. Er verläuft nicht parallel zum Rest der Straßen, sondern kreuzt sie diagonal, was irrsinnig cool aussieht. Ansonsten aber ist er wie jede andere Straße auch, die wir bislang gesehen haben, daher richte ich die Augen geradeaus und warte auf die Carnegie Hall. Und das, obwohl ich nicht mal genau sagen könnte, wie die aussieht. Ich weiß nur eines: Sie ist berühmt und hat einen exzellenten Ruf.

»Da«, sagt Tyler und deutet im Vorbeifahren auf ein Gebäude zu unserer Rechten. Ich habe es nur ein paar Sekunden im Blickfeld, doch das reicht aus, um festzustellen, dass es sich nicht groß von den anderen Bauten ringsum unterscheidet. Vielleicht fände ich es ja aufregender, wenn ich auf klassische Musik stünde.

»Das ist es?«

»Ja.«

Wir fahren östlich die Siebenundfünfzigste entlang und bleiben alle paar Minuten an einer Ampel stehen. Es gibt so viele Geschäfte hier, von denen ich noch nie gehört habe, doch sie sind schon bald wieder vergessen. Muss ja ganz schön zeitraubend sein, wenn man in Manhattan shoppen geht.

Wieder werden wir an einer Ampel zum Anhalten gezwungen. Und als ich nach links schaue, sehe ich endlich einen Streifen Grün: den Central Park. Nur eine klitzekleine Ecke, aber immerhin, es reicht, dass ich wieder total hibbelig werde. Die anfängliche Begeisterung hat in den letzten zwanzig Minuten, die wir durch Manhattan gesteuert sind, ein wenig nachgelassen, aber jetzt hat sie mich wieder fest im Griff. Der Central Park ist das, worauf ich mich am meisten gefreut habe. Soll der Wahnsinn sein zum Laufen.

»Fifth Avenue«, informiert Tyler mich. Er stupst mich an, weil ihm aufgefallen ist, dass ich gar nicht auf die Luxusläden nur wenige Meter entfernt achte. Aber die sind mir herzlich egal.

Endlich schaffe ich es, meinen Blick loszueisen von den Bäumen, und sehe Tyler an. »Ist das der Central Park?«

Er grinst. »Genau.«

Dann schaltet die Ampel auf Grün, und wir sind auf und davon, noch bevor ich einen letzten Blick zurückwerfen kann. Die Stadt macht einen gigantischen Eindruck auf mich, alles total verwinkelt, doch Tyler scheint sich bestens auszukennen. Wir biegen jetzt ab in Richtung Norden auf die Third Avenue, und das lässt mich an die Third Street Promenade und Santa Monica denken. Ich frage mich, wie Dean wohl seinen freien Tag verbringt.

»Wir sind übrigens fast da«, sagt Tyler. »Nur noch etwa fünfzehn Blocks. Halte einfach Ausschau nach der Vierundsiebzigsten Straße.«

Ich werfe einen Blick zum Fenster hinaus. Einundsechzigste Straße. Die breite Allee vor uns sieht wunderschön aus. Der Himmel ist ganz klar, die Gebäude liegen im grellen Sonnenlicht, sodass sie fast weiß erscheinen. Und dann haben wir die Vierundsiebzigste Straße erreicht, was ich erst bemerke, als Tyler rechts abbiegt in eine enge Einbahnstraße. Kurz danach bremst er ab und steuert den Wagen in eine freie Parklücke am Bordstein zwischen einem Honda und einem Transporter. Das Ganze ist derart knapp bemessen, dass nur wenige Zentimeter Abstand dazwischenliegen.

Ich beuge mich vor und linse durch die Windschutzscheibe hinaus. Stirnrunzelnd sage ich: »Hast du denn keine Angst, dass die dich rammen, wenn sie da rauswollen?«

»Nein, die fahren ohnehin nie weg«, sagt Tyler und stellt den Motor ab. Er zieht den Schlüssel aus dem Zündschloss und öffnet den Sicherheitsgurt, und ich folge seinem Beispiel. »Der Transporter gehört so 'nem alten Typen aus dem Gebäude nebenan. Der fährt so gut wie gar nicht mehr. Und in dem Civic wohnt ein Mädchen. Der steht schon da, solange ich denken kann. Sie kommt jeden Abend und übernachtet darin.« Sein Gesicht verrät keinerlei Regung, daher kann ich nicht beurteilen, ob das ein Witz sein soll oder nicht. Ich komme aber auch nicht mehr dazu nachzuhaken, weil er jetzt sagt: »Los, komm, wir holen deine Sachen.«

Ich drücke die Tür auf, steige aus und strecke meine Beine durch.

Und dann trifft es mich: Wow.

New York.

Ich stehe hier in New York, noch dazu auf einer Straße mitten in Manhattan. Dann werfe ich einen Blick nach unten. Krass viel Kaugummi. Und hier und da Müll. Aber trotzdem. Manhattan.

»Alles okay?«

Ich schaue wieder auf. Tyler wuchtet soeben mein Gepäck aus dem Kofferraum, sorgsam darauf achtend, dass er den Civic nicht rammt. Er sieht mich mit hochgezogenen Augenbrauen an. Verlegen lächle ich, hole meinen Rucksack aus dem Wagen, trete einen Schritt zurück und werfe ihn mir über die Schulter. »Ist nur … das ist alles so unglaublich.«

Ich habe das Gefühl, ich kann die Geschäftigkeit selbst hier hören. Das Geräusch der Motoren. Stimmen. Das Gehupe der Fahrzeuge. Das alles ist gleichzeitig laut und auch wieder nicht. Wie ein ständiges monotones Rauschen, an das man sich nach und nach gewöhnt. Jetzt verstehe ich auch, warum die Leute in New York so laut reden.

»Ich weiß«, sagt Tyler. Er knallt den Kofferraumdeckel zu und sperrt ab. »Aber spätestens nach einer Woche hast du dich daran gewöhnt.« Er umrundet den Wagen und stellt sich neben mich. Gerade als ich ihn fragen will, wo seine Wohnung liegt, deutet er mit dem Kinn auf das Gebäude gegenüber. Es ist das höchste Haus der Straße. Direkt an der Ecke. Sieht nett aus von außen, mit seinen cremeweißen Ziegeln und den riesigen Fenstern mit den braunen Rahmen.

»O ja, das ist eindeutig der Geschmack von deiner Mom.« Natürlich musste Ella eins der schönsten Wohnhäuser wählen. Wie es drinnen wohl aussieht? Ich lege den Kopf in den Nacken und zähle rasch die Stockwerke durch. Zwanzig. »Auf welcher Etage wohnst du?«

»Zwölfte. Apartment 1203.« Er lächelt immer noch. Hat er eigentlich auch nur einmal aufgehört zu lächeln, seit wir uns am Flughafen getroffen haben? »Willst du reingehen?«

Ich nicke und folge ihm über die Straße zu der großen Glastür. An einem Nummernfeld tippt er einen Code ein, und mit einem durchdringenden Piepen öffnet sich die Tür. Er rollt meinen Koffer ins Gebäude, und ich halte mich an seiner Seite, während er mich zum Aufzug führt. In der Eingangshalle sehe ich mich um. An der einen Wand sind mehrere Reihen Briefkästen und ein paar Automaten montiert, doch ansonsten ist da nicht viel. Der Aufzug allerdings ist unheimlich groß. Da passen schätzungsweise zwanzig Leute rein, aber jetzt sind hier nur Tyler und ich. Er stellt sich auf die eine Seite und ich auf die andere, und es fühlt sich an, als wäre da viel zu viel Abstand zwischen uns, als sollten wir eigentlich dichter nebeneinanderstehen. Vielleicht ist das aber auch nur reines Wunschdenken meinerseits.

»Snake sollte inzwischen auch wieder da sein«, sagt er nach einem kurzen Augenblick. Mit einem sanften Ruck setzt der Aufzug sich in Bewegung. »Er war mit ein paar Jungs von der Uni unterwegs, müsste aber mittlerweile zurück sein.«

»Muss ich ihn auch so nennen?«, frage ich. Ich habe ja grundsätzlich nichts gegen Spitznamen, aber seiner klingt doch zu bescheuert. Wer lässt sich denn bitte schön so nennen? »Kann ich nicht einfach Stephen zu ihm sagen?«

»Klar, sicher, wenn du willst, dass er dich scheiße findet«, meint Tyler trocken. Doch langsam macht sich wieder das Lächeln breit auf seinem Gesicht. »Irgendwann kommt es einem gar nicht mehr so doof vor. Du musst ihn nur ein paarmal ganz laut auf der Straße rufen. Dann lernt man, die schiefen Blicke zu ignorieren, die sie einem zuwerfen.«

Ein lautes *Pling* ertönt, und die Aufzugtür geht auf und gibt den Blick frei auf einen cremeweißen Flur. Soll wohl zu den Ziegeln der Außenfassade passen. Drei Türen weiter vor dem Apartment mit der Nummer 1203 stellt Tyler meinen Koffer ab.

»Ich hab heute Morgen extra für dich aufgeräumt, aber wenn Snake jetzt daheim ist, kann ich für nichts garantieren. Möglicherweise sieht es nicht mehr so aus wie vorher, als ich gegangen bin«, warnt Tyler mich vor und zieht einen Schlüsselbund aus der hinteren Hosentasche. Er wirkt ein bisschen nervös.

»Macht mir nichts aus«, sage ich. Ich muss grinsen. Der

35

Gedanke, dass Tyler meinetwegen die Wohnung auf Vordermann bringt, schmeichelt mir, weil er mich offensichtlich beeindrucken wollte. Doch je länger ich darüber nachdenke, desto mehr zweifle ich an dieser These.

Ein Klicken ist zu hören, und Tyler stößt die Tür auf. Dann macht er einen Schritt zurück, um mir den Vortritt zu lassen. Mein erster Gedanke ist: *Jep, Ella.*

Ich stehe in einem weitläufigen, offenen Wohnraum mit beigem Teppich, roten Plüschsofas, glänzenden schwarzen Möbeln und einem irre großen Flachbildfernseher, der an der Wand zwischen zwei riesigen Fenstern mit Blick über die Stadt hängt. Zu meiner Rechten befinden sich zwei Türen, die vermutlich zu den Schlafzimmern führen, und links ist die Küche. Alles folgt einem Farbkonzept in Schwarz, Weiß und Rot. Küche und Wohnzimmer werden lediglich abgetrennt durch einen Tresen, sodass man von der Küche aus ins Wohnzimmer schauen kann. Die Schranktüren und Arbeitsoberflächen sind weiß lackiert. Eine offen stehende Tür in der Küche führt wie es aussieht in einen Waschraum. Auf der gegenüberliegenden Seite befindet sich eine zweite Tür.

»Hey, bist du das?«, ruft in diesem Moment eine Stimme durch die geschlossene Tür. »Mit der Dusche stimmt nämlich schon wieder was nicht. Das Wasser ist irre kalt. Will einfach nicht warm werden.«

Ich bin kurz irritiert angesichts des starken Bostoner Akzents. Daneben klingt Tylers seltsamer Mischmasch ja fast schon wieder normal. Die Badezimmertür geht auf, und ein hochgewachsener, blonder Typ kommt raus. Er ist gespenstisch blass und mit den Gedanken offenbar gerade ganz woanders, weil er nämlich die Hand in der Jogginghose hat und seine Weichteile sortiert, während er die Küche durchquert. »Denken die Arschlöcher wirklich, ich frier mir hier die Eier ab …« Als sein Blick auf mir landet, verstummt er. Er bleibt wie angewurzelt stehen. Langsam zieht er die Hand aus der Hose. »Ach du Scheiße.« Er wirft Tyler einen giftigen Blick zu. »Mann, hättest du mich nicht vorwarnen können?«

Tyler lacht los und sieht mich mit einem leichten Schulterzucken von der Seite an, fast schon entschuldigend. »Eden … das ist Snake.«

»Hey«, sage ich, aber mir ist die Sache unendlich peinlich, als wäre ich gerade ungebeten in was reingestolpert. Irgendwie fühle ich mich wie ein Eindringling in diesem Männerhaushalt. »Äh, tja, nett, dich kennenzulernen.« Ich kann mir echt Besseres vorstellen, als jemandem gleich beim ersten Mal mit der Hand im Schritt zu begegnen.

»Ja, freut mich auch«, sagt er und gesellt sich zu uns. Das Erste, was mir an ihm auffällt, ist, dass seine Augen richtig, richtig farblos aussehen. Sie sind zwar blau, aber so blass, dass sie fast grau wirken. Er streckt mir die Hand hin, doch ich schüttle den Kopf. Er grinst. »Willst du mir nicht die Hand geben?«

»Nicht zwingend, nein«, sage ich.

Tyler räuspert sich und verschränkt die Arme vor der Brust. Er lässt den Blick zwischen Stephen und mir hin und her wandern und sagt: »Na schön, das Wichtigste zuerst: die Regeln.«

»Regeln?«, wiederholt Stephen – oder Snake, wie auch immer –, als hätte er noch nie dergleichen gehört.

»Bei uns wohnt jetzt ein Mädchen, also schließ gefälligst ab, wenn du da drin bist«, erläutert Tyler. »Eden geht morgens als Letzte ins Bad, weil sie länger braucht.« Ich will schon Einwände erheben, da verstehe ich, worauf er hinauswill: Wenn ich als Letzte dran bin, hämmert keiner von ihnen gegen die Tür und treibt mich an, mich zu beeilen.

»Was hast du bloß für ein Glück, Mädchen, dass du dir die Wohnung mit mir teilen darfst. Besser hätte es doch gar nicht laufen können, oder?« Snake sieht mich mit schief gelegtem Kopf an. Tyler rollt bloß mit den Augen. »Hallo, du hast die Ehre, mit dem coolsten Typen aller Zeiten zusammenzuwohnen.«

Ich ziehe eine Grimasse. »Bist du immer so …?«

»Charmant? Klar.« Er grinst und streckt die Hand aus, um mir ganz gönnerhaft den Kopf zu tätscheln, was er zum Glück nicht mit der schuldigen Hand von vorhin macht, und geht dann zum Sofa. »Der Fernseher gehört mir.«

»Denk dir nichts«, raunt Tyler mir leise ins Ohr, »ist eben seine Art von Humor.«

Ich achte allerdings gar nicht wirklich auf seine Worte. Stattdessen konzentriere ich mich darauf, dass ich seinen Atem auf der Haut spüre und ich Mühe habe, mir nichts anmerken zu lassen. Ich beiße mir auf die Lippe, damit ich nicht zittere, und strecke die Hand wie benommen nach meinem Koffer aus. »Ähm, tja, wo soll ich denn mein Zeug hintun?«

»In mein Zimmer«, erklärt er. Er schnappt mir den Koffer weg, ehe ich ihn zu fassen kriege, und zerrt ihn über den Teppich zum ersten Schlafraum auf der rechten Seite der Wohnung. Er schiebt die Tür mit dem Knie auf, lässt mir wieder den Vortritt und stellt mein Gepäck neben dem ausladenden Kingsize-Bett ab. Seine Bude hier ist nicht so unordentlich wie bei ihm daheim. Der beige Teppich bedeckt auch hier den Boden, und seine Bettdecke ist rot, während die Schränkchen neben dem Bett schwarz sind. Die Wände sind komplett zugepflastert mit NFL- und MLB-Postern.

»Seit wann interessierst du dich denn für Baseball?«, frage ich.

»Seit ich in New York lebe«, sagt er mit einem schiefen Grinsen. Er deutet mit einem Nicken auf das Bett. »Du kannst mein Zimmer haben. Ich schlaf auf der Couch.«

»Und warum teilen wir uns das Zimmer nicht einfach?«
Mist. Die Worte sind so schnell über meine Lippen, dass
ich nur am Rande mitkriege, wie ich sie ausspreche, bis ich
Tylers Lächeln gefrieren sehe. Er reibt sich den Nacken und
zuckt verlegen die Schulter. Sich ein Bett zu teilen wäre
wohl tatsächlich keine so gute Idee.

»Ich glaub, ich bleib besser beim Sofa, Eden.« Er gibt sich
alle Mühe, mir zuzulächeln, aber es wirkt irgendwie gezwungen, und mit einem Mal ist die Luft im Raum dermaßen
erdrückend, dass ich am liebsten das Fenster aufreißen und
rausspringen würde. Ich weiß, mein Vorschlag war voll bescheuert, aber dass Tyler tatsächlich ablehnt, ist ein Zeichen,
dass er absolut über mich hinweg ist.

Ich zwinge mich zu tun, als wäre nichts gewesen. Hoffentlich sieht es wenigstens so aus, als würde ich noch atmen.
»Klar, war 'ne doofe Idee. Macht es dir was aus, wenn ich
mich kurz hinlege? Bin irre müde.« Ich werfe einen Blick auf
meine Uhr. Es ist inzwischen achtzehn Uhr dreißig, und
obwohl wir daheim erst halb vier am Nachmittag haben,
überkommt mich mit einem Mal die totale Erschöpfung.
War wohl nicht die beste Wahl, schon so früh am Morgen zu
fliegen.

»Klar, sicher, nur zu«, sagt er und macht einen Schritt in
Richtung Tür. Er sieht fast so aus, als würde er Reißaus
nehmen vor seiner irren Stiefschwester, die versucht, ihn
ins Bett zu zerren. »Willst du lieber nicht auf den Times
Square heute Abend? Wir können das auch auf morgen
verschieben.«

»Nein, nein«, wiegle ich rasch ab. »Ich will auf jeden Fall
zum Times Square. Lass mich bloß eine Stunde schlafen,
dann können wir los.«

»Nur eine Stunde?« Tyler sieht mich misstrauisch an.
Wenn er eines über mich gelernt hat in den vergangenen
zwei Jahren, dann ist es die Tatsache, dass ich immer ewig

penne. Ich glaube, er hat so seine Zweifel, dass ich überhaupt noch mal aufwache, wenn ich jetzt wegnicke.

»Eine Stunde«, versichere ich ihm. »Zur Not weckst du mich auf.«

Ich hoffe nur, der Times Square kann so lange warten.

Kapitel 4

Ich rolle auf die Seite und suche tastend nach meinem Handy. Hier im Bett ist es drückend heiß, ich klebe schon am Laken fest. Stöhnend schlage ich die Decke zurück und setze mich auf, nicht sicher, wie spät es ist. Es sickert immer noch Tageslicht durchs Fenster, und das Geräusch des Fernsehers dringt leise in Tylers Schlafzimmer. Ich wuchte mich aus dem Bett und öffne die Tür. Tyler und Snake lümmeln auf dem Sofa und gucken sich ein Footballspiel an.

Ich räuspere mich, um Tylers Aufmerksamkeit zu kriegen. Sofort reckt er den Hals, und kaum sieht er mich, fängt er an zu strahlen. Snake dagegen zuckt noch nicht einmal mit der Wimper. Er flucht nur aufgebracht in Richtung Fernseher und nimmt einen Schluck von dem Bier in seiner Hand.

»Wie lange habe ich geschlafen?«, frage ich mit schwacher, belegter Stimme.

Tyler steht auf und kommt zu mir, und sofort fängt mein Herz wieder an zu rasen. Ich hoffe, bis morgen habe ich das im Griff, nicht dass ich jedes Mal Herzrasen kriege, wenn er mich ansieht, mit mir redet oder auch nur in meine Nähe kommt. »Zwanzig Minuten«, sagt er.

Blinzelnd sehe ich ihn an. Zwanzig Minuten? Kann nicht sein. Doch ein Blick auf meine Uhr verrät mir, dass er recht hat. Es ist noch nicht einmal sieben. »Oh. Gehen wir jetzt noch zum Times Square?«

»Klar. Ich führe dich zum Abendessen aus, hoffentlich

hast du Hunger.« Einen kurzen Augenblick verschwindet sein Lächeln, und er zieht eine Braue hoch, vielleicht um abzuschätzen, ob ich irgendetwas dagegen habe.

»Klar hab ich Hunger«, sage ich. Wegen des frühen Fluges und der vielen Fahrerei und dem Zeitunterschied habe ich es doch tatsächlich geschafft, bis sieben Uhr abends überhaupt nichts zu mir zu nehmen. Es sei denn, man zählt den Kaffee heute Morgen am Flughafen.

Dann lächelt Tyler wieder. »In einer halben Stunde?«

»Klar, bis dahin bin ich fertig.« Snake schenkt mir nach wie vor keine Beachtung, und mein Blick wandert zu ihm und dann weiter zum Badezimmer. Ich deute mit dem Kinn darauf. »Kann ich?«

»Du brauchst doch nicht zu fragen, Eden«, versichert Tyler mir lachend. »Die Wohnung gehört ganz dir. Nur zu.«

Genau im selben Moment wenden wir uns in Richtung seines Zimmers. Er hat seine Klamotten dort im Schrank, und mein Zeug ist da drinnen im Koffer. Ich lächle ihn nur schief an, und dann quetschen wir uns beide gleichzeitig durch die Tür.

»Da das ja jetzt dein Zimmer ist, musst du dich wohl oder übel daran gewöhnen, dass ich hin und wieder reinschneie und was hole«, witzelt er, während er die Schranktür aufzieht. »Ich klopfe aber vorher an, keine Bange.«

Ich verdrehe die Augen und wuchte meinen Koffer vom Boden hoch. Ich habe ernsthaft Schwierigkeiten, ihn so weit hochzuheben, dass ich ihn aufs Bett hieven kann. Außerdem bin ich mir nicht sicher, was ich anziehen soll, deshalb beobachte ich aus dem Augenwinkel, ob Tyler lässige oder eher schicke Kleidung wählt, während ich den Reißverschluss an meinem Gepäck aufziehe. Nachdem er ein paar Minuten in seinen Klamotten im Schrank und in der Kommode gewühlt hat, legt Tyler eine braune Hose und ein dunkelblaues Jeanshemd aufs Bett.

»Du gehst jetzt ins Bad, oder?«

»Mhm.« Schnell schaue ich runter auf meinen Koffer und schlucke, weil ich seinen Blick auf mir spüre. »Klar.« Er steht am Fenster und wartet, dass ich gehe, damit er sich umziehen kann. Also krame ich hastig ein paar Sachen heraus, um ihn nicht unnötig warten zu lassen. Ich nehme gleich mehrere Outfits mit und verlasse dann das Zimmer. »Ich beeile mich. Muss nur rasch duschen.«

»Handtücher findest du im zweiten Fach im Wandschrank«, ruft er mir noch nach.

Als ich die Tür hinter mir zuziehe und ins Wohnzimmer gehe, liegt Snake nicht mehr auf dem Sofa, obwohl das Footballspiel immer noch läuft. Ich marschiere weiter in die Küche, und mit einem Mal taucht hinter dem Kühlschrank ein Kopf auf. Snake hält eine Flasche hoch. »Willst du ein Bier?«

»Ein Bier?«, wiederhole ich. Sein Akzent macht es mir schwer, ihn zu verstehen.

»Klar, ein Bier. Willst du oder willst du nicht?«

»Sicher«, sage ich. Ich strecke ihm die Hand entgegen und warte, bis mich das ungute Gefühl beschleicht, er könnte es sich anders überlegt haben. Dann aber reißt er ein Corona aus der Verpackung und gibt es mir in die Hand. Es ist mein erster Abend in New York City, da schadet ein Bier gar nicht. Muss ja schließlich gefeiert werden so was.

»Warte, ich übernehm das für dich.« Er schnappt sich den Flaschenöffner vom Tresen, wirbelt herum und entfernt gekonnt den Deckel von meinem Getränk. Anschließend greift er nach seiner eigenen Flasche und nimmt einen gierigen Schluck. »Hätte nicht gedacht, dass du eine Biertrinkerin bist.«

»Und ich hätte nicht gedacht, dass du so gastfreundlich bist«, schieße ich zurück, aber wir albern nur herum. »Danke für den Drink.«

Er stößt mit mir an, als wollte er mir damit sagen: »Gern geschehen.« Und dann nimmt er noch einen großen Schluck, während ich mich auf den Weg ins Bad mache, die Klamotten in der einen, das Bier in der anderen Hand.

»Willst du die Tür nicht offen lassen, damit ich ordentlich was zu sehen kriege?«

Ich drehe mich noch einmal zu ihm um und mustere ihn aus zusammengekniffenen Augen. Keine Ahnung, ob wir die gleiche Art von Humor haben, aber irgendwie habe ich das Gefühl, dass wir uns aneinander gewöhnen werden. »Bestimmt nicht.« Damit knalle ich ihm mit dem Knie die Tür vor der Nase zu und schließe ab.

Ich brauche nicht lange, um mich fertig zu machen, in erster Linie, weil ich aufs Haarewaschen verzichte. Nachdem ich mich frisch gemacht und mir das Make-up abgewaschen habe, muss ich nur noch flink was anziehen. Ich trage das Haar offen, steige in meinen rosa Skaterrock und ziehe eine Jeansjacke über das weiße Tanktop. In der Zeit, die ich zum Hübschmachen gebraucht habe, habe ich fast das komplette Bier geleert. Daher nehme ich den Rest mit und trage meine Sachen zurück in Tylers Zimmer. Als ich reinkomme, sprüht er sich gerade mit Parfüm ein. Der Bentley-Duft.

»Hat Snake dir das gegeben?«, will er wissen und zeigt auf die Flasche in meiner Hand. Einen Sekundenbruchteil glaube ich, er zieht gleich die Stirn kraus, doch seine Miene zeigt keine Regung.

»Ja.« Ich stelle die Flasche auf dem Nachtkästchen ab und werfe meine Klamotten in den Koffer. Zusammenlegen kann ich sie auch später. Vorher brauche ich schleunigst mein Schminktäschchen, das ich unter einem Haufen Sandalen hervorziehe. Suchend blicke ich mich im Zimmer nach einem Spiegel um und entdecke einen kleinen gleich über der Kommode, vor der Tyler steht. »Darf ich da kurz ran?«

»Klar«, meint er. Er tritt zur Seite und lässt mich zum

Spiegel durch, und als ich mich davorstelle, beobachtet er mich. Nach einem Moment fragt er: »Hast du irgendwas mit deinen Haaren gemacht? Sehen so anders aus.«

»Meine Haare?« Ich hebe den Kopf und schaue ihn durch den Spiegel an. »Bloß ein paar Strähnchen.« Er nickt mir nur kurz zu, also konzentriere ich mich wieder auf die Schminktasche und fange an, darin zu kramen. Ich will Tyler nicht warten lassen, daher trage ich nur ein wenig Mascara auf, damit meine Augen größer wirken.

Ich weiß nicht, was das ist mit uns beiden, doch mit einem Mal fühle ich mich unwohl. Es war kein bisschen komisch, als wir uns am Flughafen trafen, und es war auch nicht unangenehm auf der Fahrt nach Manhattan. Jetzt aber ist irgendetwas anders. Ob das vielleicht an meiner unpassenden Bemerkung von vorhin liegt? An meinem Vorschlag, wir könnten uns das Zimmer teilen? Oder ihm ist das peinlich, weil er nicht mehr so für mich empfindet. Auf eine Weise, wie er eigentlich ohnehin nicht für mich empfinden sollte.

»Fertig«, sage ich leise, zwinge mir ein Lächeln auf die Lippen und drehe mich um. Als ich ihn über den Spiegel angeschaut habe, ist es mir nicht aufgefallen, aber jetzt sehe ich, dass er seine braunen Stiefel trägt, und ich muss seufzen. Ob er wohl weiß, wie irrsinnig toll ich die an ihm finde?

»Was denn?«, fragt er.

»Ach, nichts.« Ich beiße mir auf die Unterlippe, damit mir nicht gleich wieder die Röte in die Wangen schießt, schnappe mir meine Chucks, schlüpfe rein und richte mich auf. »Okay, gehen wir.«

Ich folge ihm ins Wohnzimmer, und Snake steht schon wieder vor dem Kühlschrank und deckt sich mit Bier ein. Ich glaube fast, das ist schon sein drittes. Er wünscht mir viel Spaß am Times Square, obwohl das Ganze in seinen Worten nichts als »völlig überbewerteter Blödsinn« ist, dann endlich verlassen Tyler und ich das Haus.

Draußen ist es immer noch abartig heiß, und kaum treten wir hinaus auf die Vierundsiebzigste Straße, habe ich wieder diesen konstanten Geräuschpegel im Ohr. Da sind haufenweise hupende Fahrzeuge, was mir allerdings irgendwie gefällt. Sonderbarerweise wirkt der ständige Lärm beinahe beruhigend auf mich. Tyler sagt keinen Ton, während ich ihm über die Straße folge und vor der Beifahrertür seines Autos stehen bleibe. Der Lieferwagen und der Honda sind immer noch an der gleichen Stelle geparkt.

»Du denkst doch wohl nicht, dass wir fahren«, zieht Tyler mich auf. Er lacht, als hätte ich wissen müssen, dass wir nicht den Wagen nehmen. Aus einiger Entfernung starrt er mich an und lächelt, was mir Hoffnung macht. Vielleicht war dieses beklemmende Gefühl vorhin in seinem Zimmer bloß was Vorübergehendes? »Wir nehmen die U-Bahn.«

»Die U-Bahn?« Vage meine ich mich zu entsinnen, wie Mom mir was gepredigt hat von wegen, ich solle da auf keinen Fall einsteigen. Da bin ich nun gerade mal drei Stunden in New York, und schon sieht es aus, als müsste ich gegen die erste Regel verstoßen. Insgeheim aber wollte ich immer mal damit fahren, nur um das auch erlebt zu haben.

»Klar, wir nehmen die Linie sechs an der Siebenundsiebzigsten Straße«, meint er. Ich weiß nicht, ob ihm das bewusst ist, aber ich habe keinen Schimmer, wovon er redet. »Wir fahren ins Zentrum zum Grand Central. Die Grand Central Station ist dir doch ein Begriff, oder?«

»Dieser berühmte Bahnhof?« Ich versuche, mit ihm Schritt zu halten, und bleibe dicht an seiner Seite, auch wenn ich mich mehr für alles um mich herum interessiere als für ihn.

»Genau der«, sagt er. »Wir besorgen dir eine MetroCard.«

»Eine was?«

Spöttisch sieht er mich an und verkneift sich ein weiteres Lachen. »Meine Güte, du kennst dich echt nicht aus hier, typisch Touri.«

Wir biegen rechts auf die Lexington Avenue ab, wo die Gebäude ein bisschen heruntergekommener wirken. Sie sind allesamt schmutzig braun oder rot, und es herrscht ungefähr so dichter Verkehr wie auf der Third Avenue, auch wenn es hier fast noch lebhafter zugeht. In nur fünf Minuten haben wir die U-Bahn-Station erreicht, doch ich bin verwirrt wegen der vielen Eingänge. Da sind nämlich gleich acht Stück: zwei an jeder Ecke. Hilfesuchend drehe ich mich zu Tyler um. »Warum gibt es denn hier so viele Treppen?«

»Die vier hier führen zu den Zügen Richtung Vororte stadtauswärts«, erklärt er und deutet auf die vier Eingänge am östlichen Teil der Straße. Dann deutet er mit dem Kinn auf die gegenüberliegende Seite. »Die vier da drüben führen zu den Zügen Richtung Innenstadt, und genau da wollen wir hin.«

Wir nutzen die nächste Lücke im Verkehr und stürzen über die Straße. Dann schiebt Tyler mich in Richtung Treppe. Als ich nach unten blicke, muss ich unwillkürlich an eine Crackhöhle denken. Ich habe das ungute Gefühl, dass das Tageslicht nicht so weit reichen wird, wenn wir erst einmal drei Treppen runtergelaufen sind, und die künstliche Beleuchtung ist extrem schwach. Ich habe schon genügend Horrorfilme gesehen, um zu wissen, dass ich da unten sehr wahrscheinlich den Tod finden werde.

Im Vorbeigehen rempeln uns unablässig Fußgänger an, die auf dem Weg nach unten oder nach draußen sind, aber ich habe immer noch Bedenken. Tyler hat die Arme vor der Brust verschränkt und mustert mich.

»Machst du das öfter?«, frage ich.

»So gut wie jeden Tag«, sagt er. »Glaub mir, da passiert nichts.«

Ich bewege mich immer noch keinen Millimeter. Eigentlich würde ich zum Times Square viel lieber laufen, egal wie weit das ist. Ich fixiere Tylers Kinn. »Gibt es keine Busse oder irgendwas anderes, womit wir fahren können?«

Er rollt mit den Augen, krempelt die Ärmel seines Jeanshemds hoch und greift nach meiner Hand. Das kommt so überraschend, dass ich befürchte, mein Körper versagt mir den Dienst. Doch schon zerrt Tyler mich die Treppe runter. »Selbst kleine Kinder fahren hier mit der U-Bahn, Eden, also tun wir das jetzt auch. Ende der Diskussion«, rüffelt er mich über die Schulter.

Ich mache mir noch nicht mal die Mühe zu antworten. Dazu bin ich nämlich nicht imstande. Ich komme mir vor, als wäre ich wieder in der achten Klasse, und gerade halte ich zum ersten Mal mit meinem Schwarm Händchen. Nur eine simple Geste, und trotzdem fühlt sie sich so bedeutsam an. Seine Haut ist warm, unsere Finger sind verschränkt und passen perfekt ineinander. Ist exakt so, wie ich es in Erinnerung habe, und ich bekomme Angst, keine Luft zu kriegen. Schwer zu sagen, ob es an der Berührung seiner Hand liegt oder daran, dass wir hier tief unter der Erde sind. Jedenfalls rede ich mir ein, dass Letzteres der Fall ist.

»Siehst du, gar nicht so schlimm, oder?« Tylers Stimme hallt mir in den Ohren wider, und hastig löst sich seine Hand von meiner. Ich bin wieder Herr über meine Sinne und sehe mich um. Wie viele Stufen er mich wohl hinuntergeschleift hat? Mein Blick flackert wieder zu ihm.

»Hast ja recht«, sage ich, doch meine Stimme ist nicht viel mehr als ein Flüstern. Was bin ich albern. Er hat mich doch bloß die Treppe runter zur U-Bahn geführt. Verstohlen werfe ich einen Blick auf seine Hände, die jetzt wieder vorn in den Hosentaschen stecken. Mit einem neugierigen Glitzern in den Augen sieht er mich an. »Also, was ist das jetzt, diese ominöse MetroCard?«

»Das Ding, das dich da reinbringt.« Er deutet auf eine Reihe Drehkreuze hinter mir, und erst jetzt fällt mir auf, was für ein krasser Lärmpegel hier herrscht. In der Ferne höre ich einen Zug einfahren, und man hat den Eindruck, der Boden bebt, was natürlich nicht der Fall ist. Ich glaube auch einen Straßenmusikanten zu hören irgendwo da draußen auf dem Bahnsteig. »Dort drüben.«

Entlang der Wand stehen ein paar Automaten, und ich folge Tyler dorthin, bleibe ganz dicht hinter ihm, teils, weil ich mich nicht sicher fühle, teils, weil ich hoffe, er greift vielleicht noch einmal nach meiner Hand. Was er nicht tut.

»Hast du immer noch Schiss?«, will er wissen. Aus dem Augenwinkel linst er mich verstohlen an, tippt ein paarmal auf den Bildschirm und wählt das Ticket in einem solchen Affentempo aus, dass ich kaum mitbekomme, was er da tut.

»Ich krieg ein bisschen Beklemmungen hier unten«, gebe ich offen zu. Mein Blick schweift durch die U-Bahn-Station. Keinen Schimmer, wie weit unten wir hier sind, aber es fühlt sich an, als wären wir im Nirgendwo gefangen. Doch das scheint sonst niemanden zu kümmern. Keine Touristen, eindeutig.

»Du gewöhnst dich schon noch dran. Dauert bloß ein paar Tage. Und bis zum Ende der Woche hast du dich an New York als Ganzes gewöhnt.« Er bringt sein Portemonnaie zum Vorschein, zieht die Kreditkarte heraus und schiebt sie in einen Schlitz unten am Automaten. Dann gibt er seine PIN ein und entfernt die Karte wieder. Ein gelb-schwarzes Ticket wird ein Stück weiter oben ausgespuckt. »Gilt einen ganzen Monat lang auf sämtlichen Strecken«, sagt er und reicht mir das Ding. »Jetzt kann's losgehen.«

Ich spähe kurz darauf, während er die Kreditkarte wieder in seinem Portemonnaie verschwinden lässt und seine eigene MetroCard hervorholt. »Was hast du dafür bezahlt?«

»Spielt das eine Rolle?« Er sieht mich fest an. Fast so, als wäre er beleidigt, dass ich es wage zu fragen.

»Weil ich dir was schulde.«

Er lacht lauthals und verdreht die Augen. »Vergiss es! Du schuldest mir gar nichts. Ich habe strikte Anweisung, mich gut um dich zu kümmern.« Damit legt er mir den Arm um die Schulter, zieht mich an sich und drückt mich, ehe er mich wieder wegschubst. Das tut er nur so zum Spaß, doch bin ich noch ein paar Sekunden ganz aus dem Häuschen, weil er mich angefasst hat.

Als das Gefühl allmählich abklingt, kann ich mich endlich auf das konzentrieren, was er gesagt hat. »Strikte Anweisung? Von wem denn?«

»Los, beeil dich, gleich kommt der nächste Zug.« Er achtet gar nicht auf meine Frage, sondern packt mich an der Schulter, um mich in Richtung Drehkreuze zu lotsen. Dort angekommen, lässt er mich meine MetroCard durch einen Schlitz ziehen, ehe ich mich zwischen dem Gestänge durchschiebe.

Tyler befindet sich direkt hinter mir. Auf dem Bahnsteig ist insgesamt gar nicht so viel los, wie ich dachte. Neben uns warten noch etwa fünfzehn weitere Leute, doch das liegt vermutlich zum Teil daran, dass wir schon Viertel vor acht haben. Die Stoßzeit ist längst vorüber.

»Da kommt er ja«, meint Tyler, und er muss ein bisschen lauter reden, damit ich ihn über den Lärm der herandonnernden U-Bahn verstehen kann. Jetzt bebt der Boden aber ganz eindeutig. Ich spüre die Vibrationen unter meinen Füßen, ohrenbetäubender Lärm hallt von den Tunnelwänden wider. Als der ziemlich mitgenommen aussehende Zug endlich am Bahnsteig hält, rümpfe ich angewidert die Nase.

Tyler schiebt mich in das mittlere Zugabteil, kaum dass sich die Türen geöffnet haben. Ein paar Leute sitzen bereits, andere stehen an der Tür. Tyler bleibt ebenfalls stehen, weshalb ich ihm einen verwunderten Blick zuwerfe.

»Wir steigen ohnehin in drei Minuten wieder aus«, sagt er.

»Wo denn?« Im Abteil ist es schrecklich still, daher spreche ich leise, um die Leute um uns herum nicht zu stören. »Grand Central?«

»Genau. Und dann nehmen wir den Bus zur Zweiundvierzigsten.« Er hält sich am Gestänge fest, und ich folge seinem Beispiel. Wir stehen uns gegenüber und starren einander an. Bis sich seine Mundwinkel zu einem leichten Lächeln kräuseln. »Und? Wollen wir erst mal was essen?«

Kapitel 5

*M*eine Augen werden vor Begeisterung ganz glasig, kaum treten wir raus auf die Zweiundvierzigste Straße. Ich glaube, sie tun sogar noch mehr als das: Sie glänzen, blinzeln, starren voller Staunen, weiten sich vor Bewunderung. Da gibt es dermaßen viel zu sehen, und dann legt Tyler mir die Hände auf die Schultern und führt mich um die Ecke auf den Broadway, und das Erste, was mir auffällt, ist, wie grell erleuchtet alles ist und wie lebhaft es zugeht. Obwohl es noch taghell ist, sieht die Szenerie total unwirklich aus. Im ersten Moment bin ich absolut sprachlos und weiß gar nicht, was ich tun soll. Mir fehlen echt die Worte, während mein Blick nach links schweift und dann nach rechts und wieder zurück. Wie es aussieht, sind nicht alle Filme, die in New York spielen, totaler Fake, denn der Anblick des Times Square vor meinen Augen ist mir aus unendlich vielen Szenen vertraut. Und genauso fühlt es sich an: Als befände man sich an einem Filmset, als wäre das alles gar nicht echt.

Die überdimensionalen Leuchtreklamen ringsum senden ein flackerndes Licht aus, und ich frage mich unwillkürlich, ob man sich mit Epilepsie hierher wagen kann. Überall drängen sich Menschen. Ich bin völlig verzaubert, und im Moment ist es mir schnuppe, dass ich wie eine Touristin rüberkomme. So lange bin ich schon fasziniert von der Vorstellung vom Times Square, deshalb kriege ich mich kaum mehr ein, wo ich jetzt tatsächlich hier bin.

Kurzzeitig muss ich vergessen haben, dass Tyler immer noch hinter mir steht, die Hände auf meiner Schulter, denn jetzt ziehe ich das Handy aus der Tasche und fange hastig an, ein Foto nach dem anderen zu schießen. Wahrscheinlich ist die Hälfte total verwackelt, weil meine Hände so heftig zittern, aber ich werde sie trotzdem später an Mom und Dean schicken. Ich fange außerdem ein paar Schnappschüsse ein von den LED-Werbetafeln, vom hektischen Gedränge, vom Himmel, der mir nur deshalb so cool vorkommt, weil es der Himmel über New York ist. Hier kommt mir irgendwie alles viel cooler vor.

Selbst die gelben Taxis decken sich perfekt mit meiner Vorstellung vom Times Square. Sie schrammen gefährlich nahe aneinander vorbei und kommen jedes Mal mit quietschenden Reifen zum Stehen, wenn die Fahrer für einen potenziellen Fahrgast auf die Bremse steigen. Kaum schaltet eine Ampel um, rennen die Fußgänger los, um es auf die andere Straßenseite zu schaffen. Ein sonderbarer Geruch hängt in der Luft, eine Mischung aus Hotdogs und Erdnüssen.

Times Square.

Er ist es, in echt. Es gibt ihn wirklich.

Mit einem Grinsen im Gesicht, so breit, dass es schon fast wehtut, wirble ich herum und ziehe Tyler begeistert an mich. Dabei achte ich darauf, dass wir die Leuchtreklamen im Rücken haben. Dann schmiege ich mich in die Wärme seines Körpers und halte mein Handy hoch. Ich bin viel kleiner als er; meine Augen sind in etwa auf Höhe seines Mundes. Er neigt den Kopf zu mir herunter und legt seine Wange an meine.

»Lächeln«, hauche ich ihm zu, dann schieße ich das Foto. Einen Augenblick sind wir vom Blitz geblendet, doch sobald ich wieder normal sehen kann, schaue ich runter und bewundere das Bild.

Tylers Lächeln passt perfekt zu meinem. Es ist mindestens genauso breit, wenn nicht sogar breiter, und er hat etwas so unglaublich Anziehendes an sich, dass ich mich am liebsten zu ihm umdrehen und ihn abknutschen würde, wenn ich für so was nur mutig genug wäre. Ich glaube ja, ein bisschen bin ich schon am Durchdrehen, dass ich jetzt hier bin bei ihm, in New York, und dabei bin ich erst seit drei Stunden da. Drei Stunden, und schon ist alles wieder wie damals, nur schlimmer. Früher habe ich mich zu ihm hingezogen gefühlt, aber inzwischen bin ich vollkommen verrückt nach ihm.

»Nettes Foto«, sagt Tyler ganz leise, und ich spüre, wie mein Blick magisch von ihm angezogen wird. Er starrt über meine Schulter auf das Bild, auf dem wir beide total glücklich aussehen. Seine Augen funkeln immer noch.

»Ich mag es auch«, sage ich und muss den Kloß in meiner Kehle hinunterschlucken, der immer größer wird. Ich wünschte, er hätte nicht diese unbeschreibliche Wirkung auf mich. Wenn das doch besser geworden wäre im Laufe des vergangenen Jahres – aber das ist es nicht. Ich werfe noch einen letzten Blick auf mein Handy, weil der Akku jeden Moment den Geist aufgeben wird, und richte das Foto schleunigst als Bildschirmhintergrund ein. Bislang war da ein Bild von Dean, weshalb ich fast Gewissensbisse kriege, als hätte ich ihn verraten. Doch bevor ich weiter darüber nachdenken kann, was ich hier tue, spricht Tyler mich wieder an.

»Wir gehen ins *Pietrasanta*. Das ist ein italienisches Restaurant auf der Ninth Avenue.«

»Italienisch?« Unter den unzähligen Möglichkeiten wählt Tyler damit ausgerechnet die, die mich am meisten an Dean erinnert. Ich beiße mir von innen auf die Wange.

»Du magst doch italienisches Essen, oder?« Mit einem Mal wirkt er verunsichert, doch die Wahrheit ist: Mir geht es nicht anders. Und das liegt nicht an dem Restaurant, das er ausgesucht hat. »Das hast du doch vor ein paar Monaten mal erwähnt, nicht wahr?«

»Sicher, ich liebe die italienische Küche.« Jeden Mittwoch esse ich bei Dean zu Hause, und seine Mom macht bestimmt mit Abstand die köstlichsten italienischen Sachen. Dean findet es schrecklich peinlich, dass seine Mom so viel auf die Tradition gibt, aber ich finde das total süß. Ihr Essen schmeckt einfach göttlich. Das habe ich Tyler vor einer Weile erzählt, und die Tatsache, dass er sich das gemerkt hat, sorgt dafür, dass das Stirnrunzeln auf meinem Gesicht nun doch von einem Lächeln verdrängt wird. »Italienisch klingt wundervoll.«

»Äh, tja, ich hab den Tisch sowieso schon vor Wochen reserviert.« Nervös reibt er sich den Nacken, und ich kann mich nicht erinnern, ihn je so verlegen erlebt zu haben. Fühlt sich fast an, als hätten wir ein Date, und ich wünschte, es wäre so. »Wir haben den Tisch ab acht, deshalb müssen wir langsam los. Du willst doch heute Abend nicht mehr unbedingt die Geschäfte sehen, oder?«

»Tyler, ich bitte dich.« In gespielter Entrüstung schüttle ich den Kopf. Er weiß ganz genau, dass ich kein großer Fan vom Shoppen bin, und ein paar blinkende Lichter und leuchtende Werbetafeln reichen da nicht aus, um mich zu bekehren. »Du kennst mich doch.«

Aber er steigt nicht auf mein Geplänkel ein. Stattdessen zuckt er nur die Schulter und starrt betreten zu Boden. »Tut mir leid, ich wollte nur … Ich möchte, dass du deine Zeit hier in New York genießt. Und dass du Spaß hast.«

»Na, bislang läuft es doch bestens«, versichere ich ihm, aber ich bin verwirrt. Bis zu dem Zeitpunkt, wo wir in seine Wohnung kamen, machte er auf mich einen total selbstsicheren, zufriedenen Eindruck. Doch seitdem ist irgendwie alles anders, weil Tyler sich in meiner Gegenwart auf einmal seltsam benimmt. »Du bist so was wie mein persönlicher Fremdenführer in den kommenden Wochen.«

»Tja, so könnte man es auch sehen.« Er reibt sich die Schläfen. Dann die Augenbrauen. Und zum Schluss seufzt er. »Das Restaurant liegt fünf Blocks nördlich von hier.«

Also gehen wir auf dem Broadway Richtung Norden, und Tyler übernimmt stolz die Rolle als mein persönlicher Tourguide. Er weist mich auf diverse Details hin und gibt mir ein paar allgemeine Tipps zum Times Square. Zum Beispiel erklärt er mir, dass man besser nicht unvermittelt stehen bleibt und Fotos schießt, wie ich es eben getan habe, weil es die Einwohner offenbar tierisch nervt, dass wir Touristen ihnen ständig den Weg versperren. Und für den unwahrscheinlichen Fall, dass ich irgendwann ohne ihn am Times Square lande, solle ich bloß nicht auf die Idee kommen und einen Stadtplan studieren. Denn das wär das Schlimmste, was ich tun könnte. Allerdings bezweifle ich, dass ich irgendwo ohne ihn hingehe. Ich brauche mir also keine Gedanken darüber machen, Taschendiebe könnten auf mich aufmerksam werden, weil ich mich als ahnungslose Touristin oute.

Am Broadway biegen wir links ab auf die Siebenundfünfzigste Straße, kurz nachdem wir an der berühmten roten Tribüne des TKTS-Kartenverkaufsschalters vorüber sind. Für den lege ich nichtsdestotrotz einen kleinen Zwischenstopp ein, um ein Foto zu machen, doch Tyler lässt nicht zu, dass ich den Leuten lange im Weg bin und scheucht mich sofort wieder weiter.

Wir brauchen eine Viertelstunde bis zum *Pietrasanta*. Es liegt direkt an der Ecke Siebenundfünfzigste und Neunte, und die großen Holztüren stehen offen, sodass man fast meinen könnte, man säße draußen. Der Laden sieht toll aus, und als Tyler mich zum Eingang führt, stiehlt sich ein verlegenes Lächeln auf seine Lippen.

»Ich, äh, habe mich nach Empfehlungen umgehört«, gibt er zu. »Eine ganze Reihe von Leuten war der Ansicht, das wäre der beste Italiener weit und breit. Ich hoffe, es gefällt dir.«

»Ist bestimmt toll hier«, erkläre ich matt, in dem halbherzigen Versuch, ihn aufzumuntern. Keine Ahnung, warum er sich so ins Zeug gelegt hat für das hier. Ist doch bloß ein stinknormales Abendessen, und er scheint alles zu geben, damit es perfekt wird. So viel Mühe bräuchte er sich doch gar nicht zu machen. Schließlich muss er mich ja nicht beeindrucken. Ich bin seine Stiefschwester.

Wir gehen rein, und obwohl wir irre spät dran sind, führt der Ober uns ohne irgendwelche Klagen an unseren Tisch. Wir sitzen ganz hinten, direkt neben einer Sammlung an italienischen Weinen. Ich nehme Tyler gegenüber Platz und sehe mich im Restaurant um. Die Tische sind aus Holz, das Licht ist gedämpft, und der Raum wirkt nicht sonderlich groß. Von draußen weht eine leichte Brise durch die offen stehenden Türen herein. Hier hinten gefällt es mir trotzdem besser, weil ich da nicht auf dem Präsentierteller sitze wie vorne, wo ständig Leute auf dem Gehweg vorüberhasten. Ich lausche angestrengt, weil ich glaube, Musik zu hören, mir aber nicht sicher bin. Doch nach einem kurzen Augenblick wird mir klar, dass da nichts ist außer den Stimmen der Leute um uns herum, unterbrochen von gelegentlichem Gelächter. Man hat den Eindruck, ungestört zu sein.

Tyler tippt mit den Fingern auf den Tisch, um meine Aufmerksamkeit zu kriegen. Als ich zu ihm aufblicke, funkeln seine Augen. »Und, gut genug zum Bleiben oder so schlimm, dass du lieber wieder gehen möchtest?

»Gut genug zum Bleiben«, sage ich mit einem anerkennenden Nicken. »Ich find's toll.«

»Hoffen wir bloß, dass das Essen schmeckt.« Er nimmt die Speisekarte zur Hand, schlägt sie auf und reicht sie an mich weiter. Dann greift er nach der anderen. »Du kannst dir aussuchen, worauf du Lust hast. Geht alles auf mich.«

»Du bist zu gut zu mir.« Ich mustere ihn aufmerksam über den Rand der Karte, doch er zuckt nur die Achsel und lächelt weiter vor sich hin. Ob er wohl irgendwann wieder aufhört damit?

»Was soll ich dazu sagen? Bin eben der netteste Kerl weit und breit.«

Ich presse die Lippen aufeinander und hebe die Karte noch höher, um mich dahinter zu verstecken. »Ich habe fast das Gefühl, dein arroganter Mitbewohner färbt schon auf dich ab.«

Er lacht, doch es klingt ganz sanft und leise. Und gerade, als ich denke, er will etwas erwidern, nähert sich die Kellnerin unserem Tisch und nimmt unsere Getränkebestellung auf. Sie ist jung, vielleicht sogar ungefähr in meinem Alter, aber sie ist ganz süß. Dann verschwindet sie für ein paar Minuten, um die Getränke zu holen, und wir nutzen die Gelegenheit und studieren die Karte.

Tyler linst verunsichert auf die endlose Litanei an italienischen Wörtern und beißt sich immer wieder auf die Unterlippe, weil er den Sinn dahinter nicht versteht. Ich würde ihn ja darauf hinweisen, dass sich die englische Fassung auf der Rückseite befindet, aber er sieht so unheimlich süß aus, so verlegen und ratlos, wie er ist, deshalb halte ich lieber die Klappe.

»Das ist irre anstrengend«, meint er nach einer Weile und schaut zu mir auf. Mein Blick bohrt sich in seinen, aber ich will nicht wegsehen. »Warum kannst du denn nicht auf spanisches Essen stehen?«

Ich klappe die Speisekarte zu, weil ich schon weiß, was ich will, stütze die Ellbogen auf den Tisch und lege mein Kinn in die Hände. »Sag was.«

»Wie?«

»Auf Spanisch«, füge ich hinzu. »Sag was auf Spanisch.«

Tyler sieht mich stirnrunzelnd an. »Warum denn?«

»Ich mag es, wenn du das tust.«

Er scheint eine Weile darüber nachzudenken. Fast glaube ich zu sehen, wie sich die kleinen Rädchen in seinem Gehirn hektisch drehen, während er krampfhaft überlegt, was er sagen soll. Braucht er ernsthaft so lange, um einen einzigen Satz zusammenzuschustern? Vielleicht spricht er die Sprache ja doch nicht so fließend. *Me estoy muriendo por besarte«,* sagt er schließlich leise, fast schon, als würde er es nur hauchen. Er beugt sich vor, faltet die Hände auf dem Tisch und sieht mir ganz fest in die Augen, und mir wird bewusst, dass wir uns so nahe sind, dass ich seinen Atem spüre, wenn er spricht. Deswegen bleibt mir kurz die Luft weg. »Ich hab nur gesagt, dass die Bedienung kommt.«

Ich werfe also einen Blick nach links, und tatsächlich nähert sich in diesem Moment die Kellnerin mit den Getränken. Tyler lehnt sich sofort wieder zurück. Ich wünschte, er hätte es nicht getan.

Tyler ordert die *Capellini Primavera* (ohne die Hühnerbrühe selbstverständlich, weil er ja Vegetarier ist), und er kniet sich richtig rein, was die korrekte Aussprache des Italienischen betrifft. Und dann bestelle ich in perfektem Italienisch meine *Lasagne alla nonna.* Als das Mädchen uns dankend die Speisekarten abnimmt und wieder geht, wandert mein Blick zurück zu Tyler. Er sieht mich mit hochgezogenen Augenbrauen an.

»Du hast aber eine irre gute Aussprache«, erklärt er tief beeindruckt.

»Und dein New Yorker Akzent fängt an tierisch zu nerven.«

Langsam kräuseln sich seine Lippen zu einem Lächeln, und er räuspert sich. »Tut mir leid.«

»Danke. Ich imitiere ja bloß Deans Mom.« Peinlich berührt greife ich nach meinem Wasser, und Tyler führt seine

Cola an den Mund, um wie ich einen großen Schluck zu trinken. Dabei lösen wir kein einziges Mal den Blick voneinander. Meine Augen spiegeln sich über den Rand des Glases in den seinen. Ich schlucke, seufze zufrieden und stelle mein Getränk wieder ab. »Kann ich dich was fragen?«

Für den Bruchteil einer Sekunde tritt ein beunruhigter Ausdruck auf Tylers Gesicht, doch lässt er es sich kaum anmerken. Dann nickt er knapp, um mir sein Okay zu geben. »Klar.«

Ich hole tief Luft und falte meine Hände auf dem Tisch. Den Blick habe ich noch immer nicht ein einziges Mal von ihm abgewandt. »Wie läuft es so? Du weißt schon, bei dir?«

»Also wirklich, Eden.« Tylers angespannte Miene wird sichtlich weicher, und er schüttelt den Kopf, plötzlich ganz locker und nicht mehr so bierernst. »Das hast du mich doch schon so oft gefragt.«

»Ich weiß.« Jetzt lächle ich nicht mehr. Stattdessen mache ich mir Sorgen. Ich habe die schlechte Angewohnheit, ihn immer wieder zu löchern, ob es ihm auch wirklich gut geht, aber am Telefon ist es einfach so schwer zu sagen, ob er die Wahrheit sagt oder nicht. »Ich will, dass du mir die Frage offen und ehrlich beantwortest und mir dabei ins Gesicht siehst. Dann weiß ich, ob du lügst oder nicht.«

Er rollt mit den Augen und muss sich ein Grinsen verkneifen, weil ich offenbar nie aufgeben werde. Doch plötzlich richtet er sich auf und beugt sich verschwörerisch zu mir vor, die Lippen zu einer festen Linie gepresst. Er ist mir jetzt noch näher als vorhin, und ich könnte es nicht beschwören, aber ich befürchte, ich habe schon wieder aufgehört zu atmen. Langsam öffnet er die Lippen, um etwas zu sagen. »Mir geht es so gut, wie es mir nur gehen kann, Eden. Das ist die Wahrheit. Ich lüge dich nicht an.«

Er reißt seine Augen dramatisch weit auf, als wollte er mir so beweisen, dass er es ernst meint. Trotzdem sehe ich ihn mit zusammengekniffenen Augen an, ob mir vielleicht irgendetwas entgeht an seinem Gesichtsausdruck, das eine andere Sprache spricht. Er lässt mir allerdings nicht viel Gelegenheit dazu, denn nach wenigen Sekunden weicht er zurück und lehnt sich auf seinem Stuhl zurück.

»Komm schon«, sagt er mit sanfter Stimme. Er neigt den Kopf kaum merklich und sieht mich unter den Wimpern von unten an. »Du weißt, dass die mich nicht weiter auf Tour gehen lassen würden, wenn ich mich nicht im Griff hätte.«

Ich denke einen Augenblick darüber nach, bevor mir klar wird, dass da tatsächlich was dran ist. Wenn man ihn betrunken, bekifft, in Handschellen oder verwickelt in irgendwelche dubiosen Dinge erwischt hätte, hätte man ihn aus dem Programm genommen. Sein Job war es, seine Leidensgeschichte zu erzählen und dadurch ein positives Beispiel abzugeben. Die Tatsache, dass er an jeder einzelnen Veranstaltung bis zum Schluss teilgenommen hat, beweist doch nur, dass er sich keinen Ärger eingehandelt hat. Und das heißt wiederum, dass es ihm gut geht. Nur kann ich schwer vergessen, was vor ein paar Jahren war, und manchmal frage ich mich unwillkürlich, ob er wohl je wieder in diesen Zustand verfällt. Vorerst aber kommt er sehr gut zurecht.

Ich bin mir noch nicht mal sicher, warum ich ihn immer wieder fragen muss, damit mir das bewusst wird. Ich hätte wissen sollen, dass es der Wahrheit entspricht, als er meinte, New York täte ihm wahnsinnig gut. Von dem Augenblick an, da ich ihn am Flughafen wiedersah, hat er nur positiv gewirkt auf mich. Ich glaube, deswegen grinse ich auch die ganze Zeit.

Als ich meine Aufmerksamkeit wieder auf Tyler richte, wartet er offensichtlich darauf, dass ich was sage. Bloß blöderweise fällt mir nichts ein. Ich kann nicht aufhören, ihn anzustarren, seine nach wie vor geweiteten Augen, die

Stoppeln an seinem Kinn, die ihn um Jahre älter wirken lassen, seine Mundwinkel, die verraten, dass er sich das Lächeln verkneift. Und dann trifft mich plötzlich knallhart die Erkenntnis, dass es nichts von alledem ist, weswegen ich mich so rettungslos zu ihm hingezogen fühle. Nein, es ist seine positive Ausstrahlung. Es ist die Art, wie es ihm gelungen ist, seine gesamte Einstellung und Denkweise um hundertachtzig Grad zu drehen, und das innerhalb zweier Jahre. Ich kann mir nicht mal ansatzweise vorstellen, wie es ihm gelungen ist, nicht länger Hass zu empfinden für alles und jeden und seine beschissene Kindheit hinter sich zu lassen. Aber er hat es geschafft. Das hat er.

Und deswegen finde ich ihn anziehender denn je. Deswegen ist das Ganze ja so bescheuert. Es ist jetzt zwei Jahre her seit unserem ersten gemeinsamen Sommer. Inzwischen sollte ich über ihn hinweg sein, aber momentan sieht es so aus, als würde ich das nie schaffen. Das mit New York war keine so gute Idee. Ich hätte niemals hierherkommen sollen. Stattdessen sollte ich in Santa Monica sein bei Dean, nicht hier, wo ich mich gerade noch viel heftiger in seinen besten Freund verknalle.

In meinem Magen rumort es, und ich kann nur hoffen, dass das der Hunger ist und nicht irgendwelche Schuldgefühle. Ich greife nach meinem Wasserglas, mache einen langen Zug und gewinne so etwas Zeit, um meine Gedanken zu sortieren. Vielleicht fällt mir dann was ein, das ich sagen könnte. Und dann muss ich plötzlich an Tylers Worte denken, vorhin in der U-Bahn-Station an der Siebenundsiebzigsten Straße. Ich stelle das Glas wieder auf den Tisch und sehe ihn fragend an. »Wer hat dir jetzt gleich noch mal die strikte Anweisung erteilt, dich um mich zu kümmern? War es meine Mom?«

Tyler seufzt, weil ich jetzt wieder das Thema wechsle. Dann verschränkt er die Arme vor der Brust, immer noch in aufrechter Haltung. Er zuckt leicht mit den Schultern und senkt den Blick. »Genau. Deine Mom, meine Mom …« Er blickt wieder auf. »Und Dean.«

»Oh«, sage ich ungerührt. Das überrascht mich nicht. Das sieht Dean ähnlich. Stirnrunzelnd starre ich in mein Glas und streife mit dem Finger über den Rand, nicht sicher, was ich davon halten soll. »Was hat er denn zu dir gesagt?«

»Er hat gesagt, ich soll den Aufenthalt für dich so angenehm wie möglich gestalten. Du weißt schon, da du das hier ihm vorziehst.« Wieder zuckt Tyler die Achseln, und ich spüre, wie die Anspannung zwischen uns wächst. Oder fällt das vielleicht nur mir auf? Weil ich ja schließlich die Schuldige bin? Ich bin es, die hier mitten in einem italienischen Restaurant in New York einen anderen verträumt anhimmelt, während mein Freund am anderen Ende des Landes hockt und immer noch sauer ist, weil ich weggeflogen bin. »Wenn du deine Zeit hier nicht wenigstens genießt, wird er noch angepisster sein.«

»Was hast du ihm gesagt?«

»Ich hab gesagt, ich sorge dafür«, sagt Tyler, der jetzt wieder lächelt, ein breites, offenes und aufrichtiges Lächeln.

Schweigen macht sich zwischen uns breit. Das liegt wohl in erster Linie daran, dass ich keinen Schimmer habe, wie ich mit der Dean-Situation umgehen soll, aber zum Teil vermutlich auch daran, dass ich nur zu gern hätte, dass Tyler sich unwohl fühlt. Er sieht mir zu entspannt aus, wie er so über Dean und mich redet, als würde ihn das nicht kümmern. Denn das wäre wieder mal ein Beweis dafür, dass er über mich hinweg ist. Aber so was von.

Mir wird ganz schwer ums Herz, und ich beschließe kurzerhand, dass ich es einfach wagen werde; ich rücke jetzt einfach raus damit und frage ihn direkt. Ich muss nur all meinen Mut zusammennehmen und es hinter mich bringen, sonst frage ich mich die ganzen Ferien bloß: »Was, wenn doch?« Ich will, dass er es mir einfach rundheraus sagt. Vermutlich wird es mich umbringen, wenn ich höre, wie er es zugibt, aber zumindest hilft es mir hoffentlich, ihn auch endlich zu vergessen. Ich muss es tun.

Ich schlucke den Kloß in meinem Hals hinunter und hole tief Luft, und ich gebe mir alle Mühe, ruhig zu bleiben. Doch Tyler muss trotz allem mitgekriegt haben, wie panisch ich auf einmal wirke, denn sein Lächeln schwindet nun allmählich.

»Alles in Ordnung mit dir?«

Ich zwinge mich, ihn anzusehen, und als es mir schließlich gelingt, öffne ich die Lippen, um zu sprechen. Meine Stimme ist nicht viel mehr als ein bebendes Flüstern, als ich es endlich wage zu fragen: »Macht es dir was aus?«

Tylers runzelt die Stirn. »Was denn?«

»Das mit Dean«, sage ich. Die Gruppe am Tisch neben uns bricht in lautes Gelächter aus, weshalb Tyler und ich für einen Moment abgelenkt sind, ehe er mich eingehend mustert. Ich presse eine Hand gegen die Schläfe und senke meine Stimme noch weiter. »Macht es dir etwas aus, dass ich mit ihm zusammen bin?«

»Eden.« Jetzt ist sein Lächeln gänzlich verschwunden. Seine Lippen bilden eine gerade Linie, zwischen seinen Augen bildet sich eine senkrechte Falte. »Was hast du vor?«

»Ich meine ja nur«, wiegle ich eilig ab, dabei bin ich so nervös, dass ich ihn gar nicht ansehen kann. Also halte ich mir die Hand vor die Augen und senke den Kopf in Richtung Tisch. »Vor einem Jahr hat es dir noch was ausgemacht, bevor du gegangen bist. Ich will nur wissen, ob es immer noch so ist.«

»Eden«, sagt er wieder, die Stimme rau, aber entschlossen. Längere Zeit sagt er keinen Ton. Ich habe höllische Angst, die Hand wegzunehmen. Schließlich höre ich, wie er ganz langsam ausatmet, und seine Worte klingen gleich noch bedächtiger. »Willst du mich fragen, ob ich immer noch … du weißt schon?«

»Ich versuche es«, flüstere ich.

»Reden wir nicht hier darüber«, erklärt er unvermittelt, jetzt wieder mit lauter Stimme. So laut, dass ich den Kopf hochreiße und die Hand von den Augen nehme. Er hat die Zähne fest aufeinandergebissen, und die Muskeln in seinem Kiefer zucken. Ich erhebe ebenfalls die Stimme und bedränge ihn weiter. »Bist du über mich hinweg?«

»Eden.«

»Hast du eine andere? Oder bist du Single?« Ich bin so frustriert und habe gleichzeitig dermaßen Angst, dass ich nun getrieben von einem plötzlichen Adrenalinstoß den Mut fasse, ihm unumwunden in die Augen zu sehen. Wobei er mindestens genauso tapfer ist, denn er starrt zurück. »Seit wann bist du über mich hinweg? Ich muss das wissen, also sag es mir bitte einfach.«

»Eden«, setzt er an, diesmal in einem schärferen Ton. »Bitte, hör auf.«

»Das soll's dann also gewesen sein?« Ungläubig schüttle ich den Kopf, und ich merke, wie die Wut in mir hoch-kocht. Das alles geht doch schon viel zu lange so. Ich muss endlich wissen, ob ich hier nur meine Zeit vergeude. Ich muss wissen, ob das zwischen uns noch eine Zukunft hat. »Willst du mir nicht antworten? Soll ich noch durchdrehen deswegen?«

»Nein«, sagt er, und seine Stimme klingt nun viel ruhiger als meine, obwohl seine Gesichtszüge sich verhärtet haben. Er ist eindeutig erwachsen geworden. Noch vor zwei Jahren hätte er inzwischen längst die Beherrschung verloren und würde fluchen und mich finster anfunkeln. Stattdessen bin ich es jetzt, die rasend wird. »Ich will dir das nur nicht hier beantworten.«

»Wo denn dann?«

»In der Wohnung, sobald wir wieder daheim sind«, erklärt
er mir. Seine Augen verengen sich zu zwei schmalen Schlitzen, während er mich mit festem Blick fixiert. Fast, als wollte
er mir mitteilen, es doch vorerst bitte zu lassen. Was ich auch
tue, aber nur, weil die Bedienung soeben unser Essen bringt.

Sie muss mich für total unhöflich halten, weil ich nämlich
viel zu beschäftigt damit bin, Tyler über den Tisch hinweg
böse anzusehen, um mich bei ihr zu bedanken, als sie den
Teller vor mir abstellt. Ich zucke nicht mal mit der Wimper.
Als sie wieder gegangen ist, beugt Tyler sich vor und greift
nach seinem Besteck, und innerhalb weniger Sekunden ist
sein Lächeln zurück.

»Es gibt da noch etwas, das ich dir zeigen muss«, sagt er
leise, während er geschickt die Pasta mit der Gabel aufwi-
ckelt, die Augen auf seinen Teller geheftet.

»Was denn?«

Er hält kurz inne und sieht mich von unten an, ein verschmitztes Grinsen im Mundwinkel. »Ist eine Überraschung«,
sagt er. »Aber einen kleinen Tipp gebe ich dir: Von dort hat
man eine wunderbare Aussicht, und da reden wir über alles.«

Kapitel 6

*T*yler bleibt den ganzen Abend über völlig gelassen und tut ganz cool. Dass ich es kaum mehr aushalte, endlich zu erfahren, wie es um uns steht, stört ihn offenbar überhaupt nicht. Beim Essen hält er sich mit belanglosen Dingen auf, erzählt auf dem Spaziergang über den Times Square irgendwelche doofen Witze und versucht in der U-Bahn sogar, mich aufzumuntern, indem er mit den Augenbrauen wackelt, bis ich schließlich doch nicht mehr anders kann und lächle. Es ist nicht ganz echt, klar, und kaum habe ich mich von ihm abgewandt, ist es wie weggewischt.

»Also, wo ist denn jetzt diese umwerfende Aussicht? Auf dem Empire State Building? Der Freiheitsstatue?« Mit verschränkten Armen sehe ich ihn herausfordernd an und warte auf eine Antwort.

Doch er hält sich bloß am Gestänge fest und zuckt mit den Schultern, und ich könnte schwören, dass er am liebsten lauthals lachen würde. Wetten, dass er das vorhin im Restaurant sarkastisch gemeint hat? In Wirklichkeit zeigt er mir gleich den hässlichsten Flecken der gesamten Stadt, den perfekten Ort, um mein Herz in Stücke zu reißen. »Nicht ganz«, sagt er schließlich. »Los, komm, wir steigen an der nächsten Haltestelle aus.«

Ein paar Sekunden stehen wir vor der Tür, während der Zug vorwärtsdonnert und der Lärm sich mir in die Ohren hämmert. Langsam verstehe ich, weshalb der Großteil der

Leute hier ständig Kopfhörer trägt. Aber die paar Minuten, die wir hier sind, ist es auszuhalten, und als der Zug an der nächsten Station kreischend zum Stehen kommt, greift Tyler sich mein Handgelenk und zerrt mich raus auf den Bahnsteig.

Ich erkenne die Haltestelle sofort. Es ist die an der Siebenundsiebzigsten Straße, und das bedeutet wohl, dass wir nirgends hingehen, nur in Tylers Wohnung. Ein Verdacht, der sich erhärtet, als wir die Station verlassen und denselben Weg einschlagen wie vorhin. Tyler redet ohne Punkt und Komma, aber ich höre schon gar nicht mehr hin. Im Gehen ramme ich meine Chucks in den Asphalt, und je länger sich das hinzieht, desto übler wird mir. Ständig wechseln sich bei mir Frust und Nervosität ab. Im einen Moment bin ich stinksauer auf ihn, weil wir es nicht im Restaurant hinter uns gebracht haben, und im nächsten könnte ich mich ohrfeigen, dass ich überhaupt damit angefangen habe.

Wir kommen an seinem Audi vorbei (und an dem Lieferwagen und dem Civic), und gerade als wir ins Haus verschwinden wollen, bleibe ich auf dem Gehweg stehen. Ich lege den Kopf in den Nacken, blicke an dem Gebäude empor, das höher ist als die angrenzenden.

Tyler wartet am Eingang und zieht die Tür auf, dann lehnt er sich mit seinem ganzen Gewicht dagegen und verschränkt die Arme vor der Brust. »Was ist los?«

Ich richte den Blick auf ihn. »Du sagtest doch was von einer tollen Aussicht, oder?«

»Genau.« Ich glaube, er ahnt schon, was ich als Nächstes fragen will, weil sich jetzt wieder sein typisches Lächeln bemerkbar macht.

In der Zwischenzeit ist es merklich abgekühlt, es weht ein leichter Wind, stark genug, um mir das Haar ins Gesicht zu pusten. Daher stecke ich es hinter den Ohren fest und frage: »Ist es da oben auf dem Dach?«

Tyler antwortet gar nicht erst. Er fixiert mich nur mit einem wissenden Blick und grinst. Dann meint er leise: »Kann sein.«

Ich wette, die Aussicht von da oben ist einfach grandios, aber offen gestanden würde ich ihm am liebsten erklären, er solle es vergessen. Ist nicht nötig, dass er mich da hochschleift, nur um mir zu sagen, was ich mir ohnehin schon denken kann. So grausam kann er doch echt nicht sein.

»Ist nichts Besonderes«, sagt er, als ich ihm nach drinnen folge und mit ihm zum Aufzug gehe. Er drückt den Knopf für den zwanzigsten Stock, der obersten Etage. »Da gibt es schon ein paar Stühle und Pflanzen, aber in erster Linie ist da Beton. Ist trotzdem irgendwie cool. Also wenn man da oben steht.«

Ich stopfe die Hände in die Jackentaschen und starre den Aufzugboden an. Und während ich mir überlege, wie sehr die nächsten paar Minuten schmerzen werden, kaue ich innen auf meiner Backe herum. Bestimmt muss ich heulen, wenn er es endlich zugibt, aber ich bete innerlich, dass ich mich am Riemen reißen kann. Zumindest so lange, bis ich allein bin. Ich will nicht, dass er mich in meinem Elend sieht, aber noch mehr Sorge bereitet mir, dass uns das Gespräch den Rest des Sommers ruinieren wird.

Mit einem *Pling* öffnet sich die Aufzugtür, doch diesmal macht Tyler keine Anstalten, mir den Vortritt zu lassen. Stattdessen räuspert er sich und marschiert hinaus auf den Flur. Er gibt sich ganz entspannt, aber mir entgeht nicht, dass er es eilig hat. Ein Typ drängt sich an uns vorbei und hetzt in die Gegenrichtung davon, doch wir gehen weiter, bis Tyler vor der letzten Tür links haltmacht. Sie unterscheidet sich deutlich von den anderen. Vermutlich weil keine Wohnung dahinter liegt, sondern eine Treppe aus Metall.

»Gleich da oben ist es«, ruft er mir über die Schulter zu

und macht sich an den Aufstieg, drei Stufen auf einmal nehmend.

Angesichts der schwachen Beleuchtung bin ich froh, dass es nur eine Treppe ist, und oben angekommen, wartet Tyler bereits auf mich. Er steht vor einer Tür mit der Aufschrift *Notausgang*. Mit geschlossenen Lippen lächelt er mir zu und schiebt die Tür auf. Als wir hinaustreten aufs Dach, erkenne ich im Dämmerlicht zunächst nur die Dächer der Gebäude um uns herum. Wie Tyler schon sagte, es stehen ein paar Liegestühle aus Holz herum mit dazu passenden Tischchen und vereinzelt Topfpflanzen. Die allerdings sind in der sengenden Hitze vertrocknet.

Gerade als ich mich umsehe, stellt Tyler sich hinter mich, und wie aus dem Nichts spüre ich, wie er mit festem Griff meine Taille umfasst. Die Berührung verschlägt mir den Atem, daher fixiere ich die Spitze eines Gebäudes ein paar Blocks weiter. Ich versuche, nicht darauf zu achten, dass ich seinen Atem im Nacken spüre. Seine Lippen nähern sich meinem Ohr, und auf einmal flüstert er: »Sieh dir das an«, mit ziemlich belegter Stimme. Mir jagt ein Schauer über den Rücken. Die Hände immer noch an meiner Taille, lotst er mich zum Rand des Daches.

Und in der Sekunde, da mein Blick auf die Aussicht unter uns fällt, vergesse ich, weshalb wir ursprünglich hier hochgekommen sind. Ich vergesse Tylers Hände auf mir. Ich vergesse, dass er mir eigentlich sagen wollte, dass er über mich hinweg ist. Denn alles, was ich jetzt noch denken kann, das Einzige, das ich wahrnehme, ist die Tatsache, wie wunderschön der Ausblick ist.

Vielleicht liegt es daran, dass das tiefe Blau des Himmels von zarten rosa Streifen durchzogen ist, vielleicht liegt es daran, dass alles unter uns und um uns herum hell erleuchtet ist. Ich kann mir jetzt gut vorstellen, dass das alles bei Nacht noch viel beeindruckender ist als bei Tageslicht. Die Scheinwerfer der Fahrzeuge und die Verkehrsbeleuchtung lassen alles in einem orangen Licht erstrahlen, und die Neonröhren in den Bürogebäuden bilden eine Landkarte aus einzelnen hellen Flächen. Je weiter mein Blick in die Ferne schweift, desto deutlicher wird, welch Fülle an Bauwerken sich hier aneinanderreiht, als wären sie aufeinandergestapelt, und das Licht scheint zwischen den Ritzen hindurch. Schnell wird mir klar, weshalb immer die Rede ist von der Stadt, die niemals schläft. Im Augenblick wirkt New York nämlich noch lebendiger als vor wenigen Stunden.

Ich merke gar nicht, dass Tyler sich von mir löst, bis er neben mir steht. Er beugt sich vor, stützt sich auf die kleine Mauer am Gebäuderand und stößt ein Seufzen aus. »Hier oben gefällt es mir«, sagt er ganz leise. Er muss gar nicht lauter sprechen. Die Stadt dort unten mag nachts noch mehr vom Lärm beherrscht sein als ohnehin schon, aber hier oben ist das alles bloß ein schwaches Hintergrundrauschen.

Am liebsten würde ich ihm sagen, wie toll ich es finde, nur bin ich immer noch vollkommen sprachlos angesichts der Aussicht um uns herum, viel zu überwältigt, um auch nur ein Wort rauszukriegen. Irgendwie beängstigend, wie gigantisch das alles ist und wie unbedeutend und klein wir im Vergleich dazu wirken müssen. Wie viele Menschen stehen wohl genau in diesem Moment auf irgendwelchen Dächern über der Stadt? Wie viele Leute glauben wie wir, New York gehöre ihnen allein?

Eine sanfte Brise fegt zwischen uns hindurch und bläst mir erneut das Haar ins Gesicht. Ich hebe die Hand, presse einen Finger an die Lippen und lasse meinen Blick ganz langsam rüber zu Tyler wandern. Er mustert die Skyline, doch ihm fällt sicher auf, dass ich meine Konzentration nun auf ihn richte, da die Muskeln in seinem Kiefer sich anspannen. Er atmet aus, senkt den Kopf und starrt einen Augenblick runter auf die Mauer.

»Schätze, du würdest jetzt gern reden«, sagt er leise.

Ein Teil von mir will das immer noch, aber insgeheim würde ich viel lieber was anderes machen. Das hier oben ist einfach zu schön, zu perfekt. Doch habe ich nun schon mal angefangen damit, und vielleicht bekomme ich keine zweite Gelegenheit mehr, das hinter mich zu bringen. Ich warte seit einem Jahr darauf, endlich Gewissheit zu haben. Warum länger warten? Warum sollte ich mir das antun?

Ich atme tief durch und schlucke die Nervosität hinunter. Das Adrenalin, das sich vorhin im Restaurant in mir angestaut hat, hat mich längst wieder im Stich gelassen, und ich kann nur hoffen, dass es zurückkommt. Vielleicht kann ich dann ausblenden, wie schmerzvoll die Sache werden wird. Ich schaue runter auf die Third Avenue. »Wir hätten schon längst darüber reden sollen.«

Es folgt ein kurzer Moment der Stille, in dem Tyler sein Gewicht verlagert. Dann starrt er unsicher auf seine Hände, die noch immer auf der Mauer liegen. »Wo sollen wir anfangen?«

»Sag doch einfach, dass du über mich hinweg bist«, schlage ich vor. Doch auch wenn ich noch so stark sein will, bricht meine Stimme beim letzten Wort. Ich kneife die Augen zu und schüttle den Kopf, den ich in Richtung Boden gesenkt habe. Ich trete einen Schritt zurück, weg vom Abgrund. »Gib es einfach zu. Mehr verlange ich ja gar nicht.«

Schon verrückt, wie sich die Dinge in nur einem Jahr ändern können. Kurz bevor Tyler letzten Juni verschwand, war da noch was zwischen uns, etwas, das in der Luft hing, wann immer wir zusammen waren. Wir wussten es beide. Wir sprachen nur nie darüber. Ich hatte bereits getan, was ich für das Richtige hielt. Ich hatte deutlich gemacht, dass das nicht funktionieren würde und wir nur unsere kostbare Zeit vergeudeten. Und doch wurde mir im Lauf der Monate immer mehr bewusst, dass es schwerer werden würde als gedacht. Ich konnte es nicht einfach hinter mir lassen. Wann immer ich bei Dad daheim vorbeischaute und Tyler war da, hatten wir das Gefühl, wir müssten vor unseren Eltern so tun, als wäre nichts. Wir hatten zwar nichts verbrochen, wurden aber trotzdem von ständigen Schuldgefühlen geplagt. Selbst in Gegenwart von Dean, Rachael und Meghan war es nicht ganz einfach. Wir fünf hingen ja dauernd zusammen am Pier ab, und wann immer keiner hinsah, ließ Tyler seinen Blick vom Pacific Park zu mir wandern. Ich habe nie vergessen, wie er mich einmal allein dorthin mitgenommen hat, weil es unser erstes und einziges Date war. Keiner von unseren Freunden bemerkte je Tylers Grinsen. Aber mir entging das nie. Manchmal starrte er mich auf dem Flur in der Schule an. Manchmal starrte ich zurück. Dann lächelte er jedes Mal und drehte sich weg, und ich widmete mich wieder Dean, der oft mit mir unterwegs war. Anfangs habe ich mir immer Gedanken gemacht wegen Dean. Ich dachte, Tyler würde mich dafür hassen, dass ich die Sache mit ihm beendete und stattdessen mit seinem besten Freund zusammenkam. Doch er hat nie ein Wort darüber verloren. Kein einziges Mal. Verengte nur immer die Augen zu schmalen Schlitzen, wenn er mich mit Dean sah.

Doch all das war, bevor er wegging. Das ist alles ein Jahr her.

Jetzt ist alles anders. Das spüre ich. Er ist um einiges distanzierter, geht viel unbefangener mit der Sache zwischen Dean und mir um. Keine Ahnung, warum mich das so hart trifft. Ich habe es ja schließlich nicht anders erwartet. Ich meine, hallo? Ein ganzes Jahr in New York City? Im Grunde kann ich mir keine bessere Stadt vorstellen, um einen anderen Menschen zu vergessen. Wie viele Mädchen hat er wohl in den vergangenen Monaten kennengelernt? Wie viele neue Leute hat er auf seinen Veranstaltungen getroffen? Vielleicht hatte er ja sogar diverse Dates? Oder er hat längst eine Freundin?

Und doch stehe ich jetzt hier, direkt neben ihm·auf diesem Dach, immer noch hoffnungslos in ihn verliebt.

»Ich werde dir nicht sagen, dass ich über dich hinweg bin«, sagt Tyler schließlich.

Flackernd öffne ich die Augen und hebe den Kopf, und ich mustere sein Gesicht, während er weiter runter auf die Straße starrt. Sein Kiefer ist immer noch angespannt, aber er wirkt kein bisschen wütend. Nur extrem ernst. Er richtet sich auf, tritt von der Mauer weg und dreht sich zu mir. Und in der Sekunde, da sein lebhafter Blick mit meinem verschmilzt, geht mir nur eines durch den Sinn: Hoffnung.

»Ich werde es dir nicht sagen«, meint er. »Weil ich nämlich nicht über dich hinweg bin.«

Kapitel 7

Ich brauche eine Weile, bis ich den Sinn von Tylers Worten begreife, bis sie restlos zu mir durchdringen. Erst denke ich, er will mich auf den Arm nehmen, dass ich nur das gehört habe, was ich hören will. Doch dann lächelt er mich voller Zuneigung an, und in seinen Augenwinkeln bilden sich kleine Fältchen. Sein aufrichtiger Blick macht mir deutlich, dass er es absolut ernst meint.

»Was?«, stammle ich endlich.

»Ich brauche schon länger als ein Jahr, um dich zu vergessen.«

Die Luft ist zum Schneiden, und mit einem Mal herrscht ohrenbetäubende Stille. Eine Stille, die schmerzt. Aber es gelingt mir nicht, irgendeinen klaren Gedanken zu fassen, und erst recht kriege ich keinen Ton heraus. Daher starre ich ihn nur an wie belämmert. Energisch schüttle ich den Kopf. Das kann jetzt einfach nicht wahr sein.

»Aber ich habe gedacht …«

»Du hast was gedacht?« Er stopft die Hände in die Hosentaschen und senkt den Blick zu Boden. In den Ritzen wächst Unkraut. »Dass ich nach New York gehe und dich einfach so vergesse? Hast du dir das so leicht vorgestellt?«

Darauf war ich nicht vorbereitet. Nie hätte ich gedacht, dass Tyler vor mir stehen und diese Worte sagen könnte. Und trotzdem tut er es. Ich bin so verdattert und sprachlos, dass ich ihm das immer noch nicht ganz abnehme. Also beiße ich mir auf die Unterlippe. »Aber du benimmst dich so anders. Du behandelst mich wie eine Schwester.«

»Tja«, meint Tyler grinsend. »Das bist du ja auch.«

»Tyler.« Ich presse die Lippen aufeinander und sehe ihn fest an.

Er seufzt, und sein Grinsen versiegt. Er fährt sich mit der Hand durchs Haar und reibt sich den Nacken. »Soll ich ehrlich sein, Eden? Ich habe gedacht, du wärst über mich hinweg. Deswegen wollte ich nicht so ein Arschloch sein und dich wieder durcheinanderbringen. Ich wollte bloß das Richtige tun. Deswegen hatte ich eigentlich vor, auf Distanz zu gehen.«

Wenn ich nicht so benommen wäre, würde ich vermutlich heulen. Aber ich kann nicht aufhören, ihn anzustarren, die Lippen ungläubig geöffnet. Ich brauche ein, zwei Sekunden, um mir eine Antwort zurechtzulegen, doch alles, was ich stotternd herausbringe, ist: »Stört dich das mit Dean immer noch? Du weißt schon, dass wir zusammen sind?«

»Nein«, meint Tyler.

»Warum?«

Er hält inne und betrachtet mich eine Weile. Im Hintergrund sind immer noch die Geräusche der Stadt zu hören. Irgendwie fühlt es sich plötzlich nicht mehr so an, als wären wir ein Teil davon. Es liegt eine derart heftige Spannung in der Luft, dass es mir vorkommt, als wären wir die einzigen Menschen weit und breit, als befände sich dieses Dach hier mitten im Nirgendwo. Ich habe nur Augen für ihn. »Der Grund ist, wenn du schon nicht mit mir zusammen sein willst«, sagt er, »bin ich zufrieden, wenn du wenigstens mit ihm zusammen bist. Er ist gut für dich.«

Mit einem Mal ist die Benommenheit wie weggeblasen, es geht so schnell, dass ich fast spüre, wie etwas in mir zusammenbricht. Da ist eine Schwere in mir, als würde mein Brustkorb jeden Moment zerspringen, und es dauert nur eine Sekunde, ehe mir klar wird, dass es allein daran liegt, dass ich mich so schuldig fühle, so beschissen und so verwirrt. In diesem Moment kriege ich keinen klaren Gedanken hin. Dass ich mit Dean zusammen bin, kommt mir falsch vor. Aber dass ich jetzt hier bei Tyler bin, ist noch viel schlimmer.

»Hör zu, Eden, wir sollten dieses Gespräch nicht führen«, sagt Tyler nach einer Weile. Ihm muss bewusst geworden sein, dass ich nichts erwidern werde. Mir hat es nämlich die Stimme verschlagen. »Warum sollte irgendwas davon eine Rolle spielen? Du hast ja jetzt Dean.«

Ich beiße die Zähne aufeinander, fange an zu mahlen, um gegen den Knoten in meinem Magen anzukämpfen. Eigentlich sollte das hier nicht passieren. Es ist unfair, und das alles nur, weil unsere Eltern eines Tages zufällig auf demselben Parkplatz waren. Dad schnappte Ella damals die Parklücke direkt vor der Nase weg, und dann stieg sie aus und fing an mit ihm zu diskutieren. Als Entschuldigung lud er sie auf einen Kaffee ein. Deshalb gebe ich immer noch dieser heiß umkämpften Parklücke die Schuld an allem. Warum mussten unsere Eltern sich begegnen? Wieso musste ich Tyler als Stiefbruder bekommen, und was noch wichtiger ist, warum musste ich mich ausgerechnet in ihn verlieben? Manchmal, so wie jetzt, finde ich es zum Kotzen, wie die Dinge bisweilen laufen.

»Es spielt eine Rolle, weil ich nicht annähernd über dich hinweg bin, Tyler. Deshalb ist es so wichtig, weil ich nicht weiß, was ich tun soll.«

»Sag so was nicht«, murmelt er mit belegter Stimme. Sie klingt rau, aber gleichzeitig irre sexy. Und irgendwie total vertraut.

»Warum denn nicht? Warum erzählst du mir, du bist nicht über mich hinweg, aber ich darf das nicht sagen?«

»Weil ich hier nicht derjenige bin, der jemand anderen

hat«, faucht er gereizt. Er kneift die Augen zusammen, und seine Züge verhärten sich. Er macht einen Schritt auf mich zu. Jetzt trennt uns nur noch eine Armlänge. »Ich war es nicht, der aufgegeben hat, damals vor zwei Jahren. Das warst du. Und jetzt willst du mir erzählen, dass du doch Zweifel hast? Klar, ist ein tolles Gefühl, aber gleichzeitig machst du mir für nichts und wieder nichts unnötig Hoffnungen. Das hast du doch selbst gesagt. Es wird nicht funktionieren. Jetzt erst recht nicht mehr. Wir hatten unsere Chance, und die hast du weggeworfen. Du hast jetzt Dean, was für mich so viel heißt wie: leider verloren.« Als er endlich fertig ist mit seinem Vortrag, hat seine Stimme jegliche Schärfe verloren. Er runzelt bloß die Stirn und richtet den Blick auf einen Punkt beim Notausgang.

»Oh, es tut mir *leid*«, erwidere ich entrüstet. »Aber ich war erst sechzehn. Da hatte ich doch keine Ahnung, was ich tat. Willst du mir das ernsthaft zum Vorwurf machen, Tyler? Willst du mir tatsächlich einen Strick daraus drehen, dass ich Angst hatte? Damals hatte ich einfach den Eindruck, dass wir das niemals schaffen würden. Es schien mir unmöglich, okay? Und ich wollte nicht mein Leben lang jemandem nachtrauern, mit dem ich keine Zukunft hatte. Und dann trat Dean auf die Bildfläche, und ich mochte ihn, und da das mit dir ja ein hoffnungsloser Fall war, konnte ich doch gut auch was mit ihm anfangen, oder? Ich liebe ihn.« Kurz halte ich inne, um wieder zu Atem zu kommen, und ich bemühe mich, Tylers Reaktion abzuschätzen. Aber er starrt immer noch ins Nichts. Sein Gesichtsausdruck ist hart, zeigt aber ansonsten keine Regung. Ich bewege mich auf ihn zu. Inzwischen ist da nicht mehr viel Abstand zwischen uns. »Wir sind keine Kinder mehr, und ich habe langsam das Gefühl, dass wir es doch hinkriegen könnten. Aber irgendwie drängt sich mir auch der Eindruck auf, es könnte zu spät sein. Ich bin hin- und hergerissen zwischen Dean und dir, und ich habe keinen blassen Dunst, für wen ich mich entscheiden soll.«

Schweigen senkt sich über uns. Es scheint eine Ewigkeit zu dauern, bis Tyler mich wieder ansieht. Seine Stirn ist immer noch gerunzelt, doch je länger wir uns in die Augen blicken, desto weicher werden seine Züge. Er macht den letzten Schritt in meine Richtung und schließt die Lücke, und mir bleibt die Luft weg. Sein Körper ist nur noch wenige Zentimeter von meinem entfernt, und er steckt eine Hand in die Hosentasche, ehe er die andere vorsichtig an meine Hüfte hebt. Dann lässt er den Blick über meinen Körper gleiten. »*Me estoy muriendo por besarte.*«

Ich lege die Stirn kraus. »Die Kellnerin kommt?«

»Nein«, sagt er mit einem leichten Kopfschütteln. Er lächelt ganz zärtlich, und sein Blick ruht auf meinem Schlüsselbein. »Nein, das ist nicht die korrekte Übersetzung«, meint er leise. »Es bedeutet, dass ich dich nur zu gern küssen würde.«

In diesem Moment ist Dean komplett weggelöscht aus meinem Kopf. Ich vergesse ihn, weil ich voll und ganz von dem Gedanken beherrscht werde, dass ich Tyler auch gern küssen würde. Es ist zwei Jahre her seit dem letzten Mal, und ich kann mich kaum erinnern, wie seine Lippen sich auf meinen angefühlt haben. Aber ich weiß noch sehr gut, was für ein Feuerwerk seine Küsse in mir ausgelöst haben. Die Gänsehaut. Der rasende Puls. Dass meine Knie ganz weich wurden. Das werde ich wohl nie vergessen.

Ich schlucke und blicke runter auf seine Hand an meiner Hüfte. Ich starre auf seine Knöchel, dann auf seine Fingerspitzen und abschließend wieder hoch in seine Augen. »Warum tust du es dann nicht?«, flüstere ich.

»Wegen Dean«, erklärt er gereizt und weicht schlagartig zurück. Er löst die Hand von mir, die Entfernung zwischen uns wächst, dann wendet er sich von mir ab und geht davon. »Warte hier«, ruft er mir über die Schulter zu.

Zum Glück versagt meine Stimme mir nicht den Dienst, obwohl meine Kehle sich plötzlich ganz trocken anfühlt. »Wie bitte?«

Tyler reißt die Feuerschutztür auf und hält kurz inne, ehe er den Nacken reckt und sich zu mir umsieht. »Bleib einfach da«, sagt er zu mir. »Ich bin in ein paar Minuten zurück.«

Er verschwindet im Haus, die Treppe hinunter, und lässt die Tür ganz leise hinter sich zufallen. Eine Zeitlang starre ich darauf. Ich brauche einen Moment, um mich zu sammeln, und habe Schwierigkeiten, das alles zu verstehen. Fröstelnd ziehe ich die Jacke enger um mich und richte den Blick wieder in Richtung Stadt.

Mir war gar nicht aufgefallen, dass das Rosa am Himmel allmählich verblasst ist, doch inzwischen ist es so gut wie verschwunden, und an seine Stelle sind tiefblaue Streifen getreten. Die ganzen Lichter wirken mittlerweile noch heller, wenn das überhaupt möglich ist. Ein paar Straßen weiter höre ich eine Sirene, aber ich konzentriere mich vor allem auf die Tatsache, dass die Luft merklich abgekühlt und ein leichter Wind aufgekommen ist. Ich gehe zurück zur Mauer und klammere mich an der Kante fest.

Tyler hat schon recht. Wir dürfen Dean nicht wehtun. Keiner von uns hat die Absicht, und wenn wir jetzt doch weiter gehen, wird Dean nicht bloß von seiner Freundin, sondern auch noch von seinem besten Freund sehr, sehr verletzt. Und das verkompliziert das Ganze ungemein. Er sollte nicht mit einem Mädchen zusammen sein, das in jemand anderen verliebt ist. Was bin ich für ein schrecklicher Mensch. Ich weiß genau, wohin das alles führt. Die Entscheidung ist unvermeidlich: Tyler oder Dean.

»Zieh dich da hoch, und setz dich.«

Ich wirble herum und sehe, wie Tyler wieder auf mich zukommt, eine Schachtel in den Händen. Ich ziehe die Augenbrauen hoch und werfe einen Blick über die Schulter, runter auf die Straße tief unter mir. Wir sind hier im zwanzigsten Stockwerk. »Bist du bescheuert?«

»Komm schon, du fällst nicht runter«, meint er, doch es klingt mir nicht allzu überzeugend. Seine Züge sind weicher als vorhin, und er lächelt wieder, so als wären die letzten fünfzehn Minuten nicht passiert. Er kommt an meine Seite und stellt die Schachtel vor sich auf die Mauer. Sie ist rechteckig und in Silberpapier eingeschlagen. »Setz dich auf die Mauer, sonst gebe ich dir das nicht.«

Mit gerunzelter Stirn sehe ich ihn misstrauisch an, bin aber trotzdem neugierig. »Was ist es?«

»Ein Geschenk«, erklärt er. Er deutet wortlos auf die Mauer und verschränkt die Arme, wobei er theatralisch auf die Uhr schaut. Er räuspert sich.

»Na schön.« Mit einem demonstrativen Seufzen drehe ich mich um und platziere die Hände flach auf dem Sims. Der Beton fühlt sich rau an unter meiner Haut, als ich mich hochstemme. Die Mauer ist breit genug, doch ich finde es trotzdem beängstigend, hier oben zu sitzen. Daher vermeide ich es tunlichst, nach unten zu schauen. Ich wende mein Gesicht abwartend zu Tyler und lasse die Beine baumeln. Ausnahmsweise bin ich mal größer als er. »Zufrieden?«

»Hier«, sagt er. Er drückt mir die Schachtel in die Hand, wobei wir uns für einen Sekundenbruchteil berühren, und stützt die Hände dann links und rechts von mir auf die Mauer. Und so bleibt er, er weicht nicht einen Schritt zurück. Wieder mal kriege ich kaum Luft, weil er mir so nah ist. »Mach schon auf.«

Skeptisch sehe ich ihn an, dann widme ich mich der Schachtel in meiner Hand. Sie ist nicht gerade ordentlich verpackt, daher ist das Papier schnell heruntergerissen. Aus Versehen lasse ich es vom Dach fallen, was Tyler ein Seufzen entlockt. Ich aber registriere kaum, was ich angestellt habe, weil ich jetzt eine Schachtel in der Hand halte, die ich sofort erkenne: Es ist die altbekannte, stinknormale Converse-Schachtel. Eine Minute starre ich darauf, dann schaue ich zu Tyler auf.

»Warum?«

»Wir haben dein Paar doch verloren. Weißt du das nicht mehr?«

Wie könnte ich das je vergessen? Das war die erste Nacht – die *einzige* Nacht –, die wir zusammen verbracht haben. Und am nächsten Morgen konnte ich meine Chucks nirgends finden.

»Ich hab dir doch gesagt, ich kauf dir neue«, erklärt er, doch dann zuckt er nervös mit den Schultern und beißt auf seiner Unterlippe herum. »Tut mir leid, dass ich zwei Jahre dafür gebraucht habe.«

Dass er sich überhaupt erinnert, überrascht mich doch sehr. So sehr, dass ich im ersten Moment sprachlos bin. Ich schaue runter auf die Schachtel. Vorsichtig streiche ich mit der Hand über den Karton, ehe ich den Deckel anhebe. Drinnen liegt ein Paar nagelneuer, niedriger weißer Sneaker. Genau wie das Paar, das ich in jener Nacht verloren habe, nur ohne die Songtexte, die ich auf die Gummisohle gekritzelt hatte.

»Tyler, das wäre doch nicht nötig gewesen …«

»O doch.« Sein Lächeln wird breiter, und er nimmt mir die Schachtel ab und stellt sie neben mir auf die Mauer. Er nickt in Richtung meiner Füße. »Gib mir deine alten Schuhe.«

Ich lege den Kopf schief und sehe ihn fragend an. Keine Ahnung, was ihm jetzt so durch den Kopf geht, aber ich weiß, dass ich viel zu überwältigt bin, um irgendwelche Fragen zu stellen oder ihm zu danken. Daher folge ich seiner Anweisung. Heute trage ich meine hohen Chucks, ebenfalls weiße, die ich inzwischen schon seit ein paar Jahren besitze. Zugegeben, sie sind mittlerweile ziemlich abgetragen und mitgenommen. Ich greife nach unten und ziehe sie mir von den Füßen. Tyler nimmt sie mir sofort ab.

»Man kann nicht nach New York kommen, ohne irgendwo was von sich zu hinterlassen«, erklärt er nachdenklich und konzentriert sich auf die Sneaker, während er die abgenutzten Schuhbänder verknotet. Und dann, direkt vor meinen Augen, beugt er sich über die Mauer, streckt sich nach unten und bindet meine Chucks an einem Draht fest, der sich am Rand des Gebäudes entlangzieht. Als er zurücktritt, grinst er mich selbstgefällig an. »Komm bloß nicht auf die Idee, die da wieder loszubinden.«

»Ich fasse es nicht, dass du das wirklich bringst.« Vorsichtig spähe ich über die Schulter nach unten und schüttle den Kopf, als ich meine Schuhe in der leichten Brise baumeln sehe. Wie es aussieht, kann ich mich von denen verabschieden.

Tyler lacht und greift nach der Schachtel. Die Stimmung zwischen uns ist nun wieder viel ausgelassener, und ich kann nicht anders, ich muss lächeln, auch wenn ich echt durcheinander bin. »Und jetzt«, sagt er, »zieh die hier an.«

Vorsichtig nehme ich die Turnschuhe in die Hand. Sie sind strahlend weiß und nagelneu, und ich entwirre ganz langsam die Schuhbänder, bevor ich hineinschlüpfe. Sie passen perfekt. Stolz betrachte ich sie, während Tyler noch einmal meine Aufmerksamkeit fordert.

»Nur noch eine Sache«, sagt er, und auf einmal liegt ein aufgeregter Unterton in seiner Stimme. Er greift in die Gesäßtasche seiner Hose und wühlt einen Augenblick, bevor er einen Edding rauszieht. Er zieht den Deckel ab. »Keine Widerrede.«

Ich kaue auf der Innenseite meiner Backe herum, in erster Linie, damit ich nicht gleich losschreie, dann ziehe ich die Füße hoch auf die Mauer. Im ersten Moment denke ich, er will wieder Songtexte draufschreiben, damit das neue Paar aussieht wie mein altes. Er betrachtet die neuen Chucks eingehend und entscheidet sich schließlich für eine Stelle an der Seite der Gummisohle. Mit konzentrierter Miene schreibt er, und als er fertig ist, tritt er einen Schritt zurück und mustert mich abwartend, weil er meine Reaktion sehen will.

Als ich runterschaue, ist es allerdings gar kein Songtext. Stattdessen stehen da drei Worte, hingeschrieben in seiner unordentlichen Handschrift. Drei Worte, und sie sind auf Spanisch: *No te rindas*.

Ehe ich den Mund aufmachen kann, beantwortet Tyler auch schon die Frage, die mir auf der Zunge brennt.

»Das bedeutet ›Gib niemals auf‹«, erklärt er ganz ruhig und spielt mit dem Stift in seiner Hand. »Es ist ganz einfach: Wenn du nicht aufgibst, werde ich auch nicht aufgeben.«

»Ich weiß nicht, was ich sagen soll«, gebe ich zu. Ich kann ihm nicht in die Augen sehen, daher starre ich weiter auf diese drei Worte. *Gib niemals auf.* Was soll das genau heißen? Will er uns beiden noch einmal eine Chance geben? Will er, dass ich mich für ihn entscheide?

»Du musst nichts sagen«, meint er. Seine Stimme klingt fest. »Denk einfach darüber nach.«

Darüber nachdenken? Was soll ich denn auch sonst tun? Mehr als nachdenken geht ja nicht. Ich werde wahrscheinlich den ganzen Sommer damit verbringen, über Tyler und Dean nachzudenken. Und am Ende werde ich mich wohl oder übel für einen von ihnen entscheiden müssen.

»Es ist schon spät«, sagt Tyler leise. »Du solltest jetzt besser ins Bett gehen. Ich bleibe noch ein bisschen hier oben. Snake pennt bestimmt längst. Hier.« Er lässt den Edding in seiner Hosentasche verschwinden und wirft mir ohne Vorwarnung den Schlüssel zu. Zum Glück fange ich ihn auf, bevor er über den Rand des Gebäudes fliegt.

Ich mustere sein Gesicht, aber er wirkt ganz entspannt. Er starrt jetzt wieder hinaus auf die Stadt, um meinem

Blick auszuweichen. Keine Ahnung, warum er allein hier oben im Dunkeln bleiben will. Je länger ich aber darüber nachdenke, desto mehr leuchtet mir ein, dass er Abstand von mir braucht.

Irre gestresst, voller Bedenken und trotzdem überglücklich rutsche ich von der Mauer runter und lande ganz sachte auf den Füßen. »Danke für die Schuhe«, sage ich.

»Gern geschehen.«

Ich warte ein, zwei Sekunden ab, ob er vielleicht noch etwas sagt, dann gehe ich davon. Er zuckt noch nicht einmal mit der Wimper. Sein Blick ist auf irgendetwas in der Ferne geheftet, daher wende ich mich ab und verschwinde im Gebäude. Im Gehen schaue ich runter auf meine nigelnagelneuen Chucks.

Drinnen ist alles ruhig, daher husche ich ganz leise in den Aufzug und drücke den Knopf für den zwölften Stock, mutterseelenallein mit meinen Gedanken. Im Moment sind sie durchweg negativ, echt ätzend. Am liebsten würde ich schlafen, denn im Schlaf müsste ich nicht über all das nachdenken.

Lautlos gleiten die Aufzugtüren auf, und ich folge dem Weg zurück zu Tylers Wohnung. Der Schlüssel baumelt an meinem Zeigefinger. Ich habe Probleme, ihn ins Schlüsselloch zu bekommen, und wie sich schnell herausstellt, ist Snake keineswegs weggepennt, denn auf einmal wird die Tür aufgerissen, während ich mich immer noch mit dem Schloss rumärgere.

Er lässt seine blau-grauen Augen an mir auf und ab wandern und schüttelt den Kopf, weil ich mich so anstelle. »Wo steckt Tyler?«

»Auf dem Dach«, erkläre ich stumpf. Ich warte, dass er den Weg für mich frei macht und mich reinlässt, doch er scheint noch nicht einmal mitzukriegen, dass ich nach wie vor hier draußen auf dem Flur stehe.

»Du siehst aus, als könntest du echt ein Bier vertragen«, sagt er.

Endlich komme ich zur Besinnung, und zum gefühlt ersten Mal in der letzten halben Stunde atme ich aus. »Darauf kannst du wetten.«

Kapitel 8

Ich weiß nicht mehr, wann ich eingeschlafen bin, geschweige denn, wie es mir überhaupt gelungen ist. Ich weiß nur, dass ich beim Aufwachen in Tylers Bettdecke gekuschelt bin und eine Stimme meinen Namen flüstert. Doch ich bin viel zu müde, um die Augen zu öffnen, das brauche ich gar nicht erst zu versuchen. Daher wälze ich mich herum und vergrabe das Gesicht stöhnend im Kissen. Fühlt sich an, als wäre es noch mitten in der Nacht.

»Eden«, höre ich die Stimme wieder, diesmal lauter.

Mein Kopf fühlt sich bleischwer an, und ich frage mich, wie viele Flaschen Bier Snake mir gestern Abend eigentlich angedreht hat. Ich kann mich nicht erinnern, dass ich gehört hätte, wie Tyler vom Dach runterkam, zumindest nicht, solange ich wach war. Doch ich weiß noch, wie ich mir in der Küche mit Snake eine kalte Pizza geteilt habe. Keine Ahnung, was da drauf war. Vielleicht war es eine Margarita, vielleicht waren aber auch Peperoni drauf. Wie auch immer, ich habe nicht die leiseste Erinnerung daran, ob sie geschmeckt hat oder nicht.

»Ich habe hier einen Kaffee für dich«, informiert die Stimme mich, und sofort spitze ich die Ohren. Klingt nach Tyler. »Einen Vanilla Latte, extra heiß: Genau wie du ihn magst.«

Ich gähne lautstark, ehe ich mich auf den Rücken rolle und die Augen ganz langsam aufschlage. Ich muss blinzeln, weil die Sonne durch das offene Fenster reinknallt. Meine Augen brauchen einen Moment, um sich an die Helligkeit zu gewöhnen, dann fällt mein Blick auf Tyler. Er hebt die Augenbrauen, ein sanftes Lächeln umspielt seine Lippen. Ich fühle mich ein wenig benommen, schaffe es aber, die Arme auszustrecken und nach dem Becher in seiner Hand zu greifen.

»Nein, auf keinen Fall«, sagt Tyler sofort und zieht mir den Kaffee weg. Er weicht ein paar Schritte zurück in Richtung Tür. »Erst wenn du aufgestanden bist.«

Ich lasse ein weiteres leises Stöhnen vernehmen, ehe ich die Decke zurückschlage und mich in eine aufrechte Sitzposition zwinge. Dann reiße ich die Augen auf und schenke ihm ein hoffnungsfrohes Lächeln, doch er schüttelt nur den Kopf. Daher rolle ich mit den Augen, schwinge die Beine aus dem Bett und stelle mich hin.

»War doch gar nicht so schwer, oder?« Grinsend reicht er mir den Becher, und ich seufze zufrieden. Der Kaffee ist wirklich verdammt heiß, ich verbrenne mir fast die Finger. »Netter Pyjama.«

Ich blicke an mir herab und stelle fest, dass ich immer noch den Rock und das weiße Tanktop von gestern Abend anhabe. Aus dem Augenwinkel sehe ich, dass meine Jacke zusammengeknüllt auf dem Boden liegt. »Ich war wohl irre müde«, sage ich entschuldigend.

»Müde«, wiederholt Tyler skeptisch. »Die ganzen leeren Bierflaschen in der Küche deuten aber auf etwas anderes hin.«

Die Röte schießt mir in die Wangen, daher hebe ich den Becher an den Mund und hoffe, dass mein Gesicht so wenigstens größtenteils verborgen ist. Trotzdem entgeht ihm meine beschämte Miene nicht, denn jetzt lacht er. Komisch, dass er mich nicht missbilligend ansieht, so wie früher immer. Vielleicht macht es ihm nichts mehr aus. »Ich hatte nur ein, zwei Bier«, sage ich, nachdem ich einen gierigen Schluck genommen habe. Erst da sehe ich, dass ich einen Becher von Starbucks in der Hand halte. Nicht ganz so gut wie der Kaffee von der *Refinery*, meinem Lieblings-Coffee-Shop daheim, aber es reicht, um mein Verlangen nach Koffein zu stillen. »Warum bist du nicht mehr reingekommen?«

Tyler zuckt die Achseln, antwortet aber nicht auf meine Frage. Stattdessen umrundet er das Bett, um die Vorhänge noch ein Stück aufzuziehen, obwohl sie eigentlich schon ganz offen sind. Nach kurzem Zögern dreht er sich wieder zu mir um und schaut mich quer durchs Zimmer eindringlich an. »Ich weiß, dass du dir gern den Central Park ansehen würdest. Daher dachte ich, wir machen das gleich heute?«

Meine Miene hellt sich sofort auf. Auf den Central Park habe ich mich am meisten gefreut. »Wie cool! Der sieht so toll aus.«

»Ist er auch«, bestätigt Tyler. »Was meinst du, in einer Stunde?«

»Das schaffe ich.«

Mit einem zufriedenen Nicken wirbelt er herum und will schon gehen, bleibt aber an der Tür noch einmal stehen. Er blickt sich zu mir um. »Das habe ich ja ganz vergessen: Montagabend gehen wir zum Spiel der Yankees.«

Unwillkürlich verziehe ich das Gesicht. Tyler weiß genau, dass ich nicht unbedingt der größte Sportfan bin. »Ein Football-Spiel?«

Er lässt ein langsames Seufzen entweichen und schüttelt den Kopf. »Baseball, Eden, das ist ein Baseball-Spiel. Die Yankees gegen die Red Sox. Derek Jeter spielt endlich wieder. Hat sich letzten Herbst den Knöchel gebrochen.«

»Wer?«

»Du meine Güte.« Tyler starrt mich ungläubig an und presst sich beide Zeigefinger gegen die Schläfen. Dann atmet er scharf ein. »Derek Jeter? Du weißt schon, die Legende?«

89

»Wer?«, frage ich erneut.

Er starrt mich mit offenem Mund an. »Es ist nicht zu fassen.«

»Ich kenne doch noch nicht mal die Regeln beim Baseball«, wehre ich unwirsch ab. Dann nehme ich noch einen Schluck Kaffee. Kein Zweifel, nicht so gut wie der von der *Refinery*. Da kommt der nicht in einer Million Jahren heran. »Woher soll ich dann wissen, wie die Spieler so heißen? Und seit wann bist du überhaupt ein Fan von diesem Derek Jeter? Ich dachte, du stehst auf die 49ers?«

»Tu ich auch«, erklärt Tyler geduldig. »Aber die 49ers sind nun mal eine Football-Mannschaft, Eden.«

»Und, was macht das für einen Unterschied?«

»Okay, okay, lassen wir das«, sagt er resignierend. Mit einem weiteren Kopfschütteln nimmt er mich spaßeshalber ins Visier. »Im Central Park gibt es auch Spielfelder für diverse Ballspiele, also spielen wir da doch eine Runde Baseball. Du verlässt diese Stadt nicht, bevor du dich nicht für unseren Nationalsport begeistert hast.« Ohne einen Einwand meinerseits abzuwarten, und dass er mit einem solchen rechnen muss, weiß er ganz genau, macht er auf dem Absatz kehrt und verschwindet aus dem Zimmer. Über die Schulter ruft er mir noch zu: »Eine Stunde!«

Augenrollend werfe ich die Tür hinter ihm zu. Ich stehe zwar überhaupt nicht auf Sport, aber so schlimm wird es im Park schon nicht werden. Hallo? Tyler dabei zuzusehen, wie er total verschwitzt, aber super sportlich durch die Gegend rennt? Klingt doch nicht übel!

Ich stelle den Kaffeebecher auf dem Nachttisch ab und mache Tylers Bett, ehe ich auf die Knie gehe und meinen Koffer öffne, der auf dem Boden liegt. Irgendwann packe ich schon noch richtig aus, wenn ich erst mal weiß, wo das Zeug hin soll. Ich schnappe mir das passende Outfit, leere den Kaffee und gehe dann durch den Wohnbereich in Richtung Bad.

Tyler steht am Waschbecken in der Küche und lässt sich ein Glas Wasser ein. Er beobachtet mich, als ich mich nähere.

»Wo ist denn Stephen?«, frage ich. In der Wohnung ist es totenstill, ganz anders als gestern Abend. Nur der Wasserhahn ist zu hören.

Tyler deutet mit dem Kinn auf die geschlossene Tür gleich neben seinem Zimmer. »Der schläft noch. Steht vermutlich erst wieder am Nachmittag auf.« Er dreht den Wasserhahn zu und hebt das Glas an die Lippen.

»Er geht doch aufs College, oder?«

»Ja.« Tyler trinkt, fährt sich mit der Zunge über die Lippen und lehnt sich gegen den Tresen. »Er studiert Computertechnologie. Netzwerke. So was in der Art. Macht nächsten Sommer seinen Abschluss.«

»Er wirkt auf mich gar nicht wie ein Collegetyp«, sage ich leise. Ich weiß noch gut, wie er sich gestern zwei ganze Pizzastücke gleichzeitig in den Mund geschoben hat, ein Bier in der anderen Hand. Und je länger ich nachdenke, desto mehr wird mir klar, dass das natürlich absoluter Quatsch ist. Natürlich ist er der typische Collegestudent. Na, da kann ich mich ja auf was gefasst machen. »Ich geh duschen.«

Tyler nickt und tritt zur Seite, um den Weg frei zu geben. Ich quetsche mich durch, so elegant es eben geht. Trotzdem stoße ich dabei gegen sein Wasserglas, sodass ein paar Spritzer auf seinem Hemd landen. Er verdreht die Augen und schlendert weg.

Eilig stelle ich mich unter die Dusche, trockne mir das Haar mit einem Handtuch ab und schlüpfe in meine kurze Jeans und ein blaues Trägertop. Da ich keine Lust habe, den Föhn aus meinem Koffer zu holen, binde ich mein Haar kurzerhand zu einem unordentlichen, feuchten Knoten hoch und beschließe, für heute auch aufs Make-up zu verzichten. Rachael fände das natürlich gar nicht gut, aber zum

Glück ist sie ja nicht hier, um mich wegen meiner Bequemlichkeit missbilligend anzusehen.

Ich schnappe mir mein Zeug und mache mich auf den Rückweg. Snake ist immer noch nicht wach. Tyler sieht sich im Fernsehen den Wetterbericht an und ist so vertieft, dass er gar nicht merkt, wie ich hinter ihm vorbeihusche und wieder in dem Zimmer verschwinde, das jetzt meines ist.

Ich stopfe meine Sachen zurück in den Koffer und taste die Taschen meiner Hose ab. Leer. Wann hatte ich eigentlich mein Handy zuletzt in der Hand? Wahrscheinlich gestern Abend am Times Square, als ich diese Fotos geschossen habe. Ich sehe mich im Zimmer um, bis mein Blick auf meine Jacke fällt, die immer noch am Boden in der Ecke liegt. Ich hebe sie auf und überprüfe die Taschen. Erleichtert stoße ich die Luft aus, als ich es herausfische. Aber der Akku ist absolut tot.

In dem Moment wird mir bewusst, dass ich nicht ein einziges Mal mit Dean telefoniert habe, seit ich weg bin. Ich sollte ihn eigentlich direkt nach der Landung anrufen. Und dann noch einmal vor dem Schlafengehen. Und beim Aufstehen. Eigentlich hatte ich vor, mich jeden Tag mehrmals bei ihm zu melden. So war es abgemacht. Und ich habe ihm noch nicht einmal eine lausige SMS geschickt.

»Bist du so weit?«

Beim Klang von Tylers Stimme zucke ich zusammen. Ich drehe mich um und sehe, wie er mich von der Tür aus anstarrt, einen Baseballschläger in der einen Hand, einen Ball in der anderen. Er hebt den Schläger hoch und grinst.

»Klar«, erkläre ich eilig. Ich habe nur zwanzig Minuten gebraucht, um mich fertig zu machen, keine Stunde, aber was sollen wir jetzt noch warten. Klar könnte ich die gewonnene Zeit nutzen, um Dean anzurufen, aber mein Akku ist ja leer. Und sicher, ich könnte mir Tylers Handy borgen. Nur finde ich es nach unserem Gespräch gestern Abend absolut nicht angebracht, wenn ich ihn frage, ob ich sein Telefon haben kann, um meinen Freund anzurufen. Das wäre ja quasi eine Ohrfeige für sie beide.

Scheiße, was bin ich für ein schlechter Mensch. So fies.

»Sekunde«, sage ich zu Tyler. Ich schnappe mir meinen Rucksack und wühle darin, krame in dem ganzen Mist, den ich mit mir herumschleppe, bis ich mein Ladegerät gefunden habe. Ich suche mir eine Steckdose und schließe mein Handy an. Dean rufe ich an, sobald wir zurück sind. Hoffentlich ist er nicht allzu sauer auf mich.

»Und?«, fragt Tyler. Er lehnt am Türrahmen, und ich nicke ihm kurz über die Schulter zu, während ich in meine Converse schlüpfe. Mein neues Paar. Das er mir geschenkt hat. Die Schuhe, die mich daran erinnern sollen, nicht aufzugeben.

»Jep, bin gleich so weit«, sage ich. Ich richte mich auf, hake meine Finger in den Schlaufen meiner Shorts ein und beäuge den Baseballschläger mit herausfordernder Miene. Ich mag zwar die Regeln nicht kennen, aber dem werde ich's zeigen. »Bist du dir sicher, dass du es mir beibringen willst?«

»Aber klar doch«, sagt Tyler. Er tritt von der Tür zurück und wartet, dass ich zu ihm ins Wohnzimmer komme. Dann greift er nach meiner Hand und legt bedächtig den Baseball hinein. Seine Haut fühlt sich warm an. Er schließt meine Finger um den Ball und hält meine Hand fest. »Mach dir nicht allzu große Hoffnungen«, warnt er mich. »Ich werde dich nicht schonen.«

»Das ist auch gar nicht nötig.«

»Gut.« Er drückt meine Finger, dann lässt er sie los. Ganz lässig schlendert er zur Tür, als hätte ihm die Berührung nichts ausgemacht. Mir dagegen ist die Luft weggeblieben. Ich glaube, das macht er absichtlich, meine Hand berühren und mich an der Hüfte fassen und all so was. Wetten, er weiß genau, wie sehr mir das gefällt. »Also, kommst du dann?«

Ich gucke zu ihm, und in dem Moment fällt mir auf, dass sein Haar länger aussieht als früher. Es ist gestylter, weniger verstrubbelt. Mit Müh und Not reiße ich mich los von seinem Anblick, um ihn nicht ungeniert anzustarren. Stattdessen grinse ich. »Gehen wir.«

Tyler sieht sich ein letztes Mal um, bevor wir gehen. Wie es aussieht, hat er die leeren Bierflaschen weggeräumt, während ich mich angezogen habe. Dann gehen wir los in Richtung Aufzug und lassen Stephen weiterschlafen. Eine Frau mit einem laut schreienden Kleinkind gesellt sich im Fahrstuhl zu uns, daher haben wir keine Möglichkeit, uns zu unterhalten. Die ganzen zwölf Stockwerke nach unten vermeide ich jeglichen Blickkontakt, stattdessen starre ich auf Tylers Stiefel. Wetten, dass er auf meine Chucks stiert? Keiner von uns lächelt.

Als die peinliche Fahrt vorüber ist, durchqueren wir die Eingangshalle zur Haustür, ich immer dicht hinter Tyler. Ich kann den Blick nicht abwenden von seinem Hinterkopf, und als er mir die Tür mit dem Baseballschläger aufhält, erntet er ein paar strenge Blicke von Passanten auf dem Gehweg.

»Vielleicht gibst du mir besser den Ball, damit es nicht aussieht, als hätte ich was Schlimmes vor«, sagt er lachend. Er wartet, bis ich mich an ihm vorbeigeschoben habe, und lässt die Tür wieder zufallen.

»Hmm«, mache ich und bleibe zögernd stehen. Ich neige den Kopf und kneife die Augen zusammen, um ihn eingehend zu mustern. Der Schläger baumelt in seiner linken Hand. »Stimmt, du siehst eindeutig aus, als würdest du gleich jemanden windelweich prügeln wollen. Vielleicht behalte ich den Ball doch lieber …«

Bevor ich den Satz zu Ende sprechen kann, rempelt er mich unsanft mit der Schulter und nimmt mir den Ball ab, ohne dass unsere Hände sich berühren. »Sehr witzig«, erwidert er trocken. Doch er grinst, als er den Ball hochwirft und geschickt wieder auffängt. »Also«, meint er, seine Stimme nun ein wenig tiefer als noch gerade eben. »Baseball. Der Lieblingssport der Amerikaner.«

Er läuft los in westlicher Richtung die Vierundsiebzigste Straße hinunter, und ich versuche, mit ihm Schritt zu halten. Dann überqueren wir die Third Avenue und gehen weiter schmale Straßen entlang. Die Stadt ist wieder vom Verkehr beherrscht, da sind unzählige Fahrzeuge und Fußgänger, und ich frage mich, wie es in New York wohl aussähe, wenn hier eines Tages alles zum Stillstand käme. Unmöglich, sich diese Straßen ohne die Autos und die Leute und den Lärm auszumalen. Nicht vorstellbar, diese Stadt ohne das geschäftige Treiben.

Ich schlängle mich zwischen den Leuten durch, die sich auf dem Gehweg drängen, und gebe mein Bestes, keinen zu rempeln, auch wenn alle anderen es sich in den Kopf gesetzt zu haben scheinen, eben das mit mir zu tun. Ich lasse mich ein Stück zurückfallen und konzentriere mich ganz auf Tyler. »Ist unser liebster Sport denn nicht Football?«

»Auf die Frage antworte ich lieber erst gar nicht«, feuert Tyler zurück. Er hält den Baseball zwischen Daumen und Zeigefinger hoch und betrachtet ihn eingehend, als sähe er so einen Ball zum ersten Mal. »Na schön, Eden, das läuft folgendermaßen. Baseball ist ganz simpel.«

»Man schlägt den Ball und läuft los?«

»Ja und nein«, sagt er. Er schüttelt den Kopf und seufzt. »Ganz so einfach ist es dann doch nicht.«

Ich mache mich schon gefasst, dass ich mir als Nächstes die Regeln anhören muss, doch zu meiner Verblüffung muss ich gar nicht so tun, als fände ich das interessant. Je begeisterter Tyler vom Baseball erzählt, desto mehr Lust kriege ich aufs Spielen. Er erklärt mir, dass es neun Innings gibt, die jeweils aus zwei Hälften bestehen. Das Ganze ist zeitlich nicht begrenzt. Jedes Team besteht aus neun Spielern. Er erklärt mir die Faullinien. Die Rollen von Pitcher, Feldspieler und Batter. Erzählt irgendwas von einem Shortstop. Sagt, was ein Walk ist. Was ein Strikeout. Außerdem informiert er mich, dass es drei Bases gibt und die sogenannte Homeplate, obwohl mir das tatsächlich bekannt ist. Und dann erzählt er mir was von Homeruns. So wie er das erklärt, klingt es ganz einfach.

Bis Tyler mir das alles beigebracht hat, wobei er passend zu seinen Worten den Ball wirft und den Schläger schwingt, haben wir den Central Park erreicht, ohne dass ich es gemerkt hätte.

»O mein Gott.« Die Grünfläche zu meiner Rechten zieht sich schier endlos die Fifth Avenue entlang. Dann blicke ich nach links und versuche ein Ende auszumachen, aber auch auf dieser Seite bietet sich mir der exakt gleiche Anblick. Wir haben die Fifth Avenue überquert, ohne dass ich es mitbekommen hätte, und während ich sprachlos auf dem Gehsteig vor dem Park stehe, habe ich nur Bäume vor Augen. Unendlich viele Bäume. »Ich wusste ja, dass er riesig ist, aber dass er so gigantisch ist, hätte ich nicht gedacht.«

»Ich glaube, es sind an die vier Kilometer von Nord nach Süd. Und fast ein Kilometer von West nach Ost.« Ich werfe ihm einen bewundernden Seitenblick zu, überrascht, dass er das so genau weiß. »Das habe ich irgendwo gelesen«, gibt er verlegen zu und zuckt mit den Schultern.

»Und wo sind die Baseball-Felder?«

»Es gibt welche auf dem Great Lawn. So ziemlich in der Mitte des Parks. Gehen wir hier lang.« Er hebt den Schläger und deutet nach Norden auf die Fifth Avenue. »Ist vielleicht ein guter Zeitpunkt, um dir zu sagen, dass ich bislang erst ungefähr fünf Mal im Central Park war. Wenn wir uns also verlaufen, dann ist das ganz allein meine Schuld.«

»Fünf Mal? In einem Jahr? Und das, obwohl du direkt daneben wohnst?« Fassungslos und mit offenem Mund starre ich ihn an. Er lacht.

»Ist nicht so mein Ding«, meint er, ehe er sein Handy aus der Hosentasche fischt und eine Karte aufruft. Er starrt eine Weile darauf und sagt dann: »Okay, die Richtung.«

Wir gehen an der Mauer entlang, die sich um den gesamten Park zieht, bis wir zu einem Eingang gelangen, von dem aus ein Fußweg hineinführt. Am Wegesrand stehen ein paar Verkaufsstände, die Hotdogs und Brezeln anbieten, doch wir huschen schleunigst daran vorbei.

Die Wege schlängeln sich durch die Anlage, gesäumt von Zäunen, die den Zugang zu Bäumen und Büschen blockieren. Und die sind praktisch überall. Alles ist so unglaublich grün, dass man beinahe das Gefühl hat, jemand hätte einen Farbfilter über alles gelegt. Ganz gleich, wohin ich den Blick wende, überall ist Grün, Grün, Grün. Das wirkt so unendlich entspannend. Während wir durch den Park schlendern, überholen uns Jogger und Leute auf Fahrrädern oder Skateboards. Tyler scheint es nicht zu stören, dass ich so gemächlich gehe, um alles in mir aufzusaugen, er bummelt neben mir her und schwingt dabei entspannt den Schläger.

»Es gibt hier doch eine Strecke, oder? Eine Laufstrecke?« Ich sehe ihn nicht an, während ich das frage, einfach, weil ich den Blick nicht losreißen kann von allem, was uns hier umgibt. Hier herrscht eine solch wohltuende Ruhe, es ist so entspannend, ganz anders als der Rest Manhattans. Beinahe als hätten wir urplötzlich eine völlig andere Stadt betreten.

»Klar, hinter dem Stausee«, erklärt Tyler wissend, obwohl er doch gerade erst zugegeben hat, dass er sich nicht auskennt. Er schaut alle paar Sekunden auf sein Handy, wenn er denkt, ich sehe gerade nicht hin. Doch mir entgeht nicht, wie er ratlos das Gesicht verzieht, bevor er erklärt: »Da lang.«

Wir gehen unter einer Brücke durch, folgen weiter dem Weg und überqueren eine Straße (was mich überrascht, denn ich hatte ja keinen Schimmer, dass man durch den Park auch fahren kann). Dann folgen wir der Route Richtung Norden. Es fühlt sich nicht an, als wären wir schon zwanzig Minuten gelaufen, als wir am Teich einen kurzen Zwischenstopp einlegen. Ein paar andere Leute scheinen die gleiche Idee gehabt zu haben; wie wir stehen sie da und starren hinaus aufs Wasser. Wir betrachten das Ganze eine Weile, ehe wir feststellen, dass sich der Teich Turtle Pond nennt. Natürlich frage ich Tyler, ob der so heißt, weil Schildkröten darin leben, doch er lacht nur und sagt: »Quatsch.«

Wir ziehen weiter, und es dauert nicht lange, und die Baumlinie weicht immer mehr zurück und bildet eine Art Lichtung. Wie sich zeigt, sind wir angekommen am Great Lawn: einer riesigen Weite, umgeben von einem Zaun und einem Fußweg, der daran entlangführt und die Grünfläche komplett einfasst. Wenn ich die Augen ganz fest zukneife, kann ich die braunen Stellen erkennen, dort, wo die Spielfelder sind.

»Dort drüben ist eines frei«, sagt Tyler und deutet mit dem Finger in die Richtung. Ich kann die Baseballfelder kaum erkennen, und schon gar nicht kann ich sagen, ob sie besetzt sind oder nicht. Er räuspert sich und geht wieder los, immer am Zaun entlang. »Weißt du noch, was du zu tun hast?«

»Den Ball schlagen«, sage ich. »Und mich von Base zu Base durchkämpfen, bis ich einen Homerun schaffe. Es sei denn, du bist so fies und fängst den Ball und sorgst dafür, dass ich raus bin.«

Tyler lacht lauthals und reicht mir den Ball. Wieder einmal berühren wir uns. Nur für den Bruchteil einer Sekunde, aber das reicht. »Ich hab dich schon mal gewarnt, ich werd dich nicht schonen.«

»Aber ich will diesen Homerun.«

Einen Augenblick erwidert er nichts darauf. Stattdessen starrt er geradeaus zu ein paar Touristen, die Gruppenfotos machen. Sie sehen aus wie Europäer. Lange beobachtet er sie, dann nimmt er den Baseballschläger von einer Hand in die andere. »Bist du denn kein Base-Mädchen?«

»Was meinst du damit?«

»Du weißt schon«, sagt er grinsend. »Die Bases. Willst du nicht bei jeder einzelnen stehen bleiben?«

»Nicht, wenn es nicht sein muss.«

Er schüttelt den Kopf und lacht wieder, aber diesmal lacht er leise in sich hinein. Aus dem Augenwinkel beobachte ich, dass er mir jetzt näher ist als noch vor einer Minute. Unsere Körper trennen nur noch maximal zehn Zentimeter voneinander.

Im Gehen kaut er auf der Unterlippe herum. »Findest du nicht auch, dass so eine Base einen nur bremst? Erste Base, zweite Base, dritte Base … Schön, wenn man wieder eine erreicht hat, aber trotzdem, es geht zäh voran. Ich bin eher so der Homerun-Typ.«

Und mit einem Mal macht es bei mir Klick, und plötzlich ergibt alles Sinn, seine rauchige Stimme, das Funkeln in den Augen, wie er sich das Grinsen verkneifen muss.

Ich verlangsame meine Schritte, bis er sich zu mir umdreht und mich ansieht. Sein glühender Blick begegnet meinem, und fast hindert mich meine Nervosität daran, jene Frage zu stellen, die mir unter den Nägeln brennt. Mit geröteten Wangen zwinge ich mich, ganz leise zu fragen: »Redest du eigentlich vom Baseball oder von was anderem?«

Sein Mund kräuselt sich zu einem einseitigen Lächeln. Er senkt den Blick, der Kiefer angespannt, während er sich gleichzeitig alle Mühe gibt, die Lippen so zusammenzupressen, dass sie eine gerade Linie bilden.

Trotzdem entgeht mir nicht, wie sich bei ihm in den Augenwinkeln kleine Fältchen bilden, und als er den Mund aufmacht, um was zu sagen, liegt in seiner Stimme absolute Ehrlichkeit, aber auch etwas Verschmitztes. »Was denkst du denn?«

Kapitel 9

Ich hebe das Gesicht zum Himmel. Er ist verschleiert von einem trostlosen Blau, das fast schon grau wirkt, und ich lasse meinen Blick über die Baumkronen schweifen, ein endloses Meer von Grün. Dahinter ragen die Gebäude Manhattans hoch empor. Wie wunderschön das doch ist. Genau wie der Rest New Yorks.

»Bereit?«

Ich richte den Blick wieder auf Tyler. Er steht mir direkt gegenüber auf dem Pitcher Mound, ein belustigtes Lächeln umspielt seine Lippen, während er den Ball von einer Hand in die andere wirft. Ich neige den Körper leicht zur Seite, hebe den Schläger und mache mich bereit. Ich will ihn beeindrucken. »Na klar, und wie.«

»Und jetzt sieh her«, ruft er. Das ist ja wohl ein Kinderspiel. Tyler ansehen? Ha! Ich hab ja ohnehin kaum Augen für irgendetwas anderes! »Du brauchst den Schläger nur zu schwingen. Nicht zu früh, nicht zu spät.« Seine Stimme klingt belegt, obwohl er recht laut spricht, und ich versuche, mich auf meine Aufgabe zu konzentrieren, statt mir zu überlegen, wie sexy er doch klingt. »Du musst ihn genau im richtigen Moment vorschnellen lassen.«

Ich nicke und bleibe in Position, die Augen zusammengekniffen, während ich den Ball in Tylers Hand ins Visier nehme. Hau jetzt bitte nicht daneben, flehe ich innerlich. Und mach bitte eine gute Figur dabei.

Grinsend stößt Tyler die Fußspitze in den Dreck, bevor er mich ebenfalls mit zusammengekniffenen Augen fixiert. Entschlossen zieht er den Arm zurück und schleudert den Ball postwendend in meine Richtung. Pfeifend kommt er angeflogen, und ich reagiere panisch, was sonst. Während ich den Schläger schwinge, zucke ich zusammen und kugle mir dabei fast die Schulter aus. Ich haue natürlich meilenweit daneben, und der Ball segelt knapp an meiner Wange vorbei und zwingt mich dazu, mich mit einem beherzten Sprung nach links zu retten.

Tylers Gelächter schallt über das Spielfeld, während ich finster ins Nichts starre. Baseball ist also doch nicht ganz so leicht, wie ich dachte. »Komm schon, wirf ihn zurück!«, ruft er.

Schnaubend stütze ich mich auf den Schläger und stakse über den Rasen, um den Ball zu holen. Der ist erst ein Stück gerollt und dann liegen geblieben. Der erste Schlag zählt ja zum Glück nicht. Das nächste Mal erwische ich ihn, garantiert. Ich hebe den Ball auf, dann jogge ich zurück zur Homeplate und werfe Tyler den Ball konzentriert über das Spielfeld zu. Der kugelt sich immer noch vor Lachen.

»Okay«, sagt er schließlich, räuspert sich und grinst breit. »Dein Schwung kam viel zu früh. Das nächste Mal verlierst du bitte nicht wieder die Nerven. Konzentrier dich einfach.«

Ich presse die Lippen fest aufeinander und richte meine ganze Aufmerksamkeit auf den Ball in seiner Hand, während ich wieder in Position gehe. Den Schläger habe ich hochgezogen auf Schulterhöhe, und ich mache keinen Mucks, warte einfach nur ab.

Tyler nickt, zieht den Arm zurück, reißt ihn nach vorn und lässt den Ball los. Der schießt auf mich zu, doch lasse ich mich diesmal nicht aus der Ruhe bringen. Stattdessen verharre ich reglos, bis der rechte Augenblick gekommen ist.

Mit aller mir verfügbaren Kraft schwinge ich den Schläger, und als Nächstes ist ein abscheuliches Krachen zu hören.

Erst bekomme ich gar nicht richtig mit, was passiert ist, aber dann sehe ich, wie der Ball in hohem Bogen zurücksegelt über das Spielfeld, hoch über Tylers Kopf. Er hebt nur überrascht die Augenbrauen. Leider kann ich nicht sehen, wo der Ball landet, doch mir wird bewusst, dass ich immer noch auf der Homeplate stehe. Das sollte ich aber nicht. Ich sollte schleunigst losrennen.

Also drehe ich mich in Richtung First Base, genau in dem Moment, in dem auch Tyler losspurtet, um den Ball zurückzuholen. Das Herz klopft mir bis zum Hals, und meine Sicht ist ein wenig verschwommen. Nichtsdestotrotz laufe ich weiter und bin in nur wenigen Sekunden an der First Base vorbei. Ich will weiter zur zweiten, doch dann sehe ich, wie Tyler sich in der Ferne umdreht und wieder zurückkommt. Er läuft mindestens genauso schnell wie ich. Daher versuche ich, einen Zahn zuzulegen, und als ich die Second Base umrunde, gleite ich um ein Haar auf dem schmutzigen Rasen aus. *Ich hätte gerne einen Homerun*, denke ich. *Ich will, ich will, ich will diesen Homerun.*

»Tu das nicht!«, rufe ich, während ich den Blick auf die Third Base richte. Doch Tyler kommt unerbittlich näher. Es stimmt schon. Leicht macht er es mir wirklich nicht. Wieder schiebe ich Panik, als er nicht mehr weit entfernt ist, und ich zwinge mich weiter, weil ich es unbedingt schaffen will. Mein Puls rast.

Doch gerade als ich in Reichweite der dritten Base bin, wirft sich Tyler mir in den Weg, und ich pralle mit ihm zusammen, ohne dass ich eine Chance hätte abzubremsen. Er packt meine Taille und zieht mich mit sich runter, ringt mich zu Boden, bis wir gemeinsam im schmutzigen Gras landen.

Er fängt an zu lachen, während ich noch verzweifelt nach

Luft schnappe, und meine Atmung geht stoßweise, genau wie bei ihm. Der Ball ist nur wenige Schritte von uns entfernt gelandet.

»Das ist einfach nicht fair«, keuche ich, aber im Grunde macht es mir gar nicht so viel aus. Ich liege auf ihm, daher rolle ich schleunigst von ihm runter und bleibe auf dem Rücken liegen. Kopf an Kopf starren wir beide hoch in den grauen Himmel. Es wird zusehends dunkler. »Ich habe mir diesen Homerun doch so sehr gewünscht.«

»Willkommen in der Welt des Baseball«, sagt Tyler, doch er kichert immer noch. Endlich beruhigt er sich wieder und seufzt, dann richtet er sich auf. Seine grünen Augen funkeln. »Wie sehr wolltest du diesen Homerun?«

»Mehr als alles andere«, sage ich, verschränke schmollend die Arme vor der Brust und wende den Blick beleidigt ab. Ich bin immer noch ganz außer Puste. »Ich wollte das knallhart durchziehen.«

»Steh auf«, weist Tyler mich an. Ich spüre, wie er sich auf die Füße kämpft, und sein hochgewachsener Körper wirft einen Schatten über mich, obwohl da so gut wie keine Sonne ist. »Komm schon.«

Mit einem tiefen Seufzer wuchte ich mich hoch und klopfe mir den Schmutz von der Kleidung. Dann richte ich mich vollends auf und sehe Tyler mit hochgezogenen Augenbrauen an. Ich warte auf eine Erklärung. Er lächelt ganz sanft.

»Ich habe die Base nicht berührt, und ich halte dich auch nicht fest«, erklärt er ganz langsam, »also bist du immer noch im Spiel.« Sein Lächeln wird breiter. »Der Homerun gehört dir.« Er muss sehen, wie verwirrt ich bin, denn er schüttelt den Kopf. »Hast du mir auf dem Weg hierher überhaupt zugehört? Weißt du nicht mehr, wie die Regeln lauten?«

»Ich bin nicht raus?«

Er verdreht entnervt die Augen und bemüht sich gar nicht

erst um eine Antwort. Stattdessen greift er nach meiner Hand. Mittlerweile sollte ich mich daran gewöhnt haben, wie es sich anfühlt, doch ich bin meilenweit davon entfernt. Wir haben uns derart lange nicht gesehen, dass ich bei der winzigsten Berührung ausraste. Ich verstehe einfach nicht, wieso unsere Hände um so vieles besser ineinander zu passen scheinen als die von Dean und mir. Und vielleicht fühlt es sich so anders an, weil Tylers Hände weicher sind. Dean hat von der Arbeit in der Werkstatt seines Dads dicke Schwielen. Möglicherweise liegt es auch daran, dass Deans Hände oft kalt sind, während Tyler meist warme Hände hat. Ich weiß es nicht. Es fühlt sich einfach anders an. Mein Körper reagiert auf Dean nie so wie auf Tyler, und ich komme einfach nicht dahinter, ob es daran liegt, dass ich Tyler mehr liebe als Dean oder ob es allein an den Schuldgefühlen liegt, dass mein Puls sich beschleunigt. Das zwischen Tyler und mir ist aus verschiedenen Gründen nicht richtig. Es ist nicht richtig, weil wir hinter Deans Rücken miteinander flirten. Es ist nicht richtig, weil wir Stiefgeschwister sind.

Das zwischen uns kann einfach nichts werden.

Tyler zerrt mich hinter sich her, seine Haut wie immer glatt und warm. Wir lassen die Third Base hinter uns und überqueren die Wiese, aber ich kann mich kein bisschen konzentrieren. Ich denke immer noch an unsere Hände, wie sie ineinander verschränkt waren, und ich denke an Dean und was für ein Schlamassel das doch alles ist. Dieser Sommer wird die Hölle, und ich bezweifle, dass ich die sechs Wochen hier auch nur annähernd unbeschadet überstehe. Dean war schon nicht ohne Grund so besorgt. Ich verbringe die Ferien fast fünftausend Kilometer entfernt von meinem Freund bei dem Jungen, in den ich verliebt bin. Ist es ein Unterschied, ob man in jemanden verliebt ist oder ob man jemanden liebt? Denn ich denke, das ist es, was Tyler und Dean voneinander abgrenzt.

Ich liebe Dean, aber in Tyler bin ich verliebt.

Kaum zu glauben, dass ich mal dachte, nichts wäre verwirrender als Leistungskurs Bio.

Nach nur wenigen Sekunden bleibt Tyler stehen. Er lockert den Griff um meine Hand und dreht sich zu mir um. Dann sieht er mir direkt ins Gesicht. Seine smaragdgrünen Augen starren auf mich herunter, während er eine Hand an meine Hüfte führt und mit einem Nicken in Richtung meiner Füße deutet.

Ich senke den Blick auf den Boden, und erst da wird mir bewusst, worauf ich stehe. Ich bin zurück auf der Homeplate, direkt dort, wo ich am Anfang war. Ich stoße meine Chucks in die Base, ehe ich den Kopf hochreiße und Tylers Blick begegne.

Er nimmt sich einen Augenblick Zeit, um zu schlucken, bevor er mich kurz drückt und einen Schritt zurückweicht. Leise und mit einem kleinen Lächeln auf den Lippen sagt er: »Da hast du deinen Homerun. Jetzt hast es mir aber knallhart gezeigt.«

.

Wir spielen weiter, bis es anfängt zu tröpfeln. Anfangs ist es nur ein leichtes Nieseln, doch dann verdunkelt sich der Himmel immer mehr, der Regen wird stärker, und schon bald gießt es über der Stadt wie aus Kübeln. Alle anderen scheinen sich in der Zwischenzeit verzogen zu haben von den Spielfeldern, nur Tyler und ich sind verrückt genug, noch zu bleiben. Doch nachdem mein Haar patschnass ist und Tyler das Hemd völlig durchnässt an der Brust klebt, beschließen wir, das Feld zu räumen. Wir rennen los und müssen dabei lachen. Und das nicht, weil wir total ulkig aussehen oder komisch laufen würden. Nein, wir lachen, weil das einfach so typisch ist für uns. Tyler fällt immer wieder zurück, und ich muss ständig stehen bleiben und auf ihn warten, weil ich den Rückweg nicht kenne. Der Regen rinnt mir in die Augen, und ein paarmal lasse ich aus Versehen den Ball fallen. Meine neuen Chucks quietschen schon vor Nässe. Hoffentlich wäscht sich Tylers Beschriftung nicht ab, aber wie es aussieht, verwischen die Worte noch nicht einmal.

»Ich bin so gar nicht mehr an Regen gewöhnt!«, rufe ich ihm über die Schulter zu, als ich rausspringe auf den Gehweg und mir das nasse Haar aus dem Gesicht streiche. Ich schnaufe tief durch und sehe mich auf der breiten Straße um. Eigentlich bin ich mir sicher, dass wir nach rechts müssen.

Dann steht Tyler neben mir, völlig außer Puste, das Haar platt an den Kopf gedrückt. Regentropfen laufen über seine Stirn, doch er bemüht sich gar nicht erst, sie wegzuwischen. »Vergisst du etwa langsam deine Portland-Wurzeln?«, fragt er, laut genug, dass ich es über das laute Prasseln des Regens hören kann, der auf den Asphalt niedergeht.

Ich verdrehe die Augen und remple ihn an der Schulter. Aber er hat schon recht. Wie ich es früher aushalten konnte, dass es den Großteil des Jahres gegossen hat wie in diesem Moment, ist mir ein Rätsel. Nachdem ich inzwischen seit zwei Jahren in Santa Monica lebe, bin ich ständige Hitze und Sonne gewöhnt.

»Glaub mir, ich hatte nie wirklich Portland-Wurzeln«, sage ich. Er lotst mich nach rechts, genau wie ich dachte. Langsam finde ich mich hier ganz gut zurecht. »Ich hasse Portland. Das einzig Gute dort ist der Kaffee.«

»Besserer Kaffee als der in der *Refinery*?«

»Auf jeden Fall.«

Tyler erwidert nichts darauf, bis wir es auf gut Glück auf die andere Seite geschafft haben und zurück sind auf der Vierundsiebzigsten Straße. Die Touristen sind bis auf die Knochen durchnässt und rennen schlecht gelaunt durch die Gegend, doch wie könnte man ihnen das verdenken? Wir schlängeln uns zwischen den triefenden Leibern hindurch, die sich auf den Gehsteigen tummeln, bis Tyler mir einen Seitenblick zuwirft. Tropfen hängen in seinen Wimpern. »Gehst du da immer noch hin? In die *Refinery?*«

»Klar, ständig.« Ich glaube, seit ich in Santa Monica lebe, habe ich nicht ein einziges Mal den Kaffee irgendwo anders geholt. Mir käme es vor wie Verrat, wenn ich es doch täte. »Der beste Kaffee in der ganzen Stadt.«

»Haben wir dir je erzählt, wie wir auf den Laden gekommen sind?«

»Vielleicht weil er direkt an der Hauptstraße liegt?«

»Ha! Nein.« Er lächelt leicht und schiebt sich mit der freien Hand das Haar aus dem Gesicht. Wir rennen inzwischen nicht mehr, auch wenn der Regen immer noch nicht nachgelassen hat, und Tyler schwingt den Baseballschläger locker in der Hand. »Damals, in unserem ersten Jahr an der Highschool, haben wir manchmal den Nachmittagsunterricht geschwänzt und sind in die Stadt gegangen, weil wir gesehen werden wollten. Frag mich nicht warum. War so was von lahm.« Er schüttelt den Kopf und lacht leise in sich hinein. »Rachael musste dringend aufs Klo, gerade als wir an der *Refinery* vorbeikamen, daher rannte sie rein und bettelte, die Toilette benutzen zu dürfen. Doch man ließ sie nicht, weil sie keine Kundin war. Also kaufte sie sich einen Espresso.« Sein Mund verzieht sich zu einem leichten Lächeln, so als erinnerte er sich gern an Rachaels Toilettendrama. »Dann kam sie wieder rausgepest und berichtete uns brühwarm, dass die in dem Laden den besten Kaffee hätten. Am Ende blieben wir ganze fünf Stunden, und von da an waren wir so gut wie jeden Tag da.«

Ich sehe den warmen Ausdruck in seinem Gesicht und versuche, mir das auszumalen, versuche, sie mir alle zusammen vorzustellen. Im Nachhinein ist das gar nicht so einfach. Kaum haben sie nämlich den Abschluss gemacht, sind sie alle den unterschiedlichsten Dingen nachgegangen. Tyler zog nach New York. Jake ist in Ohio. Tiffani lebt oben in Santa Barbara. Und Meghan in Utah. Es hat sich so vieles verändert im Lauf des letzten Jahres. »Hast du noch Kontakt zu allen?«

Sofort versiegt Tylers Lächeln, fast wirkt er schon traurig, und er schüttelt ganz leicht den Kopf. »In erster Linie mit Dean. Manchmal noch mit Rachael«, sagt er. »Meghan ist ja praktisch von der Bildfläche verschwunden mit diesem Jared-Typen, und Jake ist ein Arschloch wie eh und je. Wusstest du, dass er sich momentan mit drei Mädchen parallel trifft?«

»Mein letzter Stand waren zwei«, murmle ich undeutlich. Jake hält mit keinem von uns richtig Kontakt, doch wenn er mal eine SMS schickt, dann meistens an Dean, um ihn über die aktuelle Zahl an Mädels zu informieren, die er drüben in Ohio abgeschleppt hat. Dean reagiert nie auf diese Nachrichten. »Ich wusste ja, dass das nichts wird mit einer Fernbeziehung zwischen Tiffani und ihm, aber ich hätte zumindest erwartet, dass sie es mehr als drei Wochen aushalten.«

»Tiffani braucht jemanden in ihrer Nähe, und auch Jake braucht ein Mädel bei sich. War ja klar, dass das nicht klappt.«

Einen Moment wende ich den Blick ab und beobachte den Verkehr. Die Scheibenwischer an den Autos laufen auf Hochtouren. Ich schlucke und drücke den Ball in meiner Hand noch fester. »Telefonierst du manchmal mit ihr?«

»Mit Tiffani?« Ich spüre, wie Tylers Augen sich auf mich heften, aber ich habe viel zu viel Angst, um den Blick zu erwidern. Stattdessen konzentriere ich mich auf den Gehweg und meine Turnschuhe. Er wertet mein Schweigen als Bestätigung. »Blöde Frage. Telefonierst du mit ihr?«

»Nein«, antworte ich ohne zu zögern.

Tyler erwidert nichts darauf. Er seufzt nur ganz kurz und lässt den Baseballschläger höher schwingen. Dann kneift er die Augen zusammen und sieht von mir weg, und ich bezweifle, dass er mich so schnell wieder anschauen wird. Er kann es nicht haben, wenn ich die Sprache auf sie bringe. Keiner redet gern über seine Verflossenen, und erst recht nicht, wenn es Tiffani ist. Wegen ihr hat er die Hölle auf Erden durchgemacht, und seit sie rausgefunden hat, was da zwischen Tyler und mir lief, hasste sie uns natürlich beide. »Und, wann kommen Rachael und Meghan hierher?«

Sein übereilter Themenwechsel stört mich seltsamerweise gar nicht. Ich rede ja auch nicht gern über Tiffani. »Am sechzehnten. Bis dahin ist Meghan mit Jared in Europa unterwegs, deshalb wollen sie den Geburtstagstrip ein bisschen später machen als geplant.«

»Schätze, dann hängst du eine Weile mit ihnen ab und nicht mit mir?«

Ich versuche, seinen Blick einzufangen, doch er starrt unbeirrt weiter aufs Pflaster. Ich glaube, inzwischen ist es uns beiden egal, dass wir total durchnässt sind. Wir gehen ganz langsam. »Hey«, sage ich. »Sie sind ja nur ein paar Tage da. Wenn ich nicht schon hier wäre, wäre ich ja auch mit ihnen gefahren.«

Endlich linst Tyler aus dem Augenwinkel zu mir herüber. Er hat wieder ein Lächeln auf den Lippen. »Zum Glück habe ich als Erster gefragt.«

Wir überqueren die Third Avenue und sind nun nicht mehr weit von seinem Haus entfernt, und allein die Aussicht auf eine warme Wohnung lässt mich die letzten paar Meter im Laufschritt nehmen. Tyler folgt meinem Beispiel, und bald schon stürmen wir triefnass zur Haustür rein. Um uns herum herrscht Stille. Wir stehen einen Augenblick nur da und versuchen, zu Atem zu kommen, bis Tyler auf einmal laut loslacht.

Endlich wischt er sich mit der Hand die Regentropfen aus dem Gesicht. »Vielleicht war das keine so gute Idee, ausgerechnet heute Baseball zu spielen.«

»Das kannst du laut sagen«, murmle ich kaum hörbar, aber ich grinse.

Dann huschen wir schnell in den Aufzug und hinterlassen eine nasse Spur, die sich quer durch die Eingangshalle zieht. Wir sind irre aufgekratzt, und insgeheim frage ich mich, ob das am Regen liegt. Bis mir dämmert, dass es nicht allein das Wetter sein kann, das mich zum Lachen bringt; wir sind beide einfach nur gut gelaunt. Oben angekommen versuche ich, mein T-Shirt auszuwringen, während ich Tyler zu seiner Wohnung folge.

Dort erwartet uns schon Snake, der mit dem Rücken an eines der Sofas gelehnt am Boden hockt. Er hat sein Handy in der Hand und schreibt eine SMS. Erst schaut er noch nicht einmal hoch, doch dann nimmt er unsere Anwesenheit doch noch zur Kenntnis.

Als er uns sieht, weiten sich seine Augen, und er mustert uns lange, bevor er fragt: »Scheiße, was ist denn mit euch passiert? Seid ihr in den verdammten Hudson gesprungen?«

»Schon mitgekriegt, dass es total gießt da draußen?« Tyler grinst, dann macht er kehrt und geht in die Küche, wo er den Baseballschläger auf den Tresen wirft, um kurz danach im Bad zu verschwinden. Ein paar Sekunden später taucht er wieder auf und bringt zwei frische Handtücher mit. »Du weißt schon … in Strömen?«

»Echt? Seit wann das denn?«, erkundigt sich Snake, der offenbar wirklich nichts mitgekriegt hat. Er reckt den Hals, linst zu einem der großen Fenster hinüber und murmelt: »Ach du Scheiße, ihr habt recht.« Dann sieht er wieder rüber zu Tyler. »War viel zu beschäftigt mit den Mädels von der 1201, um was mitzukriegen.«

»Mit wem?« Ich verziehe das Gesicht, als sein Blick zu mir schießt.

»Die aus der Wohnung zwei Türen weiter«, erklärt Tyler, bevor Snake antworten kann. Er kommt zu mir und reicht mir eins der Handtücher, das ich mit einem dankbaren Lächeln entgegennehme. »Mädels vom College. Sind total nervig.« Er beugt sich leicht vor und rubbelt sich das Haar mit dem Handtuch trocken.

»Hä?«, macht Snake eine Sekunde später. »Du hast sie aber nicht nervig gefunden, als ihr letzten Monat diese Bodyshot-Spielchen gemacht habt.«

»Da ging es um eine Wette«, wehrt Tyler unwirsch ab und reißt den Kopf wieder hoch. Sein Haar steht ihm in alle Richtungen ab, und wenn ich nicht so gebannt wäre von Snakes Worten, würde ich ihn vielleicht süß finden. »Deine Wette, um genau zu sein.«

Snake grinst, was seine Nase leicht schief aussehen lässt, so als hätte er sie sich schon einmal gebrochen. »Aber du hast dich nicht beschwert, als es darum ging, da mitzumachen.«

Tyler schüttelt nur den Kopf, auch wenn ich insgeheim hoffe, er möge noch was sagen dazu. Sich verteidigen. Oder mir hoffentlich versichern, dass Snake nur Spaß macht. Wer sind diese Mädels, die in Apartment 1201 wohnen? Collegemädels? Wetten, die sehen total gut aus. Und sie sind bestimmt superschlau. Wahrscheinlich hängen sie ganz oft zusammen ab.

»Ich rufe dann mal Dean an«, verkünde ich. Keine Ahnung, wie ich jetzt darauf komme, aber nachdem ich es gesagt habe, wird mir bewusst, dass ich ihn wirklich, wirklich dringend anrufen muss. Das ist längst überfällig, mein Handy schreit ja schon förmlich aus Tylers Zimmer nach mir. Also drehe ich mich mit dem Handtuch in der Hand um und verschwinde in Tylers Schlafzimmer. Oder meinem Schlafzimmer. Wie auch immer.

Ich kriege gerade noch mit, wie Tyler mich mit hochgezogenen Augenbrauen ansieht, bevor ich die Tür hinter mir zuziehe. Fast bin ich schon versucht, ihm ein entschuldigendes Lächeln zuzuwerfen, bis mir die Bodyshots wieder einfallen.

Kurz sehe ich Tyler vor mir, wie er erst Salz von der Haut eines Mädchens ableckt, dann ein volles Tequilaglas herunterstürzt, um anschließend in die Zitrone zu beißen, die zwischen den Lippen des Mädchens klemmt. Schnell verdränge ich diese Gedanken, schließe die Tür mit einem leisen Klicken, das Gesicht ausdruckslos. Doch sofort ändert sich meine Miene, und ich kaue auf der Unterlippe herum, während ich nach dem Telefon greife und Deans Nummer wähle.

Das monotone Klingeln löst in mir ein Gefühl der Übelkeit aus. Wenn ich könnte, würde ich die nächsten sechs Wochen ganz auf den Kontakt zu ihm verzichten. Sechs Wochen, in denen ich meine Gedanken sortieren könnte, in denen ich entscheiden könnte, ob ich weiter mit ihm zusammen sein will oder nicht. Im Moment bin ich viel zu beschäftigt, mir über meine Gefühle für Tyler klar zu werden. Besser wäre es, wenn ich mich mit der Sache mit Dean später beschäftigen könnte, doch wie es aussieht, muss ich das jetzt klären. Ich wäge sie beide gegeneinander ab, will keinen von ihnen verletzen, aber ich komme einfach nicht weiter. Keine Ahnung, wie ich da je auf einen grünen Zweig kommen soll.

»Du lebst also *doch* noch«, höre ich Deans Stimme an meinem Ohr, und seine ruppige Begrüßung lenkt meine Aufmerksamkeit zurück auf das Telefonat. Angesichts seines verächtlichen Tonfalls bereue ich das jetzt schon.

»Tut mir leid«, sage ich. Am liebsten würde ich tief seufzen, doch ihm zuliebe verzichte ich darauf. »Ich war so beschäftigt, und dann war auch noch mein Handy tot, und …«

»Und was? Gibt es in New York keine Festnetztelefone? Keine Telefonzellen?«

Ich halte das Handy vom Ohr weg und verziehe das Gesicht. Verdammt. Eigentlich würde ich am liebsten gleich wieder auflegen, weil er so verbittert reagiert, doch zum Glück siegt die Vernunft, denn ich weiß, dass das alles nur noch schlimmer machen würde. Also presse ich mir das Telefon wieder ans Ohr. »Ich bin noch nicht mal vierundzwanzig Stunden hier. Entspann dich. Du tust ja so, als hätte ich wochenlang nichts hören lassen. Ich bin hier, wohlbehalten und in einem Stück.« Zähneknirschend lasse ich mich auf einer Ecke von Tylers Bett nieder. »Und die Stadt ist echt toll, danke der Nachfrage.«

Dean antwortet nicht sofort. Stattdessen herrscht Schweigen in der Leitung, nur unterbrochen von seinem Atem. Langsam und regelmäßig. »Tut mir leid«, murmelt er nach einer Weile. »Ist nur so, dass wir an zwei verschiedenen Enden des Landes sitzen und ich dich nicht jeden Tag sehe. Da will ich doch wenigstens mit dir reden. So viel muss ich dir doch wert sein.«

»Ich weiß.« Nervös sehe ich mich in Tylers Zimmer nach etwas um, auf das ich mich konzentrieren kann, starre am Ende aber bloß auf das Handtuch in meinem Schoß. Mir war gar nicht bewusst, dass ich auch den Baseball immer noch in der Hand halte. Ich drücke ihn ganz fest. Er ist kalt und leicht feucht. »Ich versuch, dich öfter anzurufen.«

»Das hoffe ich«, feuert Dean zurück, doch der Ton seiner Stimme klingt schon etwas sanfter. »Willst du, dass ich hier drüben durchdrehe?«

»Versuch einfach, nicht zu viel an mich zu denken«, witzle ich. Nachdem die Worte über meine Lippen sind, wird mir erst bewusst, dass ich nicht spaße. Ich will nicht, dass Dean an mich denkt. Denn ich bin viel zu sehr damit beschäftigt, über Tyler nachzudenken, um Dean dasselbe Maß an Aufmerksamkeit zu widmen. »Im Ernst«, sage ich. »Denk nicht an mich.«

»Das ist nicht so leicht.«

Ich halte den Hörer weg und seufze, damit er das nicht mitkriegt, ehe ich den Baseball auf den Boden werfe und mich auf Tylers Bett zurückplumpsen lasse. Dann ziehe ich mir das Handtuch über den Kopf. »Bist du ernsthaft immer noch stinkig, weil ich weggefahren bin?«

»Ich war nie sauer, Eden«, versichert Dean mir sanft. Doch ich wünschte, er wäre es. Im Hintergrund höre ich das Schnurren von Motoren und den entfernten Klang eines Radios. Er muss in der Werkstatt sein. »Ich bin nur enttäuscht, dass du den letzten Sommer lieber … lieber ohne mich verbringst. Ab dem Herbst werden wir uns nicht mehr allzu oft sehen, das weißt du, und trotzdem warst du total versessen darauf, nach New York zu gehen.«

»Wir reden hier von New York, Dean«, erkläre ich ganz ruhig und kneife die Augen zu. »New York.« Und Tyler. Tyler, Tyler, Tyler. Immer wieder Tyler.

»Tut mir leid, hast ja recht. Es geht um New York«, wiederholt Dean. Nun schleicht sich bei ihm wieder dieser leicht angesäuerte Unterton ein, und seine Stimme klingt tiefer. »Tut mir leid, dass ich nicht mithalten kann mit dem Times Square oder dem Central Park. Tut mir leid, dass ich im Vergleich dazu echt abkacke.«

»So hab ich das doch nicht gemeint …«

»Ich muss jetzt wieder an die Arbeit.« Normalerweise ist Dean nicht so schroff, aber gerade kanzelt er mich knallhart ab. »Viel Spaß in New York. Wenn es da doch so viel besser ist.«

Und dann legt er auf, ohne dass ich noch was erwidern kann.

Ich richte mich wieder auf und starre eine Minute auf mein Handy. Hat Dean da eben ernsthaft einfach so aufgelegt? Wütend beiße ich die Zähne aufeinander und rapple mich hoch. Dann schlinge ich mir das Handtuch um das feuchte Haar. Ich will ganz schnell wieder zu Tyler, weg von Dean und seiner miesen Laune. Daher reiße ich die Tür auf und gehe hinaus ins Wohnzimmer.

Snake ist immer noch mit SMS-Schreiben beschäftigt,

nur dass er inzwischen an den Küchentresen gelehnt steht. Er sieht mich mit gesenktem Kopf von unten her an. Irgendwie seltsam, wie er mich anschaut, als wollte er mich am liebsten auslachen wegen des Handtuchs auf meinem Kopf.

»Wo steckt Tyler?«

»Da bist du anderthalb Minuten zu spät«, sagt Snake. »Er ist eben gegangen. Musste los.«

»Warum?«

»Emily braucht irgendwie seine Hilfe. Hat ihn wohl um einen Gefallen gebeten.« Er zuckt die Achsel.

»Emily?«, wiederhole ich. Irgendetwas in mir gerät ins Wanken, und ich spüre regelrecht, wie mein Magen nach unten sackt. *Emily?* Ich schlucke. »Wer ist sie denn?«

Jetzt sieht Snake doch auf. »Ach, hat er sie dir gegenüber nie erwähnt?«

Kapitel 10

Ziemlich genau vierzig Minuten lang kann ich einfach nicht still sitzen. Ich kaue auf meiner Unterlippe herum, knabbere an den Nägeln, laufe rastlos im Wohnzimmer herum. Hin und wieder habe ich das Gefühl, ich muss gleich kotzen, aber ich halte dann einfach die Luft an und kämpfe gegen den Würgereiz an. Ich bin ja so was von nervös. Und was für eine Heidenangst ich habe! Und eine Wut! Wer ist diese Emily, und wieso erfahre ich erst jetzt von ihr?

»Was hast du denn für ein Problem?«, ruft Snake mir über die Schulter zu und reckt den Hals, um mich quer durchs Zimmer anzusehen. Seit mindestens einer halben Stunde zieht er sich eine Doku über einen Flugzeugabsturz rein, und während er seine Aufmerksamkeit nun auf mich richtet, stellt er sogar kurz den Ton auf lautlos.

»Ich hab gar kein Problem«, schwindle ich. Jetzt stehe ich in der Küche und klammere mich am Tresen fest. Ich gebe mir Mühe, seinem Blick zu begegnen, aber ich fürchte, er könnte den panischen Ausdruck darin bemerken, daher zwinge ich mich zu lächeln.

»Sie ist nett«, sagt Snake, in der Absicht, mich zu trösten. Was mir nicht unbedingt hilft, danke auch. Nein, das macht es nur noch schlimmer. »Sie kommt aus England.«

»England?«, wiederhole ich. *Wie cool*, denke ich. Süßer Akzent. Mal was anderes. Auf keinen Fall kann ich mit einem Mädchen aus England mithalten. Nie und nimmer.

»Ja, aus London.« Snake lacht und stellt den Ton am Fernseher wieder laut. »Wenn ich die reden höre, kriege ich jedes Mal Lust, *Harry Potter* zu gucken.«

Er hält mich bestimmt schon für total irre. Weil ich so nervös bin. Ich meine, was sollte ich schon für ein Problem damit haben, dass mein Stiefbruder mit einem anderen Mädchen abhängt? Was soll schon groß sein, wenn dieses Mädchen mehr für ihn ist als nur eine gute Freundin? Und das ist ja genau der Punkt. Es wäre kein Riesending, wenn er für mich wirklich nichts anderes wäre als nur mein Stiefbruder. Es würde mir ja auch nichts ausmachen, wenn ich nicht total in ihn verknallt wäre.

Doch die Wahrheit ist, ich kenne dieses Mädchen nicht. Ich weiß nicht, warum Tyler mir noch nie von ihr erzählt hat. Was, wenn sie ein Paar sind? Was, wenn alles, was er gestern Nacht gesagt hat, nichts als Mist ist?

Mir wird wieder speiübel, und ich versuche, nicht daran zu denken, bis mein Magen sich beruhigt hat. Gerade will ich mich zum Schrank umdrehen und mir ein Glas rausholen, als ich höre, wie die Tür zur Wohnung aufgesperrt wird. Sofort schnellt mein Blick zum Eingang, und genau in dem Moment kommt Tyler herein und zieht einen Koffer hinter sich her. Einen knallpinken Koffer. Er bleibt kurz stehen und schiebt die Tür weiter auf.

Neben ihm steht ein Mädchen.

Bei ihrem Anblick ramme ich fast die Faust in die Arbeitsplatte.

Sie ist größer als ich, aber trotzdem noch ein Stück kleiner als Tyler. Ihr Haar ist glatt (und feucht) und geht ihr bis knapp auf Brusthöhe. Zu den Spitzen hin wird es etwas heller. Schüchtern faltet sie die Finger, während ihr Blick durch die Wohnung huscht. Ihre Augen strahlen, nur wirken sie wahnsinnig verquollen. Und sie ist hübsch. So richtig, richtig hübsch. Hübsch auf ganz natürliche, schlichte Art.

Dieses Mal schaltet Snake den Fernseher nicht auf stumm; er stellt ihn gleich ganz aus. Dann verrenkt er sich auf dem Sofa, dreht sich komplett herum und verschränkt die Arme auf der Rückenlehne. Neugierig beäugt er die beiden. »Tyler«, sagt er, »dürfte ich fragen, warum du neuerdings jeden Tag ein anderes Mädchen mit einem Koffer hier anschleppst?« Er wirft mir einen vielsagenden Blick zu.

»Hey, Snake«, grüßt das Mädchen ihn schwach mit einem traurigen Lächeln. Ihre Stimme klingt, als wollte sie sich für ihre Anwesenheit entschuldigen. Und ihr Akzent? Der ist eindeutig britisch. Jetzt besteht kein Zweifel mehr, ich habe Emily vor mir, nur wenige Meter entfernt.

Und alles, was mir einfällt, ist: *Warum zum Teufel ist sie hier?*

»Hey«, erwidert Snake. »Und, was geht?«

Tyler schiebt die Tür mit dem Knie zu und bewegt sich zur Mitte der Wohnung, während Emily an der Tür stehen bleibt. Er räuspert sich und begegnet Snakes Blick. Mich hat er noch kein einziges Mal angesehen, seit er wieder hier ist. »Emily wird eine Weile bei uns wohnen«, sagt er.

Wohnen? Hier? Am liebsten würde ich laut losschreien, aber ich bin wie erstarrt, und meine Kehle ist viel zu trocken, um auch nur einen Ton rauszukriegen. Ich umklammere die Kante des Küchentresens.

»Keine Fragen«, fügt Tyler noch hinzu und bedenkt Snake mit einem warnenden Blick, ehe der den Mund aufmachen kann.

»Im Ernst«, sagt Emily und stellt sich nun neben Tyler, »wenn es zu viele Umstände bereitet …«

»Nein, schon gut.« Seine Stimme klingt fest.

»Bist du sicher?«

Ich will, dass sie aufhört zu reden. Weil ich ihn jetzt schon nicht mehr hören kann, diesen Akzent. Die soll bloß wieder abhauen hier. Aber natürlich ist mir klar, dass das nicht passieren wird, daher versuche ich stattdessen, meine Atmung wieder in den Griff zu kriegen. Ich schnappe nämlich ganz aufgeregt nach Luft.

»Ganz sicher«, versichert er ihr. »Bloß sind bei uns … Betten gerade ein wenig Mangelware. Snake?«

»Klar, sie kann bei mir schlafen«, erklärt der sich sofort einverstanden, ein breites Grinsen im Gesicht. Doch das verblasst schnell wieder, weil Tyler ihn mit verkniffener Miene ansieht. »Na schön, na schön«, schnaubt Snake. »Ich schlafe auf dem Sofa wie du. Sie kann mein Zimmer haben.«

»Na bitte, geht doch«, sagt Tyler. Er lächelt Emily aufmunternd zu, ehe er sich mir zuwendet. Ist fast so, als wäre ihm gar nicht bewusst gewesen, dass ich die ganze Zeit schon hier stehe, denn jetzt weiten sich seine Augen, und er bedeutet mir mit einer Geste, zu ihm zu kommen. Ich zucke mit keiner Wimper. »Emily«, sagt er mit einem steifen Nicken in meine Richtung, »darf ich vorstellen, meine Stiefschwester Eden.«

Langsam breitet sich ein warmherziges Lächeln auf ihrem Gesicht aus. Sie will eben antworten und mich fragen, wie es mir geht, oder mir versichern, wie schön es sei, mich kennenzulernen, oder sie will einfach nur Hi sagen. Doch ich packe das nicht. Ich packe es nicht, im selben Raum zu sein wie sie, und ich packe es nicht, mir vorstellen zu müssen, sie könnte was mit Tyler haben.

Bevor sie also was sagen kann, stürme ich aus dem Wohnzimmer, an Tyler und Emily vorbei, ganz schnell, ohne sie auch nur eines Blickes zu würdigen. Ich habe das Gefühl, ich flenne jeden Moment los, und kaum habe ich die Tür zu Tylers Zimmer hinter mir geschlossen, stoße ich einen erleichterten Seufzer aus, froh, sie nicht mehr sehen zu müssen.

Mein Herz klopft so heftig, dass ich das Pochen schmerzhaft in den Ohren spüre, und erst da wird mir bewusst, wie schnell ich atme. Keine Ahnung, warum ich mich so aufrege. Erst denke ich, ich bin bloß wütend. Wütend auf Tyler, dass er nie erwähnt hat, dass es da ein anderes Mädchen gibt, wütend wegen allem, was er gestern Nacht zu mir gesagt hat, weil er in mir falsche Hoffnungen geschürt hat. Doch aus irgendeinem Grund bin ich gar nicht mal so sauer, wie ich feststelle. Nur enttäuscht, und ich komme einfach nicht mit der Situation klar. Und dann dämmert mir mit einem Mal, dass es rein gar nichts mit Wut zu tun hat. Ich bin einfach nur eifersüchtig. So unglaublich eifersüchtig.

Die Tür geht auf und bereitet meinen fünfzehn Sekunden für mich allein ein jähes Ende. Tyler kommt herein und meint: »Was ist denn los?«

Allein ihn anzuschauen tut weh, und während er die Tür hinter sich schließt, verschränke ich die Arme vor der Brust und kehre ihm den Rücken zu. »Versuch gar nicht erst, mich deiner Freundin vorzustellen, wo du mir gestern Abend erzählt hast, du wärst nicht über mich hinweg«, fauche ich verächtlich. Warum muss dieses Mädchen denn ausgerechnet hier wohnen? Warum muss sie mir den Sommer ruinieren?

»Freundin?«, wiederholt Tyler. »Du denkst, sie ist meine Freundin?«

Ich linse über die Schulter zu ihm. Würde mich nicht wundern, wenn mein Herz einen Schlag ausgesetzt hat. »Ist sie das nicht?«

»Gott, Eden, nein.« Er schüttelt entschieden den Kopf und presst ein Lachen hervor, was mich tröstet. Er rollt sogar mit den Augen. »Emily ist nur eine gute Freundin. Wir waren zusammen auf Tour.«

Erleichterung macht sich in mir breit, aber ich versuche, mir meine Begeisterung nicht anmerken zu lassen. Ganz ruhig sehe ich Tyler an. »Und warum hast du sie mir gegenüber dann nie erwähnt?«

»Ehrlich, ich hab keinen Schimmer«, sagt er. Er kommt zu mir und setzt sich aufs Bett, die Hände zwischen den Knien gefaltet. »Ich hab doch nie von irgendwelchen Leuten erzählt, mit denen ich so unterwegs war. Na ja, okay, schon. Bloß ihre Namen habe ich nie erwähnt.«

Sein Blick verrät mir, dass er die Wahrheit sagt, daher seufze ich und setze mich neben ihn. Doch ich achte darauf, dass da noch ein bisschen Abstand zwischen uns ist. »Warum soll sie hier wohnen?«

»Weil sie ein Dach über dem Kopf braucht«, erklärt er. »Sie steckt in Schwierigkeiten. Kommt aus England.«

»Ist mir nicht entgangen«, sage ich, immer noch leicht gereizt. Ich will ja nicht unhöflich klingen, aber ich kann nicht anders. Mit einem verstohlenen Blick auf Tyler lasse ich mir seine Worte schnell noch einmal durch den Kopf gehen. Sie sind nicht zusammen. Nur befreundet. Sie waren zusammen auf Tour … Entlang der Ostküste, um das Bewusstsein zu schärfen für … Das Bewusstsein zu schärfen für Missbrauch, indem sie ihre eigene Geschichte weitererzählten. Ich presse einen Finger an die Lippen und starre Tyler an, bis er den Blick auf mich richtet. »Wenn sie mit auf Tour war, heißt das dann …?«

Ich sehe, wie er schluckt, den Blick zu Boden senkt. »Ja. Aber nicht körperlich«, sagt er nach einem kurzen Moment des Schweigens. Seine Stimme klingt brüchig. »Sie wurde emotional missbraucht. Deshalb ist sie recht sensibel, also pass bitte auf, was du zu ihr sagst.«

Stöhnend schlage ich die Hände vors Gesicht. Ich wünschte, ich hätte keine so voreiligen Schlüsse gezogen und einen derart dramatischen Abgang hingelegt. »Sie muss mich ja für eine richtig doofe Zicke halten.«

»Da kann ich leider nicht widersprechen.«

Rasch richte ich mich auf und remple seine Schulter, wobei ich die Augen verdrehe. Mein Magen hat sich wieder einigermaßen beruhigt. Ich bin entspannt und absolut zufrieden. »Ich dachte schon, sie wäre deine Freundin. Bist du böse auf mich?«

»Hat dich der Gedanke, ich könnte mit einer anderen zusammen sein, derart verärgert? Hat es dich so zur Weißglut gebracht?« Er grinst und steht auf, ragt hoch über mir auf und sieht mich mit seinen glühenden Augen durchdringend an. Behutsam greift er nach meiner Hand und zieht mich hoch. Er lässt mich nicht los, als ich schließlich vor ihm stehe, bewegt seine Hände nur zu meinen Schultern und schlingt die Arme fest um meinen Hals, um mich an sich zu ziehen. »Bist du derart verrückt nach mir, Eden Munro?«

Ich umarme ihn ebenfalls, knapp oberhalb der Hüfte. »Das hättest du wohl gern«, necke ich ihn, aber es ist natürlich absolut was dran. Hoffentlich merkt er nicht, dass ich schwindle.

Ich lege den Kopf ganz leicht in den Nacken und blicke zu ihm auf, wobei ich um ein Haar mit der Stirn gegen sein Kinn knalle. Er lächelt mich mit blitzenden Augen an. »Also, das mit Emily«, sagt er. Er bewegt den Kopf vor, und im ersten Moment denke ich schon, er will mich vielleicht küssen, doch das tut er nicht. Er zieht mich ganz fest in seine Arme, sein Gesicht knapp oberhalb meiner Schulter. »Du musst dir keine Sorgen machen«, flüstert er ganz langsam. Sein Atem fühlt sich heiß an auf meiner Haut. »Weil ich nämlich ganz dir gehöre, Baby.«

Kapitel 11

$B$is Samstag regnet es durch. Unaufhörlich schüttet es, wirklich nervig, drei Tage geht das so. Zwischendurch hört es durchaus auch mal eine Stunde auf, aber immer dann, wenn wir denken, die Sonne könnte durchbrechen, fängt es wieder an. Leichtes Nieseln und heftige Regengüsse wechseln sich ab.

Daher gucken wir drei Tage lang nur *Harry Potter*. Jeden einzelnen Film, alle acht, und zwar ganze zwei Mal. Klar kommt der Vorschlag von Snake, und das nur, weil Emily und ihr britischer Akzent hier reinschneien mussten. Irgendwann nahm ich dann doch all meinen Mut zusammen und entschuldigte mich bei ihr, weil ich so unhöflich gewesen war, und von da an gibt es keinerlei Spannungen mehr zwischen uns. Ist eigentlich ganz nett, zu viert drinnen abzuhängen, in warme Decken gekuschelt, inmitten von Pizzaschachteln und leeren Bierflaschen. Auch das haben wir natürlich Snake zu verdanken. Keiner von uns hat die Energie, was anderes vorzuschlagen, und offen gestanden sind wir alle ganz glücklich mit unserer neuen Lebenssituation. In der zweiten Nacht geht uns das Bier aus, und am dritten Tag steigen wir von Pizza um auf chinesisches Essen, das wir uns liefern lassen. Tyler ist nicht allzu begeistert von der Essenswahl, und selbst ich kriege allmählich ein schlechtes Gewissen, weil ich so viel Mist in mich hineinstopfe, daher überlassen wir unser chinesisches Essen Snake und Emily. Als es am dritten Tag auf Mitternacht zugeht, sind wir gerade zum zweiten Mal beim achten Film. Ich kann die Augen kaum mehr offen halten.

Irgendwann nicke ich dann auf dem Sofa ein, den Kopf an Tylers Schulter gebettet, eine riesige Decke über uns ausgebreitet. Durch die halb geöffneten Lider versuche ich, mich in der Dunkelheit auf Snake und Emily zu konzentrieren, auf die der schwache Schein des Fernsehers fällt. Sie sitzen auf der Couch uns gegenüber, beide in tiefem Schlummer. Snakes Mund steht offen, den Kopf hat er nach hinten gegen die Lehne gelegt. Emily hat es sich auf ihm bequem gemacht, den Kopf an seiner Brust vergraben. Wenn ich angestrengt lausche, höre ich, wie einer von ihnen leise schnarcht.

»Bist du noch wach?«, flüstert Tyler mit belegter Stimme.

»Klar«, murmle ich. Meine Augen sind allerdings geschlossen, und ich ziehe die Decke ein Stück hoch, obwohl mir ohnehin irrsinnig warm ist. Wir liegen seit Stunden so da, immer am selben Fleck.

»Du kannst gern ins Bett gehen, wenn du möchtest«, sagt er, die Stimme immer noch gesenkt. »Du brauchst nicht hierzubleiben.«

Im Halbschlaf ringe ich mir ein Lächeln ab. Ich schmiege meinen Körper an seinen, lege ihm die Hand auf die Brust und berge mein Gesicht an seiner Schulter. Dann flüstere ich in sein Hemd: »Ich möchte aber hierbleiben.«

Und so schlafe ich ein, während Tylers Brustkorb sich sanft unter mir hebt und senkt, während sein warmer Atem über meine Wange streicht. Ich schlafe ein, während er noch mit meinem Haar spielt und sein Kinn auf meiner Stirn ruht. Ich schlafe ein in den Armen des Menschen, den ich über alles liebe, beim Klang des Regens, der sanft gegen die Fenster prasselt. Und ich schlafe in dieser Nacht ein mit einem Lächeln, das einfach nicht von meinen Lippen weichen will.

Es ist Samstagfrüh, als ich mich das erste Mal wieder rühre. Ich wache auf, weil mir viel zu heiß ist, ich habe mörderischen Durst auf ein Glas Wasser, und seltsamerweise stelle ich fest, dass ich gegen das grelle Sonnenlicht anblinzeln muss, das durchs Fenster sickert. Ich brauche einen Moment, bis die Erkenntnis zu mir durchdringt, dass die Sonne scheint, und ich brauche noch etwas länger, um zu realisieren, dass es das erste Mal seit Tagen mucksmäuschenstill ist in der Wohnung. Eine Stille, die daher rührt, dass es nicht mehr regnet. Kein lautes Prasseln mehr am Fenster, kein leises Plätschern von Regentropfen.

Ich reibe mir die Augen, gähne und schlage die Decke zurück, unter der ich mittlerweile fast ersticke. Die Hitze ist unerträglich, daher schleudere ich die Decke schließlich so weit wie möglich von mir weg quer durch den Raum. Sie landet direkt neben dem Sofa, auf dem Snake und Emily liegen, aber sie schlafen immer noch viel zu fest, um was mitzukriegen. Der Fernseher hat sich von allein ausgeschaltet, und in der Luft hängt noch der Geruch von dem chinesischen Essen von gestern Abend. Vorsichtig hebe ich den Kopf, da mein Nacken ganz steif ist, und werfe einen verstohlenen Blick nach links. Insgeheim hoffe ich, Tyler möge ebenfalls noch tief und fest schlafen, weil er nämlich einfach anbetungswürdig aussah, die wenigen Male, die ich ihn schlafend gesehen habe. Aber er ist nicht mehr da. Er liegt nicht neben mir. Da ist nur die Delle, die mein Körper im Leder des Sofas hinterlassen hat.

Schlagartig bin ich hellwach. Ich springe auf die Füße, während mein Blick durch die Wohnung huscht. Schließlich landen sie auf der Uhr über dem Kühlschrank in der Küche. Es ist bald acht.

Ob Tyler in der Nacht wohl in sein Zimmer umgezogen ist? Vielleicht war ihm das Sofa ja zu unbequem, und er wollte auf einer gemütlichen Matratze liegen. Doch gerade als ich in seinem Zimmer nachsehen will, geht mit einem leisen Knarzen die Tür zum Badezimmer auf.

Tyler kommt mit nichts als einem Handtuch um die Hüften in die Küche geschlendert. Erst als er sich mit der Hand durch das feuchte Haar fährt, merkt er, wie ich ihn anstarre. Er bleibt wie angewurzelt stehen, ein panischer Ausdruck huscht über sein Gesicht, aber nur kurz, dann hat er sich wieder im Griff.

»Ich wusste nicht, dass du schon wach bist«, sagt er. Nervös zuckt sein Blick überallhin, nur nicht zu mir. Dann dreht er sich um und reißt die Kühlschranktür auf.

»Na, du bist ja auch wach«, murmle ich, bekomme aber kaum mit, was ich da sage. Meine ganze Konzentration gilt Tyler und seinem Körper. Er kramt im Kühlschrank auf der Suche nach irgendwas Essbarem. Meine Kehle ist staubtrocken, als ich den Blick an ihm auf und ab gleiten lasse.

Es ist nun nicht mehr zu übersehen, dass er irre viel trainiert hat, denn er sieht viel besser aus, als ich es in Erinnerung habe. Seine Muskeln sind viel stärker ausgeprägt. An den Armen zum Beispiel, die zwar kräftig aussehen, aber nicht zu massig, und seine Bauchmuskeln treten deutlich und straff hervor. Hatte er immer schon diese ausgeprägten V-Linien? Sie sind echt nicht zu übersehen, so stark stechen sie hervor, und mein Blick wird unweigerlich hingezogen zu der Stelle, wo das Handtuch um seine Hüften beginnt. Doch mit einem Mal packen mich Schuldgefühle, und ich schlucke und bemühe mich, den Blick abzuwenden. Was mir nicht eben leichtfällt. Meine Wangen sind bestimmt schon dunkelrot.

»Zum Glück hat es aufgehört zu regnen«, stammle ich.

»Ja«, meint Tyler. Er schließt die Kühlschranktür und hält einen Proteinshake in der Hand. »Wenn ich mir die ganzen *Harry-Potter*-Filme jetzt noch ein drittes Mal ansehen müsste, würde ich auf jeden Fall durchdrehen. Heute können wir endlich wieder was unternehmen. Du hast ja noch nicht mal die Hälfte von Manhattan gesehen.«

»Ich folge dir überallhin«, sage ich. »Hauptsache raus. Vielleicht gehe ich sogar laufen. Du weißt schon, einmal um das Reservoir im Central Park herum.«

Tyler macht ein zweifelndes Gesicht, und ich kann mir nicht vorstellen, weshalb er mich so ansieht. Doch dann reibt er sich den Nacken und zuckt mit der Schulter. »Deine Mom meinte, sie würde mich umbringen, wenn ich dich ganz allein auf die Stadt loslasse.«

»Ich bin achtzehn, Tyler«, rufe ich ihm seufzend in Erinnerung. Doch bin ich kein bisschen überrascht. Meine Mom war schon immer eine richtige Glucke, inzwischen sogar noch mehr als früher. »Sind doch nur ein paar Straßen. Sie wird nichts davon erfahren.«

Er lacht und verdreht die Augen. »Sei einfach vor Mittag wieder zurück.« Spielerisch rempelt er im Vorbeigehen mit dem nackten Oberkörper meine Schulter, und sofort durchrieselt meinen Körper ein nervöses Prickeln. Lange dauert es jetzt nicht mehr, dann küsse ich ihn; ich kann kaum mehr an mich halten.

Noch größer wird die Versuchung, als wir schließlich beide in seinem Zimmer landen: ich, um meine Laufsachen zu holen, er, weil er sich anziehen will. Ich schnappe mir schleunigst mein Zeug und husche beschämt wieder raus, ehe ich noch auf dumme Gedanken komme. Dann verschwinde ich im Badezimmer. Nach nur fünf Minuten bin ich fertig, und nachdem ich mir am Waschbecken noch eine Flasche Wasser abgefüllt habe, ziehe ich los. Aber nicht ohne Tyler zu versprechen, dass ich bald wieder zurück bin.

Es ist so schön, endlich einmal wieder rauszukommen. Die frische Luft tut gut auf der Haut, die unter der stickigen Wärme in der Wohnung arg zu leiden hatte. Aber in den vergangenen paar Tagen hatten wir uns fast daran gewöhnt. Die Stadt platzt aus allen Nähten, mehr als sonst, und die Gehwege sind derart überfüllt, dass ich kaum zwei Schritte vorwärtskomme, ohne dass mich jemand rempelt oder zumindest streift. Dennoch genieße ich den Lärm der Stadt um mich herum, und ich merke, dass ich in den Laufschritt verfalle, noch bevor ich den Central Park erreicht habe. Geschickt bahne ich mir meinen Weg zwischen den Massen von Menschen hindurch. Beim Parkeingang gelingt es mir, an einem Infostand gegenüber der Sechsundsiebzigsten Straße eine Karte abzugreifen, und so finde ich den Weg zur Laufstrecke um den See herum mühelos.

Es ist schon einiges los, als ich dort ankomme, die Leute laufen und sprinten und joggen und gehen, und schon reihe ich mich in den konstanten Strom ein und setze mich in Bewegung. Ich plane nur eine Runde, aber das Ganze entspannt mich dermaßen und fühlt sich so gut an, dass ich die Strecke gleich noch zwei Mal in Angriff nehme. Am Ende habe ich ganze sieben Kilometer geschafft. Es ist das erste Mal, dass ich laufe, seit ich in New York bin, und inzwischen bin ich restlos überzeugt, dass der Central Park einer der schönsten Orte zum Laufen ist. Es hat so etwas Erfrischendes, von all dem Grün und dem Wasser umgeben zu sein, alles ist so neu und wunderschön im Vergleich zum Pier in Santa Monica, wo ich sonst jeden Morgen laufe. Inzwischen langweilt es mich, immer nur den Strand vor Augen zu haben. Da sind mir Bäume viel lieber.

Nach nicht einmal einer Stunde bin ich auf dem Weg zurück zur Wohnung, sicher und unversehrt. Die Hitze trägt das Ihrige dazu bei, dass ich vom Laufen wie verrückt schwitze, und als ich endlich wieder daheim bin, kann ich es kaum erwarten, kalt zu duschen. Das hält mich allerdings nicht davon ab, die Treppe nach oben zu nehmen, als krönenden Abschluss sozusagen. Ich jogge die ganzen zwölf Stockwerke hoch und bin völlig außer Puste, als ich endlich an der Tür zu Tylers Apartment klopfe.

Leider ist es Emily, die mir öffnet. Sie lässt den Blick über meinen schwer keuchenden Körper gleiten. »Alles in Ordnung?«

»Alles bestens«, schnaufe ich. Ich mag zwar aussehen, als würde ich jeden Moment umkippen, aber den Gefallen tue ich ihr nicht. Ich habe mich nur völlig verausgabt, und ich liebe das befriedigende Gefühl, das die Anstrengung in mir auslöst, auch wenn sich meine Brust schmerzhaft verkrampft und meine Beine ganz steif werden.

»Wir wollen in einer Stunde los«, sagt Emily, als ich an ihr vorbei in die Wohnung marschiere, die Hände in die Taille gestemmt, während ich versuche, meine Atmung wieder unter Kontrolle zu bringen. »Wir gehen südlich zum Union Square und wieder zurück, daher hoffe ich, du bist nicht allzu erledigt.«

»Wie weit ist das denn?«

Sie zuckt die Achsel und geht ein Stück von der Tür weg ins Wohnzimmer. »Ungefähr fünf Kilometer? Nur eine grobe Schätzung.«

»Es sind über fünfzig Straßen«, sagt Tyler in meinem Rücken, und als ich herumwirble, kommt er auf uns zu und krempelt soeben die Ärmel an seinem Flanellhemd hoch. »Wir gehen immer geradeaus die Fifth Avenue entlang.«

Als er vorhin was vom Rausgehen sagte, da ging ich nicht davon aus, dass seine Pläne auch Emily und vermutlich sogar Snake mit einschlossen. Ich dachte da eher nur an uns beide. Aber wie es aussieht, gönnt man uns die Zeit zu zweit nicht. Andererseits, vielleicht ist das gar nicht so schlecht, wenn wir vier den Tag zusammen verbringen, daher entgegne ich lächelnd: »Klingt cool. Ich spring dann mal unter die Dusche.«

Um kurz nach zehn sind alle angezogen und bereit für den Aufbruch. Snake ist zwar nicht allzu begeistert über den langen Fußmarsch, kommt aber dennoch mit. Wir gehen die vier Blocks Richtung Westen bis zur Fifth Avenue, während die Sonne gnadenlos auf uns niederbrennt. Ich glaube, das ist der mit Abstand heißeste Tag, seit ich hier bin. Zugegeben, ich war noch nicht oft hier auf der Fifth Avenue. Schon faszinierend, die Straße entlangzugehen, doch würde ich nie im Leben einen Fuß in eines der Geschäfte setzen. Die sind so gar nicht meine Preiskategorie. Irgendwie erinnert mich das alles an das Santa Monica Place Shoppingcenter, nur zehnmal größer und viel luxuriöser, da sich hier Läden wie Gucci und Cartier und Rolex und Versace und Louis Vuitton und Prada auf engstem Raum aneinanderreihen. Kein Wunder, dass die Fifth Avenue als eine der teuersten Einkaufsstraßen der Welt gilt.

Aber da sind nicht nur glitzernde Geschäfte. Wir kommen vorbei an der Stadtbibliothek und an der *Saturday-Night-Live*-Ausstellung und endlich auch am Empire State Building, das ich bislang noch nicht zu sehen bekommen habe. Es ist einfach riesig und ragt über sämtliche Gebäude ringsum hinaus. Allein von außen sieht es wunderschön aus. Tyler, Snake und Emily beschweren sich nicht, als ich mir ein paar Minuten gönne und dieses Wahrzeichen bewundere und Fotos schieße, genau wie die ganzen anderen Touris, bis sie mich schließlich doch weiterzerren. Als Nächstes kommen wir an den Madison Square Park und überqueren die Straße, vorbei am Flatiron Building. Die Architektur ist irre beeindruckend, der Bau sieht bizarr aus und irgendwie unwirklich, aber zugleich auch wieder so unverwechselbar und einzigartig. Mir ist ja bewusst, dass Tyler, Snake und Emily all das schon kennen, doch mich erinnert das Gebäude wieder einmal daran, wo ich mich befinde, nämlich in New York City. Auch hier mache ich ein paar schnelle Schnappschüsse, bevor wir unseren Weg fortsetzen. Nun folgen wir dem Broadway, bis wir ungefähr anderthalb Stunden, nachdem wir die Wohnung verlassen haben, endlich am Union Square ankommen.

Der Park ist herrlich, hier tummeln sich sowohl Einheimische wie auch Touristen. Es gibt einen kleinen Wochenmarkt, auf dem Bauern ihre frischen Produkte verkaufen, und einige Straßenkünstler. Alles ist so friedlich, ein Ort, an dem man durchatmen kann, fernab vom Trubel, der sonst überall herrscht in der Stadt. Wir erobern eine freie Parkbank an einem der Spazierwege, und sofort lasse ich mich darauf sinken, weil mir die Beine wehtun. Wenn wir wieder zurück in der Wohnung sind, werde ich alles in allem mehr als sechzehn Kilometer zu Fuß bewältigt haben. Meine Beine fühlen sich an, als stünden sie in Flammen.

»*Starbucks* ist gleich da drüben an der Ecke«, sagt Tyler. »Wir sind sofort wieder zurück. Eden, einen Latte?«

»*Iced* Latte, bitte schön«, murmle ich schwach, während ich mir den Handrücken an die Schläfe presse. Die Hitze bringt mich noch um. Ich wische mir den Schweiß von der Stirn.

»Kommt sofort«, sagt Tyler, ehe er sich an Emily wendet. »Einen Erdbeer-Sahne-Frappuccino mit einem Schuss Vanille?«

»Du sagst es«, erwidert sie grinsend. Während Tyler und Snake losziehen, setzt Emily sich neben mich. Ich kann nicht anders, ich bin genervt, dass Tyler genau weiß, was sie gern mag. »Was für ein abgefahrenes Wetter, wie?«

»Ja, es ist einfach toll«, entgegne ich. Ich ziehe die nackten Beine hoch auf die Bank, überkreuze sie und lehne mich zurück, obwohl das Holz sengend heiß ist. »Heißer als in Santa Monica, so viel steht fest.«

»Im Ernst?«

»Klar. Da drüben weht vom Meer her immer ein leichter Wind.« Ich sehe sie nicht an, während ich spreche, in erster

Linie, weil ich mich auf die Passanten konzentriere. Ich finde ja, Parks wie dieser sind ideal, um Leute zu beobachten. Hier gibt es eine irre coole Mischung an Menschen zu sehen, und wieder einmal ertappe ich mich bei dem Gedanken, was sie wohl so machen und warum sie hier sind und wohin sie wollen. Blöderweise bin ich total neugierig, zu meinem eigenen Leidwesen.

»Ich wollte schon immer nach Kalifornien«, gesteht Emily mir mit einem wehmütigen Seufzen. »Tyler meint, ich muss da unbedingt mal hin.«

Nun wandert mein Blick doch rüber zu ihr. »Tyler sagt das?« Wieso sagt er ihr, dass sie da unbedingt hinmuss? Wie kommt er denn darauf?

»Klar, er meinte auch, mir würde es dort sicher gefallen«, sagt sie noch, und ihre Stimme sprudelt über vor Begeisterung. »Bislang war ich nur hier an der Ostküste, aber jetzt ist es zu spät, noch woanders hinzufahren. London ruft.«

Ich presse die Lippen aufeinander. Wenn London auf sie wartet, warum hängt sie dann immer noch hier in New York ab? Warum muss sie bei Tyler wohnen?

»Denkst du, du kommst irgendwann mal wieder? In die Staaten?«

»Ich hoffe es«, sagt sie lächelnd. »Ein Jahr ist einfach nicht genug. Ich suche schon nach einem passenden Vorwand, damit ich wiederkommen kann. Vielleicht bewerbe ich mich ja für eins von diesen Sommercamps.«

»Oh, das wäre ja cool.« Ich wende mich wieder von ihr ab und schaue in den Park. Mein Blick fällt auf ein Eichhörnchen, das unweit von uns zwischen den Bäumen hin und her flitzt.

»Tyler meint, ich soll einfach ganz hierherziehen.«

Ich knirsche mit den Zähnen. Wenn sie noch ein einziges Mal Tylers Namen sagt, flippe ich aus. Und überhaupt, warum erzählt er ihr, sie solle hierherziehen?

133

»Willst du das echt tun? England ist doch total cool, oder?«

»Schätze schon«, meint sie achselzuckend. »Nur hat man hier viel mehr Möglichkeiten, und ihr seid alle so toll.« Fast klingt sie ein wenig traurig, als sie das sagt, als würde sie der Gedanke an zu Hause nicht eben glücklich machen. Vielleicht hat sie hier ein besseres Leben. Vielleicht ist ihr Leben da drüben nicht so prickelnd, und je länger ich darüber nachdenke, desto überzeugter bin ich davon. Genau wie Tyler wurde sie misshandelt, vielleicht entkommt sie hier also dem, was in der Vergangenheit passiert ist, ähnlich wie bei Tyler. »Ich würde die Leute hier schmerzlich vermissen, wenn ich nicht wiederkäme.«

Das Eichhörnchen verschwindet, und mir bleibt keine Wahl, ich muss Emily ansehen. Daher beschließe ich, es einfach zu tun. Ich platze unumwunden damit heraus. »Würdest du Tyler vermissen?«

»Na klar«, sagt sie sofort. »Er ist ein echt toller Typ. Wir waren zusammen auf Tour, er war mir eine unheimliche Stütze. Ich wünschte, ich hätte einen Bruder wie ihn.«

»Nein, tust du nicht«, murmle ich kaum hörbar und seufze resigniert. Sie wünscht sich einen Bruder wie Tyler? Hat sie irgendeine Ahnung, wie hart das ist? Ist ihr überhaupt klar, wie schnell man sich in jemanden wie ihn verliebt?

Zum Glück entdecke ich in dem Moment Tyler und Snake, was meinem Gespräch mit Emily ein jähes Ende bereitet. Nicht dass mir das groß was ausmachen würde. Ich hatte es ohnehin satt, sie dauernd von Tyler reden zu hören.

»Hier, bitte schön, Eden mit den Läuferbeinen«, sagt Snake, als er mir den Latte in die Hand drückt. Wegen seiner Worte sehe ich ihn mit hochgezogener Augenbraue an, doch er hat sich schon wieder von mir abgewandt und nimmt auf der anderen Seite neben Emily Platz.

Tyler reicht ihr lächelnd den Frappuccino, was mich dazu veranlasst, eilig aufzuspringen.

»Tyler, kann ich kurz mit dir reden?« Ich sage das, bevor er die Gelegenheit hat, sich zu setzen. Mit festem Blick nehme ich ihn ins Visier.

»Klar«, meint er und sieht mich leicht verunsichert an. Ich wette, er erkennt schon am schroffen Ton meiner Stimme, dass ich nicht allzu glücklich bin.

Wir entfernen uns von der Parkbank und Snake und Emily, und ich folge dem Fußweg weit genug, damit sie uns nicht mehr sehen. Tyler schlendert hinter mir her und nippt an seinem Getränk, was auch immer es ist.

»Ich habe mich vorhin mit Emily unterhalten«, beginne ich vorsichtig und drehe mich zu ihm um. Ich umklammere den Becher ganz fest mit der Hand. »Sie meint, du hättest sie gebeten, hierherzuziehen und auch mal nach Kalifornien zu fahren. Warum?«

»Weil Kalifornien toll ist und es ihr hier gefällt«, antwortet Tyler postwendend. Allerdings klingt er unsicher. Vermutlich versteht er nicht so recht, worauf ich hinauswill. »Was soll die Frage?«

Ich sehe ihn finster an. »Der Grund ist also nicht der, dass du möchtest, dass sie dich besuchen kommt?«

Ich sehe, wie Tylers Augen sich weiten, als ihm dämmert, was ich für ein Problem habe. Seine Mundwinkel verziehen sich zu einem kleinen Lächeln, und dann lacht er richtig. Schließlich macht er einen Schritt auf mich zu und sieht kopfschüttelnd zu mir herunter. »Ich bitte dich, Eden. Nicht schon wieder.« Er schürzt die Lippen. »Warum ist es für dich denn so schwer zu verstehen, dass du diejenige bist, die ich will, und sonst keine?«

Ich bin aber nach wie vor der Überzeugung, dass da was im Busch ist. Doch fürs Erste seufze ich nur und starre auf seine Lippen, die ich seit so langer Zeit nicht mehr geküsst habe. »Und wie kommt es dann, dass du mich kein einziges Mal geküsst hast, seit ich hier bin?«

Meine Frage erwischt ihn offensichtlich auf dem falschen Fuß, denn sein Lächeln verschwindet. »Weil ich es noch nicht über mich bringe«, sagt er ganz leise und zärtlich, und mit einem Mal liegt ein feierlicher Ernst in seiner Stimme. Seine smaragdgrünen Augen blitzen auf und begegnen den meinen, und auf seine Lippen stiehlt sich ein trauriges Lächeln. »Du gehörst schließlich immer noch Dean.«

Kapitel 12

Es ist später Montagnachmittag, und Snake rennt aufgedreht in der Wohnung umher. Er hat ein rot-weißes Trikot mit der Aufschrift *RED SOX* vorne drauf an. Dazu passend trägt er eine marineblaue Kappe, die er sich tief in den Nacken geschoben hat. Eine Weile betrachte ich das große B darauf.

»Ich dachte, wir wollten uns das Yankees-Spiel ansehen«, sage ich. Vom Sofa aus werfe ich ihm einen verwirrten Blick zu, und er bleibt in dramatischer Geste stehen und starrt mich von der Küche her mit offenem Mund an.

»Die Yankees sind doch zum Kotzen. Es geht bei dem Spiel doch um die Red Sox, klar? *Red Sox!*« Als ich lache, fixiert er mich mit strenger Miene, daher beiße ich mir hastig auf die Unterlippe und reiße mich zusammen. Snake verschränkt die Arme vor der Brust. »*Und* wir werden gewinnen.«

»Das Spiel gehört den Yankees!«, ruft Tyler von seinem Zimmer aus. Ein paar Sekunden später wird die Tür aufgerissen. Er kommt ins Wohnzimmer marschiert, die Schultern gestrafft, die Brust rausgestreckt. Auch er trägt ein Trikot, nur dass seines weiß ist mit feinen dunkelblauen Streifen und dem Yankees-Symbol oben links. Auch er hat eine dunkelblaue Baseballkappe in der Hand, nur dass bei ihm der Schild weiß ist. »Ein echtes Yankees-Spiel«, fügt er hinzu, »bei dem wir euch ordentlich in den Hintern treten.«

Snake schüttelt den Kopf, stolpert um den Küchentresen herum und geht auf Tyler zu. Dabei nimmt er eine Drohgebärde ein. »Und wer hat das Spiel letzte Woche gewonnen?«, fragt er mit zusammengekniffenen Augen. »Ach so, ja, stimmt. Die Red Sox. Und wir werden es wieder tun, also warum erspart ihr euch nicht die Blamage und haltet euch einfach fern von dem Spiel?«

»Siebenundzwanzigfacher Sieger der World Series«, sagt Tyler mit fester, selbstsicherer Stimme. Dann macht er einen Schritt auf Snake zu und zieht eine Augenbraue hoch. »Was ist mit den Red Sox? Wie oft haben die denn gewonnen? Warte … Waren das nicht sieben Mal? Mehr nicht.« Tylers überhebliches Grinsen weicht einem verschmitzten Lächeln, und zum Spaß dreht er Snakes Kappe herum und zieht sie ihm ins Gesicht.

»Das ging aber unter die Gürtellinie«, mault der, ehe er die Mütze wieder richtig herum aufsetzt und zur Tür geht. Mit grimmigem Blick gibt er sich geschlagen.

Tyler wendet sich wieder mir zu, und weil ich denke, wir brechen gleich auf, springe ich auf die Beine und gehe zu ihm. »Hmm«, meint er. Er mustert mein Outfit, und sein abschätziger Blick verrät mir, dass er nicht eben begeistert ist. Er hält die Kappe in seiner Hand hoch und drückt sie mir auf den Kopf. Sie passt perfekt. Dann hebt er den Schild noch leicht an und lächelt. »Schon besser. Heute Abend bist du ein Yankees-Fan.«

»Gott, Tyler, warum kannst du ihr diese Peinlichkeit nicht ersparen?«, bemerkt Snake grinsend von der Tür aus. »Aber mal im Ernst, Leute, wir müssen los. Einlass ist in einer halben Stunde.«

Tyler schiebt mich vorwärts und schnappt sich im Rausgehen noch die Schlüssel, die auf dem Küchentresen liegen. Wir brauchen uns von niemandem zu verabschieden. Emily ist schon ausgegangen, mit wem auch immer, keine Ahnung, mit was für Leuten sie sich neben Tyler so trifft. Zu dritt machen wir uns also auf den Weg nach unten, wobei Snake Tyler noch ein paar Beleidigungen an den Kopf knallt, aber alles nur zum Spaß, versteht sich. Bis wir endlich draußen sind, sprudeln sie beide schon über vor Euphorie. Fast lasse ich mich von ihrer Begeisterung anstecken. Nur habe ich nicht die leiseste Ahnung, was mich erwartet, auch wenn ich mich auf mein erstes Baseballspiel freue.

Das Wetter ist grandios, wie schon das gesamte Wochenende; der Regen von vergangener Woche ist längst vergessen. Der Himmel ist strahlend blau, die Sonne knallt heiß auf uns runter, und sofort bereue ich es, dass ich meine Haare offen gelassen habe. Ich bin bestimmt in null Komma nichts völlig verschwitzt.

»Beeilt euch!«, ruft Snake uns über den Verkehrslärm zu, als er die Third Avenue überquert. Er freut sich dermaßen auf das Spiel, dass er kurz vorm Rennen ist, daher legen Tyler und ich einen Zahn zu, um ihn einzuholen.

Wir peilen die U-Bahn-Station an der Siebenundsiebzigsten Straße an, und kaum nähern wir uns dem Eingang, wird mir bewusst, dass heute viel mehr los ist als neulich, wo ich mit Tyler hier war. Nicht nur wegen des Yankees-Spiels, sondern auch, weil gerade Stoßzeit ist, also bin ich nicht groß überrascht. Snake pflügt rücksichtslos durchs dichte Gedränge auf den Stufen und setzt die Schultern ein, um Leute zur Seite zu schubsen, während Tyler mich hinter ihm herschiebt. Es herrscht ein wahnsinniger Lärmpegel, die Leute schreien, man hört herannahende Züge, und Snake murmelt etwas Unverständliches vor sich hin. Tyler ist dicht hinter mir, und wir steigen die Stufen hinab, so schnell es geht, bis wir endlich vor den Drehkreuzen stehen.

»Wir nehmen erst die Sechs und dann die Vier«, sagt Tyler laut, während er sich durch das Drehkreuz neben mir schiebt.

Als wir durch sind, legt er mir die Hand auf die Schulter, und ich nehme an, dass er das tut, damit wir uns im Gedränge nicht verlieren. »Die Sechs zur Hundertfünfundzwanzigsten Straße«, erklärt er, während er mich lotst, »und dann die Vier zum Yankees-Stadion.«

Snake ist es irgendwie gelungen, sich auf den Bahnsteig durchzudrängeln, wo er uns einen Platz freihält. Tyler und ich gesellen uns wenige Sekunden später zu ihm. Jetzt, wo es hier an der Haltestelle so voll ist, gibt es genügend Leute zu beobachten, solange wir auf den Zug warten. Eine Dame kämpft sich mit einem Kinderwagen durch. Da sind viele Leute in Businessklamotten. Aber noch viel mehr Leute tragen Baseball-Trikots. In erster Linie von den Yankees.

»Bist du aufgeregt wegen des Spiels?«, will Tyler wissen. Seine Stimme klingt gedämpft inmitten des ganzen Tumults.

»Klar.« Ich drehe meinen Körper ganz zu ihm herum, damit ich ihm direkt ins Gesicht sehen kann, und grinse ihn an. Ich sehe zu, wie er eine Augenbraue hochzieht.

»Im Ernst?«

»Klar«, sage ich wieder. Ich bin irre aufgeregt, aber Tyler denkt wohl, dass ich schwindle. »Ich will diesen Derek Jeter sehen, von dem du mir erzählt hast.«

In dem Moment kommt der Zug angebraust, und sofort kommt Bewegung in die Menge. Alle strömen geradewegs in Richtung Türen und stolpern rücksichtslos über die Füße der anderen. Snake bildet da keine Ausnahme. Er packt mich am Arm und zerrt mich hinter sich her, daher greife ich nach hinten und umklammere Tylers Handgelenk. Wir drei halten uns an den Händen wie eine Horde Grundschüler. Mag peinlich sein, schon klar, aber immerhin gelingt es uns so, gerade noch rechtzeitig in den hintersten Wagen zu springen. Wir quetschen uns rein und halten uns am Gestänge fest, und schon gehen die Türen zu.

»Scheiß New York«, meint Snake ganz leise, nur dass ihn

trotzdem jeder hört. Er erntet dafür ein paar pikierte Blicke, entweder wegen seines Kommentars, oder weil er es wagt, die New Yorker U-Bahn in einem Baseball-Trikot von einer Bostoner Mannschaft zu betreten. Die Yankees-Fans um uns herum wirken jedenfalls nicht sonderlich begeistert.

Abgesehen von den Rivalitäten vergeht die Fahrt raus in die Vororte recht schnell. Die ganze Zeit über starre ich lüstern auf Tylers Nacken, bis er sich endlich zu mir umdreht und mich aus dem Abteil schiebt, Snake dicht neben uns. Die Station an der Hundertfünfundzwanzigsten Straße wirkt ein wenig größer als die an der Siebenundsiebzigsten, bloß riecht es leider auch ganz so, als wäre hier ein Tier verendet. Ich rümpfe die Nase und eile hinter Tyler und Snake her, die den Bahnsteig entlanglaufen. Unterwegs werden wir von einem Typen angehalten, der uns für einen Dollar das Stück einzelne Zigaretten andrehen will. Snake kauft sogar zwei, bloß damit der Kerl Ruhe gibt.

Nur wenige Minuten später trifft der Zug der Linie vier ein, der genauso voll ist wie der vorhin. Nur dass diesmal nicht ganz so viele Leute am Bahnsteig warten. Wir können recht bequem einsteigen und ergattern sogar Sitzplätze. Ehe ich es mich versehe, sind wir an der Station Hunderteinundsechzigste Straße und somit am Yankee-Stadion angekommen. Der Bahnhof liegt oberirdisch, daher brauche ich einen Moment, um mich an das Tageslicht zu gewöhnen. Inzwischen ist Snake derart hibbelig wegen des Spiels, dass er buchstäblich rausspringt auf den Bahnsteig, kaum dass sich die Tür öffnet. Der Masse an Leuten nach zu urteilen, die hier aussteigen, will der halbe Zug zu dem Spiel.

Die Stufen runter zur Straße sind der reinste Albtraum, doch Snake schiebt und drängelt sich auch jetzt beherzt durch den Menschenstrom, Tyler und ich immer dicht hinter ihm. Im Gehen verdrehe ich die Augen, und erst als wir an der Treppe unten angekommen sind, stelle ich fest, dass wir bereits da sind – wir stehen draußen vor dem Yankee-Stadion.

Es ist einfach gigantisch, unbeschreiblich in seinen Ausmaßen. Hunderte und Hunderte von Fans reihen sich entlang der Außenmauer, die Tickets in der Hand, überall herrscht große Aufregung und Vorfreude. Der Bau ist rundlich, die Außenfassade aus hübschem, hellem Kalkstein verleiht dem Ganzen eine saubere, moderne Erscheinung. Ganz oben gibt es sogar schmale Fenster ohne Glas, und darunter befinden sich die Eingänge zu den Kartenschaltern, darüber riesige, tiefblaue Lettern. Am auffallendsten aber ist der Schriftzug *YANKEE STADION* ganz oben am Fries der Arena, eine goldene Vertiefung im Kalkstein. Er scheint zu funkeln, sobald das Sonnenlicht im richtigen Winkel darauf trifft.

Ich stoße die Luft aus, die ich die ganze Zeit angehalten habe. »Wow.«

»Ja, nicht?«, pflichtet Tyler mir bei und steht grinsend neben mir. Dann legt er mir beide Hände auf die Schultern und führt mich über die Straße zu Gate sechs. Tja, oder zumindest zu der Schlange, die dorthin führt.

Es überrascht uns kaum, dass Snake bereits dort steht und uns einen Platz unter den Wartenden freihält. Es geht zügig voran. Ungeduldig tippelt er mit dem Fuß auf den Boden, als wir ihn erreicht haben.

»Entspann dich«, rät Tyler ihm, und sein Lächeln verzieht sich zu einem verschmitzten Grinsen. Er lässt mich los. »Muss schon hart sein, wenn man weiß, dass man verlieren wird. Aber du solltest echt runterkommen, Mann.«

»Gib mir die verdammten Tickets«, faucht Snake. Er schiebt Tyler vor sich hin und schnappt sich die drei Eintrittskarten, die hinten aus der Hosentasche seiner Jeans lugen. Tyler lacht bloß. Eine Weile betrachtet Snake stirnrunzelnd die Tickets. »Wo ist denn Abschnitt 314?«

»Oberer Tribünenbereich«, erwidert Tyler. Die Schlange bewegt sich vorwärts, während die Sonne brüllend heiß auf uns herabbrennt, und in knapp zehn Minuten haben wir den Eingang erreicht. Die Erleichterung ist groß, als wir endlich drinnen sind, raus aus der größten Hitze. Wir scannen unsere Tickets und passieren die Drehkreuze.

Schließlich stehen wir in einer größeren Vorhalle mit überdimensionalen Bannern entlang der Wand, auf denen Yankees-Spieler zu sehen sind. Ich höre, wie Snake leise etwas vor sich hin brummelt, vermutlich irgendeine Beleidigung, und Tyler legt mir den Arm um die Schulter und führt uns nach links.

»Das hier ist die Great Hall«, erklärt er mir.

Nicht weit, dann kommen wir zu den Aufzügen und Treppen zur Haupttribüne und den oberen Tribünen, und Snake macht Anstalten, den Fahrstuhl zu rufen.

»Nein.« Ich greife mir Tylers Arm und ziehe ihn zurück. Stattdessen deute ich auf die Treppe, auch wenn Snake mich bereits finster anfunkelt. »Es ist immer besser, die Treppe zu nehmen.« Ob sie mir nun folgen oder nicht, ist mir piepegal. Ich marschiere los und erklimme die ersten paar Stufen, und ich werde erst langsamer, als die beiden hinter mir hergeeilt kommen.

»Und wieso beherzigst du das bei mir daheim nie?«, will Tyler wissen, als er mich wieder eingeholt hat. Er passt seine Geschwindigkeit meiner an, nur Snake schleppt sich stöhnend hinter uns her.

»Es ist immer besser, die Treppe zu nehmen, es sei denn, man muss zwölf Stockwerke hochsteigen«, korrigiere ich mich grinsend. Tyler nickt zustimmend, und ich überlasse ihm wieder die Führung. Aber nur, weil ich nicht genau weiß, wo unsere Sitzplätze sind.

Wir kämpfen uns mehrere Treppen nach oben, eine Kehre folgt der nächsten,, bis wir schließlich Level 3 erreichen. Dort gibt es eine Reihe von Verkaufsständen, wo man Bier und Hotdogs und Nachos und alkoholfreie Getränke bekommt, und mir entgeht nicht, dass Snake jedes Mal sehnsüchtig hinüberstarrt, wenn wir wieder an einem vorbeikommen. Aus einem Lautsprecher dringt die Stimme des Kommentators, der zwischen Werbejingles die Sicherheitsbestimmungen verliest, doch ich achte nicht groß darauf. Denn ich bin viel zu konzentriert auf die letzten Stufen, die Tyler uns nun hochführt.

Dann stehen wir draußen vor dem Oberrang, wo uns mehrere abgestufte Reihen erwarten, direkt unterhalb der Haupttribüne. Hier im Stadion herrscht eine ohrenbetäubende Geräuschkulisse, die Leute suchen hektisch nach ihren Sitzplätzen, schreien und jubeln, Werbeeinspielungen und diverse Soundeffekte schallen lautstark durch das Stadion. Schwer zu glauben, aber von drinnen sieht das Ganze noch viel größer aus als von außen.

Ich folge Tyler und Snake zu unseren Plätzen, fünfte Reihe, drei Sitze vom Gang entfernt, und sie setzen sich so, dass ich in der Mitte Platz nehmen muss. Ich lasse mich auf dem Plastiksitz nieder und atme erleichtert aus. Völlig überwältigt sehe ich mich um.

Von oben auf der Tribüne dringt ein Stimmengewirr zu uns, auf den Sitzreihen unter uns herrscht hektisches Treiben, und alle Geräusche vereinen sich zu einer energiegeladenen Atmosphäre, die geprägt ist von überdrehter Vorfreude auf das Spiel. Die Fans beider Teams vibrieren nur so vor Hoffnung auf den Sieg. Wir sind zwar nicht ganz so nah am Spielfeld dran, haben aber perfekte Sicht, nichts verstellt uns den Blick. Wir sitzen ein Stück rechts von der Homeplate, und ich lasse den Blick über das Spielfeld schweifen. Soweit ich es erkennen kann, sind die Leute in den Rängen schon ungeheuer angriffslustig, doch überall im Stadion sind Sicherheitskräfte positioniert, daher bezweifle ich, dass es zu irgendwelchen körperlichen Auseinandersetzungen kommen wird. Auf der

Leinwand hinter den Tribünen laufen nun statt Werbung Aufzeichnungen von früheren Spielen. Wir sind umgeben von einer wilden Mischung aus Yankees- und Sox-Fans, doch ich habe den Eindruck, als wären da etwas mehr Yankees-Trikots und Mützen als von den Sox.

»Das ist der Hammer«, sage ich. Meine Worte sind an niemanden im Speziellen gerichtet, ist nur eine allgemeine Feststellung, doch Tyler reagiert mit einem Lächeln.

»Also«, meint Snake. Er beugt sich vor und sieht uns fragend an. »Wo wir jetzt sitzen, würde ich losziehen und Bier besorgen. Eden?«

Ich schüttle den Kopf und lehne dankend ab. Ich glaube nicht, dass ich um diese Zeit schon Bier trinken kann. Wir haben bei unserem Film-Marathon vergangene Woche so viel getrunken, dass mir allein beim Gedanken daran schlecht wird. Snake dagegen ernährt sich dem Anschein nach beinahe ausschließlich von Bier. Mit einem Seufzen wendet er den Blick von mir zu Tyler, der ebenfalls beschließt, sich für heute vom Alkohol fernzuhalten.

Snake zuckt die Achsel. »Dann bleibt mehr für mich übrig«, meint er und macht sich auf den Weg die Treppe hinunter.

Wo wir nun allein sind, nur wir zwei, nutzt Tyler seine Chance. Er dreht sich zu mir und lächelt mich mit funkelnden Augen an. Ich bemühe mich, seinen Blick zu erwidern, doch ich bringe es nicht über mich. Wenn er mich so ansieht, schießt mir gleich die Röte ins Gesicht, daher beiße ich mir auf die Unterlippe und starre stattdessen runter auf meine Chucks. Das Paar, das ich von ihm bekommen habe.

Im nächsten Augenblick erregt etwas anderes meine Aufmerksamkeit – mein Handy vibriert in der hinteren Hosentasche. Ich bin im Grunde dankbar für diese Ablenkung, daher ziehe ich schleunigst das Telefon aus der Tasche und gucke aufs Display. Es ist Dean. Natürlich ist er es, er ruft *immer* in den unpassendsten Situationen an. Ich merke, wie Tylers Augen sich ebenfalls auf das Display heften, daher drehe ich das Handy von ihm weg, lehne den Anruf ab und verstaue das Telefon wieder in der Tasche. Im Moment ist nicht der richtige Zeitpunkt, um mit Dean zu reden. Wo Tyler doch direkt neben mir sitzt.

»Warum bist du denn nicht rangegangen?«

»Weil ich jetzt hier bei dir bin«, sage ich.

Tyler nickt einmal knapp, wendet sich dem Spielfeld zu und starrt ein paar Minuten lang schweigend vor sich hin. Und dann legt er wie aus dem Nichts den Arm um meine Schulter und zieht mich an sich. Einen Moment verharren wir in dieser Position, und während ich angespannt warte, halte ich die Luft an und überlege, was er wohl vorhat. Er stößt ein leises Lachen aus und bewegt seine Lippen an mein Ohr. »Ich will dich mehr, als der Typ da unten diesen Ball fangen will, bevor er ins Aus geht«, murmelt er. Sein Atem ist heiß, seine Stimme klingt verführerisch heiser. »Ich will dich mehr, als Snake sich einen Sieg für die Red Sox wünscht.« Behutsam streift er mit den Lippen über die empfindsame Stelle knapp unterhalb des Ohrs, was mir einen Schauder durch den ganzen Körper jagt. Ich bin wie zu Eis erstarrt, mein Blick ist stur geradeaus gerichtet, während ich angespannt seinen Worten lausche. »Weißt du, worin Derek Jeter richtig gut ist?« Ich spüre, wie er an meiner Wange lächelt, und er hält einen Moment inne. »Homeruns«, sagt er. Ich merke, wie er die freie Hand zu meinem Bein bewegt und ganz sanft meinen Oberschenkel drückt. »Doch langsam frage ich mich, ob er sich diesen Homerun heute Abend genauso sehnsüchtig erhofft wie ich.«

Alles in mir, jeder Zentimeter meines Körpers, steht in Flammen.

Mein Magen beginnt zu flattern und schlägt Purzelbäume, er sackt nach unten und verknotet sich. Mein Puls rast unregelmäßig unter meiner Haut, so schnell geht er, dass ich ihn regelrecht sehe. Mein Herz verkrampft sich entweder, oder es explodiert gleich. Wie auch immer, jedenfalls schmerzt meine Brust, weil es so heftig pocht. Eine Gänsehaut breitet sich über meine Arme aus. Meine Atmung verlangsamt sich, bis ich glaube, sie hat ganz ausgesetzt, und ich das Gefühl habe zu ersticken. Dann bricht mir auch noch der Schweiß aus, doch ich rede mir ein, dass es an der Hitze liegt und nicht daran, wie sehr ich ihn in diesem Moment küssen will, meinen Stiefbruder.

»Wie wäre es mit einem Deal?«, schlägt Tyler flüsternd vor, seine Stimme so verführerisch wie zuvor. Ich klammere mich an meinem Sitz fest, um mich nicht auf der Stelle auf ihn zu stürzen. Wäre wohl keine so brillante Idee, ausgerechnet jetzt über ihn herzufallen.

»Ein Deal?«, wiederhole ich, doch bringe ich nicht viel mehr als ein Fiepen heraus. Ich starre hinunter aufs Feld und den Rasen, auf die Homeplate. Nur um Tyler nicht ansehen zu müssen. Denn wenn ich ihn jetzt anschaue, wenn ich auch nur einen flüchtigen Blick auf seine funkelnden grünen Augen erhasche, werde ich mich um nichts in der Welt mehr zurückhalten können.

»Wie wäre es«, flüstert Tyler ganz leise und sanft, »mit einer Runde Baseball?« Er verstärkt seinen Griff um meinen Oberschenkel.

Mir versagt die Stimme, als mir bewusst wird, dass die Rede längst nicht mehr vom Sport ist. Er spielt auf etwas völlig anderes an, etwas, das gleichzeitig schrecklich beängstigend und doch aufregend ist. Unzählige Gedanken prasseln auf mich ein, während ich Mühe habe, seine Worte zu verarbeiten. Ich bin so von den Socken, dass ich gar nicht erst zu versuchen brauche, irgendetwas zu erwidern. Mir ist schlecht vor Glück, daher konzentriere ich mich auf meine Atmung und das Heben und Senken meiner Brust.

Tyler wartet nicht ab, ob ich etwas entgegne. Stattdessen kreist er sanft mit dem Daumen über meinen Oberschenkel und beugt sich näher zu mir. Er vergräbt sein Gesicht in meinem Haar und drückt mir einen Kuss auf die Wange. Ich spüre, wie er wieder lächelt. »Wenn Jeter heute Abend einen Homerun schafft«, flüstert er an meiner Haut, »wollen wir es dann auch versuchen?«

Sicher entgeht ihm nicht, dass mein Körper zittert unter seiner Berührung. Er muss spüren, dass ich erschaudere. Auf jeden Fall ist es ihm aufgefallen, denn als er sich nun ein Stück zurückzieht, sehe ich aus dem Augenwinkel, wie er mich angrinst. Er weiß genau, was er in mir auslöst. Und das gefällt ihm. Und ich muss zugeben, mir gefällt das auch. Und sein Vorschlag gefällt mir gleich noch viel mehr. Natürlich ist mir bewusst, dass ich eigentlich ablehnen sollte. Ich sollte ablehnen wegen Dean, weil ich daheim einen Freund habe. Aber es ist einfach zu verlockend. Wie sollte ich je Nein sagen zu Tyler? Wie sollte ich Nein sagen zu dem Menschen, den ich über alles liebe?

Endlich sehe ich Tyler an. Er lächelt mich an, die Augenbrauen hochgezogen und mit funkelnden Augen, so grün wie eh und je. »Okay, Deal«, flüstere ich.

Kapitel 13

Kurz danach kommt Snake mit einem Plastikbecher Bier in jeder Hand und einem breiten Grinsen im Gesicht zurück. Er strahlt eine solche Zufriedenheit aus, dass er gar nicht mitkriegt, wie nervös Tyler und ich sind. Tyler ist auf seinem Sitz rübergerutscht, so weit wie möglich von mir weg, und ich kaue auf der Unterlippe herum und hoffe, keiner von den Leuten um uns herum kommt darauf, dass wir Stiefgeschwister sind. Selbstverständlich können die Leute das unmöglich wissen, aber ich fühle mich dennoch schuldig, weil sie alle Zeugen geworden sind, wie Tyler mir ins Ohr geflüstert und mich zärtlich berührt hat.

Ich atme tief durch und versuche, mich zu entspannen. Erst jetzt merke ich, wie voll es im Stadion in der Zwischenzeit geworden ist. Die Reihen haben sich gefüllt, und nicht mehr lange, dann ist es an der Zeit für den sogenannten Roll Call. Der Lärmpegel im Stadion steigt, als nun jeder einzelne Spieler angekündigt wird und das Spielfeld betritt, und die Menge jubelt und pfeift und grölt dazu. Trotz der Kappen erkennt man genau, dass die Spieler allesamt entschlossene, kämpferische Mienen ziehen. Doch keiner von ihnen kommt mir auch nur annähernd bekannt vor. Und ich kenne auch nur den Namen von dem einen Spieler: Derek Jeter.

Als sein Name durchgesagt wird, bricht im gesamten Stadion donnernder Applaus los. Sofort falle ich mit ein. Ich springe neben Tyler auf die Füße, rufe im Chor mit Tausenden von Yankees-Fans Jeters Namen, während ein Kerl im mittleren Alter grinsend aufs Spielfeld getrabt kommt. Und wie ich so juble, wird mir in meinem Freudentaumel bewusst, dass ich Derek Jeter nicht nur zum Spaß anfeuere. Nein, ich meine es todernst. Für mich hängt nämlich alles davon ab, ob ihm heute ein Homerun gelingt oder nicht.

Um genau neunzehn Uhr dreißig wird das Spiel angepfiffen. Keine Ahnung, was ich erwarte, doch anfangs läuft es ziemlich zäh und sorgt sogar streckenweise für Langeweile. Die ersten beiden Innings hätte man sich sparen können, keines der Teams kann irgendwelche nennenswerten Erfolge verbuchen. Die interessanteste Spielszene ist die, als ein Spieler der Red Sox es bis zur Third Base schafft. Doch noch bevor er die Homeplate erreichen kann, wird er von einem Feldspieler getaggt und ist raus. In der zweiten Hälfte des vierten Innings gelingen den Yankees zwei Runs und den Red Sox drei. Aber noch kein Homerun.

Alle halbe Stunde huscht Snake kurz raus, um für Biernachschub zu sorgen, und als das sechste Inning beginnt, merke ich, dass er schon nicht mehr gerade stehen kann. Keine Ahnung, warum die ihm überhaupt noch was verkaufen. Doch obwohl er betrunken ist, kriegt er es hin, auf seinem Platz zu sitzen, ohne allzu stark zu wanken.

»Was für ein ätzendes Spiel«, sagt Tyler leise.

»Klar, weil ihr verliert«, lallt Snake undeutlich und grinst schief. »Verlierer, Verlierer, Verlierer. Ihr seid am Verlieren. Und *wie* ihr verliert.«

»Wir liegen nur einen Punkt hinten«, schießt Tyler zurück. Er verschränkt die Arme vor der Brust und lehnt sich seufzend in seinem Sitz zurück. »Das holen wir schon noch auf, wetten?«

Das sechste Inning zieht sich hin, und langsam frage ich mich schon, weshalb die Leute Baseball so unterhaltsam finden. Die Red Sox fahren einen weiteren Punkt ein, was Tyler neben mir mit einem neuerlichen Stöhnen quittiert. Die anderen Yankees-Fans um uns herum scheinen allmählich ebenfalls ungeduldig zu werden, und erst in der Pause zwischen dem sechsten und dem siebten Inning kommt wieder Leben in die Leute.

Und dann bricht ganz plötzlich und wie aus dem Nichts das totale Chaos los in unseren Reihen. Die Fans fangen an zu grölen, einige jubeln, andere pfeifen. Jemand hinter mir packt mich an den Schultern, schüttelt mich völlig ungeniert und brüllt mir mit heller Begeisterung ins Ohr. Links von mir jault Snake vor Freude und kichert derart heftig, dass er sein Bier verschüttet. Er schlägt die Hand vors Gesicht und deutet mit dem Becher in Richtung der Videoleinwand.

Mein Blick folgt seinem ausgestreckten Arm. Auf der Anzeigentafel sehe ich vor dem gesamten Yankee-Stadion und vor fünfzigtausend Leuten in Großaufnahme ein Gesicht – und zwar meins. Ich sehe mich, und ich sehe Tyler. Um uns herum ein Rahmen aus lauter kleinen rosa Herzchen. Und dann sehe ich das Wort *KÜSSEN* über uns aufleuchten. Die Kiss-Cam hat uns erwischt!

Ich wende mein entsetztes Gesicht Tyler zu. Er erwidert meinen Blick mit großen Augen, die Stirn in Falten gelegt. Snake kugelt sich vor Lachen, die Menge um uns herum tobt, nur ich sitze wie gelähmt auf meinem Platz. Vielleicht würde ich es ja auch witzig finden, wenn ich in Tyler nicht viel mehr sähe als meinen Stiefbruder. Vielleicht läge dann auch nicht ein solch panischer Ausdruck auf unseren Mienen. Aber ich kann über all das nicht lachen, weil ich ihn ja wirklich nur zu gerne küssen würde. Bloß dass das nicht geht. Es geht nicht, weil Snake bei uns ist, weil uns fünfzigtausend Leute dabei zusehen würden, weil das Spiel im Fernsehen übertragen wird.

Ich berge mein Gesicht in den Händen und schüttle den

Kopf. Wie demütigend. Das Jubelgeschrei wird nun vereinzelt abgelöst von Buhrufen, weshalb ich es nicht wage, den Kopf zu heben. Ich linse zwischen den Fingern hindurch auf die Leinwand. Zum Glück sind Tyler und ich nicht mehr auf dem Bildschirm zu sehen. Stattdessen knutscht da jetzt ein anderes Pärchen.

Ich begegne Tylers Blick. Er sieht mich schulterzuckend an, doch sein Mund kräuselt sich ganz langsam zu einem kleinen Lächeln. »Warum ausgerechnet wir?«, stöhne ich und fahre mir mit den Fingern durchs Haar. »Von allen Leuten hier muss die Kamera ausgerechnet uns erwischen?«

»Das war doch irre komisch!« Snake kriegt sich immer noch nicht ein. Er beugt sich vor und sieht uns beide an. Dann klopft er mir mit der freien Hand ganz fest auf den Rücken. »Wie peinlich.«

»Wem sagst du das«, murmle ich. Mit einem Schulterzucken schüttle ich ihn ab, und er macht sich daran, sein Bier in einem Zug zu leeren. Wieder sehe ich zu Tyler, doch er starrt mich nur intensiv an und lächelt.

Nach einem kurzen Augenblick schaut er wieder hinaus aufs Spielfeld, wo nun das siebte Inning anläuft. Er hört nicht auf zu lächeln. Am liebsten würde ich ihn fragen, warum ihm die Sache nicht auch so peinlich ist wie mir? Sieht ja fast aus, als würde er es genießen. Doch er ist bereits so konzentriert auf das Spiel, dass er mir vermutlich ohnedies nicht antworten wird.

Den Red Sox gelingt schließlich ihr fünfter Run, was ihnen einen Vorsprung von drei Punkten verschafft, und dann folgt eine zehnminütige Auszeit, in der das gesamte Stadion vereint »*Take Me Out to the Ball Game*« und »*God Bless America*« singt. Ich falle nicht mit ein, in erster Linie, weil ich nicht in der Stimmung bin, doch Snake und Tyler kennen offensichtlich keine Scham, wenn es darum geht, aufzuspringen und im Chor mit allen anderen zu singen.

Das, was die Yankees in ihrer Hälfte des siebten Innings so zeigen, ist der klägliche Abklatsch eines Baseballspiels, doch im achten scheint es plötzlich klick zu machen. Sie gewinnen drei Runs in Folge, während die Red Sox leer ausgehen, und als Derek Jeter dran ist mit Schlagen, fängt mein Herz an zu hämmern. Jedes Mal, wenn er den Schläger schwingt, habe ich ein Gefühl, als würde mein Magen sich überschlagen. Die nervöse Unruhe, die mich nun erfasst, ist derart überwältigend, dass ich befürchte, ich werde jeden Moment ohnmächtig. Meine Knöchel sind schon schneeweiß, so fest umklammere ich den Rand meines Sitzes. Tyler bleibt die ganze Zeit über ruhig, nur hin und wieder stöhnt er auf und schüttelt den Kopf, wenn Jeter wieder mal haarscharf am Homerun vorbeischrammt.

Als das Spiel sich mehr und mehr dem Ende zuneigt, kippt meine Stimmung von aufgeregt zu panisch. Beim neunten und letzten Inning steht es fünf zu fünf. Derek Jeter ist er immer noch nicht gelungen, dieser Homer. Die Red Sox haben wieder die erste Hälfte des Innings, doch sie vermasseln es total. Ob sie wohl die Anspannung spüren, die sich über das Stadion gelegt hat? Oder sind sie im Lauf des Spiels einfach nur schlechter geworden? Wie dem auch sei, als die Yankees in der zweiten Spielhälfte zum Angriff übergehen, beginnen die Red-Sox-Fans sich offenbar ernsthafte Sorgen zu machen. Snake flucht leise vor sich hin und knetet nervös seine Kappe in der Hand.

Die Yankees aber sind keinen Deut besser. Einmal sieht es kurz so aus, als machten sie Fortschritte, als Mark Teixeira es zur Second Base schafft, wo er dann stehen bleibt, bis Derek Jeter sich auf die Position des Schlägers begibt. Das weckt nun doch meine ungeteilte Aufmerksamkeit. Sieht ja so aus, als wäre er das letzte Mal in diesem Spiel mit Schlagen dran, und das heißt wiederum, dass es nicht mehr viel Aussicht auf Erfolg gibt für meine Abmachung mit Tyler. Der Deal kommt nur zustande, wenn Derek Jeter einen Homerun schafft, aber recht viel weiter als bis zur dritten Base ist er in diesem Spiel nicht gekommen.

Er bringt sich auf der Homebase in Stellung, und sofort beginnt mein Herz wild zu rasen. Er trägt eine Knöchelstütze, was ihn allerdings nicht davon abhält, den Fuß in die Plate zu rammen, während er seinen Helm gerade rückt. Auf einmal sind um uns herum alle aufgesprungen – alle, bis auf die Red-Sox-Fans, versteht sich. Tyler packt mich am Arm und zerrt mich ebenfalls hoch auf die Beine. Er wirft mir ein wissendes Grinsen zu, eines, das voller Hoffnung ist. Wir wenden uns beide wieder dem Spielfeld zu, und ich weiß nicht, wie es Tyler geht, aber ich halte den Atem an. Jeter schwingt den Schläger ein paarmal, bevor er kurz nickt und ihn hebt. Er hält ihn knapp neben seiner Schulter, die Haltung entschlossen, die Augen zusammengekniffen. Der Pitcher schleudert den Ball auf ihn, doch er zieht nicht durch, sondern schüttelt nur den Kopf. Das gleiche Spiel beim zweiten Wurf. In einem letzten verzweifelten Versuch, die Stimmung aufrechtzuerhalten, hebt das gesamte Stadion zu einem Sprechgesang an, sodass wir plötzlich von lautem Lärm umgeben sind, der über die Tribünen schallt. Wieder und wieder rufen die Fans Derek Jeters Namen, unterbrochen von tosendem Applaus, und ich falle in den Rhythmus mit ein. Ich registriere, wie Tyler mitsingt, und man hört nichts mehr als den Namen von Derek Jeter, den die Fans skandieren. Alle Aufmerksamkeit ist auf ihn gerichtet und auf nichts sonst.

Der Pitcher der Red Sox geht wieder in Stellung. Er winkelt ein Bein an, holt mit dem Ball aus und befördert ihn mit einer blitzschnellen Wurfbewegung des Arms in Jeters Richtung. Ich verstumme. Ich unterbreche meinen Gesang, weil ich den Atem angehalten habe, weil ich die Hände derart fest zu Fäusten balle, dass ich schon die üble Befürchtung habe, meine Finger könnten brechen.

Und einen Sekundenbruchteil später ist ein donnerndes Krachen zu hören.

Das gesamte Stadion hört auf zu brüllen. Selbst die Red-Sox-Fans hält jetzt nichts mehr auf ihren Plätzen, und alle machen ganz große Augen, als der Ball mit Rückwärtsdrall über das Spielfeld schießt. Ich behalte ihn fest im Blick und folge seiner Flugbahn in Richtung linkes Mittelfeld. Fast spielt sich alles wie in Zeitlupe ab, und ich öffne die Lippen, während Tyler die Hände an den Kopf schlägt. Der Ball segelt über den Stadionschriftzug und die Videoleinwand hinweg. Und dann ist er außer Sicht.

Das Entscheidende aber ist: Es ist ein Homerun.

Im gesamten Stadion bricht frenetischer Jubel los. Von den Rängen über uns dringen donnernde Geräusche zu uns, es herrscht ein ohrenbetäubender Lärm. Teixeira spaziert gemütlich zurück zur Homeplate, während Jeter entspannt hinter ihm hertrabt. Es besteht ja auch kein Grund zur Eile. Die Yankees konnten soeben zwei weitere Punkte holen und haben das Spiel damit gewonnen. Inmitten der allgemeinen Begeisterung und dem lauten Durcheinander stelle ich fest, dass ich selbst überschwänglich auf und ab hüpfe und vor Freude juble. Tyler neben mir grinst und pfeift, und als er bemerkt, dass ich ihn von der Seite ansehe, legt er den Arm um mich und zieht mich an sich. Auch ich kann nicht aufhören zu grinsen. Die Stimmung ist ansteckend, ich glaube nicht, dass ich je eine derartige Energie gespürt habe. Es ist ein unglaubliches Gefühl, hier im Yankee-Stadion in New York City einen Sieg der Yankees über die Red Sox feiern zu dürfen, inmitten einer begeisterten Menschenmenge und Tyler an meiner Seite. Derek Jeter ist sein Homerun gelungen. Mein Deal mit Tyler steht also noch. Weshalb ich mir im Moment auch nicht vorstellen kann, dass mein Sommer noch besser werden könnte.

Ich werfe einen verstohlenen Blick nach links. Snake ist

ebenfalls aufgesprungen, aber von Freude bei ihm keine Spur. Er diskutiert mit dem Yankees-Fan direkt hinter ihm, doch seine Worte sind unverständlich, weil er so unglaublich lallt. Tyler jubelt noch, aber ich verstumme und werfe Snake hastig einen warnenden Blick zu, den er allerdings gar nicht registriert. Stattdessen rammt er dem Yankees-Fan seinen Finger gegen die Brust. Und das war's dann. Mehr braucht es nicht.

Der Yankees-Fan rächt sich, indem er Snake sein Bier über den Kopf kippt, und Snake wiederum kontert mit einem Fausthieb. Ehe ich zur Seite springen kann, stürzt der Yankees-Fan über die Sitze nach vorn und ringt Snake zu Boden, wobei er mich aus dem Weg schubst. Ich falle gegen Tyler, der mich entschlossen an der Taille packt und mich auffängt. Ich blicke zu ihm auf, doch er sieht nicht zu mir. Mit finsterem Blick verfolgt er die Schlägerei direkt neben uns. Sein Kiefer ist angespannt, die Augen zusammengezogen. Schweigend schiebt er mich rechts rüber in Sicherheit.

Snake und der Yankees-Fan liegen immer noch am Boden, Fäuste wirbeln durch die Luft, während die Leute um uns herum nun von Jubelrufen zu Buhrufen übergehen. Die Mädchen in der Reihe vor uns kreischen los und machen, dass sie wegkommen, doch alle anderen scheinen die Rauferei nur anzufeuern.

Snake sitzt inzwischen auf dem Yankees-Typen. Er schlägt ihm so lange die Faust gegen das Kinn, bis er die Nase erwischt. Das ist der Moment, in dem Tyler eingreift. Er packt Snake hinten am Trikot und versucht, ihn von dem Kerl herunterzuzerren, doch ehe ihm das gelingt, springt ein anderer Sox-Fan über die Sitzreihe und verpasst Tyler wie aus dem Nichts einen Fausthieb mitten ins Gesicht.

»Hey!«, brülle ich. Ich strecke die Arme nach Tyler aus, doch er reißt sich von mir los und setzt zum Gegenangriff an. Erst verstehe ich gar nicht, wieso ein wildfremder Typ

Tyler angreift, doch als ich sein Trikot sehe, wird mir alles klar.

Snake ist ein Sox-Fan, der sich mit einem Yankees-Fan prügelt. Tyler ist ebenfalls Yankees-Anhänger – es wird ihm also keiner abnehmen, dass er Snake helfen wollte. Deshalb hat sich der Sox-Fan eingemischt: Er springt Snake bei, weil er ein Fankollege ist, weil er denkt, Tyler wollte dem anderen, auf dem Boden liegenden Yankees-Fan helfen. Ganz schön chaotisch die Situation, die Fäuste fliegen nur so durch die Luft. Ein Hieb erwischt Tyler am Auge.

Allein zu sehen, wie Tyler verprügelt wird, lässt die Wut in mir hochkochen, daher tue ich mein Bestes und schreite ein. Ich packe ihn am Shirt und versuche, ihn wieder von dem Sox-Fan wegzuzerren, damit seine Faustschläge ihn nicht mehr erwischen können. Nur dass jetzt irgendwer sein Getränk ins Gemenge wirft und mich an der Schulter trifft. Mein Oberteil ist klitschnass. Erschrocken keuche ich auf und lasse Tyler los, weil ich nach hinten wegkippe. Hart lande ich auf dem Hosenboden und schlage mir den Kopf an den Sitzen an. Einen Moment hocke ich leicht benommen und mit schmerzverzerrtem Gesicht da, unfähig aufzustehen. Mich beherrscht nur ein Gedanke, nämlich was für ein Arschloch Snake sein kann, wenn er betrunken ist.

Als ich wieder aufblicke, wird wild durcheinandergebrüllt, und jetzt sind auch Security-Leute da, um die Rauferei zu beenden. Insgesamt sind es vier Sicherheitskräfte und zwei Polizisten, von denen allein vier nötig sind, um Snake und den Yankees-Fan voneinander zu trennen. Tyler und der Sox-Fan gehen freiwillig auseinander, aber trotzdem packt man sie und schleift sie raus zur Treppe. Einer der Männer vom Sicherheitsdienst greift sich jetzt auch noch mich und reißt mich am Ellbogen vom Boden hoch. Ihm ist es egal, dass ich Schmerzen habe. Um ein Haar kugelt er mir die Schulter aus, während er mich durch die Reihe schleift, und verdreht mir auf die unvorstellbarste Art und Weise den Arm.

Dann werden wir fünf abgeführt: ich, Tyler, Snake, der Yankees-Fan und der Sox-Fan. Einige haben aufgesprungene Lippen oder zugeschwollene Augen. In Sektion 314 stimmen die Leute nun einen Sprechgesang mit den Worten »BOSTON RAUS!« an, und alle jubeln, als wir in Reih und Glied an ihnen vorbeiziehen. Prügeleien in der Öffentlichkeit mögen ja ganz unterhaltsam sein, aber nicht, wenn man selbst beteiligt ist.

Man führt uns die Treppe hinunter in Richtung Ausgang, und endlich fasst der Security-Typ, der mich festhält, genug Vertrauen zu mir, um endlich loszulassen. Snake brüllt und tobt und murmelt im Gehen abwechselnd irgendetwas Unverständliches, und ich flehe innerlich, er möge endlich seinen Mund halten und nicht alles noch schlimmer machen. Mir dreht sich der Magen um, wenn ich mir überlege, dass wir sehr wahrscheinlich festgenommen werden wegen tätlichen Angriffs oder Körperverletzung, und ich frage mich, ob ich die Gelegenheit nutzen und den Mann vom Sicherheitsdienst darüber in Kenntnis setzen soll, dass ich gar nichts getan habe.

Doch am Ende kriegt komischerweise keiner von uns Handschellen angelegt oder wird auf dem Rücksitz eines Polizeiwagens abtransportiert. Keiner von den Sicherheitsleuten oder von den Polizisten sagt auch nur einen Ton, während sie uns die Treppe bis hinunter zur Great Hall führen. Dort werfen sie uns wortlos raus auf die Straße, machen kehrt und verschwinden wieder nach drinnen.

Inzwischen ist es dunkel geworden, und bis wir uns vor Augen führen, was da passiert ist, beschimpft der Yankees-Fan Snake auch schon als Arschloch. Ich habe Angst, dass sie gleich wieder anfangen sich zu prügeln; was sie aber zum Glück nicht tun. Snake schüttelt nur den Kopf und kommt zu mir, und der Yankees-Fan und der Sox-Fan ziehen mit hängenden Köpfen ab.

Tyler vergräbt die Hände in den Hosentaschen seiner Jeans und kommt ebenfalls angeschlurft. »Klasse gemacht, du Idiot«, murmelt er. Sein Auge ist leicht geschwollen und gerötet, und Snake hat eine Schnittwunde an der Wange.

»Ja, ja, schon gut«, sagt Snake. Er zuckt mit den Schultern und verpasst Tyler einen spielerischen Rippenstoß, ehe er seufzt. »Das Spiel war ohnehin gelaufen. Ihr habt gewonnen. Schon kapiert. Wie auch immer. Und jetzt halt die Klappe. Kein Wort mehr. Gehen wir nach Hause. Ich würde am liebsten zwei Tage durchschlafen. Zwei Tage oder gleich zwei Monate.« Er dreht sich um und geht los über die Straße in Richtung U-Bahn. Sieht so aus, als wäre er ein wenig wackelig auf den Beinen, denn er torkelt beim Gehen.

Ich werfe Tyler einen Seitenblick zu. Er macht fast den Eindruck, als täte ihm das Ganze leid, aber er wirkt auch ziemlich erledigt und niedergeschlagen. Dennoch ringt er sich ein Lächeln ab. »Haben die uns wirklich eben rausgeworfen aus dem Yankee-Stadion?«, frage ich. »Haben die uns wirklich eben rausgeworfen, und das bei meinem allerersten Baseballspiel?«

»Tja«, meint er. »Wenigstens vergisst du das nie.«

Wir folgen Snake rüber zur U-Bahn, und mir wird rasch klar, dass es auch so seine Vorteile hat, wenn man vorzeitig rausgeworfen wird bei einem Spiel: Am Bahnsteig ist nicht viel los, und auf der Linie vier Richtung Innenstadt gibt es reichlich Sitzplätze. Snake ist viel zu teilnahmslos und betrunken, um sich mit uns zu unterhalten. Er stiert die ganze Fahrt zurück nach Manhattan nur finster vor sich hin. Und als wir an der Siebenundsiebzigsten Straße aus dem Zug der Linie sechs steigen, macht er keine Anstalten, auf uns zu warten. Was für ein mieser Verlierer. Er marschiert die Lexington Avenue hinunter und biegt dann ab auf die Vierundsiebzigste Straße, wo wir ihn aus dem Blick verlieren. Sieht so aus, als wäre er lange vor uns daheim. Tyler und ich schlendern in gemächlichem Schritt dahin, obwohl wir dabei kein Wort reden. Und trotzdem fühlen wir uns nicht unwohl.

Es ist schon nach elf, als wir beim Haus ankommen. Der Himmel erstrahlt in einem tiefen Blau. Die Straßenbeleuchtung wirft ein warmes Licht über die Gehwege, und Tyler macht bei seinem Wagen halt. Der Honda Civic ist verschwunden, sodass der Parkplatz vor dem Audi frei ist. Tyler greift nach meinem Handgelenk und zieht mich vor zur Kofferraumhaube. Das tut er wortlos, lächelt mir im Dunkeln nur zu und entblößt dabei seine strahlend weißen Zähne. Als er mich behutsam gegen den Wagen drängt, funkeln seine smaragdgrünen Augen. Dann legt er seine Hände zu beiden Seiten von mir auf das noch warme Blech und nimmt mich so zwischen sich und dem Wagen in die Zange. »Derek Jeter hat ihn also hinbekommen, diesen Homerun, wie?«, sagte er und sieht mich ganz fest an.

Ich werde unweigerlich rot, denn wir reden hier schon wieder von was ganz anderem als von Derek Jeter und Baseball und dem Homerun. Die Rede ist von uns zwei und der Abmachung, die wir getroffen haben: der Deal, der jetzt tatsächlich gilt. Auch wir bekommen unseren Homerun. »Sieht ganz so aus«, flüstere ich. Lauter kriege ich die Worte nicht raus.

Tyler nickt und senkt den Blick zu Boden, immer noch lächelnd. Mir kommt es fast so vor, als wäre er auch nervös. Während ich darauf warte, dass er etwas sagt, lasse ich meinen Blick erst über seinen Hals und dann seine Arme gleiten. Erst als ich spüre, dass Tyler zu mir aufsieht, sehe auch ich ihm wieder in die Augen. Mit gerunzelter Stirn fragt er: »Warum hast du mich nicht geküsst?«

»Tyler …« Ich seufze und ringe um Worte, da ich diese

Frage nicht erwartet hatte. Sollte die Antwort nicht offensichtlich sein? Ich schlucke und blicke auf seine Hände neben mir, ehe ich die meinen darauflege. »Du weißt, warum das nicht ging«, sage ich schließlich. »Alle haben zugesehen.«

Stille macht sich breit. Er zieht seine Hand unter meiner hervor und streift mit den Fingern langsam an meinem Schenkel hoch und dann weiter über den Arm. Das Gefühl seiner warmen Hand auf meiner Haut scheint in meinem ganzen Körper eine gewaltige Hitze zu entfachen. Dann lässt er sie weiterwandern über die Schulter hoch zum Kinn, das er zärtlich umfasst. An diesem Punkt sehe ich unter den Wimpern ängstlich zu ihm auf.

In seine Augen tritt ein tiefes Verlangen, dann flüstert er die folgenden Worte: »Jetzt sieht uns keiner zu.«

Er drängt sich gegen mich, hebt die Hand und fährt mir mit den Fingern durchs Haar, und genau in diesem Bruchteil einer Sekunde streift sein heißer Atem mein Gesicht. Dann senkt er die Lippen auf meine, begierig und doch sanft, und schließlich küsst er mich ganz innig. So unerwartet und doch so vertraut, und ich kann nicht anders, ich sinke in seine Arme. Es ist das erste Mal nach fast zwei Jahren, dass er mich küsst, doch es fühlt sich an, als wären nur wenige Tage vergangen. Alles ist genau wie in meiner Erinnerung. Die Bewegung seines Mundes an meinem, mein Körper, der unter seiner Berührung erzittert, unsere Herzen, die im Takt schlagen. Ich werfe ihm die Arme um den Hals, ziehe ihn an mich und presse meine Lippen noch fester auf seine, während meine Finger sich in seinem Haar vergraben. Er senkt seine Hände von meinem Gesicht an meine Schenkel, und dann hebt er mich hoch auf die Motorhaube. Als er mich sanft auf den Rücken schiebt, stößt er mir versehentlich die Yankees-Kappe vom Kopf. Die Berührungen seiner Hände elektrisieren mich, und noch viel mehr seine Lippen, und die Energie, die durch meine Adern strömt, versetzt mich in eine nie dagewesene Euphorie. Tyler stöhnt leise auf, knabbert mit den Zähnen sanft an meiner Unterlippe und drückt mir dann behutsam einen Kuss auf, ehe ich spüre, wie er an meinem Mundwinkel lächelt.

Und bevor er meine Lippen wieder mit seinen einfängt, flüstert er an meiner Wange: »Ich hoffe, Dean verzeiht uns das.«

Kapitel 14

*E*s ist Samstag, und ich sitze im Schneidersitz auf dem Tresen in der Küche, die Lippen leicht geschürzt. Mit dem Blick folge ich Tyler durchs Wohnzimmer, der nun schon zum dritten Mal mit einer Kiste Bier hereinkommt. Er schenkt mir ein kleines Lächeln, als er sie neben mir auf dem Tresen abstellt, gleich neben den anderen Kästen.

»Brauchen wir das wirklich alles?« Ich werfe einen abschätzigen Blick auf die Arbeitsfläche. Abgesehen von dem Flecken, auf dem ich sitze, ist jeder einzelne Zentimeter zugestellt mit alkoholischen Getränken. Da stehen Unmengen davon, kistenweise Corona und mehrere Flaschen Cazadores und Wodka, es ist alles da und wartet nur darauf, getrunken zu werden.

»Hat sie da eben ernsthaft gefragt, ob wir das alles brauchen?«, keucht Snake völlig fassungslos, als er in die Wohnung kommt. Seine Empörung ist natürlich nur gespielt. Mit einem Tritt schließt er die Tür hinter sich und trägt die letzte Kiste Bier in die Küche, wo er sie einfach auf den anderen ablädt. Dann wendet er sich mir zu und schüttelt missbilligend den Kopf. »Oh, meine liebe kleine Eden aus den tiefen Wäldern Portlands, willkommen in der wirklichen Welt.«

»Ich lebe in Kalifornien, Stephen«, schieße ich zurück. Dabei lege ich eine besondere Betonung auf seinen richtigen Namen und dehne jede einzelne Silbe überdeutlich. Mit hochgezogenen Augenbrauen sehe ich ihn an. »Ich bin mir der wirklichen Welt nur allzu bewusst.«

Snakes Grinsen verblasst, und er richtet den Blick hilfesuchend auf Tyler, der einfach dasteht und uns mit verschränkten Armen und einem Lächeln auf den Lippen beobachtet. Er zuckt nur kurz mit der Achsel, und Snakes Blick schießt zurück zu mir. »Nenn mich nicht so.«

»Dann nenn du mich nicht ›kleine Eden aus den Wäldern Portlands‹. Und denk bloß nicht, ich wäre nicht zu haben für eine Party.« Ich grinse siegessicher und halte Snake die Hand hin, und nach kurzem Zögern schlägt er ein und schüttelt mir die Hand. Da wir uns jetzt also einig sind, lege ich die Hände wieder in den Schoß und werfe noch einmal einen Blick auf den vielen Alkohol. »Was ich sagen wollte«, erkläre ich mit einem kurzen Räuspern, »brauchen wir für zehn Leute echt so viel?«

Snake fixiert mich mit festem Blick und verengt die grauen Augen. »Natürlich brauchen wir so viel. Findet doch jeder scheiße, wenn auf einer Party schon nach einer Stunde der Alk ausgeht.« Die gerade Linie seines Mundes verzieht sich zu einem leichten Grinsen. »Jeder, mit Ausnahme kleiner Mädchen aus den tiefen Wäldern Portlands, wie es aussieht.«

Tyler stößt ein Lachen aus, gerade als ich drohend die Faust hebe. Und auch wenn ich es nicht ernst meine, reißt er den Arm hoch und umklammert mein Handgelenk. Nur zur Sicherheit. »Schon gut, schon gut«, sagt Tyler. Ich ziehe meine Hand zurück und zeige Snake stattdessen den Stinkefinger. »So toll ich es auch fände zu sehen, wie du ihm in den Hintern trittst – hier steigt in drei Stunden eine Party.«

Snake schnaubt verächtlich, schnappt sich eine Kiste Bier, zieht eine Flasche raus und öffnet den Deckel an der Kante des Tresens direkt neben meinem Knie. Wieder sieht er mich mit einem Kopfschütteln an, aber auf seinen Lippen liegt ein Lächeln, als er ansetzt und trinkt. Genau in der Sekunde öffnet sich knarzend die Badezimmertür, und Emily kommt in die Küche, das feuchte Haar zu einem Pferdeschwanz hochgebunden.

»Ah, unsere Britin beehrt uns also auch endlich mit ihrer Anwesenheit«, bemerkt Snake. Er deutet mit seinem Bier auf die nette kleine Auswahl an Alkohol neben mir. »Und, das ist eine Schau, oder?«

Emily lässt den Blick über die vielen Flaschen schweifen und stößt ein leises Lachen aus. Es klingt leicht und unbekümmert, und am liebsten würde ich einen lauten Seufzer von mir geben, um meinem Ärger Luft zu machen. Aber ich kneife lieber die Augen zu. Ich bemühe mich ja wirklich, sie zu mögen, aber es wird von Tag zu Tag schwieriger.

»Alter, ich dachte, du sagtest, wir hätten Limetten?«, ruft Tyler mit einem Blick über die Schulter vom Kühlschrank aus. »Haben wir denn keine?«, entgegnet Snake.

Stöhnend schließt Tyler die Kühlschranktür und schnappt sich seine Autoschlüssel vom Küchentresen. »Dann ziehe ich wohl noch mal los.«

»Ich komme mit«, bietet Emily an.

Sofort springe ich vom Tresen und sage eilig: »Ich komme auch mit.« *Nein*, denke ich. *Auf gar keinen Fall lasse ich zu, dass sie Zeit mit ihm allein verbringt.*

Tyler lässt den Blick zwischen uns beiden hin und her wandern, ehe er mich mit einem Schulterzucken entschuldigend ansieht. »Ich habe nur zwei Sitzplätze, Eden«, sagt er. Dann lächelt er Emily zu und macht sich mit ihr gemeinsam auf zur Tür. Ungläubig starre ich ihnen nach, und kurz bevor sie verschwinden, ruft Tyler mir über die Schulter zu: »Bringt euch nicht gegenseitig um.«

Einen Moment herrscht Stille, nachdem sie gegangen sind, und das einzige Geräusch kommt von Snake, der noch mehr Bier in sich hineinschüttet. Zufrieden seufzt er, sagt aber keinen Ton.

»Hat er das jetzt wirklich getan?«, frage ich endlich. Hat er ihr mir gegenüber den Vorzug gegeben?

»Was soll die Aufregung? Bist du so scharf darauf, Limetten kaufen zu gehen?« Snake lacht, als würde er sich lustig machen über mich, weil ich so beleidigt klinge. Er dreht sich zu den Lautsprechern um, stützt die Ellbogen auf die Arbeitsfläche und fängt an, an den Einstellungen herumzudrehen. Dann versucht er, sein Handy mit der Anlage zu verbinden. »Hier bist du doch viel besser aufgehoben. Dann kannst du dir schon mal einen kleinen Vorsprung verschaffen.« Er wirft einen vielsagenden Blick auf den Alkoholvorrat.

Gerade will ich ablehnen, als mich seine Worte auf eine Idee bringen. Ein Vorsprung. Genau. Ein Vorsprung wäre tatsächlich gar nicht mal schlecht, aber anders, als Snake denkt.

»Ich mache mich dann mal hübsch.« Grinsend wirble ich herum, gehe von der Küche durchs Wohnzimmer und verschwinde dann in Tylers Zimmer, ohne Snake auch nur eines weiteren Blickes zu würdigen.

»Jetzt schon?«, ruft er mir hinterher, aber ich bleibe ihm die Antwort schuldig. Längst habe ich die Tür hinter mir zugezogen.

Ich lächle immer noch total zufrieden vor mich hin, weil ich nämlich schon genau weiß, was ich tragen werde. Es ist dieses gewisse Kleidungsstück, das jedes Mädchen im Schrank hängen hat, eines, das ich fürsorglich eingepackt habe. Die Rede ist vom kleinen Schwarzen. Schlicht unentbehrlich. Ella hat mir vor ein paar Monaten beim Aussuchen geholfen und mir versichert, dass Dean hundertpro hin und weg sein würde. Ironischerweise trage ich es jetzt, um ihren Sohn von den Socken zu hauen.

Ich lege mir das Kleid über den Arm, schnappe mir noch ein paar von meinen Sachen und gehe zurück ins Wohnzimmer, vorbei an Snake, um das Bad in Beschlag zu nehmen, bevor er es tut. Wenn ich im Laufe der vergangenen zwei Wochen eines gelernt habe, dann dies: Vier Leute brauchen eine Ewigkeit, um sich fertig zu machen, wenn es nur eine einzige Dusche gibt. Manchmal lässt Snake das mit dem Duschen deswegen ganz bleiben.

»Bist du sicher, dass du nichts willst?«, erkundigt er sich, als ich mich an ihm vorbeidränge.

»Absolut sicher«, sage ich.

Schnell verschwinde ich im Bad und sehe zu, dass ich hinter mir abschließe, und um ganz sicher zu sein, überprüfe ich die Tür noch einmal. Dann mache ich mich ans Werk. Ich gehe aufs Ganze und benutze mein teuerstes Duschgel und das teuerste Parfüm, das ich besitze, und das alles in dem erbärmlichen Versuch, Emily auszustechen. Im Grunde bin ich mir ja im Klaren darüber, dass ich mich zu so was gar nicht herablassen sollte, aber etwas Besseres fällt mir nun mal nicht ein. Emily hat ihren Akzent. Ihr Haar sieht viel weicher aus als meins. Sie ist schüchtern, und zwar auf eine Art, dass sie viel netter rüberkommt als ich. Sie ist schlau. Und, was noch wichtiger ist, Tyler scheint sich viel mehr mit ihr zu beschäftigen als mit mir. Da weiß ich mir nicht anders zu helfen als mit meinem kleinen Schwarzen.

Insgesamt brauche ich im Bad nur eine Viertelstunde, nachdem ich beschlossen habe, aufs Haarewaschen zu verzichten. Nach Vanille duftend und mit glatt rasierten Beinen trete ich wieder raus in die Küche, nur mit einem knappen Handtuch bekleidet. Das Kleid habe ich wieder über den Arm gelegt. Ich habe Angst, es aus den Augen zu lassen.

»Sind sie immer noch nicht zurück?«, rufe ich Snake über die Schulter zu, kurz bevor ich vor Tylers Tür stehe.

»Nö.« Snake zieht das Ö lang und zuckt mit der Achsel. Er trinkt immer noch an seinem Bud Light. Und er hat nach wie vor diese Musik laufen, die ich noch nie im Leben gehört habe.

Mit einem leisen Klicken schließe ich die Tür hinter mir und lege das Kleid behutsam aufs Bett. Nicht dass es noch knittert. Eigentlich bin ich ja ganz froh, dass Tyler und Emily immer noch unterwegs sind. Je mehr Zeit ich habe, desto besser. Wenn Tyler mich jetzt sehen würde, wäre mein jämmerlicher Versuch, seine Aufmerksamkeit zu bekommen, kläglich gescheitert. Es sei denn natürlich, ich hätte das Handtuch ein Stückchen tiefer rutschen lassen.

Gott, Eden. Ich schüttle den Kopf, verärgert über mich selbst, und schnappe mir meine Kosmetiktasche, die auf Tylers Nachttischchen steht. Dann lasse ich mich auf den Boden plumpsen, gehe in den Schneidersitz und rutsche ganz dicht an die verspiegelte Schranktür heran. Und schon mache ich mich an die Arbeit. Ich höre, wie Snake die Lautstärke in der Küche hochdreht, die Musik dröhnt jetzt laut und deutlich durch die geschlossene Schlafzimmertür. Ich kenne zwar keinen einzigen der Songs, aber sie sind gar nicht mal so schlecht. Ein bisschen Indie, ein bisschen rockig. Ich wippe mit dem Kopf im Takt zu den Gitarren, was allerdings nur dazu führt, dass ich das Make-up schlampig auftrage. Ich peile durchaus einen dramatischen Look an, aber auch nicht zu übertrieben. Die längste Zeit verwende ich auf die Augen und konzentriere mich voll und ganz auf die perfekten Smokey Eyes. Obwohl das Ergebnis nicht ganz meinen Vorstellungen entspricht, muss es reichen; und als ich mich selbst überzeugt habe, dass ich hübsch aussehe, widme ich mich meinen Haaren.

Das stellt schon eine größere Herausforderung dar. Ich hatte es den ganzen Tag zu einem extrem unordentlichen Knoten hochgebunden, und als ich es jetzt öffne, muss ich mit Entsetzen feststellen, dass es tierisch verknotet und verfilzt ist. Mir wird wohl die Peinlichkeit eines Videoanrufs bei Rachael nicht erspart bleiben. Zum Glück geht sie gleich ran, wobei ich mir sicher bin, dass sie sich wünscht, sie hätte es lieber nicht getan, kaum sieht sie das Chaos, das ich auf meinem Kopf angerichtet habe. Sie schnappt ein paarmal fassungslos nach Luft, gibt mir aber dann Schritt-für-Schritt-Anleitungen für eine schlichte, aber sexy Hochsteckfrisur.

»Und, wie läuft es so in der Stadt?«, will sie wissen. Sie beobachtet mich über das Display, während ich ihren Anweisungen folge und sorgfältig versuche, die Haarsträhnen genau so zurückzustecken, wie sie es mir zeigt.

»Alles ist so anders«, murmle ich, und meine Stimme klingt gedämpft wegen der Haarnadeln zwischen meinen Zähnen. Ich sehe in den Spiegel und konzentriere mich auf mein Haar. Mein Handy habe ich gegen die Schranktür gelehnt und auf mich gerichtet, sodass Rachael meine Fortschritte mitverfolgen kann. »Ich finde es wirklich richtig toll hier. Wie sieht es aus?« Damit drehe ich den Kopf zur Seite und lasse sie den geflochtenen Zopf sehen, an dem ich gearbeitet habe. Den habe ich ganz ohne ihre Anleitung zusätzlich eingebaut.

»Süß, aber du solltest ihn ein bisschen lockern«, empfiehlt Rachael mir. Ich drehe den Kopf wieder nach vorn, senke den Blick zum Handy und schaue sie an. Sie liegt auf dem Bett, gegen die Kissen gelehnt, einen Bagel in der einen und das Telefon in der anderen Hand. Ausnahmsweise trägt sie ihr Haar zu einem unordentlichen Knoten hochgebunden, und sie ist ungeschminkt. Im Hintergrund höre ich den Fernseher. »Die Party findet also in der Wohnung statt?«

»Ja.« Ich fingere an dem Zopf herum und lockere ihn etwas, damit er nicht ganz so streng aussieht. »Was ist mit dir? Hast du heute Abend was vor?«

»Klingt cool. Ich bin neidisch.« Rachael beißt von ihrem Bagel ab, kaut kurz und schluckt, während sie einen flüchtigen Blick zum Fernseher wirft. Als sie wieder auf das Display schaut, seufzt sie. »Kennst du Greg Stone? Er war eine Stufe über mir, also wahrscheinlich eher nicht. Egal. Er schmeißt eine Party bei sich daheim. Tiffani und Dean kommen auch, aber ich bleibe lieber daheim. Hab Bauchkrämpfe.« Sie nimmt noch einen Bissen von ihrem Bagel. Nein, es sind gleich zwei.

»Dean geht auch hin?«, frage ich. Ich halte inne und senke die Hände in den Schoß. »Das hat er gar nicht erwähnt.«

»Ja«, sagt sie mit vollem Mund. »Erst wollte er auch nicht, aber Tiffani hat ihn bequatscht und gemeint, er würde dich sicher nicht mehr so schlimm vermissen, wenn er sich betrinkt. Tja. Und jetzt will er doch hin.«

»Warum konnte sie den Sommer nicht einfach in Santa Barbara bleiben?«, murmle ich leise vor mich hin, doch Rachael hört mich trotzdem und wirft mir einen strengen Blick zu. Typisch Rachael. Immer als Friedensstifterin im Einsatz. Wenn es eines gibt, das sie hasst, dann sind es Reibereien zwischen Freunden. Was im Grunde ironisch ist, da sie sich ja so gar nicht bemüht, mit Tyler auszukommen. Ich hebe die Stimme und sage: »Also wirklich, warum rät sie ihm denn, sich zu besaufen? Wie kommt sie denn auf die Idee?« Dean ist eigentlich nicht sonderlich scharf auf Alkohol.

»So schlecht ist der Einfall gar nicht«, erklärt Rachael ganz leise. Sie zuckt die Achsel, legt den Rest ihres Bagels auf dem Nachttisch ab und richtet sich auf. »Er ist ziemlich down, seit du weg bist. Der braucht ein bisschen Aufmunterung.«

»Oh.« Ich schlucke, greife nach dem Haarspray und sprühe mir den Kopf ein, um die Frisur zu fixieren, allerdings nicht ohne eine gewisse Portion Schuldgefühle. Hier sitze ich also und gebe mein Bestes, für Tyler hübsch auszusehen und nicht für Dean. Dean, der am anderen Ende des Landes ist und sich von meiner lieben Freundin Tiffani überreden lässt, sich volllaufen zu lassen. Ich wünschte, Dean würde mich nicht so arg vermissen.

»Was ist mit dir? Wie kommst du denn ohne ihn klar?«

Mein Blick fällt wieder auf das Display. »Was?«

»Dean«, sagt sie. »Vermisst du ihn?«

Ich denke eine Sekunde darüber nach. Tu ich das? Vermisse ich ihn? Ich bin mir nicht ganz sicher. Gern würde ich glauben, dass es so ist, dass ich jede einzelne Minute des Tages an ihn denke. Doch die Wahrheit ist, ich tu es nicht. Ich bin viel zu konzentriert darauf, nach all der Zeit wieder mit Tyler zusammen zu sein, dass ich gar nicht die Zeit habe, Dean zu vermissen. Doch Rachael wartet auf eine Antwort, also sage ich: »Ich vermisse ihn mehr als alles andere«, und kaum sind die Worte über meine Lippen, fühle ich mich wie der mieseste Mensch auf Erden. »Aber hey, danke für deine Hilfe«, sage ich, ringe mir ein Lächeln ab und deute auf meine Frisur. Das Ergebnis gefällt mir. »Hier ist es schon fast sieben. Ich sollte mich jetzt fertig machen. Kümmere dich für mich um Dean.«

»Du kannst dich auf mich verlassen«, sagt Rachael.

Wir verabschieden uns voneinander, und ich schließe den Videoanruf, ehe ich mich wieder darauf konzentriere, mich für die Party später hübsch zu machen, um nicht mehr an Dean denken zu müssen. Ich will jetzt nicht über ihn und mich nachdenken.

Am Ende brauche ich in etwa vierzig Minuten, um mein Make-up und meine Frisur zu perfektionieren, doch als das erledigt ist, bin ich mehr als zufrieden. Vor mich hin summend schlüpfe ich endlich in mein Kleid.

Es passt so perfekt, wie ich es in Erinnerung habe: eng anliegend, aber nicht zu gepresst, sexy, und doch genau im richtigen Maß sittsam. Ich finde es toll, wie es meiner Figur schmeichelt, und ich ertappe mich dabei, wie ich mich eine Weile im Spiegel anstarre. Es ist das erste Mal seit Monaten, dass ich mich so aufbrezle. Zuletzt habe ich das im März an Rachaels Geburtstag gemacht.

Ich bin immer noch in mein Spiegelbild versunken, als ich

Stimmen höre, und es ist nicht Snake. Das klingt ganz nach Tyler und Emily.

Sofort wirble ich herum und stolpere fast über meine Kosmetiktasche, als ich durchs Zimmer stürze. Mein Koffer, in dem inzwischen fast nur noch Schuhe sind, liegt immer noch am Boden, und ich reiße den Deckel auf und greife mir das einzige Paar High Heels, das ich eingepackt habe. Sie sind passend zum Kleid schwarz, und weil ich Angst habe, Tyler könnte jeden Moment hereinspazieren, schlüpfe ich hastig hinein und brauche eine Minute, bis ich mein Gleichgewicht wiedergefunden habe und sicher darin stehe.

Bevor mir noch irgendwelche Zweifel kommen, eile ich entschlossen auf die Tür zu, ohne im Vorbeigehen auch nur einen verstohlenen Blick in den Spiegel zu werfen. Ein bisschen schäme ich mich schon, dass ich Tyler mit meinem kleinen Schwarzen bezirzen will, aber ich versuche, nicht allzu viel darüber nachzudenken, und lege die Hand an die Tür. Als ich sie schwungvoll öffne, bin ich von einem einzigen Gedanken beherrscht: *Gott, Eifersucht ist echt scheiße.*

Ich stolpere ins Wohnzimmer, auf einmal irre nervös, und sofort senke ich den Blick auf den Teppichboden unter meinen Füßen. Ich spüre, wie die drei mich anstarren, fühle ihre Blicke auf mir. Unter den Wimpern sehe ich, dass Snake auf der Arbeitsplatte in der Küche sitzt, so wie ich vorhin, und ich kriege gerade noch mit, wie Tylers Augen sich weiten. Emily steht auf der anderen Seite neben Snake, und zu meiner Verblüffung ist sie die Erste, die etwas sagt.

»Wow!«, entfährt es ihr. »Du siehst ja umwerfend aus, Eden!«

Ich linse hoch, weil ich mir nicht sicher bin, ob sie das sarkastisch meint. Ich mustere sie derart intensiv, dass ich wieder einmal total unhöflich erscheinen muss. Und eine Antwort kriegt sie von mir auch nie. Und ich lächle sie auch nie an. Die meiste Zeit registriere ich sie ja noch nicht einmal, wenn wir schon dabei sind. Doch in ihrem Gesicht sehe ich nur Aufrichtigkeit, und mir wird bewusst, dass sie mich nicht auf den Arm nimmt. Ihr Kompliment ist ernst gemeint. Das fand ich immer schon toll, wenn Mädchen anderen Mädchen Komplimente machen.

Mit einem Mal fühle ich mich so unglaublich mies, weil ich so begeistert war von der Idee, sie blass aussehen zu lassen neben mir in ihrer normalen Jeans und dem Kapuzenpulli, einfach indem ich mich in Schale werfe.

»Danke«, murmle ich verlegen. Ich kann ihr nicht in die Augen sehen, in erster Linie, weil ich mich in Grund und Boden schäme, daher wende ich mich lieber Tyler und Snake zu. Tyler sieht eigentlich nicht so aus, als wäre er ganz plötzlich Hals über Kopf in mich verknallt, doch Snake nickt anerkennend.

»Die kleine Eden aus den Wäldern Portlands hat sich also am Ende doch gemausert«, bemerkt er. Er hat wieder mal ein verschmitztes Grinsen im Gesicht, und ich glaube fast, er wartet darauf, dass ich dem etwas entgegensetze. Nur dass mir momentan nicht nach einem weiteren Wortgefecht ist.

Heute Abend steht mir der Sinn nur nach Tyler.

»Du siehst hübsch aus«, sagt er schließlich leise. Er sieht mich an, lässt seine Augen an meinem Körper auf und ab gleiten. Und gerade als Snake sich umdreht, um einen anderen Song abzuspielen, und Emily nicht hinschaut, weil sie sich was zu trinken einschenkt, lächelt er mir zu. Aber nur ein kleines Lächeln.

Mir ist das nicht genug, daher seufze ich und gehe zur Couch. Zugegeben, ich stolziere wohl eher durchs Wohnzimmer, in der Hoffnung, er möge immer noch gucken, was ich allerdings stark bezweifle. Ich setze mich auf das Sofa, das näher am Fenster steht und im Grunde Tylers ist, weil er darauf schläft. Ich weiß nichts mit mir anzufangen, wo ich schon so früh fertig bin, daher starre ich aus dem Fenster. Die Abendsonne dringt ins Zimmer, der Verkehr unten fließt unablässig dahin, aber das ist ja nichts Neues. Ich konzentriere mich auf die Leute auf den Gehwegen, die von hier oben winzig wirken. Ob sie wohl alle in Manhattan leben? Oder sind sie auf Urlaub hier wie ich? Geschäftsreise? Von zu Hause weggelaufen? Zu jedem Einzelnen von ihnen mache ich mir Gedanken, weshalb ich erst gar nicht mitbekomme, dass Tyler plötzlich neben mir sitzt.

Ich werfe ihm einen verstohlenen Seitenblick zu. »Hallo«, sage ich. Und kaum ist das Wort über meine Lippen, verdrehe ich innerlich die Augen über meine Blödheit. Hallo?

Doch er scheint mich nicht zu hören, denn statt zu antworten, rutscht er näher an mich heran, sodass unsere Körper sich berühren. Das überrascht mich, zumal Snake und Emily nur wenige Schritte von uns entfernt sind. Trotzdem legt er mir jetzt auch noch die Hand aufs Knie, beugt sich zu mir und raunt mir ins Ohr: »Du siehst mehr als hübsch aus.« Seine Stimme hat wieder diesen nervösen, heiseren Ton angenommen. Ich starre auf seine Hand, die auf meinem Knie ruht. Und dann haucht er mir ins Ohr: »Ich denke aber, du hast Verständnis dafür, dass ich schlecht laut sagen kann, wie unheimlich scharf du aussiehst.«

Sanft drückt er mein Knie und rutscht ein Stück weg von mir, sein Gesichtsausdruck ganz gelassen, als würde er nicht flirten. Unschuldig zieht er eine Augenbraue hoch. Jetzt bin ich endgültig zufrieden, nicht nur, weil mein kleines Schwarzes offenbar doch Wirkung zeigt, sondern auch, weil Tyler an meiner Seite ist.

Die Röte ist mir in die Wangen geschossen, und ich beiße mir auf die Unterlippe. In dem Moment bemerke ich aus dem Augenwinkel Emily, und sofort konzentriere ich mich wieder auf sie und Tyler. »Warum habt ihr denn so lange gebraucht? Ihr wart ja eine geschlagene Stunde weg.«

Von Tyler ernte ich nur ein Schulterzucken. »Äh, tja, wir sind ins Reden gekommen, und …«

Ins Reden? Er und Emily sind ins Reden gekommen? Was hat das denn zu bedeuten? Was haben die beiden denn zu bereden? Sie waren doch nur kurz Limetten kaufen. »Okay, das war's«, sage ich, schiebe seine Hand von meinem Knie und stemme mich hoch auf die Beine. »Jetzt brauche ich dringend Alkohol.«

Ich höre, wie Tyler seufzt, während ich mich von ihm entferne, und als ich in die Küche komme, zieht Emily los, um sich fertig zu machen. Ist besser so, dass sie geht, denn wenn sie hierbliebe, würde sie nur alle fünf Minuten einen giftigen Blick von mir ernten, sonst nichts. Als sie an mir vorbeigeht, lehne ich mich gegen den Küchentresen und grinse Snake besonders breit an. Ein dezenter Hinweis darauf, dass ich jetzt bereit bin für den ersten Drink.

»Barmann aus Boston zu deinen Diensten«, sagt er mit aufgesetztem Akzent. Er verbeugt sich sogar ganz leicht vor mir.

»Wodka-Cola«, murmle ich.

Ich höre Emily im Wohnzimmer etwas sagen, und als ich mich umdrehe, stelle ich fest, dass sie sich mit Tyler unterhält. Sie machen sich gemeinsam auf den Weg rüber zu den Schlafzimmern. Kurz bevor Emily in Snakes Zimmer und Tyler in seinem verschwindet, lachen sie über irgendetwas.

Ich drehe mich wieder zu Snake. »Mach mir am besten gleich einen doppelten.«

Um neun sind alle hier. Die Mädels aus Wohnung 1201 treffen zuerst ein, und sie sind gar nicht so schlimm, wie ich erwartet hatte. Sie sind sogar recht zurückhaltend, vielleicht weil Emily und ich hier sind. Nach ungefähr fünf Minuten aber stellen sie sich uns vor. Natalie ist die Größte von den dreien, sie hat seidig schwarzes Haar bis zu den

Hüften. Dann ist da noch Zoe, die eine riesige Brille mit runden Gläsern aufhat, was ihr irre gut steht. Ashley ist die Kleinste von ihnen und eindeutig auch die Lauteste. Das Erste, was sie Snake fragt, ist, ob es später auch Bodyshots geben wird.

Dann kreuzen zwei Jungs aus einer Wohnung drei Stockwerke tiefer auf, und ich brauche eine gute Stunde, bis ich ihre Namen rauskriege. Der Blonde heißt Brendon. Und der Dunklere Alex. Tyler unterhält sich mehr mit ihnen als mit den Mädchen aus Apartment 1201, weshalb ich zu dem Schluss komme, dass ich die beiden mag.

Emily lädt auf den letzten Drücker noch eine Freundin von sich ein, weshalb irgendwann ein ziemlich schüchternes Mädchen namens Sky allein vor der Tür auftaucht, und mir wird sehr schnell klar, dass ich froh bin über ihre Anwesenheit. Sie hält Emily nämlich beschäftigt, was für mich so viel heißt wie: Sie hält Emily von Tyler fern.

Am Schluss kommt Zoes Freund, ein Typ mit blauen Haaren, der schon rotzbesoffen ist, bevor er über die Schwelle ist.

Allerdings bin ich die Letzte, die ihn verurteilen könnte, weil ich nämlich selbst längst mehr als nur beschwipst bin. Ich habe so das Gefühl, je weiter der Abend voranschreitet, umso stärker mixt Snake die Drinks. Doch ich bin viel zu sehr damit beschäftigt, Tyler zu beobachten, um mich deswegen mit ihm zu streiten, also schütte ich sie trotz allem in mich hinein. Sehr wahrscheinlich ist das auch der Grund, warum ich bereits nach nur einer Stunde Party mit den Mädchen von 1201 tanze. Wir springen wild umher und kreischen gelegentlich ganz laut, und ich habe keinen Schimmer, auf welche Art von Tanz ich mich da eingelassen habe, aber ich hab kein Problem damit, weil das Licht gedimmt ist und ich das Gefühl habe, mich sieht sowieso keiner. Ich bin so entspannt, dass ich immer weitertrinke und ständig neue

Drinks von Snake verlange. Immer wieder stelle ich leere Becher auf dem Küchentresen ab. Inzwischen mag ich ja ganz gut abgehärtet sein, nachdem Rachael mich in den vergangenen Jahren unter ihre Fittiche genommen hat, nur mein Körper kommt offensichtlich nicht so gut klar mit dem exzessiven Alkoholkonsum. Das ist immer noch nicht besser geworden. Liegt vielleicht auch daran, dass ich wie sie ein echtes Leichtgewicht bin.

Es ist schon nach elf, als mein Kopf anfängt zu pochen. Erst rede ich mir ein, dass es an der extrem lauten Musik liegt, aber ich bin mir natürlich im Klaren darüber, dass ich mir da nur was ins Fäustchen lüge, also nehme ich mir eine Auszeit. Ich lasse mich aufs Sofa plumpsen, sinke gegen die Lehne und schließe für zehn Minuten die Augen. Im Nachhinein glaube ich, dass das so ziemlich das Schlechteste war, was ich tun konnte, denn als ich wieder aufstehen will, trifft es mich knallhart. Ich kippe zu einer Seite um, und wenn da nicht Emilys Freundin Sky gewesen wäre, wäre ich direkt in den Fernseher gekracht. Beherzt packt sie mich, richtet mich wieder auf und sieht mich augenrollend an. Schon beängstigend, wie verschwommen meine Sicht mittlerweile ist, denn sogar die bisher so ruhige Sky sieht seltsam aus, als ich sie jetzt anstarre.

»Alles in Ordnung?«, erkundigt sie sich. Im Vergleich zu mir wirkt sie stocknüchtern.

»Ja! Klar!« Natürlich ist nichts in Ordnung, aber das muss ich ja nicht ausgerechnet ihr auf die Nase binden. Daher umarme ich sie aus irgendeinem unerfindlichen Grund ganz kurz, wirble herum und stakse etwas unsicher davon.

Ich entdecke Tyler, wie er gerade in der Küche steht und Drinks mixt. Er scheint für eine Minute Snakes doppelte Rolle als Barmann/DJ übernommen zu haben, und ich beschließe, mich zu ihm zu gesellen. Er wirkt auf mich nicht sehr betrunken, wenn überhaupt, und er kaut auf seiner

Unterlippe herum, während er den Drink mustert, den er gerade mischt.

»Hey«, sage ich. Könnte leicht gelallt klingen, aber sicher bin ich mir da nicht. Rücksichtslos räume ich mir einen Platz auf dem Tresen frei und stemme mich hoch. Kommt mir viel schwerer vor als sonst, fast, als wären meine Handgelenke gebrochen. Aber nach einem kurzen Kampf schaffe ich es doch da rauf. Als ich oben sitze, schlage ich die Beine übereinander und schwinge meine Füße leicht vor und zurück. »Hey«, versuche ich es noch einmal.

»Ich glaube, du trinkst besser nichts mehr«, murmelt er, sieht aber nicht zu mir auf. Er greift nach einer fast leeren Flasche Wodka und kippt den Rest in den Drink. Keine Ahnung, ob der für ihn ist oder für jemand anderen, fest steht jedenfalls, dass er sich mehr dafür interessiert als für mich.

»Tyler«, sage ich. Auch das wieder gelallt, vermutlich sogar unverständlich. Mein benebelter Blick ist auf sein Profil gerichtet. Ich mag es, wie sich die Bartstoppeln perfekt an seinem Kinn entlangziehen, sie haben genau die richtige Länge, und sein Hemd schmiegt sich schön eng an seinen Oberkörper. Ich versuche, mit den Wimpern zu klimpern, während ich ihn ansehe, doch er beachtet mich gar nicht. Also tue ich das Einzige, was mir noch bleibt. Langsam rutsche ich die paar Zentimeter über den Tresen zu ihm rüber, bis meine Beine seine Hüfte berühren. Ich reibe mich an ihm und ertappe mich dabei, wie ich einen Schmollmund ziehe, als plötzlich ein schuldbewusster Ausdruck über sein Gesicht huscht. Wieder schluckt er und blickt auf. »Was tust du da?«

»Was ich tue?«, wiederhole ich. Mit einem möglichst verführerischen Lächeln hebe ich unschuldig die Brauen, als wäre ich mir dessen gar nicht bewusst, was ich hier im Schilde führe. Der viele Wodka scheint meinem Selbstvertrauen einen ordentlichen Aufschwung verliehen zu haben.

Also so richtig krass. Ich trete so selbstbewusst auf, dass ich der Tatsache, dass wir uns hier mitten in seiner Wohnung, mitten auf einer Party, inmitten von Leuten befinden, so gut wie keine Beachtung schenke.

»Eden.« Tyler sagt meinen Namen mit fester Stimme. Allerdings liegt da noch etwas anderes in seinem Ton, ein Zittern, fast, als wäre er kurz vorm Ausrasten. Er tut einen Schritt nach links, weg von mir, und macht sich von mir los. Mit einem verstohlenen Blick über die Schulter vergewissert er sich, dass uns auch keiner beobachtet. »Nicht hier.«

»Aber Tyler«, flüstere ich. Ich werfe ihm den Arm um die Schulter, strecke meine freie Hand aus und schnappe ihm den Drink weg. Wenn ich nüchtern wäre, würde ich ihn niemals trinken, weil die Farbe nämlich ziemlich eklig aussieht und ich nicht die leiseste Ahnung habe, was da drin ist. Aber über diesen Punkt bin ich längst hinaus. Ich hebe den Becher an die Lippen, lege den Kopf in den Nacken und nehme einen langen Zug, während ich Tyler über den Rand ansehe. Da ist eindeutig Wodka drin, vielleicht auch ein bisschen Rum. Cranberrysaft? Was auch immer es ist, es schmeckt ganz okay, und als Tyler mir das Getränk wieder wegnehmen will, presse ich ihm die Hand an die Brust und stoße ihn zurück. »Nein, nein.«

»Eden, du bist betrunken.« Tyler sieht mich eine lange Zeit stirnrunzelnd an. Ich könnte nicht sagen, ob er enttäuscht ist oder verärgert, jedenfalls tippe ich stark auf Letzteres, weil er einen Moment die Augen schließt und ganz langsam ausatmet.

Für mich die perfekte Gelegenheit, mich vorzubeugen und ihn zu küssen, und genau das tue ich. Ich schlinge ihm die Arme um den Hals und presse meine Lippen auf die Stoppeln seitlich an seinem Kinn. Nur dass ich nicht lange damit durchkomme. Jäh reißt er sich von mir los und fixiert mich mit einem stechenden Blick.

»Eden«, faucht er. »Ich meine das wirklich todernst, wenn ich dich bitte, das zu lassen.«

Ich rutsche runter von der Arbeitsplatte und lande unsicher auf den Beinen. Sobald ich das Gleichgewicht wieder gefunden habe, stakse ich aufs Neue zu ihm hin. Er will vor mir zurückweichen, landet aber mit dem Rücken an der Tür zur Waschküche. Ich sehe, wie ihn Panik erfasst, und sein Blick schnellt suchend durch die verdunkelte Wohnung. Offenbar, weil er wissen will, ob irgendjemand uns dabei gesehen hat. Ich aber bin so dermaßen voll und benebelt, dass es mir im Grunde egal ist, ob das einer mitgekriegt hat oder nicht.

»Eden«, versucht er es erneut. Sein eben noch so schneidender Ton klingt nun etwas weicher, und seine Stimme senkt sich zu einem Flüstern. Über den Lärm der Musik verstehe ich ihn kaum. »Jetzt sei doch mal vernünftig. Willst du erwischt werden? Denn so weit kommt es noch, wenn du das nicht sofort sein lässt.«

Vielleicht würde ich mir größere Sorgen machen, wenn ich den Sinn dessen, was er sagt, erfassen würde, aber das lässt mein jämmerlicher Zustand nicht zu. Seine Worte dringen einfach nicht zu mir durch. Im Moment ist da nichts als Verlangen. Das Verlangen, ihn zu küssen, das Verlangen, mit ihm zusammen zu sein, das Verlangen, es möge endlich klappen zwischen uns. Ich brauche ihn einfach so sehr, und wie ich ihn brauche.

Tyler presst die Lippen zu einer schmalen Linie zusammen. Er packt mich am Handgelenk, macht auf dem Absatz kehrt und schiebt die Tür zum Waschraum auf. Ziemlich unsanft zerrt er mich in den kleinen Raum und rammt die Tür hinter uns zu. Zum Glück hört das bei dem Partylärm keiner. Er stellt sich ein, zwei Sekunden vor mich hin, während ich ihn abwartend beobachte. Kurz habe ich die Befürchtung, er überlegt es sich anders und geht wieder raus, doch das tut er nicht. Stattdessen bewegt er sich auf mich zu. Er atmet schwer, seine Augen sind zusammengekniffen, und er bleibt erst stehen, als unsere Körper sich berühren.

»Warum machst du es mir so schwer?«, flüstert er rau, ehe er seine Lippen auf meine senkt, seine Hände mein Kinn umfassen und er mich rückwärts gegen den Wäschetrockner schiebt.

Er küsst mich ganz anders als noch am Montag auf der Motorhaube. Nicht langsam und tief. Nein, von langsam kann keine Rede sein. Er küsst mich hastig, begierig. Getrieben von einem plötzlichen Adrenalinstoß, der ein heftiges Verlangen in ihm auszulösen scheint, lässt er die Hände an meinem Körper abwärtsgleiten, über mein kleines Schwarzes. Meine Knie werden weich, und ich bin mir so gut wie sicher, dass es teils an seinen Lippen liegt und teils am Alkohol. Den schmeckt er vermutlich in meinem Mund, genau wie ich das Bier an ihm schmecken kann. In meinem betrunkenen Zustand küsse ich ihn so innig und so leidenschaftlich, wie mir das nur möglich ist. Wie in einem Rausch tasten sich meine Hände vor zu seinem Gürtel, doch ich habe noch nicht einmal annähernd versucht, ihn zu öffnen, als Tyler plötzlich innehält. Seine Hände legen sich auf meine, bewegen sie fort, und dann presst er meine Handgelenke gegen den Wäschetrockner in meinem Rücken, hält sie fest. Ich stehe da, die Lippen leicht geöffnet, und während ich wieder zu Atem komme, starrt Tyler mich ungläubig an.

»Aber Derek Jeter hat den Homerun doch geschafft«, verteidige ich mich schwer keuchend. Ich mag ja betrunken sein, aber unseren Deal habe ich nicht vergessen.

Er hält meine Handgelenke weiter fest und dann, plötzlich berühren seine Lippen meinen Hals, er bedeckt meine Haut mit Küssen, vom Kinn bis hinunter zum Schlüsselbein.

Ein Schauer jagt durch meinen Körper, und am liebsten würde ich meine Finger in seinem Haar vergraben. Als ich jedoch Anstalten mache, meine Hände zu bewegen, verstärkt er seinen Griff. Ich spüre seinen Atem an meiner Haut, als er mir einen letzten, langen Kuss direkt unter mein Ohrläppchen drückt. »Aber Eden«, murmelt er mit heiserer Stimme. »Kein Mensch schafft einen Homerun gleich zu Spielbeginn.«

Kapitel 15

Als ich am nächsten Tag mühsam die Augen aufschlage, strecke ich den steifen Arm aus und taste, bis ich das Bein des Couchtischs zu fassen kriege. Erst da weiß ich, wo ich mich befinde, ich liege ausgestreckt auf dem Boden im Wohnzimmer. Der Teppich ist ganz klebrig wegen der verschütteten Drinks, und ein schwacher Sonnenstrahl dringt ins Zimmer. Es ist weder richtig hell noch richtig dämmrig. Könnte also wirklich jede Tageszeit sein. Vielleicht ist es ja mitten am Nachmittag? Wer weiß? Ich kann mich noch nicht einmal erinnern, wie und wann die Party zu Ende ging. Das Einzige, was ich noch weiß, ist, dass ich mit Tyler in der Waschkammer herumgeknutscht habe. Und danach … nichts. Ich bin völlig blank.

Aus dem Augenwinkel entdecke ich meine Schuhe ein Stück neben mir. Kann mich gar nicht erinnern, die ausgezogen zu haben. In der Wohnung stinkt es ganz fürchterlich nach Alkohol und Zigaretten, und ich glaube nicht, dass ich mich je so beschissen gefühlt habe. Umständlich und leicht beschämt rapple ich mich vom Boden hoch. Offenbar bin ich irgendwann in den frühen Morgenstunden hier besoffen zusammengebrochen und eingeschlafen. Kaum bin ich auf den Beinen, als ein jäher Schmerz die linke Seite meines Kopfs durchzuckt. Ich atme ein, so tief es geht, der jämmerliche Versuch, den Schmerz zu stoppen. Das hilft natürlich so gut wie gar nicht. Im Gegenteil, es scheint sogar noch schlimmer zu werden. Der stechende Schmerz wächst sich aus zu einem heftigen, pulsierenden Pochen. Ich reibe mir die Schläfen, während ich mich in der Wohnung umsehe. Hier herrscht das reinste Chaos, überall liegt Müll herum. Halb geleerte Bierflaschen und zerdrückte Plastikbecher und Schnapsgläser sind über den Küchentresen verteilt, und als ich den Blick durchs Wohnzimmer schweifen lasse, stelle ich mit Erleichterung fest, dass ich nicht allein bin. Da sind noch zwei andere.

Snake nimmt eines der Sofas ein, sein blondes Haar ganz zerzaust und struppig. Fast komatös liegt er auf dem Bauch und hat das Gesicht in die schwarzen Kissen gepresst. Er schnarcht ganz leise, und es sieht nicht so aus, als würde er sich so schnell rühren. Daher strecke ich die Hand nach seinem Arm aus, der über den Rand der Couch herabbaumelt, und lege ihn wieder hoch neben ihn.

Ihm gegenüber hängt einer der Typen von der Wohnung drei Stockwerke weiter unten kopfüber auf dem anderen Sofa. Es ist der Dunkelhaarige, Alex. Seine Kinnlade klafft derart weit auf, dass ich schon fast denke, sie könnte ausgerenkt sein.

Ich unternehme einen weiteren Versuch, die Kopfschmerzen zu verscheuchen, indem ich meine Schläfen massiere. Als ich in die Küche gehe, fällt mein Blick auf die Kaffeemaschine. Ich könnte eine Tasse oder auch fünf gebrauchen. Kurz überlege ich schon, ob ich Snake und Alex aufwecken soll, um ihnen auch einen Kaffee anzubieten, und während ich so mit mir hadere, komme ich am Spiegel im Wohnzimmer vorbei.

Ich bleibe wie angewurzelt stehen. Gehe zurück und stelle mich direkt davor. Entsetzt mache ich den Mund auf.

Wenn man sich mein Kleid so ansieht, kann keine Rede mehr von sittsam sein. Es ist mir bis zu den Schenkeln hochgerutscht, viel weiter, als es sollte, und ich bin bloß froh, dass keiner wach ist und das mitkriegt. Hastig ziehe ich es runter. Bei meinem Anblick muss ich seufzen. Das Make-up, das ich so mühsam aufgetragen habe, hat die Nacht nicht überstanden. Die Schminke an den Augen ist total verwischt, und mein Gesicht durchziehen schwarze und silberne Schmierer. Die Wimperntusche ist verklumpt, und meine Augen sehen ziemlich verquollen aus und sind blutunterlaufen, und mein Haar hat sich zum Großteil aus der Hochsteckfrisur gelöst. Überall hängen Strähnen herab, und ich seufze erneut. Ich seufze und seufze und seufze. Warum habe ich nur so viel getrunken?

Natürlich weiß ich die Antwort ganz genau. Ist ja auch offensichtlich. Es war wegen Tyler. Wegen Tyler und Emily und der Tatsache, dass sie über eine Stunde gebraucht haben, um Limetten in einem verdammten Supermarkt zu besorgen. Wie kamen sie nur so ins Reden? Keine Ahnung, worüber sie sich unterhalten haben. Keine Ahnung, wo sie waren. Ich weiß nur, dass ich nicht darüber nachdenken wollte, und da Snake sich um die alkoholischen Getränke kümmerte, hatte ich schnell ein paar zu viel intus. Jedenfalls kam mir die Idee, mich volllaufen zu lassen, gestern Abend gar nicht mal so abwegig vor. Jetzt bin ich natürlich schlauer. War eine richtige Scheißidee.

Ich fühle mich irre groggy, und mein Magen ist ganz flau. Als ich mich vom Spiegel abwende, kommt mir ein völlig neuer Gedanke, der nichts mit Kaffee zu tun hat. Denn mir wird in diesem Moment bewusst, dass ich Tyler nirgends sehe. Normalerweise schläft er auf dem Sofa, auf dem Alex der Länge nach hingestreckt liegt. Mein Blick flackert sofort zu seiner Schlafzimmertür. Sie ist geschlossen, und ich kann es ihm schlecht verdenken, dass er in dieser Nacht sein Bett für sich beansprucht hat. Zumal ich ja bewusstlos am Boden lag und es ohnehin nicht gebraucht habe. Mir drängt sich die Frage auf, ob er wohl versucht hat, mir aufzuhelfen, oder ob er sich dazu entschied, mich einfach liegen zu lassen. Vielleicht ist er ja schon vor mir eingeschlafen. Vielleicht war ihm gar nicht aufgefallen, dass ich hier unten lag. Wie dem auch sei, mein Körper fühlt sich steif an, nachdem ich die Nacht am Boden verbracht habe.

Tyler wacht in der Regel vor mir auf, aber nicht so heute, daher beschließe ich, ausnahmsweise mal die Rollen mit ihm zu tauschen. Heute werde ich ihn wecken. Und später bringe ich ihm den Kaffee.

Ich schlängle mich zwischen den Sofas durch, vorbei an Snake und Alex, und fasse nach dem Türgriff zu Tylers Zimmer. Ein leises Klicken ist zu hören, als ich sie öffne, dann schiebe ich sie vorsichtig auf. Der Raum ist komplett abgedunkelt, und ohne das bisschen Licht aus dem Wohnzimmer würde ich überhaupt nichts sehen. Es ist extrem heiß und stickig hier drinnen.

»Tyler?« Meine Stimme ist leise, ganz sanft. Ich blinzle zum Bett, während meine verquollenen Augen sich an die Dunkelheit gewöhnen. Seinen Umriss kann ich bereits ausmachen. Er rührt sich nicht. »Tyler«, sage ich wieder, diesmal ein bisschen lauter. »Wach auf.«

Er rollt ein Stück herum auf die andere Seite und sieht mich an. Dann vergräbt er das Gesicht im Kissen und murmelt: »Wie spät ist es denn?«

»Ich habe keinen Schimmer«, sage ich. Die Stimme halte ich gesenkt. »Kaffee?« Ohne lange zu überlegen, knipse ich das Licht an, und mit einem Mal ist es so hell, dass Tyler anfängt zu stöhnen und sich die Decke über den Kopf zieht.

»Verdammt, Eden«, flucht er leise.

»Scheiße. Tut mir leid.« Gerade will ich das Licht wieder löschen, als ich ein gedämpftes, heiseres »Hmmmm« vernehme. Ich halte inne. Das muss ich mir eingebildet haben. Klang so gar nicht nach Tylers Stimme, viel zu hoch.

Dann kommt Bewegung in die Decke. Doch es ist nicht

Tyler, der sich rührt. Meine Augenbrauen schießen nach oben, und während ich die Puzzleteile zusammensetze, ganz langsam, eins ums andere, da mein verkatertes Hirn noch nicht so schnell schaltet heute, und sich allmählich das Offensichtliche ergibt, taucht Emily unter der Bettdecke auf. Ihr Blick begegnet meinem, und schlagartig ist sie hellwach. Wir sind beide wie erstarrt. Keine Ahnung, warum es mich so verblüfft, sie hier zu sehen, neben Tyler im Bett, wie sie mich anstarrt mit nichts am Leib als einem schwarzen Spitzen-BH. Sie schnappt erschrocken nach Luft, krallt sich die Decke und zieht sie sich mit einem Seitenblick auf Tyler bis hoch unters Kinn. Der sitzt jetzt ebenfalls kerzengerade im Bett.

Mein ganzer Körper ist wie betäubt, ich kann nur den Kopf schütteln und einen Schritt zur Tür zurückzuweichen. Ich wusste es.

»Eden«, sagt Tyler. Dann schlägt er die Decke zurück und springt auf die Füße. Er ist immer noch in Jeans, sie hängt ziemlich tief, sodass ein ganzes Stück seiner schwarzen Boxershorts zu sehen ist. Das Gummiband liegt eng an seinen V-Linien an. Unter anderen Umständen würde ich ihn anstarren, und dann würde mein Blick vermutlich ganz glasig werden. Doch im Moment bin ich für so etwas viel zu verletzt.

»Sag nichts«, flüstere ich. Ich stoße ihn von mir fort, als er auf mich zukommt, wirble blitzschnell herum und stürme aus dem Zimmer. Ich spüre ihn in meinem Rücken, doch das macht mich nur noch wütender. Mitten im Wohnzimmer bleibe ich stehen, fahre erneut herum und nehme ihn mit zornigen Augen ins Visier. »Ihr seid also nur Freunde?«

»Du verstehst das alles völlig falsch«, sagt er. Er legt mir die Hände auf die Schultern und sieht mich aus weit aufgerissenen Augen fest an.

»Nein, Tyler.« Ich versuche, ihn abzuschütteln, doch er

weigert sich, mich loszulassen. »Ich wusste es. Dass da mehr ist. Ich war ja so dumm, dir zu glauben, als du meintest, da wäre nichts.« Meine Stimme kippt, und ich könnte nicht sagen, ob ich enttäuscht bin oder stinksauer oder beides. Ich glaube Letzteres. Ich bin enttäuscht, dass es ein anderes Mädchen gibt, und sauer, dass er mich belogen hat. »Was habt ihr gestern wirklich gemacht? Habt ihr in deinem Wagen rumgeknutscht?«

»Eden«, sagt er, und seine Kiefermuskeln spannen sich an. Er holt tief Luft und sieht mich mit zusammengekniffenen Augen von oben an. »Wir. Sind. Nur. Freunde.« Er atmet tief aus und lässt nun auch endlich meine Schulter los. »Wir sind nur eingeschlafen. Da ist nichts.«

Am liebsten würde ich laut loslachen. Denkt er denn ernsthaft, ich wäre so naiv? So dumm? Ich weiche noch einen Schritt von ihm zurück. »Und irgendwie war sie dann plötzlich halbnackt?« In meiner Stimme liegt Verachtung, und mein Tonfall wird giftig. Wenn ich nicht so außer mir wäre vor Wut, würde ich losheulen. »Echt super, Tyler.«

»Es war höllisch heiß, okay?«, faucht er, und zum ersten Mal seit Langem blitzen seine Augen richtig vor Zorn. In letzter Zeit hatte er sich eigentlich recht gut im Griff, was seine Launen betrifft. Bis jetzt.

»Ich glaube dir nicht«, flüstere ich.

Wie aus heiterem Himmel höre ich Snake aufstöhnen. »Scheiße, was soll das, Leute?« Seine Stimme klingt heiser, und Tyler und ich wenden im selben Moment die Köpfe in seine Richtung. Snake funkelt uns vom Sofa aus grimmig an. Er hat sich auf die Ellbogen gestützt und sieht uns unter schweren Lidern an.

Ich richte den Blick wieder auf Tyler. Er schüttelt den Kopf, entweder wegen Snake oder wegen mir oder wegen uns beiden, und hat immer noch diesen harten Ausdruck im Gesicht. Jetzt dreht er sich um und will zur Wohnungstür gehen. Es scheint ihn noch nicht einmal zu kümmern, dass er kein Oberteil anhat.

»Wo zum Teufel willst du hin?«, brülle ich ganz außer mir. Wie kann er es wagen, sich einfach so zu verkrümeln? Sieht ja fast so aus, als fühlte er sich doch schuldig? Wir haben die Sache nicht ansatzweise geklärt, und ich bin sogar noch wütender als vorhin.

»Aufs Dach!«, faucht Tyler und knallt die Tür hinter sich zu. Fassungslos starre ich darauf.

»Meine Güte«, sagt Snake. »Scheiße, was ist denn mit euch los?« Er rappelt sich auf die Füße, sieht mich mit finsterem Blick an, als wäre das alles meine Schuld, und schleppt sich in die Küche. Er ist ziemlich wackelig auf den Beinen, und es besteht durchaus die Möglichkeit, dass er noch betrunken ist. Trotz des ganzen Lärms hat Alex sich noch kein einziges Mal gerührt. Er schläft immer noch tief und fest.

»Tyler ist ein Lügner, das ist los«, murmle ich. Snake wendet den Blick nicht ein Mal von mir ab, während er sich an der Kaffeemaschine zu schaffen macht. Er blinzelt mich fragend an, als würde er von mir erwarten, dass ich ihn ins Bild setze über das, was geschehen ist. Aber den Gefallen tue ich ihm nicht. »Snake«, sage ich, »bitte, bitte mach mir einen Kaffee, sonst sterbe ich.«

»Eden?«

Mein Blick schnellt in die Richtung, aus der Emilys Stimme kommt. Sie steht an der Tür zu Tylers Zimmer, nur dass sie sich inzwischen was übergezogen hat. Nämlich Tylers Klamotten. Das Hemd, das er gestern Abend anhatte. Was mich gleich noch mehr auf die Palme bringt.

»Was?« Ich verschränke die Arme vor der Brust, über meinem zerknitterten kleinen Schwarzen, das jetzt gar nicht mehr so sexy aussieht.

Emily zupft verlegen an den Spitzen ihres Haars, zwirbelt sich Strähnen um die Finger. »Kann ich mit dir reden?« Zu-

189

gegeben, sie wirkt ernsthaft zerknirscht, und ihre Stimme zittert leicht. Trotzdem habe ich kein bisschen Mitleid mit ihr. Im Gegenteil, sie macht schließlich den Eindruck, als hätte sie ein ziemlich schlechtes Gewissen.

»Ich denke nicht, dass wir irgendetwas zu bereden hätten«, stelle ich laut und deutlich fest, nur damit sie auch ja kapiert, dass ich alles andere als glücklich bin. Im Hintergrund höre ich die Kaffeemaschine brummen, und mir wird bewusst, dass Snake uns beobachtet. Eigentlich will ich nicht, dass er sich da einmischt. Ich presse die Lippen zu einer starren Linie zusammen und sage dann: »Aber schön.«

Die Arme immer noch verschränkt, marschiere ich in Tylers Zimmer, wobei ich Emily im Vorbeigehen streife. Zum Glück hat sie so viel Anstand, die Tür hinter uns zu schließen, damit wir uns unter vier Augen unterhalten können, und knipst das Licht an. Dieses Mal beschwert sich keiner.

»Eden«, setzt sie an. »Ich weiß, wonach das aussieht, und ich weiß genau, warum du sauer bist. Ich meine, er ist dein Bruder, deswegen ist es natürlich komisch für dich.« Sie unterstreicht ihre Worte mit Gesten, und ihre Augen sind ganz groß. Vielleicht will sie mich ja reinlegen und mir weismachen, sie wäre unschuldig, doch ich bleibe standhaft und blinzle sie nur an. »Wir haben nicht miteinander geschlafen«, sagt sie leise. »Ehrlich, haben wir nicht. Wir sind nur Freunde.«

Im Grunde könnten wir den ganzen Tag hier stehen und diskutieren, doch irgendwie sickert das Gesagte nun doch zu mir durch, und ich nehme mir einen Moment, um meine Gedanken zu sammeln. *Er ist dein Bruder, deswegen ist es komisch für dich.* Diesen Eindruck macht es also auf sie. Ich komme rüber wie die irre Stiefschwester, die auf ihn aufpasst, und mir wird bewusst, dass mir völlig entfallen war, dass sie es ja alle gar nicht wissen. Alex, der auf der Couch liegt, weiß nichts davon. Snake weiß nichts davon. Emily weiß nichts davon. Keiner von ihnen weiß, dass ich in Tyler verknallt bin. Keiner von ihnen hat auch nur die leiseste Ahnung.

Deswegen halten sie mich jetzt für eine Irre.

Ich weiß, ich sollte mich beruhigen, ganz gleich ob sie nun was miteinander hatten oder nicht. Denn mein Zorn ist absolut unberechtigt. Schuldig oder nicht, ich muss sie in Frieden lassen. Zwar kann ich noch nicht sagen, ob sie und Tyler die Wahrheit sagen oder ob sie mich nach Strich und Faden belügen, doch ich seufze trotzdem. »Wie auch immer«, sage ich. Es fällt mir schwer, gleichgültig zu tun, den Eindruck zu erwecken, als würde es mir nichts ausmachen, doch ich versuche es trotzdem. Ich tue es, weil es mir wichtiger ist, mein Geheimnis Tyler betreffend für mich zu behalten. »Hast ja recht, geht mich im Grunde nichts an. Aber weißt du, ist wohl auch deshalb so komisch, weil das hier mein Zimmer ist, solange ich hier bin.«

»Ehrlich, Eden, so was würde ich nie tun«, versichert sie mir.

Natürlich frage ich mich insgeheim immer noch, ob sie lügt, aber eine Stiefschwester würde so etwas nicht interessieren, deshalb halte ich die Klappe. Fast kommt es mir vor, als würde es von Tag zu Tag schwerer werden, so zu tun, als wäre da nichts. Immer wieder vergesse ich völlig, dass wir für alle anderen nichts weiter sind als Stiefgeschwister.

Doch wenn es nach Tyler und mir geht, ist zwischen uns so viel mehr.

Ein leises Klopfen an Tylers Tür ist zu hören, und ohne eine Reaktion abzuwarten, reißt Snake sie auf. Er kommt mit drei Bechern dampfenden Kaffees herein und reicht eine Emily und eine mir. Die dritte Tasse behält er selbst.

»Sieht so aus, als hättet ihr den bitter nötig«, sagt er mit einem Nicken. Er trägt wie ich die Klamotten von gestern Abend, nur dass die Knöpfe an seinem Hemd offen sind. Auf seiner Brust prangt die Tätowierung einer Sonne, und ihm entgeht nicht, dass Emily und ich ihn beide anstarren. »Das habe ich, weil ich so heiß bin«, antwortet er, bevor eine von uns überhaupt fragen kann.

Keine Ahnung, ob das ein Witz sein soll oder nicht. Jedenfalls hämmert mein Kopf, weshalb ich den Kaffeebecher fest mit den Händen umklammere und ohne auch nur einen Blick in Emilys Richtung zurück ins Wohnzimmer schleiche. Hier liegt immer noch dieser überwältigende Gestank nach Alkohol in der Luft, er scheint das ganze Apartment zu durchdringen. Ich hocke mich aufs Sofa und starre eine Weile zu Alex rüber. Er hat sich immer noch keinen Millimeter vom Fleck gerührt.

Als Snake durchs Wohnzimmer angestolpert kommt und sich neben mich setzt, werfe ich ihm einen Seitenblick zu und deute mit dem Kinn auf den Kerl, der hier übernachtet hat. »Kannst du ihn wecken?«

»Nö«, meint Snake kopfschüttelnd. »Ich sag Brendon Bescheid, der soll ihn holen.« Er trinkt von seinem Kaffee, schluckt vernehmlich und seufzt. »Scheiße, ich fühle mich zum Kotzen. Wie geht's dir?«

»Auch nicht so toll«, gebe ich zu. Das erinnert mich wieder daran, dass ich ja hämmernde Kopfschmerzen habe, und ganz plötzlich kommen sie mir schlimmer vor als vorhin. Ich bin trotzdem froh, dass mir nicht schlecht ist. »Habt ihr Schmerztabletten hier?«

»Zweite Schranktür von links, oberstes Regal«, sagt Snake und deutet mit seiner Tasse in Richtung Küche.

Ich hieve mich auf die Füße, nehme einen gierigen Schluck von meinem Kaffee und stelle ihn dann auf dem Couchtisch ab, um in die Küche zu schlurfen. Selbst das Gehen fällt mir schwer. Mir tut der Rücken weh, weil ich auf dem Boden geschlafen habe, und ich könnte noch eine Mütze Schlaf brauchen, aber zum Hinlegen bin ich viel zu hibbelig. Ich öffne den Schrank, gehe auf die Zehenspitzen und taste darin herum. Aber irgendwie kriege ich nur Feuerzeuge zu fassen.

»Rauchst du etwa?«, rufe ich Snake über die Schulter zu.

»Hä?«, macht er. Weil er offenbar nicht kapiert, wie ich darauf komme, halte ich ein Feuerzeug hoch, ohne mich umzudrehen, während ich mit der anderen Hand weiter suche. »Ach, die«, meint er. »Nö, ich rauche nicht. Hast du die Tabletten nicht gefunden? Rote Schachtel?«

»Ah, hab sie«, sage ich. Ich schenke mir ein Glas Wasser ein und nehme ein paar von den Pillen, in der Hoffnung, sie mögen helfen. Dann gehe ich wieder ins Wohnzimmer zu meinem Kaffee. Doch statt mich zu setzen, sage ich zu Snake. »Ich geh mich dann mal frisch machen.« Dann sehe ich Alex stirnrunzelnd an. Langsam frage ich mich, ob er noch lebt. »Sieh zu, dass er nach Hause geht.«

Snake nickt zustimmend und lässt sich tiefer ins Sofa sinken. Emily kommt aus Tylers Zimmer gehuscht und verschwindet in dem von Snake, das ja praktisch ihres ist. So wie das von Tyler den Sommer über mir gehört. Sie hat immer noch Tylers Hemd an, doch sie hatte eben auch ihr Kleid und ihre Schuhe in der Hand. Sie machte mir einen recht beschämten Eindruck. Zum Glück hatte sie es nicht weit.

Ich bin froh, dass sie wieder raus ist aus Tylers Zimmer, weil ich mir nun frische Klamotten holen kann. Mit dem Kaffee in der Hand mache ich mich auf den Weg, und als ich das Zimmer betrete, stelle ich zu meiner Überraschung fest, dass Emily aufgeräumt hat. Die Vorhänge sind zurückgezogen, die Fenster weit geöffnet, sodass frische Luft ins Zimmer strömt und die Sonne hereinscheint. Das Bett ist ordentlich gemacht, die Kissen sind aufgeschüttelt. Selbst meine Sachen, die über das Zimmer verteilt sind, liegen viel ordentlicher da.

Schnell schnappe ich mir eine Jogginghose und einen Kapuzenpulli und schieße ins Badezimmer, ehe Emily mir noch zuvorkommt. Eine heiße Dusche ist einfach unschlagbar, wenn es darum geht, einen Kater zu bekämpfen. Also drehe ich die Temperatur hoch und stelle mich unter den Strahl, den Rücken gegen die Wand, die Augen geschlossen. Eine Weile stehe ich so da, völlig reglos, atme nur. Ich gebe mir alle Mühe, mich zu entspannen, aber ich befürchte, es gelingt mir nicht. Ich habe nämlich immer noch eine Stinkwut auf Tyler. Und Emily? Da ist es nicht ganz so schlimm. Sie wusste ja nichts von Tyler und mir, und sie war immerhin mutig genug, in der Wohnung zu bleiben. Anders als Tyler, der hat sich nämlich bei der erstbesten Gelegenheit verkrümelt.

Ich halte mich eine halbe Stunde im Bad auf, wasche mir die Haare, schlüpfe in meine Klamotten, ziehe mir die Kapuze über den Kopf und gehe wieder raus ins Wohnzimmer, mein kleines Schwarzes in der Hand. Das ich wohl nie wieder tragen werde. Im Vorbeigehen bücke ich mich und klaube meine Schuhe vom Boden auf, und da fällt mir auf, dass Alex verschwunden ist. Emily und Snake tauchen beide wie aus dem Nichts auf und stürmen in Richtung Bad, doch Emily ist schneller und knallt Snake die Tür vor der Nase zu. Er stöhnt genervt.

»Das ist jetzt nicht dein Ernst«, brüllt er durch die verschlossene Tür. »Ihr Mädels braucht doch immer ewig. Bei mir dauert es bloß fünf Minuten. Komm schon. Lass mich vor.«

»Du kannst mir beim Aufräumen helfen«, schlage ich von der anderen Seite des Raums aus vor. Snake reckt den Hals und fixiert mich mit einem festen Blick. »Was denn?«, frage ich. »Irgendwann muss das ja schließlich gemacht werden.«

194

Ich verschwinde in Tylers Zimmer und werfe mein Kleid und meine High Heels auf den Koffer, weil ich keine Lust habe, die Sachen ordentlich zu verstauen, dann gehe ich wieder raus zu Snake. Überraschenderweise lässt er sich gar nicht lange bitten, mit anzupacken. Wir fangen in der Küche an, räumen die übriggebliebenen Getränke in den Kühlschrank und sammeln die leeren Flaschen und Dosen in Mülltüten. Die Arbeitsflächen sind ganz klebrig von den verschütteten Drinks, also wische ich sie sauber, während Snake die Schnapsgläser, Becher und Strohhalme aus der ganzen Wohnung zusammenträgt. Er stöhnt dabei pausenlos.

Doch kaum öffnet Emily die Badezimmertür, rennt er schnurstracks los, und sie tauschen die Rollen. Jetzt hilft sie mir beim Saubermachen, auch wenn wir dabei kein Wort reden. Irgendwann aber ertrage ich die angespannte Stille nicht mehr, weshalb ich den Fernseher im Hintergrund laufen lasse. Ich reiße alle Fenster auf und versprühe Raumspray in der ganzen Wohnung. Emily schleift den Staubsauger aus der Waschkammer und saugt das gesamte Apartment, sogar die Schlafräume. Dann überlasse ich den Rest ihr, während ich mich in Tylers Zimmer einsperre und mir die Haare föhne. Je mehr Zeit verstreicht, desto öfter frage ich mich, wo er so lange bleibt.

Er ist bereits über eine Stunde oben auf dem Dach. So lange hat er doch noch nie gebraucht, um sich zu beruhigen. Als Snake aus der Dusche kommt, schicke ich ihn daher los, um nach Tyler zu sehen. Angesichts meiner Bitte verdreht er die Augen, tut es aber trotzdem. Fünf Minuten später ist er wieder zurück.

»Er ist nicht da«, sagt er achselzuckend.

Ich blicke vom Fernseher auf und beäuge ihn mit einem skeptischen Stirnrunzeln. Will er mich verarschen? »Was?«

»Er ist nicht oben auf dem Dach.«

»Wo ist er denn dann?« Ich habe nicht den Hauch einer Ahnung, wo er sonst stecken könnte. Nur in Jeans wäre er nie im Leben aus dem Haus gegangen.

»Keinen blassen Dunst«, sagt Snake. Wieder zuckt er mit der Achsel, lehnt sich gegen den Tresen und mustert mich nun seinerseits mit skeptischer Miene. »Weswegen habt ihr euch überhaupt gestritten?«

»Ach, nichts«, wiegle ich sofort ab. Irgendwann erfährt er es wahrscheinlich trotzdem, aber im Moment will ich nicht darüber reden.

Snake sieht mich stirnrunzelnd an, und ich befürchte, er wird mich weiter löchern, doch ihn interessiert es schon nicht mehr. Stattdessen geht er rüber zum Kühlschrank und sucht nach etwas Essbarem.

Ich starre wieder auf den Fernseher, höre aber gar nicht richtig hin. Stattdessen denke ich über Tyler nach. Ich habe zwar im Moment keinen besonderen Drang, mit ihm zu reden, beschließe aber trotzdem, ihn auf dem Handy anzurufen. Allerdings habe ich Pech, denn sein Telefon klingelt in seinem Zimmer. Ich lege auf und lasse langsam die Luft aus meinen Lungen entweichen, was sich nach einer Mischung aus Seufzen und Stöhnen anhört. Wo steckt er, verdammt?

Wobei, ganz so schlimm ist es nicht. Im Fernsehen läuft nämlich *Susi und Strolch* an. Snake verspottet mich eine Viertelstunde lang von der Küche aus, während er Sandwiches in sich hineinstopft, aber ich achte nicht auf ihn. Ich drehe einfach jedes Mal die Lautstärke ein bisschen höher, wenn er den Mund aufmacht, um was zu sagen. Er findet Disney-Filme kindisch, aber da bin ich anderer Meinung. Sie sind auch kein bisschen doof, ich gucke sie gern. Als er kein Interesse mehr daran hat, mich deswegen aufzuziehen, beschließt er, die Mädels von Apartment 1201 zu besuchen und nachzusehen, ob sie so verkatert sind wie er.

Ich genieße es, dass ich endlich meine Ruhe habe. Emily

ist vor vierzig Minuten in Snakes Zimmer verschwunden, möglicherweise ist sie eingeschlafen. Also habe ich das Wohnzimmer ganz für mich allein, keiner beschwert sich mehr über meine Filmauswahl. Zufrieden mache ich es mir auf dem Sofa gemütlich und nutze das aus.

Bevor Snake zurückkommt, habe ich den kompletten Film angeschaut. Emily schläft immer noch, und es ist fast drei Stunden her, seit Tyler aus der Wohnung gestürmt ist. Ich kann mir wirklich nicht vorstellen, wo er sein könnte. Vielleicht versteckt er sich ja in der 1201 oder in der Wohnung von Alex und Brendon drei Stockwerke tiefer. Oder er hat sich in seinem Auto eingesperrt, nur damit er mich nicht sehen muss. Er könnte überall sein. Aber früher oder später muss er heimkommen und sich mit mir auseinandersetzen.

In dem Moment höre ich, wie die Wohnungstür aufgesperrt wird. Eigentlich gehe ich davon aus, dass es Snake ist. Ich stelle den Fernseher auf lautlos, stemme mich vom Sofa hoch und werfe einen Blick zur Tür. Meine Augen begegnen denen von Tyler.

»Wird aber auch höchste Zeit«, sage ich. Verlegen schließt er die Tür hinter sich und schaut runter auf den Teppich. Irgendwie muss es ihm gelungen sein, sich umzuziehen, denn er trägt jetzt schwarze Shorts und ein graues T-Shirt. »Woher hast du denn die Klamotten?«

»Meine Sporttasche liegt im Auto«, sagt er ganz ruhig. Er kaut kurz auf der Unterlippe herum, bevor er seinen Mut zusammennimmt und auf mich zukommt. »Wo sind denn alle?«

»Snake ist bei den Mädels drüben, und Emily schläft, glaube ich. Der perfekte Moment also, um ganz ehrlich zu mir zu sein.« Ich springe auf und stelle den Fernseher ganz aus. Stille macht sich um uns herum breit, während ich die Couch umrunde und erst anhalte, als ich direkt vor ihm stehe. »Bitte sag mir einfach, was los ist.«

»Nichts ist los, Eden«, meint Tyler. Seine Stimme klingt sanft und aufrichtig, viel ruhiger als vorhin. Er sieht mich zärtlich an, da ist keine Spur von Wut mehr. Seine Augen sind nur ein bisschen rot. »Ich verstehe nicht, warum du mir nicht glauben willst. Was habe ich getan, dass du an mir zweifelst? Wie oft muss ich dir noch sagen, dass Emily und ich nur gute Freunde sind?« Seine Stimme wird fester. »Gestern Nacht ist nichts passiert«, sagt er ganz langsam. »Da war nie was, und da wird auch nie was sein.«

»Schön zu wissen, dass du dich mit ihr ins Bett gekuschelt hast, während ich auf dem Boden lag«, murmle ich, weil mir nichts anderes einfällt. Denn trotz allem kommt es mir so vor, als würde er Emily vorziehen. Als hätte Tyler durchaus die Wahl gehabt, um wen er sich kümmern wollte gestern Abend, und er hat ganz offensichtlich sie gewählt. Und das passt so gar nicht zu dem, was er da behauptet.

»Du hast auf dem Boden geschlafen? Das wusste ich nicht.«

Unverwandt starre ich ihn an. Er macht mir schon den Eindruck, als würde er das ehrlich meinen, aber andererseits ist Tyler auch ein sehr guter Schauspieler. Jahrelang hat er alle getäuscht. Kein Mensch wäre auf die Idee gekommen, er könnte innerlich zerrissen sein und nicht der knallharte Typ sein, den er allen vormachte. Tyler kann wunderbar Geheimnisse für sich behalten. Vielleicht belügt er mich also gnadenlos. »Ich weiß einfach nicht, was ich glauben soll, Tyler«, murmle ich schließlich.

»Sehe ich sie vielleicht so an, wie ich dich ansehe?«, will er wissen. Er macht einen Schritt auf mich zu und sieht mich an.

»Nein.«

»Genau, Eden«, schnauft er frustriert. »Es stresst mich, dass du immer wieder an mir zweifelst, daher habe ich eine Weile überlegt, wie ich dir beweisen kann, dass du diejenige bist, die ich will.« Er hält kurz inne, schüttelt den Kopf und

198

seufzt schwer. »Weißt du was? Scheiß drauf. Ich will dich nicht. Nein, ich *brauche* dich.«

»Du brauchst mich?«, wiederhole ich.

»Ich brauche dich«, bestätigt er mit einem Nicken. »Ich brauche dich, weil du einer der wenigen Menschen bist, denen ich vertraue. Ich brauche dich, weil du weißt, wie ich früher war, und trotzdem bei mir geblieben bist. Ich brauche dich, weil ich dich liebe, Eden, ich wüsste nicht, wie ich je über dich hinwegkommen sollte.« Seine Worte treffen mich derart heftig, dass ich keinerlei Reaktion zeige, noch nicht mal ein ratloses Blinzeln. Ich stehe nur da und höre ihm zu, und mir wird klar, dass er dieses Mal auf keinen Fall eine Show abzieht. In seiner Stimme liegt fast so etwas wie ein flehentlicher Unterton. »Es gibt da etwas, womit ich es beweisen kann«, sagt er.

Langsam rollt er den Ärmel seines T-Shirts hoch und entblößt seinen Bizeps, der kräftig aussieht wie eh und je. Nur dass er jetzt fest mit Frischhaltefolie umwickelt ist. Darunter ist etwas in glänzender schwarzer Tinte zu erkennen. Tyler beißt sich auf die Lippe, wickelt vorsichtig die Folie ab und dreht dann den Arm, damit ich es sehe. In kleinen schwarzen Buchstaben steht da dick und fett mein Name. Sonst nichts. Nur vier Buchstaben. So einfach, und doch so … bescheuert. Erst bin ich nur sprachlos, doch dann werde ich von einer unbändigen Wut erfasst.

»Du nimmst mich auf den Arm.« Wie kommt er bloß auf so eine dämliche Idee? Blinzelnd linse ich noch eine Weile auf die Tätowierung, weil ich wissen will, ob es vielleicht doch bloß Henna ist. Ich hoffe es sehr, doch seine Haut ist gerötet und geschwollen, und da ist sogar ein wenig Blut, und mir wird das Herz ganz schwer, so schockiert bin ich.

»Es ist echt«, sagt Tyler. »Das geht nie wieder weg.«

Ach, was du nicht sagst, denke ich. »Das ist doch totaler Schwachsinn«, sage ich und weiche einen Schritt von ihm zurück, ohne den Blick von seinem Arm abzuwenden. Mein Name. Hat er denn noch nie was davon gehört, dass Paare auch wieder auseinandergehen? Ist er sich nicht darüber im Klaren, dass die Dinge sich auch ändern können?

Natürlich fühlt es sich im Moment so an, als wäre das, was zwischen uns ist, absolut echt und von Dauer. Doch die Wahrheit ist, keiner von uns kann sagen, was in ein paar Monaten oder Jahren ist. Immer noch völlig fassungslos, löse ich den Blick von dem Tattoo und sehe ihm ins Gesicht. »Was, wenn ich mich für Dean entscheide, Tyler?« Meine Stimme ist nicht viel mehr als ein Flüstern.

»Ich weiß, dass du dich nicht für Dean entscheiden wirst«, sagt er mit einem langsamen Kopfschütteln.

»Was bringt dich auf die Idee?«

»Wenn du wirklich vorhättest, bei Dean zu bleiben, wärst du nicht auf diesen Deal mit mir eingegangen«, sagt er. Und ich muss mir eingestehen, er hat recht. »Dann hättest du Derek Jeter nicht so begeistert angefeuert.«

»Ich habe mich immer noch nicht entschieden«, platzt es aus mir heraus. Obwohl ich schon zu wissen glaube, was ich will. Irgendwie ahne ich wohl, dass es am Ende Tyler werden wird. Wenn ich irgendeine Hoffnung für Dean und mich hätte, würde ich nicht tun, was ich tue. Ich würde ihm nicht um jeden Preis aus dem Weg gehen. »Das ist trotzdem so was von dumm, Tyler«, murmle ich mit einem Nicken in Richtung der Tätowierung auf seinem Arm.

Tyler wirft einen kurzen Blick darauf. »Ich mag es.«

»Und was tust du, wenn du heimkommst, und unsere Eltern sehen es?« Ich verschränke die Arme vor der Brust. Allein bei dem Gedanken überfällt mich Panik. Wir könnten in New York bleiben. Wir könnten uns hier verstecken und nie nach Santa Monica zurückkehren. Mir wäre das nur recht. »Wie willst du denn erklären, warum du es dir hast stechen lassen? Was, wenn sie fragen?«

Tyler begegnet meinem Blick, seine Augen funkeln und sind weit aufgerissen. Er zuckt die Achsel. »Dann werden wir ihnen wohl die Wahrheit sagen müssen«, meint er.

Und zu meiner grenzenlosen Verblüffung lächelt er, als wäre es in seinen Augen kein Weltuntergang mehr, wenn die Leute von uns erführen.

Kapitel 16

»*H*mmm.« Es ist später Mittwochvormittag, ich schaue auf den Teller, den Tyler mir gereicht hat. Ganz der fürsorgliche große Bruder, hat er mir einen spätmorgendlichen Snack zubereitet aus mehreren Scheiben Toast, die nur leider total verkohlt sind. »Ähm, ist der ... noch genießbar?« Ich halte einen hoch und klopfe damit gegen den Tellerrand. Steinhart. Ich schenke Tyler ein verhaltenes Lächeln. »Der Gedanke zählt, nicht wahr?«

Tyler, der auf der anderen Seite des Tresens steht, lacht und vergräbt dann das Gesicht in den Händen. »Meine Mom wäre nicht gerade stolz«, murmelt er, muss aber selbst kichern über seinen missglückten Versuch. Dann richtet er sich wieder auf, nimmt mir den Teller ab und versenkt den Toast, ohne lange zu überlegen, im Mülleimer. »Ich versuch's noch mal«, sagt er, während er herumwirbelt und mich mit bohrendem Blick ansieht. »Obwohl, vielleicht solltest du mir helfen.«

Ich verdrehe die Augen und gehe um den Tresen herum zu ihm in die Küche. Beherzt schubse ich ihn beiseite und greife nach dem Brot. Dann stecke ich vier Scheiben in den Toaster, drücke den Hebel herunter und lehne mich mit verschränkten Armen gegen den Tresen. »Du bist neunzehn Jahre alt und kriegst keinen Toast hin, ohne ihn zu verbrennen?«

»Zu meiner Verteidigung«, sagt Tyler grinsend, »kann ich

nur sagen, dass ich viel zu beschäftigt damit war, dich anzusehen.«

Spielerisch boxe ich ihn gegen den Arm, passe aber auf, dass ich nicht das neue Tattoo treffe. Dann sehe ich ihn mit geschürzten Lippen an. »Kannst du noch mal was auf Spanisch sagen?«

Tyler zieht argwöhnisch die Augenbraue hoch und imitiert meine Körperhaltung, indem er ebenfalls die Arme vor der Brust verschränkt. »Wirst du das jetzt unser ganzes Leben lang tun? Mich bitten, was auf Spanisch zu sagen?«

»Tja«, sage ich mit einem lässigen Schulterzucken, »macht mich eben an.«

Wieder lacht er, und ich beobachte ihn einen Augenblick lang nur. Mustere seinen Gesichtsausdruck. Höre zu. Noch vor zwei Jahren hat er lange nicht so oft gelacht wie jetzt. Sein Lachen klang nie aufrichtig. Es war immer entweder sarkastisch oder hart, aber inzwischen klingt es ganz glücklich und entspannt und zufrieden. Ich spüre seine positive Ausstrahlung, wie schon die letzten Tage, etwas, das ich an ihm bis jetzt nicht kannte. Ich denke, ihn so zufrieden zu sehen, ist überhaupt das Attraktivste an ihm. Wenn ich ihn so mit früher vergleiche, überkommt mich ein unglaublicher Stolz. Ich grinse, doch ihm scheint gar nicht aufzufallen, wie ich ihn ansehe.

»*Me estoy muriendo por besarte*«, sagt er grinsend.

Die Worte kommen mir irgendwie bekannt vor, und ich überlege kurz, wo ich sie schon einmal gehört habe. Und dann dämmert es mir. »Heißt das nicht, dass …«

»… ich dich nur zu gerne küssen würde?«, beendet er den Satz für mich. Er zieht eine Augenbraue nach oben und macht einen Schritt auf mich zu. »Ja. Ja, genau das heißt es.« Und bevor ich lachen oder rot werden oder in irgendeiner Weise reagieren kann, drückt er mir einen Kuss auf die Lippen. Nur einen. Ganz schnell. Und dann noch einen, diesmal etwas sanfter, während er mir gleichzeitig die Hände an die Hüften legt. »Sag du was auf Französisch.«

Ich blicke unter meinen Wimpern zu ihm auf. Langsam färbt seine gute Laune auf mich ab. Mutig murmle ich: »Wie wär's damit: *Je t'aime?*«

Tyler zuckt mit keiner Wimper. Doch der Ausdruck in seinen Augen verändert sich. »Nur wenn *te amo* für dich in Ordnung ist«, sagt er leise. Er lächelt immer noch, genau wie ich. Ich denke, wir wissen beide, dass keiner von uns bereit ist, es in seiner Muttersprache zu sagen. Erneut presst er die Lippen auf meinen Mund, und gerade als ich denke, das Ganze könnte sich zu einem tieferen, innigeren Kuss entwickeln, mit Zunge und allem, höre ich, wie der Toast rausspringt.

Tyler macht sich von mir los und lacht, ehe ich mir den Toast überhaupt angesehen habe. Als ich es dann tue, stoße ich ein Seufzen aus. Er ist wieder hoffnungslos verkohlt.

»Ich glaube, wir lassen das mit dem Toast lieber«, sage ich. Jetzt muss ich auch kichern. Was sind wir beide albern.

»Ja, du sagst es«, meint Tyler. »Als Entschädigung lade ich dich zum Mittagessen ein. Du darfst entscheiden, wo wir hingehen.«

Gerade, als ich sein Angebot dankend annehmen will, klingelt mein Handy. Es liegt auf dem Sofatisch im Wohnzimmer. Ich schiebe mich an ihm vorbei und gehe hinüber. Es ist nicht mein üblicher Klingelton, und als ich es zur Hand nehme und aufs Display schaue, stelle ich fest, dass es sich um einen Videoanruf handelt. Von Dean.

Automatisch will ich den Anruf ablehnen, doch ich halte im letzten Moment inne, kurz bevor ich auf den Bildschirm tippe. Es klingelt immer noch, und Tyler beäugt mich skeptisch aus der Küche. Ich habe schon seit mehreren Tagen nicht mehr mit Dean gesprochen, seit Sonntag nicht mehr. Ich weiß, dass ich rangehen sollte, daher sehe ich Tyler mit einem entschuldigenden Schulterzucken an und nehme den Anruf entgegen.

»Hiiii«, melde ich mich in möglichst gut gelauntem Ton. Hoffentlich klingt das nicht zu gekünstelt.

Es dauert einen Moment, bis Deans Gesicht auf dem Display erscheint, doch dann starrt er mir mit verdutzter Miene entgegen. Ich glaube, er hat mich nicht gehört, daher winke ich, damit er sieht, dass ich dran bin. Sofort hellen sich seine Züge auf. »Hey, du gehst ja wirklich ran!«

»Aber sicher«, sage ich. »Was gibt's?«

»Ich gehe gleich zur Arbeit«, sagt er, aber das sehe ich auch so. Er trägt nämlich seinen blauen Overall, den mit den Öl-flecken und allem, die Haare völlig zerzaust. »Da dachte ich, ich schaue mal nach meinem Mädchen. Wie geht's dir?«

»Ihr habt doch kurz vor acht, oder? Hier ist es elf.« Ich lasse mich aufs Sofa sinken, schlage die Beine übereinander, halte mir mein Handy vors Gesicht und versuche, mich ganz auf meinen Freund zu konzentrieren. Es fällt mir schwer zu ignorieren, dass Tylers Blick sich quer durch den Raum in meinen Hinterkopf bohrt. Das spüre ich nämlich ganz genau. »Mir geht's bestens. Wir hängen bloß so rum.«

Dean zieht eine Augenbraue hoch. »Und, gibt es irgend-welche Neuigkeiten?«

»Nö.« Ich kann ihm nicht in die Augen sehen, daher starre ich auf seine Schulter. Ist ja nicht so, als könnte er es erahnen. Aber trotzdem habe ich ein viel zu schlechtes Ge-wissen, um seinem Blick zu begegnen.

»Nichts passiert seit Sonntag?«

»Wir haben nicht groß was unternommen, bloß ent-spannt.« Ich zucke die Achsel und lasse mich tiefer ins Sofa sinken. Aus dem Augenwinkel sehe ich, wie Tyler die ver-brannten Toastscheiben in den Müll schmeißt. »Wie läuft es bei euch da drüben so?«

Dean verdreht die Augen und schnauft. »Rachael hatte

einen Nervenzusammenbruch, weil ihr Friseur ihr die Haare zu kurz geschnitten hat oder so was, und jetzt weigert sie sich, das Haus zu verlassen. Meghan kommt nächste Woche aus Europa zurück, Tiffani wohnt mehr oder weniger am Strand, weil sie sich einredet, der Sand hier ist besser als der in Santa Barbara; bei Dad in der Werkstatt hat ein Neuer angefangen, der nicht mal weiß, was ein Schraubenzieher ist, und meiner Mom fehlen unsere gemeinsamen Abendessen. Ach ja, und Dad lässt dich schön grüßen. Ich denke, das war's im Groben.« Er atmet aus und lacht. Komisches Gefühl, ausnahmsweise mal ihn und nicht Tyler lachen zu hören. Noch komischer ist es, seine dunklen Augen zu sehen, wo ich mich so an Tylers smaragdgrüne Augen gewöhnt habe. »Hey, was machst du eigentlich morgen am Nationalfeiertag?«

Ich werfe Tyler einen verstohlenen Blick zu. Er lehnt mit verschränkten Armen am Küchentresen, ein wissendes Grinsen auf den Lippen. Der Unabhängigkeitstag weckt bei uns immer gewisse Erinnerungen. Morgen am vierten Juli ist es genau zwei Jahre her, dass mir etwas bewusst wurde: nämlich dass ich Tyler auf eine Weise liebe, auf die ich ihn nicht lieben sollte. Morgen ist es außerdem zwei Jahre her, seit wir festgenommen wurden wegen unbefugten Betretens. Daran, dass wir die Unabhängigkeit unseres Landes gefeiert hätten, kann ich mich nicht erinnern. Ich weiß nur noch, wie durcheinander ich war, so schlimm wie noch nie in meinem Leben.

Ich schlucke den Kloß in meinem Hals hinunter und richte die Augen wieder auf Dean. Er lächelt mir zu. »Wir wissen es noch nicht genau«, sage ich mit staubtrockener Kehle. »Tyler will in New York bleiben, und sein Mitbewohner hätte gern, dass wir alle nach Boston fahren. Aber im Grunde ist es piepegal, wird wohl auf ein Feuerwerk über irgendeinem Fluss hinauslaufen. Wahrscheinlich müssen wir eine Münze werfen. Und du?«

»Ich denke, wir schauen uns das Feuerwerk in Marina del Rey an.«

Ich würde ja etwas erwidern, nur bin ich abgelenkt, weil sich die Videoqualität ganz plötzlich verändert, das Bild wird schärfer und weniger pixelig. Ich schiele auf sein Kinn. »Sind das … sind das da Bartstoppeln?«

»Sieht so aus.« Verlegen reibt er sich das Gesicht und sieht mich über das Display gespielt verführerisch an. »Ich habe mir überlegt, ich lasse das mit dem Rasieren vorerst. Weiß schon, dass dir das nicht gefällt, aber du bist ja fast den ganzen Sommer über weg, da dachte ich, was soll's.«

Mein Blick wandert zurück zu Tyler. Er sieht mich mit fragender Miene an und hat die Hand ebenfalls ans Kinn gelegt, um seine Stoppeln zu präsentieren. Das Grinsen will einfach nicht aus seinem Gesicht weichen.

Ich schleudere ihm einen Blick entgegen, der deutlich macht, dass ich diese Ablenkung momentan so gar nicht brauchen kann. Noch dazu, wo ich mich hier mit Dean zu unterhalten versuche. Ich stelle den Anruf einen Moment auf lautlos und sage zu ihm: »An dir gefällt mir das gut.« Dann richte ich den Blick wieder auf meinen Freund.

»Hey, ich glaube, du warst gerade kurz weg«, sagt Dean und sieht mich aus fünftausend Kilometer Entfernung stirnrunzelnd an. »Was hast du gesagt?«

»Nichts, ich hab nur mit Tyler geredet«, entgegne ich prompt. Kaum ist das raus, bereue ich es. Ich hätte nicht erwähnen sollen, dass Tyler hier ist. Der steht jetzt kerzengerade da und funkelt mich grimmig an.

»Er ist auch da?«, fragt Dean. Seine Miene scheint sich aufzuhellen. Wusste ich's doch. Ich hätte es ihm nicht sagen dürfen. »Hey, Mann, komm mal her.« Er redet natürlich nicht mit mir. Er meint Tyler, der heftig mit dem Kopf schüttelt.

»Äh, Sekunde«, stammle ich. Dieses Mal stelle ich sowohl

die Kamera als auch den Ton auf Pause und wirble herum, um Tyler einen panischen Blick zuzuwerfen. »Okay, schon kapiert, dass ich nicht sagen hätte sollen, dass du hier bist, aber komm bitte kurz rüber und rede mit ihm.«

»Nein«, gibt Tyler entschieden zurück und unterstreicht seine Worte mit der entsprechenden Geste. »Auf gar keinen Fall. Nein, nein und nochmals nein.«

»Biiiiitteeee«, quengle ich. »Wenn du es nicht tust, wird er sich fragen, warum du so scheiße zu ihm bist. Er ist dein bester Freund, schon vergessen? Also benimm dich bitte normal.«

»Eden, falls es dir entfallen sein sollte, ich bin auch der Typ, mit dem seine Freundin ihn bescheißt«, zischt Tyler leise, wobei er sich die Schläfen reibt. Mit einem scharfen Blick fügt er schroff hinzu: »Ich rede nicht mit ihm.«

Stöhnend widme ich mich wieder meinem Handy und reaktiviere den Videoanruf. Dean hat ganz geduldig gewartet. »Tyler kann gerade nicht«, schwindle ich. »Er hat nichts an.«

»Er hat nichts an?« Dean sieht mich mit einem sonderbaren Gesichtsausdruck an, und Tyler reißt entnervt die Hände hoch.

»Äh, ich wollte sagen«, stottere ich, »er zieht sich gerade um. Im anderen Zimmer. Nicht hier.«

Mein verlegenes Gestammel muss für Tyler wohl schlimmer sein als die Vorstellung, mit Dean zu reden, denn jetzt kommt er von der Küche angetrabt und reißt mir das Telefon aus der Hand. Er kleistert sich ein Lächeln auf die Lippen und hält das Handy vor sich hoch. »Hey, Alter. Tut mir leid, hab mir gerade was Frisches angezogen. Was gibt's?«

Überrascht starre ich vom Sofa hoch zu Tyler, als ich Dean sagen höre: »Mann! Hab dich ja eine Ewigkeit nicht gesehen! Mir geht's prima. Aber ich vermisse Eden, total krass.«

»Klar tust du das«, bemerkt Tyler trocken. »Sie hat aber Spaß hier.«

Ich weiß genau, dass er genervt ist, weil er mit Dean reden muss, doch wir hatten keine Wahl. Dean darf es noch nicht erfahren, zumal wir so weit voneinander getrennt sind. Während Tyler Dean zuhört, schießen mir plötzlich tausend Gedanken durch den Kopf. Ich muss die Sache von Angesicht zu Angesicht regeln. Vielleicht haben Tyler und ich das Gefühl, Dean zu belügen, aber uns bleibt nichts anderes übrig. Wir müssen so tun, als wäre alles in bester Ordnung, auch wenn es das nicht ist. Es würde Dean das Herz brechen, wenn er es auf diese Weise herausfände, über einen Videoanruf, fünftausend Kilometer von mir entfernt. Also spielen wir Dean zuliebe weiter Theater, auch wenn es uns unheimlich schwerfällt. Keine Ahnung, wie wir es ihm sagen sollen. Keine Ahnung, *was* wir sagen sollen, aber zum Glück bleiben uns ja noch ganze drei Wochen, um uns das zu überlegen. Wir kriegen das schon hin. Wir sind einfach ganz offen und ehrlich, wir erklären alles, und zwar richtig. Das sind wir Dean schuldig.

Tyler lässt sich auf dem Sofa nieder, ganz dicht neben mir, und hält das Handy hoch, damit wir beide zu sehen sind übers Display. Zehn Minuten lang erzählen wir Dean von New York und wie toll das italienische Essen hier doch schmeckt, und er bringt uns dafür auf den neusten Stand, was sich in Santa Monica so für Dramen abgespielt haben. Ein Mädchen aus meiner Jahrgangsstufe hat sich mit einem zehn Jahre älteren Typen verlobt. Einen Jungen aus Deans Geschichtskurs hat man in den Knast gesteckt wegen eines sexuellen Übergriffs.

Zum Glück muss Dean irgendwann zur Arbeit, und als wir endlich aufgelegt haben, sackt Tyler entkräftet auf dem Sofa zusammen. Er sieht aus wie ein Häuflein Elend.

»Jetzt landen wir also höchst offiziell in der Hölle«, stöhnt

er. Ich bringe nur ein schwaches Seufzen zustande und empfinde nichts als Schuld und Schande. Dean hat das alles nicht
verdient. Kurz danach setzt Tyler sich wieder auf und beugt
sich vor, um mir von der Seite einen Blick zuzuwerfen. »Das
wird ihn umbringen. Es führt kein Weg daran vorbei. Wir
müssen absolut ehrlich sein zu ihm und die Tatsache akzeptieren, dass wir es vermasselt haben. Wann wollen wir es
ihm sagen?«

»Sobald wir nach Hause kommen. Länger können wir nicht
warten«, sage ich. Ich kann Tyler nicht ins Gesicht sehen.
Leicht vornübergebeugt stemme ich die Ellbogen auf die
Knie und stütze mein Gesicht in die Hände. »Es ist ja so unfair ihm gegenüber.«

Der Ton in Tylers Stimme wird ganz feierlich. »Denkst du,
er wird uns das je verzeihen?«, fragt er leise.

»Irgendwann schon«, murmle ich. Natürlich könnte ich
es ihm nicht verdenken, wenn dem nicht so wäre, aber ich
halte dennoch lieber an der Hoffnung fest, es gelingt ihm
eines Tages. Schließlich reden wir hier von Dean. Unserem
Dean. Er war sein Leben lang noch nie nachtragend.

»Gott, was bin ich für ein mieser Freund«, jammert Tyler.

»Und ich bin eine noch viel miesere Freundin«, schicke ich
hinterher. Wird nicht einfach werden, es ihm zu gestehen.
Denn Dean verliert ja nicht nur seine Freundin, sondern
auch noch seinen besten Freund, und zwar beide auf einmal.
Von beiden verraten.

Wie aus dem Nichts legt Tyler seine Hand auf mein Bein.
»Eden«, sagt er, »heißt das, dass du dich endgültig für mich
entscheidest?«

Seine Frage kommt nicht ganz überraschend. Und während ich versuche, weiter zu atmen, lasse ich die Worte
langsam auf mich wirken. Von einer tiefen Ruhe erfüllt,
wandert mein Blick zu ihm, nur um festzustellen, dass er
mich aus großen grünen Augen düster ansieht. Er wirkt

beinahe beunruhigt, als könnte ich Nein sagen. »Ich habe mich doch längst für dich entschieden«, flüstere ich.

Mir entgeht nicht, dass ein Ausdruck der Erleichterung in seine Augen tritt, auch wenn sich seine Miene nicht im Geringsten verzieht. Sein Blick wird nur umso intensiver. »Und was hat das zu bedeuten, dass du dich für mich entschieden hast?«

»Du weißt genau, was das bedeutet, Tyler.« Ich greife nach seiner Hand, hebe sie hoch und verschränke seine Finger mit meinen. Perfekt. Genau wie es sein soll. Genau wie es immer war. »Es bedeutet, dass ich mit dir zusammen sein will.« Meine Stimme klingt fest. Kein Anflug von Nervosität. Ich habe keinerlei Zweifel. Nein, ich bin einfach nur der Überzeugung, dass ich die Wahrheit sage, und nichts als die Wahrheit. »Also ernsthaft.«

Tyler muss ein Lächeln unterdrücken und gibt sich Mühe, ernst zu bleiben, doch seine Augen beginnen bei meinen Worten zu strahlen. »Dir ist klar, dass wir es unseren Eltern werden sagen müssen?«

»Das ist mir bewusst, ja«, bestätige ich. Wieder seufze ich. Einen langen Seufzer diesmal. Einen Seufzer, den ich gefühlt seit zwei Jahren unterdrücke. Es unseren Eltern sagen zu müssen ist das Schlimmste an der ganzen Sache, und wie es aussieht, rückt der Zeitpunkt näher. Wenn wir es aber erst einmal hinter uns gebracht haben, wird die Erleichterung groß sein. »Ich bin bereit.«

»Und du gibst garantiert nicht wieder auf?«, hakt Tyler sofort nach. Er drückt meine Hand, und sein Gesichtsausdruck verändert sich leicht. Seine Worte kommen schnell, er spricht voller Enthusiasmus. »Du wirst nicht wieder deine Meinung ändern, wenn der Augenblick gekommen ist?«

»Tyler«, erwidere ich fest. »Ich ziehe das durch, wenn du es auch tust.« Dann sage ich lächelnd: »*No te rindas.*« Die Worte, die Tyler mir an unserem ersten Abend oben auf dem

Dach auf die Schuhe gekritzelt hat. Worte mit einer einfachen und doch so bedeutsamen Botschaft: Gib nicht auf.

In diesem Augenblick tritt ein breites Grinsen in Tylers Gesicht, seine Augen funkeln, und er strahlt etwas derart Positives aus, als er sagt: »Zum Glück hast du das nicht getan.«

Kapitel 17

»… ganz zu schweigen von La Breve Vita. Ich glaube, die kommen aus Italien. Sie steht total auf die Band. Schließt jedes Mal die Augen, wenn sie die hört, denn in der Beziehung ist sie ein bisschen eigen. Was mir aber irgendwie gefällt. Immer wenn ich in ihr Zimmer komme, sitzt sie mit Kopfhörern da, die Augen fest geschlossen. Ich glaube, sie kriegt das meistens gar nicht mit, wenn ich komme. Sie schaut nie auf, sieht aber unheimlich süß aus. Trotzdem, irgendwie komisch.«

Ich kann mich nicht an den genauen Moment erinnern, in dem ich aufgewacht bin. Ging wohl schrittweise vonstatten. Nach und nach werde ich mir der Worte bewusst, die von irgendwo an mein Ohr dringen. Ich bin in Tylers Decke gekuschelt und liege ein, zwei Minuten nur so da, bis ich mich wieder orientiert habe. Anfangs kapiere ich gar nicht, was los ist, doch dann höre ich Tyler ganz leise sagen: »Hey, endlich bist du wach.«

Mit flatternden Lidern schlage ich die Augen auf und sehe den hell erleuchteten Raum vor mir. Vorsichtig schiele ich nach rechts. Tyler liegt neben mir und lächelt mich von oben her an, hellwach, mit einem Camcorder in der Hand. Der auf mich gerichtet ist.

»Was tust du da?«, murmle ich argwöhnisch. Das rote Licht an der Kamera blinkt.

»Spiele nur ein bisschen herum«, meint er. Trotzdem lässt

er das Ding weiterlaufen. Er filmt mich ungeniert. »Einen schönen Unabhängigkeitstag, Baby.«

Ich richte mich ein Stück auf und reibe mir die Augen, bin mir aber bewusst, dass ich gefilmt werde. Mein Blick wandert zu der Kamera, und ich lächle in die Linse. »Einen wunderbaren vierten Juli.«

»Der Unabhängigkeitstag ist für mich der beste Feiertag«, sagt Tyler in die Kamera, die er nun auf sich selbst gerichtet hält. Er wirft mir ein umwerfendes Grinsen zu. »Ich glaube, Eden weiß, woran das liegt.« Er beugt sich über mich und legt die Kamera auf dem Nachttisch ab.

Die Vorhänge sind bereits zurückgezogen, daher dringt die wärmende Morgensonne ins Zimmer. Die Strahlen haben eine unheimlich beruhigende Wirkung, und Tyler streift mit den Fingern an meinem Arm entlang und greift dann nach meinen Händen. Er vergräbt das Gesicht an meinem Hals, sein Atem streift warm über meine Haut, und ich seufze zufrieden auf. Daran könnte ich mich gewöhnen, jeden Morgen neben ihm aufzuwachen. Ich strecke die Arme nach oben und schlinge sie ihm um den Hals, vergrabe die Hände in seinem Haar, ziehe ihn an mich. Meine Lippen begegnen den seinen, und ausnahmsweise einmal entspannt Tyler sich und überlässt mir die Führung. Allerdings fühlt sich das so seltsam an, dass ich merke, wie ich an seinem Mund grinsen muss. Er erwidert das Grinsen, packt mich an der Hüfte und zieht mich auf sich. Schon sitze ich auf seinem Schoß, während sich Strähnen aus meinem lockeren Knoten auf dem Kopf lösen und mir ins Gesicht fallen. Deshalb stecke ich sie hinter den Ohren fest und beuge mich wieder vor, um Tyler eine Reihe von Küssen auf die Lippen zu drücken.

»Mmmm«, stöhnt er genussvoll.

»Ich denke, du stellst das jetzt besser aus«, flüstere ich. Mit einem kurzen Blick auf den Camcorder neben dem Bett küsse ich mich weiter an seiner Kinnlinie entlang.

Tyler schmunzelt mit einem verschmitzten Ausdruck im Gesicht. »Wie wäre es denn, wenn wir das einfach weiterlaufen lassen?«

»Hmm.« Spaßeshalber richte ich mich auf und lehne mich zurück. »Na dann eben nicht.« Ich steige von ihm herunter, schwinge mich aus dem Bett und stehe auf.

»Okay, okay, ich stell das Ding ja schon aus«, sagt Tyler und beugt sich vor, um sich die Kamera zu schnappen. Im Bruchteil einer Sekunde hat er sie ausgeschaltet.

»Jetzt ist es zu spät«, sage ich mit einem neckischen Schulterzucken. Fühlt sich ein bisschen komisch an, ihn zur Abwechslung einmal in seinem eigenen Bett zu sehen und nicht auf dem Sofa, deshalb beschließe ich hier und jetzt, ihn von nun an jede Nacht bei mir schlafen zu lassen. Ich will jeden einzelnen Tag so aufwachen wie heute. »Kaffee?«

»Du kennst mich eben.«

Am späten Nachmittag zieht ein heftiges Gewitter über die Stadt hinweg. Den ganzen Tag schon hängen ein dunkler Himmel und dichte Regenwolken über Manhattan, und gerade, als Tyler und ich vor der Entscheidung stehen, ob wir noch rausgehen und uns die Feierlichkeiten ansehen, fällt ganz plötzlich der Strom aus.

Das Apartment ist in absolute Dunkelheit getaucht, und es ist kein Geräusch zu hören abgesehen vom unablässigen Trommeln des Regens gegen die Fensterscheiben. Die Stadt draußen aber erstrahlt im üblichen nächtlichen Glanz. Wie es aussieht, ist der Strom nur bei uns im Haus ausgefallen.

»Das ist jetzt nicht wahr«, murmle ich ungläubig. Ich dränge mich dichter an Tyler heran und strecke im dämmrigen Licht die Hand nach seinem Arm aus.

»Was für ein Mist«, meint er und macht ein paar vorsichtige Schritte rückwärts. »Der vierte Juli, und es gießt in Strömen. Und jetzt fällt auch noch der Strom aus.« Ich spüre, wie er sich langsam durchs Wohnzimmer tastet. Meine Finger halten den Saum seines T-Shirts umklammert, und ich folge ihm dicht auf den Fersen. »Ich glaube, im Waschraum müssten noch Kerzen sein. Hätte nicht gedacht, dass wir die je brauchen würden.«

Kurz darauf knallt Tyler mit der Hüfte gegen den Küchentresen, und der Krach, den er verursacht, lässt mich zusammenzucken. Er stöhnt vor Schmerz auf, bleibt aber nicht lange stehen, sondern führt mich weiter in die Waschküche. Ich trage nichts als Unterwäsche und ein T-Shirt in Übergröße, daher strecke ich die Hand unter das Oberteil, um mein Handy aus dem BH zu ziehen. Die Displaybeleuchtung ist zwar schwach, aber sie hilft Tyler, die Sammlung Wachskerzen auf einem der Regale über dem Trockner ausfindig zu machen.

»Hier«, sagt er und reicht mir eine Handvoll. »Stellst du die im Wohnzimmer für mich auf?«

Ich folge seiner Bitte, taste mich durch die Dunkelheit und stelle die Kerzen auf dem Sofatisch auf. Langsam gewöhnen meine Augen sich an das fehlende Licht, und ich erkenne nach und nach die Umrisse von Möbelstücken und von Tylers Körper, der nun auf mich zukommt. »Hier drüben«, sage ich. Ich strecke beide Arme aus, greife nach seinem Handgelenk und ziehe ihn zu mir.

Er stellt noch mehr Kerzen auf, stopft die Hände in die Taschen seiner Jeans, und als er ein Feuerzeug herauszieht, ist das Geklimper eines Schlüsselbundes und von losem Kleingeld zu hören. Er fährt mit dem Daumen über das Rädchen, und eine grelle Flamme flackert auf und erhellt einen kleinen Bereich im Raum. Er zündet die Kerzen an, lässt das Feuerzeug wieder in der Hosentasche verschwinden und nimmt zwei der Kerzen zur Hand. Mit denen geht er nun hinüber in die Küche. Er stellt sie auf den Arbeitsflächen auf, und als er wieder zu mir kommt, erkenne ich endlich sein ganzes

Gesicht. Der Raum ist in ein oranges Licht getaucht, und obwohl es draußen schüttet, ist es in der Wohnung richtig kuschelig und warm.

»Was hältst du davon, wenn wir einfach hierbleiben?«, schlägt er mit hochgezogenen Augenbrauen vor. »Du bist ja noch nicht mal angezogen. Außerdem werden wir da draußen klatschnass. Wer weiß, vielleicht sagen die das Feuerwerk ohnehin ab.«

Snake und Emily sind schon lange los, um sich einen Platz mit guter Sicht auf den Hudson zu sichern. Wir sollten sie eigentlich die nächste halbe Stunde dort treffen. Keine Ahnung, ob sie so begeistert wären, wenn wir gar nicht kommen, zumal es ja Tyler war, der unbedingt in der Stadt bleiben wollte.

»Wird das noch zur Tradition, dass wir das Feuerwerk verpassen?«, frage ich.

»Ich hab da eine Idee«, sagt er ganz leise und übergeht meine Frage. Er nimmt zwei weitere Kerzen, und schaut in Richtung seines Zimmers. Also gehe ich hinüber und nehme eine dritte Kerze mit.

»Was für eine Idee denn?«, frage ich, während ich die Kerze auf dem Nachttischchen abstelle. Im Raum ist es dunkel, das Wetter draußen ist gewittrig, es donnert unaufhörlich, doch die drei kleinen Kerzen spenden etwas Licht, gerade genug, dass wir einander erkennen können.

Tylers Gesicht ist nur zur Hälfte von den Kerzen beschienen, und wie er so auf das Bett zugeht, beobachte ich seinen Schatten, der über die Wände tanzt. »Baby, komm her«, murmelt er, und ein Kloß bildet sich in meiner Kehle, als ich seiner Bitte Folge leiste. »Ich möchte gern ein Spiel spielen mit dir.«

»Ein Spiel?«, wiederhole ich. Ich gebe mein Bestes, ruhig zu wirken und selbstbewusst und cool, aber das ist einfach unmöglich. Meine Stimme ist fast nur ein Fiepen. Das hindert mich allerdings nicht daran, die Finger behutsam ins Laken zu graben und neben ihn auf das Bett zu kriechen. Auf Knien hocke ich da.

Tyler fährt sich mit der Zunge über die Lippen und mustert mich eingehend, als würde er sich fragen, ob ich wohl zu zerbrechlich, zu zart sein könnte für das, was er im Sinn hat. Das bin ich nicht. Ich bin nur ein bisschen nervös. »Dreh dich um«, sagt er leise, aber entschieden.

»Ich soll mich umdrehen?«, wiederhole ich und schlucke. Ich betrachte seine Gesichtszüge, versuche herauszufinden, was er wohl denkt, doch er gibt nichts preis. Stattdessen sieht er mich mit ganz gelassener Miene an.

»Eden«, sagt er, mehr nicht.

Ich lockere mich etwas, entspanne mich, indem ich tief durchatme. Im Kerzenlicht drehe ich mich um, den Rücken zu ihm, die Beine übereinandergeschlagen. Ich sage kein Wort. Warte einfach nur ab.

»Zieh dein T-Shirt aus«, befiehlt er mir sanft, aber energisch, und selbst vor dem Hintergrund des Regens wirkt seine Stimme wie etwas, das gewaltige Macht hat über mich.

Das überrascht mich, doch ich verspüre keinerlei Panik. Alles fühlt sich nun völlig entspannt an, einfach nur richtig. Ich schließe die Augen, atme langsam aus und fasse nach dem Saum meines T-Shirts. Mein Herz pocht schnell, doch es hämmert nicht gegen meine Brust, und mein Puls rast auch nicht. Mit einer fließenden Bewegung ziehe ich mich aus und lasse das Oberteil neben dem Bett zu Boden fallen.

Unvermittelt überläuft mich ein Schauer, und ich bin mir nicht sicher, ob es daran liegt, dass ich fast nackt bin und friere, oder daran, dass ich fast nackt vor Tyler sitze. Wie auch immer, ich fühle mich nicht unwohl.

»Und das auch«, flüstert Tyler. Die Matratze unter uns neigt sich ganz leicht, als er näher zu mir herrückt. Vorsichtig umfasst er mein Haar, schiebt es zur Seite und presst seine kühlen Lippen hinten auf meine Schulter. Er atmet schwer an meiner Haut. Die andere Hand gleitet nun über den Verschluss meines BHs.

»Was?«, hauche ich.

»Nimm ihn ab«, drängt er, während seine Lippen über meinen Nacken streifen.

Ich strecke die Hand nach hinten, fummle ungeschickt am Verschluss herum und öffne ihn schließlich. Die Anspannung in meiner Brust lässt nach, endlich kann ich wieder frei atmen. Dafür kriege ich es jetzt mit der Angst zu tun. Es ist so lange her. Zwei Jahre, um genau zu sein. Ich weiß nicht, was mich erwartet, aber eines weiß ich sicher, nämlich dass ich nicht Nein sagen kann. Die sexuelle Spannung zwischen uns hat sich seit dem Yankees-Spiel angestaut, von dem Moment an, in dem Tyler was von Derek Jeter und dem Homerun sagte.

Vielleicht ist er das jetzt, denke ich. Vielleicht ist der Augenblick für unseren Homerun gekommen. Vielleicht ist es an der Zeit. Ich habe geduldig gewartet, da es mir viel zu peinlich gewesen wäre, etwas zu sagen. Ich dachte schon fast, Tyler hätte unseren Deal vergessen, und jetzt, wo der Moment da ist, habe ich plötzlich Angst. Irgendwie fühlt es sich an, als wäre es das erste Mal. Doch sosehr ich mich auch fürchte, und so schlecht mir auch ist, ich glaube nicht, dass ich mir je etwas mehr gewünscht habe als das hier.

Wie in Trance werfe ich den BH ebenfalls auf den Boden und schließe die Augen. Ich bin so froh, dass ich ihm nicht ins Gesicht sehen muss. Denn ich denke nicht, dass ich seinem Blick standhalten würde. Allerdings sagt auch er kein Wort. Wir sitzen eine Weile in absoluter Stille da, bis ich die Kuppen seiner Finger auf der Haut spüre. Ganz behutsam zeichnet er ein Muster auf meinen Rücken.

Ich spüre, wie Tyler sich kurz bewegt, dann nimmt er wieder die gleiche Sitzposition hinter mir ein. Plötzlich höre ich das leise Klicken eines Stiftes. Am liebsten würde ich mich umdrehen oder zumindest nach hinten linsen, um zu sehen, was er da tut, doch ich habe so das Gefühl, dass er das nicht möchte.

Ganz ohne Vorwarnung drückt er mir den Stift auf den Rücken, ein seltsames Gefühl auf der Haut. Ein, zwei Sekunden lang würde ich am liebsten loskichern. Aber ich widersetze mich dem Drang zurückzuzucken und lasse zu, dass Tyler schreibt, was auch immer es sein mag. Die Kugelschreiberspitze rollt über meine Haut, und die geschwungenen Linien und die Punkte hinterlassen ein ganz ungewohntes Gefühl. Wort um Wort reiht er auf meinem Rücken aneinander, ganze Sätze, wie es scheint.

»Fertig«, verkündet Tyler endlich. Er klingt höchst zufrieden. »Eden.«

»Tyler?«

»Dreh dich um«, weist er mich wieder an. Seine Stimme klingt gedämpft, und ich spüre seinen intensiven Blick auf mir.

Ich zittere kaum merklich. Nicht weil ich nervös bin, sondern weil ich weiß, dass es falsch wäre, mich jetzt umzudrehen. Mir ist bewusst, dass ich damit Dean untreu werde. Ich *weiß* es einfach. Und das ist das Schlimmste an der Sache. Ich weiß, dass es falsch ist, und ich weiß, dass es treulos und unmoralisch ist, und ich tue es trotzdem. Ich halte die Augen weiter geschlossen, drehe mich ganz zu Tyler um und stelle fest, dass mein Puls inzwischen richtig am Rasen ist, mein Herz hämmert wild. Ganz langsam schlage ich die Augen auf.

Tyler sieht mich an, sein funkelnder Blick wandert über meinen Körper. Bei meinen Brüsten hält er ein paar Sekunden inne, dann richten seine Augen sich wieder auf mein Gesicht und begegnen den meinen. »»Du sollst deiner Schwester Blöße, die deines Vaters oder deiner Mutter Tochter ist, da-

heim oder draußen geboren, nicht aufdecken««, zitiert Tyler
ganz leise, ohne den Blick auch nur ein einziges Mal von mir
abzuwenden. Durchdringend sieht er mich an. »Aus dem
Buch Mose, Kapitel achtzehn, Vers neun.«

Ich wundere mich über mich selbst, weil ich nicht gleich
Reißaus nehme, sondern dasitze, ohne mit der Wimper zu
zucken oder reflexartig meine Blöße zu bedecken. Stattdessen spiele ich in meinem Schoß nervös mit den Fingern
und sehe ihn mit hochgezogener Braue an.

Seine Lippen verziehen sich zuckend zu einem verschla-
genen Grinsen, sodass die Spitzen seiner Zähne zu sehen
sind. Sein ganzes Gesicht scheint zu strahlen. »Mit anderen
Worten«, fügt er hinzu, »ich komme in die Hölle, ohne Zweifel.«

»Warst du in letzter Zeit etwa in der Kirche?«, frage ich
und muss mir ein Lachen verkneifen. Nie im Leben hätte
ich gedacht, dass Tyler je aus der Bibel zitieren könnte. Auch
wenn es nur sarkastisch ist.

»Das habe ich gegoogelt«, erklärt er trocken. »Ich wollte
nur sichergehen, dass ich nicht ins Kittchen kommen kann
für das, was ich vorhabe, und das Gute ist, es ist nicht straf-
bar.«

Nun stoße ich doch ein leises Lachen aus und grinse ihn
an, während er in mein Gekicher mit einfällt. Erst da wird
mir bewusst, dass es mir überhaupt nichts ausmacht, dass wir
das Feuerwerk verpassen. Wir haben es vor zwei Jahren verpasst, und wir verpassen es wieder, aber das ist in Ordnung
so. Es ist immer besser, einen intimen Moment mit Tyler zu
erleben, und während ich so darüber nachdenke, rieselt mir
ein Schauer über den Rücken. Ich denke, ich werde keinen
von diesen Augenblicken je vergessen. Vermutlich werde ich
auch Tyler nie vergessen. Aber zum Glück ist das ja gar nicht
mehr nötig.

Während ich so lache, fällt mein Blick auf den Stift, der

jetzt auf dem Laken liegt. Ich greife danach, nehme ihn zwischen die Finger und halte ihn hoch gegen das Licht. Edding. Nicht auswaschbar.

»Tyler!«, entfährt es mir, und sofort fahre ich hoch und haste mit bloßem Oberkörper in Richtung Tür. Musste er denn ausgerechnet einen wasserfesten Stift verwenden? Wahrscheinlich hat er mir irgendwelche Schweinereien draufgeschrieben; ich male mir schon das Schlimmste aus. Was, wenn die Tinte nicht mehr rausgeht oder erst nach Wochen verblasst? »Mach das sofort weg!« Ich renne durch die Wohnung, Tyler mir dicht auf den Fersen, und im Vorbeilaufen schnappe ich mir in der Küche eine Kerze und stürze ins Bad. Ich stelle die Kerze auf dem Boden ab, greife mir ein Handtuch und seife es vollständig ein. Verzweifelt versuche ich, meinen Rücken damit zu erreichen.

»Jetzt entspann dich mal«, sagt Tyler, doch er lacht immer noch. Wenigstens könnte er versuchen, das zu verbergen. Er nimmt mir das Handtuch ab und stellt sich hinter mich. »Ich mach das schon.«

Er reibt möglichst behutsam über meine Haut, und ich sehe aus dem Augenwinkel unser Spiegelbild. Ganz leicht neige ich den Kopf, um einen besseren Blick auf meinen Rücken zu bekommen und auf die Schrift, bevor Tyler alles wegwischt. Die Worte wirken anfangs fremd auf mich, und ich glaube schon, er hat was auf Spanisch geschrieben. Doch dann wird mir klar, dass die Schrift im Spiegel ja verkehrt herum zu lesen ist. Ich konzentriere mich also auf jeden einzelnen Buchstaben, bis mir dämmert, was da steht. Es ist nur ein Wort. Ein Wort, nur dass er es wieder und wieder geschrieben hat, es bedeckt jeden einzelnen Zentimeter meines Rückens, von den Schultern bis hinunter zum Steißbein.

Alles, was da steht, ist: *MEIN.*

In Großbuchstaben. Jeder einzelne Buchstabe dick und

fett. Und jeder einzelne Buchstabe von großer Bedeutung.

Ich öffne die Lippen und lasse ein leises Keuchen entweichen. Und ich spüre, wie sich ein zufriedenes Gefühl breitmacht in mir, als ich erkenne, dass es wahr ist. Ich bin sein. Ich war es immer, habe nie ganz Dean gehört. Und Tyler war auch immer schon mein.

Tyler übt mehr Druck aus auf meinen Rücken und seufzt ebenfalls. »Ich sage es dir ja ungern«, meint er schließlich, »aber ich glaube, das geht so nicht raus. Wie wäre es damit?«

Urplötzlich packt er mich mit festem Griff und schiebt mich rückwärts in die Dusche. Im Bruchteil einer Sekunde hat er das Wasser aufgedreht. Schwer prasselt es auf meinen Rücken nieder, fließt über mein Gesicht, macht mich von oben bis unten nass. Als ich das Gesicht verziehe, muss Tyler lachen, aber ich funkle ihn durch die Tropfen finster an und ertappe mich dabei, wie ich den Kopf schüttle. Ich halte das nicht länger aus.

»Scheiß drauf«, murmle ich. Ich klatsche ihm die Hände gegen die Brust, kralle meine Fäuste in sein Hemd und reiße ihn zu mir unter den Duschstrahl. Ich gehe auf die Zehenspitzen und küsse ihn. Dieses Mal nutze ich es aus, dass ich die Kontrolle habe, und mit meinem neu gewonnenen Selbstvertrauen dränge ich ihn gegen die Wand der Duschkabine und presse meine Brüste gegen seinen Brustkorb, während mein Mund sich in perfekter Harmonie mit dem Wasser bewegt.

Das Poloshirt klebt ihm am Körper, seine Klamotten sind völlig durchnässt, doch es scheint ihn nicht im Geringsten zu stören. Er wühlt die Hände in mein Haar; seine Lippen kleben an meinen. Das Wasser fällt in glitzernden Tropfen in einem endlosen Strahl auf uns herunter, kraftvoll und schwer, und es erinnert mich daran, wie es ist, sich im Regen zu küssen. Im heftigen Starkregen. Stürmisch packe ich sein T-Shirt unten am Saum und unternehme einen unge-schickten Versuch, es hochzuzerren, während meine andere Hand an seinen Gürtel wandert.

»Hör auf«, stöhnt Tyler an meinem Mund. Es dauert eine Weile, bis er seine Lippen von mir gelöst hat, doch als es ihm gelingt, keucht er schwer an meinem Ohr. Ich betrachte ihn durch den konstanten Fluss des Wassers, wütend und wie vor den Kopf gestoßen, und ich frage mich, warum er mich immer wieder ausbremst, bis mir bewusst wird, warum er dem Ganzen ein solch abruptes Ende setzen musste.

Von irgendwo in der Wohnung ist Snakes Stimme zu hö-ren.

»Warte hier«, flüstert Tyler. Er atmet immer noch schwer, seine Brust hebt und senkt sich deutlich. Kurz darauf stellt er das Wasser ab, und ist schon an der Badezimmertür. Er fährt sich mit der Hand durch das tropfnasse Haar, reißt die Tür auf und späht um den Türstock herum. »Leute, Leute, hier sind wir. Die Dusche spinnt mal wieder. Wollte sie ge-rade einstellen für Eden. Das Wasser spritzt überallhin.«

»Wen kümmert denn die dämliche Dusche?«, höre ich Snake antworten. »Die eigentliche Frage ist doch die: Habt ihr zwei nicht was vergessen? Ihr wisst schon, das Scheiß-feuerwerk vielleicht?«

Seufzend lasse ich mich an der Duschwand nach unten gleiten. Ich bin klitschnass, und meine Euphorie hat sich augenblicklich verflüchtigt. Ich lege die Arme um meine Knie, ziehe sie an die Brust und lehne den Kopf nach hinten gegen die Wand. Meine Gedanken werden beherrscht von dem Bibelvers, den Tyler zitiert hat, und je öfter ich ihn mir durch den Kopf gehen lasse, desto höher wandern meine Mundwinkel. Ich muss grinsen.

Was sind wir doch für Sünder.

Kapitel 18

Ich hebe mein Gesicht zum Himmel und presse die Augen zu, weil die Sonne mir auf die Stirn knallt. Wir waren den ganzen Tag draußen in der Hitze unterwegs, langsam wird mir übel, meine Haut brennt, und ich bin völlig verschwitzt. Wenn ich eines gelernt habe über New York, dann, dass das Wetter jederzeit von sengend heißer Sonne zu Regengüssen wechseln kann. Heute aber haben wir über dreißig Grad. Ich umklammere den Becher Eistee, an dem ich nun schon eine ganze Weile trinke, mit der Hand und atme tief aus. An Tagen wie diesen vermisse ich Santa Monica, denn dort habe ich es von meinem Zimmer aus gerade einmal fünfzig Schritte bis zum Pool. Bislang habe ich diesen Luxus für selbstverständlich betrachtet. Aber in den Gärten und Hinterhöfen hier in der Stadt ist kein Platz für Schwimmbecken. Mist, ich glaube, die Hälfte der Leute hier hat noch nicht einmal einen Hinterhof. Keine Ahnung, wie ich mich abkühlen soll. Meine Haut fühlt sich an, als würde sie brennen, und auf der Fahrt zurück von unserem Tagesausflug nach Queens und Brooklyn werfe ich einen verstohlenen Blick in den Seitenspiegel, nur um festzustellen, dass ich einen Sonnenbrand auf der Stirn habe. Ich habe sogar weiße Ringe um die Augen herum von der Sonnenbrille.

»Ganz schön heiß, wie?«, meint Tyler. Er blinzelt ebenfalls hoch in den strahlend blauen Himmel, an dem keine einzige Wolke zu sehen ist. Dann richtet er den Blick wieder auf seinen Wagen. Keine Ahnung wieso, doch er drückt seine Hand gerade ganz vorsichtig auf den Kofferraumdeckel. Sofort zuckt er zurück. Er schüttelt den Kopf und versucht, den brennenden Schmerz durch Reiben zu stillen. »Verdammt.«

Augenrollend lasse ich mich zu Boden sinken und hocke mich auf den Randstein. Das Pflaster ist so heiß, dass es kaum auszuhalten ist, doch nach wenigen Sekunden wird es erträglich. Weil der Eistee inzwischen viel zu warm und eklig ist, um ihn noch zu trinken, stelle ich ihn neben mir ab und betrachte Tylers Wagen, dessen glänzend weiße Karosserie die Sonnenstrahlen reflektiert. In dem Moment kommt mir ein Gedanke, der einfach zu verlockend ist, um ihn wieder fallen zu lassen. »Darf ich mal mit deinem Auto fahren?«

Tyler hört auf, sich die Hand zu reiben. Wie erstarrt schaut er zu mir runter, bevor er einen beunruhigten Blick in Richtung Audi wirft. »Du? Mein Auto? Das Auto da?« Er beißt sich auf die Unterlippe und reibt sich verlegen den Nacken. »Versteh mich nicht falsch, Eden, aber … du weißt schon.«

Ich lege die Hände flach hinter mir auf den Gehweg und lehne mich zurück, um ihn durch das grelle Licht der Sonne von unten blinzelnd anzusehen. Ich habe eine Augenbraue hochgezogen. »Vertraust du mir denn nicht?«

»Erstens«, sagt er schnell, »fährst du normalerweise nur Automatik. Mein Auto hat eine manuelle Gangschaltung.«

»Und du denkst, ich kann keine manuelle Gangschaltung bedienen?«

Tylers Augenbrauen zucken nach oben, und er starrt mich eindringlich an. »Kannst du das?«

»Automatik ist was für Anfänger«, sage ich, stemme mich vom Boden hoch und richte mich gerade auf. Ich grinse ihn herausfordernd an. »Manuelle Gangschaltungen sind doch viel besser. Den Schlüssel bitte?«

Er schenkt mir ein strahlendes Lächeln und lacht, bevor

er mir den Arm um den Hals schlingt und mich an sich zieht. »Auf gar keinen Fall«, sagt er und küsst mich auf die Wange. Spielerisch schubst er mich von sich weg.

Ich wusste ja, dass ich absolut null Chance habe, er könnte mich hinters Steuer seines Wagens lassen. Aber einen Versuch war es wert. Schulterzuckend greife ich nach dem Eistee am Boden und überquere die Straße zu Tylers Haus. Er folgt mir und läuft dann neben mir her, als er mich eingeholt hat. Behutsam greift er nach meiner Hand und verschränkt seine Finger mit meinen. Ich glaube fast, das ist das erste Mal, dass ich nicht reagiere. Es fühlt sich einfach so normal an, und Tyler macht keine große Sache daraus, denn er führt mich geradewegs ins Haus und zum Aufzug, ohne meine Hand auch nur ein einziges Mal loszulassen.

Normalerweise machen wir das nicht, dass wir Händchen halten. So was tun nur Paare und nicht Leute, die ihre Beziehung geheim halten müssen. Heute aber brauchen wir nicht so vorsichtig zu sein. Snake ist am Morgen nach Boston aufgebrochen, um seine Eltern zu besuchen, und kommt erst morgen wieder zurück. Und Emily unternimmt was mit Leuten, mit denen sie sich angefreundet hat. Im Moment können Tyler und ich also ganz entspannt sein.

Wir fahren hoch in die Wohnung, und kaum bin ich über die Schwelle, beschließe ich, eine kalte Dusche zu nehmen, um mich abzufrischen. Als ich Tyler das sage, schießt mir sofort die Röte in die Wangen. Die Erinnerung an Donnerstagabend stürmt wieder auf mich ein, an Tyler und die Dusche und den Regen und die Worte auf meinem Rücken und den Bibelvers, und ich frage mich, wo das alles wohl hingeführt hätte, wenn Snake und Emily nicht so früh heimgekommen wären.

Es besteht kein Zweifel, dass Tyler genau das Gleiche denkt wie ich, denn er muss sich jetzt ganz offensichtlich ein Grinsen verkneifen. »Kein Problem«, meint er.

Es ist so unglaublich verlockend, irgendwas Kokettes zu entgegnen, von wegen, er solle sich doch zu mir gesellen. Aber ich weiß genau, dass ich es letzten Endes nicht über mich bringen würde. Stattdessen lächle ich nur möglichst unschuldig, wende mich in Richtung Badezimmer und werfe im Vorbeigehen den Eisteebecher in den Müll.

Weil ich vor Hitze fast eingehe, schäle ich mich schleunigst aus meinen Klamotten und gucke nur ganz kurz in den Spiegel. Ich glaube, ich bin schon ein bisschen braun geworden. Mein Gesicht ist jetzt aber knallrot, viel schlimmer als vorhin im Auto. Ich steige unter die Dusche und drehe die Temperatur zurück. Eiskaltes Wasser würde ich nicht ertragen, daher stelle ich es lauwarm ein und bleibe eine Weile unter dem Strahl stehen. Ich mache mir nicht die Mühe, meine Haare zu waschen, daher steige ich, kaum fühlt sich meine Haut nicht mehr an, als würde sie brennen, aus der Dusche und schlinge mir ein Handtuch um den Körper. Ich halte es vorne fest und mache mich dann auf den Weg zurück ins Wohnzimmer.

Erst merke ich gar nicht, dass keiner da ist. Als ich dann in meine Laufshorts geschlüpft bin und mir ein Tanktop übergezogen habe, wird mir bewusst, dass es in der Wohnung nicht nur mucksmäuschenstill ist, sondern dass ich allein bin.

»Tyler?«, rufe ich. Ich stehe mitten im Wohnzimmer, die Hände an den Hüften, die Stirn gerunzelt. Ich warte kurz ab, erhalte aber keine Antwort. »Tyler?«, rufe ich wieder, diesmal lauter.

Ich seufze. Er wäre doch nicht ohne mich ausgegangen. Vielleicht hat er ja was im Auto vergessen. Oder er ist oben auf dem Dach. Würde mich nicht wundern. Wann immer ihm danach ist, verschwindet er da rauf.

Auch wenn ich jetzt nicht mehr der Sonne ausgesetzt bin, brennt meine Haut schlimmer als vorher. Mein Gesicht glüht dermaßen, dass es wehtut, und ich bedaure es zutiefst, dass ich nicht auf meine Mom gehört und eine Aftersun-Lotion eingepackt habe. Aber ich dachte zu dem Zeitpunkt ja auch nicht, dass es in New York so heiß werden könnte. Ausgerechnet an so einem Tag wie heute durch Queens zu spazieren war keine gute Idee. Ich glaube, wir hatten nur ein einziges Mal Schatten, und zwar, als wir uns was zu trinken kauften. Den Rest der Zeit? Da habe ich mir einen Sonnenbrand geholt.

Ich puste mir Luft ins Gesicht, während ich geradewegs in die Küche marschiere und den zweiten Schrank von links öffne. Dort bewahren die Jungs ihre Medizin auf sowie den Erste-Hilfe-Kasten. Wenn es irgendwie Hoffnung gibt, dass ich in dieser Wohnung Aloe Vera finde, dann hier. Ich strecke mich hinauf zum obersten Regal, kann aber leider nichts sehen, während ich dort tastend suche. Ich finde Schmerztabletten, die mir letzte Woche schon gegen die Kopfschmerzen geholfen haben, und Pflaster, die mir definitiv nichts bringen, und während ich weitersuche, stoße ich auf alles Mögliche, nur nicht auf das, was ich so dringend brauche. Kein Aloe Vera. Seufzend stemme ich mich hoch auf den Küchentresen, gehe auf die Knie und habe so einen besseren Blick ins Regal. Sogar meine Schultern brennen mittlerweile wie die Hölle, also krame ich weiter, strecke die Hand bis in die hinterste Ecke. Als meine Finger ein großes Glas berühren, halte ich inne.

Ich werfe einen Blick darauf, und mir stockt der Atem. Es ist ein Einmachglas. Luftdicht verschlossen. Und darin befinden sich mehrere durchsichtige kleine Plastiktütchen. Schockiert mustere ich deren Inhalt. Es ist eindeutig Gras.

Anfangs bin ich viel zu verdattert, um das zu verarbeiten. Ich nehme das Glas in die Hand, starre ungläubig auf die Tütchen, die Lippen leicht geöffnet. Keine Ahnung, warum die hier Gras in der Wohnung haben. Das dürften sie eigentlich nicht. Tyler hat mit dem Zeug schon vor ungefähr zwei Jahren aufgehört, und Snake hat mir versichert, er würde nicht rauchen, doch wie ich ihn kenne, könnte das auch glatt gelogen gewesen sein. Mir gehört es jedenfalls nicht, und dass es Emilys sein könnte, bezweifle ich doch stark.

Mein Magen verkrampft sich, und ich starre wie benommen in den Schrank. Da ist immer noch dieser Haufen Feuerzeuge, den ich schon am Sonntagmorgen entdeckt habe, als ich auf der Suche nach Schmerztabletten war. *Warum ist das Zeug hier?*, frage ich mich. *Wer zieht sich diesen Mist rein?*

Ich packe ein paar von den Feuerzeugen und lasse den Blick zwischen ihnen und dem Glas hin und her wandern. Schließlich lege ich sie auf den Tresen und richte meine gesammelte Konzentration auf das Einweckglas. Keine Ahnung, wie ich darauf komme, aber ich schraube den Deckel ab, und der Geruch, der mir entgegenschlägt, ist so überwältigend und intensiv, dass ich fast vom Tresen kippe.

Mir wird übel, so heftig riecht das. Der Geruch unterscheidet sich stark von dem, der entsteht, wenn das Zeug angezündet ist und Rauch in die Luft steigt. Viel intensiver und ein bisschen nach Moschus. Ich drehe den Deckel schnellstmöglich wieder auf das Glas und würge um ein Haar, weil der Duft mich schier überwältigt. Dann wandert mein Blick erneut auf die Feuerzeuge, und ich überlege, ob ich einfach alles zurücklegen und so tun soll, als hätte ich nichts gefunden. Doch gerade, als ich zu dieser Entscheidung komme, klickt es bei mir.

Die Feuerzeuge. Am Donnerstag haben Tyler und ich Kerzen angezündet. Und Tyler hatte zufällig ein Feuerzeug bei sich. Ich verstehe ja, dass es in der Wohnung welche gibt, das ist okay. Aber dass er eines in der Tasche mit sich herumträgt? Wer trägt denn völlig grundlos ein Feuerzeug bei sich? Das tut doch keiner, es sei denn … es sei denn, derjenige raucht.

Fast klappt mir die Kinnlade herunter, als mich diese Erkenntnis schlagartig trifft. Auf keinen Fall. Auf gar keinen Fall. Tyler hat doch vor Jahren mit dem ganzen Mist aufgehört. Er hat mir doch an meinem ersten Abend in New York versichert, dass es ihm gut geht, dass er nichts mehr von dem Zeug braucht. Er hätte mich doch niemals belogen. Es muss Snake gehören, anders kann es nicht sein. Das mit dem Feuerzeug war Zufall. Nach allem, was passiert ist, kann Tyler doch nicht wieder damit anfangen.

Wut packt mich, und ohne auch nur eine Sekunde zu zögern, öffne ich das Glas und ziehe eins der winzigen Tütchen heraus. Und während ich den Deckel wieder aufschraube, halte ich den Atem an. Irgendwie bin ich gleichzeitig wie in Trance und rasend vor Wut, daher schwinge ich mich vom Tresen herunter und stopfe mir das Tütchen in die Tasche meiner Shorts. Dann reiße ich die Wohnungstür auf und marschiere raus auf den Flur, die Zähne fest aufeinandergebissen, weil ich sonst garantiert vor lauter Frust losschreien würde. Ich weiß, dass Tyler oben auf dem Dach ist. Ganz bestimmt hat er sich dorthin verzogen. Da ist er meistens, und als ich in den Aufzug steige, wird mir bewusst, dass ich mich noch nie gewundert habe, dass er immer da raufgeht. Und das stets alleine, manchmal stundenlang. Was das wohl für einen Grund hat? Die Antwort liegt quasi auf der Hand, aber ich will es einfach nicht wahrhaben. Das kann einfach nicht sein, das kann alles einfach nicht wahr sein.

Ich nehme den Aufzug bis ganz nach oben und erklimme dann mit zu Fäusten geballten Händen die Treppe hoch zum Dach. Möglichst leise schiebe ich mich durch die Tür und mache sie mit einem kaum hörbaren Klicken hinter mir wieder zu. Als ich herumfahre, ist da nur ein Mensch zu sehen. Wie es aussieht, hatte ich recht, was Tyler betrifft. Er ist wirklich hier oben auf dem Dach.

Er hat mir den Rücken zugewandt und die Ellbogen auf

die kleine Mauer gestützt. Ganz leicht beugt er sich über den Rand des Gebäudes und starrt hinunter auf die Straße. Sonst tut er nichts. Er steht einfach nur da.

Ich hole tief Luft, bevor ich mich ihm nähere und ein paar Schritte von ihm entfernt stehen bleibe. »Hey«, sage ich. Ganz ruhig. Ganz gelassen. Doch innerlich frisst mich das Feuer fast auf.

Tyler dreht sich zu mir um, verwundert, meine Stimme zu hören, und ein bisschen überrascht, mich hier zu sehen. Doch er lächelt. Ein richtig warmherziges Lächeln. »Hey«, sagt er. »Tut mir leid, dass ich dir nicht gesagt habe, dass ich hier raufgehe. Ich hatte erwartet, du würdest länger brauchen unter der Dusche, also dachte ich, keine Ahnung, ich gehe einfach hier rauf. Ist so oder so viel zu heiß, um drinnen rumzuhocken, findest du nicht? Scheiße, ist echt eine Bullenhitze hier draußen. Hey, dein Gesicht sieht ein bisschen ro…«

»Tyler«, falle ich ihm leise, aber entschieden ins Wort. Unsere Blicke begegnen sich, und er zieht eine Augenbraue nach oben und wartet, dass ich weitersprecher. Mir ist übel, als ich nun in die Tasche greife und nach dem Gras taste. Ich ziehe es heraus, halte es zwischen Daumen und Zeigefinger direkt vor seinem Gesicht hoch und funkle ihn dann mit möglichst scharfem, schneidendem Blick an. »Was ist das?«

Seine Augen weiten sich, während er das Tütchen mustert, und schlagartig tritt auf sein eben noch so entspanntes Gesicht ein Ausdruck der Panik. Ich sehe es in seinem Blick. Er ist sprachlos, und während ich beobachte, wie er wortlos die Lippen öffnet, spüre ich, wie etwas in mir zerbricht.

»Du willst mir jetzt erzählen, das Zeug gehöre Snake, nicht wahr?«, frage ich ganz ruhig, doch mein Ton klingt flehentlich. Das ist es nämlich, was ich hören will. Ich muss das hören, sonst packe ich das nicht. Meine Stimme kippt, und ich bringe nur noch ein Flüstern zustande. »Bitte sag mir, dass das Zeug Snake gehört.«

»Eden«, meint Tyler langsam, und die Schuld, die in seine Augen tritt, gibt mir die Antwort, die ich nicht hören wollte. Er versucht es noch nicht einmal zu verbergen. Er versucht es noch nicht einmal zu leugnen.

Ganz ohne Vorwarnung explodiere ich. Es ist eine Mischung aus Wut und Enttäuschung, die mich mit einem Mal voll und ganz einnimmt und die folgenden Worte erzeugt. »Du hast mich belogen!«, brülle ich völlig außer mir vor Zorn. »Du hast mir direkt ins Gesicht gelogen, als ich dich gefragt habe, ob es dir gut geht! Dir geht es nicht gut! Du bist so ein elender Lügner!«

»Eden, mir geht es gut«, protestiert Tyler mit schwacher Stimme. Er wirkt beschämt, und das sollte er auch. Ich bin ja so unheimlich enttäuscht von ihm. »Es ist nur …«

»Bist du auch wieder auf Koks?« Meine Stimme klingt total wütend und hat einen scharfen Unterton.

»Gott, nein.«

»Wann hast du mit dem Mist wieder angefangen?«, will ich wissen und wedle ihm mit dem Tütchen vor der Nase herum. Am liebsten würde ich es über das Dach hinunterwerfen. »Wann hat all das wieder angefangen?«

Tyler beißt sich auf die Unterlippe und erwidert meinen Blick. »Ein paar Wochen, nachdem ich hierhergezogen bin«, gibt er schließlich zu.

»Du willst mich verarschen, Tyler, oder? So schnell?«, platzt es aus mir heraus. Ungläubig schüttle ich den Kopf. Das kann doch nicht wahr sein. »Die hätten dich von den Veranstaltungen ausschließen können!«

»Ich bin doch nicht so blöd und lass mich erwischen.«

»Ich hab dich aber erwischt, du hirnverbrannter Idiot«, fauche ich. Damit schleudere ich ihm das Tütchen an die Brust, und es fällt zu Boden, während ich mich umdrehe, zu aufgewühlt, um ihm weiter in die Augen zu sehen.

»Eden, bitte, komm wieder runter«, sagt Tyler in meinem

Rücken, ohne die Stimme zu erheben. Ist ja auch kein Wunder. Er wurde ertappt. Natürlich wird er da nicht laut. »Ist doch nur Gras.«

»Darum geht es doch gar nicht!« Von Sekunde zu Sekunde angefressener, fahre ich wieder herum und reiße die Hände hoch, total genervt. Er versteht es einfach nicht. »Dir geht es doch angeblich so gut! Bist du deswegen dauernd hier oben? Um dir was reinzuziehen?«

»Ich kann jederzeit damit aufhören«, sagt er, ohne meine Frage direkt zu beantworten. Außerdem klingt er kein bisschen überzeugt. »Sieh her.« Er bückt sich, klaubt das Tütchen vom Boden auf und schließt die Faust ganz fest darum. Dann schnellt er vor und umklammert mein Handgelenk.

»Rühr mich nicht an«, zische ich, doch es hat keinen Sinn. Er zerrt mich bereits quer über die Dachterrasse direkt auf die Tür zu. Ohne einen Ton zu sagen, schleift er mich hinter sich her. Er ist absolut fokussiert und atmet schwer. Ich will im Moment auch nicht unbedingt mit ihm reden, daher eilen wir schweigend die Treppe hinunter und betreten den Aufzug.

Ich bin so sauer. So irre wütend. So dermaßen geladen. Warum? Warum musste Tyler das tun? Ich verstehe das nicht. Ich verschränke die Arme vor der Brust, werfe ihm einen kurzen Seitenblick zu und trete einen Schritt von ihm weg, während der Aufzug uns die zwölf Stockwerke nach unten befördert. Ich will nicht in seiner Nähe sein. Er hat es so was von vergeigt. Und wie.

Trotzdem packt er mich wieder am Arm, zerrt mich aus dem Aufzug und hastet dann derart zügig den Korridor zu seiner Wohnung entlang, dass ich am Ende fast joggen muss, um mit ihm Schritt zu halten. Weil ich vergessen habe abzusperren, zieht er mich ohne Zögern nach drinnen, und kaum späht er zur Küche, verhärtet sich sein Blick, wie mir nicht entgeht, als er das Glas mit dem Gras auf dem Tresen stehen sieht. Die ganze Wohnung stinkt inzwischen nach dem Zeug, und ich bereue es, dass ich den Deckel je geöffnet habe.

Tyler lässt mich los, stiefelt durchs Wohnzimmer in die Küche, schraubt den Deckel des Glases auf und greift hinein, um die verbliebenen Tütchen rauszuholen. Alle in einer Hand, stößt er die Badezimmertür auf und wirft mir einen trotzigen Blick über die Schulter zu.

»So, schau her«, sagt er, und in seiner Stimme schwingt Enttäuschung mit. Widerwillig zwinge ich mich, ihm zu folgen, und mit verschränkten Armen mustere ich ihn von der Badezimmertür aus missmutig. »Jetzt sieh gut zu«, murmelt er.

Er öffnet das erste Tütchen und kippt den Inhalt entschlossen in die Toilettenschüssel. Er schüttelt es energisch, ehe er es zu Boden fallen lässt. Dasselbe tut er mit den anderen Tütchen, während ich ihm mit großen Augen dabei zusehe. Und als alles hinuntergespült ist, dreht er sich immer noch schwer keuchend zu mir um. In seinem Blick liegt Ernüchterung.

»Weißt du, weshalb es mir nicht gut ging, hm?«, keift er plötzlich. »Mir ging es nicht gut, weil ich nicht bei dir war, okay? Das ist der Grund. Es war wegen dir.«

Völlig verdutzt starre ich ihn an, während ich versuche, seine Worte zu verdauen. Doch ihr Sinn will einfach nicht zu mir durchdringen. »Was?«

»Hör zu, ich dachte, wenn ich hierherziehe, komme ich über dich hinweg, aber so war es nicht«, gesteht er, seine Stimme nun wieder ruhiger. Dennoch klingt er, als wäre etwas in ihm zerbrochen. Hektisch fährt er sich mit der Hand durchs Haar, schließt den Toilettendeckel, setzt sich darauf und lässt den Kopf hängen. »Ich hab dich einfach nicht aus dem Kopf gekriegt, deswegen musste ich mich ablenken.«

Ich blinzle, und wieder einmal überkommen mich Zweifel. Warum führen wir jetzt schon wieder dieses Gespräch? Warum ist schon wieder die Rede von Ablenkungen? Das sollten wir doch schon seit Jahren hinter uns haben? »Du gibst mir die Schuld?«, frage ich völlig fassungslos.

»Klar gebe ich dir die Schuld«, erwidert er in schroffem Ton und reißt den Kopf hoch. Entrüstet sieht er mich mit einem harten Ausdruck in den Augen an. »Ich gebe dir die Schuld, dass du mich in dem Glauben gelassen hast, ich hätte keine Chance bei dir.«

»Willst du eigentlich immer wieder damit anfangen? Willst du mir ein Leben lang deswegen Vorhaltungen machen?«, brülle ich, tue einen Satz nach vorn und beuge mich zu ihm hinunter, sodass ich ihm direkt in die Augen sehen kann. »Ich habe dir doch schon erklärt, dass mir das *leidtut*«, zische ich ganz langsam. »Ich habe nie behauptet, dass ich nicht mit dir zusammen sein will. Ich habe nur gesagt, dass es nicht geht. Das ist ein himmelgroßer Unterschied.«

Als Tyler nichts erwidert, wird mir schlagartig alles zu viel. Mit einem Mal verraucht meine Wut, und ich empfinde nur noch Enttäuschung und Verwirrung. Das liegt nicht nur an dem Gras und an unserem Streit, es ist einfach alles. Ganz unvermittelt trifft mich die Tatsache, dass wir Dean hintergehen, mit aller Wucht, ebenso wie die Heimlichtuerei der vergangenen drei Wochen, das Einzige, worin wir wirklich gut sind, sowie die Erkenntnis, dass wir die Wahrheit nicht mehr allzu lange vor Dean und unseren Eltern geheim halten können. Und dann auch noch die Tatsache, dass Tyler mich belogen hat und es ihm in Wirklichkeit gar nicht gut geht. Das alles hat sich angestaut seit dem Augenblick, als ich in New York angekommen bin, und jetzt drängt alles gleichzeitig an die Oberfläche. Und damit komme ich nicht klar.

Tränen schießen mir in die Augen und brechen sich wenige

Sekunden später Bahn. Ich lasse mich zu Boden sinken, presse mir die Hände vors Gesicht und gebe mir alle Mühe, meine Schluchzer zu unterdrücken. Allerdings ohne Erfolg, denn schon bald liege ich heulend und schniefend zu Tylers Füßen am Boden. Ich höre seinen gleichmäßigen Atem, während ich weine, doch abgesehen davon herrscht absolute Stille.

Nach einer Weile sagt Tyler sanft meinen Namen. Ich blicke aber nicht auf, sondern weine nur noch bitterere Tränen beim Klang seiner Stimme, die nur ganz leise und schwach zu hören ist. Kurz darauf spüre ich seine Hände auf mir. Vorsichtig schlingt er die Arme um mich und hilft mir auf die Füße. Er lässt mich nicht los. Dann zieht er meinen Körper an sich und drückt mich ganz fest, während ich mein Gesicht in seinem Flanellhemd vergrabe. Er steht einfach da und hält mich fest, und das reicht mir.

»Tut mir leid«, flüstert er und legt sein Kinn auf meinen Kopf. »Ich hätte es dir sagen sollen.«

Ich antworte nicht. Dazu bin ich zu verletzt. Keine Ahnung, was ich noch sagen soll. Ich kann nur hoffen, dass es ihm aufrichtig leidtut, dass er es schon wieder getan hat, dass er Zuflucht gesucht hat in einer Sache, von der wir dachten, er bräuchte sie nicht mehr.

Unvermittelt legt Tyler mir die Hand ans Gesicht, hebt mein Kinn mit dem Daumen an und blickt mir in die tränennassen Augen. In seinem Blick liegt absolute Aufrichtigkeit. Er wirkt fast ein wenig gequält, als er nun in festerem Ton flüstert: »Es tut mir leid.«

Er hält mein erhobenes Gesicht weiter fest, und ich bemerke, wie seine Augen zu meinen Lippen gleiten. Ich bewege mich nicht. Warte ab. Genau wie er. Er versucht offenbar zu erspüren, ob ich zurückweichen werde oder nicht, doch als ich weiter reglos verharre, schließt er die Augen und streift sanft mit seinen Lippen über meinen Mund.

Die Berührung ist unheimlich zart und leicht, kaum spürbar, doch dann intensiviert er den Kuss. Ich umfasse sein Gesicht mit beiden Händen, während er mich nun drängender küsst, er wie ich gleichermaßen getrieben von unseren widerstreitenden Emotionen. Alle paar Sekunden wechseln wir zwischen langsam und bedächtig zu wild und ungestüm, all unsere Wut und unsere Enttäuschung sammelt sich in diesem Kuss, und schon bald versinke ich darin und vergesse alles, was war.

Ohne die Lippen von meinen zu lösen, beugt sich Tyler ein Stück tiefer, schiebt seine Hände unter meine Schenkel und hebt mich vom Boden hoch. Sofort schlinge ich ihm die Beine um die Hüften und lege ihm die Arme locker um den Hals, und ich erwidere seinen Kuss nicht weniger fest und innig. Dann setzt er sich in Bewegung und geht ein paar Schritte, knetet meinen Hintern, während er mich zur Badezimmertür hinausträgt, durch Küche und Wohnzimmer. Grob packe ich ihn an den Haaren, drücke seinen Kopf zur Seite und senke meine Lippen auf seinen Hals, wo ich eine Spur von zarten, aber anhaltenden Küssen auf seine Haut hauche. Leise stöhnt er auf und flüstert meinen Namen. Irgendwann landen wir unweigerlich in seinem Schlafzimmer. Natürlich, wie sollte es anders sein. Er reißt seine Lippen von mir los, stößt mit dem Fuß die Tür hinter uns zu und legt mich behutsam auf die weiche Matratze seines Betts. Dann sieht er auf mich herab, mit glühendem Blick; und mit einem bangen Lächeln auf den Lippen schaue ich blinzelnd zu ihm auf. Als ich die Hand nun nach dem Gürtel seiner Jeans ausstrecke, hält er mich nicht davon ab, denn dieses Mal bin ich nicht betrunken. Dieses Mal stört uns keiner. Dieses Mal sind wir beide absolut bereit.

Sanft schubse ich ihn einen Schritt zurück und gehe vor ihm auf die Knie, ziehe mir das Tanktop über den Kopf und werfe es zu Boden. Ich sehe, wie er schluckt. Doch dann ermutigt er mich mit glänzenden Augen zum Weitermachen.

Also mache ich weiter. Meine Hände zittern kaum merklich, während ich seine Jeans aufknöpfe, den Zeigefinger in die Gürtelschlaufe stecke und die Hose zusammen mit seinen Boxershorts herunterziehe. Meine Augen weiten sich.

Ich habe nicht mehr allzu viele Erinnerungen an die Sache vor zwei Jahren, an die Strandparty damals, an jene Nacht, in der er mir die Wahrheit gestand. Ich weiß noch, dass es nicht eben großartig war, aber ich hatte es nicht anders erwartet. War wohl nicht gerade eine Glanzleistung, die ich abgeliefert habe, weil es ja mein erstes Mal war. Inzwischen aber sind zwei Jahre vergangen, viel Zeit, um Erfahrungen zu sammeln.

Also mache ich mich ans Werk und zeige Tyler, was ich inzwischen so gelernt habe. Die Bandbreite an Techniken, die ich beherrsche, verschlägt ihm die Sprache, und jedes Mal, wenn er aufstöhnt, bin ich mehr als zufrieden mit mir selbst. Er hält die Augen geschlossen, eine Hand an die Wand gepresst, die andere in meinem Haar. Ich fühle mich so dominant, doch ehe ich es mich versehe, greift er nach meinen Händen, zieht mich vom Boden hoch und presst seine Lippen auf meinen Mund.

Ganz schön ungestüm und chaotisch alles. Aber so ist das immer bei uns. Chaotische Situationen sind offenbar typisch für uns, da bildet das hier keine Ausnahme. Tyler ist so darauf konzentriert, mich zu küssen, dass er eine ganze Weile am Verschluss meines BHs rumfummelt und sich dermaßen abmüht, dass ich irgendwann lachen muss, mich kurz von ihm löse und es selber mache. Verlegen steigt er im selben Moment aus seiner Jeans, und kaum habe ich meinen BH abgestreift, zieht er mich wieder an sich. Er lässt seine Hände über meinen Körper wandern, seine Daumen streichen zärtlich über die Haut direkt unter meinen Brüsten, während er meinen Hals, die Schultern und das Schlüsselbein über und über mit Küssen bedeckt. Mühsam unterdrücke ich ein lustvolles Stöhnen und konzentriere mich darauf, meine Chucks abzustreifen und mich aus meinen Shorts zu schälen.

Aufs Neue nehmen seine Lippen die meinen in Beschlag, er umfängt mit einer Hand meinen Po, während ich die Hände an die Knöpfe seines Hemdes hebe, um sie schleunigst zu öffnen. Dennoch höre ich nicht auf, ihn zu küssen. Wie sich zeigt, stelle ich mich auch nicht recht viel besser an als er, was Verschlüsse angeht, also zieht er sich das Hemd kurzerhand selbst aus. Kaum hat er es zu Boden fallen lassen, streiche ich ihm mit beiden Händen über die Brust. Seine Haut fühlt sich heiß an, und ich spüre sein Herz hart gegen seinen Brustkorb schlagen. Genau wie meines, und da Tylers Hand ebenfalls auf mir ruht, bin ich mir fast sicher, dass er es auch spüren muss.

Sanft, aber entschlossen, drückt Tyler mich aufs Bett, und ich lasse mich zurückfallen, lande weich auf der Matratze. Doch er legt sich nicht gleich neben mich. Stattdessen dreht er sich um, klaubt seine Jeans auf und sucht in den Taschen nach seinem Portemonnaie, und je länger er darin wühlt, desto panischer wird er. Ich weiß genau, wonach er sucht, daher rufe ich ihn mit einem nervösen Lachen und setze ihn darüber in Kenntnis, dass er sich keine Sorgen zu machen braucht. Die Sache ist geregelt. Mom hat darauf bestanden.

Ich sehe, wie sich Erleichterung breitmacht in Tylers Gesicht, und er wirft die Jeans und das Portemonnaie wieder auf den Boden und beißt sich auf die Lippe, während er sich zu mir legt. Meine Haut fühlt sich an, als stünde sie in Flammen, und ich könnte nicht sagen, ob es an dem Sonnenbrand oder an seiner Berührung liegt. Wie auch immer, mich stört das nicht. Ich packe Tylers Haar, verfestige meinen Griff, als er beide Hände an meinem Körper nach unten gleiten lässt, ohne dabei auch nur einen einzigen Zentimeter auszulassen. Er wandert mit den Lippen nach unten zu meinem Hals und schiebt die Hand in mein Höschen, während ich gleichzeitig die Augen schließe und mich auf meine Atmung konzentriere. Ich kann nicht anders, ich zerre ihn an den Haaren und werfe meinen Kopf nach hinten in das Kissen, strecke den Rücken durch.

Nach einer Weile hält er inne, und ich öffne die Augen. Er sieht mich mit weit aufgerissenen Augen an, als wollte er fragen, ob ich so weit bin. Also nicke ich.

Bis zu diesem Augenblick wusste ich nicht mehr, wie er sich damals bewegt hat, wie er sich angefühlt hat. Ich wusste nicht mehr, wie unsere Hüften sich aneinanderrieben. Ich wusste nicht mehr, dass unsere Atmung nie synchron war, sondern immer nur hastig und unregelmäßig. Ich konnte mich an nichts von alledem erinnern, bis zu diesem Moment, wo es wieder passiert. Nur dass Tyler jetzt keine Scheu mehr hat, ein wenig fordernder zu sein als noch beim ersten Mal. Mit wechselnden Rhythmen bewegt sein Körper sich auf meinem, während er mit einer Hand die meine hält und mit der anderen meine Hüfte umfasst. Es raubt mir den Atem, das alles ist derart sinnlich, dass ich fast glaube, die ganze Zeit über zu lächeln, selbst während ich wieder und wieder ein sanftes Stöhnen von mir gebe. Ich kann mich nicht dagegen wehren. Es ist alles so … es ist Tyler. Das ist das Beste an der Sache.

Das Ganze fühlt sich so skandalös an, so falsch, doch das macht es nur umso aufregender. Ich erlebe einen einzigen Adrenalinrausch. Das Schlimmste aber ist, dass ich genau weiß, dass es eigentlich nicht passieren dürfte. Noch nicht. Nicht, solange ich mit Dean zusammen bin. Tyler dagegen scheint die Tatsache akzeptiert zu haben, dass wir Dean am Ende werden wehtun müssen. Er hat sich mit der Tatsche abgefunden, dass wir unseren Eltern die Wahrheit werden sagen müssen, sobald wir nach Hause kommen. Ich dagegen schaffe das immer noch nicht ganz. Ich würde ja gerne glauben, dass ich das akzeptieren kann. Ich versuche, mir selbst einzureden, dass ich bereit bin, die Sache zu klären, mich den Dingen direkt zu stellen, aber ich schiebe nach wie vor Panik und habe irgendwo immer noch irrsinnige Angst. Ich fühle mich unverändert schuldig, weil ich Tyler liebe. Ich schäme mich. Es kommt mir nicht fair vor.

Und ich glaube, dass wir füreinander immer unser größtes Geheimnis bleiben werden.

Kapitel 19

Die ganze kommende Woche rufe ich Dean kein einziges Mal an. Ich ertrage es nicht, seine Stimme zu hören. Immer, wenn er es bei mir auf dem Handy versucht, lasse ich den Anruf auf die Mailbox gehen, während ich aufs Display starre, auf der Unterlippe kaue und mich wie der schlechteste Mensch fühle, der je auf Erden gelebt hat. Aber daran ist nicht allein dieser Samstagabend schuld. Nein, auch der Sonntagnachmittag und der Dienstagmorgen und die gestrige Nacht.

Tyler und ich hatten einiges nachzuholen. Ganze zwei verlorene Jahre. Wann immer Snake und Emily nicht in der Wohnung waren, nutzten wir die Zweisamkeit. Um genau zu sein, nutzten wir sie sogar so ausgiebig, dass Tyler schon Witze darüber machte, ob wir die beiden bitten sollten, das Sofa links vom Couchtisch zu meiden. Was ihm aber nur einen finsteren Blick von mir eingebracht hat.

Ist nicht so, als würden wir das jedes Mal planen. Nein, es passiert einfach so. Aber ich will mich nicht beschweren.

Es ist mitten in der Nacht, als Tyler mich aufweckt. Ich bin splitterfasernackt, nur in ein Bettlaken gehüllt, und bin ziemlich erledigt vom frühen Abend, als wir leidenschaftlich übereinander hergefallen sind. Ich genieße die wohlige Wärme unter der Decke, zwinge mich aber dennoch, die Augen aufzuschlagen. Tyler steht neben dem Bett und verharrt in der Dunkelheit reglos über mir, und zu meiner Verwunderung stelle ich fest, dass er vollständig angezogen ist, er hat Jeans und einen dunkelblauen Kapuzenpulli an.

»Wie spät ist es?«, stöhne ich und vergrabe das Gesicht im Kissen. Von draußen sind Sirenen zu hören, doch das ist nichts Ungewöhnliches. In New York herrscht niemals Ruhe. Nicht bei Tag und nicht bei Nacht.

»Drei«, sagt Tyler ganz ruhig. Ich spüre, wie er sich von mir entfernt, und kurz frage ich mich, ob er womöglich schlafwandelt oder so. Als er allerdings anfängt, mir meine Klamotten hinzuwerfen, wird mir bewusst, dass es das nicht sein kann. »Zieh dich an.«

Ich rolle mich auf den Rücken und stütze mich auf die Ellbogen, um blinzelnd auf die Klamotten zu spähen, die er aufs Bett geworfen hat. Genau wie bei ihm eine Jeans und ein Kapuzenpulli. Sogar einen BH wirft er mir jetzt zu, der mich doch prompt mitten ins Gesicht trifft.

»Mist, tut mir leid«, meint er und verkneift sich mühsam ein Lachen, während er auf mich zukommt. Ich verdrehe nur genervt die Augen. »Los, ich hab eine Überraschung für dich.«

»Eine Überraschung?«, murmle ich schlaftrunken. Irgendetwas am Ton seiner Stimme macht mich wachsam. Überraschungen sind nie gut. Könnte alles sein. Und dann auch noch um drei Uhr morgens? Das macht mir ja gleich noch mehr Angst. Augenreibend richte ich mich auf und mache mir nicht die Mühe, das Bettlaken hochzuziehen, um mich zu bedecken. Inzwischen ist es fast so, als würde Tyler mich viel öfter nackt als angezogen zu sehen kriegen.

Er beugt sich nach unten, um eins der Nachttischlämpchen anzuknipsen, und als der helle Lichtschein auf sein Gesicht fällt, sehe ich, dass er selbstgefällig grinst. Er geht neben dem Bett in die Knie, sodass wir auf Augenhöhe sind, und grinst mich breit an. Dann greift er in die Tasche, zieht etwas heraus und hält es mir vors Gesicht. Es sind seine Autoschlüssel. »Der ist heute Nacht deiner.«

Überrascht blinzle ich. Dass er mir mitten in der Nacht anbietet, seinen Audi R8 zu fahren, hatte ich so gar nicht erwartet. Ich betrachte die Autoschlüssel und den Audi-Schlüsselanhänger, der im Licht glänzt. Ganz vorsichtig greife ich danach, wobei sich ein kleines Lächeln auf meine Lippen stiehlt. »Auch wenn du mir nicht vertraust?«

»Ich muss verrückt sein, oder?«, sagt er leise, grinst aber. Dann steht er wieder auf, schnappt sich meine freie Hand und zieht mich aus dem Bett. Er stützt mich, bis ich fest stehe, und sieht mich von oben an. »Aber wir sind hier in New York. In dieser Stadt sind wir nun mal bekannt dafür, dass wir verrückte Dinge tun.«

Schlagartig bin ich hellwach und werde von einer begeisterten Vorfreude erfasst. Die Vorstellung, Tylers Wagen zu fahren, zu erleben, was in diesem Motor an Möglichkeiten stecken, versetzt mich in einen regelrechten Taumel. Ich war zwar nie groß jemand, der auf schnelle Autos steht, doch bei Tylers Audi mache ich eine Ausnahme. Schnell schnappe ich mir meine Klamotten und schlüpfe hinein, bevor ich das Zimmer nach meinen Chucks absuche. Die Chucks, die ich nun schon seit vier Wochen fast ununterbrochen trage. Im Grunde brauche ich keine anderen Schuhe mehr, und sie sind längst nicht mehr so weiß wie am Anfang.

»Ein Kratzer an meinem Baby, und du wirst was erleben«, warnt Tyler mich, als ich angezogen bin. Doch er grinst noch immer. Dann legt er mir den Arm um die Schulter und führt mich zur Tür, öffnet sie geräuschlos und durchquert mit mir das Wohnzimmer.

In der Dunkelheit kann ich Snakes Umrisse auf dem Sofa ausmachen. Zum Glück schläft er tief und fest und schnarcht leise vor sich hin, also schleichen Tyler und ich so leise wie möglich zur Wohnungstür. Wir schaffen es raus auf den Flur, ohne ihn zu wecken. Draußen lässt Tyler mich kurz los, um abzuschließen.

Im ganzen Gebäude herrscht Stille, und keiner von uns sagt ein Wort, aus Angst, wir könnten die Leute aus dem Schlaf reißen, während wir auf dem Weg zum Aufzug an ihren Wohnungen vorbeischleichen. Dort angekommen, lasse ich die Schlüssel in meiner Hand klimpern, und ich spüre, wie Tyler mich aus dem Augenwinkel beobachtet. Hoffentlich nehmen die mich dafür nicht fest. In dem Moment, als wir auf der Vierundsiebzigsten Straße stehen, wird mir bewusst, dass New York wirklich niemals schläft. Zugegeben, es herrscht weit weniger Verkehr, und es sind auch viel weniger Leute auf den Gehwegen unterwegs als tagsüber. Doch für drei Uhr früh sind da schon noch eine ganze Menge Fahrzeuge auf den Straßen. In erster Linie Taxis natürlich.

Tylers Auto erwartet mich in einer Parklücke auf der anderen Straßenseite. Ich beäuge es mit wachsender Vorfreude und entsperre eilig die Sicherheitsverriegelung. Zu meiner Verblüffung aber schnappt sich Tyler die Schlüssel und rennt über die Straße. Er reißt die Fahrertür auf und wirft mir dann mit einem Blitzen in den Augen einen Blick über die Schulter zu. Verwirrt sehe ich ihn an.

»Was, du dachtest, ich lasse dich in Manhattan herumfahren?« Tyler lässt ein lautes Lachen durch die Nachtluft schallen und gleitet auf den Fahrersitz, ehe er die Tür hinter sich zuzieht und sagt: »Nie im Leben.«

Verärgert verschränke ich die Arme vor der Brust, zwinge mich, rüber zum Wagen zu gehen, und lasse mich auf den Beifahrersitz sinken. Finster schaue ich ihn an. »Wo darf ich denn dann fahren?«

»Jersey City«, entgegnet Tyler postwendend, während er den Motor anlässt. Geschmeidig schnurrend heult er auf, und sofort jagt mir ein kalter Schauder über den Rücken.

»Jersey City?«

»Klar«, meint er. »Auf dem Parkplatz vom Target.«

Das Armaturenbrett leuchtet im Dunkeln orange auf, und auch die Ziffern an der Geschwindigkeitsanzeige sind hell erleuchtet, genau wie die Anzeigen für Stereo- und Klimaanlage über der Mittelkonsole. Ich beuge mich vor, um die Temperatur einzustellen, bevor ich mich im Sitz zurücksinken lasse und Tyler sich aus der engen Parklücke herausmüht. Währenddessen lege ich den Sicherheitsgurt an.

Das ist auch ratsam, denn kaum sind wir auf die Second Avenue abgebogen, tritt er das Gaspedal bis zum Anschlag durch. Bis wir an eine Ampel gelangen. Ich lausche, wie er den Motor aufheulen lässt, und warte ab. Mit einem Seitenblick auf mich lächelt er mir zu, spannt die Kiefermuskeln an und richtet den Blick konzentriert auf die Fahrbahn. Wir stehen ganz vorne an der Ampel. Die Straße liegt frei vor uns. Tylers Finger schließen sich um den Knauf der Gangschaltung, während die andere Hand das Lenkrad fest umklammert. Die Ampel springt von Rot auf Gelb, und als er das Gaspedal schließlich ganz durchtritt, quietschen die Reifen durchdringend, und schon schießt der Wagen die breite Straße hinunter. Aufgrund der hohen Geschwindigkeit wird mein Körper mit voller Wucht in den Sitz gedrückt. Der Motor in unserem Rücken röhrt, aus dem Auspuff dringen dicke Rauchschwaden und kennzeichnen unseren Weg. Normalerweise hab ich schon was gegen eine solch rücksichtslose Fahrweise, doch jetzt, um drei Uhr morgens mitten in Manhattan, finde ich es einfach nur gigantisch.

Tyler, der soeben den sechsten Gang einlegt, lässt den Blick zu mir flackern, und seine Lippen umspielt ein durchtriebenes Grinsen. Dann konzentriert er sich wieder auf die Fahrbahn, und während der Wagen ständig an Geschwindigkeit zulegt, merke ich, wie ich mich mit einer Hand am Sitz festklammere und mit der anderen den Sicherheitsgurt umfasst halte. Ich werfe einen kurzen Blick auf den Tacho und muss feststellen, dass wir die Geschwindigkeitsbegrenzung bereits um das Doppelte überschritten haben. Tyler bremst erst ab, als wir den stockenden Verkehr vor uns bemerken, und wieder einmal bleiben wir an einer Ampel stehen.

Danach bekommen wir leider keine Gelegenheit mehr, so unbekümmert Gas zu geben, dazu ist einfach zu viel los auf den Straßen. Irgendwann sind wir gezwungen, hinter einem Lastwagen herzuschleichen, und wir kriegen ihn erst wieder los, als wir auf die Houston Street abbiegen. Dann gondeln wir weiter in westlicher Richtung quer durch Manhattan, bis wir schließlich in einen Tunnel hineinfahren, ähnlich dem Lincoln-Tunnel, den wir am Tag meiner Ankunft hier in der Stadt durchquert haben. Nur dass es sich diesmal um den Holland-Tunnel handelt, wie Tyler mir erklärt.

Nach wenigen Minuten sind wir aber schon wieder draußen, und kurz nachdem wir reingefahren sind nach Jersey City, biegt Tyler auf den Parkplatz vom Target ab. Der Supermarkt ist um diese späte Stunde natürlich geschlossen, deswegen ist der riesige Platz auch absolut leer. Einfach perfekt.

Mitten auf dem Parkplatz stellt Tyler den Motor ab, atmet in der plötzlichen Stille aus und lässt den Blick durch die Windschutzscheibe über das weitläufige Gelände schweifen. Als offenbar alles zu seiner Zufriedenheit ist, wendet er sein Gesicht zu mir. »Und jetzt los.«

Gleichzeitig stoßen wir die Türen auf und steigen aus dem Wagen. Ich werfe einen nervösen Blick runter auf den Asphalt, während ich den Wagen umrunde, und im Vorbeigehen streife ich Tyler mit meinem Körper. Jetzt, wo der Augenblick gekommen ist, dass ich tatsächlich sein Auto fahren soll, ist mir ein bisschen unbehaglich zumute. Ich habe Angst, ich könnte es zu Schrott fahren, aber gleichzeitig würde ich Tyler nur zu gerne zeigen, was ich so draufhabe.

Ich lasse mich auf dem Fahrersitz nieder und warte ab, bis Tyler ebenfalls sitzt. Dann passe ich mit einem Schlucken den Sitz an und rücke näher ans Lenkrad heran, damit ich das Gaspedal erreichen kann. Tyler beobachtet mich zufrieden, als ich den Motor wieder anlasse. Hastig sehe ich mich noch einmal auf dem Parkplatz um und orientiere mich. Wie viel Platz ich hier wohl habe? Wir legen die Sicherheitsgurte an.

Mit manueller Gangschaltung bin ich schon seit einer Ewigkeit nicht mehr gefahren, daher brauche ich anfangs eine Weile, bis ich mich daran gewöhnt habe. Normalerweise fahre ich nur Automatik. Doch langsam gewinne ich wieder an Sicherheit, und schon bald habe ich es raus, wie ich mit dem linken Fuß die Kupplung betätige und mit der rechten Hand die Gangschaltung bediene. Und schon macht der Wagen einen Satz nach vorn und stirbt gleich bei meinem ersten Anfahrversuch ab.

»Du hattest recht«, lacht Tyler neben mir. »Du bist echt ein Wunderkind, was die manuelle Schaltung angeht.«

»Halt den Mund«, murmle ich, ohne ihn auch nur eines Blickes zu würdigen. Ich bin so fokussiert darauf, den Motor erneut zu starten, dass ich sein Gelächter komplett ausblende. Soll er sich doch ruhig über meine Fahrkünste lustig machen. Ich werde ihm schon noch das Gegenteil beweisen. Ich kann nämlich durchaus auch anders.

Dieses Mal versuche ich das mit der Kupplung nicht zu vergessen. Ich lege den ersten Gang ein, senke meinen Fuß auf das Pedal, während ich den Motor langsam kommen lasse. Erst als ich mit dem lauten Röhren zufrieden bin, ramme ich den Fuß runter aufs Gas. Das Auto saust vorwärts und jagt mit hoher Geschwindigkeit über den Parkplatz. Der Motor hat eine so immense Power, dass ich kurzzeitig total Schiss kriege. Aber ich umklammere das Lenkrad einfach ein bisschen fester und gebe gleich noch mehr Gas. Innerhalb weniger Sekunden ist der Tacho bei hundert Sachen, und aus dem Augenwinkel sehe ich, wie Tyler die Augenbrauen hochzieht und sein Blick abwechselnd zu mir und dem Asphalt zuckt. Als wir uns dem Ende des Parkplatzes nähern, steige ich auf die Bremse, schalte ein paar Gänge herunter und reiße das Lenkrad nach rechts, sodass der Wagen mit quietschenden Reifen herumschleudert.

Dann rase ich zurück über die gesamte Länge des Parkplatzes, diesmal gleich noch schneller, bis in den sechsten Gang arbeite ich mich hoch, und es hat etwas so Erhebendes an sich, mit Gangschaltung zu fahren, dass ich irgendwann nur noch grinse. Es ist ein unglaubliches Gefühl der Kontrolle.

»Wie schnell fährt die Karre eigentlich?«, brülle ich über den ohrenbetäubenden Lärm des Motors hinweg. Den Blick halte ich die ganze Zeit fest auf den Parkplatz gerichtet, und als ich jetzt ganz spontan beim Supermarktgebäude abbiege, vergesse ich doch glatt, die Gangschaltung zu betätigen. Fast schießt das Auto über den Gehsteig hinaus, doch zum Glück haben die Reifen ordentlich Grip. Tyler und ich müssen uns verbissen festklammern. Er packt den Griff oberhalb der Beifahrertür, während ich mich einfach eisern am Lenkrad festhalte, bis meine Knöchel weiß hervortreten.

»Übertreib es mal nicht!«, warnt Tyler mich. »Für mehr als hundertvierzig reicht der Platz nicht aus!«

»Dann also hundertvierzig.« Ich grinse kurz zu ihm rüber, und nachdem ich den Wagen wieder in die Gegenrichtung gelenkt habe, bleibe ich kurz stehen. Bis zum anderen Ende des Parkplatzes ist es ein gutes Stück. Ich denke, ich könnte es schaffen.

»Scheiße«, murmelt Tyler, als er hört, wie ich den Motor ein weiteres Mal aufheulen lasse. Er weiß genau, was ich vorhabe. »Baby, wenn du es schon unbedingt tun musst, vergiss bitte nicht zu bremsen.«

»Wenn du mir nicht vertraust«, schieße ich grinsend zurück, »kannst du gleich aussteigen.« Ich deute mit einem Kopfnicken auf die Tür und lasse den Motor noch lauter röhren, so laut, dass mir der Lärm in den Ohren vibriert.

Tylers Augenbrauen schießen nach oben, doch er zuckt mit keiner Wimper und denkt gar nicht daran auszusteigen. Stattdessen hält er sich mit einer Hand am Sicherheitsgurt fest, legt mir die andere auf den Oberschenkel und fordert mich dann mit heiserer Stimme auf: »Na, dann gib mal Gummi.«

Also tue ich es. Ich steige aufs Gaspedal, und schon prescht das Auto los, und zwar mit solch halsbrecherischem Tempo, dass wir beide in die Sitze gepresst werden. Je schneller wir werden, desto lauter lacht Tyler. Er drückt meinen Schenkel, was mich derart ablenkt, dass ich mich regelrecht dazu zwingen muss, ihn zu ignorieren, während ich den Blick zwischen Tacho und Fahrbahn hin und her schnellen lasse. Hundert. Ich drücke das Pedal vollständig durch, bis mein Fuß den Boden berührt. Hundertzehn. Hundertdreißig. Hundertvierzig.

Aber ich lasse es nicht dabei bewenden. Das erwartet Tyler doch von mir. Jetzt zu bremsen, wäre ja feige. Ich liebe das Risiko, daher tue ich genau das Gegenteil von dem, was ich eigentlich tun sollte. Ich behalte den Fuß eisern auf dem Gaspedal. Hundertsechzig.

»Eden«, warnt Tyler mich vorsichtig, aber mit energischer Stimme. Er klammert sich noch stärker am Sicherheitsgurt fest. Wir sind mittlerweile fast bei hundertachtzig. »Eden.«

Genau in der Sekunde bewege ich den Fuß zum Bremspedal und drücke es so schnell und so fest wie möglich nach unten, während die Reifen weiter über den Asphalt schießen. Ich halte das Lenkrad mit ausgestreckten Armen fest, mein Körper wird nach vorn gedrückt, und mit einem Mal überkommt mich rasende Panik, als mir klar wird, wie wenig

251

Platz da noch ist bis zum Ende des Parkplatzes. Daher kneife ich die Augen ganz fest zu. Es fühlt sich an, als würde es ewig dauern, bis das Auto endlich schlitternd zum Stehen kommt. Mein Atem geht schwer; und als es endlich so weit ist und ich sicher weiß, dass wir angehalten haben, schlage ich ganz langsam die Augen auf und spähe durch die Windschutzscheibe. Wir sind nur wenige Zentimeter vom Gehweg entfernt.

Dann werfe ich einen vorsichtigen Blick nach rechts und stelle fest, dass Tyler mich fassungslos anstarrt. Seine Augen sind weit aufgerissen, der Mund steht ihm offen, und das Einzige, was er rausbringt, ist: »Verdammt, Eden.«

»Ich bin noch nicht fertig«, warne ich ihn mit einem draufgängerischen Lächeln, und jetzt macht er ein ernsthaft panisches Gesicht. Er lässt meinen Schenkel los, sinkt gegen die Sitzlehne und seufzt.

Ich ziehe ein Gummiband von meinem Handgelenk und binde meine Haare zu einem Pferdeschwanz oben auf dem Hinterkopf hoch, damit sie mir nicht ins Gesicht hängen. Getrieben vom Adrenalin reiße ich mir den Kapuzenpulli und das T-Shirt herunter. Im Auto ist es inzwischen ohnehin drückend heiß. Ich werfe meine Sachen Tyler in den Schoß und verdrehe die Augen, als er mich verschmitzt angrinst. Er tut ja fast so, als hätte er mich noch nie nur im BH gesehen.

Erneut greife ich das Lenkrad und fahre ganz langsam und ruhig zurück zur Mitte des Parkplatzes, wo ich anhalte. Ich atme tief durch und sammle all meine Konzentration. Mit dem, was ich vorhabe, hatte ich bislang nur ein einziges Mal Erfolg. Ich bin felsenfest überzeugt, dass ich es auch diesmal schaffe, um Tyler zu beeindrucken, aber mir ist auch bewusst, dass ich durchaus Gefahr laufe, jämmerlich zu versagen. Und dann stehe ich da wie der letzte Idiot. Aber einen Versuch ist es wert.

Tyler nimmt mich fest ins Visier, während er rätselt, was

ich vorhabe, und als ich den Motor ein letztes Mal aufheulen lasse, drehe ich das Lenkrad bis zum Anschlag und halte es in der Position fest.

»Tu das nicht«, entfährt es ihm, als ihm klar wird, was ich als Nächstes machen werde. »Sonst schuldest du mir einen Satz neuer Reifen.«

Und damit könnte er tatsächlich recht haben. Ich werde ihm sogar ziemlich *sicher* neue Reifen kaufen müssen, weil ich nämlich gleich ordentlich Gas gebe.

Sobald ich denke, dass ich den Motor genug hochgejagt habe, trete ich aufs Pedal und gebe Vollgas. Das Auto rotiert nach rechts, die Reifen quietschen qualmend über den Asphalt. Ich lache, während der Wagen weiter schlingernd im Kreis fährt. Und nachdem ich einen bangen Blick in den Rückspiegel geworfen habe, tritt ein stolzes Lächeln auf mein Gesicht, weil nämlich das Auto in eine dichte Rauchwolke gehüllt ist. Als dann auf dem Boden auch noch schwarze Kreise erscheinen, beschließe ich, nicht noch mehr von den Reifen zu opfern, und trete auf die Bremse.

Schweigend sitzen wir einige Zeit da, mein Herz schlägt vor Aufregung ganz schnell, und wir warten darauf, dass der Qualm sich verzieht. »Okay, ich wäre dann fertig«, verkünde ich. Allerdings kann ich mir das Grinsen nicht verkneifen.

»Wo zum Teufel hast du das denn gelernt?«

»Deans Dad hat es mir beigebracht«, gebe ich zu. Das war im März, und es hat Stunden gedauert, bis ich das endlich draufhatte.

Tyler sieht mich stirnrunzelnd an, als würde er mir kein Wort glauben von dem, was ich da sage. »Hugh hat dir das Donut-Fahren beigebracht?«

»Klar«, sage ich mit einem lässigen Schulterzucken. Natürlich bin ich immer noch stolz wie Bolle auf meine eindrucksvolle Leistung. Das hatte Tyler eindeutig nicht erwartet. »Er wollte gerade die Reifen an seinem Pick-up wechseln, also hat er Dean und mich vorher noch die alten abfahren lassen.«

»Hmm«, meint er. »Okay, Fahrerwechsel.«

Er steigt aus dem Wagen und geht um die Motorhaube herum, während ich über die Mittelkonsole klettere und es mir auf dem Beifahrersitz bequem mache. Ich mache mir gar nicht erst die Mühe, mein T-Shirt oder meinen Kapuzenpulli wieder überzuziehen, aber den Sicherheitsgurt lege ich an. Wir haben ja noch die halbe Stunde Fahrt nach Hause vor uns.

Doch Tyler hat offenbar anderes im Sinn, für ihn ist die Stunt-Show längst nicht vorüber. Er zieht die Tür hinter sich zu, lässt den Sicherheitsgurt einrasten und wirft einen Blick in den Rückspiegel, um zu prüfen, ob hinter uns irgendetwas ist. Er gibt mir keinerlei Hinweis darauf, was er vorhat, und gerade als ich die Augen zusammenkneife und ihn argwöhnisch beäuge, legt er den Rückwärtsgang ein und tritt aufs Gas. Er reckt den Hals und sieht sich über die Schulter um, die Augen durch die Heckscheibe starr auf die Fahrbahn gerichtet. Dann gewinnt der Wagen an Fahrt, und wir sausen in gerader Linie rückwärts. Dann dreht Tyler sich blitzschnell wieder nach vorne um und murmelt: »Festhalten.«

Kaum hat er das gesagt, haut er die Bremse rein und dreht das Lenkrad einmal komplett herum. Der Wagen dreht sich um hundertachtzig Grad, und kaum blicken wir in die Richtung, in die wir soeben noch rückwärts gefahren sind, schiebt Tyler den Schaltknüppel in den ersten Gang. Dass wir bei der Geschwindigkeit die Richtung wechseln, sorgt für ordentlich Schubkraft, und mit einem Mal fahren wir in dieselbe Richtung geradeaus weiter, nur dass wir jetzt nicht mehr rückwärts fahren. Gerade als wir die Ausfahrt des Parkplatzes erreicht haben, bremst Tyler ab.

Blinzelnd sehe ich ihn an und strecke die Hand aus, um

die Innenbeleuchtung anzuschalten. Das Grün seiner Augen wirkt in diesem Licht noch strahlender. »Seit wann beherrschst du denn die Rockford-Wende?«

»Seit wann weißt du denn, was eine Rockford-Wende ist?«, schießt Tyler zurück, bevor er seine Hände um mein Gesicht schließt und mir die Lippen auf den Mund presst.

Es fühlt sich nicht an, als wäre es mitten in der Nacht, und es fühlt sich nicht an, als hätten wir uns erst vor wenigen Stunden geliebt. Ich erwidere den Kuss, etwas, das mir mittlerweile schon so vertraut ist, dass ich lächeln muss an seinen Lippen. Es gefällt mir, dass mir nichts von alledem mehr seltsam oder fremd vorkommt. Ich finde es toll, dass es zur Normalität geworden ist. Nicht falsch. Normal. Ich halte mich an Tylers Kapuzenpulli fest, setze mich auf die Knie und ziehe ihn an mich, um mich eng an ihn zu schmiegen. Wir harren aus in dieser Position, auch wenn wir ganz schön eingequetscht sind. Was Tyler aber nicht daran hindert, mit den Händen über meine Haut zu streifen, meine Hüften zu packen.

»Langsam wünsche ich mir, mein Auto hätte eine Rückbank«, knurrt er mit einem kleinen Lachen an meiner Wange.

Mit einem Augenrollen und einem anzüglichen Lächeln flüstere ich: »Wir könnten doch improvisieren.«

Der Motor läuft immer noch, doch keiner von uns achtet darauf. Ich strecke die Hand nach oben, um das Licht wieder auszuknipsen, als Tylers Hand sich auch schon am Verschluss meines BHs zu schaffen macht. Er wird immer geschickter, fingert nicht mehr so hilflos daran herum, doch gerade als er ihn öffnen will, klingelt mein Handy.

Es vibriert in der Hintertasche meiner Jeans, und ich bin wie zu Eis erstarrt, als ich einen recht ratlosen Blick mit Tyler wechsle. Ich mache mich von ihm los und fische das Telefon heraus. Verwundert stelle ich fest, dass Rachaels Name auf dem Display aufleuchtet.

Enttäuscht lässt Tyler sich in seinem Sitz zurücksinken und fährt sich mit der Hand durchs Haar, während die andere auf dem Lenkrad ruht. »Scheiße, Eden.«

»Ist doch nicht meine Schuld!«, verteidige ich mich. Keine Ahnung, aus welch unerfindlichen Gründen Rachael um diese nachtschlafende Zeit bei mir anruft. Leicht angefressen wegen der Störung gehe ich ran und klinge wohl viel mürrischer, als ich das eigentlich wollte. »Was?«

»Wow, Eden, du klingst ja schon wie der typische launische Großstadtarsch«, antwortet Rachael mit fiepender Stimme. »Erst höre ich ewig nichts von dir, und dann begrüßt du mich so?«

»Rachael«, sage ich langsam und betont. »Dir ist schon klar, dass wir hier vier in der Früh haben, oder? Also mitten in der Nacht?«

»Ach du Schreck, ist nicht wahr!«, platzt es mit einem leisen Keuchen aus ihr heraus. Rachael vergisst gern mal den Zeitunterschied. In der ersten Woche, die ich hier war, rief sie mich fast durchgehend erst weit nach Mitternacht an. Und ganz gleich, wie oft ich sie daran erinnere, dass es hier in New York ganze drei Stunden später ist, sie vergisst es immer wieder. »Das hab ich ja ganz vergessen. Hier ist es noch nicht mal eins. Hab ich dich geweckt?«

»Nein, ich bin noch wach.« Tyler fixiert mich mit ungeduldiger Miene, worauf ich mit einem Schulterzucken reagiere. Kann ja schlecht einfach auflegen.

»Okay, ich muss mit dir wegen Dienstag reden.«

»Beeil dich«, formt er wortlos mit dem Mund.

Mit einer fahrigen Handbewegung scheuche ich ihn weg, setze mich im Schneidersitz hin und presse mir das Telefon fester ans Ohr. »Worüber musst du mit mir reden?« Am Dienstag treffen Rachael und Meghan in New York ein, ein verspäteter Ausflug zu Megs Geburtstag. Sie bleiben fünf Tage, und ich kann es kaum erwarten, sie zu sehen. Im Moment aber will ich eigentlich keinen Gedanken daran verschwenden, dass meine Freundinnen kommen. Ich bin ganz auf Tyler konzentriert und die Tatsache, dass er mich mürrisch ansieht. Das lenkt ganz schön ab.

»Wir übernachten im Lowell Hotel«, informiert mich Rachael in selbstbewusstem Ton. Was Geringeres hätte ich bei ihr auch nicht erwartet. »Ich habe den Stadtplan vor mir liegen, es befindet sich direkt an der Kreuzung Dreiundsechzigste Straße und Madison Avenue. Hast du irgendeinen Plan, wo das ist?«

Ich versuche, mir die gitterförmige Anordnung des Stadtbezirks zu vergegenwärtigen. Madison Avenue, die liegt doch nur drei Blocks westlich von Tylers Wohnung, da bin ich mir ziemlich sicher. Die Dreiundsechzigste Straße befindet sich elf Blocks weiter im Süden. »Tyler wohnt auf der Vierundsiebzigsten Straße. Das liegt von eurem Hotel aus im Norden.«

»Wir wohnen also in der Nähe?«, fragt sie.

»Ich glaub schon?«

»Bestens. Dann musst du Folgendes für mich tun.« Sie hält inne und holt tief Luft, während ich den Hörer weghalte und seufze. So wie ich Rachael kenne, überrascht mich das jetzt gar nicht. Sie hat ziemlich oft ziemlich unrealistische Bitten. Die Frage, die dann kommt, ist es allerdings nicht. »Kannst du am Dienstagabend zu uns ins Hotel kommen? Mit Tyler? Ich schicke dir die Zimmernummer per SMS, sobald wir eingecheckt sind und so. Wir wollen euch unbedingt treffen.«

»Klar, wir kommen vorbei.« Aus dem Augenwinkel sehe ich, wie Tyler sich kerzengerade aufrichtet und die Augenbrauen nach oben zieht. Offenbar hat er was gegen meinen Gebrauch des Plurals. Natürlich will er jetzt wissen, wo ich ihn hinschleifen will. Aber das erkläre ich ihm später. »Rachael, es ist wirklich irre spät.«

»O Gott, klar. Tut mir leid, Eden«, entschuldigt sie sich, und ausnahmsweise scheint sie das auch wirklich ernst zu meinen. Normalerweise muss man sie zu einer Entschuldigung zwingen. »Nacht, Baby.«

Ich lege auf und seufze, doch dann stiehlt sich das Lächeln zurück auf meine Lippen. Demonstrativ schalte ich mein Handy ganz aus, werfe es auf den Boden und strecke mich dann über die Mittelkonsole, um mit den Fingerkuppen an Tylers Kinn entlangzustreifen. Anfangs sieht er nicht eben begeistert aus, doch kaum blicke ich möglichst unschuldig unter den Wimpern zu ihm auf, scheint er mir die Unterbrechung zu vergeben, denn nun streckt er ebenfalls die Hand nach mir aus und macht genau da weiter, wo er vorhin aufgehört hat.

Und was wir Dienstag machen, interessiert ihn längst nicht mehr.

Kapitel 20

Um kurz nach acht am Dienstagabend brechen Tyler und ich zum Lowell an der Ecke Dreiundsechzigste und Madison auf. Die Sonne taucht allmählich ab hinter den Gebäuden Manhattans, während Tyler in südlicher Richtung die Park Avenue entlangbraust. Er trägt eine schwarze Sonnenbrille, eine Hand am Lenkrad, die andere spielt mit meinem Haar, den Ellbogen hat er gegen die Tür gestützt.

»Ich glaube, die verarschen uns«, murmelt er nach einer Weile. »Das Lowell? Hallo? Nie im Leben.«

Ich werfe ihm einen Seitenblick zu. »Was?«

»Ich bitte dich.« Er schnaubt, und auch wenn ich seine Augen hinter der Brille nicht erkennen kann, weiß ich genau, dass er damit rollt. »Rachael und Meghan sind auf dem College. Denkst du, die können sich so einen Laden leisten? Hallo? Meghan ist eben erst aus Europa zurück. Die hat vermutlich höchstens noch zehn Kröten übrig.«

»Tyler, du warst erst sechzehn und Schüler an der Highschool, als du dir den Schlitten hier gekauft hast, von deinem guten alten Treuhandfonds«, rufe ich ihm ins Gedächtnis, und um meinen Punkt noch zu unterstreichen, füge ich hinzu: »Denkst du wirklich, Sechzehnjährige können sich solche Autos leisten?«

»Ich meine ja nur«, sagt er und achtet nicht auf meinen Kommentar.

Nach nicht einmal zehn Minuten sind wir an der Dreiundsechzigsten Straße angekommen, wo Tyler durch geschicktes Manövrieren schnell rückwärts in eine Parklücke setzt, direkt vor der Santa Fe Opera. Meine Einparkkünste können da nicht mithalten – ich fasse es immer noch nicht, dass er das in weniger als sechzig Sekunden schafft.

Ich steige aus, und Tyler wirft die Sonnenbrille auf das Armaturenbrett, bevor er die Autotür hinter sich zuknallt. Ich kann nicht anders, ich ziehe die Augenbrauen hoch und folge ihm die Dreiundsechzigste Straße entlang. Keine Ahnung, was sein Problem ist.

Das Lowell ist nur ein paar Häuser weiter, fast vorne an der Ecke Madison Avenue. Mit seinen roten Backsteinziegeln und den vergoldeten Türen und dem wunderschönen weißen Vordach bewundere ich es eine Weile, doch dann stöhnt Tyler auf und zerrt mich am Handgelenk nach drinnen. Ein Portier begrüßt uns, hält uns die Tür auf, heißt uns im Hotel willkommen und wünscht uns zugleich einen schönen Abend. Mich beschleicht der Eindruck, Tyler fühlt sich hier unwohl. Das verrät mir sein Seufzen. Entweder hat er plötzlich was gegen Luxushotels, oder er hat was gegen Rachael und Meghan.

Die Lobby ist klein und überschaubar, aber gemütlich, mit zahlreichen Sitzgelegenheiten. Tyler und ich eilen entschlossen an der Rezeption vorbei und halten auf den Fahrstuhl zu. Die Suite von Rachael und Meghan liegt im zehnten Stock, und dorthin fahren wir nun. Tyler verschränkt die Arme vor der Brust und lehnt sich gegen die Festhaltestange im Aufzug.

»Was ist dein Problem?«, frage ich endlich.

»Warum bin ich hier?«, entgegnet er prompt.

Ich bin völlig überrumpelt von dieser Frage. »Sie sind deine Freunde?«, schlage ich vor.

»Eden«, sagt er, »ich glaube, mit Rachael habe ich im letzten Jahr keine sechs Mal geredet, und mit Meghan überhaupt nicht. Genauso wenig wie du. Gib's zu.«

Ich zucke mit den Schultern. Irgendwie hat er schon recht. Meghan gibt sich nicht groß Mühe, mit uns allen Kontakt zu halten. Fast kommt es einem so vor, als wäre sie froh, L.A. den Rücken gekehrt zu haben. Im Grunde rede ich nur richtig mit ihr zu den seltenen Gelegenheiten, wenn sie zu Hause ist. Nicht einmal ich fühle mich ihr noch besonders nah. »Okay, gut, ist nicht so einfach, mit Meghan in Kontakt zu bleiben«, gebe ich zu.

»Also bitte«, meint Tyler mit einem harten Lachen. »Ist doch nicht zu übersehen, dass sie mit uns nichts mehr zu tun haben will. Die redet doch nur noch von Utah und ihrem Jared. Sind die eigentlich schon verheiratet? Weil sie nämlich so tun, als wären sie es.«

»Himmel, Tyler.«

»Hör zu«, sagt er ganz ruhig. »Ich finde das Ganze nur affig. Weil ich nicht mehr mit den beiden befreundet bin. So läuft das eben.«

Der Aufzug bremst sanft ab, und mit einem leisen *Pling* öffnen sich die Türen. Damit wäre unser Gespräch also beendet. Allerdings bin ich mir so oder so nicht sicher, was ich darauf hätte erwidern sollen. Tyler macht immer noch einen höllisch mies gelaunten Eindruck, was er noch nicht mal versucht zu verbergen. Wir irren durch die Flure im zehnten Stock, weshalb ich im Gehen mein Handy aus der Tasche fische, um mir Rachaels SMS noch einmal anzusehen. Ich will nur sichergehen, dass ich mir die Zimmernummer auch korrekt gemerkt habe. Kurz danach stehen wir auch schon vor der richtigen Tür. Ich klopfe an.

Während wir warten, wandert mein Blick zu Tyler. Er starrt mit ausdrucksloser Miene auf die Tür, und ich mustere jeden einzelnen Zentimeter seines Gesichts. Seine gebräunte Haut, das dunkle, strubbelige Haar, das er auf seine lateinamerikanischen Gene schiebt, seine lebhaften, smaragdgrünen Augen, die abwechselnd matt und dunkel und dann wieder so strahlend wirken, sein markantes Kinn, einfach perfekt, mit Bartstoppeln in genau der richtigen Länge …

All das … All das gehört mir.

»Was?«, fragt er, als er merkt, wie ich ihn anstarre. Tief blicken diese grünen Augen in meine.

Ich bemühe mich gar nicht erst, mir das Lächeln zu verkneifen, und als meine Mundwinkel sich zu einem verlegenen Grinsen heben, zucke ich bloß mit der Schulter. »Ach, nichts.«

Da wird von innen die Tür entriegelt. Schwungvoll öffnet sie sich, so schnell, dass ein Luftzug entsteht, und bevor ich die Chance habe aufzusehen, werde ich über die Schwelle gerissen, und jemand nimmt mich in die Arme.

Sofort erkenne ich das unverwechselbare Parfüm und den Duft des Shampoos. Der Geruch gehört zu Rachael, solange ich denken kann. Während sie mich ganz fest drückt und vor Freude quiekt, legt sich ihr langes Haar vor mein Gesicht. Ich kann nicht viel mehr tun, als an ihre Schulter gepresst zu lachen. Es ist so schön, sie zu sehen. Erinnert mich an mein Leben in Santa Monica. Die vergangenen vier Wochen hatte ich das fast vollständig vergessen.

»Gott, Rachael«, murmle ich. »Willst du mir den Arm auskugeln?« Immer noch lachend gelingt es mir, mich aus der eisernen Umklammerung zu befreien. Dann trete ich einen Schritt zurück, um sie von oben bis unten zu mustern.

Ihre Haare sind ein paar Nuancen dunkler als in meiner Erinnerung, und sie hat es gleich mehrere Zentimeter kürzen lassen, das ist nicht zu übersehen. Allerdings erwähne ich das mit keinem Wort. Ich weiß nämlich noch, wie Dean meinte, sie wäre nicht allzu glücklich damit. Abgesehen davon aber ist sie immer noch dieselbe gute alte Freundin mit dem breiten Grinsen im Gesicht. »Ich hab dich ja so vermisst!«

»Ich dich auch«, sage ich. Bislang war mir das gar nicht bewusst gewesen. War wohl so sehr mit anderen Dingen beschäftigt, dass ich jetzt fast ein wenig Gewissensbisse kriege.

»Tyler!« Rachaels Augen weiten sich, als sie ihn einen Moment anstarrt. Ehrlich, wie könnte ich es ihr verübeln. Er sieht wirklich aus, als wäre er um fünf Jahre gealtert, seit er weg ist. Verlegen steht er an der Tür, doch jetzt schiebt Rachael sich an mir vorbei und nimmt ihn ebenfalls in die Arme. Nur ganz kurz, und als sie sich wieder von ihm löst, zerrt sie ihn am Arm in die Suite und schließt dann mit einem Klicken die Tür. »Ich kann nicht fassen, dass es ein ganzes Jahr her ist!«

»Ja, schon krass«, meint Tyler. Er hat nun doch ein kleines Lächeln auf den Lippen, und ich könnte nicht sagen, ob es echt ist oder nicht. Wie auch immer, jedenfalls wirkt er schon viel entspannter.

Während wir uns unterhalten, nehme ich mir kurz die Zeit, um mich in der Suite umzusehen. Der Raum ist riesig, und es sieht so aus, als gäbe es zwei getrennte Schlafzimmer, ein Badezimmer und eine kleine Kochnische. Der Boden besteht komplett aus Hartholz, bedeckt mit orientalischen Teppichen, ziemlich elegant mit einem Hauch von Vintage-Flair, und doch gleichzeitig modern. An der Wand hängen eindrucksvolle Kunstwerke, doch ich halte mich nicht lange damit auf. Stattdessen sehe ich wieder zurück zu Tyler.

»Und, ist es in der U-Bahn sicher?«, will Rachael neugierig wissen. »Wir werden auch nicht erschossen oder so was?«

»Macht euch wegen der U-Bahn keine Gedanken«, meint Tyler. Ich weiß genau, dass er am liebsten die Augen verdrehen würde, doch er hält sich zurück. »Versucht einfach nicht allzu sehr nach Touristen auszusehen, dann habt ihr kein Problem.«

Wieder gucke ich mich in der Suite um. Irgendetwas fehlt hier. Ich brauche eine Sekunde, bevor mir klar wird, was es ist.

»Wo steckt Meghan?«, frage ich und unterbreche ihre Unterhaltung mit Tyler.

Ganz langsam wendet Rachael den Blick zu mir. Fast muss sie lächeln, doch sie unterdrückt es und zuckt stattdessen lässig mit den Schultern. »Hat sich in Europa einen Virus eingefangen. Konnte nicht mehr aufhören zu kotzen, deswegen ist sie zu Hause geblieben.«

»Du bist den ganzen weiten Weg allein hierhergekommen?«

Die Worte sind kaum über meine Lippen, als jemand mir und Tyler jäh die Arme um die Schultern wirft und uns fest drückt. Das kommt so überraschend, dass ich mich total erschrecke und zusammenzucke, und bevor ich mich umdrehen kann, sagt eine Stimme: »Hey, ihr New Yorker.«

Mir bleibt das Herz stehen. Nicht wegen des kurzen Schreckmoments, sondern wegen der Stimme. Denn die kenne ich nur zu gut.

Es ist Deans.

Ich schüttle seinen Arm ab und fahre im gleichen Moment wie Tyler herum. Ich hatte recht.

Vor mir steht Dean. Ein breites Grinsen im Gesicht macht er mit funkelnden Augen einen Schritt auf mich zu, schließt mich in die Arme und drückt mich ganz fest an seine Brust. Ich fühle mich derart benommen, dass ich die Umarmung noch nicht mal erwidern kann. Ich stehe einfach nur da, die Lippen leicht geöffnet, völlig fassungslos. Über Deans Schulter sehe ich, wie Tyler mich anstarrt, sein Gesicht nicht weniger bleich als meines. Wir denken jetzt wohl beide dasselbe: Bitte, mach, dass das nicht wahr ist.

»Überraschung«, flüstert Dean mir ins Ohr. Seine Stimme jagt mir einen Schauder über den Rücken, und er vergräbt sein Gesicht in meinem Haar. Plötzlich fühlt sich das alles so fremd an. Ich bin nicht mehr an Dean gewöhnt. Nein, mittlerweile habe ich mich an Tyler gewöhnt.

Dean sollte gar nicht hier sein. Er sollte nicht hier sein in New York, bei Tyler und mir. Er müsste eigentlich in Santa

Monica sitzen. Eigentlich sollten mir doch noch zwei Wochen bleiben, um rauszufinden, was ich in Bezug auf ihn tun soll. Ich bin nicht bereit, mich jetzt damit auseinanderzusetzen. Dass Dean nun hier ist, könnte *alles* ruinieren.

Als er mich endlich loslässt, starrt er mich bewundernd an und schüttelt lächelnd den Kopf. Ein breites, aufrichtiges Lächeln. Es tut weh, das zu sehen. »Gott, wie du mir gefehlt hast«, sagt er, und dann küsst er mich.

Erst bin ich wie überrumpelt, so baff, dass es mir nicht mal gelingt, mich von ihm zu befreien. Früher habe ich durchaus etwas gefühlt, wenn ich Dean geküsst habe, aber jetzt ist da nichts, nur diese unsagbare Leere. Ich verspüre keinerlei Kribbeln. Dean ist zärtlich, aber auch fordernd, als müsste er sich selbst vergegenwärtigen, was er in letzter Zeit verpasst hat. Doch ich kann seine Begeisterung nicht teilen. Ich will es nicht. Für mich liegt keinerlei Leben in diesem Kuss.

Ich versuche, Tyler einen entschuldigenden Blick zuzuwerfen. Sein Körper hat sich versteift, und sein Blick ist hart. Mit eisiger Miene sieht er uns scharf an. Und dann packt er wie aus heiterem Himmel Dean an der Schulter, reißt ihn zurück und beendet damit unseren Kuss. Was bin ich ihm dankbar.

»Hey, Mann, hast du etwa deinen besten Freund vergessen?«, meint Tyler, und bis Dean sich zu ihm umgedreht hat und ihn ansieht, hat er auch schon ein Lächeln auf den Lippen. Natürlich durchschaue ich ihn. Mir entgeht das wütende Blitzen in seinen Augen nicht und dass seine Kiefermuskeln angespannt sind.

Dean dagegen nimmt nichts wahr als das Lächeln im Gesicht seines besten Freundes. »Mensch, was ist denn mit dir passiert? Du redest ja plötzlich ganz komisch.«

»New York City. Und ein Mitbewohner aus Boston«, entgegnet Tyler trocken. »Da fängt man schon mal an, komisch zu reden.«

Lachend zieht Dean ihn an sich, und sie klopfen sich gegenseitig auf den Rücken. Als Dean wegtritt von ihm, fragt Tyler: »Also, warum bist du hier?« Er versucht gar nicht erst, den schneidenden Unterton in seiner Stimme zu überspielen. Er verschränkt die Arme, zieht die Augenbrauen hoch und wartet auf eine Antwort.

»Ich bin bloß für Meghan eingesprungen«, sagt Dean. Er trägt ein hellblaues Hemd und eine dunkle Jeans und hat die Hände in die Hosentaschen gesteckt. »Quasi auf den letzten Drücker. Ich dachte erst, mein Dad würde mir nie freigeben dafür, aber dann meinte er, ich solle mich nicht aufhalten lassen. War Rachaels Idee.«

Im selben Moment schauen Tyler und ich zu Rachael. Sie beobachtet die Szene, die sich da vor ihr abspielt, mit einem strahlenden Lächeln im Gesicht. Doch Tyler und ich sind nicht begeistert, kein bisschen. Dass sie Dean einfach so nach New York einlädt? Schlimmer hätte es gar nicht kommen können.

»Tyler, ich hab deinen besten Freund mitgebracht, und für dich, Eden, deinen Freund«, stellt sie fest, das Grinsen noch breiter. »Bin ich jetzt die beste Freundin der Welt, oder was?«

Ich kann mich noch nicht einmal zu einer Antwort durchringen. Klar hatte sie nur die besten Absichten, aber sie hat absolut keinen Schimmer, was sie da angerichtet hat. Muss sie jetzt alles noch verkomplizieren? Ich bezweifle, dass es Rachael oder Dean überhaupt auffällt, nur für Tyler und mich ist die Anspannung im Raum unerträglich geworden.

Ich werfe ihm einen panischen Blick zu, und er schließt die Augen und fährt sich mit der Hand durchs Haar. Keine Ahnung, was ich jetzt denken soll. Oder was ich tun könnte. Und als Dean sich wieder neben mich stellt, den Arm um mich legt und mir einen Kuss auf die Wange drückt, geht es mir gleich noch beschissener.

Sollen wir ihm die Wahrheit sagen, wo er schon mal hier

ist in New York? Oder warten wir wie geplant ab? Das ist
der schwierigste Part. Wann ist der richtige Zeitpunkt gekommen, Dean wehzutun? Letzten Endes ist es unvermeidlich: Alles nur eine Frage des Wann und Wo. Nicht hier, so
viel ist sicher. Nicht jetzt, auch klar. Aber vielleicht schon
bald?

Und wenn ich dachte, schlimmer könnte es nicht werden,
dann habe ich mich bei Gott so was von getäuscht.

Denn als Nächstes fliegt die Tür zum Badezimmer auf,
sodass unser aller Aufmerksamkeit sich darauf richtet. Und
während ich noch verdattert die Stirn runzle, höre ich eine
begeisterte Stimme schwärmen: »Leute, die Wanne ist der
Hammer.«

Noch eine Stimme, die ich gut kenne. Eine Stimme, von
der ich nicht erwartet hätte, dass ich sie jemals wieder hören
müsste. Eine Stimme, die jemandem gehört, mit dem ich
schon seit zwei Jahren nicht mehr geredet habe. Und gerade
als mir wieder einmal alle Farbe aus dem Gesicht weicht,
tritt sie aus dem Bad, das nasse Haar zu einem losen Knoten
hochgebunden und nichts am spindeldürren Leib als ein
lose umgebundenes weißes Handtuch. Als sie uns entdeckt,
bleibt sie zögernd stehen, und ihr Blick flackert einen
Moment abwechselnd zu Tyler und zu mir. Und dann, so
langsam, dass es fast schmerzt, verzieht ihr Mund sich nach
oben. Tiffani lächelt. »Warum hat mir denn keiner gesagt,
dass meine Lieblings-Stiefgeschwister schon da sind?«

Kapitel 21

*D*as passiert doch alles gar nicht wirklich, ganz bestimmt nicht. Es kann einfach nicht sein. Dean ist unmöglich in New York. Tiffani steht nicht hier vor mir mit einem scheinbar so unschuldigen Lächeln im Gesicht. Denn ich kenne sie als Einzige besser, um zu wissen, dass man sich von dieser Unschuld nicht täuschen lassen darf. Tiffani ist ein falsches Biest, das war immer so, und so wird es auch immer sein. Sie ist manipulativ, dominant und legt sich mit jedem an, der ihr in die Quere kommt, nur um ihren Willen durchzusetzen. Aus ihrer Sicht ist das der einzig richtige Weg. Und jetzt steht sie im selben Raum wie Tyler und ich. Sie steht den beiden Menschen gegenüber, die sie absolut in der Hand hat, weil sie als Einzige von der Sache weiß, die wir beide so verzweifelt geheim zu halten versuchen.

»Wollt ihr mich verarschen?«, zischt Tyler, und seine Stimme durchschneidet die angespannte Stille. Er hat den Blick von Dean abgewandt und sieht nun Tiffani grimmig an, bevor er ungläubig den Kopf schüttelt.

Rachael seufzt tief und verschränkt die Arme. Dann lehnt sie sich an einen der antiken Sessel. Sie stößt den Fuß in den Teppich und fixiert Tyler mit einem harten Blick. »Könnt ihr euch nicht endlich benehmen wie Erwachsene, Leute? Ihr habt euch getrennt, na und! Das ist jetzt zwei Jahre her. Vergesst das endlich.«

»Meinst du das ernst, Rachael?« Tyler blinzelt sie mit

großen Augen an. Er lacht, so verdattert angesichts dieser Situation, dass ich fast glaube, er *kann* gar nicht anders als lachen. »Scheiß drauf. Ich bin raus.« Ergeben reißt er die Hände hoch und stiefelt geradewegs zur Tür, die er so energisch aufreißt, dass sie in den Angeln quietscht. »Ich warte im Auto auf dich, Eden«, schleudert er mir über die Schulter entgegen und wirft dann die Tür hinter sich zu. Der gewaltige Knall hallt noch lange nach.

»Der Umzug nach New York hat also nichts geändert an seinen Wutausbrüchen«, sagt Rachael nach einem Augenblick eisiger Stille. Sie meint es als Witz, aber ich finde das kein bisschen komisch. Im Gegenteil, respektloser geht es ja wohl kaum. Wegen ihres unhöflichen Benehmens erntet sie von mir einen tödlichen Blick.

»Warum muss der sich immer aufführen wie das letzte Arschloch?«, meint Tiffani, ihre Stimme ganz lieblich und sanft, als wäre sie zutiefst betroffen. »Der hat ernsthafte Probleme. Diese Aggressivität! Das hat er eindeutig von seinem Dad.«

Ich will schon den Mund aufmachen und etwas entgegnen, Tiffani zurechtweisen für das, was sie da eben gesagt hat. Doch zu meiner unendlichen Verblüffung kommt Dean mir zuvor.

»Leute, im Ernst!«, sagt er. Er lässt seine Arme von meinen Schultern hinuntergleiten zu meinen Hüften. »Lasst ihn doch mal in Ruhe.«

»Aber er übertreibt doch maßlos«, murmelt Rachael. »Findet ihr nicht? Dass er einfach so rausstürmt. Der gute alte Tyler, wie er leibt und lebt, oder?«

»Ich finde, er hat recht«, sage ich und werfe Tiffani einen bohrenden Blick zu. Ich versuche gar nicht erst, mit meiner Verachtung für sie hinterm Berg zu halten. Und auch Rachael geht mir langsam gewaltig auf die Nerven. Der gute alte Tyler? Sie sehen ihn zum ersten Mal seit Langem. Klar wird er stinksauer, wenn Tiffani wie aus heiterem Himmel hier aufkreuzt. Weder Rachael noch Tiffani kennen sein *wahres* Gesicht; sie kennen ihn nicht, Tyler mit dem herzlichen Lachen, Tyler, der den halben Tag lächelt. Sie kennen ihn noch nicht, diesen neuen Tyler. Klar ist er immer noch nicht perfekt, aber er ist auf dem besten Weg. Er ist viel glücklicher als je zuvor, und ihre Gemeinheiten machen mich so was von rasend. Ich werde ihn wohl immer verteidigen.

»Nicht du auch noch«, stöhnt Rachael, die den Kopf in den Nacken legt und die Augen zukneift.

»Gott, Eden«, sagt Tiffani. »Ich dachte, du bist mittlerweile etwas reifer geworden, nachdem du den Abschluss in der Tasche hast.« Sie sieht mich mit flatternden Wimpern an und hält ihr Handtuch krampfhaft fest, die Lippen zum Schmollmund verzogen.

»Was für ein Problem hast du eigentlich mit mir, Tiffani?«, will ich von ihr wissen. Jetzt verliere ich vollends die Beherrschung. Ich schüttle Dean ab und mache einen Satz auf sie zu. »Warum bist du immer so …«

Dean packt mich von hinten und zieht mich zurück, damit ich mich nicht blindlings auf sie stürze. »Tiffani«, sagt er. »Sei nicht so zickig.«

»Halt verdammt nochmal die Klappe, Dean«, fährt sie ihn an. Ihre Stimme hat jede Sanftheit verloren, sie klingt schneidend scharf. Mit finsterem Blick nimmt sie uns ins Visier, stürmt in eins der Schlafzimmer und knallt die Tür hinter sich zu.

Ich spähe über die Schulter zu Dean, der seinen Griff um mich lockert und mit den Schultern zuckt, als wäre nicht groß was passiert. Er ist Tyler und mir beigesprungen, weswegen ich gleich noch größere Gewissensbisse kriege, als ich ohnehin schon habe. Aber so ist Dean nun mal. Immer für andere Menschen da. Und ich, wie danke ich es ihm? Indem ich ihm wehtue. Allein der Gedanke daran schmerzt, daher konzentriere ich mich auf etwas anderes.

»Sie übertreibt aber schon maßlos, findest du nicht?«, wende ich mich an Rachael und bediene mich dabei der Worte, die sie vorhin in Bezug auf Tyler verwendet hat. Ich trete einen Schritt von Dean weg und verschränke die Arme vor der Brust. »Was zum Teufel will sie überhaupt hier?«, frage ich.

Rachael stößt sich vom Sessel ab und kommt seufzend auf mich zu. Wieder nehme ich den Duft ihres Parfüms war, der sie umgibt. »Sie wollte von vornherein mitkommen, Eden. Ich habe es dir gegenüber nur nicht erwähnt, weil ich nicht wollte, dass du dich monatelang darüber beschwerst. Könnt ihr nicht endlich alles vergessen?«

»Es vergessen?«, wiederhole ich. »Ist nicht dein Ernst.«

»Hör zu, ich verstehe das ja«, sagt sie. »Du hasst sie wegen dem, was sie Tyler angetan hat, und sie hasst dich, weil du dich auf seine Seite geschlagen hast. Aber das ist Jahre her. Findest du nicht, dass du dich arg kindisch verhältst? Kannst du nicht einfach vergeben und vergessen? Tiffani hat es doch auch hingekriegt. Sie würde sich freuen, wieder mit dir befreundet zu sein. Mit euch beiden.«

Am liebsten würde ich lachen, genau wie Tyler vorhin, weil ich es einfach nicht fassen kann. Rachael hat doch keinen Schimmer, was da vor zwei Jahren wirklich vorgefallen ist. Einmal mehr wünsche ich mir, sie würde es wissen. Doch das tut sie nicht, also bleibt mir nur, mir auf die Lippe zu beißen, damit ich es nicht doch aus Versehen ausplaudere. »Wir werden nie mehr Freundinnen werden, Rachael. Niemals.«

»Mach dir keine Gedanken deswegen«, sagt Dean in meinem Rücken, und ich zucke zusammen. Weil ich nicht daran gewöhnt bin, seine Stimme zu hören. Die Tatsache, dass er hier ist, verstört mich immer noch. Er legt mir eine Hand auf die Schulter und stellt sich neben mich. Aufmunternd lächelt er mir von der Seite zu. »Du musst dich nicht wieder mit ihr anfreunden.«

»Komm schon, Dean«, murmelt Rachael. »Du musst doch zugeben, dass es für den Rest von uns ganz schön unangenehm ist.«

»Ich finde gar nichts unangenehm«, stellt Dean klar. Mit einem entspannten Ausdruck im Gesicht lässt er den Blick wieder zu ihr gleiten. Ich spüre, dass er schwindelt, natürlich macht er das nur mir zuliebe, um meinen Standpunkt zu verteidigen. Daher verharre ich reglos neben ihm. »Nichts ist unangenehm, es sei denn, du lässt es zu. Und genau das tust du jetzt, Rachael.«

Rachael presst die Lippen aufeinander. »Ich will doch nur, dass sich alle wieder verstehen«, erklärt sie, doch in ihrer Stimme schwingt echte Trauer mit. Weiter sagt sie allerdings nichts, sondern dreht sich wortlos um und verschwindet im gleichen Schlafzimmer wie Tiffani. Jetzt stehen Dean und ich ganz alleine da.

Er dreht sich zu mir um, und irgendwie sieht er ziemlich entmutigt aus. Ich schätze, nichts ist so gekommen, wie er sich das erhofft hat. »Vielleicht war es eine blöde Idee, dich und Tyler hierherzubitten«, murmelt er. »Wir wollten euch überraschen, und ich musste dich unbedingt heute Abend noch sehen. Ich hätte einfach nicht bis morgen warten können.«

»Tja, hier bin ich«, sage ich halbherzig. Ich lache, doch es ist nicht echt, dieses Lachen. Mir wird langsam schlecht. Ich komme nicht damit klar, dass Dean *und* Tiffani in New York sind. Das ist zu viel auf einmal.

»Und da behaupten die Leute, die Skyline wäre das Schönste an New York«, sagt er grinsend. Erst da fällt mir auf, dass er sich diesen grässlichen Bart abrasiert hat, den er sich hat wachsen lassen.

Ich stoße ihm spielerisch gegen die Schulter. »Gott, Dean, muss das sein?«

»Ich kann nicht anders«, sagt er. Sein Grinsen reicht ihm mittlerweile schon bis zu den Ohren, und er legt mir die Hände auf die Schultern und schaut mir tief in die Augen. »In den vier Wochen, die du weg warst, habe ich mir unzählige anzügliche Bemerkungen überlegt, die ich dir gegenüber fallen lassen könnte.« Dann gibt er mir einen Kuss, und da wir nun allein sind, lässt er die Hände an meinem Körper abwärtsgleiten, von den Schultern bis zu den Hüften. Er küsst mich, als wäre es das erste Mal.

Mir aber fällt es erneut schwer, seinem Kuss mit der gleichen Begeisterung zu begegnen. Wie könnte ich? Versuchen tu ich es trotzdem. Weil ich ja noch keinen Verdacht erregen will. Ich versuche, mich ganz normal zu benehmen. Ich versuche, so zu tun, als wäre ich nicht in seinen besten Freund verknallt, und ich verdränge den Gedanken, dass ich ihm schon sehr bald die Wahrheit werde sagen müssen.

Schließlich mache ich mich von ihm los, weil ich es nicht mehr ertrage, ihn zu küssen. Ich runzle die Stirn und werfe einen flüchtigen Blick zur Tür. »Dean, ich sollte jetzt los«, sage ich ganz leise. »Tyler wartet im Wagen auf mich.«

»Klar, schon gut«, meint er. Endlich nimmt er die Hände von mir und tritt einen Schritt zurück. Doch er lächelt unvermindert. »Wir drei gehen jedenfalls was essen. Und schauen uns die Stadt an, schätze ich. Aber morgen unternehmen wir beide was, einverstanden?«

Ich denke nicht, dass das bei Tyler allzu gut ankommen wird, und ich ertappe mich dabei, wie ich was stammle, von wegen, ich hätte schon andere Pläne. Dean macht ein verwirrtes Gesicht. Ich weiß nicht, was ich tun soll: Soll ich jetzt weiter so tun, als wäre nichts gewesen, oder soll ich ihm die kalte Schulter zeigen, damit er schon mal weiß, woher der Wind weht? Ich wüsste nicht, was weniger schmerzhaft für ihn wäre, daher willige ich ein, ihn stattdessen morgen Abend zu treffen.

Das ist alles ganz schön viel auf einmal, und während ich mich von Dean verabschiede und auch Rachael durch die verschlossene Tür ein »Tschüss« zurufe, stelle ich fest, dass meine Hände zittern. Ich verschwinde schnellstmöglich aus der Hotelsuite, ohne den Eindruck zu erwecken, als wollte ich schleunigst verschwinden von hier, und warte gar nicht erst auf den Aufzug. Ich habe es viel zu eilig, von Dean und Tiffani wegzukommen, und so laufe ich die ganzen zehn Treppen mit wechselnder Geschwindigkeit hinab, ehe ich mit weit ausholenden Schritten die Lobby durchquere. Dann stürme ich zum Haupteingang raus, bevor der Portier überhaupt eine Chance hat, mir die Tür aufzuhalten. Kopfschüttelnd sieht er mir nach, als ich an ihm vorbeijogge.

Zum Glück steht Tyler immer noch dort, wo er vorhin am Straßenrand geparkt hat, direkt vor der Santa Fe Opera. Der Motor läuft, und ich reiße die Beifahrertür ohne Vorwarnung auf und lasse mich auf den Sitz fallen, ehe ich die Tür wieder zuknalle.

Schwer atmend sehe ich rüber zu Tyler. Er sitzt stocksteif da, beide Hände um das Lenkrad gekrampft, und zwar so fest, dass seine Knöchel weiß hervortreten. Seine Arme sind ebenfalls ganz starr. Er erwidert noch nicht einmal meinen Blick, stiert nur mit angespanntem Kiefer zur Windschutzscheibe hinaus.

Als er den Mund öffnet, um etwas zu sagen, kommt nur Folgendes heraus: »Was machen wir denn jetzt, verdammte Scheiße?« Nervös stellt er den Motor ab.

»Ich weiß es nicht«, sage ich. Stöhnend lasse ich den Kopf gegen das Armaturenbrett sinken und raufe mir das Haar. Ich kneife die Augen ganz fest zu und versuche das, was da eben passiert ist, zu verarbeiten. Aber irgendwie ist alles nur völlig verschwommen und chaotisch. Ich krieg das alles einfach nicht zusammen. Langsam hebe ich den Kopf und sehe zu ihm rüber. »Tyler, sollen wir es ihm sagen? Ich meine, es ist doch das Richtige, oder?«

»Wir müssen es ihm sagen, ja«, meint er. Doch er spricht viel langsamer als ich, und seine Stimme klingt um einiges ruhiger. Er richtet seinen starren Blick auf mich, und ich sehe Beunruhigung in seinen Augen. »Mir ist bewusst, dass wir eigentlich warten wollten, bis wir nach Hause zurückkehren. Aber jetzt ist er hier, deswegen müssen wir *ausnahmsweise* mal das Richtige tun. Wir können es nicht länger vor ihm verheimlichen.«

»Wann?«, frage ich.

»Was?«

Ich schlucke den Kloß hinunter, der sich in meinem Hals bildet. »Wann werden wir es ihm sagen?«

Tyler zuckt hilflos mit den Schultern. »Wir könnten es morgen tun. Scheiße, wir könnten sogar gleich wieder da reingehen und es ihm gestehen, jetzt sofort. Aber dann versauen wir ihm seinen Besuch in New York, das wird die Hölle für ihn. Oder aber«, fährt er fort, »wir warten bis zu ihrem letzten Tag. Wir sagen es ihm am Abend, bevor sie heimfliegen. So kann er New York wenigstens noch genießen, und er muss uns nicht mehr zu lange sehen, bevor er in den Flieger steigt und macht, dass er von uns fortkommt. Verstehst du?«

»Du willst also, dass ich die kommenden fünf Tage so tue, als wäre alles in bester Ordnung?« Nervös falte ich die Hände im Schoß. Ich liebe Dean. Das macht es ja so verdammt schwer. Ich werde die Sache mit ihm nicht beenden, weil ich nicht mit ihm zusammen sein will. Ich beende es, weil ich zu Tyler zurückgefunden habe, weil es unfair Dean gegenüber wäre, wenn seine Freundin in einen anderen verliebt ist.

»Benimm dich einfach ein kleines bisschen anders, damit

er merkt, dass etwas nicht stimmt«, erklärt Tyler mir. Doch seine Stirn ist gerunzelt, als er den Motor wieder anlässt. »Gott, er wird uns hassen, nicht wahr? Hast du gesehen, wie er dich angeschaut hat?«

»Wie er *uns* angeschaut hat«, verbessere ich ihn. Ich strecke die Hand nach dem Sicherheitsgurt aus, lege ihn mit einem Klicken an und lasse ein Seufzen entweichen, von dem ich nicht einmal wusste, dass ich es unterdrückt hatte. »Er hat sich so gefreut, uns zu sehen.«

»Jetzt vergiss Dean mal für eine Sekunde«, sagt Tyler. Er fährt los in Richtung Madison Avenue. Wieder einmal nimmt seine Stimme einen verbitterten Unterton an. »Warum ist Tiffani hier? ›Lieblings-Stiefgeschwister‹? Was sollte das denn? Sie hasst uns doch, das wissen wir alle.«

»Nein, sie hasst in Wirklichkeit nur mich«, sage ich mit einem leisen Lachen, während ich mich im Sitz zurücklehne und Tyler beim Fahren beobachte. »Du weißt schon, weil ich ihr den Freund weggeschnappt habe und so.«

Tyler lacht und wirft mir einen Seitenblick zu, und seine Züge werden weicher. Eine Hand am Lenkrad, greift er mit der anderen über die Mittelkonsole und nimmt meine Hand in seine. Er verschränkt seine Finger mit meinen, seine Haut weich und warm, genau wie immer. »Und ich kann dir gar nicht dankbar genug sein, dass du es getan hast.«

Kapitel 22

Am nächsten Tag sind Tyler und ich total nervös und hibbelig. Wir können auch nichts dafür. Es ist so nervenaufreibend zu wissen, dass Dean ganz in der Nähe ist. Wir müssen jetzt wieder extra vorsichtig sein und aufpassen, was wir sagen. Außerdem dürfen wir uns nicht zu lange ansehen. Wieder einmal sind wir nichts weiter als Stiefgeschwister.

Und obwohl wir uns alle Mühe geben, ganz normal zu tun und uns so unschuldig wie möglich zu verhalten, hat Tyler so seine Schwierigkeiten, seinen Unmut darüber zu verbergen, dass Dean mich jeden Moment abholen wird. Er brüht sich einen Kaffee auf, während ich im Wohnzimmer auf und ab gehe, bis Emily die Anspannung nicht länger übersehen kann.

Sie stellt den Fernseher auf lautlos, sehr zu Snakes Verdruss, und reckt den Hals, um uns anzusehen. Ihr Blick wandert hastig zwischen Tyler und mir hin und her. »Was ist denn mit euch los?«

»Eden hat ein Date«, sagt Tyler. Sein Blick ist auf mich gerichtet, und ohne wegzusehen, rührt er in seinem Kaffee. Sein Kiefer ist angespannt. »Ihr Freund ist gestern Abend überraschend in der Stadt aufgekreuzt. Ach, und hab ich schon erwähnt, dass meine psychopathische Ex ebenfalls hier ist? Tja, ist sie.«

»Tiffani?«, hakt Emily nach.

Ich bleibe stehen und werfe Tyler einen neugierigen Blick

zu. Offenbar hat er Emily das mit Tiffani erzählt. Ich glaube, er hat ihr sogar so ziemlich alles über sein Leben erzählt. Weil sie bisher nämlich über jedes noch so kleine Detail Bescheid zu wissen scheint.

»Genau«, sagt Tyler steif. Er dreht sich von uns weg und konzentriert sich auf seinen Kaffee. Emily nutzt die Chance und richtet ihre Aufmerksamkeit auf mich.

»Eden, ich wusste ja gar nicht, dass du einen Freund hast«, sagt sie. Sie mustert mich eingehend. Ist mir irgendwie unangenehm.

»Ja, ja, wie auch immer, wen kümmert's?«, murmelt Snake. Er will sich über Emily beugen und sich die Fernbedienung schnappen, doch sie drückt ihm die Hand gegen den Brustkorb und hält ihn davon ab. Dabei wendet sie den Blick kein einziges Mal von mir ab.

»Wir sind seit etwas mehr als anderthalb Jahren zusammen«, sage ich leise. Anderthalb Jahre. So viel Lebenszeit habe ich Dean geraubt. »Er heißt Dean.«

Wie aufs Stichwort klopft es in diesem Augenblick an die Tür. Gleichzeitig reißen wir die Köpfe herum, nur Tyler und ich wechseln kurz darauf hastig einen Blick. Er hört auf, in seinem Kaffee zu rühren. Die Hand mitten in der Luft, hält er inne, und ich kaue nervös auf der Innenseite meiner Wange herum. Ich habe keine große Lust, Dean heute Abend zu sehen, doch wenn ich es nicht tue, weiß er sofort, dass was nicht stimmt. Und ich bin noch nicht so weit, es ihm zu sagen.

Als ich mich zur Tür wende, spüre ich, wie sämtliche Blicke auf mich gerichtet sind. Auf dem Weg streiche ich meinen Rock glatt. Behäbig fummle ich am Schlüssel herum und ziehe die Tür auf. Und tatsächlich, vor mir steht Dean.

Er seufzt erleichtert auf, ein Lächeln auf den Lippen, und lässt den Blick an mir herabwandern. »Oh, zum Glück haben wir doch die richtige Wohnung erwischt.«

»Wir?«

In dem Moment tauchen Rachael und Tiffani hinter ihm an der Tür auf, ein wenig außer Puste, als wären sie die ganzen zwölf Treppen zu Fuß hochgelaufen. Ich klammere mich krampfhaft am Türrahmen fest, als Tiffani mich mit großen Augen anlächelt.

»Was wollt ihr denn hier?«, ruft Tyler von der Küche aus. Ein Blick über die Schulter verrät mir, dass er seinen Kaffee auf dem Tresen abgestellt hat und auf dem Weg zu uns ist. Die Hände hat er in den Hosentaschen vergraben, dennoch entgeht mir nicht, dass sie zu Fäusten geballt sind.

»Wir wollten deine Wohnung sehen!«, verkündet Rachael mit fröhlicher Stimme. Doch die gute Laune vergeht ihr schlagartig, und sie zuckt nur verlegen mit der Schulter. »Und auch, weil das gestern Abend so beschissen gelaufen ist. Wir wollten mit euch reden.«

Tyler sieht von Rachael zu Tiffani und wieder zurück. Bei Tiffani verharrt sein Blick etwas länger als bei Rachael, und ich kann buchstäblich sehen, wie er gegen den Drang ankämpfen muss, ihnen den Zutritt zu verweigern. Schließlich weicht er einen Schritt von der Tür zurück. »Na schön, kommt rein«, murmelt er.

Rachael geht voraus mitten ins Wohnzimmer, Tiffani ihr dicht auf den Fersen. Als Tyler mich schulterzuckend ansieht, runzle ich die Stirn. Ich drehe mich um, packe Dean am Hemdzipfel und zerre ihn über die Schwelle, bevor ich die Tür mit dem Fuß zustoße. Snake und Emily springen beide auf und mustern verlegen unsere Gäste von der Westküste. Snake kann den Blick offenbar nicht mehr von Rachael loseisen, und Emily starrt die ganze Zeit Tiffani an.

»Also gut«, sagt Tyler. Ganz knapp stellt er alle vor, nennt sämtliche Namen und sagt zu jedem kurz was. Snake sei sein Mitbewohner aus Boston. Emily ist die Britin, mit der er auf Veranstaltungsreise war. Rachael ist eine Freundin. Tiffani ist einfach nur Tiffani. Dean ist nichts weiter als der Typ, mit dem ich was habe. Mit keinem Wort erwähnt Tyler, dass sie beide früher beste Freunde waren. Hat ja auch keinen Sinn. In den nächsten vier Tagen geht diese Freundschaft ohnehin in die Brüche.

Snake stiefelt schnurstracks auf Rachael zu, als wir die Förmlichkeiten hinter uns haben, und ich versuche noch, ihm einen warnenden Blick zuzuwerfen. Doch entweder bemerkt er ihn nicht, oder er ignoriert ihn lieber ganz unverhohlen. Seine hellen Augen sind jedenfalls ganz auf sie fixiert, wie er ihr die Hand hinstreckt und sich ihr vorstellt. Überraschenderweise als Stephen.

Tiffani hingegen mustert Emily aus sicherer Distanz, ehe diese mit gelassener Miene die Lücke zwischen ihnen schließt, wie ich mit Besorgnis beobachte.

»*Du* bist also Tiffani?«

»Was soll das denn heißen?«, fragt Tiffani scharf. Irgendwas an Emilys Ton scheint sie zu stören.

Käme Emily aus Santa Monica, wüsste sie, dass man sich mit Tiffani Parkinson nicht anlegt. Doch leider hat sie keine Ahnung, daher kann sie diese Grundregel des Überlebens auch nicht beherzigen. Sie macht unbeirrt weiter. »Ach, nichts«, meint sie. »Hab nur viel von dir gehört, das ist alles.«

»Im Ernst?« Tiffanis Miene hellt sich etwas auf. Offenbar weidet sie sich an dem Gedanken, sie könnte anderen Leuten Gesprächsstoff liefern. Doch die meiste Zeit wird ihr Name in einem nicht allzu schmeichelhaften Kontext erwähnt.

Emily lächelt, allerdings absolut gekünstelt. Das erste Mal macht sie auf mich den Eindruck, als wäre sie auf der Hut. Normalerweise ist sie viel leichter angreifbar, viel zurückhaltender, viel ruhiger. Nicht heute. »Na sicher doch. Aber mach dir keine Gedanken, ich bin überzeugt, dass alles, was ich gehört habe, der Wahrheit entspricht.«

Ich kriege nicht mehr mit, was für eine Heuchelei Tiffani

sich als Nächstes aus den Fingern saugt, denn meine Aufmerksamkeit wird nun wieder von Tyler angezogen, der zu Dean und mir tritt. Er lächelt. Meint er das ernst? Ich glaube nicht.

»Also, Dean, wie sieht es aus, Lust auf eine Führung?«, schlägt er vor.

Mit einem Kopfschütteln lehnt Dean das Angebot ab und sagt: »Ich glaube, wir gehen besser gleich los. Will keine Zeit mehr vergeuden.«

»Och, Mann, komm schon, lass mich dir die Wohnung zeigen.« Tyler legt den Arm um ihn und zieht ihn mit einem festen Griff um die Schulter von mir fort. Ich glaube, Dean könnte sich nicht von ihm losmachen, selbst wenn er wollte. »Sieh dir erst mal die Aussicht an. Wir haben Ausblick auf die Third Avenue.« Er führt Dean quer durchs Zimmer und schiebt ihn dann vors Fenster. Während Dean auf die Straße hinabsieht, wirft Tyler mir ein verschlagenes Lächeln zu, was ich nur mit einem Augenrollen quittiere.

Aus dem Augenwinkel sehe ich, wie Tiffani losgeht, um sich zu ihnen zu gesellen. Sie drängt sich zwischen die beiden und legt jedem einen Arm um die Schulter. Tyler schüttelt sie sofort wieder ab. »Und, was ist das da draußen?«, will sie wissen.

Auf der anderen Seite des Wohnzimmers unterhält Rachael sich immer noch mit Snake. Sie zwirbelt sich nervös Haarsträhnen um die Finger, die Lippen leicht geöffnet, und andächtig lauscht sie dem, was Snake so von sich gibt. Was auch immer das sein mag.

Das alles bringt mich ziemlich durcheinander. Keinen Schimmer, warum, aber bis jetzt gab es keinerlei Berührungspunkte zwischen meinem Leben in Santa Monica und meinem Sommer hier in New York. Die beiden Welten sollten eigentlich nie aufeinandertreffen. Doch jetzt, da es geschehen ist, ist mir laufend schlecht. In den vergangenen vier Wochen ist New York zu so was wie einem sicheren Hafen für mich geworden. Fast ist es so, als hätte ich mein Leben daheim komplett ausgeblendet. Ich habe nicht an meine Eltern gedacht, nicht an meine Freunde, selbst Dean habe ich größtenteils vergessen. Doch das Beste ist, dass New York mich hat vergessen lassen, dass Tyler mein Stiefbruder ist. Bis zu diesem Augenblick. Und jetzt trifft die Realität uns aufs Neue, und zwar umso härter. Und bei Gott, das tut verdammt weh.

»Ach du liebe Güte«, murmelt Emily lautlos, als sie auf mich zukommt, die Arme vor der Brust verschränkt. Sie stellt sich neben mich und deutet mit dem Kinn auf Tiffani. »Sie ist genau, wie ich sie mir vorgestellt habe. Kommt hier rein und tut so, als wäre sie Wunder was.«

»Du hast es ihr aber gleich gezeigt«, sage ich. Ich sehe Emily von der Seite an und beobachte, wie sie Tiffani aus der Ferne giftige Blicke zuwirft. Ich senke die Stimme. »Worum ging es denn bei euch?«

Emily zuckt die Schulter, aber der Ausdruck in ihren Augen wird etwas weicher. »Tyler hat mir alles über sie erzählt«, sagt sie.

Wie verabredet sehen wir beide zu ihm hinüber. Tyler steht am Fenster und zeigt mit dem Finger auf diverse Geschäfte und Coffee-Shops auf der Third Avenue. Dabei ignoriert er auch weiterhin Tiffanis beharrliche Versuche, sich näher an ihn heranzudrängen.

»Was sie getan hat, war grässlich«, fährt Emily fort. »Ich kann Mädchen wie sie nicht ausstehen. Außerdem halte ich zu meinen Freunden.«

»Pass bloß auf«, raune ich ihr mit gesenkter Stimme zu, ohne den Blick von Tiffani abzuwenden. Sie hat eine Hand auf Tylers Schulter gelegt, die andere an seiner Hüfte. »Mit der solltest du dich nicht anlegen.«

Emily macht einen Schritt nach vorn und dreht sich um,

damit sie mir direkt ins Gesicht sehen kann. Sie lacht und fragt: »Sprichst du etwa aus Erfahrung?«

»O ja.« Mich mit Tiffani herumzuschlagen war die Hölle. Und nach allem, was passiert ist – jetzt auch nur in ihrer Nähe zu sein, ist schwer genug. Sie strahlt eine solche Überlegenheit aus, eine Macht, die sich in ihrem Lächeln und in allem offenbart, was sie von sich gibt. Es ist einfach schrecklich.

Wo die Rede gerade von Tiffani ist: Wie es aussieht, hat sie es aufgegeben, sich weiter in Tylers und Deans Gespräch einzumischen zu wollen, denn jetzt wirbelt sie herum und kommt auf Emily und mich zugetänzelt. Während sie sich uns nähert, seufzt sie, die Augen ausschließlich auf mich gerichtet. Wie immer ist ihr Lächeln unecht und verbittert. »Eden. Komm mal mit raus. Sofort.«

Ich zucke mit keiner Wimper, sondern bleibe reglos stehen. »Nein, ich will nicht.«

Doch ein Nein akzeptiert Tiffani nicht, denn nun packt sie mich am Handgelenk und zerrt mich grob zur Tür. Ich werfe Emily einen Blick über die Schulter zu, die nur hilflos mit den Schultern zuckt. Unfreiwillig werde ich nach draußen geschleift auf den Flur, und erst als Tiffani die Tür mit einem leisen Klicken hinter uns schließt, lässt sie von mir ab.

»Was willst du?« Mit verschränkten Armen weiche ich zurück, als sie herumfährt und mich mit grimmiger Miene ins Visier nimmt.

Ein Stück weiter den Gang hinunter verlässt gerade ein Typ seine Wohnung. Tiffani wartet schweigend ab, bis er an uns vorbeigegangen ist und in Richtung Aufzug verschwindet. Als er nicht mehr zu sehen ist, tritt wieder ein falsches Lächeln auf ihr Gesicht, und sie zieht die Augen zusammen. »Willst du die Kurzversion? Tyler fehlt mir.«

Das ist so bescheuert, dass ich lachen muss. Ich kann es

nicht unterdrücken; und ehe ich es überhaupt merke, lache ich ziemlich dämlich, weil ihre Worte einfach so unglaublich sind. Vielleicht klänge es ja gar nicht mal so lächerlich, wenn ihre Beziehung aufrichtig und echt gewesen wäre. Aber das war sie nicht. Wieso sollte sie jemanden vermissen, den sie nie geliebt hat? Immer noch lachend, frage ich: »Und wie lautet die ausführliche Version?«

»Tyler fehlt mir, und du wirst mir helfen, ihn zurückzubekommen«, feuert sie augenblicklich zurück. Sie verschränkt die Arme vor der Brust und presst die Lippen zu einer dünnen Linie aufeinander.

Mein Lachen verstummt. Jetzt tut sie mir bloß noch leid. Die ist doch total irre. »Dir ist klar, dass das nicht passieren wird, ja?«

»Und warum nicht? Er kommt zurück nach Kalifornien, wir sind beide Single, und täusche ich mich, oder ist dein Bruder jetzt *noch* attraktiver als früher?« Sie stößt die Luft aus und wedelt theatralisch vor ihrem Gesicht herum. Auf ihren Wangen liegt ein rosa Schimmer.

»Fahr zur Hölle, Tiffani.«

»Gott, warum bist du denn so sauer?« Sie schnappt empört nach Luft und bewegt die Hand ans Herz, als hätte sie das zutiefst verletzt. Doch ich rolle nur mit den Augen. Sie muss ja immer gleich so übertreiben. »Warte«, sagt sie. Einen kurzen Moment denke ich, sie hört auf mit den Spielchen und wird ernst, weil sie mich jetzt mit verwundertem Gesichtsausdruck ansieht. Sie wirkt total aufrichtig. Ich sehe, wie sich etwas in ihren Augen verändert, während sie mich mustert, und als sie mit ihren Überlegungen am Ende ist, öffnet sie den Mund und atmet aus. »Du hast doch nicht immer noch was mit ihm, oder?«

Die Frage trifft mich derart unvorbereitet, dass ich erst gar nicht antworte. Selbst wenn ich es leugne, würde sie mich sofort durchschauen. Das tut sie immer. Blinzelnd sehe ich sie an, schlucke den Kloß hinunter und senke den Blick zu Boden. Aus Tiffanis Mund klingt das so oberflächlich. Wir hatten nie einfach nur »was miteinander«. Es war immer schon mehr als das.

»O mein Gott«, sagt Tiffani leise. Ihre Stimme verrät, wie schockiert sie ist. Ausnahmsweise einmal hat ihre Bemerkung nichts Spöttisches an sich, da ist kein giftiger Unterton. »Es ist also wirklich wahr?«

Ich blicke wieder zu ihr auf, presse mir aber die Hand aufs Gesicht. Meine Wangen glühen, und ich bringe hinter meiner Hand nur ein Murmeln zustande: »Ist kein Riesending, echt.« Natürlich ist mir bewusst, dass ich mir da selbst was ins Fäustchen lüge. Weil es natürlich schon ein Riesending ist. Das wird es immer sein.

»Kein Riesending?«, wiederholt Tiffani. Sie scheint recht schnell über die verblüffende Neuigkeit, dass Tyler und ich immer noch aufeinander stehen, hinwegzukommen, denn nun schleicht sich in ihre Stimme Schadenfreude, die sie ja ach so sehr zu verbergen sucht. »Aber, Eden … du bist doch mit Dean zusammen.«

Kopfschüttelnd drehe ich mich um und gehe wieder in Richtung Wohnungstür. Ich beiße mir ganz fest auf die Unterlippe und atme langsam und gleichmäßig, um nicht gleich loszuheulen. Es tut weh zu wissen, dass die einzige Person, die über Tyler und mich Bescheid weiß, zugleich die einzige Person ist, der ich zutraue, dass sie es allen erzählt. Ich weiß genau, dass sie es will, und das Nervenaufreibendste an der ganzen Sache ist tatsächlich, dass sie es noch nicht getan hat. Aus irgendeinem Grund behält sie unser Geheimnis für sich, und wie ich Tiffani kenne, liegt das ganz bestimmt nicht daran, dass sie eine so gute Freundin wäre.

»Warte«, ruft Tiffani mir nach. Ich bleibe stehen, drehe mich aber nicht zu ihr um, höre ihr nur zu. »Viel Spaß bei deinem Date mit Dean. Willst du ihm erzählen, dass du ihn betrügst?«

Ich beiße die Zähne fest aufeinander. Und ich muss sie gar nicht erst sehen, um zu wissen, dass sie jetzt lächelt. Sie kostet jede einzelne Sekunde genussvoll aus. Doch ich lasse ihr nicht auch noch die Genugtuung zu sehen, wie wütend ihre Worte mich machen. Stattdessen halte ich die Klappe und gehe weiter.

»Eden«, ruft sie noch einmal, als ich schon vor der Wohnungstür stehe. Ich halte mit der Hand am Türgriff inne. Natürlich weiß ich, dass ich nicht auf das hören sollte, was sie zu sagen hat, doch ich kann nicht anders. »Hast du ein paar Pfunde zugelegt, seit wir uns das letzte Mal gesehen haben?«

Ihre Worte treffen genau ins Schwarze, dort wo es weh-tut. Seit Jahren schon habe ich nichts dergleichen gehört, seit damals in Portland nicht mehr. Nichts fürchtete ich zu der Zeit mehr als derartige Bemerkungen. Ich dachte ja, ich hätte das hinter mir, dass ich mir wegen meines Gewichts Gedanken mache. Doch nur einen Sekundenbruchteil, nach-dem die Worte über Tiffanis Lippen sind, schwindet jedes noch so kleine bisschen Selbstachtung, das ich mir in den vergangenen paar Jahren aufgebaut habe, und mein Puls be-ginnt zu rasen, während ich gegen die Tränen ankämpfe, die sich in meinen Augenwinkeln sammeln. Selbst wenn ich Tiffani etwas entgegnen hätte wollen, ich hätte es nicht ge-konnt. Selbst wenn ich mich zu ihr umsehen hätte wollen, ich hätte es nicht über mich gebracht. Nicht mehr.

Also reiße ich die Wohnungstür auf und mache, dass ich schleunigst wieder reinkomme. Dann knalle ich die Tür hinter mir ins Schloss und verriegle es mit sämtlichen vor-handenen Vorrichtungen. Auf gar keinen Fall lasse ich sie noch einmal in diese Wohnung. Nicht nach dem, was eben war.

Schwer atmend stelle ich fest, wie still es im Apartment geworden ist, und als ich mich ganz langsam umdrehe, starren mich alle an. Rachael und Snake sind verstummt. Emily steht immer noch ganz allein genau an der Stelle, wo ich sie vorhin stehen habe lassen, die Augenbrauen hochgezogen. Tyler und Dean sind in der Küche, Tyler mit dem Kaffee in der Hand, Dean mit einem resignierten Ausdruck im Gesicht. Rachael ist diejenige, die ich am längsten ansehe. Denn Tiffani hat diese Bemerkung gewiss nicht zufällig fallen lassen. Das war Absicht, und die einzigen Menschen hier im Raum, die es ihr erzählt haben könnten, sind Tyler, Dean und Rachael. Da ist es nicht schwer zu erraten, wer dafür verantwortlich ist.

Ich will die Aufmerksamkeit nicht unbedingt auf mich ziehen, und trotzdem habe ich Angst, ich könnte vor aller Augen in Tränen ausbrechen. Deshalb rufe ich Rachaels Namen und marschiere schnurstracks ins Bad. Ich dränge mich an Dean und Tyler vorbei und mache die Tür hinter mir zu, nur um sie kurz darauf wieder zu öffnen, als Rachael leise anklopft. Ich strecke die Hand raus und ziehe sie herein, und dieses Mal riegle ich die Tür ganz ab.

»Was?«, fragt sie sofort. Sie zieht ein ratloses Gesicht.

»Hast du es Tiffani erzählt?«

»Was soll ich Tiffani denn erzählt haben?«

»Das mit …« Ich hole tief Luft und gehe an ihr vorbei, um mich gegen das Waschbecken zu lehnen. Ich sehe sie an. Wenn ich jetzt in den Spiegel blicken würde, würde ich vermutlich einen Schock kriegen, so fertig sehe ich bestimmt aus, und genau so fühle ich mich auch. »Das mit mir«, beende ich den Satz. »Der Grund, weshalb ich laufen gehe.«

Die Sorgenfalten in Rachaels Stirn vertiefen sich, weil sie die Brauen zusammenzieht. »Nun ja, vielleicht hab ich vor einer Ewigkeit mal eine Bemerkung fallen lassen«, gibt sie zögerlich zu. »Sie hat mich gefragt, warum du eigentlich so ein Lauffreak bist.«

»Rachael!«, stöhne ich auf. Langsam bereue ich es, dass ich mich ihr je anvertraut habe. Hätte ich es doch bloß keinem erzählt. »Jetzt weiß sie genau, wie sie mich beleidigen kann«, murmle ich. Schuldbewusst reibt Rachael sich mit dem Daumen über die Lippen und schweigt, offenbar unsicher, was sie sagen soll. »Sie hat mich gerade gefragt, ob ich ein paar Pfunde zugelegt habe. Habe ich das?«

Ich blicke an mir herab, mustere jeden einzelnen Zentimeter meines Körpers. In letzter Zeit war ich eigentlich recht zufrieden mit meiner Figur. Ich hatte endlich das richtige Gleichgewicht gefunden zwischen gesunder Ernährung und Training, ohne irgendwas davon zu übertreiben. Ich führe auch nicht mehr Buch über jede Kleinigkeit, die ich zu mir nehme. Lasse keine Mahlzeiten mehr ausfallen. Ich habe keine Schuldgefühle mehr, wenn ich einmal nicht laufen gehe. Seit Monaten habe ich keinen Gedanken an mein Gewicht verschwendet, und mit einem Mal ist es so, als würde das alles geballt zurückkommen. Ich überlege mir, wie viele Stücke Pizza ich gegessen habe, seit ich in New York bin. Ich versuche, die vielen Lattes mit einem Extraschuss Karamellsirup zu zählen, die ich mir im vergangenen Jahr genehmigt habe. Und ich frage mich, ob es vielleicht von vornherein nicht unbedingt die glorreichste Idee war, das alles ein wenig lockerer zu sehen.

»Eden, du siehst bestens aus«, versichert Rachael mir. Sanft umschließt sie mein Kinn mit der Hand und fixiert mich mit einem flehentlichen Blick. »Hör auf«, sagt sie mit fester Stimme. Dann tritt sie einen Schritt zurück und lässt seufzend die Hände sinken. »Hör zu, ich werde mit Tiffani reden. Sie weiß genau, dass solche Kommentare nicht eben die feine Art sind. Aber bitte reg dich nicht darüber auf. Genieß einfach dein Date mit Dean.«

Keine Ahnung, wie ich das jetzt noch hinkriegen soll. Am liebsten würde ich dieses Badezimmer nie wieder verlassen, und erst recht nicht will ich mich mit dem Jungen, den ich schon bald verlassen werde, in der Öffentlichkeit zeigen. In meiner derzeitigen Verfassung schaffe ich es nicht, den Schein zu wahren.

Draußen ist ein Klopfen zu hören, und Rachael und ich blicken gleichzeitig hoch. Deans Stimme dringt durch die Tür. »Mit euch alles in Ordnung, Mädels?«

Wieder ein Klopfen, dieses Mal etwas weniger fest, dann ist eine andere Stimme zu hören, nicht Deans, sondern Tylers. »Eden?«

»Sie kommt sofort!«, ruft Rachael. Als sie sich wieder mir zuwendet, rollt mir bereits die erste Träne über die Wange. Hastig wischt sie sie mit dem Daumen weg. »Hey, ist schon gut«, beruhigt sie mich mit sanfter Stimme. Dann schlingt sie die Arme um mich und zieht mich in eine warme, feste Umarmung. »Tut mir leid«, sagt sie in mein Haar. »Du musst nicht wieder mit Tiffani befreundet sein. Mir macht das nichts aus.«

»Das hoffe ich doch«, murmle ich. »Weil du das vergessen kannst.«

Dean führt mich zum Essen ins *Bella Blu* aus, vier Blocks südlich auf der Lexington Avenue. Es handelt sich um ein kleines italienisches Restaurant, was mich nicht im Geringsten überrascht. Dean war schon immer stolz auf seine italienischen Wurzeln, genau wie Tyler immer mit seiner lateinamerikanischen Abstammung prahlt, auch wenn er diese seinem Vater zu verdanken hat.

Wir kommen zwanzig Minuten zu spät zu unserer Reservierung, teils weil Tyler Dean mit voller Absicht aufgehalten hat, teils weil ich mich mit Rachael im Badezimmer eingesperrt habe. Bevor ich wieder rauskam, habe ich mir die Tränen abgetrocknet und Rachael mein Make-up erneuern lassen, sodass es am Ende noch besser war als das ursprüngliche. Keiner hat gefragt, was vorgefallen ist, und keiner hat sich erkundigt, warum Tiffani draußen auf dem Flur ausgesperrt war. Das hat sich keiner getraut.

Rachael war schon wieder in ein Gespräch mit Snake vertieft, als ich schließlich mit Dean aufbrach. Ein grimmiger Blick von Tyler blieb mir nicht erspart. Emily starrte mich die ganze Zeit nur eindringlich an, mit einer Mischung aus Neugierde und Misstrauen. Tiffani lehnte draußen auf dem Flur an der Wand, die Arme vor der Brust gekreuzt und ein Lächeln auf den Lippen, während sie uns einen schönen Abend wünschte. Dean bedankte sich artig und war sich offenbar des bösartigen Untertons in ihrer Stimme gar nicht bewusst, während ich sie keines Blickes würdigte. Sie nutzte die Gelegenheit, um wieder in die Wohnung zu huschen. Ich hatte nicht mehr die Kraft und das Selbstvertrauen, mich gegen sie zu stellen. Ich wollte mich nur noch verstecken.

Im *Bella Blu* aber geht es mit dem Abend nun noch weiter abwärts. Ich fühle mich einfach so unendlich schuldig, dass ich hier bin. An meinem ersten Abend in New York war ich in einer ähnlichen Situation wie jetzt, ich saß an einem Tisch in einem gemütlichen italienischen Restaurant. Nur dass das Restaurant *Pietrasanta* hieß und ich nicht Dean, sondern Tyler gegenübersaß.

»Ich schwöre dir«, sagt Dean gerade, nachdem er einen weiteren Bissen von seinen Hummer-Ravioli hinuntergeschluckt hat, »nächsten Herbst gehe ich ganz bestimmt aufs College. Schon klar, dass ich gesagt habe, ich würde mich bereits für *dieses* Jahr bewerben, aber irgendwie hab ich Spaß daran, mit meinem Dad zusammenzuarbeiten. Kein Unterricht, keine nervige Lernerei. Bloß coole Karren.«

Ich stochere lustlos mit der Gabel in meinem Caesar-Salat herum, ziemlich abwesend und mit Blick ins Leere. Seit zehn Minuten schiebe ich nun die Croutons schon hin und her und habe kaum einen Bissen genommen. Ich will nicht. »Mhm.«

»Und ich weiß ja, dass ich mich total auf Berkeley versteift hatte, aber neulich hab ich mir das wirtschaftswissenschaftliche Angebot in Illinois angesehen, und …«

»Was?« Meine Augen zucken hoch und begegnen Deans Blick, warm und strahlend wie immer.

»Illinois«, sagt er, wieder mit einem Lächeln. »Damit wir nicht so weit voneinander entfernt sind.«

Mein Magen zieht sich zusammen, und ich gebe mein Bestes, meine Beunruhigung zu verbergen. Wir waren uns beide darüber im Klaren, dass ich in zwei Monaten weit wegziehen würde, irgendwo in die Mitte des Landes, doch wir bringen es nicht gerade oft zur Sprache. Keiner von uns wollte es. Es fiel uns schwer, darüber zu sprechen, dass wir vier Jahre lang getrennt sein würden. Natürlich wollten wir die Sommer gemeinsam verbringen. Es gab Semesterferien im Frühling. Im Winter. Zu Thanksgiving. Wir würden uns sehen, doch es wäre anders, viel umständlicher.

Im Augenblick mache ich mir keine Sorgen darüber, von Dean wegzuziehen. Im Grunde glaube ich sogar, er wird ganz froh darüber sein, dass ich in einen anderen Staat gehe, sobald er New York wieder verlässt. Wahrscheinlich will er mich dann sowieso nie wiedersehen.

»Aber du wolltest doch immer nach Berkeley«, sage ich leise.

»Ich weiß«, meint er, »aber wenn ich mich wirklich entschließe, in Kalifornien zu bleiben, sind wir mehr als dreitausend Kilometer voneinander entfernt.« Er spießt einen weiteren Bissen Ravioli mit der Gabel auf und kaut eine Weile, bevor er schluckt und nach seinem Getränk greift, um einen tiefen Schluck zu nehmen. Langsam beugt er sich vor. »Ich hab mir auch die Northwestern angesehen«, erzählt er mir nun. »Die Wirtschaftsfakultät dort soll richtig toll sein, und weißt du, was das Beste ist?« Er macht eine kurze Pause, nicht weil er eine Antwort erwartet, sondern um mich breit anzugrinsen. »Das liegt in Evanston. Nur etwa dreißig Kilometer von der University of Chicago entfernt.«

Mein Blick fällt auf die Blume in der Tischmitte, und ich nehme die leuchtende Farbe wahr, während ich so meine Mühe habe, Deans Worte zu verarbeiten. Er ist bereit, sein Traumcollege aufzugeben, nur damit wir nicht auseinandergehen müssen. Das ist so typisch Dean. Er war schon immer unheimlich selbstlos, nimmt stets auf alles und jeden Rücksicht und bringt jederzeit Opfer für die Menschen, die ihm etwas bedeuten. Er hätte schon im letzten Jahr mit dem College anfangen können, aber er tat es nicht, weil sein Dad gern wollte, dass er bei ihm in der Werkstatt mitarbeitet. Sicher, er steht auf die Autos, aber ich weiß auch, wie gern er Karriere in der Wirtschaft machen würde. Trotzdem verschiebt er das nun um ein weiteres Jahr, weil die Traditionen der Familie Carter für ihn nun mal vorgehen. Und jetzt ist er auch noch bereit, sich bei verschiedenen Colleges zu bewerben, weil er nicht will, dass uns dreitausend Kilometer voneinander trennen. »Ich finde, du solltest Berkeley nicht ganz aus den Augen verlieren«, sage ich, sehe ihn dabei allerdings nicht an. Nach wie vor betrachte ich die Blume und überlege.

»Wozu denn?«, will Dean wissen.

»Ist einfach eine der besten Unis.«

»Genau wie die Northwestern«, meint er. »*Und* die liegt ganz in deiner Nähe.«

Jetzt blicke ich wieder zu ihm auf. Ich schiebe den Teller von mir weg, den ich kaum angerührt habe, und falte die Hände auf dem Tisch. »Aber du hast doch immer gesagt, du willst nicht weg aus Kalifornien.« Ich schätze, Dean hat erwartet, dass ich total begeistert bin von der Idee, er könnte im nächsten Jahr nach Illinois ziehen, denn allmählich beginnt sein Lächeln zu verblassen. Seine Stirn legt sich in Falten.

»Eden«, sagt er mit fester Stimme, und in seinen Augenwinkeln bilden sich kleine Fältchen, als unsere Blicke sich ineinander verschränken. »Ich muss es so oder so schon ein Jahr lang ohne dich aushalten. Es sind fast dreißig Stunden Fahrt, aber ich könnte jeden Monat einmal nach Chicago kommen, und in den Ferien kommst du ja sowieso heim. Vielleicht nehme ich sogar noch einen Zweitjob an, dann könnte ich dich noch öfter besuchen. Aber das wäre nur für ein Jahr. Ich glaube nicht, dass ich das vier Jahre aushalten würde.«

»Dean.«

»Deshalb will ich nächstes Jahr, wenn ich aufs College gehe, in deiner Nähe sein«, fährt er unbeirrt fort, ohne auf mich zu achten. Er lehnt sich in seinem Stuhl zurück, verschränkt die Arme vor der Brust und grinst wieder. »Hey, stell dir das doch vor. Dann bist du schon im zweiten Jahr, und ich bin ein Freshman. Das nenne ich mal umgekehrte Rollenverteilung.«

Wenn ich vorhätte, mit Dean zusammenzubleiben, wäre ich aller Wahrscheinlichkeit nach begeistert von der Idee. Doch unter den gegebenen Umständen ist es hart, ihn von unserer gemeinsamen Zukunft reden zu hören, wo ich doch weiß, dass es keine Zukunft gibt für uns. Ich befürchte nur, es ist völlig egal, was ich jetzt sage, er wird seine Meinung das College betreffend nicht ändern. Sobald Tyler und ich ihm die Wahrheit gesagt haben, wird er da anders denken. Und dann ist er bestimmt auch wieder ganz auf Berkeley fixiert. Ganz bestimmt will er dann nicht mehr in meiner Nähe sein.

»Dean«, murmle ich. Es tut weh, ihn anzuschauen, zu sehen, wie er mich mit strahlenden Augen und nichts als Aufrichtigkeit und Ehrlichkeit und Liebe im Blick ansieht. Ich wünschte, ich könnte ihn auf die gleiche Weise ansehen. Das hätte er verdient, und im Grunde noch viel mehr. Ich liebe

293

ihn, das tue ich. Seit wir ein Paar sind, gab es keinen Moment, wo ich es nicht getan habe. Es ist nur so, dass mein Herz Tyler gehört. Daher ist es das einzig Richtige, Dean freizugeben. »Ich liebe dich«, sage ich. Ich wende meine Augen kein einziges Mal von ihm ab. Ich glaube fast, ich blinzle noch nicht einmal. »Das weißt du doch, oder?«

Ich strecke die Hand über den Tisch aus, greife nach ihm, und als sein Lächeln in seinen Augen angekommen ist, sagt er: »Natürlich tust du das.«

Und in diesem Moment bleibt mir nur zu hoffen, dass er es wirklich weiß.

Kapitel 23

Als ich am nächsten Morgen vom Laufen zurückkomme, haben die anderen beschlossen, dass Mädchen und Jungs getrennt voneinander etwas unternehmen. Keine Ahnung, wer auf die Schnapsidee kam. Ich weiß nur, dass ich dagegen bin. Tyler, Snake und Dean wollen zu einer Oldtimer-Vorstellung ein Stück außerhalb der Stadt, während der Rest von uns sich zum Times Square aufmacht. Wie es aussieht, habe ich wieder mal nichts zu sagen, und als ich Einwände erheben will, weil diese Pläne ohne mich gefasst wurden, stoße ich auf taube Ohren. Doch auch Emily scheint mir nicht allzu versessen darauf, den Nachmittag mit Rachael und Tiffani zu verbringen.

Daher halten sie und ich uns in der Zeit, die wir auf dem Times Square verbringen, im Hintergrund. Ich kann Tiffani nicht ansehen, geschweige denn mit ihr reden. Manchmal, wenn sie und Rachael in irgendwelche Geschäfte stürmen, bleiben Emily und ich lieber draußen. Dann stehen wir vor dem Laden, grübeln gemeinsam vor uns hin, in der Hoffnung, die anderen beiden mögen unser Fehlen nicht bemerken. Außerdem war ich in den vergangenen vier Wochen des Öfteren am Times Square unterwegs. Für mich hat er ein wenig an Reiz verloren, genau wie für Emily. Schließlich lebt sie schon seit über einem Jahr in New York. Auf Rachael und Tiffani dagegen wirkt der Times Square so faszinierend und fesselnd, wie das bei mir anfangs der Fall war, als Tyler mich das erste Mal mit hierher genommen hat. Und genau aus diesem Grund stört es mich nicht, dass sie ständig stehen bleiben, um Fotos zu schießen.

»Geht die wirklich so, oder hat sie sich das antrainiert?«, raunt Emily mir zu, während wir unseren zwei Begleiterinnen die Dreiundvierzigste Straße entlang folgen. Der Abstand zwischen uns vergrößert sich zusehends, und Emily neigt den Kopf zur Seite und beobachtet Tiffanis Gang. Sie stolziert voran, als hätte sie eine wichtige Mission zu erfüllen.

»Das macht sie ganz bewusst. So ist sie früher nicht gegangen«, flüstere ich zurück, tunlichst darauf achtend, dass die beiden uns nicht hören. Aber ich glaube, selbst wenn sie gewollt hätten, hätten sie unser Gespräch nicht mithören können, weil es am Times Square nämlich so laut und geschäftig zugeht wie eh und je. »Weißt du, als ich sie kennenlernte, war sie eigentlich ganz nett. Irgendwann aber ging es den Bach runter mit ihr.«

»Was ist geschehen?«

»Lange Geschichte«, sage ich. Ich glaube, das könnte ich beim besten Willen nicht erklären. *Weißt du, Emily, Tyler hat meinetwegen mit ihr Schluss gemacht!* Ja, genau. Als könnte ich ihr das sagen. »Und erzähl mir jetzt bloß nicht, du kannst warten, denn ich will nicht darüber reden.«

»Ich wollte dich ja gar nicht drängen«, sagt Emily, und als ich sie von der Seite ansehe, kommt mir in den Sinn, dass ich gerade lieber mit ihr zusammen bin als mit Rachael, immerhin meine beste Freundin. Ich fühle mich mies, weil ich Emily anfangs nicht mochte, aber das war, bevor ich wusste, dass da nichts zwischen Tyler und ihr ist. Mittlerweile betrachte ich sie fast als so was wie eine Freundin, und dass wir Tiffani beide so gar nicht ausstehen können, schweißt uns zu unserer Verblüffung noch mehr zusammen als alles andere. Wenige Minuten später verschwindet Tiffani im *Brooklyn*

Diner, während Rachael draußen vor der Tür stehen bleibt und auf uns wartet. Inzwischen ist es fast drei, wir hatten noch kein Mittagessen, also macht uns dieser kleine Zwischenstopp nichts aus. So kriegen wir eine kleine Pause von der Hetzerei von einem Laden zum anderen.

Wir bekommen einen Sitzplatz in der hintersten Ecke zugeteilt, direkt am Fenster, doch Tiffanis Einkaufstüten nehmen fast die Hälfte der einen Bank ein. Ich setze mich natürlich neben Emily und sehe zu, dass ich Rachael gegenüber habe. Tiffani habe ich also schräg gegenüber, was gut ist, denn so muss ich sie nicht die ganze Zeit ansehen. Ich richte den Blick stattdessen auf den Tisch und auf nichts anderes und spiele nervös mit den Händen in meinem Schoß.

Die anderen drei brauchen ewig, um sich die Karte anzusehen. Ich dagegen nehme noch nicht einmal eine zur Hand. Nach ein paar Minuten fällt das Rachael auf, weshalb sie mich über den Rand ihres Glases stirnrunzelnd ansieht und mich unter dem Tisch mit dem Fuß anstupst. Ich aber ignoriere das ganz bewusst und schaue demonstrativ zum Fenster hinaus, um das Treiben auf dem Times Square zu beobachten. Die Einheimischen schlängeln sich gekonnt zwischen den langsam dahintrottenden Touristen hindurch. Die kriegen nämlich noch nicht mal mit, dass sie die Gehwege blockieren, jedes Mal, wenn sie abrupt stehen bleiben, um einen Stadtplan zu studieren, Fotos zu machen oder um ihre Begleitungen zu fragen, wo man als Nächstes hingehen solle. Selbst von hier drinnen ist der Frust der Bewohner der Stadt spürbar.

»Du kommst also aus England?«, höre ich Tiffani Emily fragen. Ich stütze den Ellbogen auf den Tisch und lege mein Kinn in die Hand, um weiter hinauszustarren auf die Dreiundvierzigste Straße. Trotzdem höre ich gespannt zu.

»Ja«, meint Emily zögerlich. »Ein Stück außerhalb von London.«

»Wohnst du schon länger hier, oder bist du extra für diese Veranstaltungsreise hierhergezogen?«

»Ich bin extra hierhergezogen«, sagt Emily mit leiser Stimme und hält ihre Antworten möglichst knapp. Ich glaube, sie ist nicht scharf auf eine Unterhaltung mit Tiffani. Wer könnte ihr das verübeln.

»Du wurdest also auch misshandelt?«

Mir klappt die Kinnlade herunter, kaum sind die Worte über Tiffanis Lippen. Ich bin derart schockiert, dass ich den Kopf herumreiße und sie fassungslos anstarre. Sie sieht Emily blinzelnd an, die Lippen fest aufeinandergepresst, während sie auf eine Antwort wartet.

»Tiffani!«, keucht Rachael entsetzt. »Wie taktlos von dir!«

»War doch nur eine Frage«, verteidigt Tiffani sich mit einem Seitenblick auf Rachael. Sie sieht wieder zu Emily und zuckt die Achseln. »Und? Wie sieht es aus?«

»Darauf muss sie nicht antworten«, sage ich steif und sehe Tiffani mit zusammengekniffenen Augen fest an. Ich lege mich ja ungern mit ihr an, aber das geht nun doch zu weit.

Tiffanis Blick schnellt zu mir. »Solltest du dir nicht überlegen, was du hier überhaupt essen kannst, statt dich in anderer Leute Gespräche einzumischen?«

»Tiffani«, murmelt Rachael betreten und wirft mir einen entschuldigenden Blick zu. Tiffani zuckt auch diesmal nur mit den Schultern, als wüsste sie nicht, was das Problem sein soll.

Wieder zieht sich mein Magen zusammen, und ich versuche, ihren Kommentar an mir abperlen zu lassen, was mir nicht leichtfällt. Es ist schwer, so zu tun, als würde es nicht wehtun, als würde es mich nicht noch mieser fühlen lassen, als das ohnehin schon der Fall ist. Ich will hier nicht herumsitzen und auf die Bedienung warten, denn wenn ich dann nichts bestelle, ernte ich bestimmt nur ein Stirnrunzeln von Rachael und ein siegessicheres Grinsen von

Tiffani. Deswegen würde ich der Situation lieber ganz aus dem Weg gehen.

»Entschuldigt mich«, murmle ich deshalb, woraufhin Emily ohne Zögern aufspringt, um mich rauszulassen. Rachael sieht mich so misstrauisch an, dass ich hastig »Toilette« murmle und mich auf die Suche nach den Örtlichkeiten mache. Die liegen ganz am anderen Ende des Restaurants, und als ich durch die Tür hineinhusche, stelle ich fest, dass hier nicht viel Platz ist. Da sind nur wenige Kabinen und ein paar Waschbecken. Zum Glück ist außer mir niemand hier, also lehne ich mich neben den Handtrocknern an die Wand und stoße einen tiefen Seufzer aus.

Ich will da nicht mehr rausgehen. Ich will mich nicht wieder mit Tiffani befassen. Ich will einfach nur hier weg, zurück in die Wohnung, und mich von Tyler trösten lassen. Kurz vergegenwärtige ich mir das Innere des Diners und versuche mir zu überlegen, ob es einen Weg von den Toiletten zum Ausgang gibt, den ich nehmen könnte, ohne dass Rachael, Tiffani und Emily was mitkriegen. Doch wenn ich es mir so recht überlege, wäre es nicht fair Emily gegenüber. Die sitzt da draußen mit zwei Wildfremden, von denen sie die eine überhaupt nicht ausstehen kann. Tiffani ist das nicht entgangen, so viel ist sicher, und ich bin überzeugt, dass sie sich über Emily genauso lustig machen wird wie über mich. Hätte ich doch Emily nur gebeten, mit zur Toilette zu kommen. Hätte ich sie doch nur nicht alleine gelassen mit ihnen. Mir ist klar, dass ich mich schon allein Emily zuliebe wieder zu ihnen gesellen muss. Aber nicht sofort. Bis dahin kann ich nur hoffen, dass Rachael sie in Schutz nimmt, wenn Tiffani noch irgendwelche spitzen Bemerkungen fallen lässt.

Leider hat die Ruhe auf der Toilette schon bald ein Ende. Denn nach nur fünf Minuten geht die Tür auf. Und herein kommt ausgerechnet der Mensch, den ich am wenigsten sehen will.

»Warum brauchst du denn so lang?«, will Tiffani wissen. Mit verschränkten Armen macht sie einen Schritt auf mich zu. Ich sehe ihr noch nicht einmal in die Augen, als ich an ihr vorbeistürme und sie auf dem Weg zur Tür remple. »Warte«, sagt sie.

»Was denn, Tiffani?«, zische ich und wirble auf dem Fußballen herum. Ich werde diese Frau nie ertragen. »Was?«

»Ich war gestern Nacht lange wach«, sagt sie ganz ruhig. »Und habe nachgedacht.« Sie fängt an, in der Toilette auf und ab zu gehen. Die Hände hat sie in die Hüften gestemmt. Sie macht wieder mal ein ziemliches Theater, wie so oft. Aber ich kaufe ihr das nicht ab. Schweigend warte ich ab, bis sie weiterspricht. »Tja, also, gestern Abend, als du mit Dean unterwegs warst, habe ich mit Tyler gesprochen. Habe mich für das, was in der Vergangenheit passiert ist, entschuldigt. Er hatte überhaupt kein Problem damit«, sagt sie. Keine Ahnung, ob sie lügt oder nicht. Jedenfalls hat Tyler nichts von alledem erwähnt, als ich gestern Nacht von meinem Abendessen mit Dean nach Hause kam. Er hat nie was von einer Entschuldigung gesagt oder dass er kein Problem mehr damit hätte. »Ich denke, aus uns könnte noch mal was werden«, sagt sie und bleibt direkt vor mir stehen. Sie sieht mir fest in die Augen. »Natürlich nur, wenn *du* uns nicht länger im Weg stehst.«

Sofort ist mir klar, worauf sie hinauswill, aber darüber kann ich nur lachen. »Du denkst doch nicht ernsthaft, dass er die Sache mit mir beendet, nur um mit dir zusammen zu sein?« Ich rolle die Augen, so absurd klingt das alles. Das ist das Einzige, das mir an Tiffani keine Angst macht: ihre lächerlichen Intrigen. Je älter sie wird, desto alberner werden die. »Gott, du bist doch echt wahnsinnig.«

»Natürlich denke ich das nicht«, sagt sie. So langsam, dass es eine Qual ist, zieht sie die Mundwinkel zu einem gekünstelten Lächeln hoch. »Natürlich weiß ich, dass er das nicht tun wird. Deswegen will ich ja auch, dass du es tust.«

»Warte«, sage ich. Jetzt kommen mir ihre Worte schon nicht mehr ganz so lachhaft vor. »Was meinst du damit?«

»Beende das, was auch immer da ist zwischen euch«, trägt sie mir in schroffem Ton auf. Ihre Augen verengen sich zu schmalen Schlitzen, während sie ungeduldig mit dem Fuß wippt.

Sofort schüttle ich entschieden den Kopf. Sie muss ernsthaft verrückt sein, wenn sie denkt, ich würde das je tun. »Das kannst du aber so was von vergessen«, erkläre ich, und meine Stimme klingt fest, obwohl ich mir neben ihr mittlerweile ziemlich schwach vorkomme.

»Dann werde ich wohl Dean anrufen müssen.« Sie greift in ihre Tasche und fischt ihr Handy heraus. Ein paarmal tippt sie auf das Display, und als sie wieder aufsieht, lächelt sie, weil ich sie entsetzt anstarre. Sie hält das Telefon hoch, damit ich es sehe, und tatsächlich, da steht Deans Name, und sie hat bereits gewählt.

»Nicht!« Ich stürze mich auf sie und versuche, ihr das Handy aus der Hand zu reißen. Mir ist das Herz in die Hose gerutscht, und ich habe das Gefühl, ich kriege keine Luft mehr.

Tiffani lächelt boshaft und streckt schnell die Hand aus, um mich abzuwehren. Mit der anderen Hand hält sie ihr Telefon hoch, möglichst weit außerhalb meiner Reichweite. Dann stellt sie den Lautsprecher an, sodass der monotone Wählton im gesamten Raum zu hören ist. »Mach mit Tyler Schluss, dann sage ich Dean nichts davon. Abgemacht?«

»Na schön!«, brülle ich. Mir bleibt keine andere Wahl. Selbst meine Hände zittern jetzt, und meine Brust ist wie eingeschnürt.

Im selben Moment stößt Tiffani mich von sich weg und beendet das Telefonat, noch bevor Dean rangehen kann. Ich bin derart erschüttert, dass ich darüber noch nicht einmal Erleichterung verspüre. »Wir machen das folgendermaßen«, sagt sie mit einem breiten Grinsen, das so unheimlich fies ist, dass ich ihr nicht mal ins Gesicht sehen kann. Jetzt ist mir wirklich richtig schlecht, ich könnte kotzen. Ich wünschte, ich wäre aus dem Diner abgehauen, solange ich noch die Gelegenheit dazu hatte. »Ich will, dass du es heute Abend tust. Sag zu Tyler, was du willst, solange du ihm verdeutlichst, dass das mit eurer ekligen kleinen Affäre ein Ende hat. Danach will ich, dass du zu uns ins Hotel ziehst.«

»Was?« Meine Stimme ist schwach wie ein Flüstern, nicht mehr fest und entschlossen, wie ich mir das wünsche. Sie klingt einfach nur völlig entkräftet. Nach Niederlage.

»Du weißt schon, um dem Ganzen einen etwas dramatischeren Anstrich zu verleihen.« Tiffanis Grinsen wird noch breiter, und ich kann mir gar nicht vorstellen, wie sie es schafft, mich anzulächeln, wie sie sich freuen kann darüber, dass ich völlig sprachlos bin und wie versteinert und extrem bestürzt. Das grenzt schon fast an Sadismus. »Und außerdem«, sagt sie mit einem herablassenden Schulterzucken, »bin ich nicht dumm. Du könntest Tyler alles über unser Gespräch hier erzählen, daher finde ich, wäre es das Beste, wenn du mitkommst und bei Dean übernachtest. Ich habe mir das alles genau überlegt. Sobald du also auf die Idee kommst, du könntest mir zuvorkommen und Dean die Wahrheit selbst erzählen – und früher oder später kommst du auf diese grandiose Idee, wenn es nicht schon längst geschehen ist –, dann tu das ruhig. Ich werde stattdessen deine Eltern anrufen und ihnen erzählen, was los ist. Tja, und in dem Fall kommst du mir sicher nicht zuvor, denn um nichts in der Welt wirst du ihnen am Telefon die Wahrheit sagen wollen.«

Mit einem Mal macht sie auf mich einen ziemlich schlauen Eindruck, schlauer, als ich sie je eingeschätzt habe.

Dieser perfide Plan kommt mir plötzlich auch kein bisschen lächerlich mehr vor, ganz anders als noch vor wenigen Minuten.

Ich werde hier zu der Entscheidung gezwungen, wem ich wehtun will: Tyler, Dean oder meinen Eltern. Sie hat mich in die Enge getrieben, genau wie sie es geplant hat, und mir bleibt keine Wahl, ich muss tun, was sie von mir verlangt. »Du willst mich erpressen?«

»Nein«, sagt Tiffani. Ihr Grinsen verblasst zu einem kleinen Lächeln, und sie macht einen Schritt in meine Richtung. In ihrer Stimme liegt ein drohender Unterton, als sie die folgenden Worte sagt: »Ich will nur sichergehen, dass du weißt, was geschieht, wenn du mir diesen kleinen Gefallen verweigerst.«

»Wenn du denkst, das funktioniert, dann hast du dich getäuscht«, sage ich leise. Ich muss schlucken. »Er kommt niemals zu dir zurück.«

»Oh, aber Eden«, sagt sie, und ihre Züge entspannen sich, als sie nun leise in sich hineinlacht. Sie weicht einen Schritt zurück. »Wir wissen doch beide, dass Tyler sich gerne ablenken lässt. Wenn das mit dir passiert, werde ich also für ihn da sein und ihn ablenken von seinen Sorgen.«

Ich öffne den Mund, um etwas zu entgegnen, doch in dem Moment wird die Tür zur Toilette aufgerissen, und Emily späht um den Türstock herum. Sie lässt den Blick abwechselnd zu Tiffani und zu mir wandern und erkundigt sich dann misstrauisch: »Was tut ihr zwei denn hier?«

»Wir schließen nur einen Pakt«, antwortet Tiffani, die nun noch näher auf mich zutritt und mir den Arm um die Schultern legt, um mich fest an sich zu drücken. Ich spüre, wie sie lächelt, da sie ihre Wange an meine legt. Doch ich bin viel zu paralysiert, um zu reagieren. Nicht einmal Emily zuliebe kriege ich ein Lächeln zustande. Ich kriege auch kein Stirnrunzeln hin. Ich kann nur versuchen zu atmen, völlig weggetreten, während ich auf das Waschbecken zu meiner Rechten starre.

Um Schlimmeres zu verhindern, werde ich heute Abend Tyler sehr wehtun müssen, und noch nie in meinem Leben hatte ich solche Angst wie in diesem Augenblick.

Kapitel 24

Tyler rennt schon eine ganze Weile geschäftig durch die Wohnung, immer hin und her. Schleppt Klamotten von seinem Zimmer in den Waschraum. Hilft Snake dabei, die Scharniere an einer der Schranktüren in der Küche auszuwechseln. Er reinigt stillschweigend die Kaffeemaschine, wobei er sich konzentriert mit der Zunge über die Lippen fährt und gelegentlich etwas vor sich hin summt. Und die ganze Zeit beobachte ich ihn vom Sofa aus, mit einem Knoten im Magen, und überlege, wie ich das, was ich zu tun habe, am besten hinter mich bringe. Emily sitzt neben mir und zappt von einem Sender zum anderen. Zwischendurch erkundigt sie sich, ob alles okay sei bei mir. Natürlich versichere ich ihr jedes Mal, dass alles in bester Ordnung ist, doch die Wahrheit sieht so aus: Ich bin alles andere als okay.

Als Snake ankündigt, er will noch in den Supermarkt und einen Großeinkauf machen, beschließe ich, tief Luft zu holen und es hinter mich zu bringen. Ich stemme mich vom Sofa hoch und durchquere das Wohnzimmer, neugierig beäugt von Emily. In der Küche bleibe ich neben der Theke stehen. Sofort blickt Tyler von der Kaffeemaschine auf und schenkt mir ein liebevolles Lächeln.

»Was gibt's?«

»Kommst du bitte hoch mit mir aufs Dach?«, frage ich kaum hörbar, was wohl nicht ganz die Antwort ist, die er erwartet hatte. In seine Augen tritt ein helles Funkeln, und ohne Zögern unterbricht er seine Arbeit an der Kaffeemaschine. Ich muss schlucken, als er verschmitzt grinst.

»Dass ich selbst noch nicht auf die Idee gekommen bin?«, flüstert er. Er beugt sich etwas näher zu mir, damit Emily uns nicht hört.

»Tyler, es ist ernst.«

Sofort lässt er das Flirten, und auf sein Gesicht tritt ein besorgter Ausdruck. Ich wende mich zur Tür und verberge nur mit Mühe, dass ich am liebsten losheulen würde. Doch ich bleibe standhaft, auch wenn ich fast zusammenbreche unter der Last des Ganzen. Wenn ich den Mund aufmache, fange ich vermutlich an zu schreien, daher führe ich Tyler schweigend aus der Wohnung und hinauf aufs Dach. Zum Glück stellt er unterwegs keine Fragen, selbst dann nicht, als wir im Aufzug stehen, nur wenige Schritte voneinander entfernt.

Die Sonne ist längst untergegangen, es ist schon bald zehn, der Himmel erstrahlt in einem tiefdunklen Blau, als ich die Tür zur Dachterrasse aufstoße und nach draußen trete. Mit dem Blick suche ich alles ab, ob auch niemand außer uns hier ist, und als ich mich überzeugt habe, dass wir alleine sind, mache ich ein paar zögerliche Schritte.

Völlig unvermittelt legt Tyler mir von hinten die Hände an die Hüften und vergräbt sein Gesicht an meinem Hals, um mir ins Ohr zu flüstern: »Ist alles in Ordnung, Baby?«

Seine Stimme löst einen dumpfen Schmerz in meiner Brust aus, und ein Schauder jagt mir über den Rücken. Ich drehe mich in seinen Armen um, und als ich ihn ansehe, bilden sich kleine Fältchen in meinen Augenwinkeln, einer Mischung aus Schmerz und Verwirrung geschuldet. Ich kann immer noch nicht fassen, dass ich in diese beschissene Situation hineingeraten bin. Außerdem habe ich keine Ahnung, was ich genau sagen soll, doch ich sehe, wie der Ausdruck meiner Augen sich in seinen widerspiegelt, als ich Tylers Hand von meiner Hüfte schiebe.

»Tyler, ich möchte, dass du mir jetzt ganz genau zuhörst.«

Nickend holt er scharf Luft. »Ich höre.«

Ich brauche ein wenig, bis ich den Mut finde zu sagen, was ich zu sagen habe. Und zwar die einzig schlüssige Entschuldigung, die mir einfällt, die Tyler vielleicht auch nur ansatzweise nachvollziehen kann. Die einzige Entschuldigung, die mein Handeln rechtfertigen könnte. Und auch wenn hinter meinen Worten kein Fünkchen Wahrheit steckt, müssen sie zumindest verständlich sein.

Weil ich Tyler nicht länger in die Augen sehen kann, senke ich den Blick auf den Boden, auf seine braunen Stiefel, und mein Herz krampft sich schmerzhaft zusammen, während ich mich selbst ermuntere, es ihm endlich zu sagen. »Ich will mit Dean zusammenbleiben.«

»Was?« Ich muss ihn gar nicht erst ansehen, um das Entsetzen in seiner Stimme zu registrieren, um zu merken, wie sie am Ende bricht. Es tut weh, das zu hören. Es schmerzt zu wissen, dass meine Worte der Grund dafür sind.

»Ich will das nicht mehr«, sage ich. »Ich liebe Dean.«

Tylers Lippen öffnen sich, während das von mir Gesagte zu ihm durchsickert. In dem Moment, da er den Sinn vollends begreift, werden seine Augen vor Panik ganz stumpf. Er macht einen Schritt auf mich zu und greift sanft nach meinem Handgelenk. Ich ertappe ihn sogar dabei, wie er einen verstohlenen Blick hinunterwirft auf seinen Oberarm, auf meinen Namen, der dort eintätowiert ist. Er schluckt schwer und blickt wieder auf. »Du hast doch gesagt, du tust das nicht. Du hast gesagt, du würdest deine Meinung nicht ändern.«

Ich schließe die Augen, entziehe ihm meine Hand und weiche ein Stück zurück, und dann zwinge ich mich, mir die Worte zurechtzulegen, die ich eigentlich nicht aussprechen will. »Nachdem ich Dean wiedergesehen habe, wurde mir klar, dass … dass ich mit ihm zusammenbleiben will. Nicht mit dir.«

Er reißt den Kopf herum, atmet tief aus und entfernt sich von mir. Dann fährt er sich mit beiden Händen durchs Haar, krallt sich darin fest, hebt das Gesicht in den Himmel und fängt an, auf der Terrasse im Kreis zu laufen. Als er den Kopf wieder senkt, ballt er die Hände zu Fäusten und boxt damit in die Luft. »Du kannst mir das doch nicht schon *wieder* antun.«

Das ist der Moment, wo mein Herz in tausend Stücke zerspringt. Die Scherben durchschneiden meine Brust, während mein Körper vor lauter Schuldgefühlen erzittert. Ich würde es nicht wagen, das mit uns aufs Neue aufzugeben, nur liegt das nicht mehr in meiner Hand. Ich werde allerdings den Glauben nicht aufgeben, dass ich ihm erklären kann, was wirklich geschehen ist, sobald Tiffani New York verlassen hat. Ich glaube fest daran, dass er verstehen wird, warum ich das getan habe. »Tut mir leid.«

Schlagartig schießen mir die Tränen in die Augen, und als ich Tylers Blick begegne, ist die smaragdgrüne Farbe darin derart trüb geworden, dass es mir den Magen zusammenzieht. Er sieht mich kopfschüttelnd an, und mir wird bewusst, dass ich nicht länger hier bei ihm bleiben kann. Daher wende ich mich von ihm ab und versuche, die Tränen auf dem Weg zur Tür wegzublinzeln.

»Eden, warte«, ruft Tyler mir mit heiserer Stimme ganz schwach hinterher. Ich höre seine eiligen Schritte auf dem Betonboden, und als ich das Gebäude betrete, ist er direkt hinter mir. Mit flehender Stimme höre ich ihn sagen: »Bitte. Das ist nicht fair.«

»Tut mir leid«, stammle ich erneut, weigere mich aber, mich umzudrehen, sondern gehe schnellen Schrittes weiter. Ich will nicht den Aufzug nehmen, um nicht auf so engem

Raum mit ihm reden zu müssen. Daher nehme ich die Treppe. Ich jogge nach unten, zwei Stufen auf einmal nehmend, während Tyler hinter mir herläuft.

Gerade, als ich an der vierten Treppe um die Kurve biege, schiebt er seinen Körper an mir vorbei, packt mich an den Schultern und zwingt mich zum Stehenbleiben.

»Warum?«, fragt er, die Stimme immer noch brüchig, heiser, voller Leid. »Ich dachte, zwischen uns wäre alles bestens. Was ist geschehen? Hab ich was falsch gemacht? Sag es mir!«

Ich versuche gar nicht erst, mir eine Antwort zurechtzuschustern. Denn die Wahrheit ist, es war *wirklich* alles in Ordnung. Alles war in bester Ordnung, bis Tiffani hier aufgekreuzt ist. Tyler hat nichts Falsches getan, und ich kann ihn unmöglich belügen und behaupten, es wäre so, daher ramme ich ihm die Schulter gegen die Brust und schiebe ihn unsanft aus dem Weg. Ich beschleunige meine Schritte, und meine Chucks donnern über die Stufen, während ich versuche, den Klang von Tylers Stimme auszublenden, der unnachgiebig meinen Namen ruft. Seine Stimme klingt nicht rau, aber auch nicht tief und fest. Weil er nicht sauer ist. Er ist nicht wütend. Nur … verletzt. Das ist alles. Enttäuscht und zutiefst verletzt.

Als ich endlich den zwölften Stock erreiche, weine ich hemmungslos. Tränen strömen mir über die Wangen, und ich habe nicht einmal mehr die Kraft, sie wegzuwischen. Meine Kehle ist wie zugeschnürt, sodass mir das Atmen schwerfällt. Tylers Atem hinter mir geht schnell und regelmäßig, und als ich schließlich vor der Wohnungstür stehe, flehe ich innerlich, sie möge immer noch unverschlossen sein. Ich stoße sie auf, wodurch ich Emily aufschrecke, die unverändert auf dem Sofa sitzt. Sie fährt hoch, reißt den Kopf herum und starrt mich entsetzt an.

Allerdings achten weder Tyler noch ich auf sie. Stattdessen

renne ich schnurstracks ins Schlafzimmer. Ich halte den Kopf gesenkt, damit sie meine Tränen nicht sieht, doch ich befürchte, Emily kriegt das trotzdem mit. Mit letzter Kraft versuche ich noch, Tyler die Tür vor der Nase zuzuknallen, doch er stemmt gerade rechtzeitig die Hand dagegen und schiebt sie wieder auf.

»Eden«, flüstert er heiser und folgt mir ins Zimmer. Mit einem Klicken schließt er die Tür hinter sich, die Stimme gesenkt. Trotz tränenverschleiertem Blick erkenne ich, dass seine Augen leicht geschwollen sind. »Was hat dich dazu gebracht, deine Meinung zu ändern? Warum Dean? Warum nicht ich? Beantworte mir einfach nur diese Frage. Bitte.«

»Weil Dean nicht mein Stiefbruder ist.« Ich habe mich von ihm abgewandt. Jetzt rast mein Herz, und meine Brust schnürt sich qualvoll zusammen, während ich mich wie blind durchs Zimmer bewege, die Schranktüren aufschiebe und mich strecke, um den Rucksack vom obersten Regal zu holen. Dann wühle ich im Schrankinneren, reiße ein paar meiner Klamotten von den Bügeln und stopfe sie in die Tasche, bevor ich mich an Tyler vorbeischiebe und zur Kommode gehe.

»Was tust du da?«, flüstert Tyler, und seine Schultern sacken nach unten, während er mich fassungslos anstarrt. Zum ersten Mal seit Jahren wirken seine Augen fast wieder leblos, genau wie früher.

»Ich bleibe bei Dean im Hotel.« Wie jämmerlich ich klinge. Die Worte erinnern mehr an ein Schluchzen, und ich bin mir nicht mal sicher, ob man mich überhaupt versteht. Wie auch immer, ich sammle weiter meine Sachen ein und fummle dann an der Steckdose herum, um mein Handyladegerät einzupacken. Schließlich stopfe ich alles in den Rucksack, ziehe den Reißverschluss zu und werfe ihn mir über die Schulter, bevor ich mich wieder aufrichte.

»Was kann ich tun, um dich davon abzuhalten?«, will Tyler mit einem verzweifelten Flehen in der Stimme wissen. Er kommt wieder auf mich zu, umschließt mit einer Hand mein Kinn und greift mit der anderen nach meiner Hand. Er verschränkt seine Finger so fest mit meinen, dass es kurzzeitig wehtut, sengend heiß spüre ich seine Haut auf meiner Wange. »Kann ich irgendetwas tun, damit du verdammt nochmal deine Meinung änderst?«

Mit letzter Kraft reiße ich mich von ihm los, befreie meine Hand aus seiner. »Nein.«

Und dann gehe ich. Ich umfasse den Tragegurt meines Rucksacks, fahre mir mit der anderen Hand durchs Haar und frage mich, ob es wohl doch eine Möglichkeit gegeben hätte, Tiffani auszukommen. Sie lag ganz richtig – ich hätte ihr zuvorkommen und Dean die Wahrheit sagen können, dann hätte sie nichts mehr in der Hand gehabt, womit sie mir drohen kann. Ich hatte ohnehin vor, es Dean zu gestehen, nur noch nicht so bald. So und nicht anders hätte ich das, was ich eben getan habe, umgehen können, doch Tiffani hatte das bereits berücksichtigt. Hätte ich es Dean erzählt, hätte sie eben bei meinen Eltern weitergemacht. Und so weit bin ich noch nicht.

Tyler versucht nicht, mir zu folgen, als ich das Zimmer verlasse und die Wohnung durchquere. Selbst Emily stellt keine Fragen. Ich ziehe die Tür auf und trete hinaus auf den Flur. Mittlerweile kümmert es mich auch nicht mehr, dass sie mich weinen hat sehen. Sie macht ein besorgtes Gesicht, daher schenke ich ihr ein letztes trauriges Lächeln und ziehe die Tür hinter mir zu. Keine Ahnung, was Tyler ihr erzählen wird, aber eins weiß ich sicher: nämlich dass es mir scheißegal ist, ob er ihr die Wahrheit erzählt oder nicht, die Wahrheit über uns. Ich will bloß noch von hier weg.

Dieses Mal nehme ich den Aufzug. Den ganzen Weg nach unten beben meine Lippen, und ich schluchze erbärmlich. Selbst als ich mich hinausschleppe auf die Vierundsiebzigste Straße, schert es mich einen Dreck. Es schert mich einen

Dreck, dass ich hier spätnachts heulend durch die Straßen von New York laufe. Ich weiß nur, dass die kühle Nachtluft mich entspannt, und ich atme tief ein und kneife einen Moment die Augen zu, während ich langsam um die Ecke biege und dann auf der Third Avenue weitergehe. Die Anspannung in meiner Brust beginnt sich allmählich zu lösen, und selbst das Zittern lässt nach.

Es ist ein zwanzigminütiger Fußmarsch zum Lowell, immer geradeaus die Third Avenue entlang und dann über die Dreiundsechzigste Straße. Doch das macht mir nichts aus. Ich bin froh über die Weite und die Ungestörtheit, auch wenn immer noch ein nicht abreißender Strom von Menschen die Gehwege bevölkert und sich unzählige Fahrzeuge auf den Straßen drängen. Ist ein gutes Gefühl, zur Abwechslung mal wieder ganz alleine zu sein. Kein Tyler. Keine Tiffani. Kein Dean und keine Rachael und kein Snake und keine Emily. Nur ich. Ich ernte einige neugierige Blicke von Passanten, weshalb ich mich frage, ob ich wohl aussehe, als wäre ich von zu Hause ausgebüchst. Aber auch das ist mir gleichgültig. Was die allgemeine Öffentlichkeit in Manhattan so denkt, ist momentan nicht meine größte Sorge.

Es fühlt sich kälter an als vorhin auf dem Dach, daher stopfe ich die Hände in die Taschen meines Kapuzenpullis, und als ich auf der Dreiundsechzigsten Straße bin und an der Santa Fe Opera vorbeigehe, seufze ich erleichtert auf. Bis ich beim Hotel eintreffe, sind die Tränen versiegt, der letzte Rest ist mir bereits auf den Wangen getrocknet. Nur fühlen meine Augen sich jetzt hässlich verquollen und rot an, daher reibe ich sie mir, in dem jämmerlichen Versuch zu vertuschen, dass ich geheult habe. Wahrscheinlich mache ich es aber nur schlimmer, denn nun brennen sie auch noch.

Dieses Mal steht da ein anderer Portier, ein Mann mittleren Alters mit angegrautem Haar. Er öffnet mir die Tür und wünscht mir eine geruhsame Nacht. Natürlich verrate ich ihm nicht, dass ich noch nicht mal Gast bin in diesem Haus, und ich weise ihn auch ganz bestimmt nicht darauf hin, dass ich stark bezweifle, dass ich diese Nacht zur Ruhe kommen werde. Vermutlich werde ich kein Auge zutun. Doch ich bedanke mich nur artig bei ihm.

Ich schlurfe an der Rezeption vorbei, gehe durch die Lobby und schleppe mich zum Aufzug, wobei ich krampfhaft überlege, welchen Weg wir zu der Suite eingeschlagen haben. Ich weiß, dass das Zimmer im zehnten Stock liegt, also drücke ich den entsprechenden Knopf und warte ab, während der Aufzug ganz ruhig nach oben gleitet. Der Fahrstuhl ist mit Spiegeln ausgekleidet, und ich starre auf mein Spiegelbild. Meine Augen sehen richtig übel aus, nicht zu übersehen, dass ich mindestens eine Viertelstunde durchgeheult habe. Zumindest fühlt es sich so an. Ich weiß, dass ich nichts tun kann, um das noch zu verbergen, und ich bin mir sicher, Tiffani wird höchst zufrieden sein, wenn sie mich sieht. In einem letzten verzweifelten Versuch, die Schwellung ein wenig zu lindern, tupfe ich mir die Augen mit dem Ärmel meines Kapuzenpullis ab, bevor ich es schließlich ganz aufgebe.

Ich verlasse den Aufzug, konzentriere mich darauf, regelmäßig zu atmen, und mache mich dann auf den Weg durch die Gänge im zehnten Stock bis zur richtigen Suite. Als ich sie endlich gefunden habe, bleibe ich eine ganze Weile draußen vor der Tür stehen. Eigentlich will ich da nicht reingehen. Ich will mir nicht Tiffanis selbstgefälliges Grinsen ansehen, und ich habe keinen Nerv, Dean zu sehen. Ich glaube, Rachael ist die Einzige, derentwegen ich mir keine Gedanken mache. Allerdings frage ich mich allmählich, wie ich ihr und Dean das alles erklären soll. Wie erkläre ich ihnen, warum ich geweint habe? Was nenne ich für einen Grund, warum ich bei ihnen in der Suite übernachten will? Ich bezweifle, dass Tiffani sie in unsere Abmachung eingeweiht hat.

Nach ein paar tiefen Atemzügen klopfe ich endlich an die Tür. Inzwischen ist es nach zehn, aber ich höre, dass sie den Fernseher laufen haben. Es dauert nicht lange, bis einer von ihnen mir öffnet, und während ich lausche, wie das Schloss entriegelt wird, wappne ich mich innerlich, weil ich nicht weiß, wer mir aufmachen wird. Ich flehe ja inständig darum, es möge Rachael sein, aber natürlich ist sie es nicht. Es ist Tiffani. Und das überrascht mich nicht im Geringsten.

»Eden!«, ruft sie überrascht, doch breitet sich im selben Moment ein triumphierendes Grinsen über ihr Gesicht aus. Sie ist in einen seidenen Morgenmantel gehüllt, den sie mit einer Hand vorne zuhält, während sie mit der anderen die Tür aufhält. »Was tust du denn hier?«

Zähneknirschend schiebe ich mich an ihr vorbei. Auf keinen Fall kann ich mich jetzt mit ihr auseinandersetzen. Ich zwinge mich hineinzugehen in die Suite, mitten in den Wohnbereich, und ich höre, wie sie die Tür hinter mir schließt. Dean springt von einem der hässlichen antiken Sessel hoch, und er wundert sich offenbar, dass ich hier bin, weil seine Augenbrauen in die Höhe schießen. Er trägt eine schwarze Jogginghose und ein weißes T-Shirt und kommt sofort auf mich zu.

»Was machst du denn hier?«, fragt er, wobei er sich ganz leicht nach unten beugt, sodass er mich unter den Wimpern eindringlich ansehen kann. »Eden, was ist los?«

Ich fasse nach seiner Hand, verschränke unsere Finger ineinander. Seine Nähe wirkt tröstlich auf mich. In Deans Gegenwart habe ich mich immer schon wohl gefühlt, und auch jetzt reicht allein der Klang seiner Stimme aus, und mir geht es gleich besser. Er ist immer so fürsorglich, so liebevoll und sanft. Ich trete einen Schritt vor und berge mein Gesicht an seiner Brust, sodass sein Hemd an meinen tränenfeuchten Augen klebt. »Ich hatte Streit mit Tyler«, flüstere ich, auch wenn nichts der Wahrheit ferner wäre. Ich bin mir auch bewusst, dass Tiffani uns aus wenigen Schritten Entfernung beobachtet, doch ich achte nicht auf sie und kneife die Augen zu. »Da dachte ich, ich übernachte hier bei dir.«

Das stimmt so nicht. Ist nur Theater. Doch dass ich mich an Dean festklammere, ist kein bisschen gespielt. Ich brauche diese Umarmung, halte ihn weiter fest, nicht um Tiffani einen Gefallen zu tun, sondern weil ich gar nicht anders kann. Ich brauche Dean jetzt. Ich brauche meinen Freund.

Er drückt mich noch fester an sich, presst seine Stirn an meine Schläfe und atmet sachte in mein Ohr. »Ich bin so froh, dass du hier bist«, flüstert er besänftigend. »Du bist mehr als willkommen, bei uns zu übernachten. Stimmt's, Tiffani?« Er tritt zurück, hält mich aber weiter fest in den Armen.

»Aber klar doch!«, pflichtet Tiffani ihm bei, ihre Stimme vor falschem Verständnis und Mitgefühl triefend, als wäre nicht sie es, die hinter alldem steckt. »Ich kann nicht fassen, dass ihr euch gestritten habt. Ihr steht euch doch sonst *so* nah.«

Wenn ich innerlich nicht so zerrissen wäre, hätte ich vielleicht die Energie, sie anzupflaumen. Doch vorerst bin ich zu nicht viel mehr fähig, als dass ich mich näher an Dean dränge. Ich schlinge ihm die Arme um den Rücken und sauge seinen Duft in mir auf. Normalerweise riecht er nach Schmieröl und Abgasen, doch jetzt, wo er fast fünftausend Kilometer von zu Hause und der Werkstatt entfernt ist, duftet er nur nach schlichter Seife.

»Bitte mach dir keine Gedanken«, sagt er und reibt zum Trost mit der Hand an meinem Arm auf und ab. »Was auch immer geschehen ist, das renkt sich schon wieder ein.«

»Ich will nur noch schlafen«, murmle ich. Ich spüre, dass Tiffanis wachsamer Blick nach wie vor auf mir ruht. Der Fernseher läuft im Hintergrund weiter, und ich meine das absolut ehrlich, dass ich schlafen will. Ich will nur noch einschlafen und dann irgendwann aufwachen und feststellen, dass das alles nur ein böser Traum war. Morgen fühle ich mich bestimmt besser. Weniger zerrissen.

Dean lässt die Hand sinken, verschränkt sie locker mit der meinen und zieht mich behutsam hinter sich her durch die Suite. Er stößt die Tür zu einem der Schlafzimmer auf, und als ich einen flüchtigen Blick über die Schulter werfe, sehe ich, wie Tiffanis Mund sich zu einem schadenfrohen Grinsen verzieht. Lautlos formt sie irgendwelche Worte mit den Lippen, doch ich erfasse deren Sinn nicht. Was mir im Grunde auch egal ist. Ich drücke Deans Hand ein wenig fester, als ich mich wieder zu ihm herumdrehe und ihm ins Schlafzimmer folge. Geräuschlos schließt sich die Tür hinter uns.

Der Raum ist irre groß, mit einem riesigen Kingsize-Bett direkt in der Mitte, und auch hier zieren diverse Kunstwerke die Wände. Sein Gepäck liegt über den Boden verteilt, weshalb er meine Hand loslässt und hastig alles mit dem Fuß aus dem Weg räumt.

»Rachael und Tiff teilen sich das andere Zimmer«, erklärt er. »Das hier ist meins.«

Ich nicke. Mit Schwung nehme ich den Rucksack von der Schulter, lege ihn aufs Bett und fingere am Reißverschluss herum. »Wo *steckt* Rachael denn?«

»Die schläft schon.« Achselzuckend geht Dean zur einen Seite des Bettes und fängt an, die Kissen aufzuschütteln. Ein paar wirft er beiseite, dann schlägt er die Decke zurück. Alles ist in beigen Tönen gehalten. Er fasst den Saum seines T-Shirts und zieht es sich mit einer raschen Bewegung über den Kopf, ehe er es unordentlich zusammenfaltet und auf den einzelnen Sessel in der Zimmerecke wirft. Er wirkt nun wieder beunruhigt, seine Stirn ist von Sorgenfalten durchzogen, als er auf mich zukommt. »Bist du sicher, dass alles in Ordnung ist?«

Ich presse ihm die Hand auf die nackte Brust und bemühe

mich um ein kleines Lächeln. »Klar. Morgen geht es mir bestimmt besser. Ich brauch nur ein wenig Schlaf.«

Sein Stirnrunzeln verrät mir, dass er genau durchschaut, dass ich lüge. Doch er bedrängt mich nicht weiter, worüber ich froh bin, weil ich tatsächlich lieber nicht darüber rede. Selbst wenn ich wollte, könnte ich nicht. Ich kann ihm ja schlecht sagen, dass der einzige Grund, aus dem ich hier bin, der ist, dass Tiffani ganz zufällig den idealen Weg gefunden hat, mich zu erpressen. Und ich bringe es nicht über mich, mir die ganze Zeit irgendwelche Lügen zurechtzulegen. Sollte Dean nachhaken, erzähle ich ihm vielleicht einfach, dass Tyler und ich uns wegen unserer Eltern gestritten haben. Das könnte klappen.

Ich entledige mich meiner Kleider und stopfe sie in den Rucksack. Erst da wird mir bewusst, dass ich nicht einmal die Hälfte von den Sachen eingepackt habe, die ich brauche. Seufzend ziehe ich den Reißverschluss wieder zu, werfe den Rucksack auf den Boden und gehe nur in Unterwäsche um das Bett herum. Als Dean das Licht löscht, schlüpfe ich unter die Decke und ziehe sie mir bis hoch unters Kinn. Der Raum ist in völlige Dunkelheit getaucht, und ich höre, wie Deans Füße über den Boden tappen, bevor er sich wenige Sekunden später neben mich legt.

»Wie ich schon sagte, mach dir nicht allzu große Gedanken wegen der Sache«, raunt er mir zu und presst seinen Körper an meinen. Seine Haut fühlt sich leicht kühl an, als seine Brust meinen Rücken streift. Er schlingt mir die Arme um den Bauch, und ich lege die Hand auf seine und atme tief ein. »Das wird schon wieder«, versichert er mir erneut, und ich hoffe so sehr, er möge recht behalten.

Um zwei Uhr morgens liege ich immer noch wach im Bett. Völlig reglos liege ich da, starre an die Decke und versuche, Tylers Gesicht aus meinen Gedanken zu verscheuchen. Ständig höre ich seine Stimme. Ständig muss ich an ihn denken. An den Ausdruck seiner Augen, als ich ihm sagte, ich wolle mit Dean zusammenbleiben, und wie er mich anflehte, meine Entscheidung doch bitte zu überdenken.

Um drei Uhr in der Nacht halte ich es nicht mehr aus.

Dean hat sich inzwischen auf die andere Seite gedreht und liegt einige Zentimeter von mir entfernt, daher schiebe ich mühelos die Decke weg und stehe auf, ohne dass er sich bewegt. Meine Augen haben sich längst an die Dunkelheit gewöhnt, ich orientiere mich also einfach an den Umrissen der Möbelstücke auf der Suche nach meinem Rucksack, den ich mir schnappe, kaum dass ich ihn gefunden habe. Ich fange an zu wühlen, bis ich mein Handy zu fassen kriege. Ohne auch nur einen Moment zu überlegen, wähle ich Tylers Nummer über die Kurzwahl.

Das erste Mal geht der Anruf auf Mailbox, was mich nicht überrascht. Schließlich haben wir drei Uhr in der Früh. Höchstwahrscheinlich schläft er. Bloß will ich unbedingt mit ihm reden, also wähle ich die Nummer ein weiteres Mal, in der Hoffnung, mit meiner Beharrlichkeit könnte ich ihn wecken.

»Eden«, sagt eine Stimme am anderen Ende der Leitung, als endlich jemand rangeht. Doch es ist nicht Tyler. Es ist Emily.

»Emily?« Ich halte die Stimme gesenkt und werfe einen nervösen Blick auf Deans schlafende Gestalt. »Wo ist Tyler?«

»Eden, er ist stockbesoffen«, sagt Emily ohne zu zögern. Ihre Stimme klingt heiser und ziemlich leise, als befände sie sich noch im Halbschlaf. »Also so richtig, *richtig* krass besoffen.«

»Was?«

Sie stößt die Luft aus. »Äh, tja, er hat mich und Stephen etwa vor einer halben Stunde geweckt. Er war dabei, in der Küche Bierflaschen durch die Gegend zu schmeißen und konnte sich kaum mehr auf den Beinen halten.« Sie macht eine kurze Pause, und ich presse das Telefon fester an mein Ohr, um auf die männlichen Stimmen im Hintergrund zu lauschen. Leider verstehe ich kein Wort von dem, was sie sagen, doch Snakes starken Akzent erkenne ich sofort. »Was ist zwischen euch beiden vorgefallen?«, will Emily wissen. Ihr Seufzen dringt durch die Leitung zu mir. Ich höre, wie sie sich durch den Raum bewegt und die Stimmen lauter werden, und sie muss selbst die Stimme erheben, damit ich sie bei dem Tumult noch verstehe. »Er ist echt am Ausrasten, seit du weg bist, und jetzt passt Stephen im Bad auf ihn auf, weil er nicht aufhören kann zu kotzen.« Sie hält sich einen Moment den Hörer vom Ohr weg und murmelt: »Um Himmels willen, Snake, du musst zusehen, dass er den Kopf oben behält. Hier. Rede du mit Eden.«

Undefinierbare Geräusche sind zu hören, als sie den Hörer an ihn weiterreicht, und im Hintergrund nehme ich wahr, wie Tyler abwechselnd würgt und stöhnt. Emily seufzt weiter, und Snake flucht lautstark vor sich hin. In dem Moment werde ich von Schuldgefühlen übermannt, heftiger denn je. Mir ist klar, dass ich schuld bin. Ich trage hierfür die Verantwortung.

»Ich komme rüber zu euch«, sage ich, meine Stimme kein bisschen mehr leise. Mit der freien Hand angle ich mir meinen Rucksack und fange an, wild irgendwelche Klamotten rauszureißen.

»Ich glaube nicht, dass das eine so gute Idee wäre«, meint Snake sofort. Seine Stimme klingt so energisch, dass ich in meinem Tun innehalte. Ich verharre mit einem Bein halb in der Jeans. »Im Augenblick hasst er dich. Da können wir dich hier nicht brauchen, das macht alles nur noch schlimmer. Wir haben das schon unter Kontrolle. Mach dir keine Sorgen.« Kaum hat er das gesagt, höre ich, wie Tyler sich ein weiteres Mal übergibt. Emily seufzt erneut, und mir für meinen Teil bleibt nichts anderes übrig, als zu tun, was Snake mir sagte. Nach einer Weile knurrt er: »Verdammt, Mann«, kurz darauf legt er ohne ein weiteres Wort auf.

Eine Minute lang starre ich auf das grell erleuchtete Display meines Handys, völlig fassungslos. Dann steige ich wieder aus der Jeans und kicke sie in die Ecke. Jetzt fühle ich mich wirklich so richtig mies, und wenn man mich bei Licht sehen würde, wäre ich sicher totenbleich, so viel ist sicher. Ich knirsche mit den Zähnen und schleudere mein Handy in einem plötzlichen Wutanfall auf den Boden, und es ist mir scheißegal, dass das einen Höllenlärm macht. Dean aber zuckt noch nicht einmal zusammen, und nachdem ich mich abreagiert habe, krieche ich zurück ins Bett und lege mich neben ihn. Auch dieses Mal finde ich Trost in seiner Gegenwart, daher schmiege ich mich an seinen Rücken und greife nach seiner Hand. Eine Weile spiele ich mit seinen Fingern, dann drücke ich sie ganz fest und vergrabe mein Gesicht an seiner Schulter. In nur drei Tagen werde ich ihn gehen lassen. Ich werde ihm die Wahrheit gestehen, und ich kann nur hoffen, dass er und Tyler mir beide die Entscheidungen verzeihen werden, zu denen ich gezwungen war.

Kapitel 25

Bis ich einschlafe, ist es fast sechs. Dann aber wache ich erst nachmittags wieder auf und bin etwas orientierungslos, als ich die Augen aufschlage. Mein Kopf fühlt sich schwer an, wie immer nach einer solch exzessiven Heulorgie, und Dean liegt nicht länger neben mir. Ich stemme mich hoch auf die Ellbogen und sehe mich unter halb geschlossenen Lidern um. Mein Handy liegt mit dem Display nach unten auf dem Boden, und meine Klamotten hängen zur Hälfte aus meinem Rucksack. Ich seufze. Gestern war ein echter Scheißtag.

In der Suite herrscht absolute Stille. Keine Stimmen. Kein Fernseher. Dean kann ich wohl kaum zum Vorwurf machen, dass er gegangen ist. Wir sind hier mitten in New York City – da kann er es sich nicht leisten, seine Zeit im Hotel zu verschwenden. Es gibt so unheimlich viel zu besichtigen, und das in so wenigen Tagen. Trotzdem rufe ich seinen Namen, nur um zu gucken, ob er vielleicht doch da ist.

Ich bin überrascht, als ich tatsächlich eine Antwort erhalte. Deans Stimme hallt durch den Wohnbereich, und nur wenige Sekunden später streckt er den Kopf zur Tür rein. Er schenkt mir ein warmes Lächeln, während er sagt: »Endlich.«

Augenrollend richte ich mich weiter auf und ziehe mir das Laken an die Brust. »Wo sind Rachael und Tiffani?«

»Rachael ist mit diesem komischen Typen essen gegangen.«

Ich ziehe eine Augenbraue hoch. »Du meinst Snake?«

»Ja, ja, genau der«, sagt Dean. Er schiebt die Tür ein Stück weiter auf, kommt ins Zimmer und schließt sie hinter sich. Er hat immer noch die schwarze Jogginghose von gestern Abend an, und wie es aussieht, hat er sich einen gemütlichen Vormittag gemacht. »Ist der nicht schon so was wie fünfundzwanzig?«

»Einundzwanzig«, sage ich ruhig. Wenn ich nicht immer noch so fassungslos wäre wegen dem, was gestern passiert ist, würde ich mich aller Wahrscheinlichkeit nach auch fragen, warum Rachael mit ihm Mittag essen geht. Seit Trevor während der Frühjahrsferien mit ihr Schluss gemacht hat, redet sie sich pausenlos ein, sie müsse unabhängig bleiben. Diese Haltung hat sie offenbar schnell wieder aufgegeben. »Wo steckt Tiffani?«

»Keinen Schimmer«, sagt Dean und klettert neben mir auf das Bett. Er legt sich auf die Seite, stützt sich auf den Ellbogen und sagt: »Ist mir aber auch scheißegal.« Er greift nach meiner Taille, legt mir eine ziemlich kalte Hand an die Hüfte und zieht meinen Körper näher an sich. Sofort finden seine Lippen meinen Hals, und er drückt eine Spur von langanhaltenden, zarten Küssen auf meine Haut. »Ich habe dich vermisst«, murmelt er, seine Stimme gesenkt. Er schiebt sich über die Matratze, presst seine Brust an meine und streicht zärtlich über meinen Körper. Seine Lippen gleiten zu meinem Mundwinkel.

Ganz sanft küsst er mich, genau wie in meiner Erinnerung, doch ich kann seine Küsse einfach nicht mit derselben Zärtlichkeit erwidern. Ich kann mich überhaupt nicht dazu überwinden, ihn zu küssen, weil ich jetzt aus dem Augenwinkel meine Chucks auf dem Boden liegen sehe. Und sofort muss ich an Tyler denken. Natürlich erinnern sie mich an ihn. Immerhin waren sie ein Geschenk von ihm. Er hat etwas für mich draufgeschrieben. Von ihm stammen die Worte, ich solle nicht aufgeben, und jetzt muss er denken, dass ich genau das getan habe. Mir ist schleierhaft, wie ich Tyler erklären soll, dass es nicht so ist, dass ich nicht aufgegeben habe, sondern dass das nur etwas Vorübergehendes ist, bloß bis Tiffani wieder aus New York verschwindet. Ich weiß wirklich nicht, wie ich das alles wieder hinbiegen soll.

Ich fahre mit einer Hand durch Deans Haar und schiebe ihn ganz behutsam von mir weg. »Heute nicht.«

Völlig verdutzt sieht er mit großen Augen zu mir auf. »Was?«

Mein Blick wandert wieder zu den Turnschuhen. Der angegraute weiße Stoff, Tylers krakelige Handschrift entlang der Gummisohle. Der Gedanke ist völlig irrwitzig, hat mit Vernunft nichts zu tun, aber in dem Moment kommt mir eine Idee. Etwas, das nur Tyler verstehen wird. »Es gibt da etwas, das ich tun muss«, sage ich zu Dean. Ohne auch nur einen Sekundenbruchteil zu zögern, schiebe ich die Decke weg und schwinge die Beine aus dem Bett. Dann hebe ich meinen Rucksack vom Boden auf.

»Was?«, sagt Dean wieder, und jetzt sitzt er kerzengerade auf dem Bett und starrt mich an, als könnte er nicht fassen, dass ich ihm da eben eine Abfuhr erteilt habe. Erstens bin ich gerade erst aufgewacht. Zweitens habe ich mit seinem besten Freund geschlafen. Und drittens will ich ihn bald mit der Wahrheit konfrontieren. Da wäre es doch wohl so ziemlich das Letzte, hier herumzuhängen und ihn in dem Glauben zu lassen, alles wäre in bester Ordnung. »Was hast du denn ausgerechnet jetzt so Wichtiges zu erledigen?«

Immer noch in Unterwäsche, klaube ich alle meine Sachen vom Boden auf, meine Tasche, mein Handy, meine Chucks, und mache mich damit überstürzt auf in Richtung Tür. »Das kann ich dir nicht sagen«, rufe ich ihm über die Schulter zu. Ich gehe ins Wohnzimmer und stürze dann hastig ins Badezimmer. Ich höre, wie Dean mir folgt. »Was ist los? Geht es um das, was gestern passiert ist?«

Ich achte nicht auf ihn, sondern fange an, meine Klamotten wieder aus dem Rucksack zu reißen, doch mache ich das diesmal nicht in völliger Finsternis mitten in der Nacht. Ich verteile die Sachen über das Badezimmer und versuche, aus dem wenigen, das ich bei meinem überstürzten Abgang gestern zu fassen bekam, ein ordentliches Outfit zusammenzustellen. Ich habe es eilig, daher verzichte ich auf eine Dusche, sondern mache mich bloß ein wenig frisch. Ich brauche nur insgesamt fünf Minuten, um mich fertig zu machen, und als ich in die Schuhe geschlüpft bin, ziehe ich den Reißverschluss an meinem Rucksack zu und schlinge ihn mir über die Schulter.

Dean lehnt am Rahmen, als ich die Badezimmertür öffne. Sofort springt er zurück, die Augen voller Panik, als er den Ausdruck auf meinem Gesicht bemerkt. Unendlich leise fragt er: »Habe ich etwas falsch gemacht?«

»Du hast *gar* nichts falsch gemacht, Dean, und das ist das Problem!«, stöhne ich. Kopfschüttelnd sehe ich ihn an und schiebe mich an ihm vorbei. Im Augenblick habe ich so eine Stinkwut auf mich selbst, ich bin so sauer, dass ich meine Wut ganz offensichtlich an ihm auslasse. Die Sorge in seinen Augen lässt mir das Herz zerspringen. Es bringt mich fast um zu wissen, dass ich ihm schon sehr bald sehr wehtun werde müssen, denn er ist ausgerechnet der Mensch, dem ich eigentlich nie im Leben wehtun wollte. Er verdient etwas Besseres als mich.

Ich warte ab, ob er antwortet, doch das tut er nicht. Es ist fast so, als wüsste er gar nicht, wo er anfangen soll. Er hat keinen Schimmer, was mir gerade durch den Kopf geht, und als ich die Suite verlasse, bringe ich es nicht über mich, mich ein letztes Mal nach ihm umzudrehen. Ich ziehe einfach nur die Tür hinter mir zu und gehe los, und je weiter ich gehe und je weiter ich mich von der Suite entferne, desto mehr verlagert sich mein Augenmerk von Dean auf etwas anderes. Nämlich auf meine gegenwärtige Mission. Meinen völlig irrwitzigen Einfall.

Im Aufzug hinunter in die Hauptlobby checke ich noch mal, ob ich gestern Abend auch mein Portemonnaie eingesteckt habe, und seufze erleichtert auf. Es ist da. Ich ziehe mein Handy hervor und schlängle mich um eine Gruppe Touristen herum, die sich vor der Rezeption versammelt hat, tunlichst darauf achtend, dass ich über keine herumstehenden Gepäckstücke stolpere, ehe ich dem Portier wieder einmal fürs Türaufhalten danke.

So schnell wie möglich entferne ich mich von ihm und gehe die Straße entlang, den Blick ununterbrochen auf mein Handy gerichtet. Ich rufe den U-Bahn-Plan auf sowie passende Studios, die infrage kommen. Da ich immer noch keine Ahnung habe, in welche Richtung ich überhaupt will, bleibe ich an der ersten Ecke kurz stehen, um mir das zu überlegen. Die Straßen sind proppenvoll mit Fahrzeugen und Menschen, alles wie immer, daher weiche ich zurück und stelle mich dicht an die Wand des nächstgelegenen Gebäudes, um den vorbeieilenden Passanten nicht im Weg zu sein.

Ich brauche keine zehn Minuten, bis ich mich für ein Studio entschieden und herausgefunden habe, welche U-Bahnen ich nehmen muss. Und obwohl ich jetzt ganz allein mehr als drei Kilometer durch Manhattan irren muss, macht mir das kein bisschen Angst.

Gekonnt gleite ich zwischen völlig gefesselten Touristen hindurch, als würde ich schon seit Jahren in Manhattan leben. Inzwischen finde ich mich bestens zurecht in dem schachbrettmusterartigen Straßengewirr der Stadt. Immerhin war ich jetzt einen Monat lang jeden Tag in diesem Viertel unterwegs, habe also den Plan der Upper East Side mehr oder weniger verinnerlicht. Nach knapp fünf Minuten erreiche ich die U-Bahn-Station, und zum Glück habe ich auch meine MetroCard einstecken.

Noch vor vier Wochen hatte ich eine höllische Angst davor, dort runterzugehen. Tyler musste mich damals mit Gewalt zum Bahnsteig schleifen, während ich nun völlig sorglos durch eine mir gänzlich unbekannte Station steuere. Zumindest bis ich den richtigen Bahnsteig gefunden habe. Hier herrscht ein entsetzlicher Gestank. Es ist drückend heiß, was angesichts der Menschenmassen kaum zu ertragen ist, und ich kann nicht verhehlen, wie sehr mich das hier abstößt. Bevor ich hier runterstieg, hatte ich nicht erwartet, dass die U-Bahn sauber oder irgendwie besonders komfortabel sein würde, aber in den anderen Bahnhöfen hatte ich bislang wenigstens nicht das Gefühl, ich würde mich am liebsten übergeben. Ich halte die Luft an und bleibe stehen, und im selben Moment werde ich von einer Frau mit einem Baby-Buggy gerammt. Und dann rennt auch noch eine Gruppe asiatischer Touristen in mich hinein. Wenn meine Mom wüsste, wo ich mich gerade alleine rumtreibe, würde sie mich umbringen.

Nach nur fünf Minuten fährt der Zug ein, doch auf dem Bahnsteig drängen sich derart viele Menschen, dass ich es nicht schaffe einzusteigen. Ich bin nicht mutig genug, mich mit dem Ellbogen durch die Menge zu kämpfen, daher lasse ich mich zurückfallen und sehe zu, wie der Zug sich füllt und dann wieder abfährt. Dieses Mal stelle ich mich dichter an den Rand des Bahnsteigs und frage mich insgeheim, wie lange man hier unten überleben kann, ohne dass einen die giftigen Dämpfe umbringen. Ich wage es schon kaum mehr zu atmen, daher schließe ich die Augen und halte den Gurt des Rucksacks fest umklammert, während ich auf den nächsten Zug warte. Fünf Minuten später rauscht er heran, und dieses Mal kämpfe ich mich tatsächlich ins Wageninnere vor.

Auf keinen Fall bleibe ich auch nur eine Sekunde länger in diesem schwarzen Loch von einem Bahnhof hier an der Neunundfünfzigsten Straße. Die Bahn ist proppenvoll, deshalb muss ich stehen, aber das macht mir nichts aus. Ich muss ja ohnehin nach nur wenigen Minuten wieder aussteigen, an der Grand Central, also bin ich bald wieder raus hier.

Im Laufe des Sommers war ich unzählige Male an der Grand Central Station, daher finde ich mühelos meinen Weg zum Transferbus an der Zweiundvierzigsten Straße. Meine Nerven sind inzwischen zum Zerreißen gespannt, aber dass ich jetzt einen Rückzieher mache, werde ich nicht zulassen. Vielleicht war meine Entscheidung ein wenig voreilig, und vielleicht war sie auch ein wenig verrückt, möglicherweise sogar total bescheuert, aber es ergibt einfach Sinn. Ich habe das Gefühl, das absolut Richtige zu tun, aus irgendeinem aberwitzigen Grund, und allein deshalb halte ich an meinem Plan fest und nehme den Bus zum Times Square.

Kaum sind wir angekommen, haste ich aus dem Bahnhof und folge den Richtungsangaben auf meinem Handy. Ich lasse den Blick hin und her wandern zwischen den Straßen Manhattans und dem Display, um zu prüfen, ob ich mich immer noch auf der richtigen Route befinde. An der Ecke biege ich links ab auf die Avenue und marschiere zwei Blocks in Richtung Süden, vorbei an der Vierzigsten Straße und dem Redaktionsgebäude der *New York Times*. Und in dem Moment entdecke ich das, wonach ich gesucht habe.

Es befindet sich über einem Souvenirshop gleich neben einem Subway, und ich halte mich nicht lange damit auf, das Studio von außen zu betrachten, sondern eile schleunigst hinein. Ich will es einfach möglichst schnell hinter mich bringen, ehe ich es mir doch noch anders überlegen kann. Auf der Treppe bleibe ich dennoch ein letztes Mal stehen und schaue hinunter auf meine Chucks.

Ich biege den Fuß nach außen und lasse den Blick über Tylers Handschrift gleiten. Es ist jetzt vier Wochen her, seit er mich gebeten hat, nicht aufzugeben. Mir bleibt nicht viel mehr, als ihn wissen zu lassen, dass ich das nicht getan habe. Und zwar auf die schmerzlichste Art, die ich mir vorstellen kann. Trotzdem habe ich ein Lächeln auf den Lippen, als ich die Tür zum Tätowierstudio aufstoße.

Gerade stiefele ich die Lexington Avenue entlang, als Emily anruft. Inzwischen ist es fast fünf, die Rushhour hat die Stadt fest im Griff. Der Verkehr ist völlig zum Erliegen gekommen, auf den Gehwegen drängen sich unzählige Menschen. Eigentlich hatte ich nicht vor, den ganzen Nachmittag wegzubleiben, doch nach der vielen Fahrerei und der zweistündigen Wartezeit im Studio verlor ich fast noch eine Stunde, weil ich mir einen Kaffee und ein Mittagessen gönnen wollte, daher bin ich jetzt erst auf dem Weg zurück zur Wohnung. Als das Handy also in der Gesäßtasche meiner Jeans vibriert, nehme ich Emilys Anruf entgegen, ohne stehen zu bleiben.

»Hey, was gibt's?«

»Irgendwie habe ich es geschafft, mich aus der Wohnung auszusperren«, sagt sie verlegen.

»Was?« Im Vorbeigehen remple ich aus Versehen einen Typen, der mir einen empörten Blick zuwirft. Ich kann nicht viel mehr tun, als mit der Schulter zu zucken, ehe ich weiterhaste. Allerdings passe ich jetzt auf, dass ich nicht noch mehr Leute verärgere. »Wie hast du denn das hingekriegt?«

»Ich war bei mir drüben in der Wohnung, um ein bisschen was von meinem Zeug in Kisten zu packen. Und da habe ich vergessen, den Schlüssel mitzunehmen, weil ich davon ausgegangen bin, Tyler würde zu Hause sein. Ich meine, immerhin lag der den ganzen Tag im Bett, da dachte ich nicht, dass er aus dem Haus gehen würde. Aber jetzt klopfe ich schon seit zehn Minuten ununterbrochen an die Tür, und keiner macht auf«, erklärt Emily. Ihr Seufzen dringt über das Handy an mein Ohr.

»Wo steckt Snake?«

»Ich glaube, er hat ein Date mit deiner Freundin«, sagt sie, und da liegt sie goldrichtig. Den Teil hat Dean mir ja bereits erzählt, von wegen, Rachael und Snake seien zum Essen ausgegangen. Schon irgendwie komisch. »Zumindest hat er das, glaube ich, gesagt«, fährt Emily fort. »Ich habe keinen Schimmer, denn ich war ja zu dem Zeitpunkt noch im Halbschlaf, weil Tyler uns die ganze Nacht wach gehalten hat.«

»Wie geht's ihm jetzt?« Die vergangene Nacht war die schlimmste überhaupt in diesem Sommer, und schuld daran ist allein Tiffani. Wäre sie nicht nach New York gekommen, hätte sie ihr völlig wahnwitziges Vorhaben, Tyler für sich haben zu wollen, schon vor Jahren aufgegeben, dann wäre all das nicht passiert. Ich hätte Tyler nicht alle diese Lügen auftischen müssen, und er wäre nicht in seinen alten Irrglauben zurückverfallen, pure Rücksichtslosigkeit sei die beste Ablenkung, die man sich wünschen kann. »Tyler meine ich.«

»Irre verkatert, aber als ich ging, war er schon auf dem Weg der Besserung«, antwortet Emily lachend. Fast glaube ich zu sehen, wie sie die Augen verdreht. »Du hast nicht zufällig den Ersatzschlüssel bei dir, oder?«

»Da hast du Glück«, sage ich. »Den trage ich schon seit zwei Wochen mit mir herum. Dabei hab ich ihn nie gebraucht.« Irgendwann hatte Tyler genügend Vertrauen zu mir gefasst, um mir den Zweitschlüssel auszuhändigen, nur für den Fall, dass ich irgendwann allein unterwegs wäre und in die Wohnung müsste, und seitdem ist er in einem Reißverschlussfach in meinem Portemonnaie verstaut.

»Wenn es dir nicht allzu große Umstände macht«, meint Emily, »könntest du ihn dann vielleicht vorbeibringen?«

»Klar.« Wegen des Straßenlärms muss ich fast schreien. Wie eine echte New Yorkerin. »Bin sowieso gerade auf dem Weg. Sind nur noch ein paar Blocks.«

»Perfekt«, sagt sie. »Danke, Eden. Bis gleich.«

Ich beende das Telefonat und lasse mein Handy wieder in der Hosentasche verschwinden. Auf dem Weg zu Tylers Wohnung sehe ich das Gebäude schon bald auf der gegenüberliegenden Straßenseite am Ende des Blocks emporragen, doch mein Blick bleibt nicht lange daran haften. Stattdessen wandern meine Augen zum wiederholten Mal zu meinem Handgelenk, und ich verspüre das gleiche Erstaunen wie schon den ganzen Weg hierher. Selbst in der U-Bahn habe ich unaufhörlich darauf gestarrt und den Arm hin und her bewegt, damit das Licht genau im richtigen Winkel auftrifft. Selbst als ich die vielen Treppen an den U-Bahn-Stationen hinauf- und hinabgestiegen bin, konnte ich den Blick nicht davon lösen. Gelegentlich musste ich sogar mit den Fingerspitzen über die Frischhaltefolie streifen, nur um mir aufs Neue zu vergegenwärtigen, wie absolut und vollkommen verrückt ich doch bin. Mein Dad wird mich umbringen, wenn er das sieht, so viel ist sicher. Vorausgesetzt, meine Mom kommt ihm nicht zuvor und dreht mir den Hals um, weil ich in New York alleine U-Bahn gefahren bin.

Als ich das Gebäude endlich erreicht habe, eile ich ohne Zögern an den Briefkästen vorbei geradewegs zum Aufzug. Die zehn Sekunden, die es dauert, um in den zwölften Stock hochzufahren, krame ich hastig einen Kapuzenpulli aus meinem Rucksack hervor, ziehe ihn über und sehe zu, dass mein Handgelenk ordentlich bedeckt ist. Schließlich will ich nicht, dass Emily mir irgendwelche unangenehmen Fragen stellt, und ich kann auch beim besten Willen nicht sagen, wie Tyler reagieren wird, wenn er es zu sehen bekommt. Ich kann nur hoffen, dass er versteht, was ich ihm damit zu verstehen geben will, ohne dass ich auch nur ein Wort sagen muss. Wenn der Pakt mit Tiffani verbietet, dass ich Tyler sagen darf, was los ist, heißt das nicht automatisch, dass ich ihm die Wahrheit nicht *vor Augen halten* kann.

Emily hockt im Schneidersitz vor der Wohnungstür und wirkt ziemlich mitgenommen, als ich endlich eintreffe. Sofort springt sie auf die Füße und lächelt.

»Hey«, sage ich und nestle betreten an den Schnüren meines Kapuzenpullis herum, weil mir erst in diesem Moment unser Telefonat von vor fünf Minuten wieder einfällt. Vorhin habe ich gar nicht richtig auf ihre Worte geachtet, aber jetzt, wo sie direkt vor mir steht, ist es fast so, als fiele mir plötzlich alles schlagartig wieder ein. »Ich wusste ja gar nicht, dass du eine eigene Wohnung hast.«

»Klar, drüben in Queens«, sagt sie schulterzuckend.

»Und warum wohnst du dann hier? Tyler hat mir nie erzählt, warum du hier eingezogen bist.«

»Ich hab da mit diesem Typen zusammengewohnt, was anfangs echt wunderbar funktioniert hat, aber in letzter Zeit lief es nicht mehr so toll. Wir haben uns unglaublich gestritten, da hat er mich praktisch vor die Tür gesetzt«, gibt sie zu, weicht aber meinem Blick aus. Ihre Stimme klingt weicher, und sie seufzt. »Ehrlich, er war ein Arsch, und ich wusste nicht, wo ich sonst hinsoll, also rief ich Tyler an.«

Ich nehme den Rucksack von der Schulter und ziehe den Reißverschluss auf. Dann winkle ich ein Bein an und balanciere ihn auf dem Knie, während ich nach meinem Portemonnaie krame. Dabei unterhalte ich mich weiter mit Emily, bin aber viel zu konzentriert, um sie anzuschauen. »Und warum hast du dein Zeug in Kisten gepackt?«

»Weil ich es nach Hause schicke«, sagt sie. »Ich will nächste Woche zurück nach London.«

Ich höre auf zu wühlen und blicke auf. »Was?«

»Na ja, ist an der Zeit, dass ich zurückgehe. Die Veranstaltungen sind schon seit einem Monat vorbei.« Sie lächelt auf eine Weise, die deutlich macht, dass sie grundsätzlich lieber bleiben würde und wenig begeistert ist von dem Gedanken, nach England zurückzugehen. Und ich verstehe sie total. Ich will ja insgeheim genauso wenig zurück nach Santa Monica. »Und, hast du jetzt den Schlüssel?«, fragt sie, und mit dem spontanen Themenwechsel verändert sich nun auch der Ton ihrer Stimme.

»Klar. Hier.« Ich greife nach meinem Portemonnaie, ziehe den Reißverschluss an der kleinen Innentasche auf und bringe einen einzelnen Schlüssel zum Vorschein. Ich reiche ihn an Emily weiter, packe alles wieder weg und folge ihr dann in die Wohnung.

Kaum hat sie den Fuß über die Schwelle gesetzt, bleibt sie wie angewurzelt stehen, sodass ich doch glatt in sie hineinrenne und mit dem ganzen Körper gegen ihren Rücken pralle. Als ich über ihre Schulter spähe, fällt mein Blick auf ein Szenario, das ich nie im Leben erwartet hätte. Niemals, nicht in einer Million Jahren, hätte ich gedacht, dass ich das noch einmal würde mit ansehen müssen. Tatsächlich brauche ich mindestens zehn Sekunden, bis meine Augen jedes Detail richtig erfasst haben, und es dauert mindestens zwölf, bis Tyler sich von Tiffani losmacht.

Er hat sie gegen den Küchentresen gedrängt, während sie ihre Hände in seinen Haaren vergraben hat und er ihre Schulter küsst, genau wie er es bei mir getan hat. Die eine Hand hat er ihr an den unteren Rücken gelegt, die andere an die Hüfte, und nach nicht mal einer weiteren Sekunde stelle ich fest, dass die Bänder an ihrer Bluse bereits gelöst sind. Ich muss zurückdenken an den Moment, da ich Tiffani das erste Mal begegnet bin, an dem Tag, an dem sie bei American Apparel in der Umkleidekabine rummachten. Es darf doch bitte einfach nicht wahr sein, dass sie *wieder* ihren Willen bekommt. Ich verstehe einfach nicht, wie es sein kann, dass diese ganze Sache, dieser ganze verdammte manipulative Plan nun tatsächlich in ihrem Sinne aufgeht. Und was noch schlimmer ist, ich kann nicht fassen, dass Tyler da mitspielt. Es ist unglaublich, dass er es ihr tatsächlich so leicht macht und sie bekommt, was sie will.

Als er Emilys und meine Anwesenheit endlich aus dem Augenwinkel bemerkt, löst er seine Lippen sofort von Tiffani und springt einen gewaltigen Schritt zurück. Sein starrer Blick ist allein auf mich gerichtet, und seine Augen werden ganz groß, kurz bevor er sie auf die Schwellung in seiner Jeans richtet. »Eden.«

Tiffani keucht in gespieltem Entsetzen auf, tritt einen Schritt vor und umklammert mit den Armen seinen Bizeps, den, auf dem mein Name steht. »O mein Gott! Das ist ja *so was von* peinlich.«

»Eden«, stammelt Tyler wieder. Doch er macht keine Anstalten, Tiffani abzuschütteln. Er zuckt noch nicht einmal mit der Wimper. Steht einfach nur da und sieht mich völlig ungeniert an. Zugegeben, er macht wirklich einen schrecklich mitgenommenen Eindruck. Seine Haare sind total zerzaust, und seine Augenlider wirken schwer, als wäre er ziemlich erledigt.

Man könnte nicht behaupten, dass ich aufgebracht bin. Nein, ich bin völlig außer mir vor Wut. Rasend. Ich schieße an Emily vorbei, die dasteht und schockiert blinzelt und nicht weiß, wie sie reagieren soll, und mache einen mutigen Schritt hinein ins Zimmer. »*Spar* dir die dämlichen Ausreden«, zische ich, die Zähne fest aufeinandergepresst, die Hände seitlich zu Fäusten geballt. »Ich kann echt nicht fassen, wie du …«

»Eden«, fällt er mir ins Wort, und er sagt meinen Namen jetzt bereits zum dritten Mal, seine Stimme nervös, aber fest. »Ich wollte mich gar nicht rausreden«, sagt er. »Ich wollte dir sagen, dass du dich verdammt nochmal rausscheren sollst aus meiner Wohnung.«

Schlagartig sacken meine Schultern nach unten, und ich gerate ins Wanken, während ich ihn völlig fassungslos anblinzele. »Was?«

»Du hast ihn schon verstanden«, sagt Tiffani. Es wundert mich nicht, dass sich nun ein triumphierendes Lächeln in ihrem Gesicht breitmacht. Sie sieht einfach nur aus wie ein fieses Biest. »Könnt ihr bitte beide einfach gehen und uns in Ruhe lassen? Müsst ihr denn nicht ins Fitnessstudio oder zum Therapeuten?«

Ich öffne die Lippen. Ihre so lässig dahingesagten Worte treffen mich derart heftig, dass ich gar nicht die Kraft finde, wütend zu werden. Ich wechsle einen Blick mit Emily. Sie steht neben mir, die Augen weit aufgerissen, und sie ist offenbar zutiefst schockiert von der fiesen Bemerkung. In diesem Augenblick empfinde ich nur noch Mitleid für Tiffani. Ich bedaure sie, weil sie Genugtuung daraus zieht, andere Leute genau da zu treffen, wo es wehtut. Ich bedaure sie, weil sie die Schwächen anderer zu ihrem Vorteil nutzt. Und das werde ich ihr nie verzeihen. Nicht jetzt, nicht später, nie.

Als ich Tyler einen Blick zuwerfe, wird mir bewusst, dass er nicht länger mich anstarrt. Seine Augen sind nun auf Tiffani gerichtet, und sein Blick ist angewidert. Dann greift er nach ihrer Hand, löst ihre Umklammerung an seinem Arm und tritt kopfschüttelnd einen großen Schritt von ihr weg. »Das hast du jetzt nicht ernsthaft gesagt«, meint er ganz langsam.

Tiffani sieht ihn augenrollend an, während in mir ein Gefühl hochkocht, das nichts mit Wut zu tun hat. Sie und Tyler zusammen zu sehen ist der Grund, warum ich mich so unwohl fühle. Nichts von alledem hätte passieren dürfen. Tyler hätte sich niemals wieder auf sie einlassen dürfen, um sich abzulenken, ganz gleich, wie aufgebracht und außer sich vor Zorn er meinetwegen war. Und da verstehe ich, dass dieses Gefühl, das mit jeder Sekunde, die verstreicht, stärker wird, nichts anderes ist als die pure Verzweiflung. Ich bin verzweifelt, weil ich das unbedingt alles wieder geradebiegen will, weil ich Tyler zeigen will, dass ich immer noch hier bin, dass ich immer noch hoffnungslos in ihn verknallt bin.

Zum Teufel mit Tiffani. Schluss mit ihren Spielchen. Ich darf nicht zulassen, dass das auch nur eine Sekunde so weitergeht. Ich kann nicht zusehen, wie Tyler mich mit diesem vorwurfsvollen Ausdruck in den Augen ansieht, als wollte er mich am liebsten nie wiedersehen.

Mich interessiert noch nicht einmal, dass Emily mit im selben Zimmer ist. Mich interessiert nicht, dass Tiffani Dean die Wahrheit sagen will. Es ist mir egal, weil es mir weniger Angst macht, Emily und Dean könnten die Wahrheit erfahren, als dass Tyler mir meine Worte von gestern Abend nie verzeiht.

Bevor mir bewusst wird, was ich tue, durchquere ich den Raum, bewege mich auf Tyler zu, und bevor ich es mir anders überlegen kann, sprudeln die Worte aus meinem Mund. »Was ich gestern Abend zu dir gesagt habe, war Schwachsinn«, sprudelt es aus mir heraus, den Blick auf Tyler gerichtet, und zwar Tyler ganz allein. »Ich habe mich nicht für Dean entschieden. Ich wollte dich. Ich wollte immer nur dich.« Meine Augen zucken zu Tiffani. Inzwischen habe ich eine Stinkwut. Doch ich habe keine Angst mehr vor ihr und nehme sie fest ins Visier. »Sie hat mich gezwungen, die Sache mit dir zu beenden, weil sie ein verdammtes Miststück ist.«

Tiffani lächelt immer noch, allerdings sehe ich, dass ihre Fassade bereits bröckelt und sie Mühe hat, ihren Ärger im Zaum zu halten. Sie nimmt sich aber zusammen und bewahrt Ruhe, scheinbar die Unschuld in Person. Steif sagt sie: »Warum sollte ich denn so etwas tun, Eden?«

»Weil du Tyler zurückhaben willst«, fällt Emily, die immer

noch hinter mir ist, ihr nun scharf ins Wort, und als ich den Kopf zu ihr umdrehe, kommt sie auf mich zu und stellt sich neben mich. Ich bin verwundert angesichts der Tatsache, dass sie nicht überrascht ist und nicht ungläubig im Hintergrund steht und nach Luft schnappt. Gerade eben habe ich unmissverständlich zugegeben, dass Tyler mehr für mich ist als nur mein Stiefbruder, und trotzdem hat sie nicht mit der Wimper gezuckt. Sie steht in abwehrender Haltung mit vor der Brust verschränkten Armen da, die Augen auf Tiffani gerichtet. »Du hast ihr gedroht. Das habe ich im Diner mitbekommen.« Ihre Stimme wird weicher, als sie die Augen auf Tyler richtet, und einen kurzen Moment wandert ihr Blick zwischen ihm und mir hin und her. »Eden sagt die Wahrheit, Tyler.«

»Bitte. Wenn du schon lügen musst, dann mach das doch wenigstens so, dass es glaubwürdig ist«, schnaubt Tiffani. Allerdings entgeht mir ihr panischer Blick nicht, als sie nun ihre Bluse ordnet und offenbar realisiert, dass ihr die letzte Chance, Tyler zurückzuerobern, in diesem Moment durch die Lappen geht. Sie weiß genau, dass sie verloren hat. »So etwas würde ich niemals tun.«

Tylers Augen funkeln immer noch vor Zorn, doch ist seine Wut nicht länger gegen mich gerichtet. Sie gilt Tiffani. Jetzt entfernt er sich einen weiteren Schritt von ihr, doch er steht nicht mehr neben ihr, sondern vor ihr, genau wie Emily und ich. Es heißt nun also wir drei gegen sie allein. »Raus hier«, zischt er.

»Was?«

»Scher dich verdammt nochmal hier raus«, sagt er noch einmal, und jetzt verliert er endgültig die Geduld. Mit erhobenem Daumen deutet er auf die Wohnungstür hinter sich. Seine Stimme klingt schneidend, seine Haltung zeigt, dass er felsenfest entschlossen ist, er macht nur zu deutlich, dass er nicht nachgeben wird. »Sofort.«

Wutschnaubend verzieht Tiffani das Gesicht und will an uns vorbeistürmen, doch nicht ohne Tyler im Vorbeirennen die Hände an die Brust zu pressen und ihn mit voller Absicht zur Seite zu schubsen. Dann rempelt sie Emily mit der Schulter, weil sie ihre Verachtung für uns alle offensichtlich nicht mehr unter Kontrolle hat. Schließlich bleibt sie unvermittelt stehen und dreht sich noch einmal zu mir um. Sie schüttelt nur den Kopf, und was sie dann tut, ist einfach nur unglaublich, aber sie grinst mir doch tatsächlich ins Gesicht. »Diesmal hast du es also wirklich getan«, zischt sie, und natürlich ist mir das bewusst. Jetzt wird sie es Dean erzählen. Natürlich tut sie das.

»Zur Tür geht's da lang«, sage ich ganz ruhig, obwohl ich sie am liebsten anbrüllen und zur Schnecke machen würde. Dann trete ich einen Schritt zur Seite. Ich deute mit dem Kinn auf die Tür, und schon stürmt sie los und schlägt sie hinter sich zu.

Plötzlich herrscht Stille. Und keiner von uns weiß, was er sagen oder wie er reagieren soll. Keiner will der Erste sein, der das Wort ergreift. Emily sieht mich bloß mit hochgezogenen Augenbrauen an, und Tyler steht mit dem Rücken zu mir da, den Kopf in Richtung Boden gesenkt. Ich höre seinen schweren Atem, und fast glaube ich mitzubekommen, wie er sich das alles durch den Kopf gehen lässt, bis mir klar wird, dass ich als Erste etwas sagen muss.

Wie in Trance wegen der Geschehnisse gerade eben, zwinge ich mich, den Raum zu durchqueren und mich Tyler ganz langsam und vorsichtig von hinten zu nähern. Ich greife nach seinem Arm, berühre ihn ganz behutsam mit den Fingerspitzen. »Tyler …«

Bedächtig schüttelt er den Kopf. »Ich muss … ich muss erst mal einen klaren Kopf kriegen«, sagt er leise. Er wendet sich von mir ab, geht los und verschwindet in seinem Zimmer. Ein paar Sekunden später kommt er zurück und schlüpft in seine Schuhe. Seine Autoschlüssel baumeln am Zeigefinger.

»Du solltest jetzt lieber nicht fahren«, warnt Emily ihn besorgt. Ich werfe ihr einen flüchtigen Blick zu und wundere mich, warum sie keine Fragen stellt zu dem, was ich in Bezug auf Tyler gesagt habe. Vielleicht hat sie es gar nicht richtig mitbekommen? Keine Ahnung. Ist bloß komisch. In den vergangenen zwei Jahren bin ich immer davon ausgegangen, dass die Leute angewidert und empört und irgendwie verstört reagieren würden, wenn sie es erführen. Emily ist die Erste, der ich es indirekt gestanden habe, aber sie hat bislang keinerlei Reaktion gezeigt. Ich warte die ganze Zeit nur darauf. Ich warte insgeheim bloß darauf, dass sie etwas fragt wie: »O mein Gott, was läuft da zwischen euch?« Ich warte einfach nur auf *irgendeine* Reaktion. Egal welche.

»Wenn du meinst«, sagt Tyler. Trotzdem schnappt er sich seinen Wohnungsschlüssel vom Küchentresen und schiebt sich an Emily und mir vorbei, tunlichst darauf achtend, keine von uns zu berühren, bevor er zur Tür hinaus verschwindet. Doch er knallt sie nicht zu, wie Tiffani das getan hat. Er zieht sie einfach nur leise hinter sich ins Schloss.

Nichts würde ich im Moment lieber tun, als ihm nachzulaufen, um ihm alles im Detail zu erklären, aber ich weiß, dass er jetzt seine Ruhe braucht. Erst muss er sich mit den grundlegenden Tatsachen abfinden, und *anschließend* kann ich mich mit ihm darüber unterhalten. Später, wenn er wieder zurückkommt, wann immer das sein wird. Doch im Augenblick rätsle ich immer noch, was das mit Emily zu bedeuten hat. Wieso war es so leicht, die Wahrheit auszusprechen? Ich hatte doch ursprünglich eine Heidenangst davor?

»Emily …«, sage ich schließlich langsam. Mir ist nicht wohl dabei. Sie mag vielleicht keine Fragen stellen, aber denken tut sie sich doch sicher ihren Teil. Nur kann ich die

Sache nicht ruhen lassen, bevor ich nicht erklärt habe, was wirklich los ist. Daher nehme ich meinen Mut zusammen und stelle mich meiner größten Angst: Ich möchte ihr meine Beweggründe schildern. »Das mit Tyler und mir …«

»Du brauchst nichts zu erklären«, sagt Emily achselzuckend und geht an mir vorbei in die Küche. Blinzelnd sehe ich ihr vom Wohnzimmer aus nach. Sie holt eine Flasche Wasser aus dem Kühlschrank, schraubt ganz entspannt den Deckel ab und lehnt sich gegen den Küchentresen. Zu meiner größten Verblüffung sieht sie mich als Nächstes mit einem warmen Ausdruck in den Augen an und schenkt mir ein Lächeln, das einfach nur unheimlich nett und tröstend ist. »Das hatte ich mir doch längst gedacht.«

Kapitel 26

*A*nfangs ergeben Emilys Worte für mich wenig Sinn. Sie hat es sich gedacht? Unmöglich. Tyler und ich waren doch so unheimlich vorsichtig, haben ständig aufgepasst … Es macht mich panisch, dass Emily was aufgefallen ist, obwohl wir doch unser Bestes gegeben haben, unsere Beziehung geheim zu halten. Kurz kommt mir der fürchterliche Gedanke, sie könnte nicht die Einzige sein. Wie viele Leute hatten im Laufe der Jahre einen ganz ähnlichen Verdacht wie sie? Wie viele Leute haben sich gefragt, ob da vielleicht mehr ist zwischen uns? Ich kann nur hoffen, dass an meinen Befürchtungen nichts dran ist. Emily aber scheint sich kein bisschen zu stören an der Tatsache, dass Tyler mein Stiefbruder ist. Ihr ist das nicht peinlich, sie verurteilt uns nicht deswegen, und sie ist auch nicht angewidert oder verstört. Daher stelle ich ihr nur die folgende Frage: »Woher wusstest du es?«

Sie nimmt einen Schluck Wasser, ohne dass ihr Lächeln nachlassen würde. Ich bin froh darüber. Denn ich hatte befürchtet, Tiffanis Bemerkung über die Therapeutensache könnte sie verunsichern. Doch wie es aussieht, hat sie das einfach an sich abperlen lassen, genau wie ich es mit der Bemerkung über das Fitnessstudio getan habe. Das war echt mies, uns damit wehtun zu wollen. Jetzt aber haben wir ganz andere Probleme, um die wir uns kümmern müssen. Langsam schraubt Emily den Verschluss auf die Flasche und zuckt mit den Schultern. »War einfach nicht mehr zu übersehen.«

»Wie denn? Das hätte man aber nicht merken dürfen«, gebe ich kleinlaut zu. Ich komme immer noch nicht mit der Tatsache klar, dass ich hier tatsächlich mit jemand anderem als Tyler über das Thema rede. Ist ein komisches Gefühl. Weil ich daran nicht gewöhnt bin.

»Klar, das dachte ich mir auch«, sagt Emily mit einem kleinen Lachen. Einem warmherzigen, total netten Lachen. »Ehrlich, da kamen ein paar Dinge zusammen.«

Ich gehe durchs Wohnzimmer zum Küchentresen. Als ich davorstehe, lehne ich mich an die Arbeitsfläche und sehe Emily mit einem Blick an, teils neugierig, teils fragend. »Was denn zum Beispiel? Wie haben wir uns verraten?«

»Tja«, meint sie, »irgendwann schlief Tyler nicht mehr auf dem Sofa, sondern neben dir. Ich meine, sicher, ist normal, dass Geschwister sich das Bett teilen, aber es schien einfach mehr dahinterzustecken. Und neulich nachts, als ihr beide früh ins Bett seid, da kam ich irgendwann heim und wollte nach euch schauen, und als ich dann in Tylers Zimmer nachgesehen habe, wart ihr beide am Schlafen, aber ihr wart völlig verschlungen ineinander. Da hatte ich nur noch den Gedanken im Kopf, dass ich nie so mit meinem Bruder erwischt werden möchte.«

Ich ziehe die Augenbrauen hoch. »Und bloß wegen dem bist du uns auf die Schliche gekommen?«

»Nein«, gibt sie zu. »Da war auch noch Tylers Tätowierung. Die ist mir eines Morgens aufgefallen, als du gerade unter der Dusche warst. Als ich ihn dann darauf ansprach, warum er sich ausgerechnet deinen Namen hat stechen lassen, da meinte er nur, du seist eben seine Schwester. Das fand ich schon komisch, denn was war dann mit seinen Brüdern? Warum ließ er sich nicht auch deren Namen eintätowieren? Zumal sie ja seine echten Geschwister sind. Nichts für ungut.«

»Kein Thema. Mir war schon klar, dass das mit dem Tattoo

keine so glorreiche Idee war«, sage ich und muss fast lachen. Irgendwie ironisch, wenn man sich überlegt, was ich soeben getan habe. Ich werfe einen raschen Blick auf mein Handgelenk, um sicherzugehen, dass es immer noch unter dem Ärmel verborgen ist. Ich werde es Tyler später zeigen. Im Moment konzentriere ich mich auf Emily. All die Male, die ich mir ein solches Gespräch über Tyler und mich mit einem anderen Menschen ausgemalt habe, hatte ich es mir nicht annähernd so vorgestellt. So entspannt. So problemlos. »Wodurch haben wir uns noch verraten?«

Emily überlegt einen Moment, reibt mit den Fingerkuppen über ihre Lippen und starrt eine kleine Weile mit zusammengekniffenen Augen ins Nichts, bevor sie wieder meinem abwartenden Blick begegnet. »Hat Tyler dich je seinen Vortrag für die Tour lesen lassen?«, fragt sie. Einen kurzen Augenblick bin ich völlig baff und sehe sie blinzelnd an, während ich über eine Antwort nachdenke.

Tyler und ich haben unzählige Male telefoniert in dem Jahr, das er weg war von daheim, aber ich erinnere mich nicht explizit daran, dass er mir seinen gesamten Vortrag vorgelesen hätte. Anfangs, als er gerade nach New York gezogen war, war er noch mittendrin im Schreiben. Damals hat er mich hin und wieder nach meiner Meinung zu einzelnen Sätzen gefragt. Ich habe ihm immer erklärt, in meinen Ohren klänge das alles gut, nicht geschönt und aufrichtig und typisch für ihn. Die endgültige Version allerdings bekam ich nie zu hören. Ich habe ihn nie danach gefragt. »Nein«, gebe ich schließlich zu. »Warum?«

Emilys Lächeln wird wieder breiter, sie lehnt sich zurück, stellt sich auf die Fersen und wirft die Flasche Wasser abwechselnd von einer Hand in die andere. »Gegen Ende unserer Vorträge mussten wir immer über die Spätfolgen reden. Den psychischen Schaden, den der Missbrauch angerichtet hatte«, sagt sie, und ich frage mich, ob sie sich unwohl fühlt dabei, was aber offensichtlich nicht der Fall ist. Sie hat nun ein ganzes Jahr lang ununterbrochen über dieses Thema geredet, genau wie Tyler auch. Sie ist daran gewöhnt. »Also sprach Tyler immer über die Drogen und den Alkohol und alles andere«, fährt sie fort, »und er sprach auch immer von einem Mädchen. Nicht ein einziges Mal hat er ihren Namen erwähnt, aber er sprach immer davon, dass sie der erste Mensch seit Jahren gewesen sei, der sich für das interessierte, was er durchmachte. Der erste Mensch, der ihm ernsthaft helfen wollte. Und er sagte auch, genau das habe sie getan, ohne dass sie es mitbekommen hätte. Er erzählte allen, sie sei der Grund, weshalb sich für ihn irgendwann alles zum Guten zu wenden begann. Er sprach von ihr, als wäre er in sie verliebt, weshalb wir immer rätselten, warum er nie ihren Namen erwähnte.« Sie schweigt eine Weile, und ihr Gesichtsausdruck ist irgendetwas zwischen einem Lächeln und einem Stirnrunzeln. Langsam atmet sie aus, öffnet die Lippen und sagt: »Bis mir der Grund dafür klar wurde. Dieses Mädchen warst du.«

Es dauert eine Weile, bis ihre Worte vollständig zu mir durchdringen. Und während ich noch versuche, sie zu verarbeiten, kann ich sie nur mit leerem Blick anstarren. Tyler hat nie erwähnt, dass er in dem Vortrag auch über mich sprach. Er hat mit keinem Wort erwähnt, dass er so von mir redete. Ich weiß nicht recht, was ich davon halten soll. Soll mir das nun peinlich sein? Nicht unbedingt. Soll ich überrascht sein? Ja. Ich werde nur noch von dem Gedanken beherrscht, dass ich ja so, so verliebt in ihn bin, und trotzdem ist er nicht hier. Wie gern würde ich in diesem Moment seine Hand nehmen. Ihn berühren, ihm sagen, wie sehr ich ihn liebe. Und zwar diesmal nicht auf Französisch.

Als Emily bewusst wird, dass ich momentan zu keiner Antwort fähig bin, fährt sie fort, wobei sie um den Küchentresen herumkommt. »Also dachte ich mir, dass da was läuft zwischen euch beiden«, sagt sie, »aber ich wollte nicht fragen, und dann tauchte dein Freund hier auf, daher ging ich davon aus, ich hätte mir das nur zusammenfantasiert, dass da was ist zwischen Tyler und dir. Bis ich gestern Nacht dann rausfand, dass ich *doch* richtiglag und dass ich mir das Ganze nicht nur eingebildet hatte.«

»Als ich ihn hier sitzen habe lassen?«, rate ich. Ich stoße mich vom Tresen ab und wende mich ihr zu.

»Nein«, sagt sie. »Danach.« Sie entfernt sich von mir und geht durchs Wohnzimmer, und ich folge ihr mit dem Blick. Im Gehen unterhält sie sich über die Schulter weiter mit mir und wird lauter, als sie in Tylers Zimmer verschwindet. »Tyler hat im Lauf der Tour ein paar Videos gedreht, die habe ich per Mail an mich selbst geschickt«, höre ich sie sagen. Kurz danach taucht sie mit einem Laptop in der Hand wieder in der Tür auf. »Ich habe da was gefunden, das du dir anschauen solltest. Ich bin mir nämlich nicht sicher, ob du davon weißt oder nicht.«

Mit einem Mal platze ich fast vor Neugier, deshalb eile ich los und setze mich neben sie aufs Sofa. Sie stellt den Laptop auf dem Couchtisch ab und klappt ihn auf. Nervös falte ich die Hände im Schoß und warte gebannt ab, bis sie ihn hochgefahren hat. Keine von uns lehnt sich auf dem Sofa zurück. Wir sitzen kerzengerade auf der Kante, ein Stück vorgebeugt, und starren auf den Monitor. Es dauert nicht lange, bis Emily sich in Tylers Konto eingeloggt und seine Daten aufgerufen hat. Sie scrollt direkt zum letzten Video, das auf den Laptop hochgeladen wurde, und öffnet die Datei. Der Bildschirm zeigt nur eine schwarze Fläche. Hastig stoppt sie das Video, damit es nicht gleich abgespielt wird, und dreht sich dann zu mir.

»Ich habe das Video rein zufällig geöffnet, war ein Versehen, und ich schwöre, ich habe mir bloß die ersten zehn Minuten ungefähr angesehen, und …« Ihre Worte verlieren sich, und sie richtet den Blick wieder auf den Laptop. Sie greift danach, hebt ihn hoch und platziert ihn vorsichtig auf meinem Schoß. »Tja, ich finde einfach, du solltest dir das ansehen. Vielleicht willst du dazu allein sein, und am besten machst du es dir bequem.«

Ich runzle die Stirn, als sie aufsteht. Denn ich bin neugierig und gleichzeitig misstrauisch. Ich folge ihr mit dem Blick, als sie erneut in die Küche geht, um Wasser zu holen, wobei ihr lockerer Pferdeschwanz um ihre Schultern wippt. Sie ist immer so nett zu mir. Die ganze Zeit schon.

»Emily?« Nervös beiße ich mir auf die Unterlippe und warte ab, dass sie sich umdreht. Als sie das tut, sieht sie mich abwartend an. »Tut mir leid«, sage ich zu ihr.

Sie neigt den Kopf ganz leicht zur Seite. »Was denn?«

»Dass ich dich anfangs so behandelt habe«, sage ich, und ich bin verlegen, als ich zugebe: »Ich dachte, du und Tyler, ihr hättet etwas am Laufen.« Sofort schlage ich die Hände vors Gesicht und stöhne auf, weil mir das so verdammt peinlich ist.

Jetzt lacht Emily lauthals. Sie lacht so richtig laut, bis ich in ihr Lachen mit einfalle. »Mach dir keine Gedanken deswegen«, versichert sie mir. »Wie könnte ich dir das verdenken.«

Es ist schön, nach allem, was geschehen ist, zu lachen. Und auch wenn Tiffani in diesem Moment vielleicht wutschnaubend ins Hotel zurückrennt, um Dean die Wahrheit zu sagen, und auch wenn Tyler sonst wohin verschwunden ist, habe ich das Lachen nicht verlernt. Ich lache, weil unser Geheimnis längst nicht mehr so falsch und so skandalös und so besorgniserregend wirkt.

Mit dem Laptop auf dem Arm erhebe ich mich und sehe mich ein letztes Mal zu Emily um. Sie ist die zweite Person, die es erfährt, aber der erste Mensch überhaupt, der es anstandslos akzeptiert, und dafür werde ich ihr ewig dankbar sein. Denn akzeptiert zu werden ist ein gutes Gefühl.

Wir lächeln uns ein letztes Mal zu, dann gehe ich in Tylers Zimmer. Mit der freien Hand sammle ich auf dem Weg noch meinen Rucksack vom Boden auf, schließe die Tür hinter mir und lege den Laptop auf der Matratze ab. Die Vorhänge sind geschlossen, als wären sie den ganzen Tag kein einziges Mal aufgezogen worden, und Tylers Bett ist auch nicht ordentlich gemacht. Wie könnte ich es ihm verdenken. Er muss ja einen richtig krassen Kater gehabt haben. Mit einem Seufzen ziehe ich mir den Kapuzenpulli über den Kopf und werfe ihn zusammen mit meiner Tasche zur Seite. Erst in dem Moment fällt mir meine neuste Errungenschaft an meinem Handgelenk wieder ein.

Ich knipse das Licht an, halte den Arm hoch und betrachte meine Haut von Nahem. Die Folie fühlt sich feucht und klebrig an, und die Buchstaben darunter sind fett und schwarz. So behutsam und vorsichtig wie möglich löse ich das Plastik ab. Meine Haut ist leicht geschwollen und ein wenig entzündet, sieht aber ansonsten gut aus. Es ist genau das, was ich wollte, genau, wie ich es mir vorgestellt hatte.

Entlang des linken Handgelenks leuchten mir die Worte »No te rindas« entgegen. Und zwar in Tylers Handschrift, genau wie er es auf die Chucks geschrieben hat, die er mir geschenkt hat. Seine Worte. Seine Handschrift. Seine eine simple Bitte. Er ist der Einzige, der das verstehen wird, und genau aus diesem Grund liebe ich dieses Tattoo.

Ich werfe die Plastikfolie in den Eimer in der Ecke, stelle das Licht wieder aus und greife nach meinen Kopfhörern auf dem Nachttisch. Dann schüttle ich die Kissen auf, lege sie ans Kopfbrett, klettere ins Bett und lehne mich zurück. Ich mache es mir bequem, ziehe die Decke hoch und nehme den Laptop zur Hand. Ohne auch nur eine weitere Sekunde zu verschwenden, stöpsle ich die Kopfhörer ein und starre auf den schwarzen Bildschirm, bevor ich auf Play drücke.

Im ersten Moment scheint nichts zu passieren. Das Video

bewegt sich ganz leicht, doch es ist zu dunkel, um zu erkennen, was da sein soll. Also drehe ich die Lautstärke hoch, und zu meiner Überraschung höre ich Tylers Stimme. Leise und gedämpft, nichts als ein sanftes Flüstern.

Mit geschlossenen Augen lausche ich angestrengt und spüre, wie sich mein Magen zusammenzieht beim Klang seiner Worte. Er verrät der Kamera meinen Namen. Er verrät meinen Geburtstag. Meine Lieblingsfarbe. Meinen Geburtsort. Die Farbe meiner Haare und die Farbe meiner Augen. Langsam macht er weiter. Er nimmt sich eine Minute Zeit, um allein meine Augen zu beschreiben, und in dem Moment beschließe ich, auf Pause zu gehen. Ich fahre mit dem Cursor über den Bildschirm, um die Timeline aufzurufen, und kaum fällt mein Blick darauf, stutze ich und schaue noch einmal genau hin.

Das Video dauert ganze vier Stunden und siebenundzwanzig Minuten.

Das kann doch nicht stimmen. Auf gar keinen Fall.

Für viereinhalb Stunden höre ich mir Tylers Monolog an, ein endloses Flüstern, unterbrochen durch leises Lachen. Er erzählt der Kamera Dinge, die er an mir liebt, darunter Angewohnheiten und Eigenarten, die mir selbst nie richtig aufgefallen waren. Er redet und redet und redet und hält so gut wie nie inne, zögert nicht eine einzige Sekunde, während er über die Momente sinniert, die wir zusammen erlebt haben. Über Gespräche und Küsse, unbefugtes Eindringen und Partys.

Und während das Video weiterläuft und die Stunden verstreichen, lässt die Dunkelheit allmählich nach. Mit der Zeit wird es auf dem Bild heller und heller, die Umrisse schälen sich deutlicher aus der Schwärze heraus. Nachdem die zweite Stunde herum ist, taucht endlich auch Tylers Gesicht auf, die strahlenden Augen. Er ist in seinem Zimmer, genau an der Stelle, wo ich jetzt sitze. In der dritten Stunde wendet er die Kamera weg von sich selbst und richtet sie auf mich.

Auf mich. Direkt dort, neben ihm, wo ich schon die ganze Zeit geschlafen habe.

Als das Video sich dem Ende zu neigt, ist es auf dem Bildschirm bereits taghell. Tyler wirkt kein bisschen müde, als er La Breve Vita erwähnt, und das ist auch der Punkt, wo mir plötzlich alles bekannt vorkommt. Die Worte, die er von da ab sagt … Ich habe sie exakt so schon einmal gehört.

Es ist genau der Moment, wo Tyler die Kamera erneut auf mich richtet und mit sanfter Stimme flüstert: »*Hey, endlich bist du wach.*«

»*Was tust du da?*« Ich klinge schläfrig, wie ich da mit müden Augen direkt in die Kamera blinzle. Jetzt starre ich auf dem Monitor in mein eigenes Gesicht.

»*Spiele nur ein bisschen herum.*« Seine Stimme dringt durch die Kopfhörer an mein Ohr, und ich schüttle völlig fassungslos den Kopf. Er spielt nur herum? Gerade eben hat er vier Stunden am Stück nur über mich geredet. Fast ist es so, als hatte er nie die Absicht, dass ich das hier sehe, dass ich davon erfahre.

Ich lausche, wie wir uns kurz über den Nationalfeiertag unterhalten, genau wie ich es in Erinnerung habe, bevor er die Kamera auf dem Nachtkästchen ablegt. In dem Moment ziehe ich ihn an mich, und er presst seine Lippen auf meine, und wir küssen uns. Dazwischen lachen wir, bis zu dem Moment, wo ich ihn bitte, die Kamera abzustellen. Und er fragt, ob wir sie nicht laufen lassen können. Wenige Sekunden später kommt er auf die Kamera zugekrochen und schaltet die Aufnahme aus. Damit ist das Video zu Ende.

Nachdem ich nun den ganzen Abend damit zugebracht habe, mir anzuhören, was Tyler über mich zu sagen hat und woran er sich in den letzten zwei Jahren so erinnert, also selbst die kleinsten Details, ist es ihm schließlich gelungen, mich zu Tränen zu rühren. In zwei warmen Rinnsalen laufen sie mir über die Wangen, während ich weiter auf den Bildschirm starre. Der ist jetzt wieder schwarz, das Bild ist zurückgesprungen zum Anfang des Videos, wo es noch mitten in der Nacht ist, und ich sehe, wie mein Spiegelbild zu mir zurückstarrt. Ich weine nicht, weil ich unangenehm überrascht bin. Ich weine, weil ich überwältigt bin. Mein gesamter Körper fühlt sich an wie betäubt. Zu sehen, wie tief Tylers Liebe für mich geht, das wirklich und wahrhaftig zu *spüren* ... Ich glaube, das ist zugleich das Tröstlichste und Beängstigendste, was es auf der Welt gibt.

Ich spiele das Video noch einmal ab, nur dass ich dieses Mal gleich vorspringe zur zweiten Stunde. Eine Weile spule ich vor und zurück auf der Suche nach einer bestimmten Stelle, und zwar zu dem Moment, wo Tyler mich direkt anspricht und nicht in die Kamera schaut, wo ich noch schlafe. Als ich sie endlich gefunden habe, atme ich aus und lehne mich in die Kissen zurück. Dann drücke ich wieder auf Play, schließe die Augen und höre zu.

»Ich weiß nicht, wie es sich anfühlen soll, wenn man in einen anderen Menschen verliebt ist«, gibt Tyler mit einem heiseren Lachen zu. *»Doch wenn es bedeutet, dass man jede Sekunde des Tages an diese eine Person denkt ... wenn es bedeutet, dass man sich von einem Moment zum anderen komplett anders fühlt, sobald diese Person bei einem ist ... wenn es bedeutet, dass man wirklich alles für diesen Menschen tun würde«*, murmelt er, *»dann bin ich wirklich rettungslos in dich verliebt.«*

Kapitel 27

*E*s ist schon fast zehn, als ich Tylers Laptop schließlich zu-klappe. Eine ganze Weile liege ich nur da und denke nach. Über Tyler und das Video und über ihn und mich. Ich frage mich, wo das alles hinführen soll. Wie geht es weiter, wenn Dean die Wahrheit erfährt und wenn wir es meinen Eltern gestehen? Was passiert als Nächstes? Sind Tyler und ich dann ein Paar? Oder sollen wir erst ein paar Monate verstrei-chen lassen, bis die Wogen sich etwas geglättet haben? Ich weiß es nicht. Ich weiß nur, dass ich es langsam satthabe, immer nur zu warten. Das Ganze läuft nun schon zwei Jahre, und wir sind keinen Schritt vorwärtsgekommen. Zwei Jahre, und ich kann Tyler den Leuten immer noch nicht stolz als meinen Freund vorstellen. Wird es überhaupt je so weit kommen? Ich kann nur hoffen und beten, dass die Leute mich dann nicht mit großen Augen anstarren und ent-setzt aufkeuchen.

Ich sitze immer noch ganz allein in der Dunkelheit, um-geben von Stille, als sich die Tür mit einem leisen Knarzen langsam öffnet. Ich blicke auf und erwarte eigentlich Emily, doch es ist Tyler, der da vor mir steht. Mit hängendem Kopf steht er im Türrahmen, die Hand am Griff. Er wirkt ganz ruhig. Nicht wütend oder aufgebracht, aber auch nicht gänz-lich entspannt. Einfach nur ruhig.

»Können wir reden?«, fragt er mit leiser Stimme. Es liegt ein nervöser Unterton darin, als erwartet er, dass ich verneine.

Obwohl ich sein Gesicht nicht deutlich erkennen kann, weiß ich genau, dass er mir im Moment nicht in die Augen sehen möchte.

Statt zu antworten, nicke ich nur und hoffe, dass er das sieht. Ich rutsche ein Stück zum Fenster, um ihm Platz zu machen. Dann warte ich ab, dass er sich zu mir setzt, auf die Stelle, die ich bereits vorgewärmt habe. Und genau das tut er auch. Mit einem lautlosen Klicken schließt er die Tür und kommt dann schweigend auf mich zu. Behutsam gleitet er neben mir ins Bett. Er setzt sich auf die Decke, legt einen Arm um mich, und ich bette meinen Kopf an seine Schulter. Eine Weile hört man nur unsere gleichmäßigen Atemzüge, und obwohl er mich gefragt hat, ob wir reden können, will das im Grunde keiner von uns. Wir starren beide bloß vor uns hin auf die verspiegelten Türen des Schranks direkt am Fußende des Betts und blicken auf unsere reflektierten Umrisse.

Nach einer Weile beschließt Tyler dann doch, etwas zu sagen, doch er bewegt sich keinen Millimeter, nachdem er sich geräuspert hat. »Was ist gestern passiert?«, fragt er so leise, dass es nicht mehr als ein Flüstern ist. Die Stille fühlt sich viel zu zerbrechlich an, als dass er es wagt, lauter zu sprechen.

Ich presse die Augen zu und versuche mir alles, was heute und gestern so passiert ist, zu vergegenwärtigen. Seit Dienstag ist so ziemlich alles schiefgelaufen, seit dem Moment, wo Tiffani hier in Manhattan aufgekreuzt ist. Ich bin nur erleichtert, dass Tiffani es nicht geschafft hat, ihren Willen durchzusetzen, obwohl ich alles total verbockt habe und obwohl Dean die Wahrheit inzwischen auch kennt. Ihr Plan ist nach hinten losgegangen. Dass Tyler jetzt hier bei mir ist, beweist doch, dass er auf meiner Seite ist, dass *ich* es bin, der er glaubt. »Tiffani wollte dich zurückgewinnen«, gebe ich zu, meinen Kopf immer noch an seiner Schulter. Seine Brust hebt und senkt sich regelmäßig. »Sie war der Ansicht, das könnte nur geschehen, wenn ich ihr nicht mehr im Weg bin. Sie meinte, ich müsste die Sache mit dir beenden, sonst würde sie Dean die Wahrheit sagen. Und wenn wir ihr zuvorkämen und Dean es als Erste erzählten, würde sie es unseren Eltern verraten.« Eigentlich ist alles noch ein bisschen komplizierter, aber ich vereinfache ein wenig, und zwar einzig aus dem Grund, weil ich nicht zwingend darüber reden will. Ich versuche, Tyler ins Gesicht zu schauen, doch von hier unten erkenne ich nur seine Stirn.

»Scheiße«, entfährt es ihm. Ich sehe, wie er sich mit der freien Hand durchs Haar fährt und dann tief ausatmet. Langsam schüttelt er den Kopf und drückt mich noch fester an sich. »Tut mir leid, dass ich vorhin so ein Arschloch war. Ich war nur so unendlich sauer auf dich, und ich konnte nicht klar denken.«

»Tut mir auch leid«, sage ich zu ihm.

Er stößt ein leises Lachen aus, ein ganz ruhiges, heiseres Lachen, genau wie er es in dem Video getan hat. Ich glaube nicht, dass ich ihm erzählen werde, dass ich davon weiß. Schätze, das bleibt dann mal mein kleines Geheimnis. »Im Ernst, ich dachte, du hättest das mit uns aufgegeben«, gibt Tyler zu. »Bitte jag mir nie wieder einen solchen Mordsschrecken ein.«

Im Grunde habe ich nicht die Befürchtung, ich könnte das mit uns je aufgeben; jetzt erst recht nicht mehr, und ich denke, einen besseren Moment als diesen wird es nicht geben. Ich werde die Gelegenheit nutzen und Tyler mein Handgelenk zeigen. Dann brauche ich ihm auch nicht zu antworten. Denn seine eigenen Worte, dieses Zitat, sollten Antwort genug sein. Lächelnd halte ich die Hand hoch, hebe Zeige- und Mittelfinger und drehe mein Handgelenk dann ganz bewusst in Tylers Richtung. In feierlichem Ton sage ich: »Ich schwöre es.«

Gerade will er seine Finger mit meinen verschränken, als er innehält, mein Handgelenk packt und plötzlich kerzengerade dasitzt und sich vorbeugt. Ein Seitenblick auf ihn verrät mir, dass er im Dunkeln blinzelnd die Worte betrachtet, die mit Tinte dauerhaft in meine Haut eingestochen sind. Mit großen Augen sieht er mich an. »Was ist das?«

»Vielleicht schaltest du mal das Licht an«, sage ich und beiße mir nervös auf die Unterlippe. Ich kann mir geradezu ausmalen, wie Tylers Augenbrauen nach oben schießen, während er den Arm von meiner Schulter löst und über mich hinweggreift, um die Nachttischlampe anzuknipsen. Dabei nimmt er die andere Hand kein einziges Mal von meinem Handgelenk.

Sofort wird es taghell im Zimmer, und ich hebe den Blick zu Tyler und sehe zu, wie ein Glänzen in seine Augen tritt und er die Lippen öffnet. Sein Gesicht fängt an zu strahlen, vor Verwunderung und Freude, und er sieht einfach anbetungswürdig aus, wie er mein Handgelenk mit großen, erstaunten Augen mustert. »Ist nicht wahr«, sagt er und sieht mich mit unschuldiger Miene blinzelnd an. In diesem Moment sieht er um so vieles jünger aus, als wäre er wieder ein Kind.

Ich lache und befreie mein Handgelenk aus seiner Umklammerung, und betrachte nun meinerseits mein neues Tattoo. Die Haut ist nach wie vor ziemlich gerötet, und gelegentlich spüre ich ein brennendes Ziehen. Doch allein Tylers völlig baffer Gesichtsausdruck war die Sache wert. »Das habe ich mir heute Nachmittag stechen lassen«, sage ich und beantworte damit seine ungestellte Frage. »Etwas anderes ist mir nicht eingefallen, das nur du und ich verstehen würden. Das gehört allein uns. Weil du es für mich geschrieben hast.«

»Da warst du aber schlauer als ich«, sagt er mit einem verschmitzten Grinsen. Er hebt den Arm, betrachtet seine eigene Tätowierung, diese simplen vier Buchstabe auf seinem Oberarm. »Ich war da nicht ganz so einfallsreich wie du. Hey, aber das ›te‹ sieht ein bisschen schief aus«, meint er und deutet darauf.

»Na, weil du schief geschrieben hast«, schieße ich grinsend zurück. Wie es aussieht, fällt ihm da erst auf, dass das seine eigene Handschrift ist, weil ihm nun die Röte in die Wangen steigt und er den Blick abwendet. Immer noch lächelnd rolle ich vom Bett herunter, gehe auf die Knie und sehe Tyler über das Bett an. Kaum zu glauben, dass noch heute Nachmittag alles völlig verkorkst schien, und jetzt ist auf einmal alles wieder gut. »Ach, übrigens«, sage ich. »Emily weiß es.«

»Was weiß sie?«, hakt Tyler nach, ohne dass er die Augen von mir lässt.

»Das mit uns«, sage ich langsam und stehe auf. Dann sehe ich runter auf Tyler, der nach wie vor auf dem Bett liegt und zu mir hochschaut. »Sie weiß Bescheid, dass wir mehr sind als nur Stiefgeschwister.«

»Du hast es ihr gesagt?« Sofort reißt er die Füße herum und klettert aus dem Bett, und als er sich aufrichtet, tritt wachsende Panik in sein Gesicht.

»Nein, sie ist von selbst draufgekommen«, erkläre ich. Der Ausdruck seiner Augen verändert sich, an die Stelle der Beunruhigung tritt nun Verwirrung, und er hat offenbar Mühe zu verarbeiten, dass Emily die Wahrheit kennt. »Und«, sage ich, während ich das Bett umrunde, »sie hat kein Problem damit.« Ein breites Grinsen umspielt meine Lippen. »Es stört sie überhaupt nicht.«

Tylers Augen sind weit aufgerissen, und sein Blick folgt mir durch den Raum. »Im Ernst?«

»Ja.« Als ich vor ihm stehe, umfasse ich sein Gesicht mit beiden Händen und stelle mich auf die Zehenspitzen, um ihn zu küssen. Kurz presse ich die Lippen auf seine, dann löse ich mich wieder von ihm und sage: »Wie es aussieht, ist es gar nicht so schlimm, wenn die Leute die Wahrheit kennen.«

Einen kurzen Moment sieht er mir ganz fest in die Augen, sein Blick suchend. Ob er wohl denkt, ich will ihn auf den Arm nehmen? Natürlich tue ich das nicht, daher küsse ich ihn erneut, fast um ihm so zu versichern, dass ausnahmsweise wirklich alles in bester Ordnung ist. Ich kann nicht anders. Ich lächle an seinen Lippen, schließe die Augen, und wieder einmal sonne ich mich in dem wohligen Gefühl, von der Welt akzeptiert zu werden. Das Gefühl ist so überwältigend und so unglaublich, dass ich nicht ganz weiß, wie ich damit umgehen soll. Ich habe keine Angst mehr, die Leute könnten herausfinden, dass ich in meinen Stiefbruder verliebt bin. Wir sind einfach nur zwei Leute, denen man ein bestimmtes Label aufgedrückt hat. Das ist alles.

Und auch wenn er Mühe hat, seine Lippen von meinen zu lösen, zieht Tyler sich nun von mir zurück, lässt die Hände bis zu meinen Hüften sinken und schiebt mich einen Schritt nach hinten. »Weiß Snake es?«

»Ich glaube nicht«, sage ich mit einem Kopfschütteln. Ich bin so aufgeregt und ungeduldig, dass ich nach Tylers Hand greife. »Ist er denn schon wieder da? Wir sollten es ihm gleich erzählen. Los, komm, sagen wir es ihm.«

Tyler stößt ein Lachen aus und wirft den Kopf in den Nacken, während er mich gleichzeitig an sich zieht. »Wenn du es nur auch mit einer solchen Begeisterung deinem Dad erzählen wollen würdest«, murmelt er und streckt dann grinsend die Hand nach dem Türgriff aus.

Er führt mich ins Wohnzimmer, und ich stelle fest, dass ich sein Zimmer seit fast fünf Stunden nicht mehr verlassen habe. Ich war viel zu gefesselt von dem Video, auf das Emily mich aufmerksam gemacht hat. Und das dauert genau vier Stunden und siebenundzwanzig Minuten.

Wo wir schon bei Emily sind – sie sitzt auf einem der Sofas im Wohnzimmer, umgeben von Notizbüchern und Zetteln, die auf dem Couchtisch liegen. Der Fernseher läuft mit heruntergedrehter Lautstärke, als sollte er nur als Hintergrundgeräusch dienen. Als sie uns über den Teppich huschen hört, blickt sie auf, und sofort grinst sie los. »Wie es aussieht, habt ihr also alles geklärt?«

Tyler antwortet nicht auf ihre Frage, sondern führt mich rüber zum Sofa. Dann hebt er unsere ineinander verschränkten Hände und sieht sie mit hochgezogenen Augenbrauen an. »Du weißt es also?«

»Ja.«

»Und du bist nicht schockiert?«, will er wissen. Er scheint das genauso wenig glauben zu können wie ich vorhin. Ganze zwei Jahre lang haben wir uns beide auf Reaktionen gefasst gemacht, ganz anders als ihre. Tyler lässt unsere Hände wieder sinken und lässt mich ganz los.

»Nö«, meint Emily. Sie schüttelt den Kopf und lässt ihren Kugelschreiber ein paarmal klicken. Ihrem Gesichtsausdruck nach sieht sie das absolut entspannt. »Ehrlich, macht doch einfach, was ihr wollt. Das Leben ist viel zu kurz, es nicht zu tun.«

Ihre Worte zaubern mir ein Lächeln auf die Lippen, und ich schlinge die Arme um Tylers Oberarm und drücke ihn ganz fest. »*La breve vita*«, murmle ich leise und blicke zu ihm auf. »Das Leben ist kurz.«

Gerade als er den Mund öffnen will, um etwas zu erwidern, ist an der Tür ein Rumoren zu hören. Irgendjemand klopft und fummelt am Schloss herum. Alle drei reißen wir die Köpfe herum und sehen in die Richtung, und als Erstes kommt mir in den Sinn, es könnte Dean sein, der versucht, die Tür einzurennen, um Tyler und mich umzubringen. Doch dann seufze ich erleichtert auf, denn ich höre, wie ein Schlüssel ins Schloss gesteckt wird. Es ist Snake, endlich.

»Das war ja ein höllisch langes Date. War wohl mehr als nur eine Verabredung zum Mittagessen, wie?«, schleudert Emily ihm sofort entgegen. Sie beugt sich auf dem Sofa vor, damit sie ihn an Tyler und mir vorbei sieht, und kann es nicht lassen, ihn zu necken, denn nun kaut sie auf dem Kugelschreiber in ihrer Hand herum und wackelt vielsagend mit den Augenbrauen.

Snake verdreht nur die Augen und schlendert rüber in die Küche. Ich sehe ihn das erste Mal, seit er gestern Abend einkaufen gegangen ist, und er ist überraschend schick gekleidet, wie ich jetzt feststelle. Er trägt sogar ein Hemd, frisch gebügelt und alles. »Ja, ja, hab sie auch gleich noch zum Abendessen ausgeführt. Und Manhattan habe ich ihr bei der Gelegenheit auch gezeigt.«

»Snake«, sage ich mit einem gespielt strengen Blick, die Arme vor der Brust verschränkt. »Wer hat eigentlich erlaubt, dass du dich mit meiner besten Freundin triffst?«

Bei meinen Worten wirbelt er zu mir herum. »Was macht die denn schon wieder hier?«, fragt er und lässt den Blick zu Tyler gleiten. »Seid ihr auf einmal wieder beste Kumpel?«

»Eigentlich …«, mische ich mich nun ein, trete einen Schritt vor und knete nervös die Finger. Ich möchte, dass Snake die Wahrheit erfährt. Ich will ihm die Wahrheit sagen. Wir haben es noch nie zuvor getan, doch im Moment fühle ich mich mutig genug, es zu tun. »Es gibt da etwas, das wir dir gern sagen möchten.«

Verstohlen werfe ich einen flüchtigen Blick zu Emily, die inzwischen nervös auf ihrem Stift herumkaut und gespannt dasitzt. Dann blicke ich über die Schulter zu Tyler. Seine Augen funkeln, und er hat ein Grinsen im Gesicht, ein ziemlich verschmitztes, so von wegen, lass uns das durchziehen. Er tritt einen Schritt vor, direkt neben mich. Mit neugierigem Blick mustert Snake uns beide.

Eigentlich weiß ich gar nicht genau, was ich sagen soll

oder wie ich die Wahrheit in Worte kleiden soll. Nur dass das dann gar nicht mehr nötig ist, denn mit einem Mal reißt Tyler mich herum und zieht mich an sich. Wie aus dem Nichts senkt er seine Lippen auf meine und küsst mich zum gefühlt hundertsten Mal.

Das trifft mich völlig unvorbereitet. Es ist wirklich das Letzte, das ich jetzt erwartet hätte, aber gleichzeitig gelingt es mir auch nicht, mich von ihm loszumachen. Ich erwidere seinen Kuss, gefangen in dem vertrauten Gefühl seiner Lippen auf meinen. Ich bin mir nur allzu deutlich bewusst, dass Snake und Emily uns beobachten, und trotzdem macht es mir nichts aus.

Und dann löst Tyler sich ebenso plötzlich wieder von mir, und schaut zu Snake. »Und jetzt sag, was du davon hältst«, fordert er ihn auf. »Nicht lange fackeln.«

Snake starrt uns von der Küche her an, völlig reglos, und er bringt nicht viel mehr als ein dämliches Blinzeln zustande. Er wirkt total baff, aber das ist schon okay. Natürlich sind die Leute im ersten Moment schockiert, alles andere würde mich wundern. Doch dann schluckt er ganz langsam und wechselt einen ziemlich betroffenen Blick mit Emily. »Hey, Mann, was soll das?«, fragt er und lacht unsicher. Offenbar weiß er nicht recht, was er sagen oder denken soll.

»Ich liebe sie«, erklärt Tyler ihm schließlich, und seine Stimme klingt so sanft und so aufrichtig, dass ich nicht anders kann, als ihn von der Seite anzulächeln. Ich glaube, ich könnte mir wieder und wieder anhören, wie Tyler diese Worte ausspricht, am liebsten in Endlosschleife. Ganz bestimmt wird mir das nicht langweilig zu hören, wie er es laut ausspricht.

»Aber …« Snake verstummt sofort wieder und wirft Emily erneut einen hilflosen Blick zu, als bräuchte er ihre Unterstützung. Vermutlich fragt er sich, weshalb sie nicht ebenso erstaunt ist wie er und warum sie die Szene nur lächelnd beobachtet. Snake schüttelt den Kopf und stößt die Luft aus. »Äh, seid ihr nicht Stiefgeschwister oder so was?«

»Klar«, fasse ich mir ein Herz. Ich habe es so satt, mich immer nur zu fühlen, als würde ich ein Verbrechen begehen, nur weil ich mich in meinen Stiefbruder verknallt habe. Ich weiß jetzt, dass das nicht schlimm ist, und werde unseren Fall verteidigen. »Wir sind ja nicht blutsverwandt«, erkläre ich. »Und wir sind auch nicht zusammen groß geworden, daher fühlen wir uns kein bisschen wie Geschwister. Verstehst du?« Ich sehe ihn mit großen Augen möglichst unschuldig an und flehe innerlich, er möge das verstehen und sich damit abfinden. Im Moment aber wirkt er immer noch leicht verstört.

»Ähh … ihr beide seid also zusammen, oder wie?«, erkundigt er sich. Er klammert sich mit einer Hand am Küchentresen fest und kratzt sich mit der anderen am Kopf. »Passiert das jetzt wirklich, oder wollt ihr mich bloß verarschen?«

»Wir sind nicht zusammen«, antwortet Tyler mit fester Stimme auf seine erste Frage. »Es ist kompliziert. Sag mir einfach, was du denkst.«

Snake zuckt mit den Schultern. »Tja, ist schon ein bisschen komisch«, gibt er zu. »Meine Eltern sind ja super religiös. Ich bin mir sicher, sie würden erwarten, dass ich euch an Jesus verpfeife.« Er entspannt sich ein klein wenig, rollt mit den Augen und dreht sich dann um. Stirnrunzelnd zieht er eine Schublade auf und wühlt darin, bis er eine Tüte Doritos zum Vorschein bringt. Er reißt sie auf, lehnt sich gegen die Arbeitsplatte, wirft sich ein paar Chips in den Mund und kaut dann lautstark. Dabei lässt er Emily nicht aus den Augen. »Was hältst du von der Sache?«, fragt er nach etwa einer Minute.

»Ich wusste es bereits«, erklärt Emily, die gerade die vielen Zettel aufsammelt, leichthin. »Mich stört das nicht.«

Snake kaut weiter auf seinen Chips herum und scheint zu

überlegen, dann neigt er den Kopf leicht zur Seite. »Ist wirklich ein bisschen komisch«, sagt er wieder, »aber ich habe kein Problem damit.« Ein Lächeln tritt auf sein Gesicht, das sich sehr schnell zu einem breiten Grinsen auswächst. Mit hochgezogenen Augenbrauen sieht er Tyler an. »Dann habt ihr also ganz schön perverse Familientraditionen, wie?«

Tyler und ich stoßen im selben Moment ein Lachen aus, doch die Erleichterung hält nicht lange an. Denn schon wieder klopft es an der Tür. Aber nicht irgendein Klopfen, nein, ein heftiges Pochen hallt durch die Wohnung. Unerbittlich und mit aller Gewalt wird gegen die Tür gehämmert, sodass klar ist, dass da jemand sehr, sehr wütend ist. Panik überkommt mich, und ich werfe Tyler einen Blick zu. Es ist schon spät. Wir sind alle zu Hause. Es gibt nur eine Person, die zu so später Stunde hier aufkreuzen würde, und es gibt nur eine Person, die der Zorn dazu treiben könnte, so gegen die Tür zu donnern. Auch Tyler scheint sich dessen bewusst zu sein, denn jetzt tritt ein beunruhigter Ausdruck in seine Augen, und er schluckt. Wir wissen beide, dass es nur Dean sein kann. Tiffani muss ihm die Wahrheit gesagt haben.

»Macht bloß nicht auf«, platzt es aus Snake heraus. Er hat die Stimme gesenkt und zerdrückt nervös die Tüte Doritos in seiner Hand. »Klingt mir ganz nach den Bullen.«

»Das ist kein Polizist«, sage ich ganz leise, ohne den Blick von der Tür abzuwenden. Dean klopft immer noch. Nach einer weiteren Sekunde brüllt er meinen Namen, und kaum höre ich die Anspannung in seiner Stimme, bricht es mir das Herz. Er weiß es, kein Zweifel. Er kennt die Wahrheit, und er hat es auf die übelste Weise erfahren, die man sich nur vorstellen kann. Ich weiß, dass ich die Tür aufmachen muss. Ich muss mich ihm stellen, auch wenn ich es noch so ungern tue.

Tyler, Snake und Emily sehen schweigend zu, wie ich mich zwinge, zur Tür zu gehen. Meine Beine fühlen sich steif an, und mein Magen ist ziemlich flau. Als ich vor der Tür stehe, drehe ich den Schlüssel um und ziehe sie auf.

Schwer keuchend und mit erhobener Faust steht Dean vor mir. Er wollte gerade weiterklopfen. Mit vor Zorn funkelnden Augen sieht er mich an, und sofort bin ich am ganzen Körper wie erstarrt, und meine Beine geben unter mir nach. Da liegt ein Ausdruck in seinen Augen, den ich dort noch nie gesehen habe. Sein Blick ist so düster, so stechend, so gequält. Das sieht Dean so ganz und gar nicht ähnlich, und das macht es umso fürchterlicher. Seine Wangen sind tiefrot vor Wut, die ihn innerlich zu zerfressen scheint. »Stimmt das?«, will er wissen. Seine Stimme klingt angespannt.

Ich klammere mich stärker an der Tür fest und halte sie weiter auf, obwohl mir inzwischen dermaßen schlecht ist, dass ich unmöglich auch nur ein einziges Wort rausbringe. Verzweifelt lasse ich den Kopf hängen. Ich ertrage es nicht, ihn anzusehen. Es tut viel zu weh, doch mein Schweigen ist ihm offensichtlich Antwort genug. Es verrät ihm, dass es wahr ist, dass ich die ganze Zeit schon in Tyler verliebt bin.

Dean atmet tief aus, während er die Neuigkeit verarbeitet, und ich spüre, wie er eine Weile kopfschüttelnd vor mir steht, bevor er fragt: »Wer?«

Jetzt reiße ich aber doch den Kopf hoch. Verdutzt mustere ich ihn, und während ich über die grausame Realität der Situation nachdenke, schießen mir Tränen in die Augen. Ich wusste, dass wir Dean am Ende sehr, sehr wehtun würden müssen. Ich wusste es von dem Moment an, wo ich nach New York kam, von der Sekunde an, wo Tyler mir deutlich gemacht hat, dass er kein bisschen über mich hinweg ist. Es war unvermeidlich. Wir hatten keine andere Wahl. Wenn er die Wahrheit nicht erfahren hätte, hätten wir ihn verletzt. Wenn wir ihm die Wahrheit gesagt hätten, wäre er ebenfalls verletzt worden. So weit war alles klar. Aber Deans Frage war für mich nun so gar nicht nachvollziehbar. »Was?«

»Mit wem hast du mich betrogen?«, faucht er, wobei er mich verächtlich anfunkelt. Wie könnte ich es ihm verdenken. Ich hasse mich ja selbst für all das. »Hab jetzt wenigstens den Anstand und sag es mir.«

Meine Kehle ist wie zugeschnürt. *Natürlich.* Natürlich hat Tiffani Tylers Namen nicht erwähnt. Natürlich will sie mich zwingen, dass ich es selbst zugebe. Doch ich weiß nicht, ob ich das über mich bringe. Ich weiß nicht, ob ich Tylers Namen aussprechen kann. Das würde Dean viel zu sehr niederschmettern. Ich könnte lügen. Ich könnte mich weigern, es ihm zu sagen, oder ich könnte einfach mit irgendeinem erfundenen Namen herausplatzen. Doch als ich ihn jetzt wieder ansehe, und ich meine damit, so richtig ansehe, da bemerke ich seinen gequälten Blick, den Schmerz in seinen Augen, und mir wird bewusst, dass Ehrlichkeit das Einzige ist, das ich ihm jetzt noch schenken kann. Ich darf ihn nicht länger belügen.

Ich zwinge mich, weiter Luft zu holen, und werfe einen Blick über die Schulter. Snake lehnt am Küchentresen und stopft sich erneut Chips in den Mund, während er mich und Dean interessiert beobachtet. Emily kaut nach wie vor auf ihrem Stift herum und lauscht gebannt. Nur dass sie zumindest versucht, so zu tun, als würde sie unsere Auseinandersetzung nicht neugierig mitverfolgen. Sie schaut halbherzig auf ihre Notizbücher. Doch entweder ist es Dean nicht aufgefallen, dass wir Publikum haben, oder es ist ihm schlichtweg egal. Tyler dagegen hat sich bereits in Bewegung gesetzt und kommt auf uns zu.

Direkt hinter mir bleibt er stehen und legt die Hand an die Tür, knapp oberhalb der meinen. Jetzt, da er sie an meiner Stelle offen hält, lasse ich los und konzentriere mich wieder auf Dean. Er wartet immer noch verzweifelt auf eine Antwort und wird mit jeder Sekunde, die verstreicht, wütender. Allerdings bin ich froh, dass Tyler hergekommen ist. Ich bin erleichtert, dass ich das nicht alleine erledigen muss, dass er an meiner Seite ist und dass wir das gemeinsam durchstehen.

Ich spüre, wie Tyler in meinem Rücken tief Luft holt, bevor er allen Mut zusammennimmt und leise die folgenden Worte spricht: »Sie hat dich die ganze Zeit mit mir betrogen.«

Dean blinzelt, und auf sein Gesicht stiehlt sich ein ungläubiger Ausdruck, als er ins Taumeln gerät und einen Schritt auf den Flur zurückweicht. Unwirsch schüttelt er den Kopf. »Wovon redest du?«

»Dean«, flüstere ich, doch das Wort bleibt mir im Hals stecken. Ich schlucke die Nervosität hinunter, kämpfe gegen den Drang an loszuheulen. »Ich liebe dich. Und zwar *sehr*.« Es schmerzt, das zu sagen, weil es die Wahrheit ist, und das ist ja das Schlimmste an der Sache. Ich liebe ihn wirklich. Denn wenn es nicht so wäre, wäre das alles lange nicht so schwer. »Nur ist es so, dass ich Tyler auch liebe.«

»Wie meinst du das?« Dean macht jetzt einen eher verstörten als einen wütenden Eindruck. Unsere Worte scheinen nicht richtig zu ihm durchzudringen. Sein Blick wandert abwechselnd zu Tyler und mir, und er bewegt wortlos die Lippen, als wollte er eigentlich etwas sagen. Nur scheint er nicht die richtigen Worte zu finden.

»Hör zu«, setzt Tyler an und macht einen Schritt nach vorn. Er will Dean die Hand auf die Schulter legen, doch der schüttelt ihn unsanft ab und weicht noch tiefer in den Flur zurück. Tyler spricht weiter und stammelt unzusammenhängend irgendwelche Worte, die das alles erklären sollen. »Ich bin dieser andere Kerl, mit dem sie sich getroffen hat. Wir wollten nicht, dass es so kommt. Ehrlich, so war es nicht geplant. Nur konnten wir uns nicht dagegen wehren. Denkst du, ich hab mir das ausgesucht, dass ich mich ausgerechnet in meine Stiefschwester verliebe, verfluchte Scheiße? Denn so war es nicht. Blöderweise aber ist es nun mal so gelaufen, und wir wollten … wir wollten es dir sagen. Glaub mir, wir

363

wollten es dir schon lange sagen, aber wir wussten nicht wie. Tut mir leid, Mann. Tut mir echt so verdammt leid, aber ich … Ich brauche sie.«

Eine ganze Weile sagt Dean keinen Ton. Offenbar versucht er, diese neue Information zu verarbeiten, mit dem wir sein Gehirn konfrontiert haben. »Ihr beide …«, setzt er an und hat anfangs Mühe, die Worte überhaupt rauszubringen. Er ballt die Hände zu Fäusten, und ein tödlicher Blick schnellt zu mir. »Wie lange geht das schon?«

»Zwei Jahre«, presse ich flüsternd hervor. Ich weiß, dass ich jeden Moment in Tränen ausbrechen werde. Ich spüre schon, wie der Druck stärker wird und sie sich ihren Weg in die Freiheit bahnen wollen. Doch ich zwinge sie zurück. »In Tyler war ich schon verknallt, bevor ich mich in dich verliebt habe.«

»Zwei Jahre?«, wiederholt Dean und starrt mich völlig entgeistert an. Seine Augen weiten sich, sowohl vor Enttäuschung als auch vor Wut, als er nun erfährt, dass ihm mein Herz nie ungeteilt gehört hat, die ganze Zeit, die ich mit ihm zusammen war. Er hat Mühe, das alles zu begreifen, und als er den Sinn schließlich doch ganz erfasst hat, macht er einen großen Schritt nach vorn und schließt die Lücke zwischen sich und Tyler. Dean schiebt sein Gesicht ganz dicht vor seins, die Lippen zu einer festen Linie zusammengepresst, während er Tyler mit einem gequälten, gehässigen Blick mustert. Sie sind nur noch wenige Zentimeter voneinander entfernt. »Hast du mit ihr geschlafen?«, fragt Dean ohne Hast. Die Frage scheint ihn die letzte Kraft zu kosten. Und die Antwort will er im Grunde gar nicht hören. Er will es nicht wissen. »Hast du verdammt nochmal mit ihr geschlafen?«

»Hör zu, Mann«, versucht Tyler es, doch es hat wenig Sinn, das auch nur im Ansatz erklären zu wollen. Denn sein bester Freund ist längst am Durchdrehen.

»Du verfluchtes Arschloch!«, stößt Dean nun wütend aus. Seine Knöchel treten weiß hervor, als er die Fäuste hebt, und im Sekundenbruchteil hat er Tyler bereits mit Schwung die Linke ins Gesicht gerammt, direkt unterhalb des Auges.

Tyler taumelt rückwärts in die Wohnung, wobei er mich rempelt, sodass ich aus dem Gleichgewicht gerate. Ich stolpere einen Schritt zurück, genau wie Tyler, und Snake und Emily keuchen irgendwo im Hintergrund entsetzt auf. Ich hatte ganz vergessen, dass sie auch noch da sind. Emily ist inzwischen auf die Füße gesprungen und steht mit offenem Mund da, unsicher, ob sie dazwischengehen soll oder nicht. Snake stopft sich unverändert weiter Chips in den Mund, während er das Geschehen mit hochgezogenen Brauen mitverfolgt.

Als Tyler sich gefangen hat, richtet er sich wieder auf, verengt die Augen und sieht zu, wie Dean mit erhobenen Fäusten in die Wohnung kommt. »Na los«, fordert er ihn mit einem provokanten Nicken auf. Er klingt entschlossen. »Schlag mich noch mal. Ich verdiene es. Los, komm.«

Dean hat offensichtlich nichts dagegen. Es dauert keine Sekunde, dann holt er wieder aus und verpasst Tyler einen rechten Haken mitten ins Gesicht, dass seine Knöchel knacken und ein dumpfes Geräusch zu hören ist, das sehr schmerzhaft klingt. Deans Wangen sind tiefrot vor Zorn, und er hebt gleich wieder die Faust, bereit, einen weiteren Schlag auszuteilen.

Ganz langsam reibt Tyler sich über das Gesicht und versucht, die Schmerzen so zu lindern. Dann tritt ein tödlicher Ausdruck in seinen Blick. Er nimmt Dean fest ins Visier. »Na schön«, sagt er mit schneidender Stimme. »Schlag mich noch mal, dann schlage ich doppelt so fest zurück.«

Entsetzt schnappe ich nach Luft, als Dean noch einmal die Faust durch die Luft sausen lässt. Nur dass Tyler den Hieb dieses Mal entschlossen abwehrt und sie sich dann aufeinanderstürzen. Gemeinsam stolpern sie rückwärts, wanken quer durch die Wohnung und krachen dann in die Sofalehne, nachdem Emily in letzter Sekunde zur Seite gesprungen ist. Dann landet Dean endlich den dritten Treffer und erwischt Tyler ziemlich hart am Nasenrücken.

Zum ersten Mal seit Jahren ist Tyler gerade ausgerastet. Mittlerweile ist er so dermaßen gereizt, dass es aussieht, als würde ein Sturm in seinen Augen toben, rasend und gefährlich und unberechenbar. Er holt mit dem rechten Arm aus und rammt seine Faust gegen Deans Kiefer. Sein Bizeps wölbt sich sichtbar, und er legt all seine Kraft in die Schläge, die er nun auf Dean niederprasseln lässt. Er verprügelt ihn in solch rasantem Tempo und so unerbittlich, dass Dean keine Chance mehr hat, die Hiebe zu erwidern.

Ich will »Tyler, hör auf damit!« rufen, doch alles, was ich hervorbringe, ist ein erstickter Schrei. Ich eile an ihre Seite, versuche, Tyler hinten am T-Shirt zu packen und ihn von Dean wegzuzerren. Doch er scheint noch nicht mal zu registrieren, dass ich das bin, denn unbeirrt drischt er im Sekundentakt weiter auf Dean ein, wobei er mir fast den Ellbogen ins Gesicht rammt. Ich taumle nach hinten, presse mir die Hände an die Wange, unsicher, was ich tun soll.

Irgendwie gelingt es Dean abzutauchen und Tyler mit der Schulter zu rammen. Er wirft sich gegen seine Brust, stößt ihn zurück, und dann segeln sie zu zweit durch die Luft und landen auf dem Couchtisch mitten im Wohnzimmer. Ein ohrenbetäubendes Krachen ist zu hören, als das Glas unter ihnen zerspringt, und mit einem dumpfen Schlag trifft Tyler als Erster auf dem Boden auf, umgeben von winzigen Glassplittern und Scherben und Emilys unzähligen Zetteln. Doch damit geben sie sich immer noch nicht zufrieden. Durch die Adern der beiden rauscht derart viel Adrenalin, dass sie keinerlei Schmerz zu verspüren scheinen.

»Tu doch was!«, rufe ich Snake zu. Er beobachtet das

Ganze nach wie vor aus sicherer Distanz von der Küche aus. Er ist der Einzige von uns, der die Kraft hätte zu helfen, und mir war bislang noch nicht mal aufgefallen, dass ich längst hemmungslos flenne.

»Schon gut, schon gut«, erklärt Snake lautstark und wirft die Tüte Doritos auf den Tresen. Dann kommt er blitzschnell ins Wohnzimmer geschossen. Er krempelt die Ärmel auf, springt um die Couch herum und packt Dean von hinten. Die Arme um seine Brust geschlungen, zerrt er ihn von Tyler herunter. »Scheiße, jetzt hört schon damit auf, aber sofort!«, brüllt er. Unsanft verpasst er Dean einen Schubs, sodass der auf mich zutaumelt.

Selbst Emily kommt jetzt zu Hilfe geeilt und streckt Tyler die Hand entgegen, um ihm aufzuhelfen. Er hat die Zähne fest zusammengebissen und funkelt Dean quer durch den Raum angriffslustig an. Dann aber scheint der Adrenalinrausch mit einem Mal zu verebben, denn er blickt unsicher an sich herab, und sein Blick scheint etwas weicher zu werden. An ihm kleben unzählige Scherben, doch ohne zu zögern fasst er den Saum seines T-Shirts und zieht es sich kurzerhand über den Kopf. Eine ganze Reihe von Schrammen ziert seinen Rücken, doch mich interessiert viel eher sein rechter Arm. An einer Stelle quillt Blut hervor, fließt in gerader Linie an seinem Ellbogen herab und tropft auf den Boden. Als er das endlich bemerkt, blinzelt er nur, während Emily schon losrennt, um aus der Küche den Erste-Hilfe-Kasten zu holen.

Mit tränenüberströmten Wangen werfe ich einen bangen Blick zu Dean, um mich zu vergewissern, dass mit ihm alles in Ordnung ist. Im Vergleich zu Tyler scheint er glimpflich davongekommen zu sein, auch wenn sein Kinn total zerschrammt und sein linkes Auge völlig zugeschwollen ist. Schwer atmend sieht er mich an, das verletzte Auge halb zugekniffen.

»Komm nach draußen«, fordert er mich auf, und seine Stimme klingt immer noch genauso schroff und schneidend wie in dem Moment, als er hier vor der Tür aufkreuzte. Er wartet nicht auf mich, sondern stürmt quer durch die Wohnung zur Tür und hinaus auf den Flur.

Mir ist kotzübel, und ich werfe einen letzten hilflosen Blick zu Tyler, bevor ich mich in Bewegung setze. Er steht immer noch inmitten des Meers an Scherben, dort, wo vorhin noch der Couchtisch war. Er wirkt ein bisschen benommen, fast wie weggetreten. Emily ist wieder bei ihm, und Snake bietet ihm nun ebenfalls seine Hilfe an. Sie hantieren bereits mit Bandagen, um seine Wunden zu versorgen. Am liebsten würde ich auch helfen. Schließlich bin ich an allem schuld, doch ist mir auch klar, dass ich mich jetzt um Dean kümmern muss.

Nervös zitternd zwinge ich mich zur Tür und folge Dean hinaus auf den Flur. Kaum trete ich über die Schwelle und stelle mich vor ihn hin, wirft er die Tür hinter uns zu. Wie es aussieht, will er dieses Mal kein Publikum dabeihaben, aber ich bin inzwischen derart am Ende, dass ich nicht mehr sprechen kann, also lasse ich es. Ich wische nur meine Tränen fort und hebe dann mühsam den Blick, um ihm in die Augen zu sehen.

»Du hast mich also betrogen«, murmelt Dean, als müsste er es laut aussprechen, um es glauben zu können. Langsam richtet er seine zu Schlitzen verengten Augen auf mich, und als ich den Ausdruck darin sehe, bricht es mir erneut das Herz. Am Boden zerstört. Komplett am Ende. »Ich habe dich geliebt, und du ... du hattest die ganze Zeit was am Laufen mit Tyler. Er ist mein bester Freund, Eden! Und er ist dein Bruder!«

»Tut mir leid!«, heule ich mit brüchiger Stimme. Für eine Entschuldigung ist es längst zu spät, doch etwas anderes bleibt mir nicht übrig. Ich denke nicht, dass Dean mir je verzeihen wird. Das verrät mir der verächtliche Ausdruck, der sich auf seinem Gesicht breitgemacht hat. Ich bin es nicht gewohnt, Dean so zu sehen. Vielmehr kenne ich ihn mit sanftem Blick und einem liebevollen Lächeln. Schätze nicht, dass ich das bei ihm je wiedersehen werde. »Ich weiß nicht, was ich sonst sagen soll.«

»Sprich nie wieder mit mir«, faucht er mit einem warnenden Unterton. Seine Stimme klingt heiser und kratzig. Er weicht einen Schritt zurück, vergrößert den Abstand zwischen uns, schiebt dann grob die Hand in die hintere Hosentasche und zieht sein Portemonnaie heraus. Sein zerschrammtes Kinn hat angefangen zu bluten, und ich muss mich zwingen, nicht die Hand danach auszustrecken, um ihn zu berühren, ihm zu helfen. »Hier«, presst Dean nach einem kurzen Moment hervor. Voller Verachtung wirft er mit dem Fünfdollarschein nach mir. Er trifft mich an der Brust, und ich fange ihn auf, ehe er zu Boden segelt. Als ich den Blick senke, um ihn mir anzusehen, stelle ich fest, dass es unsere fünf Dollar sind. Ich schaue wieder auf, und mein Herz zerbricht noch ein Stück mehr als ohnehin schon. Meine Lippen beben, als Dean murmelt: »Fünf Dollar, dafür, dass ihr beide euch von jetzt an verdammt nochmal raushaltet aus meinem Leben.«

Dann stopft er das Portemonnaie zurück in seine Tasche, reibt sich über das Gesicht und kehrt mir den Rücken zu. Ohne noch eine Sekunde länger abzuwarten, stürmt er davon und marschiert den Flur entlang in Richtung Aufzug; er sieht sich kein einziges Mal mehr nach mir um. Ich schaue zu, wie er verschwindet, während mir die Tränen über die Wangen strömen, und ich fühle mich so verdammt hilflos. Dann presse ich den Rücken gegen die Tür zu Tylers Wohnung, gerade als meine Knie weich werden und mein Körper unter mir nachgibt. Ich kann einfach nicht länger stehen, also lasse ich mich an der Tür hinabgleiten, bis ich dasitze wie ein Häuflein Elend. Ich vergrabe den Kopf in den Händen, schluchze lautstark vor mich hin und lausche auf Deans Schritte, die sich immer weiter entfernen.

Ich hatte immer die große Hoffnung, ich würde ihn nicht ganz verlieren müssen. Ich hatte immer gehofft, er würde es verstehen und uns verzeihen können, wenn auch nicht sofort. Ich hatte immer gehofft, Dean würde damit klarkommen. Doch offensichtlich hatte ich nicht lange genug und nicht fest genug gehofft, denn nun ist doch alles genau so gekommen, wie ich nie wollte, dass es endet.

Kapitel 28

*A*m darauffolgenden Morgen ist die Stimmung in der Wohnung ziemlich angespannt. Ich habe es von dem Augenblick an gespürt, da ich vor ein paar Stunden aufgewacht bin. Kaum einer spricht ein Wort, wir vier kreisen schweigend umeinander herum. Ich habe den Eindruck, Snake hat das mit Tyler und mir immer noch nicht ganz verdaut, denn mir ist aufgefallen, dass er uns jedes Mal aus sicherer Entfernung beobachtet, wenn ich auch nur in die Nähe von Tyler komme.

Tyler ist heute auch bedeutend ruhiger als sonst. Was ich verstehe, mir geht es nicht anders. Ist nicht einfach, sich fröhlich und unbeschwert zu geben, wenn man sich in Wirklichkeit total verloren fühlt und aufgewühlt ist wegen allem, was war. Tyler und ich wollen beide nicht über die Vorfälle von gestern Abend reden. Wir wollen nicht über Dean reden. Dean, von dem ich nichts mehr gehört habe, seit er mir gestern den Rücken zugekehrt hat. Was mich nicht im Geringsten überrascht. Ich bezweifle sogar, dass ich je wieder von ihm hören werde, und schon gar nicht gleich heute, am Morgen danach. Auch von Tiffani habe ich nichts gehört. Keine SMS, in der sie mir ihre Freude darüber unter die Nase reibt, dass sie Dean die Wahrheit kundtun konnte. Keine sadistischen Spötteleien. Nur grenzenlose Stille. Rachael ist die Einzige, die mir geschrieben hat, aber auch nur, weil sie erklärt haben wollte, was los ist. Deswegen treffe ich sie nachher auf einen Kaffee. Und davor graut es mir höllisch.

Nachdem ich die letzte halbe Stunde völlig deprimiert riesige Wäscheberge in den Trockner gestopft habe, komme ich aus dem Waschraum raus und werfe auf dem Weg durch die Küche einen Blick auf die Wanduhr. Schon fast halb zwölf. Mein Blick zuckt ins Wohnzimmer, wo Tyler und Snake über irgendwelche Fußballergebnisse fachsimpeln. Ohne den Couchtisch wirkt der Raum auf einmal ziemlich kahl. Wir haben gestern Nacht ewig gebraucht, um alles aufzuräumen, und jetzt darf keiner mehr barfuß ins Wohnzimmer, nur für den Fall, dass sich noch Scherben im Teppich verstecken.

»Dann mach ich mich mal auf den Weg«, sage ich. Ich bin schon seit einer ganzen Weile fertig, habe mich aber irgendwie beschäftigt gehalten, bis es an der Zeit ist zu gehen. Klar will ich nicht zu früh da sein, aber zu spät kommen will ich auch auf gar keinen Fall.

Tyler springt sofort auf, und seine Stirn legt sich in besorgte Falten. Sein kompletter rechter Oberarm ist verbunden. Das Glas hat ihn ziemlich übel zugerichtet, er hat unzählige Schnittwunden. »Bist du dir sicher, dass ich nicht lieber doch mitkommen soll?«

»Ich halte es einfach für das Beste, wenn ich es ihr allein erkläre«, sage ich und danke ihm mit einem Lächeln für sein Angebot. Natürlich fände ich es toll, Tyler an meiner Seite zu haben, aber ich weiß auch, dass Rachael nur mit mir reden will und mit niemandem sonst. Ich muss mich mit ihr allein treffen. »Sollte nicht allzu lange dauern.«

»Eden«, sagt Snake und schnippt einmal mit den Fingern, um mich auf ihn aufmerksam zu machen. Als ich ihn ansehe, grinst er. »Sag Rachael doch bitte, ich komme heute Abend um acht zu ihr ins Hotel und hole sie ab.«

Ich verschränke die Arme vor der Brust. Ich traue ihm

nicht ganz. Was denkt er sich dabei? »Du bist dir schon im Klaren darüber, dass sie morgen wieder heimfliegt, oder?«

»Eden«, sagt er erneut. Sein Ton klingt ernst und streng, und er sieht mich kopfschüttelnd an. Dann richtet er sich kerzengerade auf und presst sich beide Hände aufs Herz. »Glaubst du denn nicht an die wahre Liebe? Die kennt keine Grenzen. Entfernungen sind nichts weiter als nackte Zahlen.« Er gibt sich Mühe, keine Miene zu verziehen und ernst dreinzublicken, doch das hält er nicht lange aus: Kaum sind die Worte über seine Lippen, kichert er drauflos und lässt die Hände wieder sinken.

»O Mann, lass mich in Frieden.« Ich verdrehe die Augen, lache dann aber doch und greife mir die Schlüssel vom Küchentresen, bevor ich mich zur Tür aufmache. Natürlich werfe ich noch einen letzten Blick über die Schulter zu Tyler. Er sieht mich immer noch mit gerunzelter Stirn an. Irgendwie wirkt er total hilflos und verloren, so als würde er am liebsten mit mir kommen, damit ich die Sache nicht ganz allein erklären muss. Ich kann mich nur zwingen, ihm aufmunternd zuzulächeln, auch wenn ich langsam irre nervös werde. Dann mache ich, dass ich aus der Wohnung verschwinde.

Dieses Mal nehme ich die Treppe und nicht den Aufzug, und während ich die zwölf Stockwerke nach unten renne, schicke ich Rachael auf die Schnelle eine SMS, um ihr mitzuteilen, dass ich auf dem Weg bin. Wir treffen uns im *Joe Coffee*, direkt um die Ecke. Ich war nur ein einziges Mal dort, mit Tyler, aber es ist mir gleich als Erstes in den Sinn gekommen, und ich weiß noch, dass die echt spitze Kaffee hatten. Rachael und ich waren uns einig, dass es nicht die beste Idee wäre, sich im Lowell zu treffen. Wo Dean mich doch nie im Leben wiedersehen will. Also halten wir uns lieber fern vom Hotel.

Beim Verlassen des Gebäudes gehen die Nerven endgültig

mit mir durch. Weil ich nämlich nicht sicher bin, was mich bei meinem Treffen mit Rachael erwartet. Entweder sie zeigt Verständnis. Oder sie ist angewidert. Sie könnte ausrasten vor Wut. Ich habe ihr so einiges zu erklären, das mit Tyler und das mit Dean. Doch dem Tonfall ihrer SMS von heute Morgen nach drängt sich mir der Eindruck auf, sie ist nicht allzu begeistert von meinen Entscheidungen.

Ich atme tief durch, biege auf die Lexington Avenue ab und versuche, möglichst Ruhe zu bewahren. Das *Joe Coffee* liegt nur ein kleines Stück geradeaus, dennoch bleibe ich stehen und presse die Hände gegen die Scheibe eines Geschäfts, um Mut zu sammeln. Es dauert mindestens eine Minute, bis meine Atmung sich wieder beruhigt und der Knoten in meinem Magen sich löst. Wenn ich das alles doch bloß schon hinter mir hätte. Ich will nur noch, dass alle die Wahrheit kennen und sie akzeptieren. Nur zu gern würde ich diesen Teil komplett überspringen, das mit dem Erklären. Stirnrunzelnd dämmert es mir, dass die Nächsten, denen wir es sagen müssen, unsere Eltern sind.

Es ist kurz nach halb zwölf, als ich beim Café eintreffe. Ich gehe nach drinnen. Der Laden ist relativ klein, es gibt nur wenige Tische. Ich stelle mich an und ziehe einen Fünfdollarschein aus der hinteren Tasche meiner Jeans. Kurz werfe ich einen Blick darauf und seufze tief. Es ist nicht *dieser* Schein, aber trotzdem, es reicht, um mich wieder daran zu erinnern. Soll ich die Fünfdollarnote behalten, die Dean und ich die vergangenen zwei Jahre immer wieder untereinander weitergereicht haben? Der Schein, auf dem er ganz ungeniert herumgekritzelt hat? Soll ich den jetzt einfach ausgeben? Ihn in die Tonne kloppen? Ihn einem Obdachlosen auf der Straße spenden? Dem würde es bestimmt nichts ausmachen, dass der Schein nicht mehr der Neuste ist.

Die Schlange bewegt sich vorwärts, und während ich

weiter warte, fällt mein Blick auf die vielen Glasbehälter voller Cookies auf dem Tresen. Was Dean wohl gerade macht? Wie es ihm geht? Ist er okay? Das bezweifle ich. Gestern Nacht sah er nämlich echt total fertig aus. Sogar der Klang seiner Stimme verriet, wie am Boden zerstört er war. Und sein Blick sprach dieselbe Sprache. Auf gar keinen Fall ist er okay.

Meine Kehle fühlt sich staubtrocken an, und als die Barista sich endlich mir zuwendet, krächze ich meine Bestellung. Ich verzichte auf den üblichen Extraschuss Karamellsirup. Viel zu viele Kalorien. Schwer schluckend trommle ich mit den Fingern auf dem Tresen herum, während ich warte, und trete zur Seite. Ich wünschte, ich könnte die Gedanken, die in meinem Kopf herumschwirren, ausblenden. Ich will nicht an Dean denken. Ich will nicht darüber nachdenken, was für ein grauenvoller Mensch ich bin und wie mies ich mich fühle.

Es dauert nicht lang, dann bekomme ich meinen Latte, brühheiß, genau wie ich ihn bestellt habe. Damit setze ich mich an einen freien Tisch direkt am Fenster zur Straße und lasse den Blick über die Avenue draußen vor dem Fenster schweifen. Ich könnte jetzt auch in der *Refinery* sitzen. Ich könnte hinausschauen auf den Santa Monica Boulevard. Ich könnte genauso gut auch zu Hause sein. Zumindest habe ich ganz kurz das Gefühl. Dann aber fällt mir wieder ein, dass ich nicht in der *Refinery* bin und nicht in Santa Monica; ich bin immer noch in New York. Ein Teil von mir hat schreckliches Heimweh. Und ein anderer Teil ist verdammt froh darüber.

Die Atmosphäre im *Joe Coffee* ist angenehm entspannt, was auf mich selbst leider so gar nicht zutrifft. Mir ist, als würde mein Herz gegen die Brust hämmern, während mein Blick auf meinem undeutlichen Spiegelbild in der Fensterscheibe ruht. Momentan bin ich kein bisschen stolz auf mich selbst. Seit zwei Jahren mache ich nur noch alles falsch. Ich habe alles total vergeigt, und jetzt frage ich mich, ob es das überhaupt wert war.

Ohne nachzudenken lege ich die Hände so fest um die Tasse, dass ich mir die Finger verbrenne. Sofort zucke ich zurück und werde aus dem Trancezustand gerissen, in dem ich mich die ganze Zeit schon befinde. Mit einem gewissen Gefühl der Leere in mir starre ich eine Weile auf meine Hände und betrachte die Furchen in meinen Handflächen.

»Eden.« Mein Blick schnellt hoch und begegnet dem von Rachael. Sie sieht stirnrunzelnd zu mir herunter, die Lippen zu einer schmalen Linie zusammengepresst. Sie zieht den anderen Stuhl zurück und setzt sich, während sie ihre Tasche behutsam auf dem Tisch abstellt.

Ich beobachte sie, während sie eine Weile aus dem Fenster starrt. Die Anspannung lässt sich nicht leugnen. Keine von uns will diejenige sein, die das Gespräch beginnt, das angespannte Schweigen zieht sich in die Länge. Meine Kehle ist wie zugeschnürt, und doch weiß ich, dass ich etwas sagen muss, daher nehme ich die Tasse in die Hand und öffne den Mund. Nur dass Rachael im exakt selben Moment den Kopf herumreißt und mich ansieht. Und zu meiner großen Verblüffung redet sie als Erste.

»Ich glaub das einfach nicht«, presst sie zwischen zusammengebissenen Zähnen hervor. Ihre Stimme klingt leise und gedämpft.

»Rachael …« Ich überlege krampfhaft, was ich darauf sagen könnte, wie ich ihr meine Beweggründe erklären könnte, doch sie unterbricht mich, bevor ich die Chance habe, auch nur ein weiteres Wort zu sagen.

»Nein, Eden«, faucht sie. »Ich kann echt nicht fassen, dass du Dean betrogen hast. Und dann auch noch ausgerechnet mit Tyler. Tyler!« Sie schnaubt und schluckt, und dann schüttelt sie angewidert den Kopf und wendet den Körper ganz leicht von mir ab.

»Bitte hör dir erst an, was ich zu sagen habe«, flehe ich und sehe mich um, weil ich mich vergewissern will, dass uns auch keiner zuhört. Ich hätte es lieber, dass die anderen Gäste hier nicht erfahren, was für ein schrecklicher Mensch ich bin.

»Weißt du, wie lange es gedauert hat, bis ich Dean gestern Nacht beruhigen konnte? Hast du irgendeine Vorstellung davon?« Rachaels Blick schnellt zurück zu mir, ihr Gesicht wutverzerrt, der Ton messerscharf. »Drei ganze Stunden«, fährt sie fort, »musste ich einen meiner besten Freunde weinen sehen. Weißt du, wie beschissen das war? Ihn flennen zu sehen, weil *du* es okay gefunden hast, ihn zu betrügen?«

»Ich fand es nicht okay«, murmle ich. Ich gucke weg von ihr, stelle die Ellbogen auf den Tisch und vergrabe den Kopf in meinen Händen. Ich schäme mich viel zu sehr, um ihrem Blick zu begegnen. Ich kann meine Entscheidungen und meine Taten nicht rechtfertigen, aber zumindest kann ich versuchen, die Motive dahinter zu erklären. Und genau das tue ich jetzt. »Ich hatte schon was mit Tyler am Laufen, da war noch nichts zwischen Dean und mir«, gebe ich zu. Meine Stimme klingt gedämpft hinter meinen Händen. Ein Kloß formt sich in meinem Hals. »Das alles fing schon vor zwei Jahren an, als ich euch alle kennengelernt habe. Damals hatte ich das Gefühl, dass ich das zwischen Tyler und mir nicht weitergehen lassen durfte, also gab ich ihn auf. Nicht weil ich es wollte, sondern weil ich mich dazu gezwungen sah.« Es ist immer noch ein komisches Gefühl, mit anderen Leuten über meine Beziehung zu Tyler zu reden. So offen darüber zu sprechen … Es fühlt sich echt seltsam an. Inzwischen bin ich so sehr daran gewöhnt, dieses Geheimnis für mich zu bewahren. Ich lasse den Kopf noch tiefer hängen und murmle die Worte nach wie vor nur leise vor mich hin. »Und dann wurde mir plötzlich klar, dass ich Dean auch sehr gern mochte. Nur dass da die ganze Zeit etwas war zwischen Tyler und mir. Anderthalb Jahre lang ist es mir gelungen, das zu ignorieren, Rachael. Ehrlich, ich habe mir alle Mühe gegeben, nicht darauf zu achten.« Ich schlucke wieder und fahre mir mit den Händen durchs Haar. Langsam hebe ich den Kopf und werfe Rachael einen vorsichtigen Blick von der Seite zu. Sie hört mir offenbar aufmerksam zu. »Doch dann kam ich hierher, und ich … ich stellte fest, dass ich Tyler immer noch liebe. Und dass ich mit *ihm* zusammen sein will. Wir wollten es Dean ursprünglich heute erzählen, aber dann ist Tiffani uns zuvorgekommen.«

Eine ganze Weile erwidert Rachael nichts. Sie lässt den Blick nur zwischen mir und dem Fenster hin und her wandern. Gelegentlich zucken ihre Lippen leicht. »Ich kann echt nicht fassen, dass du das sagst.«

»Dass ich was sage?«

»Dass du Tyler liebst.« Sie schaudert buchstäblich, als diese Worte über ihre Lippen kommen. »Ich meine, wie kannst du nur, Eden?«

Leise stöhne ich auf und greife nach meinem Latte, und um ein wenig Zeit zu schinden, nehme ich einen großen Schluck, während ich krampfhaft versuche, mir eine logische Erklärung zusammenzuschustern. Ich kann mir vorstellen, wie schwer es für manche Leute ist, das nachzuvollziehen, wenn sie nicht irgendwann in der gleichen Situation waren. »Ich will es dir anders erklären, du sollst es verstehen«, sage ich. Ich beuge mich vor, rutsche ganz zum Rand der Sitzfläche und sehe sie fest an, während ich meine Tasse wieder abstelle. »Stell dir mal vor, deine Eltern wären geschieden. Und dann stell dir vor, dein Vater heiratet wieder, sagen wir … Stephens Mom.«

Rachael versucht verzweifelt zu verhindern, dass ihr die Röte in die Wangen schießt, und hört mir weiter zu, während sie auf der Unterlippe herumkaut. Etwas anderes als der Vergleich mit Stephen ist mir leider nicht eingefallen. Nur so wird sie es kapieren.

»Das würde also bedeuten, dass Stephen dein Stiefbruder wäre. Aber würdest du ihn ernsthaft als deinen Bruder sehen? Er ist kein Blutsverwandter«, stelle ich betont deutlich klar, ehe ich die Arme vor der Brust verschränke. »Er wäre im Grunde ein Wildfremder, mit dem du auf einmal verwandt sein sollst. Könntest du aufhören, ihn gut zu finden? Was, wenn diese Person genau der Richtige für dich ist, und das Einzige, das euch im Weg steht, ist so ein verdammter Trauschein zwischen euren Eltern? Denn genau so ist es Tyler und mir ergangen«, sage ich, »und es ist echt beschissen, Rachael. Das ist so was von beschissen.« Ich atme tief aus, schüttle den Kopf und bin wieder einmal erschüttert, wie traurig doch alles ist. Wären mein Dad und Ella nicht zusammen, wäre es absolut in Ordnung, dass ich in Tyler verliebt bin. Aber sie *sind* nun mal ein Paar, und daher gilt es als nicht angemessen, dass Tyler und ich uns lieben. Ich schaue hinaus auf den Gehweg und lasse mich gegen die Rückenlehne meines Stuhls sinken.

»Seit Jahren betrachte ich euch beide als Geschwister«, sagt Rachael ganz leise, »ist also klar, dass ich das total krass finde. Warum hast du mir denn nicht schon früher was davon erzählt? Immerhin bin ich deine beste Freundin. Warum hast du es mir nicht gesagt?«

»Ich hatte Angst«, gebe ich zu. Und Angst habe ich auch jetzt noch, nur nicht mehr ganz so viel wie früher. Der Gedanke, meine Beziehung zu Tyler mein Leben lang geheim halten zu müssen, ist definitiv erschreckender als der, es unseren Eltern zu sagen. »Außerdem habe ich mich geschämt. Ich hatte das Gefühl, irgendetwas falsch zu machen, doch darüber bin ich nun hinweg. Ich weiß, dass an meinen Gefühlen nichts Verwerfliches ist.« Wieder spähe ich flüchtig zu ihr rüber, weil ich wissen will, was sie denkt. Doch zu meiner grenzenlosen Erleichterung stelle ich fest, dass sie längst nicht mehr so wütend wirkt wie vorhin, als sie hier ankam. Inzwischen sieht sie aus, als wäre sie einfach nur überfordert von allem, als gingen ihr Hunderte von Fragen gleichzeitig durch den Kopf, die sie gern stellen würde. Und das tut sie auch.

»Wissen dein Dad und Ella davon? Deine Mom?«

»Wir erzählen es ihnen, sobald wir nach Hause zurückkommen«, sage ich. Allerdings versuche ich, mich nicht allzu lange mit diesem Gedanken aufzuhalten. Ich mag zwar nicht mehr ganz so nervös und beunruhigt sein deswegen, aber das bedeutet nicht, dass ich mich nicht nach wie vor davor fürchte. Wenn ich zu lange darüber nachdenke, fällt mir bloß wieder alles Mögliche ein, das schiefgehen könnte.

»Und dann was?«, drängelt Rachael weiter, den Kopf schiefgelegt. Wir flüstern nun nicht mehr, sondern unterhalten uns in ganz normaler Lautstärke. Das Surren und Zischen und Fiepen der Kaffeemaschinen lässt uns gar keine andere Wahl. »Wollt ihr dann zusammen sein?«

»Ich weiß es nicht.«

Rachael legt die Stirn in Falten und reißt frustriert die Hände hoch. »Was hat es dann für einen Sinn? Was hatte es für einen Sinn, Dean dermaßen fertigzumachen, wenn du und Tyler gar nicht zusammen sein wollt?« Ihr Stuhl kratzt über den Boden, als sie ihn vom Tisch zurückschiebt und aufspringt. »Ehrlich, ich weiß nicht, was du dir dabei gedacht hast«, sagt sie. Sie schnappt sich ihre Tasche und weicht ein paar Schritte von mir zurück. »Dean liebt dich. Das weißt du. Seit dem Tag, als ihr euch kennengelernt habt, war er nie etwas anderes als nett zu dir. Und trotzdem ziehst du jetzt Tyler ihm vor? Du weißt schon, was man über Kinder sagt, die misshandelt wurden, oder?«, murmelt sie und wendet sich schon zur Tür. Ein paar Leute am Nebentisch haben die Köpfe hochgerissen, offenbar aufgeschreckt wegen unseres Gesprächsthemas. Rachael aber zuckt mit keiner Wimper, sondern zieht ungerührt die Tür auf, während sie abschließend sagt: »Wenn sie erwachsen werden, werden sie meistens auch gewalttätig. Wenn es so weit ist, komm also bloß nicht wieder bei Dean angekrochen.«

Ich lasse die Hände in den Schoß sinken, sodass Rachael nicht mitkriegt, dass ich sie zu Fäusten geballt habe. Dann beiße ich die Zähne zusammen und zwinge mich, nicht in die Luft zu gehen. Sogar das schockierte Keuchen, das sich meiner Kehle entringen will, verkneife ich mir. Ich bin mir nur zu bewusst, dass Rachael Tyler nie richtig gemocht hat, obwohl sie immer schon zu ein und derselben Clique gehört haben. Doch das gibt ihr noch lange nicht das Recht, so fies und gemein über ihn herzuziehen. Sie kennt ihn nicht so, wie ich ihn kenne. Sie weiß ja gar nicht, wie sehr er sich angestrengt hat, alles in Ordnung zu bringen, sich zu bessern. Ich bemühe mich, Ruhe zu bewahren, und lege die Hände um meinen Latte. Dann sehe ich wieder zum Fenster hinaus. »Guten Heimflug morgen«, sage ich steif. Ich will mir nicht länger anhören, was sie über Tyler denkt. Mir egal, was sie von ihm hält, mir egal, ob sie das mit uns beiden nun akzeptiert oder nicht. Es kümmert mich inzwischen einen feuchten Dreck. Darüber bin ich hinweg. »Ach, übrigens«, sage ich, überkreuze die Beine und greife wieder nach meinem Kaffee. »Stephen lässt ausrichten, er holt dich um acht ab.«

Und schon trifft mich ein kalter Luftzug, als die Tür zum *Joe Coffee* hinter ihr zufällt. Rachael bleibt draußen nicht einen Moment stehen, sondern verschwindet innerhalb weniger Sekunden außer Sicht. Ich lasse den Blick auf die Tischplatte sinken, stoße die Luft aus, von der ich noch nicht mal wusste, dass ich sie angehalten habe, und konzentriere mich stattdessen auf die heißen Dampfschwaden, die von meinem Latte aufsteigen.

Ich glaube, nichts erleichtert mich im Moment mehr als die Tatsache, dass Rachael, Dean und Tiffani morgen heimfliegen. Die vergangenen paar Tage sind rasend schnell vergangen, die Erinnerungen daran ein dumpfer, undeutlicher Schmerz. Ich bin froh, dass ich sie vorerst nicht mehr sehen muss. Zumindest nicht bis kommende Woche. Tyler und ich fliegen in gerade mal vier Tagen ebenfalls nach Hause, am Mittwochabend. Vielleicht sind Rachaels Wut und ihre Fassungslosigkeit bis dahin ein wenig verraucht, und sie redet wieder mit mir. Vielleicht verzeiht sie mir sogar. Und ich vergebe ihr meinerseits diese fiese Bemerkung über Tyler. Vielleicht, aber nur vielleicht, versteht sie sogar, dass ich all das nie gewollt habe.

Eine Weile bleibe ich noch im Café sitzen. Irgendwie schön, wieder allein zu sein. So allein, wie man in New York eben sein kann. Mit dem Finger beschreibe ich Kreise auf dem Holz der Tischplatte. Dann gehe ich rüber an den Tresen, um mir einen zweiten Latte zu holen, ohne deswegen irgendwelche Schuldgefühle zu haben. *Und* diesmal genehmige ich mir einen Schuss Karamellsirup. Ich betrachte die Leute, die auf der Lexington Avenue am Fenster vorbeigehen. Dann nehme ich mir ein paar Minuten Zeit, um diverse SMS von meiner Mom und Ella zu beantworten, erwähne aber mit keinem Wort, dass ich nicht mehr mit Dean zusammen bin. Mom liebt Dean. Genau wie Ella. Der netteste Typ weit und breit, wenn es nach ihnen geht.

Als ich schließlich einen Blick auf die Uhr werfe, stelle ich fest, dass ich schon fast zwei Stunden hier bin. Es ist inzwischen halb zwei. Tyler wundert sich bestimmt längst, wo ich bleibe, denn auch wenn die Sache mit uns kompliziert ist, dauert es definitiv keine zwei Stunden, um das zu erklären.

Also mache ich mich auf den Rückweg zur Wohnung, mit gemächlichen Schritten, die so gar nicht im Einklang sind mit dem sonstigen Treiben hier in der Stadt. Ich schlendere dahin, als hätte ich kein bestimmtes Ziel, denn genau so ist es auch. Ich spaziere einfach nur die Lexington Avenue entlang und dann weiter auf der Vierundsiebzigsten, und ich empfinde … Nun ja, nichts. Mehr ist es nicht. Ich fühle mich nicht leer oder ernüchtert oder traurig, und ich bin auch nicht überglücklich oder voller Begeisterung. Ich fühle einfach nur nichts. Ich bin wie betäubt.

Bis ich die zwölf Stockwerke zu Tylers Wohnung die Treppe hochgestiegen bin, will sich ein Teil von mir nur noch aufs Bett fallen lassen und in alle Ewigkeit schlafen. Und der andere Teil? Der andere Teil will nicht mehr aufhören, Tyler zu küssen.

Als ich die Tür aufsperre und sie aufschiebe, ist Tyler der Erste, der mich begrüßt. Er kommt aus der Küche auf mich zu, mit einem Buttermesser in der Hand, die Stirn besorgt in Falten gelegt, genau wie vorher, als ich ging. Ich bezweifle doch sehr, dass er sich auch nur annähernd entspannt hat, seit ich zur Tür raus bin.

»Und, wie lief's?«, will er sofort wissen. Er schiebt die Tür hinter mir zu, während ich ins Wohnzimmer gehe, und dann steht er wie gebannt da und wartet auf eine Antwort.

»Lass es mich so formulieren«, murmle ich. »Wenn wir nach Hause kommen, haben wir wohl nicht mehr viele Freunde.«

Langsam wölben sich Tylers Augenbrauen nach oben. »Dann darf ich wohl annehmen, dass es eher suboptimal lief?«

Ich neige den Kopf zu einer Seite und spähe über seine Schulter zu Snake und Emily. Sie sind in der Küche und diskutieren mit Tellern in der Hand, während sie gleichzeitig mit dem Besteck jonglieren. In dieser Wohnung wird das Mittagessen gemeinsam zubereitet, da läuft immer etwas schief. Ich richte den Blick wieder auf Tyler und seufze. »Ich schwöre dir, wenn sich am Ende rausstellt, dass du es nicht wert warst, dann gnade dir Gott. Wehe, wenn du es nicht wert warst, dass ich Dean aufgebe und mich mit Rachael zerkrache.«

Fast wie in Zeitlupe ziehen sich Tylers Mundwinkel zu einem ganz kleinen Lächeln nach oben. Er macht einen Schritt auf mich zu und sieht mich durchdringend an. »Das kann ich dir leider nicht beantworten«, sagt er ganz leise, »aber ich hoffe es inständig.« Sein Lächeln wird zu einem breiten Grinsen, das meines widerspiegelt. Wir strahlen beide übers ganze Gesicht. Vorsichtig umfasst er mein Kinn mit der einen Hand und beugt sich vor, um mich zu küssen.

»Hey!«, ruft Snake aus der Küche. Das kommt so plötzlich, dass Tyler und ich sofort innehalten und zurückzucken, ehe unsere Lippen sich berührt haben. Unsere Blicke schnellen zu Snake, nur um festzustellen, dass er und Emily uns von hinter dem Küchentresen aus anstarren. Beide mit einem Grinsen und einem verschmitzten Ausdruck im Gesicht. Snake deutet mit dem Teller in der Hand auf uns. »Keine unanständigen Knutschereien bei uns im Wohnzimmer.«

Und ausnahmsweise einmal lachen wir alle vier.

Kapitel 29

Vier Tage später muss ich mich wohl oder übel mit dem Gedanken abfinden, dass meine Zeit in New York zu Ende geht. Ein ganzes Jahr lang habe ich die Tage gezählt bis zu meiner Ankunft hier in der Stadt, und jetzt ist das, worauf ich mich so lange gefreut habe, auch schon wieder vorüber. Meine sechs Wochen sind vorbei. Tylers Jahr hier ist zu Ende. Es ist an der Zeit, dass wir zurückkehren nach Santa Monica und zum Strand und der Promenade und dem Pier. Es ist an der Zeit, dass wir nach Hause zurückkehren.

Als ich meinen Koffer ins Wohnzimmer rolle, überkommt mich ein Anflug von Wehmut. Denn es ist wahr, was die Leute über New York sagen – die Stadt ist einfach unglaublich. Wie werde ich es vermissen, jeden Tag vom Lärm des Verkehrs draußen geweckt zu werden. Wie werde ich die ständigen Fußgängerströme auf den Gehwegen vermissen. Wie werde ich diese unsäglich grässliche U-Bahn vermissen. Den Central Park. Den konstanten Geräuschpegel. Das Baseballspielen. Die krassen Akzente. Ich glaube, ich werde alles an dieser Wahnsinnsstadt vermissen, und mir ist nun auch klar, weshalb sie einen solchen Kultstatus hat.

»Bist du bereit?«, höre ich Tyler hinter mir fragen.

Ich werfe ihm einen Blick über die Schulter zu und seufze wehmütig, ein trauriges Lächeln auf den Lippen. »Schätze schon.«

Er sieht irgendwie jünger aus, in erster Linie deshalb, weil er sich den Bart heute Morgen komplett abrasiert hat. Da sind keine Stoppeln mehr, sein Kinn ist glatt und geschmeidig. Das macht ihn tatsächlich um ein paar Jahre jünger, ausnahmsweise sieht er also einmal aus wie neunzehn. Er durchquert das Zimmer, wirft seine schwarze Reisetasche aufs Sofa und dreht sich zu mir um. Skeptisch beäugt er meinen Koffer. Er ist hoffnungslos überladen. Entweder ich habe zu viele neue Sachen gekauft, solange ich hier war, oder ich habe alles einfach viel zu wahllos und unordentlich reingeworfen. Wie auch immer, jedenfalls sieht er dermaßen schwer aus, dass ich mir langsam Sorgen mache, mein Koffer könnte die Gewichtsobergrenze überschreiten. Ich habe ganze fünf Minuten gebraucht, um den Reißverschluss zuzukriegen, und selbst jetzt wirkt es, als würde er jeden Moment wieder aufplatzen.

»Weißt du, du hättest die Hälfte von deinem Zeug mit meinem zusammen heimschicken können«, sagt Tyler, der plötzlich laut loslacht. Er geht auf den Koffer zu, legt ihn auf den Boden und geht davor in die Hocke, um ihn zu öffnen. Mit verschränkten Armen beobachte ich, wie er sich einen Stapel von meinen Sachen krallt und dann quer durchs Zimmer geht, um ihn in seiner Tasche zu verstauen. »Versuch's mal jetzt«, sagt er.

Augenrollend kämpfe ich erneut mit dem Reißverschluss an meinem Koffer, doch dieses Mal lässt er sich schon viel leichter schließen. Lächelnd richte ich mich auf und rase dann ein letztes Mal in sein Zimmer, um meine Schuhe und den Rucksack zu holen. Beides liegt am Boden, doch bevor ich alles einsammle, lasse ich den Blick noch einmal durch den Raum schweifen. Er ist jetzt komplett kahl. Keine Poster an den Wänden. Nichts im Schrank. Normalerweise riecht es hier im Zimmer nach Tyler, nach seinem Aftershave und nach Feuerholz, aber jetzt nicht mehr. Jetzt ist das Zimmer leer. Tylers Wagen und der Großteil seiner Habseligkeiten sind vor drei Tagen auf die Reise quer durchs ganze Land geschickt worden.

In den vergangenen paar Tagen waren wir kaum noch in der Wohnung. Wir dachten uns, wir füllen unsere letzten Tage lieber mit möglichst vielen Erlebnissen. Zum Beispiel besuchten wir die wichtigsten Sehenswürdigkeiten und Touristenattraktionen noch einmal, und wir hielten Ausschau nach Coffee-Shops, in denen wir noch nicht waren, und spielten Baseball im Central Park. Außerdem verbrachten wir einen ganzen Tag damit, uns die vier anderen Stadtbezirke anzusehen. Gestern Nacht hat Tyler mich dann sogar noch einmal ins *Pietrasanta* ausgeführt, sodass wir den Sommer ausklingen haben lassen, genau wie wir ihn begonnen haben. Es war einfach perfekt, besser hätte es gar nicht enden können.

Ich schlüpfe in meine Chucks und durchquere mit dem Rucksack auf dem Rücken das Wohnzimmer. Meine Stirn durchziehen tiefe Furchen. Tylers Lächeln verblasst, und er sieht mich fragend an. »Ich will nicht nach Hause«, gebe ich zu.

Tyler sagt darauf eine ganze Weile nichts, sondern sieht mich nur mit leicht schiefgelegtem Kopf eindringlich an. »Freust du dich denn nicht darauf, deinem Dad zu sagen, dass du dich ja so unsterblich in mich verliebt hast?«, fragt er schließlich und gibt sich alle Mühe, sich das Lachen und das Grinsen zu verkneifen.

»Oh, ich bin mir sicher, er wird restlos begeistert sein.« Meine Stimme trieft nur so vor Sarkasmus, doch ich lächle. »Du weißt schon, weil du ja so charmant bist und alles.«

Kichernd schüttelt Tyler den Kopf. Wir wissen beide, dass er und mein Dad nie so richtig gut miteinander klargekommen sind. Dass ich mich nun ausgerechnet in ihn verlieben musste … Ich schätze, allzu glücklich wird mein Dad wirklich nicht sein. Vorausgesetzt natürlich, er kommt überhaupt damit zurande, weil wir ja in erster Linie auch Stiefgeschwister sind.

Mit einem Mal wird die Tür zu Snakes Zimmer aufgerissen, und er streckt den Kopf heraus, am Türstock lehnend. »Ihr seid *immer noch* hier?«

»Du dachtest doch nicht, dass wir uns verkrümeln, ohne uns von dir zu verabschieden, oder, Stephen Rivera?«, feuert Tyler zurück und geht langsam auf seinen alten Mitbewohner zu.

»Gott, was bin ich froh, wenn ich dich endlich los bin«, murmelt Snake. Er grinst breit, als sie sich halbherzig umarmen und sich gegenseitig auf den Rücken klopfen.

Fühlt sich an wie gestern Morgen, als wir drei uns ein letztes Mal von Emily verabschiedeten. Das war um kurz nach fünf Uhr früh, wir waren alle noch im Halbschlaf, und Emily war irre deprimiert. Wir schworen uns gegenseitig, dass wir in Kontakt bleiben würden. Machten sogar Witze über regelmäßige Treffen einmal jährlich. Diese Art von Abschied macht mir Angst. Ein Abschied, bei dem man ganz genau weiß, dass ein Wiedersehen eher unwahrscheinlich ist. Emily ist inzwischen wahrscheinlich längst zurück in London, und Tyler und ich sind heute Abend wieder in Santa Monica. Snake ist der Einzige, der in New York bleibt, da er noch sein letztes Collegejahr vor sich hat. Mal ehrlich, ich glaube, zwei tollere Menschen hätte ich gar nicht treffen können. Es hat mir riesigen Spaß gemacht mit ihnen hier in New York, und ich bin ihnen immer noch so unendlich dankbar, dass sie das alles so akzeptiert haben. Ich werde die beiden wirklich ernsthaft vermissen.

Eine Weile sinnieren Tyler und Snake noch über das vergangene Jahr, sie lachen und werfen sich zum Spaß Beleidigungen an den Kopf, bevor sie tief seufzen. Dann umarmt Snake mich sogar. Er versichert mir, dass ich gar nicht mal so übel bin, und ich gestehe ihm, dass ich ihn auch bei Weitem nicht so schlimm finde. Wir lächeln einander an, dann reißt er noch einen letzten Witz über Portland, ehe Tyler und ich uns unser Gepäck schnappen und die Wohnung zum letzten Mal verlassen.

Als wir am Flughafen von L.A. landen, ist es an der Westküste bereits kurz vor acht Uhr abends. Tyler und ich verbringen gute zwanzig Minuten damit, am Gepäckband zu warten. Unsere Koffer und Taschen treffen natürlich als letzte ein. Das haben wir jetzt davon, dass wir unter den Ersten waren, die drüben in Newark eingecheckt haben. Und obwohl Tyler vor Ungeduld irgendwann ziemlich mürrisch wurde, bessert seine Laune sich zusehends, als wir die Ankunftshalle von Terminal sechs durchqueren.

Es dauert nicht lange, dann haben wir Jamie entdeckt. Er ist aber auch schwer zu übersehen. Wie aus dem Nichts taucht er plötzlich auf und schießt geradewegs auf uns zu, die Hände in die Luft hochgerissen, um uns auf sich aufmerksam zu machen. Sein gesamtes Gesicht wird beherrscht von einem strahlenden Grinsen. Mir wird ganz warm ums Herz, weil Jamie sich so freut, uns zu sehen. Und mit einem Mal kommt es mir gar nicht mehr so schlimm vor, nach Hause zurückzukommen.

»Da ist er ja«, sage ich zu Tyler, aber er achtet gar nicht auf mich. Er ist viel zu fokussiert auf seinen Bruder, und auch ihm geht das Grinsen fast bis zu den Ohren.

Nur wenige Augenblicke später steht Jamie vor mir, und sofort zieht Tyler ihn in eine Umarmung. Ich halte mich ein, zwei Schritte im Hintergrund, und auch mein Grinsen wird breiter, während ich die beiden so beobachte. Nachdem ich nun sechs ganze Wochen mit Tyler verbracht habe, ist mir ganz entfallen, dass der Rest der Familie ihn ja seit einem Jahr nicht gesehen hat.

Nach einer Weile macht Tyler sich von Jamie los und legt

ihm die Hände auf die Schultern, während er ihn mit großen Augen eingehend mustert. »Mann, fast hätte ich dich nicht mehr erkannt! Seit wann bist du denn so groß? Und was hast du mit deinen Haaren angestellt?«

Jamie zuckt verlegen mit den Schultern und fasst sich betreten ins Haar. Ich kann keine große Veränderung feststellen, in erster Linie vermutlich deshalb, weil ich nicht lange weg war von zu Hause. Aber Jamie ist tatsächlich ein paar Zentimeter gewachsen und hat sich im vergangenen Jahr einen neuen Haarschnitt zugelegt. Seit Monaten trägt er die Haare jetzt schon kurz, und von der Größe her hat er Tyler bald eingeholt. Sie sind mittlerweile beide ein ganzes Stück größer als ich. Jetzt wendet er sich an mich. »Wie war's in New York, Eden?«

»Einfach toll«, sage ich. Ich hüte mich davor, einen wissenden Blick mit Tyler zu wechseln, und beiße mir stattdessen auf die Lippe und halte den Blick auf Jamie gerichtet. »Bist du gut hergekommen?«

»Klar, irgendwann schon«, antwortet er. Er greift in die hintere Hosentasche seiner Jeans und bringt den Autoschlüssel zum Vorschein. »Erst war ich auf der unteren Ebene. Aber dann hab ich zum Glück den Weg zum Parkplatz doch noch gefunden. Moms Wegbeschreibung war nicht ganz eindeutig.«

»Hey«, sagt Tyler und stürzt auf ihn los. Er schnappt Jamie die Schlüssel aus der Hand, hält sie hoch und mustert den Bund, ehe er den Blick wieder auf seinen Bruder richtet. »Sie lässt dich den Range Rover fahren? Was ist da denn passiert? Als ich in deinem Alter war, hat Mom mich den nie fahren lassen. Hat sie dir nicht extra diesen BMW gekauft? Wo ist der denn?«

»Ähm, hab letzte Woche die vordere Stoßstange geschrottet«, gibt Jamie zu. Die Röte schießt ihm in die Wangen, als er fortfährt. »Bin gegen eine Ampel gefahren. Im Moment ist der Wagen in Hugh Carters Werkstatt, du kannst Dean also ausrichten, dass er ihn mir hübsch reparieren soll, und zwar zu einem guten Preis, wenn ich bitten darf«, witzelt er. Nur leider lachen weder Tyler noch ich.

Wir wechseln einen flüchtigen Blick, und das Lächeln verschwindet aus unseren Gesichtern. Tyler fährt sich mit der Hand durchs Haar und seufzt, gerade als über die Lautsprecher eine Durchsage gemacht wird. Zum Glück haben wir so Gelegenheit, einen Moment stillschweigend zuzuhören, ohne dass Jamie sich wundert, weshalb wir plötzlich verstummt sind. Vielleicht sollten wir erwähnen, dass Dean mit Tyler und mir garantiert nichts mehr zu tun haben will und dass es daher unwahrscheinlich ist, dass Dean oder sein Dad unserer Familie noch irgendeinen Rabatt anbieten auf Autoreparaturen, doch jetzt ist wohl nicht der richtige Zeitpunkt.

»Lasst uns langsam los«, meint Tyler, der sich den Gurt der Reisetasche an der Schulter hochzieht und Jamie mit einem Nicken in Richtung Ausgang antreibt. »Ich will endlich sehen, was für ein beschissener Autofahrer du bist.«

»Bestimmt sind meine Fahrkünste besser als deine«, murmelt Jamie kaum hörbar, doch er grinst immer noch, als er Tyler die Autoschlüssel wieder abnimmt. Er lässt sie vom Zeigefinger baumeln, und mir fällt auf, dass unter den vielen Schlüsselanhängern, die Ella im Laufe der Jahre da drangehängt hat, auch einer mit einem Foto ist. Es handelt sich nur um ein relativ kleines Foto, eines von Tyler, Jamie und Chase, als sie noch jünger waren. Ich wette, Ella kann es kaum erwarten, ihren ältesten Sohn wiederzusehen. Irgendwie kann ich mir schon richtig ausmalen, wie sie wie eine Irre durchs Haus rennt und ungeduldig auf seine Rückkehr wartet.

Als Tyler und Jamie losgehen, Tylers Arm um die Schultern des Bruders gelegt, folge ich ihnen, meinen Koffer hinter mir herziehend. Ganz langsam atme ich aus, und ich ertappe mich, wie ich traurig vor mich hinlächle. Schwer zu glauben, dass Tyler ein ganzes Jahr weg war. Und mal ehrlich, ich weiß nicht, wie er es die ganze Zeit allein ausgehalten hat. Okay, zugegeben, er mag im Lauf der vergangenen zwölf Monate ab und an ein bisschen Gras geraucht haben, aber jetzt tut er es nicht mehr. Es ist tröstlich zu wissen, dass er wieder hier ist. Dass er wieder zu Hause ist.

»Hey, hab ich je eine Ampel umgefahren?«, schießt Tyler gerade in scherzhaftem, neckischem Tonfall zurück. »Niemals, weil ich nämlich der bessere Fahrer von uns bin.«

»Ist nicht dein Ernst, oder?«, fragt Jamie. Seine Stimme trieft vor Sarkasmus. »Dein Wagen ist nämlich gestern Abend eingetroffen, du brauchst auf jeden Fall neue Reifen. Scheiße, was hast du denn mit denen angestellt?«

»Das frag mal Eden«, murmelt Tyler und wirft mir über die Schulter einen spitzbübischen Blick zu. Er grinst, und ich funkle ihn im Gegenzug grimmig an und verpasse ihm einen Rempler gegen die Schulter.

Wir verlassen das Terminal und überqueren die Fahrbahnen zum Parkhaus. Dort folgen wir Jamie in die Tiefen der unteren Parkebene, bis wir endlich Ellas Wagen entdecken. Er ist in eine enge Parklücke gezwängt, weshalb Tyler sofort missbilligend mit der Zunge schnalzt und Jamie tadelnd ansieht, während der den Kofferraumdeckel öffnet.

»Was?«, will Jamie wissen. In gespielter Entrüstung verschränkt er die Arme vor der Brust und bleibt neben der Tür zur Fahrerseite stehen.

»Beschissen parken tust du auch noch«, zieht Tyler ihn auf. Er wirft seine Tasche in den Kofferraum, dreht sich um und nimmt mir den Koffer ab, um ihn, immer noch lächelnd, ebenfalls zu verstauen. Er wiegt ungefähr eine Tonne, und ich hätte ihn ohne seine Hilfe noch nicht einmal vom Gepäckband runterziehen können und erst recht nicht heben.

Also bedanke ich mich artig und rutsche dann auf den Rücksitz.

Mit einem dumpfen Knall lässt Tyler den Kofferraumdeckel runterkrachen, und dann steigen er und sein Bruder in den Wagen und werfen sich weiter irgendwelche Bösartigkeiten an den Kopf. Endlich startet Jamie den Motor und macht sich an die schwierige Aufgabe, den Weg runter vom Flughafengelände zu finden. Hut ab, dass er überhaupt angeboten hat, uns abzuholen, denn ich an seiner Stelle hätte mich in jedem Fall geweigert. Hier gibt es viel zu viele Kurven zu fahren. Und man endet viel zu schnell auf der falschen Fahrbahn.

Nichtsdestotrotz gelingt es Jamie mit Tylers Hilfe, den Lincoln Boulevard zu erwischen, und schon sind wir unterwegs immer geradeaus in Richtung Norden nach Santa Monica. Das ist der einfachste Weg dorthin. Während wir so dahinfahren, entspanne ich mich allmählich und lehne mich in dem Ledersitz zurück. Mein Blick richtet sich nach draußen in die Ferne. Schon ein komisches Gefühl, dass plötzlich nichts mehr die Sicht versperrt, da sind keine Gebäude und Wolkenkratzer, die hoch über uns aufragen. Die Sonne versinkt allmählich am Horizont, der Himmel ist in ein wunderschönes oranges Licht getaucht. Ganz leise läuft im Hintergrund das Radio, und Tyler und Jamie unterhalten sich den Großteil der Fahrt gedämpft, tauschen sich aus über das letzte Jahr und lachen alle paar Minuten laut los. Ich mische mich nicht in das Gespräch ein und spiele stattdessen an der Belüftung hinten herum, damit sie mir direkt ins Gesicht bläst. Dann ziehe ich die Beine auf den Sitz hoch, schließe die Augen und lehne den Kopf gegen das Fenster. So friedlich. So entspannt. Das ist Kalifornien.

Nach zwanzig Minuten, gerade als wir nach Santa Monica hineinfahren, werde ich aus meinen Träumereien gerissen, als ich Jamie sagen höre: »Es gibt da etwas, das ich euch sagen muss. Aber nicht jetzt.«

»Warum sagst du es denn nicht gleich?«, will Tyler wissen. Ganz langsam schlage ich die Augen einen Spalt auf, lausche angestrengt, ohne mich auch nur einen Millimeter zu bewegen.

»Äh«, meint Jamie und sieht mich über den Rückspiegel an. Hastig presse ich die Augen wieder zu und hoffe, dass er mir das abnimmt, dass ich schlafe. »Eden ist ja auch noch da.«

»Na und?«, schießt Tyler zurück. Der Ton seiner Stimme ist schärfer geworden, er klingt gereizt. »Sofern du nicht deine kleine Freundin geschwängert hast oder so was, kannst du mir alles sagen, was du zu sagen hast. Worum geht's?«

Als ich erneut zwischen den Augenlidern hervorlinse, fällt mir auf, dass Jamie den Blick jetzt stur auf die Straße gerichtet hat. Mit beiden Händen hält er das Lenkrad fest umklammert. Eine Weile verhält er sich ganz ruhig und sitzt stocksteif da. Tyler dreht sich zu ihm und sieht ihn mit zusammengekniffenen Augen abwartend an. Ganz langsam lässt Jamie die Schultern sinken und seufzt tief. »Ich sag dir das nur, weil Mom vorhatte, es vor dir zu verheimlichen. Doch ich finde, du solltest es wissen«, sagt er. Er klingt nervös, hält aber wieder eine ganze Weile inne, ohne einen Ton zu sagen. Endlich sieht er Tyler direkt in die Augen und spricht die Worte aus, die ich am wenigsten erwartet hatte. »Dad ist raus.«

Tyler zuckt zusammen. »Was?«

»Er ist vor ein paar Wochen entlassen worden«, erklärt Jamie mit schwacher Stimme. Als ich einen kurzen Blick in den Rückspiegel werfe, sehe ich, wie er die Stirn runzelt. Tyler dagegen ist kreidebleich geworden und lässt sich im Sitz zurücksinken. Mit ausdrucksloser Miene starrt er durch die Windschutzscheibe und versucht, die Neuigkeiten zu verarbeiten, mit denen Jamie ihn da eben konfrontiert hat. Das Radio läuft immer noch, aber der muntere Popsong, der da gerade läuft, will so gar nicht zu der angespannten Atmosphäre im Auto passen.

Nun öffne auch ich die Augen endgültig und setze mich gerade auf. Ich bin ebenfalls ziemlich verdattert. Klar wusste ich die ganze Zeit, dass ihr Dad im Gefängnis sitzt. Ich hatte ihn mir immer nur in seiner Zelle sitzend vorgestellt. Doch woran ich nie einen Gedanken verloren hatte, ist die Tatsache, dass er eines Tages auch wieder rauskommen würde. Denn an so was denkt man einfach nicht. Man denkt nicht daran, dass diese Menschen irgendwann auch wieder frei herumlaufen auf den Straßen. Man denkt nicht daran, dass diese Menschen irgendwann auch wieder selbst entscheiden können, was sie tun wollen. Man denkt nicht daran, dass diese Menschen irgendwann auch wieder ihr Leben leben. Darüber will irgendwie keiner nachdenken.

»Ist das schon sieben Jahre her?«, fragt Tyler ungläubig. Schlagartig schnellt er nach vorne, presst eine Hand gegen das Armaturenbrett, öffnet den Sicherheitsgurt und dreht sich nun ganz zu Jamie herum. Mit grimmigem Blick und schneidender Stimme zischt er: »Ich dachte, es wären erst sechs vergangen. Es waren doch erst sechs verdammte Jahre!«

»Es waren sieben«, murmelt Jamie. Er lässt den Blick abwechselnd zu Tyler und der Straße wandern und versucht, sich auf die Fahrbahn zu konzentrieren. Doch Tylers wachsender Unmut macht es ihm nicht einfach. »Mom erzählt mir ja fast nichts«, fährt Jamie fort, »aber erinnerst du dich an Wesley Meyer? Der so oft vorbeikam bei uns, dass wir ihn Onkel Wes nannten?« Wieder sieht er Tyler flüchtig von der Seite an, um abzuschätzen, wie er reagiert. Doch Tyler presst nur den Kiefer zusammen. »Tja, Mom denkt, Dad könnte bei ihm untergekommen sein.«

»So ein Mist, er ist auch noch in der Stadt?«, faucht Tyler ungehalten und stellt sofort das Radio aus. Stille macht sich breit im Wagen, einzig die Motorengeräusche sind zu hören, während wir weiter durch Santa Monica fahren und soeben den Pico Boulevard überqueren. »Er ist *hier?*«

Hilflos beobachte ich die Szene vom Rücksitz aus. Ich kann rein gar nichts ändern an der Situation, doch mir ist bewusst, dass Tyler mit jeder verstreichenden Sekunde wütender wird. Daher beuge ich mich vor und lege ihm die Hand auf die Schulter. Ich drücke sie ganz fest, um ihn wissen zu lassen, dass ich für ihn da bin.

»Fahr dort hin«, weist Tyler seinen Bruder wie aus dem Nichts an. Zwei Mal lässt er die Faust auf das Armaturenbrett niedersausen, wobei er Jamie mit entschlossenem, fast schon bedrohlichem Blick ins Visier nimmt.

»Was?«

»Wesley Meyers Haus. Fahr da hin, jetzt gleich.«

»Tyler …« Jamie verstummt und schüttelt unwirsch den Kopf. »Ich fahr dich da nicht hin.«

»Okay, dann fahr rechts ran.« Er wendet sich von Jamie ab und dreht sich stattdessen zur Tür, streckt die Hand nach dem Griff aus und späht über die Schulter noch einmal rüber zu Jamie. Sein Blick ist immer noch grimmig. Nur dass da diesmal auch Entschlossenheit in seinem Ausdruck liegt.

»Ich fahr nicht rechts ran«, sagt Jamie. Er packt das Lenkrad noch fester.

»Ich meine es ernst, Jay!«, knurrt Tyler. Wieder rammt er die Faust gegen das Armaturenbrett. Seine plötzliche Schroffheit lässt Jamie zusammenzucken, weshalb das Auto ins Schlingern gerät und um ein Haar den Bordstein rechts erwischt. Sollte es Ellas Auto ohne einen einzigen Kratzer nach Hause schaffen, sind da bestimmt wenigstens ein paar Dellen im Armaturenbrett, so viel ist sicher. »Jetzt fahr schon rechts ran, verdammt nochmal.«

Stöhnend gibt Jamie schließlich nach, so sehr setzt Tyler ihn unter Druck. Er hält direkt am Bordstein an, lässt aber den Motor laufen. Dann schnallt er sich ab, schiebt die Tür auf und steigt aus. »Du weißt, dass das eine Scheißidee ist«, murmelt er. Er stößt die Fußspitze in den Asphalt und umrundet dann den Wagen.

Gerade will Tyler seine Tür ebenfalls öffnen, da halte ich seine Schulter fest gegen die Rückenlehne gepresst, damit er sich nicht rühren und rausspringen kann. Mit der freien Hand öffne ich meinen eigenen Sicherheitsgurt, beuge mich vor über die Mittelkonsole und drehe den Kopf, um ihm direkt ins Gesicht zu blicken. »Was hast du vor, Tyler?«

Jetzt, wo ich ihm direkt in die Augen sehe, erkenne ich, wie sauer er wirklich ist. Im Grunde kann ich es ihm nicht verdenken, dass er so außer sich ist, doch insgeheim frage ich mich schon, was ihm wohl durch den Kopf gehen mag. Da ich genau weiß, wie schnell bei Tyler eine Sicherung durchbrennt und die Vernunft aussetzt, wird mir leicht mulmig zumute. Zumal er mich jetzt mit einem gefährlichen Funkeln in den Augen ansieht. Er bleibt mir eine Antwort schuldig, schüttelt meine Hand ab und stößt die Autotür mit dem Fuß auf. Dann steigt er aus.

»Tyler!«, brülle ich, doch er hat sich bereits in Bewegung gesetzt und ist auf dem Weg zur Fahrerseite des Wagens. Jamie lässt sich im Wechsel auf den Beifahrersitz gleiten, zieht die Tür hinter sich zu und kreuzt resigniert die Arme vor der Brust. Selbst ich runzle die Stirn und lasse mich widerstrebend auf dem Rücksitz zurückfallen. Däumchendrehend sitze ich da und warte ab, was passiert. Ich bin mir nicht sicher, was ich tun soll.

Tyler klemmt sich hinters Steuer und braucht einen Moment, um sich an die Automatikschaltung zu gewöhnen, dann fährt er los. Ellas Wagen schießt mit quietschenden Reifen die Neunte Straße entlang, gelenkt von Tylers Wut. Er fährt in Richtung Norden durch die Stadt. Ein paarmal versuche ich vergebens, seinen Blick im Rückspiegel einzufangen, doch er guckt nie, daher bekommt er das nicht mit.

»Genau deswegen wollte Mom es dir nicht sagen«, erklärt Jamie. Er reißt die Hände in die Luft, als Tyler ein Stoppschild überfährt. »Sie wusste, dass du ausflippen würdest.«

Tyler entgegnet nichts auf die Worte seines Bruders, genau so wenig wie bei mir vorhin. Ich glaube, Jamie und ich haben inzwischen beide kapiert, dass er dazu nichts mehr zu sagen hat. Daher geben wir es ebenfalls auf und reden kein Wort mehr. Wir wechseln nur beunruhigte Blicke, während Tyler unbeirrt weiterfährt. Wir wissen genau, wo er hinwill, und trotzdem können wir nichts dagegen tun. Er trommelt sogar mit dem Zeigefinger auf dem Lenkrad herum, weil die Wut sich immer weiter anstaut in ihm.

Und in weniger als zehn Minuten kriecht das Auto ostwärts die Alta Avenue entlang, und Tyler blickt abwechselnd suchend nach links und nach rechts. Bis er an der Kreuzung Fünfundzwanzigste Straße die Bremse reinhaut und sein finsterer Blick auf ein bestimmtes Haus fixiert ist. Es ist das Haus direkt vor uns an der Ecke, mit den weißen Ziegeln und dem roten Dach. Es ist Wesley Meyers Haus, wer zum Teufel das auch immer sein mag, und das bedeutet, dass es wohl auch der gegenwärtige Unterschlupf von Tylers und Jamies Dad ist. Natürlich ist das der einzige Grund, weshalb wir hier sind. Wegen ihrem Dad.

Tyler stellt den Motor ab. Während sich Stille breitmacht, beobachtet er mit starrem Blick das Haus. Sonst tut er nichts. Starrt nur schwer atmend vor sich hin und spannt wieder und wieder die Kiefermuskeln an. Man hat fast den Eindruck, als würde er einen inneren Kampf mit sich selbst austragen, ob er nun aus dem Wagen steigen soll oder nicht.

»Und jetzt?«, erkundigt sich Jamie nach etwa einer Minute und bricht damit die angespannte Stille. »Willst du jetzt zu dieser Tür gehen und ihm sagen, dass du ihn hasst? Ihm eins in die Fresse geben? Ihm in den Hintern treten?«

Tyler knirscht mit den Zähnen und schiebt sein Gesicht

noch näher vor die Windschutzscheibe, möglichst weit weg von Jamies strengem Blick. »Du kapierst das nicht«, faucht er. Die Scheibe beschlägt von seinem Atem.

»Hey«, feuert Jamie sofort zurück. Er schüttelt den Kopf, obwohl Tyler gar nicht hinsieht. »Du denkst doch nicht etwa, dass auch ich ihn verprügeln will, oder? Deinetwegen? Ich bitte dich. Überleg doch mal. Was für einen Sinn hätte das? Wäre doch dumm, und Mom bekommt bloß einen Nervenzusammenbruch, wenn sie erfährt, dass du bei ihm warst.«

Jamies Worte klingen eigentlich recht vernünftig, nur dass Tyler sich offenbar trotzdem veranlasst fühlt auszusteigen, denn genau das tut er jetzt. Er reißt die Autotür auf und steigt aus, gerade als ich den Mund aufmachen und etwas sagen will. Sofort springe ich mit raus aus dem Wagen. Inzwischen ist es schon fast so was wie eine Reflexhandlung, dass ich Tyler hinterherrenne. Ich umrunde das Auto und werfe mich ihm mitten auf dem Rasen in den Weg. Dann presse ich ihm die Hände an die Brust und schiebe ihn einen Schritt zurück.

»Jamie hat recht«, sage ich. »Du tust das besser nicht.«

»O doch.« Er hat immer noch diesen bedrohlichen Ausdruck in den Augen, der mir Angst macht. Daran bin ich gar nicht mehr gewöhnt. Vor zwei Jahren noch, da war das ganz normal. Und jetzt? Fehlanzeige. Das sieht ihm einfach so gar nicht mehr ähnlich. Tyler hat seine feindselige Haltung schon vor einer Weile aufgegeben, und an deren Stelle trat ein Optimismus, den er daraus bezog, dass er seine Vergangenheit nutzte, um anderen zu helfen. Doch jetzt sieht es so aus, als wäre all das wieder verschwunden. Seine alte Wut ist wieder zurück. Der Junge mit dem harten Gesichtsausdruck und den zornigen Augen, der Junge, der seinen Vater jede Sekunde des Tages hasste, steht jetzt wieder vor mir. »Warum um alles in der Welt sollte ich es *nicht* tun?«

Und genau wie damals bemühe ich mich, das zu tun, was am besten für ihn ist. Und das ist im Moment, von hier zu verschwinden, bevor er noch etwas tut, was er bedauern wird. »Weil es dir die letzten zwei Jahre gut ging«, flüstere ich. Meine Hände liegen immer noch an seiner Brust, daher spüre ich sein Herz schlagen, hart und schnell. »Bitte lass dich davon nicht wieder runterziehen. Überleg doch nur, was es schon mal aus dir gemacht hat, Tyler. Halt dich einfach von ihm fern.«

»Eden«, presst Tyler zwischen zusammengebissenen Zähnen hervor. Er hebt die Hände zu meinen, umfasst sie, hält sie weiter an seine Brust gepresst. Sein Herz scheint jetzt noch schneller zu schlagen, während sein Blick für einen Sekundenbruchteil weicher wird. »Ich will, dass er mich sieht. Ich will mich einfach nur vor ihn hinstellen, das erste Mal seit sieben Jahren. Ich will, dass er weiß, dass er es vergeigt hat, weil er nicht mehr zu unserem Leben gehört. Nicht zu meinem, nicht zu dem von Chase und Jamie, nicht zu Moms. Wir kommen alle verdammt gut ohne ihn klar. Ich will, dass er das weiß.« Er senkt den Kopf, seufzt und drückt meine Hände. Nach einem kurzen Moment blickt er wieder auf. »Und vielleicht ramme ich ihm auch ein, zwei Mal die Faust ins Gesicht.«

»Schon kapiert«, sage ich, die Stimme gesenkt. Denn ich fürchte, wenn ich lauter spreche, könnte sein Dad uns von drinnen hören. Vorausgesetzt natürlich, er lebt überhaupt in diesem Haus. »Ich verstehe ja, dass du ihm ins Gesicht schauen willst. Wie könnte man es dir verdenken. Aber, Tyler, überleg dir das gut. Was, wenn du ausrastest, kaum dass du ihn vor dir siehst? Du bist doch ohnehin schon so sauer, also lass es lieber. Zumindest für heute Abend. Um deinen Dad kannst du dich doch auch ein anderes Mal kümmern. Du musst das alles erst mal sacken lassen, okay?«

Tyler späht über meine Schulter in Richtung Haus. Er betrachtet es eine Weile, und eine ganze Reihe von Emotionen flackert in seinem Blick auf. Ich könnte nicht genau sagen, was er empfindet. Dafür verändert sich sein Ausdruck viel zu schnell.

Er entspannt seine Kiefermuskeln, schluckt und sieht mich an. »Okay«, flüstert er. Er lässt meine Hände los, bewegt die seinen zu meinem Gesicht, umschließt meine Wangen und hebt mein Kinn an, damit ich ihm direkt in die Augen blicken muss. »Okay.« Dann senkt er die Lider, beugt sich zu mir herunter und presst seine Lippen ganz langsam und zärtlich auf meine. Den Bruchteil einer Sekunde bin ich wie verdattert: Weil es so gar nicht zu dem rasenden Zorn von gerade eben passt. Doch was auch immer er für Hintergedanken hat, ob es zum Trost oder zur Beruhigung geschieht oder beides, Tyler hat eindeutig vergessen, dass wir nicht allein sind.

Mein Körper wird von Panik erfasst, und ich weiche blitzschnell zurück. Hastig mache ich mich von Tyler los, stoße ihn von mir und lasse den Blick zum Land Rover schnellen, der immer noch am Straßenrand steht. Verwirrt blinzelnd beobachtet uns unser Bruder durch die Windschutzscheibe.

Kapitel 30

Schweigend sitzt Jamie hinter dem Steuer, die Lippen zu einer schmalen Linie aufeinandergepresst. Er wendet den Blick kein einziges Mal von der Straße ab, während wir so dahinfahren. Nicht eines einzigen Blickes würdigt er Tyler und mich. Ich komme einfach nicht darauf, ob er einfach nur baff oder stinkwütend oder beides ist. Jedenfalls lässt sein Gesichtsausdruck keinen Zweifel daran, dass er die Neuigkeiten nicht allzu gut aufgenommen hat. Vielleicht hätte Tyler unserem Bruder die Wahrheit etwas schonender beibringen können, und vielleicht hätte ich das besser erklären sollen, denn Jamie macht inzwischen nur noch ein angewidertes Gesicht. Trotzdem reichte dieses neue Problem aus, um Tyler abzulenken und ihn runter von Wesley Meyers Rasen und zurück ins Auto zu kriegen.

Ich sitze wieder auf dem Rücksitz, kaue nervös auf der Unterlippe herum und kämpfe mit dem Sicherheitsgurt. Und wieder einmal steigt mir die Schamesröte ins Gesicht. Zu sehen, wie angeekelt Jamie reagiert auf die Vorstellung von Tyler und mir als Paar, lässt mir absolut keine Hoffnung mehr, was unsere Eltern betrifft. Wenn schon unser sechzehnjähriger Bruder nicht damit klarkommt, dann bezweifle ich doch stark, dass es Dad und Ella gelingen wird. Zum Glück fahren wir jetzt noch nicht zu ihnen. Wir wollen erst zu Mom nach Hause. Ihr möchten wir es als Erstes erzählen. War Tylers Idee. Eigentlich wollten wir ja bis morgen warten, aber jetzt, wo Jamie es weiß, ist es das Beste, es auch dem Rest der Familie noch heute Abend zu sagen. Von Sekunde zu Sekunde werde ich nervöser, und mir ist schon speiübel bei dem Gedanken. Jetzt ist der Zeitpunkt also wirklich gekommen.

Die Fahrt zum Haus meiner Mutter dauert nur wenige Minuten. Jamie hält hinter meinem eigenen Wagen am Bordstein an, lässt aber, ohne ein Wort zu sagen, den Motor laufen. Er sagt keinen einzigen Ton und nimmt noch nicht einmal die Hand vom Steuer. Er starrt nur mit zu Schlitzen verengten Augen zur Windschutzscheibe hinaus. Eine ganze Weile schaut Tyler seinen Bruder von der Seite an und versucht, seinen Blick einzufangen, doch leider ohne Erfolg. Schließlich dreht er sich zu mir um, zuckt mit den Schultern und lässt mich so wissen, dass es an der Zeit ist, es hinter uns zu bringen.

Ich öffne den Sicherheitsgurt und steige wie in Trance aus dem Wagen. Höllische Schuldgefühle nagen an mir. Ich kann nichts dafür. Tyler und Jamie standen sich immer irre nahe, so ein Verhältnis hatte keiner der beiden zu Chase. Außerdem streiten sie sich so gut wie nie. Doch im Augenblick scheint Jamie bloß noch total angefressen, und ich werde das Gefühl nicht los, es ist allein meine Schuld. Wir müssten uns jetzt sicher nicht von dieser angespannten Atmosphäre erdrücken lassen, hätte ich mich nicht in Tyler verknallt. Mir bleibt nur noch zu hoffen, dass Jamie sich irgendwann wieder fängt, genau wie ich mir das von Rachael erhoffe. Aber dass Dean das mit Tyler und mir irgendwann akzeptieren wird, kann ich hundertpro vergessen. Das zu glauben, wäre wirklich verrückt.

Behutsam schließe ich die Autotür hinter mir und geselle mich beim Kofferraum zu Tyler. Er ist bereits dabei, mein Gepäck raus auf den Gehweg zu wuchten. Sein Gesicht wirkt gequält, obwohl er versucht, sich ein aufmunterndes

Lächeln abzuringen. Ich fühle mich keinen Deut besser dadurch, da in seinen Gesichtszügen leider nichts Beruhigendes liegt. Tyler ist nicht weniger besorgt als ich.

Er hängt sich die Reisetasche über die Schulter, macht den Kofferraumdeckel zu und geht um das Auto herum. Vor dem Fenster auf der Fahrerseite bleibt er stehen und klopft zwei Mal gegen die Scheibe. Anfangs reagiert Jamie nicht, doch dann wird ihm wohl klar, dass Tyler nicht weggeht, also beschließt er, das Fenster runterzufahren. Zum ersten Mal, seit wir von Wesley Meyers Haus weg sind, sieht Jamie seinen Bruder an.

»Wir kommen bald heim«, murmelt Tyler leise, der Blick ganz sanft. Offenbar will er an Jamies Mitgefühl appellieren. »Also bitte … sag einfach nichts, ja? Wir müssen es Mom und Dad selber erzählen.« Er senkt den Blick einen kurzen Moment zu Boden, stößt die Luft aus und schaut wieder hoch. »Okay?«

Jamie zeigt keinerlei Reaktion, daher können wir uns nicht sicher sein, ob er schnurstracks nach Hause düst und unseren Eltern die Neuigkeiten brühwarm auftischt. Er wendet nur den Kopf ab und lässt die Scheibe wieder hochfahren. Deshalb ist Tyler gezwungen, seine Hand von der Tür zu nehmen und einen Schritt nach hinten zu machen. Schweigend sehen wir zu, wie Jamie losfährt und der Range Rover Sekunden später um die Ecke verschwindet. Ich weiß ja nicht, wie es Tyler geht, aber ich habe kein gutes Gefühl dabei.

»Tja, das hätte dann wohl ein bisschen besser laufen können«, meint er. Er wirkt traurig, aber trotzdem liegt in seinem Blick so viel Wärme und fast etwas Neckisches. Jedenfalls reicht das aus, um mich eine Sekunde vergessen zu lassen, dass wir gleich in dieses Haus gehen und meiner Mom die Wahrheit gestehen.

»Irgendwie schon«, sage ich, während ich mir den Rucksack auf den Rücken schnalle. »Schätze, mich direkt vor seinen Augen zu küssen war nicht unbedingt die feine englische Art.«

Ganz langsam breitet sich ein Lächeln über Tylers Gesicht aus. »Ich konnte nicht anders.«

Genervt verdrehe ich die Augen, klappe den Griff an meinem Koffer hoch und ziehe ihn den Fußweg entlang in Richtung Haus. Tyler folgt mir dicht auf den Fersen, so dicht, dass ich seinen Atem höre. Und gerade, als er mir die Hand auf den Rücken legt, wird die Haustür aufgerissen. Ruckartig zieht er sie zurück.

»Da seid ihr ja!«, ruft meine Mom und stürzt über die Türschwelle auf uns zu. Im Bruchteil einer Sekunde werde ich von ihr in eine warme Umarmung gezogen, ganz fest schlingt sie ihre Arme um mich. Sie drückt mich derart heftig an sich, dass ich schon Angst habe, ich könnte keine Luft mehr kriegen. Und dann, gerade als ich mich aus ihrer Umarmung befreien will, höre ich ein vertrautes Kläffen.

Über Moms Schulter sehe ich Gucci aus dem Haus springen und freudig auf mich zukommen. Sie hat die Ohren gespitzt, wackelt aufgeregt mit dem Schwanz und lässt die Zunge heraushängen. Ich wappne mich innerlich für den Moment, wo ihr kräftiger Körper mich zu Boden bringt, und genau so kommt es auch. Sie springt an mir hoch, stellt sich auf die Hinterbeine, die Pfoten an meiner Brust, und sofort werde ich Moms Armen entrissen. Guccis Gewicht lässt mich nach hinten taumeln, nur dass ich nicht am Boden lande. Bevor es so weit kommt, fängt Tyler mich auf, mein Körper prallt gegen seinen, und wir stolpern beide einen Schritt rückwärts. Endlich stellt Gucci sich wieder auf alle viere.

»Himmel«, sage ich und klopfe mir den Schmutz von den Klamotten, während Tyler mich wieder aufrichtet. Zum Glück konzentriert Gucci sich jetzt ganz auf ihn. Hektisch springt sie ihm um die Beine, schnuppert an seinen Stiefeln und schlägt mir dabei ein paarmal so heftig den Schwanz in die Kniekehle, dass ich mich einige Schritte von den beiden entferne und mich mit dem Koffer im Schlepptau zu meiner Mom rette.

»Sie hat eine Woche lang durchgehend gejault, nachdem du weg warst«, sagt meine Mom lachend und zieht mich erneut in eine Umarmung. Dieses Mal aber nur ganz kurz. Nach einem kurzen Moment tritt sie zurück und lässt den Blick zwei Mal an mir auf und ab gleiten. »Aber ich habe dich eindeutig mehr vermisst als sie. Ich bin so froh, dass du lebendig wieder da bist.«

Ich sehe sie kopfschüttelnd an. »Jep, hier wäre ich also. Lebendig und putzmunter. Und das, obwohl ich U-Bahn gefahren und ganz allein durch Manhattan gelatscht bin und sogar in der Bronx war«, füge ich mit verschmitzter Miene hinzu.

Mom macht ein entsetztes Gesicht. »Tyler!«

Tyler, der gerade dabei war, Gucci hinterm Ohr zu kraulen, hebt den Kopf und sieht Mom ins Gesicht. »Hä?«

»Du warst mit meiner Tochter in der Bronx?«, fragt Mom. Doch uns ist allen klar, dass sie nur Witze macht. Vorwurfsvoll verschränkt sie die Arme vor der Brust, klopft mit dem Fuß auf den Boden und wartet auf eine Antwort.

»Tut mir leid«, sagt Tyler mit einem entschuldigenden Lächeln. Ein letztes Mal tätschelt er Gucci den Kopf, dann richtet er sich wieder auf. Seine Augen, sein Lächeln, seine Stimme, das alles wirkt so unschuldig. »War wegen eines Baseballspiels. Aber ansonsten habe ich mich gut um sie gekümmert, wie ich glaube.« Sein Blick begegnet meinem, und sein Lächeln wird breiter.

»Du hast mich dazu gebracht, ganz am Rand des Dachs von deinem Haus zu sitzen«, weise ich ihn zurecht.

Schnell springt er auf mich zu und legt mir den Arm von

hinten um den Hals, um mir den Mund zuzuhalten. »Pssst.« Achselzuckend und mit einem nervösen Lachen wirft er Mom noch einmal ein Lächeln zu, das so typisch für ihn ist, eins von der Sorte, dass man ihm einfach nicht böse sein kann.

»Ach Tyler«, sagt Mom lachend. Kopfschüttelnd atmet sie aus und betrachtet ihn mit einem liebevollen Strahlen im Gesicht. »Willkommen daheim. Ich wette, es fühlt sich komisch an, wieder hier zu sein. Aber hey, kommt erst mal rein und erzählt uns von New York.« Sie klatscht in die Hände, pfeift ein Mal und ruft: »Gucci! Ins Haus mit dir!« Unser hyperaktiver Hund reagiert sofort und springt tatsächlich nach drinnen. Mom folgt ihm.

Weder Tyler noch ich bewegen uns auch nur einen Millimeter, und als Mom im Haus verschwunden ist, wende ich mich ihm zu und hole tief Luft. »Wir ziehen das also durch?«, frage ich mit gesenkter Stimme.

»Und ob wir das tun«, bestätigt Tyler ohne Zögern. Er legt mir den Arm um die Schultern, zieht mich dicht an sich und drückt seine Lippen an meine Schläfe. »Ich hoffe bloß, deine Mom schaut nicht gerade aus dem Fenster«, flüstert er.

Ein Seitenblick auf ihn zeigt mir, dass er grinst. Lachend schüttle ich seinen Arm ab und schiebe ihn von mir weg, bevor ich nach meinem Koffer greife und ihn zur offenen Haustür ziehe. Ich bin froh, dass Tyler seinen Humor noch nicht ganz verloren hat, so wirkt das alles gleich nicht ganz so tragisch. Außerdem bin ich froh, dass er keinen Gedanken mehr an seinen Dad verschwendet. Ich bin irre glücklich, dass ausnahmsweise alles in Ordnung zu sein scheint. Keine Ahnung allerdings, wie das in zehn Minuten so aussieht.

Tyler folgt mir ins Haus und zieht die Tür hinter uns zu, und sofort nehme ich den Zimtgeruch im Haus wahr. Besorgt runzle ich die Stirn. Der Gedanke, meine Mom könnte versucht haben, etwas zu backen, macht mir Angst, daher stelle ich meinen Koffer an der Tür ab und trotte hinüber in die Küche. Schon suche ich die Arbeitsflächen nach katastrophal missglückten Scones ab, doch bevor ich irgendetwas entdecken kann, kommt Mom mit Jack an ihrer Seite herein, und ich halte inne. Ich sehe, wie Tyler mich augenrollend ansieht.

»Na, Eden?«, meint Jack, der mich mit seinen blendend weißen Zähnen lächelnd anstrahlt. Dabei fingert er am Verschluss seiner Armbanduhr herum, und sein struppiges, feuchtes Haar verrät mir, dass er gerade erst aus der Dusche gestiegen ist. »Wie war es in New York?«

»Wundervoll«, sage ich, doch meine Augen schweifen hinunter zu den Händen meiner Mom. Panisch mustere ich sie, nur für den Fall, dass irgendetwas Größeres passiert ist während meiner Abwesenheit. Doch nein. Zum Glück, immer noch kein Ring. *Seufz.*

Mom wendet sich nun ihm zu und legt ihm mit einem herzlichen Lächeln die Hand auf den Arm. »Die beiden sehen ein bisschen müde aus. Wie wäre es mit einem Kaffee?« Sie wirft Tyler und mir einen bedeutungsvollen Blick zu.

»Das übernehme ich«, sagt Jack und reibt ihr die Schulter, bevor er sich an mir vorbeischiebt und zur Kaffeemaschine geht.

»Äh, nein danke«, sage ich hastig. Mein Blick schießt zu Tyler, und ich nicke kurz, dann gucke ich wieder zu Mom. »Wir bleiben nicht lange. Bei Dad und Ella waren wir nämlich auch noch nicht, daher wollen wir gleich noch zu ihnen. Ach ja, Mom, könntest du dich vielleicht kurz setzen? Du auch, Jack.«

Ich denke, der wackelige Ton meiner Stimme macht nur zu deutlich, dass die beiden sich eigentlich besorgt zeigen sollten, und genau das tun sie auch, kaum sind die Worte über meine Lippen. Sie wechseln einen beunruhigten Blick und folgen mir dann hinüber ins Wohnzimmer.

»O Gott«, stöhnt Mom, die sich im Gehen die Hände an die Schläfen presst. Selbst Gucci kommt aus den Tiefen des Hauses angesprungen, als wollte sie sich die Neuigkeiten ebenfalls nicht entgehen lassen. Sie schmiegt sich an Moms Beine, als die sich nun setzt. Jack nimmt neben ihr Platz. »Was ist geschehen in New York? Was hast du angestellt, Eden?«

Als ich Tyler hilfesuchend ansehe, lächelt er mir aufmunternd zu, doch dieses Mal wirkt es absolut überzeugend. Er nimmt die Tasche von der Schulter, lässt sie zu Boden fallen und kommt auf mich zu. Dann führt er mich zum anderen Sofa, auf das wir uns nebeneinander setzen. Als ich aufblicke und meine Mom und Jack so sehe, wie sie uns abwartend anstarren, trifft sie mich ganz plötzlich, die Erkenntnis, dass wir es jetzt wirklich tun. Wir sind tatsächlich kurz davor, die Wahrheit zu offenbaren. Klar ist es nicht das erste Mal. Wir haben es Snake erzählt, oder vielmehr haben wir es ihm *gezeigt*. Doch es unseren Eltern zu sagen ist etwas völlig anderes. Ella und mein Dad sind diejenigen, die wirklich zählen, weil sie unsere Eltern sind. Aber auch bei meiner Mom steht uns diese immense Aufgabe noch bevor, das wird nicht viel leichter.

»Eden?«, drängt Mom mich. Nervös schiebt sie ein paar lose Haarsträhnen zurück in ihre zuvor so ordentliche Hochsteckfrisur. »Was ist los? Ihr macht mir höllisch Angst.«

Ich weiß genau, wenn ich weiter schweige, zieht Mom sehr wahrscheinlich voreilige Schlüsse. Sie wird denken, ich habe in New York jemanden umgebracht. Sie wird denken, ich habe eine Bank ausgeraubt. Sie wird denken, dass ich gegen jedes nur denkbare Gesetz verstoßen habe, also muss ich endlich den Mund aufmachen. Tyler scheint meine Unruhe zu spüren, denn er beugt sich vor, legt mir die Hand aufs Knie und drückt ganz leicht, um mich auf ihn aufmerksam zu machen. Mein Blick flackert rüber zu ihm, und er sieht mich so eindringlich an und öffnet leicht den Mund, als wollte er für mich sprechen. Zum Glück aber tut er es nicht. Er nickt nur. Wir wissen beide, dass ich diejenige sein muss, die meiner Mom die Wahrheit sagt, und ich hoffe inständig, dass Tyler das Wort übernimmt, wenn es darum geht, es meinem Dad und Ella zu erzählen.

Ich lasse den Blick zu Gucci schweifen. Sie liegt inzwischen der Länge nach zu Jacks Füßen auf dem Boden und keucht schwer. Endlich schlucke ich den Kloß in meinem Hals hinunter und stoße die Luft aus, die ich angehalten habe. »Was wir euch zu sagen haben, ist sehr wichtig«, ergreife ich das Wort, den Blick immer noch starr auf den Hund gerichtet. Tylers Hand liegt nach wie vor auf meinem Knie. »Also passt bitte gut auf.«

»Eden«, sagt Mom. »Was ist hier los?«

Ich sehe sie an. Sie hat die Arme vor der Brust verschränkt, und der beunruhigte Ausdruck in ihrem Gesicht wird verdrängt von einer strengen Miene. Selbst Jack wirkt inzwischen leicht entnervt, als wäre es untragbar für sie beide, dass ich sie derart auf die Folter spanne. Aber ich kann es nicht ändern. Es ist unheimlich schwer, die Worte laut auszusprechen. Tyler drückt noch einmal aufmunternd mein Knie. »Okay«, sage ich schließlich, in erster Linie, um mich selbst zu überzeugen, dass ich es schaffe. Mir dreht sich der Magen um, als ich versuche, Moms Blick zu erwidern, doch es fällt mir unheimlich schwer. Ich habe solche Angst, dass sich in nur wenigen Augenblicken darin nur noch Ekel und Enttäuschung zeigen werden. »Okay«, sage ich erneut. Ich atme tief durch, richte den Blick auf Moms Schulter und zwinge mich, unumwunden jene Worte zu sagen, vor denen ich mich so lange gefürchtet habe. Nur drei kleine Worte. So einfach, auf jeden Fall die einfachste Art und Weise, die Wahrheit zu formulieren. Also murmle ich: »Ich liebe Tyler.«

Es folgt Schweigen. Mom und Jack starren mich einfach nur an. Wie gerne hätte ich, dass sie etwas sagen. Irgendwas. Von Sekunde zu Sekunde frustrierter, weil ich keine Antwort kriege, schaue ich hilfesuchend zu Tyler. Doch der ist viel zu sehr damit beschäftigt, die Stirn zu runzeln, um mir auch nur ansatzweise eine Stütze zu sein. Wieder wende ich mich meiner Mom zu, und als wollte ich meine Worte noch einmal bekräftigen, rücke ich auf dem Sofa näher an ihn heran. Immer noch keine Reaktion. »Also, ich *liebe* ihn, so richtig«, sage ich, um das klarzustellen. Sie zuckt mit keiner Wimper. »Diesen Tyler hier. Ihn da.« In einem letzten verzweifelten Versuch, ihr deutlich zu machen, was ich meine, pikse ich Tyler den Finger in die Seite. »Ihr wisst schon, meinen Stiefbruder?«

Endlich öffnet meine Mutter ganz langsam den Mund. Sie und Jack wechseln einen Blick. Ich warte darauf, dass sie in die Luft geht, dass sie eine Erklärung verlangt für meine irrationalen Gefühle. Stattdessen aber knufft sie spielerisch Jacks Schulter. »Du schuldest mir siebzig Mäuse!«

Jack stöhnt, doch er lacht, und auch Moms Lippen kräuseln sich zu einem Lächeln. Ich kriege nichts anderes zustande, als ganz schnell zu blinzeln und sie völlig verdattert anzusehen. Jetzt bin ich diejenige, die auf eine Antwort wartet. Selbst Tyler reibt sich ratlos das Kinn und hat offenbar Mühe nachzuvollziehen, weshalb die beiden Menschen uns gegenüber lachen. Sie *lachen!* Vielleicht denkt Mom, ich mache Witze. Vielleicht hält sie das alles für einen dummen Scherz.

Ich schüttle verwirrt den Kopf. »Mom?«

Sie lässt den Blick von Jack zu mir zurückgleiten, und sie hört auf zu kichern. Doch sie lächelt unverändert. Dann seufzt sie, und ihre Schultern entspannen sich. »Wir haben eine Wette abgeschlossen«, gibt sie zu. »Fünfzig Kröten, dass da was zwischen euch beiden läuft«, fährt sie mit einem

Nicken in Tylers und meine Richtung fort. »Und noch zwanzig Mäuse, wenn ihr uns das auch gesteht.«

»Wie bitte?« Ungläubig stöhne ich auf. Selbst Tyler lacht jetzt, doch ich verstehe immer noch nicht. Ich bin mir nicht sicher, ob ich weiß, was hier vor sich geht. Warum brüllt mich denn keiner an?

»Eden, bitte«, sagt meine Mom mit einem Augenrollen. Sie beugt sich runter, um Gucci hinterm Ohr zu kraulen. »Ich bin deine Mutter. Mir entgeht nichts, was dich betrifft. Und erst recht nicht ist mir entgangen, wie du ihn angesehen hast.« Sie spricht ganz leise, und jetzt löst sie einen Moment den Blick von unserem Hund, um Tyler anzugrinsen. »Ich hatte schon immer den Eindruck, dass du ihn ganz ähnlich ansiehst wie Dean.« Sie hält inne und richtet sich wieder auf. Ihr Lächeln fällt in sich zusammen, und auf ihre Stirn schleichen sich Sorgenfalten, als ihr offenbar ein anderer Gedanke kommt. »Eden … Was ist mit Dean?«

Allein bei der Erwähnung seines Namens krampft sich meine Brust zusammen. Ich ertrinke immer noch in Schuldgefühlen. Die ganze Zeit habe ich versucht, nicht allzu viel an Dean zu denken, doch das war nicht einfach. Ich kann schlecht ignorieren, dass ich ihm sehr, sehr wehgetan habe.

»Er weiß es«, murmle ich kaum hörbar und kann Mom dabei nicht in die Augen sehen. »Es ist vorbei. Er hasst uns.«

»Ach, Eden«, sagt Mom. »Das mit Dean tut mir leid. Er war ein netter Kerl.« Bei diesen Worten würde ich am liebsten losheulen. Offenbar sieht sie, dass mir die Tränen in die Augen schießen, denn sofort versucht sie, die Stimmung etwas aufzumuntern, indem sie sagt: »Wenn ich Liz in Zukunft also im Supermarkt begegne, muss ich ihr dann ein bedauerndes Lächeln schenken? So von wegen, meine Tochter hat deinem Sohn das Herz gebrochen? Oder hättest du lieber, dass ich den Kopf einziehe und einfach stur weitergehe?«

»Mom«, sage ich in strengem Tonfall. »Bleib bitte ernst. Dir macht das wirklich nichts aus?« Nur um noch einmal klarzustellen, was ich meine, deute ich abwechselnd auf Tyler und mich.

»Natürlich kann ich mir Besseres vorstellen«, gibt sie zu. »Und ihr solltet wissen, dass es nicht leicht werden wird, wenn ihr das durchzieht. Ihr werdet immer wieder Menschen begegnen, die das nicht billigen, die euch ihre Unterstützung verweigern. Doch was mich betrifft, lasst euch versichern: Es kümmert mich nicht. Wie könnte man es dir auch verdenken?« Sie wirft erst ein strahlendes Grinsen in Tylers Richtung und nickt dann mir mit funkelnden Augen zu. Ein bisschen gruselig, weil sie ja fast schon vierzig ist.

»Mom!«, keuche ich entnervt auf. Als ich hinüberschiele zu Tyler, sehe ich, dass ihm vor Scham die Röte ins Gesicht schießt. Doch er lacht leise in sich hinein. Und als wollte er Mom beweisen, dass sie absolut richtigliegt mit ihrer Annahme, sieht er sie nun ebenfalls mit blitzenden Augen an. Würde mich nicht wundern, wenn er das mit voller Absicht tut. Das ist einfach so typisch Tyler.

Jack tätschelt Mom kurz den Oberschenkel und steht dann auf. »Ich weiß nicht, wie es euch so geht, aber ich brauche jetzt dringend einen Kaffee. Und Karen? Lass die Finger von den Teenagern.« Er zwinkert ihr zu, geht ums Sofa herum und macht sich auf den Weg in die Küche. Gucci springt ebenfalls auf und folgt ihm.

Mom verdreht die Augen, weil Jack sie so aufgezogen hat, und lehnt sich dann auf der Couch zurück, ein Bein über das andere schlagend. »Habe ich das richtig verstanden? Ihr habt es deinem Vater und Ella noch nicht erzählt?«

»Nein«, antwortet Tyler an meiner Stelle und rutscht vor zum Rand des Sofas, wo er leicht vornübergebeugt sitzt. Er räuspert sich, weil er eine ganze Weile nichts gesagt hat und sein Hals kratzig ist. »Das werden wir als Nächstes tun.«

»Ihr beide seid sehr mutig«, sagt Mom, während im Hintergrund die Kaffeemaschine mit lautem Brummen zum Leben erwacht. »Viel Glück.«

»Das werden wir brauchen«, sage ich grinsend. Ich schiebe Tylers Hand von meinem Bein, stehe auf und greife nach der Hand meiner Mutter, um sie vom Sofa hochzuziehen und fest in die Arme zu schließen. Wir werden akzeptiert. Auch diesmal wieder. Ich denke nicht, dass ich mich je daran gewöhnen werde, was für ein tolles Gefühl das ist. »Danke, Mom. Ehrlich. Vielen Dank«, flüstere ich und vergrabe das Gesicht an ihrer Schulter, während ich sie ganz fest an mich drücke.

»Hey, ich finde mich mit allem ab, solange es dich glücklich macht«, meint sie. Als sie sich von mir losmacht und einen Schritt zurücktritt, sieht es aus, als wollte sich ein Lächeln auf ihr Gesicht schleichen. Doch dann packt sie mich plötzlich am Handgelenk und betrachtet die Worte auf meiner verschorften Haut. »Was zum Teufel ist das?«

Ich grinse breit und reiße mein Handgelenk los. Blitzschnell wirble ich herum und strecke die Hand nach Tyler aus, verschränke meine Finger mit seinen und ziehe ihn von der Couch hoch. Fast kugle ich ihm dabei die Schulter aus. »Tut mir leid, Mom, wir müssen los!«, rufe ich noch, und schon zerre ich Tyler in Richtung Haustür. Dann lasse ich ihn los und eile in die Küche, um mir meine Autoschlüssel zu krallen, die am Schlüsselbrett hängen. Dabei stolpere ich um ein Haar über Gucci. Jack sieht mich verwundert an, doch ich zucke nur mit den Schultern und haste zurück zu Tyler, der soeben seine Tasche vom Boden aufhebt.

»Eden!«, brüllt meine Mom, doch ich bin bereits über die Schwelle.

»Deine Tochter ist viel zu wild und ungestüm!«, ruft Tyler ihr über die Schulter zu und lacht lauthals, während er die Tür hinter uns zuzieht. Er lacht auch noch, als er hinter mir

414

herjoggt, um mich einzuholen, seine Augen vor Freude glänzend, der Blick weich. Keiner von uns hatte erwartet, dass das so laufen würde wie in den letzten fünf Minuten. Keiner von uns hatte erwartet, dass es dermaßen einfach sein würde.

»Und als Nächstes«, sage ich im Tonfall einer Fernsehmoderatorin, »präsentieren wir Ihnen, verehrtes Publikum, den ultimativen Showdown.« Ich sperre mein Auto auf, umrunde es zur Fahrerseite, steige ein und lasse den Motor an. Ist ein komisches Gefühl, auf einmal wieder am Steuer meines Wagens zu sitzen.

Tyler wirft seine Tasche auf den Rücksitz, bevor er sich in den Beifahrersitz schwingt, ein schiefes Grinsen auf den Lippen. »Überleg doch mal«, sagt er und zieht die Tür hinter sich zu, »das ist das letzte Mal, dass wir das tun müssen.«

»Deswegen kann ich es ja auch kaum erwarten«, erkläre ich ihm, denn er hat absolut recht. Wenn wir es unseren Eltern gesagt haben, sind wir fertig. Wir haben allen die Wahrheit gesagt. Jeder, der uns etwas bedeutet, weiß dann Bescheid. Keine Geheimniskrämerei mehr. Allein der Gedanke daran zaubert mir ein Lächeln ins Gesicht, während ich den Wagen auf die Fahrbahn lenke, um die kurze Fahrt zum Haus unserer Eltern anzutreten. »Übrigens«, sage ich noch, »dieses Mal überlasse ich das Reden dir.«

Lachend lehnt Tyler sich im Sitz zurück und legt mir die Hand auf den Oberschenkel. Ich glaube, das tut er mittlerweile schon, ohne groß darüber nachzudenken, doch mich lenkt es leider wahnsinnig ab. »Kein Problem«, meint er. »Dein Dad ist es, wegen dem ich mir am meisten Sorgen mache. Er hasst mich ja ohnehin schon. Warte mal, bis er hört, dass ich mit seiner Tochter geschlafen habe.« Mit einem verächtlichen Schnauben drückt er ganz fest meinen Schenkel, sodass ich um ein Haar in ein geparktes Auto krache.

»Ja, aber bitte tu mir einen Gefallen und sag davon keinen Ton«, sage ich, als ich die Kontrolle über den Wagen wieder habe. Allerdings grinst er, genau wie ich. Wir wissen beide, dass mein Dad ihn umbringen würde, wenn er es herausfände. Dad war nie begeistert, wenn ich ab und an bei Dean über Nacht blieb, und dabei *mag* er Dean.

»Und wie soll ich es dann bitte schön formulieren?«, will Tyler wissen. Er hat sich mir zugewandt und macht ein total bescheuertes Gesicht, irgendwie ziemlich albern, und dann räuspert er sich theatralisch und benutzt die freie Hand, um seine Worte mit passenden Gesten zu untermalen.

»Mr. Munro, dürfte ich wohl eine Sekunde um Ihre kostbare Zeit bitten, um Sie darüber in Kenntnis zu setzen, dass ich total scharf bin auf Ihre einzige Tochter, die, nur ganz nebenbei bemerkt, bereits volljährig ist und daher befähigt, ihre eigenen Entscheidungen zu treffen«, verkündet er in feierlichem und pseudokultiviertem Ton. »Außerdem, sehr geehrter David Munro, hat Ihre eigensinnige und hartnäckige und intelligente und wunderschöne Tochter einen unglaublichen Po.«

Ich biege an der Ecke auf die Deidre Avenue ab und sehe Tyler augenrollend an. Er macht den Eindruck, als würde er jeden Moment platzen vor Lachen, doch er verkneift es sich. »Und?«, drängelt er. »Denkst du, das gefällt ihm?«

»Das ist wohl auch nicht der richtige Weg«, sage ich. Endlich gibt Tyler auf und lässt dem Lachen, das er die ganze Zeit unterdrückt hatte, freien Lauf. Ich kann mich nicht gegen den Gedanken wehren, was für ein wunderbares Gefühl das ist. Dass wir trotz allem noch lachen können. Ich finde es toll, dass wir unsere Witze machen können über die Situation, auch wenn sie alles andere als zum Lachen ist, und ich finde es toll, dass wir nur noch wenige Minuten vom Haus entfernt sind und ich trotzdem immer noch nicht nervös bin.

Kurz darauf fahren wir an Deans Haus vorbei. Man spürt ganz deutlich, wie sich die Atmosphäre im Wagen schlagartig anspannt. Tyler und ich schauen im selben Moment hinüber und halten den Blick im Vorbeifahren darauf gerichtet. Deans Auto steht in der Einfahrt. Genau wie der Pick-up von seinem Dad. Der, an dem Dean und ich einst die Reifen abfahren durften. Als fühlte Tyler sich schuldig, nimmt er die Hand von meinem Schenkel.

»Denkst du, er ist da?«, fragt er mit leiser Stimme.

»Ich weiß es nicht«, sage ich.

Ich schlucke, blicke wieder nach vorne und drücke, um Deans Haus so schnell wie möglich hinter mir zu lassen, das Gaspedal noch ein bisschen mehr durch. Ich verkneife es mir, einen Blick zurück in den Rückspiegel zu werfen. Stattdessen fahre ich einfach weiter. In Zukunft schlage ich lieber eine andere Route ein, wenn ich von Mom zu Dad will, so viel ist sicher. Eine Route, bei der ich nicht direkt an Deans Haus vorbeikomme.

Inzwischen ist es schon nach neun, der Himmel verdunkelt sich immer mehr, doch unser Haus ist hell erleuchtet, als ich hinter Tylers Wagen draußen auf dem Gehweg parke. Dads Lexus und Ellas Range Rover nehmen wie üblich die gesamte Einfahrt ein, sodass wir Kinder gezwungen sind, am Straßenrand zu parken. Jamies Wagen ist allerdings nicht da, wegen der geschrotteten Stoßstange, die er erwähnt hat.

»Wie es aussieht, sind sie daheim, wie?«, witzle ich und deute mit dem Kinn auf das Haus. Offenbar haben sie jedes verfügbare Licht im Haus angemacht, denn das gesamte Gebäude ist grell erleuchtet wie eine gigantische Glühbirne. Selbst das Licht in dem Zimmer, in dem ich schlafe, wenn ich über Nacht bleibe, ist an, was mich einen kurzen Moment tierisch stresst, weil ich mich frage, warum das so ist.

»Hey, ich bin bloß froh, dass mein Baby wohlbehalten hier angekommen ist«, sagt Tyler. Er deutet auf den Audi und grinst zufrieden, während er die Autotür aufmacht und aussteigt. Er schnappt sich seine Tasche vom Rücksitz und geht ohne mich los, um seinen Wagen zu umrunden – vermutlich um Ausschau zu halten nach irgendwelchen verdächtigen Kratzern oder Dellen, die auf eine rücksichtslose Behandlung beim Transport von der einen Küste zur anderen schließen lassen.

Seufzend stelle ich den Motor ab und steige ebenfalls aus. Mein Auto sieht neben Tylers Wagen wie eine alte Schrottkiste aus. Ich lasse den Blick abwechselnd zum Haus und zu meinem Stiefbruder wandern. Langsam werde ich doch ein wenig nervös. »Kommst du dann?«

»Mhm«, macht Tyler und wirkt dabei leicht weggetreten. Er schiebt sich zum gefühlt hundertsten Mal heute den Gurt seiner Reisetasche über die Schulter, tätschelt die Motorhaube seines geliebten Wagens und kommt dann über den Rasen auf mich zu, um sich zu mir zu gesellen. Zuckend verziehen seine Lippen sich zu einem kleinen Lächeln, und exakt im selben Moment drehen wir uns beide in Richtung Haus.

Seite an Seite stellen wir uns nun nach zwei Jahren unserer größten Angst. Es war ein weiter Weg, von Anfang an voller Unebenheiten, doch es ist eine grenzenlose Erleichterung zu wissen, dass sich diese Angst nun endlich ihrem Ende zuneigt. Unsere Eltern mussten es früher oder später erfahren. Wir haben nur zwei Jahre gebraucht, um die Wahrheit zu akzeptieren und den Mut aufzubringen, es den Leuten zu gestehen, die uns am meisten bedeuten. Jetzt liegt die letzte Hürde vor uns, und es gibt kein Zurück mehr.

Tyler atmet neben mir tief aus, tastet nach meiner Hand und verschränkt seine Finger ganz fest mit meinen. Wir wechseln einen letzten flüchtigen Blick. Beide mit einem Lächeln im Gesicht.

»Lass es uns tun«, sagt er schließlich.

Kapitel 31

Im ganzen Haus riecht es wie immer nach Lavendel. Der Duft ist so was wie Ellas Markenzeichen. Und wenn man eine Weile weg war, scheint man den Geruch bei der Rückkehr wieder stärker wahrzunehmen. Tyler und ich betreten soeben den Eingangsbereich und bleiben am Fuß der Treppe stehen. Wir werfen einen kurzen Blick ins Wohnzimmer, nur um festzustellen, dass keiner da ist. Obwohl der Fernseher läuft.

Tyler stellt seine Tasche auf der Treppe ab, lockert seine Schultern, räuspert sich und ruft: »Wir sind zu Hause!«

Wir warten einige Sekunden ab. Aus der Küche sind Geräusche zu hören, dann kommt Ella herausgeschossen. Im selben Moment sind oben Schritte zu hören, aber Ella ist als Erste bei uns. Tränenüberströmt steht sie vor uns und bringt kein Wort heraus. Doch dann packt sie Tyler mit einem strahlenden Lächeln im Gesicht am Arm und zieht ihn an sich. Er ist ein ganzes Stück größer als sie, und trotzdem legt sie ihm die Hände aufs Haar, während er die Umarmung erwidert. Mit einem kleinen Lächeln auf den Lippen sehe ich den beiden zu. Ich bin gleichzeitig traurig und glücklich. Ella und Tyler standen sich schon immer besonders nahe, und ich weiß aus erster Hand, wie schmerzhaft sie ihren Sohn im vergangenen Jahr vermisst hat. Die ganze Zeit hat sie von ihm geredet. Betonte immer, wie stolz sie auf ihn sei. Erkundigte sich, ob es wohl zu viel wäre, ihn fünfmal täglich anzurufen. Dad verdrehte meistens nur die Augen und ging aus dem Zimmer. Ich aber blieb. Und dann gestand ich ihr, dass ich Tyler ebenfalls vermisste.

Ella tritt einen Schritt nach hinten, umfasst Tylers Kinn mit beiden Händen und sieht mit grenzenloser Liebe und Zuneigung zu ihm auf. »Du bist wirklich hier!« Sie sprudelt geradezu über vor Glück, und gleichzeitig rollen ihr Tränen über die Wangen, während sie sein Gesicht über und über mit Küssen bedeckt.

»Mom, lass das«, sagt Tyler und dreht den Kopf weg. Er greift nach ihrem Handgelenk, zieht die Hände von seinem Gesicht und stößt ein Lachen aus. »Wie eklig.«

Ella schnieft mit einem beschämten Lächeln und wischt die Tränen mit dem Daumen fort. Gerade öffnet sie den Mund, um etwas zu sagen, da kommt Chase aus der Küche. Nur dass Tyler nicht die Chance bekommt, seinen Bruder zu begrüßen, weil unsere Aufmerksamkeit nämlich ganz plötzlich abgelenkt wird von einem Poltern auf der Treppe.

Dad ist eindeutig nicht begeistert, uns zu sehen. Er kommt die Stufen herabgestürmt, die Augen zu Schlitzen verengt und die Wangen tiefrot vor Wut. Noch nicht mal ganz unten, fängt er schon an zu knurren: »Ist das wahr?« Er würdigt Ella keines Blickes. Und auch Chase scheint er nicht wahrzunehmen. Er sieht nur Tyler und mich an.

Mir ist natürlich sonnenklar, was mein Dad meint. Wir beide wissen es. Mein Körper sackt komplett in sich zusammen, und mir wird schrecklich schwer ums Herz. Ich bringe keine Antwort zustande, genauso wenig wie Tyler. Wir sind viel zu überrumpelt von Dads Frage, um reagieren zu können.

»Dave …«, murmelt Ella, die nun einen Schritt vortritt. Sie wendet ihr Gesicht ihrem Mann zu. Mit ratloser Miene und zusammengezogenen Augenbrauen fragt sie: »Wovon redest du?«

Oben an der Treppe rührt sich jemand, und sofort zuckt mein Blick hoch, vorbei an Dad. Es ist Jamie. Die Lippen zu einer festen Linie zusammengepresst, steht er mit vor der Brust verschränkten Armen am Treppenabsatz und beobachtet die unschöne Szene. Ist nicht schwer nachzuvollziehen, was geschehen ist. Offenbar konnte Jamie seinen Mund nicht halten, und dabei hat Tyler ihm doch eingebläut, dass wir es unseren Eltern selbst sagen wollten. Es wäre das Richtige gewesen. Dass es jetzt Jamie war, der meinem Dad die Neuigkeiten beigebracht hat … Schlimmer hätte es gar nicht kommen können. Natürlich sieht es jetzt so aus, als wollten wir ihn und Ella gar nicht einweihen.

Tyler scheint seinen Bruder nun auch bemerkt zu haben, denn plötzlich stürmt er mit zu Fäusten geballten Händen zur Treppe und murmelt irgendetwas vor sich hin, das ich nicht verstehe. Ohne zu zögern, verstellt Dad ihm allerdings den Weg und hält ihn am Oberteil fest, um ihn zurück in den Flur zu drängen. Er drückt Tyler gegen die Wand, presst ihm den Arm fest vor die Brust und fixiert ihn dort. Ella schnappt entsetzt nach Luft und springt auf die beiden zu, um Dad an der Schulter von Tyler wegzuzerren. Doch er ist viel zu stark und bewegt sich keinen Millimeter.

»Ist es wahr?«, brüllt Dad wieder, sein Gesicht nur wenige Zentimeter von Tylers entfernt, weil er sich mit aller Kraft gegen seine Brust stemmt. Plötzlich hängt ein Hauch von Alkohol in der Luft, weshalb ich die Augen zusammenkneife und meinen Dad misstrauisch ansehe, weil mir klar wird, dass der Geruch von ihm ausgeht.

Ella geht vorsichtig auf ihn und Tyler zu. Langsam weiten sich ihre Augen, und dann fragt sie kaum hörbar: »Ist *was* wahr?«

»Na, die beiden!« Fast bleiben Dad die Worte im Hals stecken. Er ist so außer sich vor Wut und Fassungslosigkeit, dass er Schwierigkeiten hat, einen vollständigen Satz herauszubringen. Seine Stimme aber ist nach wie vor erhoben und klingt heiser, und er bekommt ein knappes Nicken in meine Richtung zustande. »Er und Eden! Gott, ich ... Ich weiß gar nicht, was ich denken soll!«

Endlich schubst Tyler meinen Dad mit einer flinken Bewegung von sich weg und richtet sich sofort wieder auf. Die Adern in seinem Hals treten deutlich hervor, als er sagt: »Lass es uns doch verdammt nochmal wenigstens erklären.«

Ella kapiert immer noch nicht, was hier los ist. Sie wirft eine Weile abwechselnd hilflose Blicke zu Dad, Tyler und mir, als würde sie in unseren Gesichtern nach Antworten suchen. Dads Atem geht schwer, er hat beide Hände an die Schläfen gepresst und schüttelt den Kopf mit Blick in Richtung Boden. Offenbar hat er wirklich Mühe, die Neuigkeiten zu verarbeiten. Daher wendet Ella sich stattdessen Tyler zu, und genau wie bei Mom verzieht sich ihre Miene vor Sorge. Ich kann nur erahnen, was ihr in diesem Augenblick durch den Kopf geht. »Was erklären, Tyler?«

Tyler fährt sich mit der Hand durchs Haar und sieht sie an. Kurz scheint er nachzudenken, wie er es am besten formulieren soll. Dad hat den Blick wieder gehoben, um ihn wütend anzufunkeln, während er neugierig auf diese Erklärung wartet. Sein Atem ist so schwerfällig, dass er das einzige Geräusch ist, das wir neben dem Fernseher im Moment wahrnehmen. Doch Tyler sieht meinen Dad noch nicht einmal an. Er hält den Blick weiterhin auf Ella gerichtet und lässt ihn zwischendrin zu Chase zucken, der nicht zu verstehen scheint, was hier vor sich geht, aber dennoch angestrengt lauscht. Nach einer Weile senkt Tyler die Augen zu Boden, atmet aus und macht sich offenbar bereit, für uns beide zu sprechen. »Nichts von alledem war geplant«, sagt er ganz leise, ohne aufzublicken. »Doch es ist nun mal passiert. Und ich kann mich nicht mies fühlen deswegen, und ich kann auch kein schlechtes Gewissen haben, weil ich dafür keinen Anlass sehe. Es ist so gekommen, und wenn man mal ehrlich ist, ist das nicht unsere Schuld. Wenn überhaupt, dann ist es eure.« Jetzt hebt er das Gesicht und lässt den Blick abwechselnd zu Ella und Dad wandern. Er muss schlucken. »Ihr seid schuld, weil ihr uns überhaupt erst zusammengebracht habt.«

Bei diesen Worten schnaubt Dad verächtlich. Er stemmt die Hände in die Hüften und wendet das Gesicht ab, immer noch kopfschüttelnd. Ella dagegen blinzelt nur verstört. Sie wirkt inzwischen noch verwirrter als vor wenigen Minuten.

»Wovon redet ihr bitte?«, fragt sie erneut.

»Ich rede von Eden«, sagt Tyler ohne zu zögern. Er schaut über die Schulter zu mir, und kurz tritt ein sanfter Ausdruck in seine Augen. Und als er mir zunickt, mache ich einen Schritt vor und stelle mich neben ihn. Ich bin so dankbar, dass er das Reden übernimmt. Ich kann Dad und Ella kaum ansehen, deshalb bin ich froh, dass er es ist, der ihnen reinen Wein einschenkt. Tyler aber scheint jetzt richtig in Fahrt zu kommen und fährt mit fester Stimme fort: »Die Rede ist davon, dass ich sie liebe. Schon seit zwei Jahren. Du siehst also, Dave, es stimmt wirklich.«

Ella öffnet die Lippen, und sie bringt nicht viel mehr als ein Flüstern zustande. »Was?«, sagt sie und blinzelt ganz schnell.

»Was für eine Schande! Ihr macht unsere Familie doch zum Gespött! Ist es das, was ihr wollt? Dass wir wie Idioten dastehen? Gott, könnt ihr euch vorstellen, wie die Leute uns verlachen und verhöhnen werden, wenn das erst einmal bekannt wird?« Dad ist außer sich vor Zorn, jetzt dreht er sich zu uns allen um. Die kleinen Fältchen um seine Augen zeichnen sich deutlicher ab als sonst, vielleicht, weil er die Augen so eng zusammengekniffen hat. Und als würde er unseren Anblick nicht länger ertragen, entfernt er sich als Nächstes von uns und murmelt: »Du widerst mich an.« Das ist natürlich an mich gerichtet, und dann stürmt er davon und stößt mich mit der Schulter beiseite.

Urplötzlich schießt Tyler los, macht einen großen Aus-
fallschritt vorwärts und lässt die geballte Faust durch die
Luft sausen. Damit trifft er mit einem widerlich dumpfen
Geräusch Dad mitten auf der Wange. Der wird zur Seite
gewirbelt, schlägt auf den Stufen der Treppe auf und landet
schließlich schmerzhaft verkrümmt am Boden.

»Tyler!«, brüllt Ella und macht einen Satz nach vorn. Doch
sie läuft nicht auf ihren Sohn zu. Stattdessen springt sie zu
Dad und beugt sich zu ihm hinunter, um zu sehen, ob er in
Ordnung ist. Zärtlich streicht sie ihm übers Gesicht.

Im selben Moment wende ich mich Tyler zu. Was hat er
sich dabei nur gedacht? Sein Brustkorb hebt und senkt sich
in schneller Folge, und sein Blick ist nach wie vor auf meinen
Dad gerichtet, daher packe ich ihn vorsichtshalber am
Handgelenk. Nur für den Fall.

Jamie ist ein paar Stufen heruntergestiegen und geht auf
Dad zu, wobei er es tunlichst vermeidet, Blickkontakt mit
Tyler oder mir herzustellen. Seine Wangen sind gerötet, und
vielleicht hat er ein zu schlechtes Gewissen, um sich einzumischen. Jedenfalls hält er sich im Hintergrund und beobachtet die Szene, ohne einzugreifen. Selbst Chase scheint
sich lieber raushalten zu wollen. Er weicht ganz langsam zurück in die Küche und sieht aus der Ferne zu.

»Hey, Eden«, murmelt Dad voller Verachtung, um meine
Aufmerksamkeit zu kriegen. Er steht wieder auf und sieht
mich mit zornfunkelnden Augen an. »Selbst wenn Tyler
nicht dein gottverdammter Stiefbruder wäre ... Ist das die
Sorte Kerl, mit der du zusammen sein willst, hm?« Er deutet
mit dem Finger auf seine Wange und zeigt mit dem Kinn auf
Tyler. »Ein Typ, der sich nicht unter Kontrolle hat und der
am Ende im Gefängnis landet, genau wie sein Vater?«

»David!«, entfährt es Ella. Bestürzt stöhnt sie auf.

Dads Worte sind derart grausam, dass mir einen kurzen
Moment übel wird. Wie kann er so etwas nur sagen. Er mag

noch so wütend sein, das ist keine Entschuldigung. Es reicht, um mich selbst in Rage zu versetzen. Ich beiße die Zähne so fest aufeinander, dass ich befürchte, mein Kiefer könnte splittern. Als ich mich zwinge, einen Blick auf Tyler zu werfen, bemerke ich den Schmerz und die Verzweiflung in seinen Augen – und deshalb reagiert er auf Dads Worte nun auf die einzig ihm verfügbare Weise: mit Zorn und Gewalt, genau wie man es ihm in seiner Kindheit beigebracht hat. Seine Kiefermuskeln zucken, und er ballt die Hände unter meinem Griff noch fester zu Fäusten, daher lasse ich los. Dad hat es nicht anders verdient.

Sofort setzt Tyler zu einem weiteren Schlag an. Natürlich tut er das. Nur dass ich ihm das diesmal nicht im Geringsten verüble. Im Gegenteil, ich empfinde es als Genugtuung zu sehen, wie er einen Treffer auf Dads Nase landet. Doch der taumelt nur ein, zwei Schritte zurück und fängt sich dann wieder, ehe er die Hand hochreißt und seine Nase berührt, um zu überprüfen, ob da Blut ist. Und obwohl er nicht schlimm verletzt ist, zieht er die Augenbrauen nach oben und schafft es, ungläubig zu lächeln.

»Sieh dir das an!«, blafft Dad. »Zwei tätliche Angriffe in nur einer Minute! Gott, Eden, du hast echt ein Händchen, was deine Entscheidungen angeht! Erst suchst du dir irgendeine beschissene Schule am anderen Ende des Landes aus, und dann entscheidest du dich auch noch für diesen Idioten! Deinen Stiefbruder!« Er fängt an zu lachen, dann lehnt er sich mit bösartig verzerrter Miene gegen die Wand.

Tyler macht wieder einen Schritt auf ihn zu, bereit, ihm einen weiteren Fausthieb zu verpassen. »Da redet der Richtige.«

Wenn ich ehrlich bin, würde ich Dad inzwischen selbst gern schlagen. Seit er Mom und mich verlassen hat, ist unser Verhältnis eher angespannt. Vielleicht liegt es daran, dass wir uns ganze drei Jahre lang nicht gesehen haben. Viel-

425

leicht liegt es daran, dass er mich ganze drei Jahre lang nicht sehen *wollte*. Als er uns sitzenließ, veränderte sich etwas. In letzter Zeit aber haben wir uns arrangiert, auch wenn es nicht immer ganz einfach ist. Wir versuchen, miteinander auszukommen, und bis zu diesem Moment hat das auch ganz passabel funktioniert. Er war noch nie so fies, nie so beleidigend wie jetzt. Ich gebe mir alle Mühe, einen kühlen Kopf zu bewahren, doch es fällt mir ungemein schwer, nicht aus der Haut zu fahren. Da sind eine Million Dinge, die ich ihm an den Kopf werfen könnte, doch bevor Tyler oder ich noch auf Dummheiten kommen, kommt Ella aus der Küche angerannt. Mir war gar nicht aufgefallen, dass sie verschwunden war, doch jetzt steht sie plötzlich wieder vor uns und schubst mich und Tyler zurück, weg von Dad.

»Hört zu, verschwindet von hier«, sagt sie hastig mit gesenkter Stimme. Sie steckt Tyler die Autoschlüssel zu und schließt seine Hand fest darum. »Ich weiß im Augenblick nicht, was ich von der Sache halten soll, aber das mit ihm tut mir leid.« Sie wirft Dad über die Schulter einen Blick zu. Er lacht immer noch, nur dass Jamie inzwischen versucht, ihn zum Aufhören zu bringen. Als Ella sich dann wieder zu uns umdreht, hat sie ein Stirnrunzeln im Gesicht. »Er hat den Rest der Woche frei, deswegen hat er schon ein bisschen was getrunken und ... Hört zu, ihr zwei. Es tut mir wirklich sehr, sehr leid. Wir müssen natürlich reden über das, was da zwischen euch läuft, aber jetzt ist es das Beste, wenn ihr geht.«

»Sei nicht sauer auf uns«, flüstere ich und muss schlucken. »Bitte, sei nicht böse.«

Ella seufzt tief und sieht erneut zu Dad. Die Falten in ihrer Stirn vertiefen sich. »Lasst mich erst nachdenken. Und jetzt geht.« Sanft tätschelt sie Tylers Wange. »Und sieh zu, dass du dich um deine Hand kümmerst.«

Im selben Moment schauen Tyler und ich nach unten. Ich glaube, es ist ihm bislang gar nicht aufgefallen, aber an seiner rechten Hand hat er sich die Knöchel aufgerissen, er blutet. Seufzend schüttelt er die Hand und schaut wieder auf. Ich versuche seinen Blick einzufangen, doch er weigert sich, mich anzusehen. Stattdessen greift er nach seiner Tasche, die auf den Boden runtergefallen ist, genau in dem Moment, als Ella zu Dad rübergeht, um gemeinsam mit Jamie beruhigend auf ihn einzureden. Chase hält sich immer noch in der Küche versteckt.

Tyler wendet sich wortlos zur Tür und rempelt mich im Vorbeigehen mit der Schulter. Er geht schnurstracks nach draußen. Sofort wirble ich herum und folge ihm dicht auf den Fersen, muss aber laufen, um mit ihm Schritt zu halten, während wir den Rasen zu seinem Wagen überqueren.

»Tyler«, sage ich. Keine Antwort. Nur Schweigen. »Tyler«, sage ich wieder und strecke die Hand nach seinem Ellbogen aus. Als er die Berührung spürt, bleibt er endlich stehen und dreht sich zu mir um.

»Was zum Teufel sollen wir jetzt tun?«, will er wissen. In seinen Augen liegt ein düsterer Ausdruck. Sämtliche Farbe ist aus seinem Gesicht gewichen, es wirkt ausdruckslos.

»Du kannst bei meiner Mom bleiben«, sage ich sofort. Mom macht das sicher nichts aus. Sie mag Tyler. Und unter den gegebenen Umständen hat sie bestimmt nichts dagegen, wenn er über Nacht bleibt. »Komm schon, fahr hinter mir her.«

»Okay.« Das ist alles, was er sagt. Er macht wieder kehrt und geht die letzten paar Schritte zu seinem Auto. Nachdenklich sehe ich ihm nach und überlege, ob ich ihn wirklich ans Steuer lassen soll. Ist das nicht zu gefährlich? Er wirkt leicht benommen und ein wenig weggetreten, so als könnte er jeden Moment die Besinnung verlieren. Trotzdem lässt er sich auf den Fahrersitz fallen und startet den Motor.

Ich fahre in meinem eigenen Wagen zurück zu Moms Haus, Tyler dicht hinter mir, und die ganze Fahrt über frage ich mich, warum ich nichts empfinde. Ich bin nicht aufgewühlt. Bin nicht wütend. Zumindest nicht mehr. Nicht frustriert. Gar nichts. Letzten Endes ist nun alles so gekommen, wie ich es immer erwartet hatte. War von vornherein klar, dass Dad diese Neuigkeit nicht gerade wohlwollend aufnehmen würde, nüchtern oder nicht, und was Ella angeht ... Bei ihr weiß ich einfach nicht. Ich könnte nicht sagen, ob sie nun Abscheu empfindet oder bloß zutiefst schockiert ist. Dad dagegen ist und bleibt ein Idiot, da lässt sich nichts machen. Inzwischen habe ich mich damit abgefunden. Manchmal ist er ja ganz in Ordnung. Und dann benimmt er sich wieder wie gerade eben.

Keine Ahnung, was jetzt werden soll. Ob sich bis morgen die Wogen wieder geglättet haben? Man muss uns doch nur die Chance geben, das alles zu erklären, dann würden sie schon verstehen. Doch das ist nur möglich, wenn Dad und Ella sich die Zeit nehmen und uns zuhören. Heute Abend jedenfalls wollten sie nichts davon wissen. Doch wenn der anfängliche Zorn und die Verwirrung und der Schock erst einmal abklingen, werden sie sich schon anhören, was wir zu sagen haben. Das müssen sie. Sie haben keine andere Wahl. Was sollen sie denn sonst tun? Uns verstoßen? Uns verbieten, als Paar zusammen zu sein?

Auf dem Heimweg fahre ich wieder an Deans Haus vorbei. Ungeduldig trommle ich mit den Fingern auf dem Lenkrad herum, während ich schweigend weiterfahre. Immer wieder werfe ich einen Blick in den Rückspiegel und prüfe, ob Tyler noch hinter mir ist. Natürlich ist er noch da, er fährt sogar dermaßen dicht auf, dass ich schon ernsthaft befürchte, er könnte mich gleich mit der Stoßstange rammen. Doch wir schaffen es beide, unsere Autos ohne einen Kratzer zum Haus meiner Mom zu lenken, wo ich keine Zeit verliere und sofort aussteige.

Inzwischen ist es schon nach zehn. Ich umrunde Tylers Wagen und warte neben der Beifahrertür, bis er aussteigt. Er sieht immer noch leichenblass aus, und seine Hand scheint noch schlimmer geworden zu sein, seit er in das Auto gestiegen ist.

»Ich würde mich ja entschuldigen, dass ich deinen Dad verprügelt habe«, sagt er mit leiser Stimme, während er seine Tasche aus dem Wagen holt, »aber es tut mir kein bisschen leid.« Wie in Trance dreht er sich um und marschiert den Fußweg entlang auf die Haustür zu. Auch diesmal wartet er nicht auf mich, weshalb ich langsam den Eindruck kriege, er könnte sauer sein auf mich.

»Hab ich irgendwas falsch gemacht?«, frage ich, als ich ihn wieder eingeholt habe. Vor der Tür bleiben wir kurz stehen.

»Nein«, sagt er. Seufzend wirft er einen Blick auf die Straße, presst sich eine Hand an die Stirn und sieht wieder zu mir. »Tut mir leid. Der heutige Abend war die reinste Katastrophe. Ich denke die ganze Zeit an Dad und an Jamie und an meine Mom und an deinen Dad und an dich«, murmelt er. Langsam verzieht sich sein Mundwinkel zu einem schiefen Lächeln. »In erster Linie an dich.« Er schaut runter auf seine Uhr, und als er wieder aufblickt, zuckt er mit der Schulter. »Weißt du, in New York ist es schon nach ein Uhr morgens. Ich weiß ja nicht, wie es dir geht, aber ich bin total erledigt.«

Eigentlich war ich bis eben ganz munter, aber jetzt, wo Tyler es erwähnt, merke ich, wie mein Körper vor Müdigkeit auf einmal bleischwer wird. Mir kommt es vor, als wäre das mit New York schon eine Ewigkeit her, dabei waren wir in Wirklichkeit heute Nachmittag noch da. Seitdem ist so unheimlich viel passiert, unterbrochen von einem sechsstündigen Flug, und wenn man dann auch noch die Zeitverschiebung bedenkt, sehne ich mich im Moment nach nichts mehr als nach einem Bett. Also sage ich: »Wie wäre es, wenn wir uns mit alldem morgen befassen?« Als Tyler darauf nur nickt, gehen wir endlich ins Haus.

Mom und Jack sehen sich gerade einen Film an, als wir reinkommen. Eng umschlungen liegen sie zusammen auf dem Sofa. Gucci liegt schlafend auf dem Boden, und obwohl sie bei unserem Eintreten kurz die Augen öffnet, macht sie sich nicht die Mühe aufzustehen und uns zu begrüßen. Mom und Jack dagegen stellen den Film sofort auf Pause und rappeln sich hoch, bis sie sitzen.

»Ihr seht aber kein bisschen erleichtert aus«, bemerkt Mom mit gerunzelter Stirn. Sie hat sich einen Morgenmantel übergezogen und hält ihn mit einer Hand vorne zusammen, während sie aufsteht. »Tyler, was tust du denn hier?«

»Es lief nicht so toll«, gebe ich schulterzuckend zu und werfe einen verstohlenen Blick zu Tyler. Er wirkt immer noch erstaunlich ruhig. »Dad war betrunken, hat sich wie der größte Idiot aufgeführt, deshalb hat Ella uns gebeten zu gehen.«

Mom stößt ein verächtliches Schnauben aus und schüttelt tadelnd den Kopf, sehr wahrscheinlich wegen Dad. Leichtfüßig kommt sie durchs Wohnzimmer auf uns zu. Es ist nicht zu übersehen, dass sie uns bemitleidet, denn sie lächelt uns sanft zu. »Ich bin mir sicher, alles wird gut«, tröstet sie uns in beruhigendem Tonfall. »Lasst ihnen nur etwas Zeit, um sich mit dem Gedanken abzufinden.«

Mein Kopf fühlt sich schwer an, ich runzle die Stirn. »Und was, wenn es ihnen nicht gelingt?«

Mom denkt eine Weile angestrengt über meine Frage nach und wirft sogar einen hilfesuchenden Blick zu Jack, nur um am Ende doch bloß das Gesicht zu verziehen. »Ich weiß nicht, was ich dir dazu sagen soll, Eden«, meint sie schließlich.

»Kannst du Tylers Hand verbinden?«, frage ich hastig, um das Thema zu wechseln. Mit Dad und Ella bin ich vorerst fertig. Ich bin einfach zu müde, um mir ihretwegen weiter Gedanken zu machen. Tylers Hand blutet immer noch, also konzentriere ich mich stattdessen darauf. Ganz behutsam greife ich danach und halte sie hoch, damit Mom sich die Verletzungen ansehen kann.

»Gott, was hast du denn angestellt?«, entfährt es ihr, und ihr Blick zuckt hoch zu Tylers Gesicht. Dem schießt vor Scham die Röte ins Gesicht.

»Er hat Dad geschlagen«, antworte ich für ihn. »Zwei Mal.«

»Oh, der arme Dave«, murmelt Mom, doch sie kann sich nur mit Mühe ein spöttisches Lächeln verkneifen. »Tyler, komm bitte rüber ans Waschbecken.«

Mom braucht nur ein paar Minuten, um Tylers Hand zu reinigen und zu verbinden. In diesen Minuten aber schafft Jack es, Tyler ein Bier anzubieten, und ich schaffe es, beschämt zu fragen, ob Tyler vielleicht über Nacht bleiben könnte. Mom ist einverstanden. Wenn es nach ihr geht, ist jeder, der Dad eins aufs Maul gibt, mehr als willkommen, in ihrem Haus zu übernachten. Tyler bedankt sich ganz herzlich für ihre Gastfreundschaft, lehnt das Bier aber lieber ab. Er ist einfach zu müde.

»Wir haben ein bisschen Schlaf nachzuholen«, erkläre ich Mom, die in der Küche sauber macht, während Tyler seine Hand abwechselnd öffnet und schließt, als würden durch diese Übung die Verletzungen schneller verheilen. »In New York ist es schon spät.«

»Tja, ich hoffe, morgen sieht die Welt für euch beide wieder anders aus«, meint Mom. Sie dreht sich zu mir, zieht mich in eine kurze Umarmung, und dann wünschen sie und Jack uns gute Nacht und widmen sich wieder ihrem Film.

Ich greife nach Tylers Hand und ziehe ihn hinaus in den Flur. Mein Zimmer ist gleich das erste. Ich habe noch nicht einmal die Hand am Türgriff, da höre ich schon, wie Mom sich hinter uns lautstark räuspert. Schnell lasse ich Tyler los und drehe mich um.

»Ich weiß ja, dass ich die supercoolste Mom bin und alles,

aber *so* cool bin ich dann doch nicht«, sagt sie mit einem vielsagenden Blick auf Tyler. Ihre Miene wirkt streng. »Tyler bekommt das Gästezimmer.«

»Kein Problem«, meint Tyler.

Augenrollend drehe ich mich um und gehe geradewegs den Flur hinunter. Das Gästezimmer ist die letzte Tür links und das einzige Zimmer im Haus, das so gut wie nie benutzt wird. Vor der Tür bleibe ich stehen. Die Flurbeleuchtung ist aus, daher erkenne ich im schwachen Dämmerlicht kaum etwas, als ich mich zu Tyler umdrehe. Einen Augenblick halte ich mich ruhig, bis meine Augen sich an die Dunkelheit gewöhnt haben. Und als ich dann wieder klar sehe, bemerke ich, dass er auf den Boden starrt.

»Sicher, dass du in Ordnung bist?«, frage ich, mit einem Mal von Sorge überwältigt. Ich will ihn zwingen, mich anzusehen, doch er weigert sich.

Stattdessen streckt Tyler die Hand nach der Tür aus und stößt sie auf, und dann geht er an mir vorbei ins Gästezimmer, ohne auch nur ein einziges Mal aufzublicken. »Wir reden später«, sagt er leise.

»Hey«, entgegne ich scharf, die Arme vor der Brust verschränkt. Ich folge ihm ins Zimmer und knipse das Licht an. Dann stehe ich da und warte. »Ich hab dich gefragt, ob alles in Ordnung ist.«

Tyler seufzt und steht mit hängendem Kopf da. Er hat mir den Rücken zugekehrt. Dann wirft er die Tasche mitten aufs Bett, greift sich mit der Hand ins Haar, zerrt in seiner Verzweiflung daran und dreht sich zu mir um. »Ich werde dich nicht anlügen und dir erzählen, alles ist gut, wenn es nicht so ist«, sagt er schließlich.

»Dann rede mit mir.« Ich mache ein paar Schritte auf ihn zu, verringere den Abstand zwischen uns und lege ihm die Hand an die Brust. Ich spüre sein Herz, das langsam und fest unter meiner Berührung schlägt.

Doch Tyler will ganz offensichtlich nicht reden, denn nun fasst er behutsam nach meinem Handgelenk, zieht meine Hand weg und weicht einen Schritt vor mir zurück. »Ich sagte, wir reden später«, erklärt er mit einem schroffen Unterton in der Stimme, als wollte er keinen Widerspruch zulassen und mir zu verstehen geben, ich solle ihn nicht weiter bedrängen. Dann wirbelt er herum, setzt sich auf die Bettkante, beugt sich vor und faltet die Hände. »Kannst du bitte die Tür hinter dir zuziehen, wenn du rausgehst?«, bittet er mich, seine Stimme derart leise, dass es fast nur ein Flüstern ist.

Ich weiß nicht, was mit Tyler plötzlich los ist, aber er macht nur allzu deutlich, dass er seine Ruhe braucht und Abstand, also beiße ich mir auf die Unterlippe und zwinge mich zum Gehen, obwohl ich viel lieber bleiben würde. An der Tür stütze ich mich kurz am Rahmen ab und sehe mich ein letztes Mal zu ihm um. Er sitzt völlig reglos da, blinzelt kaum, atmet nur.

»Wenn du willst, kannst du dich nach Mitternacht jederzeit zu mir rüberschleichen«, flüstere ich, doch er reagiert überhaupt nicht, geschweige denn, dass er antwortet, also schließe ich die Tür und lasse ihn in Frieden.

Keine Ahnung, wie spät es ist, als ich aus dem Schlaf hochschrecke. Wie lange Tyler mich wohl schon anstupst? Jedenfalls bin ich mit einem Schlag hellwach. Um ein Haar kugle ich aus dem Bett, so überrascht bin ich, dass da plötzlich jemand in meinem Zimmer ist. Mit wildem Herzrasen schlage ich das Laken zurück, setze mich auf und beuge mich rüber zum Nachtkästchen, wo ich im Dunkeln nach dem Lichtschalter taste. Als ich ihn endlich gefunden habe, wird die Zimmerecke in einen warmen Lichtschein getaucht.

»Himmelherrgott, Tyler«, murmle ich. Ich atme scharf

aus und presse mir dann die Hand an die Stirn. Natürlich habe ich ihm erlaubt, sich herüberzuschleichen zu mir, doch wie es aussieht, war ich in einem derartigen Tiefschlaf, dass ich das vollkommen vergessen hatte. Ich muss mich erst wieder an mein Zimmer gewöhnen, und dass Tyler hier übernachtet, ist auch ungewöhnlich. »Du hast mich zu Tode erschreckt.«

Tyler steht mit etwas Abstand neben dem Bett, in voller Größe ragt er über mir auf, beschienen vom Licht der Lampe. Sein ganzer Körper ist angespannt, sein Blick nervös, und ich spüre, dass er einen Kloß im Hals hat. »Ich muss mit dir reden, jetzt sofort«, erklärt er ganz ruhig.

»Ist das dein Ernst? Du musst *jetzt* mit mir reden?« Ich ziehe mir das Laken vor die Brust und taste mit der freien Hand nach meinem Telefon auf dem Nachtkästchen, um nach der Uhrzeit zu sehen. Es ist kurz nach vier Uhr morgens, daher stöhne ich auf und werfe mich zurück in die Kissen. Genervt verdrehe ich die Augen. Erst da wird mir bewusst, dass Tyler immer noch vollständig bekleidet ist, nur dass er sich auch noch eine Jacke übergezogen hat. Mich beschleicht das ungute Gefühl, dass er nicht hier ist, um sich zu mir zu legen, daher richte ich mich eilig wieder auf. »Tyler?«

Nervös kaut er auf der Unterlippe herum und reibt sich den Nacken. Im selben Moment weicht er noch ein Stück von mir zurück und bewegt sich in Richtung Tür. Das Licht von meinem Nachttischlämpchen reicht nicht so weit, daher liegt nun ein Schatten auf seinem Gesicht, sodass ich den Ausdruck darin nicht sehe, während er die folgenden Worte sagt: »Ich muss weg von hier, fort aus dieser Stadt.«

Anfangs verstehe ich nicht, was er mir sagen will. Seine Worte ergeben in meinen Ohren keinerlei Sinn, und sie kommen so überraschend, dass ich zunächst gar nichts erwidern kann. Stattdessen lausche ich angestrengt der Stille im Haus und sehe blinzelnd zu Tylers Silhouette an der Tür. »Was meinst du damit?«, kann ich mich endlich zu einer Frage durchringen.

»Ich will damit sagen, dass ich für eine Zeit weggehe«, sagt Tyler.

Mein Magen zieht sich zu einem festen Knoten zusammen. Jetzt bin ich wirklich hellwach, Tyler hat meine volle Aufmerksamkeit. Ein Schauder jagt mir über den Rücken, und jeder einzelne Zentimeter meines Körpers sagt mir, dass das nicht gut ist. »Warum?«

Tyler lässt einen langsamen, tiefen Seufzer entweichen. Er kommt wieder ans Bett, zurück ins Licht, und sein Schatten huscht über die Wände. »Ist einfach viel zu viel alles«, gibt er zu, »ich muss mir erst über so einiges klar werden.« Er hält einen Augenblick inne und überlegt angestrengt, wie er es mir am besten erklären soll, welche Worte die richtigen sind. Dabei ist mein Körper die ganze Zeit wie erstarrt.

»Weißt du, ich will nicht in der Nähe von meinem Dad sein. Damit komme ich einfach nicht klar. Und bei deinem Dad geht es mir ganz ähnlich. Ich habe einfach Angst, dass ich sie beide irgendwann grün und blau schlage.« Es folgt eine Pause. Langsam kriecht Kälte durch meinen Körper, obwohl ich doch immer noch zugedeckt bin. Ein besorgter Ausdruck tritt in Tylers Miene, und er senkt die Stimme zu einem Flüstern, als er sagt: »Was, wenn dein Dad recht hat? Was, wenn ich irgendwann ende wie er?«

»Du bist deinem Dad kein bisschen ähnlich, Tyler.«

»Bin ich schon«, widerspricht er und spannt die Kiefermuskeln an. »Mein Temperament geht viel zu schnell mit mir durch, genau wie bei ihm, und das macht mir höllisch Angst. Ich will weg von hier und zwar so weit wie möglich.«

»Dann komm mit mir nach Chicago«, platzt es sofort aus mir heraus. Es ist der erste Gedanke, der mir kommt, und die Idee ist gar nicht mal so abwegig. Ich verschwinde im

Herbst von hier, packe meine Siebensachen und ziehe ans andere Ende des Landes, um mich in der Windy City niederzulassen. In dem Moment trifft mich die Erkenntnis, dass ich mir bislang keine Gedanken darüber gemacht habe, wie es so werden soll, wenn ich im September weggehe. Ich habe mir nie überlegt, dass Tyler und ich dann ja wieder getrennt sein würden. Deswegen bin ich ganz plötzlich total fixiert auf die Vorstellung, Tyler müsste mit mir nach Illinois kommen. Wir brennen quasi gemeinsam durch. Irgendwie.

Doch mein neuester Plan wird schnell wieder zunichtegemacht, denn Tyler entgegnet schlicht: »Nein.«

»Warum?«, frage ich wieder, enttäuscht und verwirrt zugleich. Meine Begeisterung wird im Keim erstickt. Das war's dann also mit Chicago.

Tyler schließt einen Moment die Augen und senkt den Blick zu Boden. Er wirkt nach wie vor sehr müde, wie er da vor mir steht, und ich beginne mich zu fragen, ob er überhaupt ein Auge zugetan hat. Je länger er mir die Antwort schuldig bleibt, desto nervöser werde ich, und wie sich zeigt, habe ich dazu auch allen Grund, denn als er wieder aufblickt, ist sein Gesicht qualvoll verzerrt. Und dann flüstert er: »Weil ich auch nicht in deiner Nähe sein will.«

Ich muss mich verhört haben. Es darf einfach nicht anders sein, ich *muss* mich verhört haben. Denn in dem Moment, da diese Worte über Tylers Lippen kommen, gerät etwas in mir in Schieflage. Mir zieht es den Boden unter den Füßen weg. Mein Magen verkrampft sich noch stärker, es verschlägt mir die Sprache, seine Worte hauen mich glatt um. »Wovon redest du da?«, zwinge ich mich mit schwacher Stimme zu fragen.

»Vielleicht hattest du ja von Anfang an recht«, sagt er ohne zu zögern. Er redet ganz schnell und schüttelt dabei den Kopf. »Vielleicht sollten wir wirklich nicht zusammen sein.«

»Verdammt nochmal, wie kommst du denn jetzt darauf?«, verlange ich zu wissen. Wut ergreift Besitz von mir, jeder einzelne Zentimeter meines Körpers wird davon eingenommen. Hastig schlage ich die Decke zurück, schwinge die Beine aus dem Bett und springe auf. Ich flehe inständig zu Gott, ich möge träumen. Es muss so sein. Tyler würde so etwas doch niemals sagen.

Hastig zuckt er vor mir zurück, als ich mich ihm nähern will, macht einen großen Bogen um mich und geht zur Tür. Und während er mir den Rücken zukehrt, höre ich ihn mit heiserer Stimme sagen: »Ich weiß nicht, ob ich das noch länger aushalte.«

Das ist der Moment, da in mir alles in unzählige Bruchstücke zerspringt. Mir bleibt das Herz stehen. Meine Lunge kollabiert. Mein Blut wird dünn. Meine Kehle schmerzt. Alles, wirklich alles, tut mir weh. Mein Kopf ist zu schwer, und meine Knie geben unter mir nach. Ich muss mich an der Wand abstützen, um Halt zu finden. Meine Atmung hat sich beschleunigt, ich bin kurz davor zu hyperventilieren, und ich versuche zu begreifen, was hier vor sich geht. »Das hast du nicht ernsthaft gesagt«, krächze ich.

»Tut mir leid«, presst Tyler hervor. Blitzschnell dreht er sich um und sieht mir ins Gesicht. Sein Blick ist leer, da ist kein Feuer mehr, keine Wut, er wirkt in erster Linie gebrochen, und doch klingt seine Entschuldigung nicht aufrichtig. Er klingt nicht so, als würde es ihm ernsthaft leidtun. »Hör zu, ich muss gehen.« Damit zieht er seinen Autoschlüssel aus der Hosentasche und streckt die Hand nach der Tür aus.

Obwohl ich wie gelähmt bin, zwinge ich meine Beine dazu, sich in Bewegung zu setzen. Im Nu bin ich bei ihm und zwänge meinen Körper zwischen ihn und die Tür. Den Rücken gegen das Holz gepresst, schiebe ich sie zu und versperre ihm so den einzigen Fluchtweg. »Nein! Du lässt mich jetzt nicht einfach so stehen!«, brülle ich, völlig außer mir, weil ich so überrumpelt bin von dieser Situation und der seltsamen Logik dahinter. Tyler hat mir noch keinen überzeugenden Grund für seinen plötzlichen Sinneswandel genannt, und dass er nicht ehrlich zu mir ist, macht alles noch viel schlimmer. Es tut so verdammt weh. »Was ist denn damit, na?« Ich schubse Tyler einen Schritt von mir weg, reiße den Arm hoch und halte ihm mein Handgelenk vor die Nase. Die Hand habe ich so fest zur Faust geballt, dass meine Vene unter dem Tattoo deutlich hervortritt. »Du sagtest doch, solange ich nicht aufgebe, gibst du auch nicht auf!« Inzwischen ist es mir völlig egal, ob ich Mom und Jack aufwecke. Sie sind wirklich die Letzten, an die ich gerade denke. »Und ich habe nicht aufgegeben. Warum, verdammte Scheiße, tust *du* es dann?«

Tyler legt Daumen und Zeigefinger an den Nasenrücken, schließt die Augen und weigert sich, den Blick auf seine eigenen Worte zu richten, jene Worte, die bis in alle Ewigkeit auf meiner Haut stehen werden. Er gibt mir deutlich zu verstehen, dass er nicht mehr an sie glaubt und dass ich wirklich bescheuert sein muss, wenn ich dachte, er hätte es je getan. Ich lasse die Hand wieder sinken, meine Brust zieht sich zusammen, und ich habe das Gefühl, ich muss mich jeden Moment übergeben. Daher schlage ich die Hand vor den Mund. Was ich nicht hätte tun sollen, denn Tyler nutzt die Gelegenheit, mich an der Schulter zu packen und mich aus dem Weg zu schieben. Genau das tut er, und dann reißt er die Tür auf und macht sich aus dem Staub. Was für ein feiger Abgang!

Wie es aussieht, haben wir Gucci geweckt, denn sie sitzt draußen vor der Tür und sieht uns mit funkelnden Augen an. Tyler stolpert prompt über sie, als hätte er sie gar nicht gesehen. Mit einem spitzen Jaulen schießt Gucci davon.

»Tyler!«

»Verdammt!«, murmelt er. Er muss sich abstützen, um

sein Gleichgewicht wiederzufinden. Einen Moment hält er in der Dunkelheit auf dem Flur inne und runzelt die Stirn, bevor er sich in Richtung Wohnzimmer aufmacht. Natürlich haste ich hinter ihm her und zerbreche mir den Kopf, was ich sagen könnte, egal was, nur damit er bleibt oder zumindest noch einmal nachdenkt über das, was er vorhat. Als er nach seiner Tasche greift, die auf dem Sofa liegt, sage ich die einzigen Worte, die mir einfallen.

»Bitte, bitte, bitte«, flehe ich mit derart trockener Kehle, dass das Sprechen wehtut. Wieder trete ich ihm in den Weg, doch es gelingt mir nicht, seinen Blick einzufangen, daher presse ich ihm die Hände an die Brust. »Bitte, tu es nicht. Du bist nur aufgewühlt wegen allem, was vorgefallen ist heute Abend. Sei doch vernünftig. Denk doch mal nach, Tyler«, flüstere ich mit brüchiger Stimme. Tränen rollen mir über die Wangen. »Du hast doch gar keinen richtigen Grund, einfach so zu gehen. Wenn du wirklich wegwillst aus Santa Monica, dann komm mit mir nach Chicago. Und fang nicht wieder damit an, dass du nicht mit mir zusammen sein willst, denn das nehme ich dir nicht ab. Es lief doch alles so gut. Ich meine, immerhin haben wir es endlich allen *erzählt*, Tyler! Den schwierigsten Teil haben wir doch hinter uns! Und auf einmal kommst du mit *so* einer Entscheidung daher?«

Tyler hat wieder die Augen geschlossen, damit er mir nicht in die Augen sehen muss. Seit er mich aus dem Schlaf gerissen hat, ist es ihm kein einziges Mal gelungen, mich direkt anzusehen. Er macht den Mund auf und atmet tief aus. Und dann schüttelt er ganz bedächtig den Kopf. Das ist alles. Keine Antwort. Keine weiteren Erklärungen. Nur ein schwaches Kopfschütteln, das deutlich macht, dass er gehen wird, ganz gleich was ich sage.

Er greift nach meinen Händen an seiner Brust, drückt sie fest und senkt sie dann an meine Seite. Ich aber habe solche

Mühe, gegen die Tränen anzukämpfen, dass ich mich gar nicht erst wehren kann. Und deswegen tue ich auch nichts, als er sich umdreht und im Dunkeln auf die Haustür zugeht. Ich laufe ihm nicht hinterher. Ich drehe mich noch nicht einmal nach ihm um. Ich starre bloß mit bebenden Lippen an die Wand, während die Tränen sich endlich Bahn brechen. Ich hebe die Hand an den Hals und schlucke, wehre mich gegen den Drang, lautstark zu schniefen. Ich will nicht, dass Tyler mitkriegt, wie ich weine. Doch dann, als ich höre, wie er die Haustür aufsperrt, schwappt eine neuerliche Welle der Wut über mich hinweg und zwingt mich dazu, mich umzudrehen.

»Wir haben deine Eltern also für *nichts und wieder nichts* so gegen uns aufgebracht? Wir haben Dean *völlig umsonst* wehgetan?«, brülle ich mit tränenfeuchten Wangen. Ich beiße die Zähne fest aufeinander. Tyler bleibt stehen und hört zu. »Und das alles, damit du dich im letzten Moment aus dem Staub machst wie der letzte Feigling?«

»So ist das nicht«, protestiert Tyler, der nun endlich beschließt, wieder zu reden. Er wirft mir einen Blick über die Schulter zu, und in diesem sammelt sich etwas, ein Gefühl, das ich nicht genau benennen kann. »Ich brauche nur eine Zeitlang etwas Abstand. Wenn ich so weit bin, komme ich zurück.«

»Aber ich liebe dich«, flüstere ich, nicht weil ich glaube, dass er es sich dadurch anders überlegt, sondern weil ich will, dass er das weiß, bevor er durch diese Tür verschwindet.

»Und *ich* brauche *dich*«, haucht Tyler. Unter den gegebenen Umständen überrascht mich das nun doch. Steht es doch im krassen Widerspruch zu der Tatsache, dass er es nicht länger aushält, dass er aufgibt. »Und genau das ist das Problem, Eden. Der einzige Grund, weshalb ich meinen Dad vorhin nicht verprügelt habe, bist du. Nicht weil ich wusste, dass es das Richtige ist, einfach zu gehen. Und du weißt ganz genau, dass ich das Koks auch nur deinetwegen aufgegeben habe, und nicht, weil es sein musste, damit ich mit auf Tour gehen kann. Irgendwie ist es so, als würde ich dich brauchen, damit ich in Ordnung komme, aber ich will nicht mein Leben lang abhängig sein von dir. Ich will fähig sein, *von mir aus* das Richtige tun zu wollen, muss es für mich selbst tun und nicht für dich, daher brauche ich etwas Abstand und möchte einige Zeit ohne dich sein. Ich muss wissen, dass ich nicht werde wie mein Dad, und sobald ich das weiß, komme ich zurück.« Seine Augen sind blutunterlaufen, als müsste er Tränen unterdrücken, und so bringt er abschließend nur ein gequältes Flüstern zustande. »Versprochen.«

Ohne eine weitere Erklärung legt er den Kopf gegen den Türstock, atmet scharf ein und geht dann. Einfach so. Er öffnet die Haustür, wirft mir einen letzten herzzerreißenden Blick zu und marschiert davon. Die Tür lässt er hinter sich zufallen, und als ich das grauenvolle Klicken vernehme, trifft sie mich umso härter, die Erkenntnis, dass Tyler einfach so aufgegeben hat. Und ich verstehe immer noch nicht warum.

Das Haus liegt dunkel und totenstill da, und inzwischen ist mir schrecklich kalt. Trotzdem bleibe ich wie benommen mitten im Wohnzimmer stehen. Durch die Ritzen in den Jalousien sehe ich Tylers Scheinwerfer kurz aufleuchten und seine Umrisse auf den Wagen zugehen. Er setzt sich ans Steuer, und dann höre ich das dumpfe Geräusch der Autotür, die zugeschlagen wird. Schließlich startet er den Motor. Mir schnürt es die Kehle zu, als ich ihn aufheulen höre. *Er geht tatsächlich*, denke ich, *und ich kann nichts tun, um ihn aufzuhalten.* Der Wagen rollt auf die menschenleere Straße. Und dann braust er davon. Er tut es wirklich.

Ein qualvolles Wimmern entringt sich meiner Kehle, unterbrochen von Schluchzern. Ich sehe noch, wie das Licht der Scheinwerfer über die Wände im Wohnzimmer kriecht, dann ist er verschwunden. Ich fühle mich derart geschwächt, dass ich nicht mehr aufrecht stehen kann, daher stütze ich mich an den Möbeln ab und begebe mich zum Sofa. Erschöpft lasse ich mich darauf sinken, ziehe die Beine an und presse sie an die Brust, um das heftige Zittern unter Kontrolle zu bringen, das von mir Besitz ergriffen hat. Ich weiß nicht, was ich denken soll.

Wie lange wird es dauern, bis Tyler seinen eigenen Willen und seine eigene Kraft gefunden hat? Wie lange wird es dauern, bis er beides beherrscht? Tage? Wochen? Monate? Was soll ich in der Zwischenzeit tun? Die Pausentaste drücken und auf ihn warten? Das ist leider nicht möglich. Denn jetzt muss ich mich Dad und Ella ganz alleine stellen. Ich muss mich ganz alleine mit Dean auseinandersetzen. Und mit Rachael und Tiffani. Tyler hat mich im Stich gelassen und lässt mich jetzt ganz allein die Suppe auslöffeln, die wir uns *gemeinsam* eingebrockt haben. Eigentlich lautete der Plan: wir beide gegen den Rest der Welt. Tyler und ich gegen alle anderen. Jetzt bin ich ganz allein auf mich gestellt.

Wie aus heiterem Himmel höre ich Guccis Tatzen über das Parkett tapsen. Leise kommt sie auf mich zu und winselt immer noch leise, weil Tyler ihr vorhin aus Versehen wehgetan hat. Sie springt hoch aufs Sofa, stupst mein Knie mit der Schnauze an, als würde sie sich Sorgen um mich machen. Was bei mir nur einen neuerlichen Schwall Tränen freisetzt, die nun über meine Wangen rollen. Ich strecke die Hand nach ihr aus, ziehe sie ganz fest an mich und schlinge die Arme um ihren warmen Körper, um mein Gesicht in ihrem Fell zu vergraben. *Mach dir nichts draus*, denke ich, *mir hat er auch wehgetan.*

Danksagung

Ich möchte mich bei meinen Lesern bedanken, die dieses Buch von Anfang an begleitet und so lange zu mir gehalten haben. Dank euch hatte ich so viel Spaß am Schreiben. Ich danke den Menschen von Black & White Publishing, weil sie genauso an mein Buch geglaubt haben wie ich. Mein ewiger Dank gilt Janne, weil sie die Welt erobern wollte, Karyn für ihre Anmerkungen und Erfahrung und Laura, die sich immer um mich gekümmert hat. Ich danke meiner Familie für ihre unendliche Unterstützung und Ermutigung, besonders meiner Mutter Fenella, die mich als Kind in die Bibliothek mitgenommen hat, wo meine Liebe zu Büchern erwacht ist, und meinem Vater Stuart, der mich immer ermutigt hat, Schriftstellerin zu werden. Und meinem Großvater George West danke ich dafür, dass er vom allerersten Tag an mich geglaubt hat. Ich danke Heather Allen und Shannon Kinnear, denen ich so ausgiebig von meinen Ideen und diesem Buch erzählen durfte, obwohl meine Begeisterung sie manchmal in den Wahnsinn getrieben haben muss. Und ich danke Neil Drysdale, weil er mir geholfen hat, dahin zu kommen, wo ich jetzt bin. Danke, danke, danke. Und zu guter Letzt möchte ich Danica Proe danken. Sie war meine Lehrerin, als ich elf war, und der erste Mensch, der mir gesagt hat, ich würde wie eine echte Schriftstellerin schreiben. Dank ihr ist mir klargeworden, dass ich genau das werden wollte: Schriftstellerin.

443

Lust auf mehr von Eden & Tyler?

Weiter geht es in

Estelle Maskame

Dich darf ich nicht begehren

DARK LOVE 3

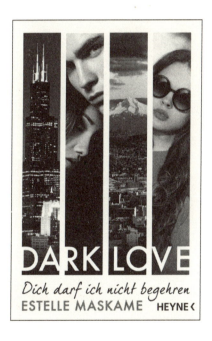

Eden und Tylers Liebesgeschichte
das große Finale

Weitere Infos unter www.heyne.de

Zum Buch

Ein Jahr ist vergangen, seit Eden zuletzt ein Wort mit Tyler gesprochen hat. Noch immer ist sie verletzt und wütend. Verletzt, weil Tyler, die Liebe ihres Lebens und ihr Stiefbruder, sie verlassen hat. Wütend, weil sie sich seit dem publik werden ihrer Beziehung allein den Anfeindungen stellen muss, die ihr von ihrem Vater, ihren Brüdern und früheren Freunden entgegen schlagen. Zum Glück hat Eden ein neues Leben an der Universität in Chicago gefunden – und einen neuen Freund. Doch nun ist das Semester zu Ende, und sie muss zurück nach Hause. Was Eden nicht weiß: Sie ist nicht die einzige, die für den Sommer nach Kalifornien zurückkehrt. Auch Tyler macht sich von San Francisco aus auf den Weg. Und er scheint unbedingt mit Eden sprechen zu wollen …

Kapitel 1

Obwohl das Wasser eisig ist, wate ich bis zu den Knöcheln hinein. Meine Chucks trage ich in der Hand, ich habe mir die Schuhbänder um die Finger gewickelt. Der Wind wird stärker, wie das abends meistens der Fall ist. Es ist zu dunkel, um allzu weit hinauszublicken auf die sanften Wogen des Ozeans, und trotzdem höre ich das Brechen und Rollen der Wellen um mich herum. Um ein Haar hätte ich vergessen, dass ich nicht alleine bin. Aus der Ferne dringt der Lärm des Feuerwerks, der Klang von Gelächter und Stimmen an mein Ohr, festliche, freudige Geräusche. Eine Sekunde lang war mir entfallen, dass wir ja heute den vierten Juli haben und den Unabhängigkeitstag feiern.

Ein Mädchen läuft im Wasser an mir vorbei und stört die Ruhe, das beständige Auf und Ab der Wellen. Ein Junge sprintet hinter ihr her, sie liefern sich eine wilde Verfolgungsjagd. Vermutlich ihr Freund. Versehentlich spritzt er mich im Vorbeirennen nass, doch er lacht nur laut und packt das Mädchen von hinten. Spielerisch zieht er sie an sich. Ich beiße die Zähne zusammen, und ohne dass es mir bewusst wäre, umklammere ich die Schuhbänder ein wenig fester. Die beiden sind etwa in meinem Alter, aber ich kenne sie nicht, noch nie gesehen. Vermutlich kommen sie aus der Stadt oder aus der unmittelbaren Umgebung und sind hier, um den guten alten Unabhängigkeitstag in Santa Monica zu verbringen. Mir unerklärlich, warum sie das tun. Der vierte

Juli wird hier auch nicht spektakulärer gefeiert als anderswo. Feuerwerkskörper sind verboten, ein total hirnrissiges Gesetz, das für mich gleich an zweiter Stelle kommt nach diesem Gesetz in Oregon, das besagt, dass man sein Benzin nicht selbst zapfen darf. Es gibt also kein Feuerwerk, abgesehen von denen in Marina del Rey etwas weiter südlich oder in Pacific Palisades im Norden. Beide kann man von hier aus sehen. Es ist schon nach neun, die Vorführungen haben soeben begonnen. In der Ferne leuchtet der Himmel in den verschiedensten Farben, wenn auch nur undeutlich. Doch den Touristen und den Einwohnern hier scheint das zu genügen.

Das junge Pärchen steht jetzt im knietiefen Wasser und knutscht etwas abseits des Lichtscheins, der vom Pacific Park ausgeht. Ich wende den Blick ab. Langsam setze ich mich in Bewegung und entferne mich vom Pier, stapfe durch die Fluten und gehe so auf Abstand zu dem ganzen Rummel, den der Unabhängigkeitstag jedes Jahr aufs Neue mit sich bringt. Am Pier tummeln sich viel mehr Menschen als hier unten am Strand, sodass ich ein wenig durchschnaufen kann. Dieses Jahr habe ich einfach keinen Nerv für den ganzen Trubel. Ich verbinde viel zu viele Erinnerungen mit diesem Tag; und an die will ich nicht denken müssen. Daher gehe ich weiter, immer weiter die Küste entlang.

Ich bleibe erst stehen, als ich Rachael meinen Namen rufen höre. Bis zu diesem Augenblick hatte ich nicht mehr daran gedacht, dass sie ja zurückkommen wollte. Ich drehe mich um und beobachte, wie meine beste Freundin halb springend, halb laufend über den Strand auf mich zukommt. Sie trägt die amerikanische Flagge als Stirnband um den Kopf, und sie hat zwei Eisbecher in den Händen. Vor einer Viertelstunde ist sie losgezogen, um sie uns zu organisieren. Das *Soda Jerks* hat wie alle Läden am Pier heute Abend länger geöffnet als sonst.

»Hab's gerade noch geschafft, die wollten schon schließen«, sagt Rachael ein wenig außer Puste. Ihr Pferdeschwanz
wippt auf Schulterhöhe hin und her. Sie bleibt stehen und
reicht mir das Eis, leckt aber vorher noch über ihren Zeigefinger, weil es bereits am Schmelzen ist.

Ich komme aus dem Wasser und schenke ihr ein dank-
bares Lächeln. Den ganzen Abend über war ich schon recht
einsilbig, und auch jetzt fällt es mir schwer, so zu tun, als
wäre alles in bester Ordnung, als wäre ich so glücklich und
zufrieden wie alle anderen auch. Ich nehme den Becher in
die freie Hand, in der anderen die roten Chucks – rote
Schuhe, das ist heute mein einziges Zugeständnis an den
Patriotismus –, und werfe einen kurzen Blick auf das Eis. Die
Sorte nennt sich Toboggan Carousel, benannt nach dem
gleichnamigen Fahrgeschäft oben am Pier im Looff-Hippo-
drome. Das *Soda Jerks* befindet sich dort gleich an der Ecke.
In den drei Wochen, die ich nun schon zu Hause bin, waren
wir mehr als einmal auf ein Eis dort. Ich glaube sogar, dass
wir in letzter Zeit viel öfter Eis essen waren als Kaffeetrin-
ken. Irgendwie ist das viel tröstlicher fürs Gemüt.

»Sie sind alle oben am Pier«, ruft Rachael mir in Erinnerung. »Vielleicht sollten wir doch auch hoch.« In ihrer
Stimme schwingt etwas Zögerndes mit, als sie diesen Vorschlag macht, als würde sie erwarten, dass ich ihr sofort ins
Wort falle und Nein sage. Sie richtet ihre blauen Augen auf
ihr Eis, und leckt hastig daran.

Als sie schluckt, wandert mein Blick über ihre Schulter
rauf zum Pier. Das Pacific Wheel zieht seine jährliche Show
zum vierten Juli ab, Tausende von LED-Lämpchen leuchten abwechselnd in Rot, Blau und Weiß auf. Das Ganze fing
um kurz nach acht an, genau bei Sonnenuntergang. Ein paar
Minuten lang sahen wir zu, doch schnell wurde uns das zu
langweilig. Ich unterdrücke ein Seufzen und richte den Blick
stattdessen wieder auf die Promenade. Dort ist viel zu viel

los, aber ich will Rachaels Geduld nicht überstrapazieren, daher erkläre ich mich einverstanden.

Wir machen also kehrt, überqueren den Strand und schlängeln uns zwischen den Leuten durch, die den Abend lieber hier unten verbringen. Schweigend essen wir unser Eis aus den Plastikbehältern. Nach ein paar Minuten bleibe ich stehen und schlüpfe in meine Chucks.

»Hast du Meghan schon gesehen?«

Ich blicke hoch zu Rachael, während ich die Schuhbänder schnüre. »Hab sie nicht gesehen.« Wenn ich ehrlich sein soll, habe ich auch nicht groß nach ihr Ausschau gehalten. Meghan ist eine alte Freundin von uns, aber mehr auch nicht. Zufällig ist sie wie wir den Sommer über zu Hause, deshalb will Rachael unbedingt, dass wir uns mal wieder zu dritt treffen, genau wie früher.

»Wir sehen sie bestimmt noch«, sagt sie und wechselt sofort das Thema, indem sie hinzufügt: »Schon gehört? Das Riesenrad wurde dieses Jahr zum Beat eines Songs von Daft Punk programmiert.« Sie hopst voraus, wirbelt im Sand herum und kommt dann hüpfend auf mich zu. Entschlossen greift sie nach meiner freien Hand, zieht mich zu sich heran, ein breites, strahlendes Grinsen im Gesicht, und dreht mich im Kreis. Gegen meinen Willen tanze ich eine Runde mit ihr, obwohl da gar keine Musik ist. »Wieder ein Sommer, wieder ein Jahr.«

Ich mache mich von ihr los und muss aufpassen, dass ich meinen Eisbecher nicht fallen lasse. Dann beobachte ich sie. Sie hüpft immer noch, tanzt weiter zu dem imaginären Song in ihrem Kopf. Während sie die Augen schließt und erneut herumwirbelt, denke ich über ihre Worte nach. *Wieder ein Sommer, wieder ein Jahr.* Seit vier Sommern sind wir nun schon beste Freundinnen, und abgesehen von einer kleineren Meinungsverschiedenheit letztes Jahr, sind wir uns so nahe wie eh und je. Ich war mir nicht sicher, ob sie mir meine

Fehltritte vergeben würde, doch das tat sie. Sie ließ es einfach auf sich beruhen, weil es ihrer Meinung nach wichtigere Dinge gab, um die man sich Gedanken machen musste. Zum Beispiel mich mit Eis zu versorgen und Ausflüge quer durchs Land mit mir zu unternehmen, nur um mich abzulenken, um mich ein wenig aufzumuntern.

In schweren Zeiten braucht man eine beste Freundin. Und obwohl ich irgendwann nach Chicago musste, wo ich das vergangene Jahr am College war, sind wir immer noch beste Freundinnen. Jetzt, da ich bis September wieder in Santa Monica bin, liegen ein paar gemeinsame Monate vor uns.

»Die schauen schon alle deinetwegen«, sage ich zu ihr. Meine Mundwinkel kräuseln sich zu einem Lächeln, als sie erschrocken die Augen aufreißt und sich mit knallroten Wangen umsieht. Ein paar Leute sind stehen geblieben und haben ihren wilden Tanz beobachtet.

»Höchste Zeit, von hier zu verschwinden«, flüstert sie. Sie packt mein Handgelenk und spurtet los. Sie zerrt mich hinter sich her, lässt den Sand unter unseren Füßen aufspritzen, und mir bleibt nichts anderes übrig, ich folge ihr. Wir lachen laut. Weit laufen wir allerdings nicht: nur ein paar Meter, weit genug, um sie vor ihrem Publikum zu retten. »Zu meiner Verteidigung«, sagt sie schwer atmend, »muss ich sagen, dass man sich am vierten Juli zum Idioten machen darf. Das gehört dazu zum Erwachsenwerden. Außerdem leben wir in einem freien Land. Verstehst du? Hier kann man tun, worauf man Lust hat.«

Ich wünschte, es wäre wirklich so. Wenn ich eines gelernt habe in den neunzehn Jahren meines jungen Daseins, dann ist es Folgendes: Nämlich, dass wir ganz bestimmt *nicht* das tun können, worauf wir Lust haben. Man darf sein Benzin nicht selber zapfen. Man darf den Hollywood-Schriftzug nicht berühren. Man darf auf keinen Fall fremde Grundstücke betreten. Und es ist verboten, den eigenen Stiefbruder zu küssen. Klar können wir all diese Dinge rein theoretisch *tun*. Aber nur, wenn wir mutig genug sind, mit den Konsequenzen zu leben.

Augenrollend sehe ich Rachael an, während wir die Stufen rauf zum Pier erklimmen. Je näher wir kommen, desto lauter ist die Musik, die vom Pacific Park zu uns herüberweht. Das Riesenrad blinkt nach wie vor abwechselnd in Rot, Blau und Weiß auf. Der Rest des Jahrmarkts erstrahlt ebenfalls in hellem Licht, wenn auch nicht alles in den Farben der amerikanischen Flagge. Wir schlängeln uns durch den oberen Parkplatz am Pier und quetschen uns zwischen den viel zu dicht geparkten Fahrzeugen hindurch, als mein Blick plötzlich auf Jamie fällt. Er ist mit seiner Freundin Jen da. Sie sind mittlerweile seit fast zwei Jahren ein Paar. In der Ecke des Parkplatzes drängt er sie gerade gegen die Beifahrertür eines alten, rostigen Chevys. Sie knutschen herum. Was sonst.

Offenbar hat Rachael sie ebenfalls entdeckt, denn sie bleibt nun neben mir stehen und mustert die beiden neugierig. »Hab gehört, er ist ein richtiger Draufgänger geworden«, sagt sie leise. »Quasi eine Miniaturausgabe seines Bruders, als der in seinem Alter war.«

Ich werfe Rachael bei der Erwähnung von Jamies Bruder einen warnenden Blick zu. Denn zufällig ist der auch mein Stiefbruder. Normalerweise reden wir nicht über ihn. Nie fällt sein Name zwischen uns. Zumindest nicht *mehr*. Rachael entgeht nicht, dass ich auf einmal ein ganz ernstes Gesicht mache – sie murmelt eine hastige Entschuldigung und schlägt sich die Hand vor den Mund.

Ich entspanne mich ein wenig und richte den Blick wieder auf Jamie und Jen. Sie knutschen immer noch. Ich verdrehe die Augen. Dann werfe ich den Rest meines Eisbechers in einen Mülleimer, räuspere mich und brülle: »Vergiss nicht, zwischendurch mal Luft zu holen, Jay!«

Rachael lacht glucksend in sich hinein und tätschelt mir spielerisch die Schulter. Als Jamie aufsieht, hebe ich die Hand und winke. Sein Blick ist ganz glasig, und sein Haar sieht total zerzaust aus. Doch anders als Jen, die vor Scham fast tot umkippt, kaum hat sie mich entdeckt, wird mein Stiefbruder bloß sauer, so wie immer, wenn ich es wage, was zu ihm zu sagen.

»Verpiss dich, Eden!«, tönt es quer über den Parkplatz. Seine raue Stimme hallt zwischen den Autos hindurch. Er schnappt sich Jens Hand, macht kehrt und zieht sie in die entgegengesetzte Richtung mit sich fort. Vermutlich achtet er schon den ganzen Abend tunlichst darauf, Ella aus dem Weg zu gehen, denn wenn man mit seiner Freundin rummachen will, ist die eigene Mutter die letzte Person, der man über den Weg laufen will.

»Redet der immer noch nicht mit dir?«, will Rachael wissen, als sich ihr Gekicher endlich gelegt hat.

Schulterzuckend marschiere ich weiter und fahre mir mit den Fingern durchs Haar. Mittlerweile geht es mir bis knapp über die Schultern. Im Winter habe ich es mir abschneiden lassen. »Letzte Woche hat er mich mal gefragt, ob ich ihm das Salz reichen könnte«, sage ich. »Zählt das?«

»Nope.«

»Dann redet er wohl immer noch nicht mit mir.«

Jamie kann mich nicht besonders gut leiden. Und das nicht, weil er siebzehn ist und seit letztem Jahr ganz plötzlich ein ernstes Problem mit seinen Launen hat, sondern weil er immer noch wütend auf mich ist. Und auf seinen älteren Bruder. Er kann keinen von uns mehr ausstehen, und ganz gleich wie oft ich ihm auch versichere, dass es keinen Grund zur Besorgnis mehr gibt, weigert er sich, mir das abzunehmen. In der Regel stürmt er davon und knallt dabei eine, manchmal auch zwei Türen hinter sich zu.

Ich stoße ein frustriertes Seufzen aus und gehe zusammen

mit Rachael zur Hauptpromenade. Hier geht es immer noch so zu wie vor einigen Stunden. Da sind zahlreiche Eltern mit kleinen Kindern und Hunden, die den Massen an Flaneuren ausweichen. Junge Paare wie die beiden am Strand, die im Wasser rumgemacht haben. Ich ertrage es nicht, sie zu sehen. Wie sie sich an den Händen halten und sich anlächeln, das schlägt mir auf den Magen. Und zwar nicht in dem Sinn, dass ich Schmetterlinge im Bauch habe, sondern so, dass es körperlich schmerzt. An diesem speziellen Tag und an diesem speziellen Ort kann ich nicht anders, als alle Pärchen, denen ich begegne, zu hassen.

Nach einigen Minuten bleibt Rachael stehen und unterhält sich mit ein paar Mädels, die sie von früher kennt. Sie waren in der Schule mit ihr in einer Klasse. Ich kann mich vage erinnern, dass wir uns vor einigen Jahren gelegentlich in der Schule oder auf der Promenade begegnet sind. Ich kenne sie nicht richtig. Aber sie kennen mich. Mittlerweile kennt mich hier jeder. Denn ich bin *die* da. Ich bin *diese* Eden. Ich bin das Mädchen, das angewiderte Blicke auf sich zieht, das Mädchen, das man immer und überall höhnisch belächelt und über das getuschelt wird. Genau wie jetzt. Da kann ich mich noch so sehr bemühen und diesen Mädels ein nettes Lächeln schenken, es wird nicht erwidert. Die beiden bedenken mich lediglich mit bohrenden Blicken aus den Augenwinkeln und wenden sich dann von mir ab. Stattdessen treten sie näher an Rachael heran und schließen mich gänzlich aus von ihrem Gespräch. Ich presse die Lippen aufeinander, verschränke die Arme vor der Brust und bohre ungeduldig den Fuß in den Boden, während ich warte, dass Rachael endlich fertig ist.

So läuft das jedes Mal, wenn ich heimkomme nach Santa Monica. Den Leuten gefällt es nicht, wenn ich hier bin. Sie halten mich für durchgeknallt und nicht ganz normal. Klar gibt es ein paar wenige Ausnahmen, wie meine Mom und

Rachael, aber das war's so ziemlich. Alle anderen urteilen nur, und dabei kennen sie nicht einmal die ganze Geschichte. Ich glaube, das Schlimmste war, als ich im vergangenen Jahr zu Thanksgiving nach Hause kam. Das war das erste Mal, seit ich im September aufs College gegangen war. Leider war die Sache an die Öffentlichkeit gelangt und hatte schnell die Runde gemacht, wie ein Lauffeuer hatte es sich in dem einen Monat, den ich weg war, verbreitet. Und bis Thanksgiving wusste es dann jeder. Anfangs hatte ich keinen Schimmer, was los war und warum mich plötzlich alle so anders behandelten. Ich hatte keinen Schimmer, weshalb Katy Vance, ein Mädchen, mit dem ich in der Schule in ein paar Kursen gewesen war, auf einmal den Kopf senkte und sich in die andere Richtung umdrehte, als ich ihr zuwinkte. Ich hatte keinen Schimmer, weshalb das junge Mädchen im Lebensmittelgeschäft, das mich bedient hatte, auf einmal mit ihrer Kollegin tuschelte und dann loskicherte, als ich den Laden verließ. Ich hatte keinen Schimmer, warum all das passierte, bis ich dann am Sonntag am Flughafen von L.A. auf meinen Flug zurück nach Chicago wartete. Da fragte mich ein Mädchen, das ich noch nie in meinem Leben gesehen hatte, kaum hörbar: »Du bist doch die, die was mit ihrem Stiefbruder hatte, oder?«

Rachael unterhält sich zum Glück nicht allzu lange mit den Mädels. Alle paar Sekunden dreht sie sich nervös nach mir um, so als würde sie abschätzen, ob mit mir noch alles okay ist. Und obwohl ich nur lässig mit der Schulter zucke, um ihr zu verstehen zu geben, dass ich kein Problem damit habe, kürzt sie das Gespräch ab und erzählt den Mädchen, wir seien noch verabredet, obwohl das gar nicht stimmt. Deswegen liebe ich Rachael.

»Mit denen rede ich nie wieder«, sagt sie mit fester Stimme, als sie verschwunden sind. Sie pfeffert den Eisbecher in den Müll und hakt sich bei mir unter. Dann reißt sie mich herum in Richtung Pacific Park, und zwar so heftig, dass ich fast ein Schleudertrauma kriege.

»Ehrlich, mir ist das inzwischen egal«, versuche ich ihr weiszumachen. Wir steuern durch die Menge, und auf einmal kommt mir das Gedränge gar nicht mehr so schlimm vor, als wir mittendrin sind. Ich lasse mich von ihr über die Promenade schleifen.

»Mhm«, meint Rachael, doch sie klingt abwesend, so als würde sie mir das nicht ganz abnehmen.

Noch einmal will ich ihr versichern, *nein, wirklich, ist schon gut, mir geht's gut, alles ist bestens.* Doch noch ehe ich den Mund aufmachen kann, werden wir von etwas abgelenkt. Wie aus dem Nichts stürmt plötzlich Jake Maxwell auf uns zu. Schlitternd kommt er vor uns zum Stehen und schneidet uns so den Weg ab. Mit ihm sind wir noch länger befreundet als mit Meghan, und wir haben ihn schon vor ein paar Stunden getroffen und mit ihm geredet. Nur dass er zu dem Zeitpunkt noch mehr oder weniger nüchtern war. Was man jetzt nicht mehr behaupten kann.

»Da seid ihr ja!« Er greift nach unseren ineinander verhakten Armen, trennt uns voneinander und nimmt uns beide an der Hand. Dann pflanzt er jeder von uns einen feuchten Schmatz auf den Handrücken.

Es ist der erste Sommer, den Jake zu Hause verbringt statt in Ohio, und als wir ihn vorhin trafen, das erste Mal nach zwei Jahren, stellte ich überrascht fest, dass er jetzt einen Bart hat. Aber er war noch viel verblüffter, als er erfuhr, dass ich immer noch in Santa Monica lebe. Irgendwie hatte er geglaubt, ich wäre schon vor einer Ewigkeit zurück nach Portland gegangen. Doch mal abgesehen von dem Bart und den falschen Annahmen, hat er sich kein bisschen verändert. Er ist immer noch ganz der Draufgänger, woraus er aber auch keinen Hehl macht. Als Rachael sich erkundigte, wie es ihm so ging, gestand er uns sofort, dass es nicht allzu gut lief, da seine beiden Freundinnen erst kürzlich mit ihm Schluss gemacht hätten. Warum, das sei ihm nach wie vor ein Rätsel. Ich wüsste da schon einen Grund.

»Wo hast du bloß immer das Bier her?«, will Rachael wissen. Sie rümpft die Nase und macht sich von ihm los. Sie redet etwas lauter, um den Lärm der Musik vom Pacific Park zu übertönen.

»Von TJ«, sagt Jake. Und nur für den Fall, dass wir es nicht checken, deutet er mit dem Daumen hinter sich in die Ferne und verdreht die Augen. TJ hat eine Wohnung direkt am Strand. Als würde ich das je vergessen. Allein bei dem Gedanken dreht sich mir der Magen um. »Er hat mich losgeschickt, um alle zusammenzutrommeln. Na, Lust auf 'ne After-Party?« Seine Augen funkeln bei diesen Worten. Irgendwie fällt es mir schwer, ihn ernst zu nehmen in seinem Tanktop. Da ist ein Adler drauf. Und die amerikanische Flagge. Und der Adler thront auf dem Wort *FREEDOM* in Großbuchstaben. Sieht total affig aus, aber nicht so peinlich wie das abwaschbare Adlertattoo, das er stolz auf der linken Wange trägt. Langsam frage ich mich, ob er noch wegen was anderem als nur wegen dem Bier so gut drauf ist.

»After-Party?«, wiederholt Rachael. Wir wechseln einen Blick, und sofort verrät mir der Ausdruck in ihren Augen, dass sie da unbedingt hin will.

»Ja, klar«, sagt Jake übersprudelnd vor Begeisterung. Er grinst uns hinter seinem Bart hervor an. »Es gibt ganze Fässer und alles! Kommt schon, heute ist der vierte Juli! Und wir haben Wochenende. Ihr *müsst* mitkommen. Alle sind da!«

Ich runzle die Stirn. »Alle?«

»TJ und so, Meghan und Jared sind auch schon da, Dean kommt später vorbei, und ich glaube, Austin Camer …«

»Ich passe.«

Jake sagt nichts mehr, und anstelle des breiten Grinsens tritt ein enttäuschter Ausdruck in sein Gesicht. Er sieht zu

Rachael, und für den Bruchteil einer Sekunde bin ich der Überzeugung, dass er gerade die Augen verdreht hat. Als sein blutunterlaufener Blick sich wieder auf mich richtet, fasst er mich ganz behutsam an der Schulter und schüttelt mich leicht. »Halloooooo?« Gespielt theatralisch reißt er die Augen auf und mustert jeden Millimeter meines Gesichts. »Wo um alles in der Welt ist Eden? Mir ist schon klar, dass wir uns eine ganze Weile nicht mehr gesehen haben, aber du kannst doch in den zwei Jahren nicht zu einer *derartigen* Langweilerin mutiert sein.«

Gereizt schüttle ich Jakes Hände ab und trete einen Schritt zurück. Da wir nicht mehr eng befreundet sind, habe ich nicht vor, mich ihm gegenüber zu rechtfertigen. Also halte ich die Klappe und starre auf meine Chucks, in der Hoffnung, Rachael möge das für mich regeln und mich, wie immer, retten. In letzter Zeit verlasse ich mich eigentlich nur noch auf sie. Ich verlasse mich darauf, dass Rachael den anderen klarmacht, dass ich ja nie richtig mit meinem Stiefbruder *zusammen* war und dass es auch nie so weit kommen wird. Ich verlasse mich darauf, dass sie mir hilft, Dean aus dem Weg zu gehen. Nach allem, was geschehen ist, schäme ich mich immer noch viel zu sehr, um ihm unter die Augen zu treten. Und ich bezweifle, dass er mich sehen will. Denn niemand trifft gern auf den oder die Ex, schon gar nicht, wenn man betrogen wurde.

Ich höre, wie Rachael wie üblich zu Jake sagt: »Sie muss nicht gehen, wenn sie nicht will.« Ich starre weiter auf meine Schuhe, da ich mich mit jedem Mal, da Rachael für mich in die Bresche springt, noch schwächer und erbärmlicher fühle.

»Du kannst ihm nicht ewig aus dem Weg gehen«, murmelt Jake. Mit einem Mal klingt er ganz ernst, und als ich aufblicke, wird mir bewusst: Er denkt, dass ich einzig und allein wegen Dean nicht auf diese Party will. Das lässt sich nicht leugnen, daher zucke ich bloß mit den Schultern und reibe mir die Schläfen. Es gibt noch einen anderen Grund. Der nämlich, warum sich mein Magen verkrampft hat. Ich war schon einmal in TJs Wohnung, das ist drei Jahre her, auch im Sommer. Damals war ich mit meinem Stiefbruder da. Und gerade am heutigen Abend will ich da auf keinen Fall wieder hin.

»Geh du«, sage ich nach einem Augenblick des Schweigens zu Rachael. Ich sehe ja, wie gern sie auf diese Party gehen möchte, und trotzdem weiß ich, dass sie mein Angebot ablehnen wird, weil sie mich nicht im Stich lassen will. So sind beste Freundinnen nun mal. Doch finden beste Freundinnen auch Kompromisse, und Rachael hat ohnehin schon den ganzen Abend alles gegeben, nur damit es mir an diesem gefürchteten Tag einigermaßen gut geht. Ich hätte so gerne, dass wenigstens sie ein bisschen Spaß hat. Schließlich fällt der vierte Juli dieses Jahr genau auf einen Freitag, das nutzen die meisten Leute aus. Und Rachael sollte es auch tun. »Ich sehe, ob ich Ella finde.«

»Mir macht das aber nichts aus.«

Sie kann mir nichts vormachen, ich weiß genau, dass das gelogen ist. »Rachael«, sage ich mit fester Stimme. Ich nicke in Richtung von TJs Wohnung in einiger Entfernung. »Geh.«

Nachdenklich beißt sie in ihre Unterlippe und überlegt eine Weile. Sie trägt heute Abend so gut wie kein Make-up – das tut sie überhaupt nur noch selten –, daher sieht sie kaum aus wie siebzehn, geschweige denn wie zwanzig. »Bist du sicher?«

»Ganz sicher.«

»Dann komm!«, platzt es aus Jake heraus. Jetzt hat er wieder ein breites Grinsen in seinem Adlertattoo-geschmückten Gesicht und greift nach Rachaels Hand. Er reißt sie an sich. »Da wartet eine Party auf uns!« Langsam zieht er meine beste Freundin mit sich fort, schleift sie die Promenade entlang weg vom Pier. Sie schafft es gerade noch, mir zum

Abschied kurz zuzuwinken, ehe sie in der Menge verschwinden.

Eine halbe Stunde später habe ich zuerst meinen kleine Bruder Chase im Getümmel getroffen und mich dann mit ihm gemeinsam zum Parkplatz durchgekämpft, wo mein Vater an den Wagen gelehnt auf uns wartet. Leider arbeiten meine Mom und ihr Freund heute Abend beide, also muss ich mit ihm und Ella zurückfahren. Während Dad mich nur wütend anstarrt, das macht er in letzter Zeit eigentlich immer, werfe ich nur einen Blick über seine Schulter zu Ella. Sie sitzt auf dem Beifahrersitz, vom Fenster abgewandt, doch mir entgeht nicht, dass sie ihr Handy ans Ohr gepresst hält. Ich richte den Blick wieder auf Dad. »Geschäftlich?«

»Mhm.« Er beugt sich runter und klopft kurz kräftig ans Fenster. Ella kriegt einen derartigen Schreck, dass ihr fast das Handy aus der Hand fliegt. Sie fährt auf dem Sitz herum und sieht Dad durch die Scheibe an. Der deutet nur knapp mit dem Kinn auf Chase und mich. Ella nickt zurück, hält sich das Telefon wieder ans Ohr, spricht irgendwas hinein und legt dann auf. Erst jetzt fordert Dad uns auf, in den Wagen zu steigen.

Chase und ich klettern also auf die Rückbank und legen die Sicherheitsgurte an, während Dad auf dem Fahrersitz Platz nimmt. Über den Rückspiegel fixiert er mich mit festem Blick, doch ich achte nicht groß darauf. Als er losfährt, sieht Ella sich über die Rückenlehne des Beifahrersitzes nach hinten um.

»Wolltest du nicht länger bleiben?«, fragt sie mich, ihr Gesicht eingerahmt von blondem Haar. Inzwischen ist es fast zehn, daher bin ich mir nicht sicher, weshalb sie denkt, ich hätte noch bleiben wollen. Auf diese Party bei TJ hatte ich wirklich so gar keine Lust, daher bin ich ganz froh, dass ich jetzt nach Hause kann.

»Eigentlich nicht«, sage ich zu ihr. Die Party erwähne ich lieber gar nicht erst. Und ich beschwere mich auch garantiert nicht darüber, was für ein beschissener Abend das war.

Auf dem Heimweg fahren wir noch kurz in den Drive-in vom *Wendys* drüben am Lincoln Boulevard. Dad und Chase bestellen sich beide einen Burger. Ich ordere einen Frosty mit Vanillegeschmack. Einen großen Becher. Daran nippe ich die restliche Fahrt nach Hause und starre zum Fenster hinaus in den nächtlichen Himmel. Dabei lausche ich Dads und Ellas Gespräch, während im Hintergrund Musik aus den Achtzigern läuft. Sie unterhalten sich gerade darüber, ob Jamie wohl wie vereinbart um Mitternacht daheim sein wird. Dad geht davon aus, dass er eine Stunde später kommen wird.

Innerhalb von zehn Minuten sind wir auf der Deidre Avenue, da der Verkehr bereits nachgelassen hat. Dad parkt in der Einfahrt direkt neben Ellas Range Rover. Den leeren Becher in der Hand, stoße ich die Tür auf und steige aus, kaum hat Dad den Motor abgestellt. Ich will schon zur Haustür gehen, als Ella über das Dach des Lexus meinen Namen ruft.

»Eden! Kannst du mir helfen, die Einkäufe aus dem Kofferraum zu holen?«, fragt sie mit fester Stimme und nickt knapp zum Range Rover.

Weil ich Ella mag, marschiere ich ohne Zögern zu ihrem Wagen rüber. Während sie mir folgt, kramt sie in ihrer Tasche nach dem Schlüssel und entsperrt den Kofferraum.

Ich werfe einen Blick hinein und will schon nach den Einkaufstüten darin greifen, muss zu meiner größten Verblüffung aber feststellen, dass er leer ist. Wird Ella langsam vergesslich? Ich sehe sie fragend an. Ihre Augen sind ganz groß und wachsam, und sie sieht sich immer wieder verstohlen zum Wagen um. Sie wartet ab, bis Dad und Chase im Haus verschwinden. Dann richtet sich ihr Blick auf mich.

»Tyler hat angerufen«, sagt sie.

Sofort weiche ich einen Schritt zurück. Sein Name fühlt sich an wie eine Waffe, die man auf mich richtet. Deswegen spreche ich ihn in letzter Zeit auch nicht mehr aus. Und ich will ihn auch nicht hören. Tut viel zu weh. Mir schnürt sich bereits wieder die Kehle zu, weil ich vergesse, weiter Luft zu holen. Ein Schauder jagt durch meinen Körper. Das Telefonat vorhin, das war also doch nichts Geschäftliches. Es war Tyler. Er ruft ständig bei Ella an, mindestens ein Mal pro Woche, das ist mir durchaus bewusst. Vor einigen Monaten fing er an, auch bei mir anzurufen. Aber ich habe ihn immer noch nicht zurückgerufen. Ella dagegen wartet schon immer ganz ungeduldig darauf, dass er sich meldet, erwähnt aber uns anderen gegenüber nie etwas davon. Bis gerade eben.

Sie schluckt und wirft einen neuerlichen Blick zum Haus, ehe sie weiterspricht. Offensichtlich hat sie Angst, Dad könnte was mitkriegen. Er will nämlich nicht, dass irgendwer in meiner Gegenwart von Tyler spricht. Strikte Anweisung. Ich glaube, das ist tatsächlich das Einzige, woran sich je alle gehalten haben. Doch nun fährt Ella nichtsdestotrotz fort und sieht mich mitleidig und traurig zugleich an. Leise sagt sie: »Er hat mich gebeten, dir einen schönen vierten Juli zu wünschen.«

Die Ironie des Ganzen bringt mich fast zum Lachen, aber gleichzeitig macht es mich derart wütend, dass ich es einfach nicht mehr witzig finden kann. Am vierten Juli vor drei Jahren trieben Tyler und ich uns während des Feuerwerks auf den Fluren der Culver City Highschool herum. Damals fing dieses ganze Schlamassel im Grunde an. Denn an jenem Tag wurde mir klar, dass ich etwas in meinem Stiefbruder sah, das ich eigentlich nicht in ihm sehen sollte. An jenem Abend wurden wir beide wegen unbefugten Betretens festgenommen. Letztes Jahr am vierten Juli waren Tyler und ich bei keinem Feuerwerk. Wir saßen in seiner Wohnung in New

York ganz allein im Dunkeln, während der Regen die Stadt unter Wasser setzte. Er zitierte einen Bibelvers, schrieb etwas auf meinen Körper, sagte mir, ich sei sein. Das waren die anderen Unabhängigkeitstage. Anders als der jetzige. Mir ausgerechnet am heutigen Abend einen glücklichen vierten Juli zu wünschen, das konnte nur so was wie ein schlechter Scherz sein. Ich habe ihn seit einem Jahr nicht gesehen. Er ließ mich ausgerechnet in dem Moment im Stich, als ich ihn am dringendsten gebraucht hätte. Jetzt gehöre ich nicht mehr ihm. Wie kann er es also wagen, mir Glückwünsche zum vierten Juli zu übermitteln, wenn er doch nicht hier ist, um mit mir zu feiern?

Während ich versuche, das alles zu verarbeiten, spüre ich, wie die Wut in mir hochkocht. Ella wartet darauf, dass ich etwas erwidere, doch ich hebe nur die Hand, knalle den Kofferraumdeckel zu, drehe mich um und stürme ins Haus.

»Kannst Tyler ruhig ausrichten, dass der Tag alles andere als glücklich war.«

Lesen Sie weiter:
Estelle Maskame
DARK LOVE 3
Dich darf ich nicht begehren
ISBN ist 978-3-453-27065-7
E-Book 978-3-641-18475-9